Janet MacLeod Trotter
Saphirblaue Sehnsucht

2.

TINTE & FEDER

Das Buch

Stella und Andrew sind gemeinsam im Raj Hotel in Punjab groß geworden. Als ein Skandal Andrews Leben auf den Kopf stellt, wird er mit Stella als Begleitung zu seiner Mutter nach Schottland geschickt. Auf dem Schiff verliebt sich Stella Hals über Kopf in den attraktiven Hugh, doch dieser spielt nur mit ihren Träumen. Allein kehrt Stella in ihre Heimat zurück und stürzt sich nach dem Ausbruch des Zweiten Weltkriegs in die Arbeit für das Freiwilligencorps der Frauen. Andrew, mittlerweile in Schottland verlobt, schließt sich der britischen Armee an. Als er auf der Durchreise während des Kriegs in Indien Station macht, begegnen sich Stella und Andrew nach langer Zeit wieder. Doch die bitteren Erfahrungen ihrer Vergangenheit haben sie verändert. Können sie das wiederfinden, was sie einst verband?

Die Autorin

Die britische Autorin Janet MacLeod Trotter hat bereits vierundzwanzig Bücher veröffentlicht, darunter neunzehn historische Familienromane. Ihr Debüt »The Hungry Hills« wurde für den Sunday Times Young Writer of the Year Award nominiert, während »Das Mädchen aus Assam« auf der Longlist der RNA Romantic Novel of the Year stand und Amazon-Top-Ten-Bestseller war. Auch auf Russisch, Französisch und Italienisch wurde der Roman zum Bestseller. Mehr über Janet und ihre Romane erfahren Sie auf www.janetmacleodtrotter.com.

JANET
MACLEOD TROTTER

Saphirblaue Sehnsucht

Roman

Aus dem Englischen von
Maike Claußnitzer

TINTE
&
FEDER

Die englische Ausgabe erschien 2020 unter dem Titel
»The Sapphire Child« bei Lake Union Publishing, Seattle.

Deutsche Erstveröffentlichung bei
Tinte & Feder, Amazon Media EU S.à r.l.
38, avenue John F. Kennedy, L-1855 Luxembourg
März 2023

Die Übersetzung dieses Buches wurde durch Amazon Crossing ermöglicht.

Umschlaggestaltung: bürosüd⁰ München, www.buerosued.de
Umschlagmotiv: © Tanarch © AlexAnton © oradige59
© Elenamiv / Shutterstock; © Abigail Miles / ArcAngel
Lektorat: Cathérine Fischer
Korrektorat: Manuela Tiller/DRSVS
Gedruckt durch:
Amazon Distribution GmbH, Amazonstraße 1, 04347 Leipzig /
Canon Deutschland Business Services GmbH, Ferdinand-Jühlke-Straße 7,
99095 Erfurt /
CPI books GmbH, Birkstraße 10, 25917 Leck

ISBN: 978-2-49670-993-3
e-ISBN: 978-2-49670-994-0

www.tinte-feder.de

Für Connie, Timothy, Yumna, Delilah, Ajooni, Mollie und April – unsere Kleinen, die uns so viel Freude und Hoffnung für die Zukunft schenken.

Prolog

Nicholson School, Murree, indischer Himalaja, Mai 1933

»Feigling!«

Andrew glaubte, sich verhört zu haben. Er stand mit dem Cricketschläger in der Hand bereit, um dem Werfer die Stirn zu bieten.

»Ein Feigling, dieser Lomax«, rief George Gotley ihm hinter den Stumps hervor zu. »Genau wie sein Vater.«

Andrew versuchte, ihn zu ignorieren, und konzentrierte sich auf den Werfer.

»Ich frage mich, warum sie dich überhaupt für die erste Elf ausgewählt haben«, stichelte George weiter. »Du wirst sie genauso im Stich lassen wie dein Vater sein Regiment.«

Andrew spürte, wie ihm leicht der Schweiß auf die Stirn trat. Er umklammerte seinen Schläger fester, sah weiter nach vorn und sagte mit zusammengebissenen Zähnen: »Halt die Schnauze, Gotley. Du bist nur neidisch, weil mein Dad ein Veteran des Großen Krieges ist und deiner nicht.«

Der Werfer nahm Anlauf.

»Ich würde mich schämen, wenn der mein Vater wäre«, gab George zurück. »Er war eine Schande für die Rifles.«

Andrew biss die Zähne noch fester zusammen, um sich davon abzuhalten, Vergeltung zu üben. Gotley war gekränkt, weil Andrew für die Cricketmannschaft der Schule ausgewählt worden war, und nutzte dieses Spiel zwischen den einzelnen Häusern, um ihn zu ärgern. Zumindest redete Andrew sich das ein.

»Weißt du, warum dein Vater nicht mehr bei der Armee ist, Lomax?«, beharrte George. »Vors Kriegsgericht haben sie ihn gestellt, wegen Feigheit – hätte erschossen werden sollen, hat mein Papa gesagt. Jetzt ist dein Vater bloß noch ein *box-wallah* mit ein paar zweitklassigen Hotels für Mischlinge.«

Andrew konnte es nicht länger ertragen. Er drehte sich mit wütendem Gesicht zu seinem Klassenkameraden um und rief: »Halt's Maul!«

Im nächsten Augenblick kam der Cricketball auf ihn zugesaust und traf ihn am Schienbeinschoner.

»Owzat!«, brüllte George, um dem Schiedsrichter anzuzeigen, dass Andrew getroffen und damit ausgeschieden war, und tatsächlich hob der Schiedsrichter den Finger.

Andrew protestierte nicht, aber als er, den Schläger unter dem Arm, zum Pavillon zurückging, übermannte ihn der Zorn. Hinter dem Cricketfeld erhoben sich die Ausläufer des Himalaja als gezackte Linie, die den blauen Himmel durchbrach. Dort hinten lag Kaschmir, wo sein Vater und seine Stiefmutter lebten. Er hatte Heimweh. Wie konnte Gotley es wagen, solche Dinge über seinen Dad zu sagen!

* * *

Als George und die anderen Feldspieler in die Umkleidekabine geströmt kamen, wartete Andrew schon dort.

»Du bist wohl doch kein so großartiger Schlagmann, was, Lomax?«, rief George. »Einmal nicht hingeguckt, und schon warst du raus!«

»Du hast mich da draußen schwer beleidigt, Gotley.« Andrew ging auf ihn zu. »Ich verlange eine Entschuldigung.«

George grinste hämisch. »Ich werde mich für gar nichts entschuldigen. Es ist alles wahr. Papa hat mir alles darüber erzählt, wie dein Vater den Peshawar Rifles Schande gemacht hat. Ich weiß auch nicht, warum man dich an dieser Schule überhaupt aufgenommen hat, Lomax. Sie ist doch eigentlich den Söhnen der Armee-Elite vorbehalten.«

Andrew baute sich drohend vor George auf und ballte die Fäuste. Einen Moment lang sah er Erschrecken im Gesicht des anderen Jungen. »Mein Vater war ein Held in Mesopotamien, und vorher hat er jahrelang an der Nordwestgrenze gedient. Er war schon Soldat, als dein Vater noch in den Windeln lag.«

George lief rot an. »Mein Papa ist Major – das ist mehr, als dein Vater je war. Und meiner ist nicht wegen Feigheit unehrenhaft aus seinem Regiment entlassen worden.«

»Das ist eine Lüge!« Andrew sah sich im Kreis seiner Mannschaftskameraden um; alle wichen seinem Blick aus. »Donaldson?«, appellierte er an seinen Freund. »Du kennst meinen Vater. Er ist kein Feigling.«

Der andere Junge schien auf der Hut zu sein. »Lass ihn in Ruhe, Gotley. Komm, Lomax«, fuhr Donaldson fort und zog ihn weg. »Ignorier ihn.«

Obwohl er fuchsteufelswild war, gab Andrew sich alle Mühe, sich zusammenzureißen, und wandte sich zum Gehen. Gotley war bekannt dafür, dass er andere Jungen gern provozierte und damit prahlte, dass sein Vater Major war, aber auf Andrew hatte er sich bisher noch nie eingeschossen. Mit dreizehn war Andrew hochgewachsen und muskulös für sein Alter, was ihn vielleicht bisher davor bewahrt hatte, zur Zielscheibe von Georges Hänseleien zu werden.

»Und das ist noch nicht alles.« George folgte Andrew und versetzte ihm einen Stoß in den Rücken. »Dein Vater ist gleich zweifach eine Schande. Hat eine Affäre mit dieser Frau, von der du so tust, als wäre sie deine Stiefmutter. Wie nennst du sie doch gleich? Meemee?« Er wiederholte den Kosenamen in weinerlichem, kindlichem Ton. »Meemee! Meemee!«

Andrew wirbelte herum. Sein Zorn flammte erneut auf. »Wage es ja nicht, so über meine Stiefmutter zu reden!«

»Aber sie ist nicht deine Stiefmutter – sagt zumindest mein Papa –, weil dein Vater sie nie geheiratet hat. Sie ist nur seine Hure …«, sagte George voller Schadenfreude.

»Jetzt mach mal halblang, Gotley«, versuchte Donaldson einzugreifen.

Andrew schob seinen Freund beiseite und versetzte George einen Stoß gegen die Brust. »Du bist eine miese Ratte.«

George lachte ihm ins Gesicht. »Witzig, das hat mein Papa über deinen Vater und seine Mätresse auch gesagt: Sie sind wie zwei Kanalratten, die es miteinander treiben. Und sie ist noch nicht einmal hübsch. Hat Brüste wie Pfannkuchen …«

Andrew hörte kein Wort mehr von dem, was Gotley oder sonst irgendjemand sagte. Pure Wut durchströmte seinen gesamten Körper, ließ seinen Kopf und seine Ohren lärmend pochen. Er stürzte sich auf George, stieß einen Schrei aus und warf ihn zu Boden. Andrew ließ die Fäuste fliegen. George schrie und wehrte sich. Andrew sah Blut aus Georges Nase spritzen, aber er hörte nicht auf. Plötzlich bellte eine Stimme: »Was in Gottes Namen ist hier los?«

Jemand griff nach Andrews Nacken und riss ihn zurück. Er rang nach Luft und hielt dagegen, während er weiter versuchte, auf George einzuschlagen. Captain Rae, ihr Sportlehrer, hatte ihn am Kragen gepackt und zerrte ihn auf die Füße. George krümmte sich immer noch am Boden und stöhnte vor Schmerz, die Hände vor dem Gesicht.

»Erklär dich!«, befahl Captain Rae.

Andrew stand keuchend da. Er würde nicht petzen.

»Lomax hat sich wie ein Wilder auf Gotley gestürzt, Sir«, meldete sich einer von Georges Freunden zu Wort.

»Gotley hat ihn provoziert«, nahm Donaldson Andrew in Schutz.

»Es reicht!«, brüllte Rae und beugte sich über George. Beim Anblick des Blutes sagte er: »Helft ihm auf, Jungs, und bringt ihn zur Hausmutter.«

Als Andrew Anstalten machte, mitzuhelfen, packte Rae ihn am Arm. »Du nicht, Lomax. Du hast schon genug Schaden angerichtet.«

»Aber, Sir …«

»Komm mir nicht mit ›aber, Sir‹«, fuhr er ihn an. »Du steckst in großen Schwierigkeiten, Lomax. Jetzt geh mir aus den Augen!«

Kapitel 1

Das Raj Hotel, Rawalpindi, Mai 1933

Die zwanzigjährige Stella Dubois bürstete sich schnell das honigblonde Haar und sprühte Eau de Cologne – ein Geschenk von ihrer Freundin, Baronin Cussack – darauf, bevor sie aus dem Direktorenbungalow und quer über den Dienstbotenhof eilte. Frisky, ihr alternder Hund, kam aus dem Schatten eines Jakaranda-Baums angetappt und wedelte zur Begrüßung mit dem Schwanz.

»Hallo, alter Junge!« Sie bückte sich, umarmte ihn und bekam im Gegenzug die rosigen Wangen abgeleckt. Es war noch nicht einmal sieben Uhr morgens, aber die Luft fühlte sich schon heiß und drückend an.

»Stella!«, rief ihre Mutter von den Bungalowstufen aus. »Lass dich nicht ablenken. Mrs Shankley wartet sicher schon auf dich. Hopp, hopp!«

Stella tätschelte Frisky ein letztes Mal und sprang auf.

Als sie über den Hotelhof hastete, tauschte sie ein Grinsen mit Sunil, dem Portier, der gerade Wasser aus einem Eimer sprenkelte, um den Boden zu befeuchten, damit kein Staub aufwirbelte.

Im Foyer, unter den laut surrenden Deckenventilatoren, stand ihr Vater hinter dem auf Hochglanz polierten Rezeptionstresen und wartete darauf, seine Gäste zum Frühstück zu begrüßen. Charlie Dubois, dessen Glatze das elektrische Licht reflektierte, war tadellos in einen dunklen Anzug mit einer zartlilafarbenen Krawatte gekleidet. Egal, wie hoch die Temperaturen stiegen, er weigerte sich, leichte, weiße Anzüge zu tragen, die er als zu formlos für die ehrenvolle Stellung als Direktor des Raj Hotel abtat. Als er seine Tochter bemerkte, verzog er das runde, schnurrbärtige Gesicht zu einem breiten Lächeln.

»Guten Morgen, Süße!«

»Morgen, Pa!«

Stella schlängelte sich zwischen der Fülle von Farnkübeln und dem Gewirr aus Rattantischen und -sesseln hindurch und eilte an der dunklen Teakholztreppe vorbei den Flur entlang. Sie klopfte an Mrs Shankleys Zimmertür und trat dann ein, weil sie wusste, dass die alte Frau sie ohnehin nicht gehört hatte.

»Morgen, Mrs S«, rief sie. »Haben Sie gut geschlafen?«

Einst füllig und robust, war die ehemalige Missionarin zu einer gebrechlichen und vergesslichen alten Dame zusammengeschrumpft, die ständig ihr neues elektrisches Hörgerät, ihre Lesebrille und gelegentlich sogar ihre falschen Zähne verlegte. Myrtle, Stellas Mutter, war der Meinung, dass ihr Dauergast in ein Altersheim gehörte, aber Stella konnte den Gedanken nicht ertragen.

Winifred Shankley war freundlich und sanft. Sie lebte schon im Raj Hotel, solange Stella zurückdenken konnte. Mrs Shankley war erst halb angezogen und spähte gerade unter den Nachttisch. Als sie Stella entdeckte, lächelte sie.

»Meine Liebe, ich suche etwas …« Sie zuckte entschuldigend die Schultern. »Ich weiß nur nicht mehr genau, was.

Meinst du, du kannst mir helfen? Entschuldige bitte, dass ich dir solche Umstände mache.«

»Das tun Sie doch gar nicht«, sagte Stella, ließ sich auf alle viere nieder und machte sich auf die Suche. »Ah, da ist es ja – Ihr Hörrohr.« Sie stand auf und reichte Mrs Shankley das uralte Messinggerät. »Sie brauchen es aber gar nicht mehr, Mrs S. Sie benutzen doch jetzt ein elektrisches Hörgerät, schon vergessen? Das mit der Batterie, das in Ihre Handtasche passt.«

Stella holte schnell das schmale Gerät vom Nachttisch und setzte es Mrs Shankley auf den Kopf.

»Besser so?«

Ein Lächeln erhellte Winifreds Gesicht. »Stella, du bist mein Engel. Was täte ich nur ohne dich?«

Während sie der Dauerbewohnerin half, sich anzukleiden, plauderte Stella über ihre gemeinsame Freundin, Baronin Cussack.

»Die Baronin ist schon in Kaschmir auf der Queen of the Lake. Ich habe letzte Woche eine Postkarte von ihr bekommen.«

»Eine Postkarte von der Königin?«, staunte Winifred.

»Nein, von Baronin Hester.« Stella lachte.

Die Missionarin kicherte wie ein junges Mädchen. »Ach, wie albern von mir. Na ja, die liebe Hester kommt hier im Raj einer Königin noch am nächsten, nicht wahr?«

»Ja! Ich kann es nicht abwarten, sie zu sehen. Ich reise nächste Woche auf dem Weg nach Gulmarg hinauf durch Srinagar und kann mich dann hoffentlich mit ihr treffen.«

»Gulmarg?«

»Dort leben doch Pas Vorgesetzte, die Lomax, inzwischen, wissen Sie nicht mehr? Sie führen das Raj-in-the-Hills Hotel – sie öffnen es immer in der heißen Jahreszeit, und ich fahre dort hinauf, um ihnen zu helfen.«

»Ach ja, Kaschmir.« Winifred nickte. »Wie geht es Captain Tom und der lieben Esmie?«

Stella griff nach einer Haarbürste und begann, das dünne, weiße Haar der alten Frau so zu bürsten, dass es etwas voller wirkte. Nur die langjährigsten Dauergäste nannten den Hoteleigner noch »Captain«. Das war eine Erinnerung an die Jahre, in denen der schneidige Tom Lomax vor dem Großen Krieg Offizier bei den Peshawar Rifles gewesen war. Aber Tom mochte es nicht, wenn man ihn so nannte, und redete nie über seine Zeit in der Armee oder sein Leben vor seiner Heirat mit seiner dritten Ehefrau, Esmie. Ihn darauf anzusprechen, konnte ihn in düstere Stimmung versetzen – in den »schwarzen Monsun«, wie Esmie es nannte.

Stella liebte beide heiß und innig. Tom hatte das Raj Hotel vor dem Bankrott gerettet und die Familie Dubois weiterbeschäftigt, um es zu leiten. Dafür würden ihre Eltern ihm ewig dankbar sein.

Stella lag auch ihr dreizehnjähriger Sohn Andrew am Herzen. Trotz seines Alters war er großzügig und freundlich und brachte sie zum Lachen. Sie hatte ihn seit Weihnachten nicht mehr gesehen, obwohl er nur zwei Stunden entfernt in der Hill Station Murree, einem Urlaubsort in den Bergen, zur Schule ging.

»Ich vermisse die Lomax«, sagte Stella. »Sie waren seit Monaten nicht mehr hier unten. Kaschmir ist wunderschön, aber den Winter möchte ich nicht dort verbringen. Es ist viel zu kalt, und wenn die Feriengäste erst einmal abgereist sind, gibt es dort nichts zu tun. Außerdem würden mir meine Familie, das Hotel und all meine Freunde hier fehlen.«

Winifred sah sie erwartungsvoll an. »Kann ich mit dir nach Gulmarg fahren?«

»Tut mir leid, Mrs S, diesmal nicht. Ich muss arbeiten. Meine Cousine Ada kommt vorbei und hilft Ihnen, wie letztes Jahr. Sie mögen sie.«

Die alte Frau sah verunsichert drein. »Ach ja, Ada. Das ist nett von ihr. Aber ich weiß gar nicht, wie ich hier ohne dich auskommen soll, Stella.«

Stella küsste ihre weiche Wange. »Das will ich hoffen«, sagte sie lächelnd. »Denn ich werde schon zurück sein, bevor Sie sichs versehen.«

* * *

Stella war den ganzen Tag über beschäftigt. Nachdem sie Mrs Shankley zum Frühstückstisch geleitet hatte, übernahm sie eine Schicht an der Rezeption, während ihr Vater mit den Gästen plauderte. Sie überwachte die Auffrischung des Blumenschmucks in Flur und Foyer und half ihrer Mutter, die Speisenfolge für die kommende Woche zu planen. Am Nachmittag spielte sie Karten mit Mr Ansom und Mr Fritwell, zwei anderen Dauergästen, die auch schon so lange im Hotel wohnten, wie Stella zurückdenken konnte. Ansom war ein gebeugter Ingenieur im Ruhestand mit zerfurchtem Gesicht und schütterem Haar, der am Stock ging; Fritwell war ein fülliger ehemaliger Armee-Quartiermeister mit sauber gestutztem weißem Schnurrbart und einer Vorliebe für Pink Gin. Sie verbrachten einen Großteil ihrer Tage damit, auf ihren Lieblingsrattansesseln im Foyer zu sitzen, wo sie miteinander tratschen und das Kommen und Gehen im Hotel im Auge behalten konnten. Sie dösten unter Ausgaben der *Civil and Military Gazette* oder saßen im Qualm von Ansoms Zigaretten und spielten Karten.

»Macht dir eigentlich schon jemand den Hof, Stella?«, fragte Fritwell.

»Nein.« Stella schenkte ihm ein amüsiertes Lächeln, während sie die Karten mischte.

»Charlie Dubois würde ja auch alle schnell in die Flucht schlagen, was, Stella?« Ansom lachte aus vollem Hals.

»Dein Bruder hat doch sicher Freunde, die infrage kämen«, beharrte Fritwell.

»Ich interessiere mich nicht für Jimmys Freunde«, sagte Stella. »Sie reden von nichts anderem als Cricket oder Autos. Der Mann, den ich heirate, muss die gleichen Interessen wie ich haben. Ich glaube an das, was die Baronin zu mir gesagt hat: Man soll aus Liebe heiraten – oder gar nicht.«

»Bravo, Stella!« Ansom grinste. »Da hast du's, Fritters. Nun teil schon die Karten aus und lass unsere Stella in Ruhe.«

* * *

An dem Abend kam Ada in den Bungalow der Dubois, um die Pflichten zu besprechen, die sie von Stella übernehmen würde. Stellas Cousine war hübsch und rundlich mit welligem dunklem Haar und einem ansteckenden Lachen. Sie setzten sich auf die Verandastufen und versuchten, einen Hauch der abendlichen Brise zu erhaschen.

»Nimm dich vor Fritters in Acht«, warnte Stella. »Er wird dich über dein Liebesleben ausfragen und versuchen, dich noch vor Ablauf des Sommers zu verheiraten.«

»Na ja, wenn er mich ein paar charmanten Offizieren vorstellen kann, habe ich nichts dagegen«, sagte Ada grinsend.

Stella stupste sie an. »Die werden über siebzig sein – und vermutlich inkontinent.«

Ada lachte. »Für dich ist die Welt ja in Ordnung. Du fährst schließlich in die Berge, wo haufenweise junge Offiziere im Urlaub unterwegs sind, die nach Mädchen Ausschau halten, mit denen sie flirten können.«

»Ich fahre dorthin, um zu arbeiten, nicht, um zu flirten«, rief Stella ihr ins Gedächtnis.

Ada zog die Augenbrauen hoch. »Du hast doch sicher Zeit für beides.«

»Ich habe dir hier jedenfalls Anweisungen aufgeschrieben …«, sagte Stella.

»Jaja, das weiß ich doch alles.« Ada winkte ungeduldig ab. »Stimmt es, dass Jimmy dem Mädchen aus Lovells Kurzwarenladen den Hof macht – Yvonne Harvey?«

Stella zuckte die Schultern. »Bei all den Freundinnen meines Bruders komme ich schon nicht mehr mit.«

»Ich habe gesehen, wie sie auf dem Eisenbahnerball letzten Samstag Quickstepp miteinander getanzt haben«, sagte Ada. »Sie hat den ganzen Abend mit ihm geflirtet.«

»Ich wusste gar nicht, dass dein Dad dich dort hingehen lässt. Es würde Pa nicht gefallen, wenn ich zum Eisenbahnerball ginge.«

Ada schnaufte gereizt. »Es spricht doch nichts gegen die Eisenbahner. Onkel Charlie ist viel zu wählerisch – nur weil du hellhäutig bist und Umgang mit Leuten wie den Lomax hast, glaubt er, dass du eine bessere Partie machen kannst als wir anderen Anglo-Inderinnen.«

Stella nahm ihren Vater in Schutz. »Pa sieht auf niemanden herab, und ich auch nicht. Aber er will, dass ich erst heirate, wenn ich älter bin – und wenn ich es dann tue, bleibt die Wahl mir überlassen.« Sie hielt ihre Liste mit den Aufgaben hoch. »Komm schon, wir sollen die hier doch durchgehen.«

Aber bevor sie damit anfangen konnte, wurde Stella von ihrem Vater unterbrochen, der mit aufgeregter Miene über den Hotelhof geeilt kam.

»Da bist du ja!« Er blieb stehen und wischte sich die Stirn mit einem fliederfarbenen Taschentuch ab. »Tut mir leid, euch den Abend zu verderben, junge Damen.« Er warf Ada einen flüchtigen Blick zu.

»Was ist denn los, Pa?«, fragte Stella und sprang auf.

»Es sind die Lomax – ich habe gerade einen Anruf bekommen.«

»Was ist passiert? Geht es Mr Lomax gut?«

»Jaja. Ich habe mit ihm gesprochen. Sie kommen aus Kaschmir nach Pindi. Sie werden in ein paar Stunden hier sein, also müssen wir ihre Zimmer sofort vorbereiten.«

Stella lebte auf. »Das ist doch eine gute Nachricht, oder? Sind sie zum Einkaufen hier?«

Charlie legte die Stirn in Falten. »Nein. Es geht um Master Andrew.«

»Andrew?« Einen Moment lang hatte Stella Angst.

Ihr Vater tupfte sich die Oberlippe mit dem Taschentuch ab. »In Murree hat es irgendwelchen Ärger gegeben.«

Kapitel 2

Nicholson School, Murree, früher am selben Tag

Andrew saß vor dem Büro des Schulleiters und wand sich auf seinem Stuhl. Er konnte nicht stillhalten. Er wackelte mit einem Bein und rieb sich die schmerzenden Fingerknöchel. Er zog an seiner einschnürenden Krawatte und kaute auf einem schwieligen Finger herum. Dabei fiel ihm auf, dass seine Handfläche mit Erde verdreckt war. Das musste passiert sein, als er die Schlucht hinter der Schule hinaufgeklettert war. Er setzte sich auf seine Hände und versuchte, seinen rasenden Puls zu beruhigen. War es wirklich erst vier Tage her, dass sein Leben noch normal gewesen war?

Heute hätte er Cricket spielen sollen, aber jetzt saß er wie ein Verurteilter in Schimpf und Schande hier und wartete darauf, dass man ihm sein Schicksal eröffnete. Keiner seiner Freunde hatte seit dem Vorfall mit ihm gesprochen; stattdessen gingen sie ihm aus dem Weg, als könnte er sie mit seiner plötzlichen Unbeliebtheit anstecken. Er hatte dafür gesorgt, dass ein anderer Junge mit gebrochenem Wangenknochen und blutiger Nase auf der Krankenstation der Schule gelandet war.

»Du hättest sein Augenlicht schädigen können!«, hatte Mr Bishop, der Schulleiter, gewettert. »Hier an der Nicholson School dulden wir es nicht, dass ein Schüler andere derart misshandelt.«

Andrew hatte sich geweigert zu sagen, warum er George Gotley angegriffen hatte. Er war bereit gewesen, seine Strafe auf sich zu nehmen, und hatte sich gezwungen, nicht aufzuschreien, als Bishop ihm mit dem Rohrstock zehn Schläge auf den Allerwertesten verpasst hatte. Seine Haut brannte immer noch von der Tracht Prügel. Er hatte gedacht, damit wäre die Sache abgetan. Aber Gotleys Vater war Major bei den Peshawar Rifles und war in der Schule aufgetaucht, um weitere Vergeltungsmaßnahmen zu fordern.

»Wenn Sie diesen Lomax-Jungen nicht von der Schule werfen«, hatte Major Gotley gedonnert, »dann gehe ich mit der Sache zur Polizei.«

Jetzt, zwei Tage nach der Einmischung des Majors, war es die Stimme seines eigenen Vaters, die Andrew hinter der Bürotür dem Schulleiter widersprechen hörte.

»Eine Beurlaubung für den Rest des Schuljahrs wäre doch sicher Strafe genug?«

»Major Gotley findet das nicht«, sagte Mr Bishop mit seiner weinerlichen, näselnden Stimme. »Es tut mir leid, Mr Lomax, aber es wäre mir lieber, wenn die Polizei nicht mit hinzugezogen wird.«

»Dann lassen Sie mich mit dem Major sprechen – von Mann zu Mann – und feststellen, ob wir das Missverständnis aufklären können.«

»Ich fürchte, dazu ist es zu spät. Wenn Andrew auch nur die geringste Reue für sein Verhalten hätte erkennen lassen, wäre Major Gotley vielleicht beschwichtigt gewesen. Aber Ihr Sohn ist nicht bereit, sich zu entschuldigen.«

»Verdammt, ich bringe ihn schon dazu, sich zu entschuldigen!«

Andrew zuckte zusammen, als er den Zorn in der Stimme seines Vaters hörte. Von allen Menschen auf der Welt wollte er seinem Vater am meisten gefallen. Als seine Eltern vor zwanzig Minuten angekommen waren, hatte sein Vater ihm aufmunternd die Schulter gedrückt und gesagt: »Wir klären das schon.« Esmie, seine Stiefmutter, hatte ihn umarmt und ihn auf die Wange geküsst, aber ihm war keine Zeit geblieben, irgendetwas zu erklären, weil Mr Bishop mit einem nervösen Zucken seines wallenden schwarzen Talars die Erwachsenen in sein Büro gebeten hatte.

Andrew spitzte die Ohren.

»Vielleicht sollte man ihm erlauben, sich zu erklären.« Das war Esmies Stimme, die ruhig die der beiden Männer übertönte. »Andy ist ein mitfühlender Junge. Wir verstehen nicht, warum er George Gotley hätte angreifen sollen. Wir entschuldigen nicht, was er getan hat, aber es muss einen Grund geben.«

Andrews Inneres verkrampfte sich, als er den vertrauen Kosenamen von Esmie hörte; zu Hause wurde er immer Andy genannt. Er hörte seinen Schulleiter seufzen.

»Er hat sich geweigert, auch nur den Versuch zu unternehmen, sich zu rechtfertigen. Es ist offensichtlich schlicht und einfach Neid. Der Gotley-Junge hat gesagt, er habe ihn nicht provoziert. Er meint, Andrew habe ihm schon immer gegrollt, weil Georges Vater Offizier bei den Rifles im aktiven Dienst ist.«

Andrew war fuchsteufelswild. Was für eine Lüge! George hatte ihn bis aufs Blut gereizt, bis er seine giftigen Worte nicht mehr hatte ertragen können. Sein Vater war derjenige, der im letzten Krieg ein Held gewesen war, nicht Gotleys. 1918 war Major Gotley noch in Ausbildung gewesen, während sein Vater als Veteran in Mesopotamien am Entsatz von Bagdad teilgenommen hatte. Der alte Fritwell, der füllige ehemalige Soldat im Raj Hotel, hatte ihm das schon oft erzählt.

Die Bürotür öffnete sich, und Andrew sprang schnell auf. Mr Bishop, dessen rundes Gesicht schwitzte, winkte ihn mit einem dicklichen Finger zu sich heran.

»Reinkommen, Lomax!«, befahl er.

Andrew folgte ihm. Sein Vater stand vor dem riesigen, unordentlichen Schreibtisch des Schulleiters, hatte die Hände in die Taschen gesteckt und klimperte mit Münzen. Esmie saß da und schenkte ihm ein besorgtes Lächeln.

»Das ist deine letzte Chance zu erklären, warum du George Gotley geschlagen hast«, sagte Mr Bishop.

Andrews Handflächen waren schweißnass. Er hatte das Gefühl, keine Luft zu bekommen. »Das möchte ich lieber nicht sagen.«

Sein Vater verlor die Geduld. »Um Himmels willen, Andrew! Ich weiß, dass Jungen sich über alles Mögliche zerstreiten. Nimm deine Strafe einfach hin und sag, dass es dir leidtut.«

»Ich bin schon bestraft worden«, sagte Andrew und sah seinem Vater in die Augen.

»Sei nicht unverschämt, Lomax«, tadelte Mr Bishop ihn. »Du bewegst dich hier auf sehr dünnem Eis. Wenn du dein Verhalten nicht begründest, habe ich keine Wahl, als dich der Schule zu verweisen. Die Nicholson School duldet kein ungezügeltes und barbarisches Benehmen.«

Andrew knirschte mit den Zähnen. Sein Kiefer tat weh, weil es ihn solche Anstrengung kostete, seinen abscheulichen Schulleiter nicht anzuschreien.

Esmie berührte ihn sanft am Arm. »Ich merke doch, dass dir etwas zu schaffen macht. Nun hast du Gelegenheit zu sagen, was passiert ist. Bitte, Andy.«

Andrew sah in Esmies gütiges Gesicht. Ihre hübschen grauen Augen waren voller Mitgefühl, und sie lächelte ihm aufmunternd zu. Sie war adrett in ein Sommerkleid und einen blauen Hut gekleidet – er ahnte, dass sie versuchte, den glatzköpfigen Bishop zu beeindrucken –, aber ihr widerspenstiges braunes Haar löste sich aus den Haarnadeln und lockte sich um ihre schmalen Wangen. Seine Augen brannten vor Tränen, die er tagelang hatte zurückhalten können. Sie war seine »Meemee«, diejenige, die er als seine echte Mutter betrachtete – nicht die ferne Frau in Schottland, die ihm an seinem Geburtstag immer überreichliche und nutzlose Geschenke schickte.

»Wir können es für uns behalten«, sagte sie leise. »Sag einfach deinem Dad und Mr Bishop, worüber du so wütend geworden bist.«

Andrew sehnte sich danach, es ihnen anzuvertrauen, aber er konnte ihnen – und vor allem *ihr* – nicht die ganze Wahrheit sagen. Lieber ließ er sich von der Schule verweisen, als die widerwärtigen Worte zu wiederholen.

Mr Bishop zupfte an seinem Talar und blähte die roten Wangen. »Raus mit der Sprache, Lomax. Das ist deine letzte Warnung. Entschuldige dich!«

Andrews Kopf pochte vor Zorn. »Ich werde mich nicht entschuldigen, Sir. Nicht für die Lügen, die Gotley über … über …«

»Worüber?«, rief Tom Lomax verblüfft. »Um Himmels willen, Andrew, spuck's schon aus.«

Andrew konnte den gequälten Blick seines Vaters nicht ertragen.

»Er hat dich einen Feigling genannt!«, platzte Andrew heraus. »Hat gesagt, du hättest die Peshawar Rifles verraten – man hätte dich vors Kriegsgericht gestellt und unehrenhaft aus dem Regiment entlassen – dass man dich wegen Feigheit hätte erschießen sollen.«

Andrew rechnete damit, dass sein Vater empört aufschreien würde, aber das tat er nicht. Sein hageres Gesicht erstarrte, und sein Kiefer verkrampfte sich. Seine blauen Augen wirkten traurig, nicht wütend. Esmie strich über Toms Hand, und sie tauschten wissende Blicke. Andrew spürte, wie sein Inneres sich vor Nervosität verknotete.

»Ich habe dir doch schon gesagt, dass es Lügen waren, Dad«, sagte Andrew. »Er hat sie sich ausgedacht, weil du ein Kriegsheld bist und sein Vater nicht.«

Bishop schnaufte. »Nun ja. Warum hast du davon bis jetzt nichts gesagt? Ich werde mit Major Gotley sprechen müssen …«

»Nein«, sagte Tom mit Nachdruck, »ich lasse nicht zu, dass mein Sohn noch weiter von dem Major oder sonst irgendjemandem verhört wird.«

»Wollen Sie Ihren Namen nicht reinwaschen?«, fragte Bishop.

Genau das war die Frage, auf die auch Andrew eine Antwort wollte, aber der Blick, den sein Vater dem Schulleiter zuwarf, war vernichtend.

»Ich bin weder Ihnen noch sonst irgendjemandem Rechenschaft schuldig«, sagte Tom. »Am allerwenigsten einem aufgeblasenen Mann wie Major Gotley, der Gift in die Ohren seines leicht zu beeindruckenden Sohnes träufelt.« Sein Blick wurde weicher, als er Andrew ansah. »Dieser ganze Vorfall ist unnötig aufgebauscht worden. Es ist eine Rangelei zwischen Jungen. George hätte Andrew nicht provozieren sollen, aber mein Sohn hätte auch nicht zu Gewalt greifen sollen, um ihren Streit zu entscheiden. Sie hätten der Sache früher auf den Grund gehen und sich nicht von den Drohungen des Majors beeinflussen lassen sollen.«

»Na, hören Sie mal, Lomax«, polterte Bishop, »ich finde Ihren Tonfall höchst beleidigend. Wir haben nur Andrews Wort, was das betrifft – er könnte sich das alles nur ausgedacht haben, um zu versuchen, den armen Gotley in Schwierigkeiten zu bringen.«

»Warum sind Sie so schnell damit bei der Hand, George zu glauben?«, fragte Tom. »Liegt es daran, dass er der Sohn eines Majors ist, und nicht der eines bloßen *box-wallah*, wie ich einer bin?«

Bishop lief krebsrot an. »Natürlich nicht.«

»Mir ist das Wort meines Sohnes jedenfalls gut genug«, sagte Tom hitzig. »Was mich betrifft, ist die Sache jetzt geklärt. Andrew hat die Provokation erklärt und seine Strafe auf sich genommen.«

Andrew sah, wie Bishop auf der Glatze der Schweiß ausbrach. »Sie ist ganz und gar nicht geklärt«, widersprach er und wurde immer lauter. »Ich habe einen Jungen mit gebrochenem Wangenknochen auf der Krankenstation und einen Vater, der verlangt, dass die Polizei gerufen wird. Die Nicholson School läuft Gefahr, durch die Taten von Lomax junior in Verruf zu geraten. Ganz gleich, was George gesagt hat oder nicht, Ihr Sohn muss sich für diesen Angriff entschuldigen.«

Andrew sah plötzlichen Zorn in den Augen seines Vaters aufblitzen. »Ich hätte gedacht, dass zehn Rohrstockschläge genug Vergeltung für den Boxhieb sind, den Andrew gelandet hat.«

»In meinen Augen nicht«, blaffte Bishop. Er drehte sich um und sah Andrew böse an. »Zum letzten Mal: Bist du bereit, dem jungen Gotley zu sagen, dass es dir leidtut?«

Andrew starrte zurück, ohne zu blinzeln. »Es tut mir leid, dass ich ihm den Wangenknochen gebrochen habe – aber es tut mir nicht leid, dass ich ihn geschlagen habe, Sir. Und wenn er diese Lügen wiederholen würde, dann würde ich ihn wieder schlagen.«

Bishop drohte ihm mit dem Finger. »Dann habe ich keine Wahl, als dich nach Hause zu schicken, Junge!« Er wandte sich an Tom. »Andrew ist für den Rest des Halbjahrs beurlaubt. Ich sollte ihn auf der Stelle der Schule verweisen, aber ich bin ein vernünftiger Mann und hoffe, dass eine Zeit des Nachdenkens zu Hause und eine gewisse Disziplinierung durch seine Eltern ihn dazu bringen werden, sein Fehlverhalten einzusehen. Wenn er eine schriftliche Entschuldigung schickt, gestatte ich ihm, im nächsten Halbjahr zurückzukommen.«

Andrew sah zwischen den Erwachsenen hin und her und fragte sich, ob das eine gute Nachricht war oder nicht. Er würde einen ganzen Sommer lang in Gulmarg umherstreifen können, ohne Unterricht zu haben – aber er würde auch alle Cricketspiele, das Sportfest und das Sommerlager in Ghora Gali verpassen.

Er sah, wie Esmie seinem Vater beruhigend die Hand auf den Arm legte. Ohne Erfolg.

»So weit kommt es nicht«, stieß Tom hervor. »Ich möchte nicht, dass mein Sohn eine Schule besucht, an der es dem Schulleiter bequemer erscheint, dem Tyrannen zu glauben und nicht dem, der tyrannisiert wird. Andrew kehrt zum nächsten Halbjahr nicht zurück. Darüber sind Sie bestimmt erleichtert, Mr Bishop.«

Damit nahm er Esmie beim Arm und legte Andrew eine Hand auf den Rücken, um sie beide durch die Tür zu führen.

Andrews Puls hämmerte. Ihm war schwindlig davon, welche Wendung die Dinge genommen hatten – und wie schnell. Er versuchte, Esmies Blick aufzufangen, aber sie musterte besorgt seinen Vater. Er hatte seinen Dad selten so außer sich erlebt. Toms Kiefer war verkrampft. Er hatte die dunklen Augenbrauen zusammengezogen. Plötzlich wallte Euphorie in Andrew auf: Sein Vater hatte ihn vor dem widerlichen Bishop in Schutz genommen.

Er konnte es gar nicht abwarten, dass der abscheuliche George davon erfuhr, dass der heldenhafte Tom Lomax nicht zugelassen hatte, dass sein Sohn von Major Gotley eingeschüchtert oder von Bishop, der aus dem Mund stank, gedemütigt wurde. Er verließ die Nicholson School. Er fühlte sich unbeugsam und im Recht – und er hatte die anderen widerwärtigen

Worte gar nicht wiederholen müssen, die George gesagt hatte. Andrew wusste, dass sie seinen Vater viel tiefer getroffen hätten, als ein Feigling genannt zu werden.

Während sein Vater in Rawalpindi anrief, um die Dubois vorzuwarnen, dass sie über Nacht bleiben würden, half Esmie Andrew beim Packen. Auf einmal war er seiner Stiefmutter gegenüber verlegen und warf seine Kleidung schnell in seinen Koffer. Eine halbe Stunde später fuhren sie alle drei in ihrem schwerfälligen Lieferwagen, auf dessen Seite die Beschriftung »Die Raj Hotels: Rawalpindi und Gulmarg« schon verblasste, durchs Schultor.

Andrew saß zwischen seinen Eltern. Ihr Schweigen machte ihn nervös. Sein Vater rauchte Kette, während das Auto die Mall entlangholperte. Andrew zwang sich, die Frage zu stellen, die ihm schon die ganze Zeit im Kopf herumging.

»Dad … Es stimmt doch alles nicht, oder? Das mit dem Kriegsgericht und dass du die Armee entehrt verlassen musstest?«

Die Miene seines Vaters verfinsterte sich. »Jetzt ist nicht der richtige Zeitpunkt, um darüber zu sprechen«, erwiderte er.

Andrew war alarmiert. Er wollte, dass sein Vater die Vorwürfe abstritt. Warum konnte er es ihm nicht einfach sagen?

Esmie warf ihm einen aufmunternden Blick zu. »Dein Vater ist einer der tapfersten Männer, die ich kenne, und man hat ihn absolut nicht gezwungen, die Armee zu verlassen. Er hat sich freiwillig entschieden, den Dienst zu quittieren.«

Andrew musterte seinen Vater und rechnete damit, dass er ihre Worte bestätigen würde. Aber Tom sah starr geradeaus, umklammerte das Steuerrad und sagte nichts. Noch vor einer Stunde hatte Andrew triumphiert, weil sein Vater sich für ihn eingesetzt hatte, aber jetzt fragte er sich, ob Tom es schon bereute. Er schien sehr wütend auf ihn zu sein.

Andrew kam zu dem Schluss, dass er das Wohlwollen seines Vaters vielleicht zurückgewinnen würde, wenn er über die Zukunft redete, statt weiter auf der Vergangenheit herumzureiten.

»Was meinst du, wo ich zur Schule gehen sollte, Dad?«, fragte er. »Kann ich auf die Biscoe's in Srinagar gehen? Sie bieten Bergsteigen, Wandern und Schwimmen an.«

»Es ist noch zu früh«, murmelte sein Vater. »Warten wir einfach ab.«

»Wenn ich dorthin gehen würde«, schwärmte Andrew, »könnte ich nur unter der Woche dort sein und am Wochenende nach Hause nach Gulmarg kommen. Und im Sommerhalbjahr könnte ich bei Baronin Cussack auf ihrem Hausboot wohnen, damit ich die Cricketspiele am Wochenende nicht verpasse.«

»Andy!«, protestierte sein Vater. »Du kannst nicht erwarten, einfach so in eine Schule, die dir gefällt, hineinzuspazieren. Sie werden wissen wollen, warum du die Nicholson School verlassen hast.«

Andrews Magen verkrampfte sich. »Sie werden doch nicht Mr Bishop fragen, oder?«

»Selbst wenn sie das nicht tun, spricht sich so etwas schnell herum.« Toms Blick wurde weicher. »Mach dir keine Sorgen darüber. Meemee und ich müssen es erst einmal besprechen.«

»Aber Biscoe's könnte wirklich genau die richtige Schule für dich sein«, sagte Esmie und tätschelte ihm den Arm.

Andrew versteifte sich bei ihrer Berührung. Georges abscheuliche Worte arbeiteten sich wieder in seine Gedanken vor. Als sie in die Ebene hinabfuhren, wurde Andrew schläfrig, und der Kopf sackte ihm hinunter.

»Leg deinen Kopf auf meinen Schoß«, bot Esmie an.

Andrew zwang sich, wach zu bleiben. »Ich komme schon zurecht, danke.«

Er wandte sich von ihrem verwunderten Blick ab und sah starr nach vorn.

Kapitel 3

Das Raj Hotel, Rawalpindi, 1933

Als die Lomax im Hotel ankamen, nachdem sie unterwegs haltgemacht hatten, um etwas zu essen, war es schon spät. Sie gingen rasch zu Bett und versicherten den Dubois, dass alles in bester Ordnung sei. Stella fiel auf, wie sehr Andrew gewachsen war, und er schenkte ihr ein schüchternes Lächeln, als er zur Treppe ging.

»Sieh mal, ich bin jetzt viel größer als du!« Er tätschelte von oben ihren Kopf, wie sie es früher immer bei ihm getan hatte. Seine Stimme war jetzt auch tiefer.

»Lass das.« Stella schlug seine Hand weg und lachte. »Ich wette, ich kann dich immer noch im Backgammon schlagen.«

»Ich wette, das kannst du nicht.«

Esmie mischte sich ein. »Morgen ist immer noch reichlich Zeit für Herausforderungen. Ab ins Bett, Andy.«

Andy stieß mit seinen schlaksigen Gliedmaßen unbeholfen gegen einen Tisch, sodass er einen Stapel Zeitungen herunterwarf. Stella half ihm, sie aufzusammeln, und er zerzauste ihr noch einmal das Haar.

Stella lachte und schob ihn von sich. »Ich hatte ganz vergessen, wie lästig du sein kannst.«

Andrew lächelte und beförderte seinen unordentlichen Zeitungsstapel wieder auf den Tisch. »Nacht, Stella«, sagte er und sprang die Treppe zwei Stufen auf einmal nehmend hinauf.

Früh am nächsten Morgen traf Stella Tom auf dem Hof rauchend und im Gespräch mit ihrem Vater an. Frisky schnüffelte um Toms Füße herum.

»Ah, Stella!« Tom wirkte erfreut, sie zu sehen. »Ich habe deinem Vater gerade erzählt, aus welchem Grund wir nach Murree gefahren sind. Es tut mir leid, wenn wir für Aufregung gesorgt haben. Es besteht kein Anlass zur Besorgnis. Es ist nur so, dass wir mit der Schule nicht zufrieden sind und beschlossen haben, Andy runterzunehmen.«

»Oje«, sagte Stella. »Tut mir leid, das zu hören. Ich dachte, Andy wäre glücklich …«

»Es steht uns nicht zu, das zu kommentieren, Süße«, unterbrach sie ihr Vater.

Tom nahm einen tiefen Zug aus seiner Zigarette und fuhr fort: »Jedenfalls hatte es keinen Sinn, für eine Übernachtung zu bezahlen, da wir doch so nahe an Pindi waren – und wir dachten, wir könnten dich gleich mitnehmen, Stella, um dir die Reisekosten nächste Woche zu sparen.«

Stella lebte auf. »Oh ja, bitte!« Dann sah sie schnell ihren Vater an. »Wenn dir das auch recht ist, Pa?«

Charlie lächelte. »Natürlich. Was auch immer am bequemsten und angenehmsten für Mr und Mrs Lomax ist, erfreut auch mein Herz.«

Tom nickte. Sein Lächeln wirkte verkrampft. »Danke, Charlie.«

Stella bückte sich, um Frisky zu streicheln. »Wir haben vielleicht ein Glück, was, alter Junge? Wir werden früher als erwartet in Kaschmir sein, und dein Freund Andy ist auch da.«

Tom drückte seine Zigarette aus. »Bitte behalte vorerst für dich, dass Andy die Nicholson School verlassen hat. Wir wollen nicht, dass in Pindi über ihn getratscht wird.«

Stella bedachte ihn mit einem überraschten Blick. »Natürlich sagen wir kein Wort, Mr Lomax.«

Als Stella Winifred Shankley fürs Frühstück bereitgemacht hatte, war Andrew schon mit Jimmy losgeschickt worden, um irgendeine Besorgung zu erledigen. Abgesehen von der kurzen Begrüßung am Vorabend hatte Stella noch keine Gelegenheit gehabt, mit ihm zu sprechen, und sie hatte den Verdacht, dass die Lomax versuchten, ihren Sohn von den neugierigen Dauergästen fernzuhalten.

Während Tom den Lieferwagen in die Werkstatt brachte, um die Reifen aufpumpen und das Öl wechseln zu lassen, bat Esmie Stella, sie auf den Saddar-Basar zu begleiten, um Vorhangstoff für das Raj-in-the-Hills auszuwählen. Esmie wirkte etwas bedrückt, und so übernahm Stella einen Großteil des Redens, als sie im Schatten von Esmies Sonnenschirm durch den belebten Basar gingen und die Stände absuchten. Stella wählte einen leuchtend gelben Stoffballen mit blauem Vogelmuster aus, und Esmie arrangierte alles, um ihn ins Hotel liefern zu lassen.

Esmie schien es nicht eilig damit zu haben, ins Hotel zurückzukehren, und führte Stella aus dem Basar und zurück zur Mall mit ihren Schatten spendenden Bäumen. Stella staunte darüber, wie mädchenhaft Esmie immer noch aussah, obwohl sie mittlerweile auf die Vierzig zuging. Sie bewegte sich schnell und anmutig und sah sogar in den schlichten, praktischen Kleidern, die sie bevorzugte, elegant aus. Aber Stella merkte ihr an, dass etwas sie belastete; ihr zartes Gesicht wirkte angespannt.

»Du machst dir Sorgen um Andy, nicht wahr?«, fragte Stella am Ende.

Esmie sah Stella mit trauriger, aber wissender Miene an.

»Mr Lomax hat mir erzählt, dass ihr ihn von der Nicholson School genommen habt. War er dort sehr unglücklich?«

»Hat Tom das gesagt?«

»Nein, er hat keinen Grund genannt, aber ich bin davon ausgegangen …«

Esmie blieb stehen, um sich umzuschauen und sicherzugehen, dass sie allein waren. »Ich will ehrlich zu dir sein, Stella. Du bist für uns wie ein Familienmitglied und stehst Andy nahe. Es war nicht wirklich unsere Entscheidung, Andy von der Nicholson School zu nehmen; wir haben es getan, bevor er der Schule verwiesen werden konnte.«

»Der Schule verwiesen?« Stella schnappte nach Luft. »Wofür denn nur?«

»Er hat einen Mitschüler verprügelt – der Junge hat grausame Dinge über Tom gesagt, aber das ist keine Entschuldigung für das, was Andy getan hat. George Gotley hat einen gebrochenen Wangenknochen, und sein Vater hat damit gedroht, zur Polizei zu gehen.«

Stella war empört. »Andy würde nie grundlos einen Kampf anzetteln. Der andere Junge muss etwas wirklich Schlimmes gesagt oder getan haben.«

»Es war alberner Tratsch über Toms Zeit in der Armee, den George von seinem großspurigen Vater, Major Gotley, gehört haben muss.«

»Wenn George Andy provoziert hat, sollten sie beide gleichermaßen bestraft werden. Wird der Gotley-Junge auch nach Hause geschickt?«

Esmie schüttelte den Kopf. »Tom ist zu dem Schluss gekommen, dass Andy nicht dorthin zurückkehren sollte. Wenn der Schulleiter nicht bereit ist, gegen Schulhoftyrannen – oder tyrannische Väter – vorzugehen, dann möchte er lieber, dass Andy auf eine andere Schule geht.«

»Hat er schon eine Vorstellung, auf welche?«

»Nicht wirklich. Andy würde gern auf die Biscoe's in Srinagar gehen.«

»Das wäre schön«, sagte Stella beifällig, »dann wäre er auch näher an zu Hause.«

»Ja, das würde mir auch gefallen. Es ist nur …« Esmie runzelte die Stirn.

»Sag es mir«, bat Stella.

Esmie seufzte. »Ich mache mir Sorgen, wie seine Mutter reagiert, wenn sie erfährt, dass wir Andy von der Schule genommen haben. Man wird Lydia davon in Kenntnis setzen müssen, bevor der Klatsch bis zu ihr vordringt.«

»Aber sie wird doch das Beste für Andy im Sinn haben, nicht wahr?«

»Oh, Stella, ich weiß es nicht. Das ist vielleicht genau der Vorwand, nach dem sie gesucht hat, um darauf zu bestehen, dass Andy nach Schottland kommt, um dort zur Schule zu gehen.«

»Nach Schottland?« Stella war entsetzt. »Aber das würde Andy doch nicht wollen, oder?«

»Ich glaube nicht«, sagte Esmie, »aber ich fürchte, wir haben ihm nie eine Wahl gelassen. Tom hat sich immer dagegen gesträubt, sogar als Lydia versprochen hat …« Sie brach ab. »Auf alle Fälle wäre es die Hölle für Tom, wenn Andy so weit wegginge. Und Lydia hat nie viel Interesse an ihrem Sohn gezeigt. Deshalb würde ich mir Sorgen um ihn machen.«

Stella erinnerte sich noch an die herrische Lydia, obwohl sie sie seit ihrer Kindheit nicht mehr gesehen hatte. Damals war Lydia nach Schottland zurückgekehrt, als ihre Ehe mit Tom gescheitert war. Auf Stella hatte sie mit ihrem hellblonden Haar und ihren großen blauen Augen schön wie eine Prinzessin gewirkt. Aber sie erinnerte sich auch an ihre wetterwendischen Launen: In einem Moment hatte sie Stella noch mit Geschenken verwöhnt, im nächsten war sie ihre Eltern unhöflich angegangen.

Obwohl Stella sich über Lydias Aufmerksamkeit gefreut hatte, war sie doch nie ganz warm mit ihr geworden, weil sie unter den Erwachsenen oft für Kummer und Anspannung gesorgt hatte.

Sie erinnerte sich an die Erleichterung der Dauergäste, als Lydia gegangen war. Aber auch an den Abscheu ihrer Mutter angesichts dessen, dass Lydia Andrew als Baby zurück nach Indien geschickt hatte, damit Tom ihn großzog. *»Stell dir nur vor, den eigenen Sohn so wegzugeben! Die Frau hat ein Herz aus Stein.«*

Esmie dagegen hätte Andy gar keine hingebungsvollere Mutter sein können.

Stella berührte tröstend ihren Arm. »Ich bin mir sicher, dass kein Anlass zur Sorge besteht. Andy hat seinen eigenen Kopf – seine Mutter kann ihn nicht zwingen, gegen seinen Willen nach Schottland zurückzukehren.«

Als sie sich auf den Rückweg ins Hotel machten, war Esmie immer noch nachdenklich. »Ich werde das Gefühl nicht los, dass Andy noch etwas anderes zu schaffen macht.«

»Was denn?«

»Ich bin mir nicht sicher – es ist nur ein Instinkt.« Esmie sah unbehaglich drein. »Er ist mir gegenüber etwas reserviert, seit das alles passiert ist.«

»Möchtest du, dass ich versuche, herauszufinden, was mit ihm ist?«, fragte Stella.

Esmie zögerte. »Ich sollte das eigentlich nicht von dir verlangen – aber du konntest schon immer so gut mit Andy umgehen. Wenn er es irgendjemandem anvertraut, dann dir. Würde es dir etwas ausmachen?«

»Natürlich nicht«, sagte Stella. »Wahrscheinlich ist es ihm peinlich, dass er so einen Aufruhr ausgelöst hat. Vielleicht hat er das Gefühl, dass er euch enttäuscht hat. Bestimmt ist es nicht mehr als das.«

Endlich lächelte Esmie. »Danke, Stella. Wenn ich dich nicht hätte.«

»Keine Ursache«, sagte Stella. »Ich bin überzeugt davon, dass Andy wieder ganz der Alte sein wird, sobald er zurück in Gulmarg ist.«

* * *

Zwei Tage später brachen Stella und die Lomax in der Morgendämmerung nach Kaschmir auf. Myrtle Dubois bestand darauf, dass sie genug Proviant für eine doppelt so lange Reise mitnahmen.

»Nur für den Fall, dass es Erdrutsche gibt«, sagte sie, als sie das Beladen des Lieferwagens mit Körben voller Sandwiches und Karipap, Orangen, Bananen, Dosenkäse, Keksdosen, einer Thermoskanne voller Tee und einer mit Kaffee sowie Sodawasserflaschen und Schokoladenriegeln überwachte.

Andrew beschloss, sich zu Frisky auf die Ladefläche des Wagens zu setzen, und so saß Stella vorn neben Esmie, während Tom fuhr. Als sie die Ebene verließen und auf die gewundene Bergstraße gelangten, die zwischen Kiefern bergauf führte, kam das Gespräch zum Erliegen. Stella kurbelte das Fenster hinunter und atmete die frische Luft ein. Sie freute sich darauf, gleich den ersten Blick auf die schneebedeckten Berggipfel zu erhaschen. Niemand sprach, während sie durch Murree und an der Zufahrt zur Nicholson School vorbeirollten.

Dann fuhren sie die abschüssige Straße nach Kohala hinunter und über die Hängebrücke, die den tosenden Fluss Jhelam überspannte, verließen Britisch-Indien und gelangten nach Kaschmir. Stellas Laune hob sich, als sie die fernen Gipfel des Himalaja betrachtete. Wieder einmal fühlte sie sich, als hießen die Berge sie willkommen.

Kapitel 4

Das Raj-in-the-Hills Hotel, Gulmarg, Kaschmir, 1933

Die Dunkelheit war schon hereingebrochen, als die Blockhütten von Gulmarg in Sicht kamen. Sie ließen den Lieferwagen am Ende der ungepflasterten Straße stehen und gingen zu Fuß durch die Siedlung bergauf. Der Vollmond tauchte den Boden des Golfplatzes und des Polofelds in ein gespenstisches silbriges Licht, während der Turm der steinernen Kirche zwischen Abertausenden von Sternen aufragte. Die meisten Chalets waren noch wie in der kalten Jahreszeit verrammelt, aber aus einem oder zweien leuchtete schon sanfter Lampenschein.

Eine angenehme Brise wehte den Berg hinab und trug den Duft von Thymian und Majoran von den hoch gelegenen Wiesen mit sich. Geräusche waren weithin zu hören: das Blöken eines Schafs und das Wiehern eines Pferdes. Gelächter tönte von der Veranda eines weitläufigen, niedrigen Gebäudes herab.

Keuchend blieb Stella stehen, um Luft zu holen. »Wie ich sehe, hat das Nedous Hotel schon geöffnet.«

»Seit letzter Woche«, sagte Tom. »Eigentlich wollten wir auch diese Woche öffnen …«

Das Raj-in-the-Hills lag jenseits der Hauptsiedlung hinter einem Baumgürtel eng an eine einsame Wiese geschmiegt. Die Angestellten mussten schon gehört haben, dass die Lomax auf dem Weg dorthin waren, denn Bijal, Toms Diener, kam mit einem Pony den Pfad herabgeeilt. Neben ihm hielt Maseed, der Hilfskoch, eine Petroleumlampe hoch, um ihnen den Weg zu leuchten.

»Hallo, Bijal!«, rief Andrew und lief los, sodass Frisky zu bellen begann.

»Andrew-Sahib!« Bijal grinste überrascht. »So schnell zurück?«

»Ja, und Stella ist auch bei uns.« Andrew drehte sich um und zeigte in die Dunkelheit. Stella war stehen geblieben, um die Aussicht auf die Berge zu bestaunen, die über den Wiesen aufragten und deren Gipfel im Mondschein funkelten.

»Komm schon, Stella!«, rief Andrew.

Sie winkte und zwang ihre müden Beine, weiterzugehen. Als sie Bijal begrüßte, bot er ihr das Pony an.

»Danke, aber lass lieber Esmie darauf reiten«, sagte Stella und rang in der dünnen Luft nach Atem.

»Meemee ist viel fitter als du, Stella«, zog Andrew sie auf.

»Ja, aber ich möchte lieber über die Wiese gehen.« Sie zog ihre Sandalen aus, versenkte die Füße im kühlen Gras und atmete den honigsüßen Duft der Wildblumen ein. »Von diesem Moment habe ich schon die ganze Zeit geträumt. Komm, Frisky!«

Der Hund entwand sich Andrews Armen und folgte ihr auf dem Fuß.

»Wartet auf mich!«, rief Esmie, schüttelte ebenfalls ihre Schuhe ab und holte Stella ein.

Lachend brachen sie Arm in Arm auf. Vor ihnen, am oberen Ende der Wiese, lag das Hotel mit seinen grünen Dächern – nicht größer als ein weitläufiger Bungalow. Die breite Eingangstür stand einladend offen. Stella genoss es, den Holzrauch in der klaren Luft zu riechen. Hatten sie wirklich erst heute Morgen den Glutofen von Rawalpindi zugunsten dieses bergigen, duftenden Paradieses verlassen? Esmie drückte ihren Arm und flüsterte: »Ich bin ja so froh, dass du hier bist.«

»Das ist der Höhepunkt meines Jahres.« Stella schenkte ihr ein dankbares Lächeln.

Als sie das Hotel erreichten, waren ihre Beine und die Säume ihrer Kleider feucht von Tau, aber das war ihnen beiden egal. Sie gingen hintenherum zu dem Anbau, in dem die Lomax lebten. Bijal servierte Tee, Whisky und Samosas am Feuer im Wohnzimmer und schickte Maseed mit zwei Maultieren los, um das Gepäck aus dem Lieferwagen zu holen.

Tom drückte den schmerzenden Rücken durch und stürzte einen großen Whisky hinunter.

»Du hättest mich einen Teil der Strecke fahren lassen sollen, Schatz«, sagte Esmie und ließ sich in einen bequemen Sessel sinken.

»Du weißt doch, dass ich ein schrecklicher Beifahrer bin«, sagte Tom mit einem schiefen Lächeln. »Ich will anderen immer ins Steuerrad greifen.« Er goss sich noch einen Drink ein und zündete sich eine Zigarette an.

Stella saß am Kamin, trocknete ihr Kleid und nippte an ihrem Tee. Andrew spielte mit Frisky, und als sie immer wilder herumtobten, riss der Hund einen Beistelltisch um.

»Ab ins Bett, Andy«, sagte sein Vater unvermittelt. »Du machst den Hund ja ganz verrückt.«

»Wir spielen nur«, sagte Andrew, fuhr fort, den Hund zu kitzeln, und ignorierte den Befehl.

Tom stürzte seinen Drink hinunter, marschierte auf seinen Sohn zu und packte ihn beim Arm. »Sofort!«

»Tom, nicht so grob«, ermahnte Esmie ihn.

Tom blaffte Andrew an: »Du bist ja vielleicht nicht mehr in der Schule, aber du hast auch keine Ferien. Deine Mutter und ich werden dir Unterricht geben, und du wirst dich weiter daran halten, dass um neun Uhr das Licht aus ist. Denk ja nicht, dass du den ganzen Sommer lang tun kannst, was du willst.«

Stella hielt den bellenden Frisky fest und beruhigte ihn. Sie sah zu, wie Andrew gedemütigt errötete und aus dem Zimmer schlich.

»Ich habe auch die nötige Bettschwere«, sagte Stella und tauschte einen Blick mit Esmie. »Es sei denn, ich kann noch etwas tun?«

»Nein danke. Du musst erschöpft sein. Wir sind alle erschöpft.« Sie bedachte Tom mit einem Blick. Er war schon dabei, sich den dritten Whisky einzugießen.

Whisky war manchmal ein Vorbote von Toms Anfällen von Melancholie. Offensichtlich regte es ihn auf, dass Andrew gezwungen gewesen war, die Nicholson School zu verlassen, und das war auch noch zu Beginn der arbeitsreichsten Zeit im Jahr geschehen, in der die Lomax das Hotel auf den heißen Sommer vorbereiteten.

Stella machte es sich in ihrem kleinen Schlafzimmer an der Rückseite des Hotels gemütlich und beschloss, optimistisch zu sein. Sie würde tun, was sie konnte, um zwischen Andrew und seinen Eltern zu vermitteln, während sie ihre Pflichten im Hotel erfüllte.

Stella zog das kühle Bettlaken bis unter ihr Kinn hoch und legte sich mit einem zufriedenen Seufzen hin. Durchs offene Fenster konnte sie die Sterne betrachten und im fernen Wald einen Schakal rufen hören. Binnen weniger Minuten war sie eingeschlafen.

Kapitel 5

Irgendwann in der Nacht erwachte Stella, als sie Schritte auf dem Gelände hörte. Schlaftrunken dachte sie erst, dass es der *chowkidar* sein musste, der seinen Nachtwächterpflichten nachkam, aber dann roch sie den vertrauten Duft von Toms Zigaretten. Als sie ihre Taschenlampe auf den Wecker auf ihrem Nachttisch richtete, sah sie, dass es zwei Uhr morgens war. Was machte er um diese Zeit auf den Beinen? Sie setzte sich in ihrem schmalen Bett auf und spähte aus dem Fenster.

Der Mond war gerade untergegangen, aber es war dank des sternklaren Himmels gerade noch hell genug, um die hochgewachsene, dunkelhaarige Gestalt zu erkennen, die nach oben schaute und Rauchkringel ausblies. Als spürte er, dass er beobachtet wurde, drehte er sich um und sah zum Hotel. Stella hätte beinahe aufgekeucht. Es war Andrew, nicht Tom!

Aber dann konnte sie gar nicht anders, als belustigt zu sein: Andrew experimentierte mit einer der Zigaretten seines Vaters. Wenn Tom ihn erwischte, würde er sogar noch größeren Ärger bekommen, als er ihn jetzt schon hatte. Aber Tom schlief vermutlich vom Whisky betäubt tief und fest. Esmie würde ihrem Stiefsohn schon eher verzeihen und ihn nur zurück ins Bett scheuchen. Sollte Stella hinausgehen und das selbst übernehmen? Gab es noch etwas, das ihm Sorgen machte – wie Esmie vermutete –, abgesehen von der Aufregung über den Gotley-Jungen?

Stella hatte versprochen, es herauszufinden, aber war das hier der richtige Augenblick, um Andrew auszufragen? Sie konnte sich vorstellen, wie er sie aufziehen würde: *»Du bist nicht meine* ayah, *also hör schon auf, das Kindermädchen für mich zu spielen.«*

Nicht zum ersten Mal dachte Stella über ihr Verhältnis zu den Lomax nach. Sie war teils Angestellte, teils Freundin. Sie war mit Andrew aufgewachsen und mochte ihn wahrscheinlich noch lieber als ihren eigenen Bruder Jimmy. Die letzten drei Jahre über war sie ins Raj-in-the-Hills gekommen, um auszuhelfen, wo auch immer sie gebraucht wurde. Felix, der extravagante Koch aus Goa, erlaubte ihr, in die Küche zu kommen, um Cremetörtchen und Windbeutel zuzubereiten. Nach dem Abendessen oder an Regentagen spielte sie Klavier für die Gäste und half den *ayahs*, die Kinder zu beschäftigen, während ihre Eltern Golf spielten oder ausritten.

Außerdem war sie Esmies Vertraute. Stella wusste, dass sie Tom als Aushilfe im Hotel in Gulmarg den nötigen Freiraum verschaffte, um entweder den gastfreundlichen Hotelier zu spielen oder sich in sein Maleratelier zurückzuziehen, um allein zu sein. Esmie ermunterte ihren Mann zu seiner Kunst. Zu Stella sagte sie immer: *»Er ist kein schlechter Künstler, und es tut seiner geistigen Gesundheit gut.«*

Stella war nahe daran, aus dem Bett zu steigen und sich nach draußen zu Andrew zu gesellen, als sie ihn an Zeigefinger und Daumen lecken sah, bevor er den Zigarettenstummel ausdrückte. Er zog sich in den Hotelanbau zurück und ließ die Kippe unterwegs in einen Pflanzkübel fallen. Der Moment war vorbei. Sie lag bis fast in die Morgendämmerung wach und grübelte, was es nur war, das den Jungen so rastlos machte.

* * *

Die nächsten paar Tage waren hektisch. Stella verbrachte Stunden damit, Karo, der paschtunischen Näherin, dabei zu helfen, Schlafzimmervorhänge aus dem Stoffballen vom Saddar-Basar zu nähen. Stella ging mit Esmie Speisekarten und Kontrolllisten durch und half Tom, einige alte Nachttische weiß zu streichen. Bijal führte die Aufsicht über einen gründlichen Frühjahrsputz in allen Zimmern, sorgte dafür, dass der *mali* die Gärten in Schuss brachte und dass der *syce* die Ponys und Maultiere für die ankommenden Gäste bereithielt.

Die ganze Zeit über saß Andrew in Toms Büro fest, wo er über Matheaufgaben oder naturwissenschaftlichen Problemen brütete, die Esmie ihm gestellt hatte. Am vierten Tag, als Stella ihm ein Glas Milch und einen Keks brachte, schaute er hoffnungsvoll auf.

»Kannst du mir hierbei helfen?«

Tom steckte den Kopf durch die Tür. »Nein, das kann sie nicht. Stella hilft schon Esmie.«

Andrew stützte den Kopf in die Hände. Er hatte blaue Tinte an den Fingern, weil er mit seinem Füller herumgespielt hatte.

»Die Aufgaben sind zu schwer«, beklagte er sich. »Kann ich nicht stattdessen ein Buch lesen?«

»Kommt nicht infrage«, sagte Tom.

Stella zog sich mit einem mitfühlenden Lächeln zurück. Vor der Tür sagte sie zu Tom: »Soll ich einen Spaziergang mit ihm machen? Wenn er in der Schule wäre, hätte er Sportunterricht, und etwas Bewegung hilft ihm vielleicht, sich besser auf seine Aufgaben zu konzentrieren.«

Tom brummte: »Du klingst wie Esmie. Findest du auch, dass ich zu hart zu ihm bin?«

Stella wich der Beantwortung der Frage aus und lächelte. »Er ist dreizehn. Sein Unterricht ist wichtig, aber er muss auch Dampf ablassen. Geben Sie ihm einen Anreiz, seine Rechenaufgaben fertig zu machen.«

Tom seufzte. Er drehte sich um und öffnete die Bürotür. »Andy, nach dem Mittagessen reiten wir aus«, sagte er.

Stella hörte Andrew jauchzen: »Ja!«

»Aber nur, wenn du jetzt diese Aufgabe fertig machst.«

* * *

Eine Stunde später wurde eine Nachricht ins Hotel heraufgebracht, um mitzuteilen, dass der Koch, Felix Dias, einen Tag früher als geplant in Srinagar angekommen war.

»Ich hole ihn mit dem Lieferwagen ab«, sagte Tom, »und wenn ich schon in der Stadt bin, dann auch gleich noch die Ölfarben, die ich in der Drogerie bestellt habe.«

Nach einer Weile spürte Andrew die Frauen in der Wäschekammer auf, wo sie Bettlaken zählten. Er wedelte triumphierend mit seinem tintenbespritzten Heft. »Fertig! Jetzt können wir ausreiten. Wo ist Dad?«

Stella und Esmie tauschten einen Blick.

»Es tut mir leid, Andy«, sagte Esmie, »aber er ist Felix abholen gefahren.«

Enttäuscht zog Andrew ein langes Gesicht. »Was? Aber er hat es *versprochen*.«

Esmie lächelte. »Ihr könnt ausreiten, wenn er zurück ist.«

Andrew verdrehte die Augen. »Du weißt doch, dass er vor Einbruch der Dunkelheit nicht zurück sein wird.«

»Vielleicht ja doch.«

»Nein«, beharrte Andrew. »Da hast du deine dummen Lösungen!« Er warf mit dem Übungsheft nach ihr.

»Red nicht in diesem Ton mit mir!«, schimpfte Esmie. Andrew drehte sich um und rannte aus dem Zimmer. Esmie eilte zur Tür. »Wo willst du hin?«, rief sie ihm nach.

Er antwortete nicht, als er die Treppe hinab verschwand. Sie hörten ihn durch den Flur poltern und dann die Haustür zuschlagen. Die beiden Frauen sahen einander besorgt an.

»Er scheint so wütend auf mich zu sein«, sagte Esmie hilflos. »Ich weiß wirklich nicht, was ich ihm getan habe.«

»Lass mich ihm nachgehen«, bot Stella an.

Esmie legte ihr eine Hand auf die Schulter. »Danke.«

* * *

Obwohl Stella auf einem Pony bergauf ritt, brauchte sie fast eine Stunde, um Andrew einzuholen. Sie hatte gewusst, wohin er gehen würde: auf die hoch gelegene *marg*, auf der die Gujar-Hirten ihre Herden von Schafen, Kühen und Büffeln hielten. Als sie im Trab durch den Kiefernwald ritt, hatte sie Angst davor, einem Bären zu begegnen, und beeilte sich, auf die grasbewachsene Freifläche hinauszukommen, die mit den behelfsmäßigen Blockhütten der Gujar übersät war. Sie machte einen Bogen um die Siedlung, weil sie keinem der grimmigen Hunde begegnen wollte, die dabei halfen, die Herden zu hüten.

Am Ende fand sie Andrew, der am Rande der Wiese, wo die Kiefern Wacholder und Birken wichen, unter einem wilden Indigostrauch saß. Andrew rauchte wieder, drückte aber eilig seine Zigarette aus, als Stella näher kam. Sie machte keine Bemerkung darüber, als sie abstieg und sich neben ihm ins Gras fallen ließ.

»Was für eine Aussicht«, sagte sie, als sie zu der majestätischen Wand hinübersah, die die Berge des Himalaja im Norden bildeten. Der höchste schneebedeckte Gipfel, der Nanga Parbat, thronte wie ein König über den anderen. Tief unter ihnen, im Osten, sah sie das ferne Srinagar in sein grünes Tal geschmiegt und den Dal-See, der im Sonnenschein glitzerte.

»Warum hast du so lange gebraucht?«, fragte er mit misstrauischem Blick.

»Ich habe dir einen guten Vorsprung gelassen.« Sie stupste ihn an. »Ich wollte dir Zeit geben, dich nach deinem kleinen Wutanfall zu beruhigen.« Stella zwinkerte.

»Ich nehme an, Meemee hat dich hergeschickt, damit du die Drecksarbeit für sie erledigst und mich zurückschleppst.« Er warf ihr einen rebellischen Blick zu. »Ich würde aber lieber die Nacht in der Hütte eines Gujar verbringen, als noch mehr von ihren albernen Rechenaufgaben zu lösen.«

Stella lehnte sich zurück und musterte ihn. »Wärst du lieber noch auf der Nicholson School? Bereust du, was du getan hast? Esmie glaubt, dass es noch nicht zu spät ist. Wenn du eine Entschuldigung schreibst, könntest du zurück – wenn es das ist, was du willst.«

»Niemals!«, gab Andrew hitzig zurück. »Meemee versteht das nicht.«

»Sie weiß, dass dich etwas bedrückt, aber sie versteht nicht, warum du es an ihr auslässt.«

»Ich lasse es doch gar nicht an ihr aus«, protestierte Andrew.

Stella legte ihm eine Hand auf die Schulter. »Andy, du bist nicht gerade nett zu ihr, seit sie dich aus Murree abgeholt haben. Was hat sie getan, das dich so verletzt hat?«

Andrew ließ den Kopf hängen und sagte nichts. Stella zog ihre Hand zurück. Müßig begann sie, Wildblumen zu pflücken, und schlang einen langen Grashalm um die Stiele, um ein kleines Sträußchen zu binden. Sie wartete.

Leise sagte Andrew: »Mir gehen Gotleys dreckige Worte einfach nicht aus dem Kopf …«

»Oh, Andy«, sagte Stella sanft, »du weißt doch, dass sie nicht wahr sind. Dein Dad war nie in irgendeiner Hinsicht ein Feigling. Soldaten wie Major Gotley mögen ihn nicht, weil er der Armee den Rücken gekehrt hat, um einem friedlichen Beruf nachzugehen. Sie sehen auf *box-wallahs* wie meinen Vater und deinen herab. Aber unseren Dads ist es völlig egal, was Snobs wie Gotley denken.«

Andrew warf ihr einen verzweifelten Blick zu. »Es ist nicht nur das«, murmelte er.

»Was dann?«

Er schüttelte den Kopf.

»Andy, du kannst es mir sagen. Ich tratsche nichts an deine Eltern weiter, wenn du es nicht willst.«

Er musterte sie. »Versprichst du mir das?«

»Natürlich.«

Er senkte die Stimme zu einem Flüstern. »George Gotley hat schreckliche Dinge über Meemee gesagt – ekelhafte Dinge.«

»Über Esmie?« Stella war verdutzt. »Was denn?«

Andrew ließ den Kopf noch weiter hängen. Seine Wangen liefen krebsrot an. »Er hat sie eine … eine … Hure genannt.«

Stella schnappte nach Luft. »Warum um alles in der Welt sollte er das sagen?«

»Hat behauptet, sie wäre nicht richtig mit meinem Dad verheiratet – dass sie bloß seine Mätresse sei, und noch nicht einmal eine hübsche, weil sie Pfannkuchen anstelle von Brüsten hat. Er hat immer weiter und weiter diese abscheulichen Dinge vor den anderen Jungen gesagt …«

»Wie konnte er es wagen! Kein Wunder, dass du ihn verdroschen hast. Das hätte ich auch getan.«

Andrew sah sie an. In seinen großen blauen Augen standen Tränen. »Aber warum sollte er das sagen? Ich kann gar nicht anders, als mir Gedanken zu machen, ob er etwas weiß, das ich nicht weiß …«

»Oh, Andy!« Stella legte einen Arm um ihn. »Natürlich tut er das nicht. Er war nur grausam.«

»Ich fühle mich schrecklich, weil ich schlecht von Meemee denke, aber das, was Gotley gesagt hat, lässt mich einfach nicht los …« Unvermittelt brach er in Tränen aus.

Stella zog ihn eng an sich, legte beide Arme um ihn und streichelte sein zerzaustes Haar, als er an ihrer Schulter weinte.

»Ich bin froh, dass du mir das erzählt hast«, sagte sie leise. »Es muss schrecklich gewesen sein, das in dich hineinzufressen. Aber nichts davon ist wahr.«

Andrew löste sich von ihr und wischte sich mit dem Handrücken die Tränen ab. »Ich hasse George für das, was er gesagt hat – und die anderen Jungen auch. Sie haben sich nicht für mich eingesetzt, deshalb werde ich nie dorthin zurückkehren.«

Stella sah ihm an, wie unglücklich er war. Vielleicht war der Verrat der anderen Jungen noch schwerer zu ertragen als Georges Häme? Sie hatten lieber dem Schulhoftyrannen als Andrew geglaubt.

»Also, das Beste ist doch jetzt, nach vorn zu schauen und nicht zurück«, sagte Stella. »Im nächsten Halbjahr bist du auf einer anderen Schule und fängst von vorn an, schließt neue Freundschaften dort, wo die Gotleys dir nicht alles verderben können.«

Andrew riss eine Handvoll Gras aus. »Was, wenn an der Biscoe's auch Soldatenkinder sind? Söhne von Offizieren bei den Peshawar Rifles? Wie Dad schon sagte, so etwas kann sich herumsprechen. Vielleicht sollte ich viel weiter weg zur Schule gehen …«

Stella versuchte, ihn zu trösten. »Das waren Lügen, die George sich ausgedacht hat. Warum sollten sie irgendjemanden sonst kümmern?«

»George hat gesagt, sein Vater habe ihm davon erzählt«, murmelte Andrew. »Immer wieder hat er gesagt, dass alles wahr ist.«

»Na, wem möchtest du lieber glauben – deinem Dad oder den Gotleys?«

Andrew schenkte ihr ein vorsichtiges Lächeln. »Dad natürlich.«

Stella stand auf. »Komm, lass uns nach Hause gehen. Du hast das Mittagessen verpasst und musst doch einen Bärenhunger haben. Und es wird Zeit, dass du dich mit Esmie versöhnst.«

Nickend kam Andrew auf die Beine. »Muss ich ihr erzählen, was George gesagt hat?«

»Nicht, wenn du nicht willst«, meinte Stella.

»Ich will nicht«, sagte Andrew mit Nachdruck.

Einen Moment lang fiel Stella auf, wie sehr er seinem Vater ähnelte, die Hände in die Taschen gesteckt, mit widerspenstigem dunklem Haar, das ihm in die Augen fiel, und starrsinniger Miene. Dann lächelte er, und der strenge Ausdruck verschwand.

»Danke, Stella. Ich fühle mich immer besser, nachdem ich mit dir geredet habe.«

»Dazu sind Freunde da, Andy«, antwortete sie und lächelte voller Zuneigung.

Sie brachen die *marg* hinunter auf und führten das Pony zwischen sich. Andrew begann, vom Cricketspielen zu reden.

Stella war erleichtert, dass seine unglückliche Stimmung verflogen zu sein schien.

Zurück im Hotel entschuldigte sich Andrew bei Esmie und umarmte sie verlegen. Esmie wirkte erfreut, aber skeptisch. Stella huschte davon, um eine Näharbeit zu beenden, bevor Esmie sie ausfragen konnte.

Kapitel 6

Am nächsten Tag stürzte Stella sich, aufgemuntert durch die Ankunft des überschwänglichen Hotelkochs, in die Arbeit, um Felix zu helfen, eine Inventarliste der Küchengeräte aufzusetzen und Zutaten für die folgende Woche zu bestellen. Die ersten Gäste sollten in einer Woche ankommen.

Am späten Nachmittag, als die Lomax und Stella gerade zum Tee auf der Veranda zusammenkamen, rannte ein *chaprassi* den Pfad herauf.

»Aber wir haben doch heute schon *dak* bekommen«, sagte Esmie überrascht.

»Sieht so aus, als hätte er ein Telegramm«, meinte Tom und ging zu den Stufen hinüber.

Andrew war schneller und sprang vor seinem Vater die kleine Treppe hinab. Er unterhielt sich auf Urdu mit dem muslimischen *chaprassi*. Als er zurückkehrte, schwenkte er einen braunen Briefumschlag vor Tom.

»Das ist für dich, Dad.« Er reichte ihm den Umschlag und fuhr dann damit fort, einen Cricketball in die Luft zu werfen und wieder aufzufangen.

Die Frauen beobachteten Tom etwas nervös. Er riss den Umschlag auf und las die Nachricht. Sein Stirnrunzeln vertiefte sich.

»Von wem ist es?«, fragte Esmie und stellte sich neben ihn.

Tom stopfte das Telegramm schnell zurück in den Umschlag. »Wir reden später darüber.«

»Tom!«, protestierte Esmie. »Ist es eine schlechte Nachricht?«

Andrew hörte mit dem Ballspielen auf und sah plötzlich erschrocken drein. »Es ist doch niemand gestorben, oder?«

»Nein, nichts dergleichen«, sagte Tom rasch.

»Was dann?«, setzte Esmie ihm zu. »Du machst uns Sorgen.«

Tom schluckte. »Es ist von Lydia.«

»Von meiner Mutter?«, fragte Andrew. »Geht es ihr gut?«

»Ja. Nun ja, sie macht sich Gedanken. Sie hat gehört, dass du die Nicholson School verlassen hast – Bishop muss ihr ein Telegramm geschickt haben.«

Andrews Gesicht lief rot an. »Ist sie sehr böse?«, murmelte er.

Tom seufzte. »Wahrscheinlich böse auf mich, weil ich es ihr nicht selbst gesagt habe.« Er reichte das Telegramm Esmie, die es las.

Stella konnte ihren Gesichtsausdruck nicht deuten; spiegelte er Furcht oder Zorn wider?

»Was sagt sie?« Andrew drehte aufgeregt den Ball zwischen seinen Händen. »Darf ich es lesen?«

Esmie reichte Tom das Telegramm zurück und bat leise: »Sag es ihm, Tom.«

Toms Kiefer verkrampfte sich, und er stand unschlüssig da. Am Ende sagte er: »Deine Mutter möchte gern, dass du sie über den Sommer besuchst.«

Andrew sah erstaunt drein. »In Schottland?«

Sein Vater nickte. »Ja, in Ebbsmouth.«

Ein Ausdruck der Erleichterung huschte über das Gesicht des Jungen. »Na, das ist dann doch keine schlechte Nachricht, oder?«

Tom und Esmie tauschten Blicke. »Es ist nicht praktikabel«, sagte Tom. »Da sind die Kosten für eine Schiffsreise – selbst wenn du so kurzfristig noch eine Koje bekommst.«

»Würde Mutter nicht dafür bezahlen?«

»Selbst wenn sie es täte, müsstest du bis September wieder hier sein, um irgendwo wieder zur Schule zu gehen – und wir könnten dich nicht hinbringen. Das Hotel öffnet doch demnächst.«

»Wir könnten dich nicht unbegleitet hinschicken, Andy«, sagte Esmie.

»Stella könnte mitkommen«, schlug er vor und sah sie erwartungsvoll an. »Du warst doch noch nie in Schottland, oder? Wir könnten zusammen hinfahren.«

Stella spürte, wie sie bei der Vorstellung ein Schauer freudiger Erregung durchlief, aber sie hatte zugleich das Gefühl, zwischen allen Stühlen zu sitzen. »Ich könnte mir die Reise bestimmt nicht leisten.«

»Aber was, wenn Mutter bezahlen würde? Sie hat haufenweise Geld«, beharrte Andrew.

»Ich werde hier gebraucht, Andy«, sagte Stella.

Andy sah hoffnungsvoll seine Stiefmutter an.

Esmie geriet ins Schwimmen. »Vielleicht in einem anderen Jahr, wenn du älter bist.«

»Aber ich werde nie wieder einen schulfreien Sommer so wie diesen hier haben«, hob Andrew hervor und setzte rasch hinzu: »Ich könnte auf dem Schiff und mit Mutter weiterlernen.«

Tom schnaufte ungläubig. »Deine Mutter hat bis jetzt nie Interesse an deiner Schulbildung gezeigt – sie ist der letzte Mensch, der dich dazu bringen wird, dich auf den Hosenboden zu setzen und zu lernen.«

Stella wusste sofort, dass er genau das Falsche gesagt hatte; Andrews Augen leuchteten vor Entzücken.

»Kann ich bitte hinfahren?«

»Warum interessierst du dich plötzlich so für Schottland?«, fragte Tom.

Andrew warf einen Blick auf Stella, und sie fragte sich, ob er an ihr Gespräch auf der *marg* zurückdachte. Er zuckte die Schultern. »Ich schätze, weil Mutter mich nie zuvor eingeladen hat – und weil ihr immer gesagt habt, dass es zu weit weg ist. Doch so weit kann es ja gar nicht sein, denn andere Jungen von der Schule waren mit ihren Eltern im Heimaturlaub in Großbritannien. Donaldson sagt, die Reise dauert keine zwei Wochen, wenn man in Marseille von Bord des Schiffs geht und den Zug nimmt.«

Tom fuhr sich mit einer Hand durchs ergrauende Haar. »Esmie und ich müssen das erst besprechen.« Er drehte sich um und gab Bijal einen Wink. »Wir nehmen jetzt den Tee, vielen Dank.«

»Also sagst du nicht Nein, Dad?«, beharrte Andrew.

»Wir reden später darüber.« Er schob das Telegramm in seine Hosentasche.

* * *

Im Laufe der nächsten paar Tage bearbeitete Andrew seinen Vater unablässig, um doch noch nach Schottland fahren zu dürfen. Stella ahnte, dass ein Teil des plötzlichen Enthusiasmus des Jungen seinem Wunsch geschuldet sein musste, von dem Kummer fortzukommen, den er seinen Eltern bereitet hatte, und die Beschämung hinter sich zu lassen, dass er beinahe der Schule verwiesen worden wäre. In Schottland würden ihn keine anderen Jungen mit Klatsch über seinen Vater und Esmie ärgern. Sie fragte sich auch, ob Lydias unerwartete Einladung ihm nicht schmeichelte. Seine Mutter hatte bisher kaum Interesse an ihm gezeigt, sodass er sich vielleicht insgeheim nach ihrer Aufmerksamkeit sehnte.

Tom widerstand allerdings seinen Bitten. »Deine Mutter hat das Telegramm aus Wut darüber geschickt, dass du die Nicholson School verlassen hast – es war ein Vorschlag aus einer Laune heraus, den sie offensichtlich nicht gut durchdacht hat.«

Dann trafen zwei Luftpostbriefe von Lydia ein; einer an Tom und einer an Andrew. Der *chaprassi* brachte sie, als sie gerade auf der Veranda frühstückten. Andrew riss seinen voller Aufregung auf. Er triumphierte.

»Hört euch das an! Mutter will wirklich, dass ich sie besuchen komme. ›Es wird höchste Zeit, Dich zu sehen. Bist Du schon so groß wie Dein Vater? Wir werden diesen Sommer solchen Spaß haben. Wir können Tennis spielen und Segeln gehen, und ich bin mir sicher, dass wir ein paar andere Jungs zusammentrommeln können, wenn Du Dich mit den Erwachsenen irgendwann langweilst.‹«

»Schickt sie dann auch einen fliegenden Teppich, um dich abzuholen?«, brummte Tom ungläubig.

Andrews Augen glänzten, als er laut vorlas: »›Ich habe für Dich eine Überfahrt auf dem Dampfer *Rajputana* gebucht – er verlässt Bombay am 12. Juni. Ich habe für zwei Fahrkarten bezahlt, damit Deine *ayah* mitkommen kann. Du kannst Ende August zurückkehren, wenn Deine Großmutter und ich in die Ferien nach Capri fahren.‹ Ayah?« Andrew lachte. »Weiß sie nicht, dass ich schon längst keine *ayah* mehr habe?«

Tom wirkte schockiert. Esmie sah ihn besorgt an.

»Was steht in deinem Brief, Dad?«

»Den lese ich später«, sagte Tom und ließ den Brief ungeöffnet auf dem Tisch liegen, während er sich wieder seinem halb gegessenen Toast widmete.

»Aber du lässt mich doch hinfahren, oder? Mutter hat schon Fahrkarten gekauft …«

»Ich muss darüber nachdenken«, sagte sein Vater, schlürfte seinen Tee und stand dann auf. »Ich habe heute einiges zu erledigen.«

* * *

Stella pflückte gerade Blumen am äußersten Ende des Gartens, als sie Toms erhobene Stimme aus seinem Atelier ertönen hörte.

»… so etwas von dreist! Mir Vorträge zu halten, dass ich unseren Sohn vernachlässige, während sie seit seiner Geburt nicht das geringste Interesse an ihm gezeigt hat. Jetzt gibt sie mir die Schuld an Andys wildem Verhalten.«

»Es ist nicht deine Schuld, Schatz.« Esmies Stimme klang begütigend.

Stella zögerte. Eigentlich wollte sie sich zurückziehen, aber wenn sie sie hörten, würden sie wissen, dass sie gelauscht hatte. Sie hielt den Atem an und fragte sich, ob sie sich unbemerkt davonschleichen konnte.

Tom seufzte gequält. »Aber vielleicht ist es das ja doch? All das Gerede darüber, dass ich als Soldat untauglich war – das Kriegsgericht … Alles, was sie über mich sagen, ist wahr.«

»Mach dich nicht lächerlich! Natürlich ist es nicht wahr. Wenn jemand kein Feigling ist, dann du! Tom, was du getan hast, war unsagbar tapfer.«

»Das halbe Regiment hat das aber anders gesehen.«

»Sie haben sich getäuscht. Es gibt nichts, wofür du dich schämen müsstest. Ist es nicht eigentlich ohnehin an der Zeit, dass du Andy reinen Wein einschenkst und ihm erzählst, was dir im Krieg zugestoßen ist? Er ist alt genug, es zu verstehen. Und vielleicht solltest du ihm auch sagen, wie du Mary und das Baby verloren hast …«

»Nein, das nicht!«

Schweigen folgte. Stella wusste, dass sie der einzige Mensch war, dem Esmie anvertraut hatte, dass Tom seine erste Frau bei der Geburt ihres Kindes verloren hatte. *»Das Baby ist auch gestorben«*, hatte Esmie erzählt. *»Manchmal übermannen ihn die Erinnerungen. Die schrecklichen Dinge, die er während des Kriegs gesehen hat, machen alles noch schlimmer.«*

Jetzt fuhr Esmie fort: »Ich hasse es, Geheimnisse vor Andy zu haben – ich bin mir nicht sicher, ob ich weiter so tun kann, als ob … Meinst du nicht, wir sollten auch ehrlich zu ihm sein, was uns angeht, Tom? Er ist kein Kind mehr.«

»Das ist doch wohl nicht dein Ernst?«, gab Tom schneidend zurück. »Das wäre doch ein gefundenes Fressen für die ganzen Klatschtanten. Sie würden deinen Namen in den Schmutz ziehen. Das könnte ich nicht ertragen – und das würde alles für Andy zehnmal so schlimm machen.«

Esmie seufzte schwer. »Oh, Tom! Wie soll es mit ihm nur weitergehen?«

»Ich weiß es nicht.« Tom stöhnte. »Er hat sich in den Kopf gesetzt, nach Schottland zu fahren – und vielleicht wäre es grausam, es ihm nicht zu erlauben. Er war nicht mehr dort, seit er ein Baby war, und Lydias Mutter möchte ihn bestimmt unbedingt wiedersehen. Vielleicht tut Lydia das mittlerweile auch. Mag sein, dass ich unfair zu ihr bin.«

»Unfair zu Lydia?«, rief Esmie. »Sie ist diejenige, die schon die ganze Zeit über unfair zu uns ist!«

»Ich weiß«, erwiderte Tom aufgeregt. »Aber wenn wir Andy zu Besuch hinfahren lassen, überlegt sie sich alles vielleicht noch anders …«

»Oh, Schatz«, sagte Esmie in ängstlichem Ton, »können wir darauf vertrauen, dass Lydia Andy nicht gegen uns aufhetzt?«

»Vielleicht könnte er bei meiner Schwester in der Anchorage wohnen?«, schlug Tom vor. »Tibby könnte auf Andy aufpassen und Lydia in Schach halten.«

»Du weißt, dass sich Lydia nicht damit zufriedengeben würde. Sie wird mit Templeton Hall vor ihm prahlen wollen – und mit ihm vor den oberen Zehntausend der Grafschaft.«

»Na ja, ich könnte Tibby trotzdem bitten, ein Auge auf Andy zu haben«, sagte Tom. »Und vielleicht ist sein Vorschlag, dass Stella ihn begleitet, gar nicht so schlecht. Sie ist vernünftig, und Lydia hat sie immer gemocht. Ich bin mir sicher, dass Charlie Stella nicht im Weg stehen würde, wenn sich ihr so eine Gelegenheit bietet und ich ihn frage.«

»Was Stella betrifft, stimme ich dir zu, aber …« Esmie klang hin- und hergerissen. »Hast du keine Angst, dass Lydia Andy gar nicht wieder fortlässt, wenn sie ihn erst in Ebbsmouth hat?«

»Lydia wird ihn nach einer Woche leid sein«, sagte er verächtlich. »Sie kann Kinder nicht leiden, und sie hat sich ihm gegenüber nie mütterlich verhalten. Andy wird ihr viel zu übermütig sein. Sie wird ein paar Tage lang mit ihm angeben und dann erkennen, dass er nicht zu ihren Verabredungen in der feinen Gesellschaft passt. Dann überlässt sie ihn ihrer Mutter oder Tibby.«

Eine Pause trat ein; dann wurde seine Stimme weicher: »Komm her und hör auf, dir Sorgen zu machen. Andy wird schon nach ein paar Wochen mit den Hufen scharren, zu uns zurückzukehren. Wenn er wieder nach Hause kommt, ist er bereit für einen Neuanfang an einer anderen Schule. Außerdem könnte Lydia dir nie deinen Platz in Andys Zuneigung streitig machen – du bist die einzige Mutter, die er braucht.«

»Das habe ich auch gedacht«, sagte Esmie, »aber nach den letzten zwei Wochen bin ich mir nicht mehr so sicher.«

Stella sah sich plötzlich einem Dilemma gegenüber. Sollte sie Esmie erzählen, was Andrew ihr anvertraut hatte? Aber er hatte ihr das Versprechen abgenommen, es nicht zu tun, und sie wusste, dass er ihr nie wieder vertrauen würde, wenn sie ihn hinterging.

Stella schlich sich so schnell und leise wie möglich hinter dem Atelier vorbei und kehrte ins Hotel zurück.

Kapitel 7

Stella verbrachte eine ruhelose Nacht damit, über das Gespräch der Lomax nachzudenken, vor allem über Esmies verwirrende Worte darüber, dass sie Andrew etwas gestehen wollte. Was für Geheimnisse hatten die beiden vor ihm? Aber angesichts der Möglichkeit, ins Ausland zu reisen, empfand Stella freudige Erregung. Sie malte sich die Schiffsreise aus und wie es sein würde, Großbritannien zu erkunden. Dorther waren die Familien ihrer Eltern vor Generationen beide gekommen.

Was würde das für ein Abenteuer sein! Sie hatte von Esmie so viel über das Land gehört. Dann war da noch Ebbsmouth, woher die Lomax stammten: ein Fischerstädtchen an der Ostküste Schottlands mit schönen Sandstränden und einer Burg, in der Toms Schwester Tibby lebte. Stella hatte noch nie das Meer gesehen.

Am Ende schlief sie ein, während sie sich vorstellte, wie sie hoch oben in einem Burgturm stand und dem Klang der Wellen lauschte, die unter ihr an die Felsen brandeten.

* * *

Am folgenden Tag nahm Tom Stella beiseite. »Ich habe mich entschlossen, Andrew über den Sommer zu Besuch zu seiner

Mutter nach Schottland reisen zu lassen, und wollte dich fragen, was du davon hältst, ihn zu begleiten.«

»Wirklich?« Stella war begeistert.

Tom nickte. »Ich kann darauf vertrauen, dass du auf Andy aufpasst«, sagte er, »und du wirst Lydia schon zu nehmen wissen. Sie kann manchmal schwierig sein, aber sie hat dich immer gemocht, und ich bin mir sicher, dass du bei ihr eine vergnügliche Zeit verbringen wirst. Und Mrs Templeton ist eine gute Seele. Lydias Mutter wird dafür sorgen, dass du dich wie zu Hause fühlst. Leider ist Mr Templeton schon gestorben – mit Lydias Vater bin ich immer gut ausgekommen. Aber ich will dich nicht zwingen, dorthin zu fahren, Stella, wenn du nicht willst. Ich weiß, dass Esmie dich schrecklich vermissen wird.«

»Ich habe schon immer davon geträumt, Großbritannien zu besuchen. Wenn mein Vater zustimmt und Sie hier auf mich verzichten können, dann würde ich wirklich gern hinfahren. Danke!«

Sie gingen nach draußen, um Andrew, der auf dem Hotelrasen einen Ball für Frisky warf, die Nachricht mitzuteilen. Er starrte seinen Vater mit offenem Mund an, während er die Neuigkeit verdaute. Stella hatte erwartet, dass er vor Freude jauchzen würde, aber er stand einfach nur da und starrte sie beide an.

»Du lässt mich nach Ebbsmouth fahren?«

»Ja«, sagte Tom. »Das willst du doch, nicht wahr?«

Andrew sah Stella an. »Kommst du auch mit?«

Stella grinste. »Jemand muss ja ein Auge auf dich haben«, zog sie ihn auf.

Er lächelte schwach. »Toll. Ja. Natürlich will ich hinfahren!«

»Dann ist es beschlossen«, sagte Tom.

Im Laufe der nächsten paar Tage gingen Nachrichten zwischen Gulmarg und den Dubois in Rawalpindi hin und her.

Charlie schrieb: »Mrs Dubois und ich sind höchst dankbar für die Gelegenheit, die Sie unserer Tochter aus reiner Herzensgüte bieten. Wir haben aber die Sorge, dass unsere Tochter noch keine ganz reife Erwachsene ist – auch wenn sie im August volljährig wird –, und würden uns deshalb wünschen, dass eine Anstandsdame sie auf ihrer Reise in die Heimat begleitet. Vielleicht ließe sich erfragen, ob eine Missionarin oder eine andere mütterliche Dame guten Rufs auf Stella achtgeben könnte. Wir wissen, dass unsere Tochter einen sehr guten Charakter hat, aber wir haben Geschichten über Romanzen auf See gehört und möchten nicht, dass sie zum Objekt ungewollter Aufmerksamkeit wird.«

Stella errötete vor Verlegenheit, als Esmie ihr von den Sorgen ihres Vaters um ihren Ruf erzählte.

»Ich bin sehr gut in der Lage, alle Annäherungsversuche gelangweilter junger Männer zurückzuweisen«, sagte sie belustigt zu Esmie.

»Das bist du, da bin ich mir sicher.« Esmie lachte. »Aber ich halte es für das Beste, wenn wir tun, worum dein Vater bittet. Normalerweise fahren auf diesen Reisen ein oder zwei ältere Frauen mit, die ihre Dienste als Anstandsdamen annoncieren. Wir können die Anzeigen in der Zeitung durchsehen.«

Schnell wurden Pässe beantragt, und Tom erbat die Hilfe des Superintendenten der Polizei, um eine Erklärung zu unterzeichnen, dass Andrew sein Sohn war, und sich dafür zu verbürgen, dass Stella eine »voll und ganz geeignete Person« war, einen britisch-indischen Pass zu erhalten. Sie würden die Dokumente auf dem Weg nach Bombay in Lahore abholen. Als der Zeitpunkt der Abreise näher rückte, konnte Stella ihre Vorfreude kaum bezähmen, aber Andrew wirkte seltsam niedergeschlagen. Er unternahm mit Frisky im Schlepptau lange Spaziergänge über die hoch gelegenen *margs*. Eines Nachmittags lauerte Stella ihm auf, als er von dort zurückkehrte.

»Na, was denkst du gerade?«, fragte sie beiläufig, während sie Frisky begrüßte, indem sie ihn tätschelte.

Andrew zuckte die Schultern.

»Ich merke doch, dass dir etwas zu schaffen macht«, beharrte Stella. »Machst du dir Sorgen wegen der langen Reise? Weil wir so weit weg fahren?«

Andrew schüttelte den Kopf.

»Grübelst du immer noch über das nach, was Gotley gesagt hat?«

»Eigentlich nicht.«

»Was ist es dann? Hast du es dir anders überlegt und willst doch nicht nach Schottland?«

Als er nicht antwortete, führte Stella ihn zu einer Gartenbank und setzte sich neben ihn darauf.

»Es ist nicht zu spät, alles abzusagen«, erklärte sie sanft.

Er sah sie schief an. »Aber du freust dich doch so sehr darauf.«

»Das spielt keine Rolle. Diese Reise ist für dich. Ich bin mir sicher, dass deine Eltern froh wären, wenn du nicht hinfahren würdest. Sie werden dich schrecklich vermissen.«

Andrew musterte sie mit trostlosem Blick. »Meemee vielleicht – aber ich glaube, Dad will, dass ich fahre. Er war wegen dieser Gotley-Sache so böse auf mich und antwortet nie auf meine Fragen, warum er die Armee verlassen hat. Sie behandeln mich beide, als wäre ich noch ein Kind, aber das bin ich nicht.«

Stella schwieg, weil sie spürte, dass ihn noch mehr bedrückte. Er kaute auf seinem Daumennagel herum. »Ein Teil von mir will nach Schottland fahren und ein Teil von mir …«

»Machst du dir Sorgen, weil du deine Mutter treffen wirst?«, fragte Stella. Am verstörten Ausdruck seiner blauen Augen erkannte sie, dass sie recht hatte. Sie berührte seine Schulter. »Bestimmt wirst du am Anfang etwas aufgeregt sein, aber sie sicher auch, meinst du nicht?«

»Daran hatte ich noch gar nicht gedacht.«

»Und ihr beiden werdet ja nicht die ganze Zeit allein sein. Du wirst auch deine Großmutter und deine Tante Tibby kennenlernen. Ich bin mir sicher, dass sie dich alle mit offenen Armen empfangen werden.«

Endlich lächelte Andrew. Etwas schüchtern sagte er: »Danke, Stella.«

Er streckte seine Hand nach Frisky aus und begann, den alten Hund zu kraulen. »Na komm, mein Junge. Machen wir mit Stella ein Wettrennen zurück zum Hotel.«

Andrew sprang auf und sauste davon. Frisky jagte hinter ihm her, und Stella folgte den beiden.

* * *

Es wurde alles arrangiert, damit Ada nach Gulmarg kommen und an ihrer Stelle im Hotel aushelfen konnte, während ihre Cousine Lucy Adas Pflichten bei Mrs Shankley im Raj übernehmen sollte.

Ada traf zwei Tage vor Stellas und Andrews geplanter Abreise ein. Die Cousinen umarmten einander.

»Ich bin so neidisch auf dich, weil du Großbritannien besuchen kannst«, sagte Ada. »Mein Dad hört gar nicht mehr auf, davon zu reden, was für ein Privileg das ist – er sagt ständig, dass du eine Reise nach Hause unternimmst.« Ada lachte. »Dabei ist es ja nicht so, als ob unsere Familie überhaupt aus Schottland käme. Ich glaube, die Dixons waren aus Yorkshire.«

»Der liebe Onkel Toby!«, sagte Stella amüsiert. »Ich bringe ihm etwas Besonderes von zu Hause mit.«

»Stell dir nur vor«, sagte Ada mit verträumtem Blick. »In ein paar Tagen bist du schon auf See und hast Umgang mit all den jungen Offizieren und Geschäftsleuten. Ich wette, du kommst verlobt zurück.«

»Bestimmt nicht«, sagte Stella und verdrehte die Augen. »Ich will ein bisschen vom Leben sehen, bevor ich heirate. Du etwa nicht?«

»Doch, ich glaube schon. Du kommst aber zurück, ja?« Plötzlich wirkte Ada besorgt.

»Natürlich.« Stella nahm ihre Cousine an die Hand. »Komm, ich stelle dich jetzt Felix vor. Er wird dir beibringen, wie man Gebäck herstellt, das im Mund förmlich schmilzt.«

* * *

An dem Tag, bevor sie Gulmarg verließen, erhielt Stella einen Luftpostbrief von Lydia, die schrieb, wie entzückt sie gewesen sei, von Tom zu erfahren, dass Stella diejenige war, die Andrew begleiten würde, und *»nicht irgendeine verschüchterte kleine* ayah«.

Die Worte, die darauf folgten, waren Stella allerdings unangenehm.

> *»Es wird schön sein zu sehen, ob Du immer noch so hübsch und bezaubernd bist wie das Kind, das ich in Erinnerung habe. Wir werden aber nicht erwähnen, dass Du Anglo-Inderin bist. Nicht, dass es mir etwas ausmacht, aber ein Teil der feinen Gesellschaft hier auf dem Land kann etwas spießig sein. Es hilft, dass Du überhaupt nicht wie eine Eingeborene aussiehst. Mummy kann es gar nicht abwarten, Dich wiederzusehen.«*

Sie zeigte den Brief Esmie.

»Typisch Lydia«, sagte diese mit gereiztem Blick. »Sie sagt einfach, was ihr in den Sinn kommt, ohne nachzudenken. Sie will dich nicht kränken.« Sie legte einen Arm um Stella. »Wenn sie zu anmaßend wird und du flüchten möchtest, musst du zu Tibby in die Anchorage ziehen. Versprichst du mir das? Tom hat seiner Schwester geschrieben und ihr gesagt, dass sie sich mit dir anfreunden soll.«

Stella nickte dankbar. »Wie ist Tibby so?«

Esmie lächelte. »Sie ist immer gut gelaunt. Ein bisschen exzentrisch in ihrem Geschmack, aber sie ist einer der freundlichsten Menschen, die ich kenne. Ich habe keine Ahnung, wie sie die alte Burg in Schuss hält – ihr Vater hat ihr kaum etwas hinterlassen –, aber sie hat daraus einen Zufluchtsort für brotlose junge Künstler gemacht, und sie verdienen sich ihren Unterhalt, indem sie in Haus und Garten helfen.«

»Das klingt nach einem interessanten Ort«, meinte Stella. »Es würde mir nichts ausmachen, meinen Teil dazu beizutragen, wenn sie Hilfe braucht.«

Esmie drückte ihre Schultern. »Ich weiß. Aber du sollst dort deine Ferien genießen. Tibby wird sich einfach nur freuen, wenn du sie besuchst.«

Stella sagte: »Es ist so nett von dir und Mr Lomax, mich mitfahren zu lassen. Ich habe ein schlechtes Gewissen, dass nicht du Andrew nach Schottland begleitest. Ich weiß, wie sehr du dein Heimatland vermisst.«

Esmie versteifte sich. »Es ist das Beste, wenn ich darauf verzichte. Es wäre peinlich. Lydia und ich verstehen uns nicht mehr miteinander.«

»Darf ich fragen, warum?«

Esmie zögerte, bevor sie erwiderte: »Ich sage dir das im Vertrauen, Stella. Es war Lydias Entscheidung, sich von Tom zu trennen, aber dennoch glaube ich, dass sie mir grollt, weil ich mit ihm zusammen bin.« Sie warf ihr einen gequälten Blick zu. »Erwachsene können sehr kompliziert sein.« Sie lächelte gezwungen. »Aber ich will nicht, dass meine Entfremdung von

Lydia deine Reise überschattet. Du wirst bestimmt eine schöne Zeit dort haben.«

Stella erinnerte sich wieder daran, wie schwierig Lydia als Toms Ehefrau manchmal gewesen war und wie sie Personal und Gäste im Raj Hotel herumkommandiert hatte. Das weckte einen Anflug von Besorgnis in Stella.

»Oh, und es gibt noch etwas, das du wissen solltest«, sagte Esmie mit einem verlegenen Blick. »Lydia führt immer noch Toms Namen. Obwohl sie schon seit Jahren nicht mehr mit ihm zusammen ist, möchte sie gern Mrs Lomax genannt werden.«

* * *

Sie brachen am 11. Juni im Morgengrauen auf. Eine schlaftrunkene Ada und ein lächelnder Felix winkten ihnen von den Hotelstufen aus nach. Esmie, Bijal und Frisky, der Hund, würden sie bis Rawalpindi begleiten; Tom reiste mit ihnen bis Bombay und würde sie aufs Schiff bringen.

Im Raj Hotel machten Charlie und Myrtle viel Aufhebens um ihre Tochter, nervös und stolz zugleich, dass sie ausgewählt worden war, Andrew nach Schottland zu begleiten. Charlie war versichert worden, dass eine Gouvernante mittleren Alters, die nach England zurückkehrte, als Anstandsdame für Stella dienen würde.

Als Stella am Bahnhof ihre Familie umarmte und küsste, fiel ihr auf, dass Esmie sich emotional von Andrew verabschiedete.

»Pass gut auf dich auf, mein lieber Junge«, sagte sie, und ihr kamen die Tränen.

Andrew zog seine Stiefmutter in eine enge Umarmung. »Ich werde dich vermissen, Meemee.«

Dann konnten beide vor Ergriffenheit nicht mehr sprechen. Tom führte Andrew schnell an Bord des Zuges. Stella umarmte Esmie und sagte: »Ich passe auf ihn auf, versprochen.«

Esmie lächelte traurig. »Ich weiß. Bring ihn einfach heil zurück.«

* * *

Nach einem kurzen Zwischenhalt im heißen und hektischen Lahore, um ihre Pässe abzuholen, standen sie zwei Tage, nachdem sie Rawalpindi verlassen hatten, in der brütenden Hitze am Kai von Bombay inmitten des chaotischen Gedränges aus Gepäckträgern und Reisenden. Der große Schiffsrumpf des Dampfers *Rajputana* ragte über ihnen auf. Kulis rannten Gangways hinauf und schwitzten unter der Last schwerer Schrankkoffer, während Fracht mit einer Deckwinde über die Reling gehoben wurde. Ihr Gepäck war schon an Bord gebracht worden. Stella sah, wie ein junger Mann, der einen *topee* trug, mit verbundenem Bein auf einer Trage aufs Schiff gebracht wurde. Er hatte eine tapfere Miene aufgesetzt und zwinkerte ihr zu, als er an ihnen vorbeikam.

Plötzlich wurde Stella nervös. Ihre Stirn schwitzte unter ihrem Sommerhut. Sie hätten ihre Anstandsdame, Miss Jessop, eigentlich in der Einschiffungshalle kennenlernen sollen, aber sie hatte eine Nachricht hinterlassen, um ihnen mitzuteilen, dass sie sich auf dem Schiff mit ihnen treffen würde. Tom machte sich Sorgen.

»Ich hätte sie wirklich gern einmal gesehen, bevor ihr abfahrt. Esmie wird mich nach ihr fragen – und was soll ich nur Charlie sagen?«

»Bestimmt ist sie so anständig und ehrenwert, wie ihre Anzeige sie beschrieben hat«, sagte Stella. »Wahrscheinlich wollte sie nur aus der Hitze wegkommen, weil sie schon eine alte Frau ist.«

»Vermutlich«, erwiderte Tom und schob sich einen Finger unter seinen Kragen.

»Stella wird auf mich aufpassen«, sagte Andrew. »Wir brauchen kein altes Schlachtross von Gouvernante, das uns sagt, was wir tun sollen.«

Die Andeutung eines Lächelns huschte über Toms Gesicht. »Ich weiß, dass Stella dazu voll und ganz in der Lage ist – ich wollte nur Charlie und Myrtle bei Laune halten. Wir Eltern machen uns immer Sorgen um unsere Kinder, ganz gleich, in welchem Alter ihr seid.«

Die drei standen zusammen und sahen zu, wie Leute an Bord gingen. Andrew kaute auf seinen Fingernägeln herum. Stella wusste, dass Vater und Sohn beide zögerten, Abschied zu nehmen.

»Ich glaube, wir gehen jetzt besser an Bord«, schlug sie sanft vor. »Danke, dass Sie uns hergebracht haben, Mr Lomax – danke für alles.«

Tom nickte. Er wandte sich an seinen Sohn und räusperte sich. »Andy, ich will, dass du weißt, dass ich dir keine Vorwürfe für das mache, was an der Nicholson School passiert ist, und dass es mir leidtut, dass du deshalb gehen musstest. Ich fühle mich verantwortlich, weil du doch meinen guten Ruf verteidigt hast.« Er legte Andrew eine Hand auf die Schulter. »Eines Tages werden wir darüber reden – wenn du älter bist. Es gibt Dinge, die ich erklären sollte …«

Stella sah Andrews nervösen Gesichtsausdruck. »Ich wünschte, du würdest es mir jetzt sagen, Dad …«

»Wenn du wieder da bist, versprochen …« Tom versagte die Stimme, als er darum rang, seine Gefühle im Zaum zu halten. Seine Augen glänzten vor Tränen. Er streckte Andrew die Hand hin.

»Sei Stella gegenüber schön brav und schreib an Esmie«, wies er ihn an.

Verlegen schüttelte Andrew ihm die Hand. Dann umarmten sie einander spontan fest. Ein paar Sekunden lang klammerten sie sich inbrünstig aneinander.

»Komm einfach zurück. Das ist alles, was ich verlange«, sagte Tom mit brechender Stimme.

Auch Andrews Stimme versagte fast. »Natürlich tue ich das, Dad.« Dann begannen ihm die Tränen über die Wangen zu laufen.

Tom küsste ihn auf die Stirn, löste sich von ihm und scheuchte Andrew geradezu Richtung Gangway. »Ab mit dir und Stella. Sucht die schwer aufzuspürende Miss Jessop. Achte darauf, dass deine Mutter uns ein Telegramm schickt, um Bescheid zu sagen, wenn ihr in Ebbsmouth angekommen seid.«

Stella nahm Andrew beim Arm, aber er machte sich los und wischte sich mit dem Ärmel über die Augen. »Ich komme schon zurecht.«

Oben angekommen, war es schwierig, über das Gewirr von anderen Passagieren hinwegzusehen, die ebenfalls an Bord kamen. Sie gingen ein Stück weit übers Deck, um eine Stelle zu finden, von der aus sie winken konnten.

»Wir können unsere Kabinen später suchen«, sagte Stella, da sie wusste, dass Andrew seinen Vater bis zum letzten Augenblick würde betrachten wollen.

Sie erkannte Tom in seinem zerknitterten weißen Anzug mühelos, da er alle um ihn herum um einen Kopf überragte und beim Winken seinen Hut hochhielt. Er stand weiter da, während die Gangway eingezogen wurde und die Mannschaft sich zum Ablegen bereitmachte. Das dreifache ohrenbetäubende Tuten des Schiffstyphons erschreckte Stella. Der Dampfer erbebte und löste sich vom Kai. Ihr Herz hämmerte vor Aufregung und Nervosität. Jetzt gab es kein Zurück mehr.

Langsam rückten die schimmernden Gebäude und das Gate of India von ihnen ab; der Lärm und der Gestank des Hafens ließen nach. Bombay wurde zu einem verschwommenen braunen Fleck am Rande des glitzernden Meers. Aber das Bild von Tom, wie er winkte und sich reckte, um einen letzten Blick auf

Andrew zu erhaschen, hatte sich ihrem Verstand eingeprägt wie eine Fotografie. Wie sehr er seinen Sohn doch liebte!

Andrew stand da, umklammerte die Reling und starrte zurück. »Auf Wiedersehen, Indien! Auf Wiedersehen, Dad! Auf Wiedersehen, Meemee! Auf Wiedersehen, Frisky!«, rief er und zählte offenbar alle auf, die ihm einfielen und von denen er glaubte, dass er sie vermissen würde.

Am Ende legte ihm Stella eine Hand auf den Arm. »Komm, Andy. Lass uns unsere greisenhafte Gouvernante finden und feststellen, ob man hier Nachmittagstee serviert.«

Bei der Erwähnung von Essen leuchteten Andrews tränenverquollene Augen auf. Er lächelte und nickte, und zusammen gingen sie unter Deck.

Kapitel 8

Dampfer Rajputana, Juni 1933

Andrew lümmelte auf einem Liegestuhl und blätterte eine nicht mehr aktuelle Ausgabe der Cricketzeitschrift *Wisden* durch, die jemand liegen gelassen hatte. Die Seiten bogen sich im grellen Sonnenschein. Die Hitze war wie in einem Glutofen, als sie durchs Rote Meer nach Norden fuhren, und niemand hatte die Energie, tagsüber an Deck sportlichen Aktivitäten nachzugehen. Weiter entfernt in der Reihe von Liegestühlen hörte er Miss Jessop über ein Kartenspiel mit einem ihrer Verehrer kichern.

Andrew lächelte. Was für eine Überraschung ihre Anstandsdame doch gewesen war, dachte er. Moira Jessop war nur drei Jahre älter als Stella und nicht besonders hübsch – in Andrews Augen etwas mausig –, aber sie war gesellig und lachte viel, sodass die jungen Männer an Bord nur zu gern mit ihr flirteten.

Er hatte auch gehört, dass einige der *burra memsahibs* sich missbilligend über sie geäußert hatten. »Nun seht euch nur diese Jessop an – jeden Tag mit einem anderen Mann zusammen! Sie wird keinen guten Ruf mehr zu verlieren haben, wenn sie von Bord dieses Schiffs geht.«

»Na ja, es ist ja auch ihre letzte Chance, sich einen Mann zu angeln, oder?«

»Was hat sie in Indien gemacht? Hat sie Verwandte dort?«

»Nein, wie ich gehört habe, ist sie mit der Fischereiflotte hingekommen, hat sich aber in Kalkutta ganz unmöglich benommen. Ist als Gouvernante engagiert worden, war aber zu nichts nutze.« Die matronenhafte Frau hatte die Stimme zu einem aufgeregten Flüstern gesenkt. »Anscheinend hat man sie bei einer Tändelei mit dem Hausherrn erwischt und zum Teufel gejagt.«

»Das hat man davon, wenn man junge Mädchen aus der unteren Mittelschicht einstellt.«

Andrew fand, dass sie übertrieben ungnädig waren. Er mochte Moira und ihre alles andere als spießigen Ansichten. Vor allem gefiel ihm ihr völliges Desinteresse an dem, was er und Stella auf der Reise unternahmen.

»Ich wollte deinen Vater mein Gesicht nicht sehen lassen«, hatte Moira Andrew bei ihrer ersten Begegnung erklärt, »da ich wusste, dass er mich für zu jung halten würde, auf auch nur einen von euch beiden aufzupassen. Das bin ich ja auch. Also werde ich es nicht einmal versuchen.« Sie hatte perlend aufgelacht. »Euch steht frei zu tun, was ihr wollt – solange ihr es euren Eltern nicht erzählt und ich trotz allem bezahlt werde.«

Andrew hatte sich schon im Voraus auf diese Reise mit Stella und die Chance, sie jeden Tag zu sehen, gefreut. Jetzt fühlte er sich wie etwas Besonderes, weil sie ihm so viel Aufmerksamkeit schenkte, und war stolz darauf, mit dem hübschesten Mädchen an Bord gesehen zu werden. Seiner Meinung nach überstrahlte sie alle anderen jungen Frauen auf dem Schiff in jeder Hinsicht, von ihrem glänzenden blonden Haar bis hin zum Schwung ihrer rosigen Lippen. Er liebte die Art, wie sich in ihren Wangen

Grübchen bildeten, wenn sie lachte, und ihren sinnlichen Hüftschwung, wenn sie ging.

In letzter Zeit ging sie ihm selbst dann nicht mehr aus dem Kopf, wenn sie nicht zusammen waren. Jeden Morgen empfand er Vorfreude darauf, sie zu sehen, und inzwischen lag er auch jeden Abend in seiner Koje und dachte an sie. Dieses wachsende Interesse war aufregend und doch zugleich ein wenig verwirrend für ihn. Er hatte Stella immer geliebt, immer geglaubt, dass sie Freunde waren und er ihr alles anvertrauen konnte, aber noch nie hatte er solch eine körperliche Reaktion darauf erlebt, in ihrer Gegenwart zu sein. Er wollte sie jetzt für sich allein haben und war etwas eifersüchtig auf die jungen Männer, die sie mit Aufmerksamkeit überhäuften, besonders auf seinen Kabinengenossen.

Andrew teilte sich die Kabine mit dem Mann an Krücken, den sie in Bombay gesehen hatten, als er auf einer Trage an Bord gebracht worden war. Sein Name war Hugh Keating, und er war ein sympathischer junger Ire. Er arbeitete für die Landwirtschaftsbehörde in Quetta, einem gebirgigen Vorposten in der Halbwüste. Ein wilder Stammesangehöriger hatte ihn ins Bein geschossen, als er kurz vor seinem Heimaturlaub einen Ausritt unternommen hatte, aber er war entschlossen, die Fahrt nach Hause nicht zu versäumen. Andrew war davon so beeindruckt gewesen, dass er darum gebeten hatte, die Schusswunde sehen zu dürfen, aber die Kniescheibe des Iren war zerschmettert und fest verbunden.

Hugh hatte viele Fragen über Stella gestellt.

»Ihre Familie arbeitet für meinen Vater«, hatte Andrew ihm erzählt. »Dad hat zwei Hotels – eines in Rawalpindi und eines in Kaschmir –, und die Dubois führen das Raj in Pindi. Aber Stella ist eigentlich eher eine Freundin der Familie.«

»Und dazu noch eine sehr hübsche«, hatte Hugh mit einem Zwinkern gesagt.

Andrew war errötet. »Ja, vermutlich.«

Eigentlich hätte er sich ärgern sollen, dass jemand so neugierig die Nase in Stellas Leben steckte, aber Hugh war so gutmütig und ein sehr angenehmer Gesprächspartner. Außerdem hatte er haarsträubende Geschichten darüber zum Besten gegeben, wie es war, inmitten der barbarischen Stämme von Belutschistan zu leben. Genau die Art von Erzählungen hätte Andrew auch gern von seinem Vater über dessen Armeeleben an der wilden Nordwestgrenze gehört.

»Sie lässt sich ja nicht viel blicken, deine Freundin Stella«, hatte Hugh nach den ersten fünf Tagen auf See bemerkt.

»Sie ist schon die ganze Zeit seekrank«, hatte Andrew erklärt. »Sie war vorher noch nie auf einem Schiff.«

Als sie in Aden vor Anker gegangen waren, um Kohle an Bord zu nehmen, hatte Stella sich aus ihrer Kabine hervorgewagt, und Andrew hatte sie Hugh in aller Form vorgestellt.

»Den Rest der Strecke bis nach Port Said wird es viel ruhiger sein«, hatte Hugh ihr versichert.

»Das freut mich zu hören«, hatte Stella mit einem matten Lächeln erwidert.

Ihre Lebensgeister waren bald wieder erwacht. In den letzten beiden Tagen hatten Stella und Moira sich an den abendlichen Vergnügungen an Deck vom Wurfringspielen bis zum Tanzen beteiligt. Es mangelte ihnen nie an Verehrern unter den jungen Männern, die die letzten paar Jahre auf entlegenen Posten in den *mofusil* verbracht hatten, wo die einzigen europäischen Frauen entweder verheiratet oder Missionarinnen waren.

Obwohl Hugh an Krücken ging, war er mit Feuereifer beim Ringewerfen dabei. Auf der Tanzfläche allerdings konnte er im Wettbewerb um Stellas Aufmerksamkeit nicht mithalten. Stattdessen hatte er an den letzten beiden Abenden Andrew Gesellschaft an Deck geleistet. Gestern Abend hatte Hugh ihm mehrere Schlucke Whisky aus einem Flachmann und Zigaretten angeboten, und er hatte beides angenommen.

Als er jetzt an Deck saß und versuchte, im Schatten zu bleiben, pochten Andrews Schläfen, und seine Kehle war ausgedörrt. War es das, was der Whisky einem antat? Warum um alles in der Welt war er dann so populär? Er dachte an die Launenhaftigkeit seines Vaters, wenn dieser Alkohol getrunken hatte, und fragte sich, warum er sich überhaupt damit abgab. Es schien einfach etwas zu sein, das alle Briten in Indien taten – zumindest die Männer. Er hatte Esmie nie mehr als ein Glas Sherry zu besonderen Gelegenheiten trinken sehen.

Andrew machte sich auf die Suche nach Limonade. Als er über das Deck schlenderte, sah er, dass Moira mit Hugh Karten spielte, und spürte, wie ihn stellvertretend für Stella Eifersucht durchzuckte.

Er ließ sich neben ihnen auf einen Liegestuhl fallen und fragte: »Wo ist Stella?«

»Wahrscheinlich schreibt sie in ihrem Tagebuch«, sagte Moira und fächelte sich mit den Karten Luft zu. »Sie will mich nicht darin lesen lassen, was mich natürlich nur umso neugieriger macht. Du bist dran, Hughie.«

Er hob eine Karte auf und musterte Andrew belustigt. »Wie fühlst du dich heute, junger Mann?«

»Ich habe mich schon besser gefühlt.« Er verzog das Gesicht.

»Was habt ihr denn gestern Abend angestellt?«, fragte Moira und zog eine Augenbraue hoch.

»Bei ein paar Absackern Männergespräche geführt«, sagte Hugh mit einem Augenzwinkern.

Andrew erinnerte sich kaum an ihre Unterhaltung. Hatte er Hugh von der Nicholson School erzählt oder nur irgendetwas über das Raj-in-the-Hills und Kaschmir geschwafelt? Er hoffte, dass er ihm nicht seine wachsenden Gefühle für Stella offenbart hatte.

Zu seiner Erleichterung erschien Stella und lenkte das Gespräch in andere Bahnen. Sie sah unter ihrem Strohhut mit ihren rosigen Wangen frisch aus und trug ein gelbes Kleid mit herzförmigem Ausschnitt, bei dem er sich ziemlich sicher war, dass es Moira gehörte. Es stand Stella besser, weil es ihre kurvigere Figur gut zur Geltung brachte. Andrew bemerkte, dass er errötete, und wandte den Blick ab.

Stella lächelte. »Spielt ihr etwa ohne mich Karten?«

»Gesell dich doch zu uns«, forderte Hugh sie sofort auf und zog mithilfe einer Krücke einen Liegestuhl neben sich in Position.

Sie ignorierte das und setzte sich neben Andrew. »Geht es dir gut? Du wirkst ein bisschen fiebrig.« Sie legte ihm die Hand auf die Stirn. Gegen seine heiße Haut fühlte sie sich köstlich kühl an.

»Nichts, was ein Aspirin und etwas Natronbackpulver nicht wieder in Ordnung bringen könnten«, sagte Moira mit einem Auflachen.

»Was soll das heißen?«

»Zu viele *chota-pegs* mit Mr Keating gestern Abend«, erklärte Moira mit spöttischem Unterton. »Beeil dich und spiel, Hugh.«

Stella lehnte sich schockiert zurück. »Andy? Sag mir, dass du keinen Alkohol getrunken hast.«

Andrew errötete noch tiefer. »Nur ein paar Schlückchen.«

»Mr Keating!«, schimpfte Stella. »Was haben Sie sich dabei gedacht? Er ist doch erst dreizehn.«

»Wirklich?« Hugh sah bestürzt drein. »So sieht er gar nicht aus. Ich dachte, er wäre schon sechzehn …«

»Ups«, sagte Moira und setzte eine gespielt ernste Miene auf. »Da bekommen jetzt alle Ärger. Und dabei soll ich doch den Anstandswauwau spielen. Wie ungezogen von mir.«

Stella bedachte Andrew mit einem strengen Blick. »Von jetzt an werde ich dich keine Sekunde mehr aus den Augen lassen.«

»Seien Sie nicht zu streng mit dem Jungen«, bat Hugh. »Und wir wollen Sie doch nicht von der Tanzfläche fernhalten, Miss Dubois. Ich verspreche, dass es nicht wieder vorkommt. Oder, Andrew?«

Andrew schüttelte den Kopf. Er fühlte sich zutiefst gedemütigt. Er konnte es gar nicht abwarten, wieder an Land zu sein, Cricket zu spielen oder auszureiten. Plötzlich durchzuckte ihn Heimweh nach Gulmarg. Er war noch keine zwei Wochen fort und vermisste sein Zuhause jetzt schon.

Stella strich ihm über die Hand, als hätte sie erraten, was ihm durch den Kopf ging. »Wie wäre es, wir setzen uns nach drinnen und schreiben Briefe nach Hause, solange es zu heiß ist, etwas anderes zu tun? Dann spielt Mr Keating nachher vielleicht mit dir Ringewerfen.«

Andrew sah, wie Stella und Hugh einen Blick tauschten, und fragte sich, was das zu bedeuten hatte. Forderte sie den Iren auf, sich verantwortungsvoller zu verhalten?

Andrew stand auf, nur zu bereit, zu gehen und mit Stella allein zu sein.

»Wir sehen uns auf einen Sundowner«, rief Moira, als sie davongingen.

* * *

Es fiel Stella schwer, sich darauf zu konzentrieren, einen Brief nach Hause zu schreiben. Was sollte sie ihren Eltern oder den Lomax über die erste Woche auf See erzählen? Dass es war, als würden sie ohne Aufpasserin reisen? Dass Andrew zu dem Zeitpunkt, als sie sich von ihrer entsetzlichen Seekrankheit erholt hatte, schon unter dem Einfluss eines gut aussehenden, verantwortungslosen Kabinengenossen gestanden hatte, der ihn ermunterte, Whisky zu trinken? Dass sie, Stella, die letzten beiden Tage über Andrew zugunsten der Tanzfläche und der Gesellschaft von Moria Jessop, einer übel beleumundeten gescheiterten Gouvernante, vernachlässigt hatte? Am allerwenigsten konnte sie ihnen erzählen, dass sie sich magnetisch von besagtem Kabinengenossen angezogen fühlte, einem charmanten, fröhlichen Iren mit einem breiten Lächeln und dunkelblauen Augen. All diese Dinge würden ihre Mutter und ihren Vater nur hysterisch werden lassen, und die Lomax würden bereuen, sie überhaupt auf die Reise geschickt zu haben.

Also schrieb sie eine geschickt zensierte Version, schilderte, dass sie an Deck Ringewerfen gespielt und in der Bibliothek gelesen hatten, und erwähnte, wie freundlich ihre Anstandsdame war und dass es Andrew gut ging und er tüchtig aß.

Sie sah zu dem Tisch hinüber, an dem Andrew sich mit einem einzigen Blatt mit dem Briefkopf des Schiffs herumquälte. Er hatte kaum mehr als zwei Sätze zu Papier gebracht. Ging es ihm wirklich so gut, wie sie hoffte, oder hatte er gestern Abend zu viel getrunken, um seine Unzufriedenheit zu überspielen? Seit er sich ihr gegenüber seine Angst, dass sein Vater ihn in gewisser Weise zurückwies, und seine Furcht, seine einschüchternde Mutter treffen zu müssen, von der Seele geredet hatte, hatte Andrew gut gelaunt gewirkt. Aber vielleicht war er immer noch verstört. Sie würde besser auf ihn aufpassen müssen; schließlich hatten die Lomax ihn ihr anvertraut.

Andrew kaute auf seinem Füller herum und sah sie mit geröteten Augen an.

Stella lachte. »Du siehst schrecklich aus. Sollen wir auf die Suche nach ein bisschen Limonensaft gehen und das Schreiben auf später verschieben?«

Andrew grinste sie voller Erleichterung an und war schon halb aufgesprungen. »Oh ja, bitte, Stella!«

Sie sammelte ihre halbherzigen Korrespondenzversuche ein und folgte ihm nach draußen.

* * *

Nach dem Abendessen nahm Hugh Stella beiseite. »Begleiten Sie mich an Deck, Miss Dubois? Ich habe das Gefühl, dass ich Ihnen eine Erklärung schulde.« Als Stella zögerte und einen Blick zu Andrew hinüberwarf, beharrte Hugh: »Der Junge wird heute früh zu Bett gehen. Bitte kommen Sie mit – nur für ein paar Minuten.«

Stella nickte. »Na gut, aber wirklich nur für ein paar Minuten.«

Ihr Herz pochte dumpf, als sie neben ihm herging und versuchte, nicht ständig sein Gesicht anzusehen: die gerade Nase, das Kinn mit dem Grübchen und den welligen braunen Haarschopf, über den sie gern mit den Fingern gestrichen hätte. Hugh war geschickt darin geworden, mit nur einer Krücke Treppen hinauf- und hinunterzusteigen, und so trug Stella die andere, bis sie draußen an Deck waren. Er führte sie zur Reling und lehnte sich dagegen.

»Sehen Sie sich diese Sterne an«, sagte er und schaute staunend nach oben. »So einen Nachthimmel haben Sie sicher noch nicht gesehen, oder?«

»Doch, schon viele Male«, sagte sie. »Der Nachthimmel über dem Himalaja kann sogar noch heller sein.«

Hugh lachte. »Oh, Miss Dubois, ich liebe Ihre Offenheit. Sie ist so erfrischend. Zu viele Frauen stimmen Männern einfach nur aus Höflichkeit zu.«

Stella errötete. Sie hatte nicht das Gefühl, dass sie etwas Außergewöhnliches gesagt hatte. Die Art, wie er sie aufmerksam ansah, ließ ihren Puls rasen.

»Es tut mir leid, dass ich Andrew gestern Abend in Versuchung geführt habe«, sagte er, »und ich merke, dass Sie mir immer noch böse sind.«

Stella wandte sich halb ab und sah aufs dunkle Meer hinaus. »Wie gesagt, ich hatte ein schlechtes Gewissen, weil ich Andrew vernachlässigt habe. Ich bin mir selbst genauso böse wie Ihnen, Mr Keating.«

»Das müssen Sie nicht«, sagte er. »Ich glaube, was passiert ist, war wahrscheinlich etwas Gutes.«

Stella sah ihn erstaunt an. »Warum um alles in der Welt sagen Sie das?«

»Weil er es nicht allzu bald wieder tun wird. Vielleicht hat es ihm den Alkohol sogar für den Rest seines Lebens verleidet – oder wenigstens für ein paar Jahre. Und ist es nicht besser, dass er seinen ersten Schluck Whisky in der Gesellschaft eines Menschen getrunken hat, dem sein Wohlergehen am Herzen liegt und der ihm nicht zu viel gegeben hätte – und auch ganz bestimmt seinen Eltern nichts davon erzählt?«

Sein Argument brachte sie aus dem Gleichgewicht, als wäre die ganze Sache wirklich etwas Gutes gewesen.

»Da bin ich mir nicht so sicher«, antwortete sie.

»Stella«, sagte er, »ich darf dich doch Stella nennen?« Sie nickte, und er fuhr fort: »Das andere Gute daran war, dass der Whisky ihm die Zunge gelockert hat. Andrew hat mir Dinge anvertraut, die ihm Sorgen machen.«

Stella erschrak. »Was hat er gesagt?«

»Wie nervös es ihn macht, dass er bald seine Mutter trifft. Er kennt sie nicht und hat Angst, dass er sie nicht mögen wird – besonders, weil sein Vater und seine Stiefmutter eigentlich nie von ihr gesprochen haben.«

Stella seufzte. »Ja, darüber mache ich mir auch Gedanken. Ich habe Andrews Mutter als ziemlich schwierige Frau in

Erinnerung – launisch und fordernd. Aber dann konnte sie auch wieder der personifizierte Charme sein.«

»Vielleicht sagst du das Andrew lieber nicht. Je mehr du ihm gut zuredest, desto besser, meinst du nicht auch?«

»Ja«, pflichtete Stella ihm bei. »Danke, dass du es mir gesagt hast. Andy hat mir gegenüber in letzter Zeit nichts dergleichen erwähnt. Ich werde versuchen, mir ein paar nette Dinge einfallen zu lassen, die ich über seine herrische Mutter sagen kann.«

Hugh lächelte. »Das wollte ich nur mit dir besprechen. Jetzt halte ich dich nicht länger auf, wenn du lieber zu Moira und den anderen gehen willst.«

Stella drehte sich wieder um und starrte aufs Meer hinaus. »Es ist wunderschön hier draußen an Deck; ich glaube, ich bleibe noch ein Weilchen länger.«

»Es macht dir doch nichts aus, wenn ich dir Gesellschaft leiste?«, fragte er.

»Ich würde mich freuen, wenn du es tätest.«

Sie standen sehr dicht nebeneinander an der Reling, sodass ihre Arme sich berührten. Stellas Herz hämmerte so heftig, dass sie glaubte, dass er die Vibrationen durch ihre Arme spüren musste. Ihre Kehle war angesichts dieser Nähe vor Nervosität wie zugeschnürt.

Hugh sagte mit gesenkter Stimme: »Gestern Abend haben wir auch viel über dich geredet, Stella.«

Ihr Herz geriet ins Stolpern. »Ja?«

»Andrew mag dich sehr und …« Er hielt einen Moment inne, und sie wandte den Kopf, um ihn anzusehen. »… ich stelle fest, dass ich auch in deinen Bann gerate.«

»Meinen Bann?« Stella lachte leise. »Klingt ja, als wäre ich eine Hexe.«

Hugh verlagerte sein Gewicht, um sich seitlich an der Reling abzustützen. Er fuhr ihr mit einem Finger über den nackten Arm. Bei der Berührung durchlief ein Prickeln ihren ganzen Körper. »Vielleicht bist du ja eine. Ich bin jedenfalls ganz bezaubert von dir. Ich könnte in deinen wunderschönen grünen Augen ertrinken.«

Stella erschauerte. Kein Mann hatte ihr gegenüber je so gewagte Bemerkungen gemacht. Monty Gibson hatte einmal Händchen mit ihr gehalten und sie hübsch genannt, und sein Zwillingsbruder Clive hatte sie auf einer Boxing-Day-Party geküsst und gesagt, dass sie schöne Lippen hatte. Aber keiner der jungen Männer aus ihrem Umfeld hatte in ihr je so das Gefühl geweckt, begehrenswert zu sein, wie Hugh Keating es jetzt nur dadurch tat, dass er ihren Arm berührte und ihr in die Augen sah.

»Vielleicht ist es die schöne Nacht, die mir zu Kopf gestiegen ist«, murmelte er, »aber so etwas habe ich noch nie für eine Frau empfunden. Weißt du, was ich wirklich tun möchte, Stella?«

Unfähig zu sprechen, schluckte sie und schüttelte den Kopf.

»Ich will dich unbedingt küssen. Erlaubst du mir, dich zu küssen, Stella?«

Sie sah sich um, falls jemand sie belauschte, aber es war niemand in der Nähe und sie standen im Schatten.

»Ja«, stieß sie atemlos hervor.

Sie beugten sich zueinander, und er küsste sie sanft auf die Lippen. Es fühlte sich an wie Schmetterlinge und ließ wieder ihren ganzen Körper prickeln. Er strich mit einer Hand über ihr Haar und küsste sie dann noch einmal, diesmal fester. Sie war sich nicht sicher, wie es ihm gelang, aber irgendwie konnte er sich gegen die Reling lehnen und beide Arme um sie legen. Er fuhr ihr wieder mit den Fingern durchs Haar, strich dann über ihren Rücken und presste ihren Körper an seinen, als sie sich weiter küssten.

Als sie sich voneinander lösten, hatte Stella wacklige Knie und musste sich an der Reling festhalten.

»Mein Gott, Stella, bist du schön«, murmelte er. »Ich kann nicht glauben, was für ein Glück ich habe, dass du auf demselben Schiff wie ich bist. Die Sterne über uns müssen es so gefügt haben.«

Zitternd lachte Stella.

»Ich meine es ernst«, sagte Hugh. »Glaubst du nicht ans Schicksal? Ich bin überzeugt, dass es uns vorherbestimmt war, uns zu treffen.«

»Ich weiß nicht, ob ich ans Schicksal glaube«, antwortete sie, »aber ich bin sehr froh, dass wir uns getroffen haben.«

Er strich mit der Hand über ihre Wange und ließ seinen Daumen über ihre Lippen gleiten, was in ihr die Sehnsucht weckte, noch einmal von ihm geküsst zu werden.

»Macht dir in Pindi jemand den Hof?«, fragte er. »Ich habe Andrew gefragt, aber er war sich nicht sicher.«

»Nein«, flüsterte sie.

»Das ist kaum zu glauben«, sagte er und lächelte. »Die Jungs in Pindi müssen verdammt schwer von Begriff sein.«

Stella lachte leise. »Mein Vater behütet mich sehr – er ermuntert mich nicht gerade dazu, einen Freund zu haben.«

»Na, dann bin ich froh, dass er jetzt gerade nicht da ist.« Hugh grinste schurkisch.

»Ich auch«, sagte sie.

Er strich ihr mit einem Finger über den Hals und dann an ihrem herzförmigen Ausschnitt entlang über ihre nackte Haut. Sie küssten sich wieder, und diesmal öffnete sie den Mund, wie er es tat, und schmeckte ihn auf ihrer Zunge.

»Hughie! Bist du das da drüben?«

Moiras Ausruf sorgte dafür, dass sie sich voneinander lösten. Stella rückte von ihm ab, während ihre Freundin sich ihnen ein wenig unsicher auf den Beinen über das Deck näherte.

»Stella, da bist du ja. Ich habe dich schon überall gesucht.« Moira sah zwischen ihnen hin und her. »Oh, habe ich euch bei etwas unterbrochen? Stella, du bist ja ganz rot. Ist alles in Ordnung?«

»Ja, mir geht es gut«, antwortete Stella.

»Wir haben versucht, dahinterzukommen, welche Sterne genau wir da sehen«, sagte Hugh.

Moira fand das witzig. »Du meine Güte, da dürft ihr mich nicht fragen! Wenn ihr jetzt damit fertig seid, die Astronomen zu spielen, wird jedenfalls unten gerade eine Scharade organisiert. Du magst doch Scharade, oder, Stella?«

»Ja, aber …«

»Gut, wusste ich's doch.« Moira wandte sich an Hugh. »Und ich wette, du kommst mit deinen Stöcken auch dabei klar. Das wird so ein Spaß! Kommt schon, ihr beiden; sie wählen gerade die Mannschaften. Wir wollen doch in einem Team sein.«

Stella wusste, dass es keinen Zweck hatte, Moira zu widersprechen, wenn sie sich etwas in den Kopf gesetzt hatte. Mit einem sehnsüchtigen Blick auf Hugh reihte sie sich hinter Moira ein, und sie gingen nach unten.

Kapitel 9

Als sie Port Said erreichten, hatte Andrew sich schon mit einem amerikanischen Jungen angefreundet, Bob Werner, der ein paar Jahre älter als er war und mit seinen Eltern reiste. Sein Vater war Ingenieur für eine Ölfirma in Assam, und die Werners nutzten ihren Urlaub, um eine Tour durch Europa zu machen. Bob war sportlich und gern bereit, an Deck Cricket zu spielen – ihm hatten Teepflanzersöhne Cricket beigebracht. Im Gegenzug erklärte er Andrew Baseball.

Stella schien glücklich zu sein, dass er sich mit dem höflichen amerikanischen Jungen angefreundet hatte, und hörte auf, ihn so wachsam im Auge zu behalten. Andrew hatte bemerkt, dass sie immer mehr Zeit mit Hugh an Deck statt mit Moira auf der Tanzfläche verbrachte. Andrew und Bob fanden sie oft beim Backgammon-Spielen – dabei gewann Stella jedes Mal – oder damit beschäftigt, einander beim Patiencenlegen zu helfen.

Hugh begrüßte die Jungen immer begeistert, lud sie aber nie ein, mitzuspielen. Wenn Stella das vorschlug, lachte Hugh und sagte: »Die Jungs wollen doch nicht herumsitzen, wenn es Spiele mit mehr Bewegung gibt.«

Außer Hörweite sagte Bob: »Ich wette mit dir um einen Dollar, dass Mr Keating Miss Stella einen Heiratsantrag machen wird, bevor wir Marseille erreichen.«

Andrew war fassungslos über die Vermutung. »Mach dich nicht lächerlich! Sie kennt ihn doch kaum.«

Bob sah ernst drein. »Mom meint, die Schiffe aus und nach Indien sind berühmt für blitzschnelle Liebesgeschichten und rasche Verlobungen. Die Männer im Urlaub haben nicht viel Zeit. Und Miss Stella sieht aus, als wäre sie völlig in deinen Kabinengenossen verschossen.«

»Dafür ist Stella viel zu vernünftig«, sagte Andrew.

Aber die Vorstellung verstörte ihn. Was, wenn Stella wirklich wegen des Iren den Kopf verlor? Was, wenn sie mit ihm durchbrannte? Andrew tat den Gedanken als unwahrscheinlich ab. Stella würde ihn nie im Stich lassen, sodass er seiner Mutter und Ebbsmouth allein gegenübertreten musste. Sie hatte seinen Eltern versprochen, dass sie auf ihn aufpassen würde, und Stella hielt immer Wort.

* * *

Von da an verging die Reise wie im Flug, und bald waren sie auf dem letzten Teil der Strecke durchs Mittelmeer. Je näher sie Marseille und der Zugfahrt durch Frankreich kamen, desto stärker richteten Andrews Gedanken sich erwartungsvoll auf die Ankunft in Schottland. Wie war seine Mutter wirklich? Er sah in ihr eine Art ferne Gottheit oder die Schneekönigin aus Hans Christian Andersens Märchen: schön und entrückt, aber alles andere als mütterlich. Vor Kurzem hatte Stella versucht, ihn zu beruhigen, indem sie ihm Anekdoten darüber erzählt hatte, wie freundlich seine Mutter sie behandelt hatte, als sie noch ein kleines Mädchen im Raj gewesen war. Aber wie würde seine Mutter sich ihm gegenüber verhalten?

Sein Vater hatte keine Bilder von seiner Mutter aufbewahrt, und die einzige Fotografie, die Andrew besaß, war eine, die Esmie ihm aus ihrem abgenutzten Album geschenkt hatte. Sie zeigte Esmie und seine Mutter, wie sie Arm in Arm breit lächelnd auf den Stufen zu einem Bungalow standen. Esmie sah viel jünger aus. Nach allem, was er auf dem winzigen Schwarz-Weiß-Bild erkennen konnte, war seine Mutter hübsch, und Esmie hatte ihm erzählt, dass sie blond war. Auf der Rückseite stand: »Buchanan Road, Pindi, 1. Januar 1920«. Also war Esmie damals noch gut mit seiner Mutter befreundet gewesen – bevor er geboren worden war.

Er fragte sich, was geschehen war, um ihre Freundschaft zerbrechen zu lassen. War es nur, dass Esmie zu seinem Vater gehalten hatte, oder gab es noch einen anderen Grund? Georges giftige Worte über Esmie drängten wieder an die Oberfläche: *»Sie ist nicht deine Stiefmutter, weil dein Vater sie nie geheiratet hat. Sie ist nur seine Hure … Sie sind wie zwei Kanalratten, die es miteinander tun.«*

Wie konnte jemand so über seine geliebte Meemee sprechen? Um sich davon abzuhalten, länger darüber nachzugrübeln, dachte er wieder an Stella. Sie musste mit ihm kommen und durfte nicht mit dem Iren fortgehen, so liebenswürdig dieser auch sein mochte.

Als Andrew das nächste Mal mit Moira sprach, fragte er: »Was hältst du von Mr Keating?«

»Er ist sehr charmant – ein kleiner Schürzenjäger, würde ich sagen.« Sie lächelte. »Warum fragst du?«

»Er mag dich auch«, sagte Andrew. »Das hat er mir erzählt.«

Moira sah überrascht drein. »Wirklich? Hat er das gesagt? Ich hatte eindeutig den Eindruck, dass er hinter Stella her ist.«

»Na ja, er ist nett zu Stella, aber ich glaube, ihm wäre jemand lieber, der etwas … äh … reifer ist.«

»Meine Güte, ihr müsst ja in der Keating-Kabine ein paar sehr erwachsene Gespräche für dein Alter geführt haben«, sagte Moira amüsiert.

Andrew errötete. Er log nicht, wenn er behauptete, dass Hugh Moira mochte, aber er war sich ziemlich sicher, dass Hugh, wenn Stella ihn in romantischer Hinsicht auch nur ein wenig ermunterte, lieber sie weiter umwerben würde als die gescheiterte Gouvernante. Andrew machte sich Sorgen, dass Stella vielleicht schon Dinge mit Hugh getan hatte, wie etwa, ihn zu küssen, denn die beiden hatten begonnen, einander beim Vornamen zu nennen. Und er war Zeuge geworden, wie sie unter dem Tisch die Hand des jeweils anderen berührt und ein heimliches Lächeln getauscht hatten.

Moira zwickte ihn spielerisch in die Nase. »Bist du dann bitte mein kleiner Amor und sagst Mr Keating, dass ich mich auf dem Oberdeck mit ihm treffe, wenn es Zeit für die Cocktails ist?«

»Natürlich«, sagte Andrew.

Später, als die Cocktailzeit kam und Stella enttäuscht schien, Hugh nicht auf seinem üblichen Liegestuhl bereit zum Backgammonspielen zu finden, fühlte Andrew sich schuldig. Sie spielte stattdessen Domino mit Andrew und den Werners. Am nächsten Tag war es plötzlich stürmisch. Stella blieb in ihrer Kabine und kämpfte gegen die Übelkeit an. Der Tag danach war ihr letzter auf See, und Stella wurde davon beschäftigt gehalten, Andrews Schrankkoffer und ihre eigenen Sachen zu packen und sie fürs Ausladen zu markieren.

Zu Andrews Erleichterung blieb Hugh bis Tilbury, dem Hafen von London, an Bord. Moira überraschte sie damit, dass sie sagte, sie würde auch an Bord bleiben.

»Aber du wolltest doch eigentlich mit uns im Zug fahren, oder?«, erkundigte sich Andrew.

»Dafür braucht ihr mich nicht«, sagte Moira leichthin. »Ich habe beschlossen, auf dem Schiff zu bleiben und mich um den armen Hugh mit seinem kranken Bein zu kümmern.« Sie schenkte ihnen ein kokettes Lächeln.

Stella errötete bei dieser Neuigkeit, umarmte ihre Freundin aber. »Viel Glück, Moira. Du warst als Anstandsdame ein hoffnungsloser Fall, aber es hat viel Spaß mit dir gemacht.«

»Spaß hatten wir wirklich, nicht wahr?« Moira kicherte. »Wir haben dafür gesorgt, dass diese hochnäsigen Memsahibs sich an ihren Koteletts verschluckt haben! Vielleicht sehen wir uns irgendwann wieder. Ich hoffe es jedenfalls.«

Hugh kam auf seine Krücken gestützt, um ihnen nachzuwinken.

»Alles Gute für dein Treffen mit deiner Ma«, sagte Hugh mit einem aufmunternden Lächeln zu Andrew. »Ich bin mir sicher, dass du in Schottland eine ganz großartige Zeit verbringen wirst.«

»Danke, Mr Keating. Ich habe es genossen, Ihr Kabinengenosse zu sein.« Sie schüttelten sich die Hände.

Hugh nahm Stellas Hand. »Auf Wiedersehen, Stella. Ich muss noch etwas Backgammonspielen üben, bis wir uns das nächste Mal sehen.«

»Ist es denn wahrscheinlich, dass wir uns wiedersehen?«, fragte sie etwas steif und entzog sich ihm.

»Das hoffe ich sehr«, sagte er. »Irgendwann demnächst werde ich zu einem längeren Aufenthalt in eines der Raj Hotels kommen, um der Hitze von Belutschistan zu entfliehen.«

»Die Lomax würden sich sicher sehr freuen, dich zu empfangen«, antwortete Stella.

»Ich möchte eigentlich lieber dich sehen«, sagte er und sah sie unverwandt an.

Sie nickte ihm kurz zu. »Auf Wiedersehen, Hugh. Es hat mich gefreut, deine Bekanntschaft zu machen.« Als sie sich abwandte, bemerkte Andrew, dass ihr die Augen vor Tränen übergingen.

Angesichts von Stellas Kummer bekam Andrew ein schlechtes Gewissen. Er eilte den Werners nach, um sich zu verabschieden. Die Amerikaner gingen auch in Marseille von Bord, würden aber an der Côte d'Azur bleiben.

Als Andrew und Stella endlich den Kai erreichten, drehte Andrew sich um und sah, dass Moira und Hugh dicht nebeneinanderstanden und ihnen nachschauten.

»Sie winken uns zu«, sagte er.

Stella zögerte einen Moment lang, setzte dann ein breites Lächeln auf, wandte sich um und winkte zurück.

Auf der Zugfahrt nach Norden hatte Andrew den Eindruck, dass Stella niedergeschlagen wirkte. Wahrscheinlich wurde sie nervös, wenn sie daran dachte, dass sie in zwei Tagen seine Mutter wiedersehen würde. Neue Schuldgefühle durchzuckten ihn, als ihm einfiel, dass sie vielleicht Hugh vermisste und dass er womöglich ihre letzten Tage mit dem jungen Iren verdorben hatte. Plötzlich bereute Andrew, dass er Moira ermuntert hatte, sich um Hugh zu bemühen. Er hätte sich nicht einmischen sollen. Stella war so selten traurig, und er hasste es, sie jetzt so zu sehen.

Zu dem Zeitpunkt, als sie Paris erreichten, schien sie schon wieder eher sie selbst zu sein. Andrew tröstete sich mit dem Gedanken, dass Stella, wenn sie erst in Schottland war, Hugh Keating völlig vergessen würde.

Kapitel 10

Ebbsmouth, Schottland, 1. Juli 1933

Nach ihrer langen Reise war Stella bezaubert vom Anblick des gepflegten Hafenstädtchens und des Meers dahinter, als der Zug an der Flussmündung entlangfuhr.

»Die Cottages sind aus rosafarbenem Stein gebaut«, staunte sie. »Wie hübsch!«

Andrew ließ sich von ihrer nervösen Vorfreude anstecken. »Und sieh dir den riesigen Turm am Rand der Klippe an«, sagte er. »Der sieht ja aus, als ob er gleich ins Meer stürzt! Meinst du, das ist die Anchorage?«

»Wo deine Tante Tibby wohnt?«, fragte Stella.

»Ja, Dad hat gesagt, dass es eher ein Wohnturm als eine echte Burg ist.«

Als der Zug langsamer wurde und schließlich anhielt, rückte Stella ihren Hut zurecht und leckte sich die trockenen Lippen. Sie richtete Andrews Krawatte – sie hatte darauf bestanden, dass er eine umband – und hob die Hand, um sein widerspenstiges dunkles Haar mit den Fingern glatt zu streichen.

»Du hast einen Fleck auf der Wange«, sagte sie und leckte einen Finger an.

Andrew entzog sich ihr. »Nicht! Ich bin keine fünf mehr.« Er rieb sich das Gesicht mit dem Ärmel seines Pullovers ab.

Stella lachte. »Tut mir leid, Andy. Ich bin nur ein bisschen nervös.«

Er sah sie aus großen blauen Augen an. »Ich auch. Komm, gehen wir und bringen wir es hinter uns.«

Auf dem Bahnsteig herrschte Gewimmel, weil der Zug voller Feriengäste war. Stella sah in die erwartungsvollen Gesichter und fragte sich, ob Lydia noch so sein würde, wie sie sie bruchstückhaft aus der Zeit vor dreizehn Jahren in Erinnerung hatte.

Eine gut gekleidete Frau mit marineblauem Kleid und breitkrempigem Hut stand an der Schranke und spähte den Bahnsteig hinunter. Neben ihr winkte eine ältere, kräftigere Frau mit einem Taschentuch.

»Sind sie das?«, fragte Andrew. »Sind das meine Mutter und meine Großmutter?«

»Ich glaube, du könntest recht haben. Ich erinnere mich nicht wirklich, wie die alte Mrs Templeton aussieht – aber ich bin mir ziemlich sicher, dass das deine Mutter ist. Komm schon«, ermunterte Stella ihn, »wink ihnen zu.«

Andrew tat es, und die Frau in Marineblau reagierte, indem sie eine Hand hob und ihn zu sich heranwinkte.

»Geh du schon vor«, sagte Stella, »während ich mich um die Koffer im Gepäckwaggon kümmere.«

Andrew schien in Panik zu geraten. »Bitte lass mich jetzt nicht allein, Stella.«

»Na gut«, stimmte Stella zu, legte ihm aufmunternd die Hand auf den Rücken und schob ihn vorwärts.

Sobald sie die Schranke erreichten, erkannte Stella Lydia endgültig. Sie war im Gesicht fülliger als früher, aber immer noch schön. Sie hatte die gleichen großen, blauen Augen wie Andrew und trug ihr blondes Haar in ordentlich frisierten Wellen bis zum Kinn.

»Hallo, Mutter«, sagte Andrew und streckte die Hand aus.

Lydia starrte ihren hochgewachsenen Sohn mit offenem Mund an. »Mein kleiner Junge – du bist so groß – ich hatte gar nicht damit gerechnet …« Sie wirkte plötzlich überwältigt und umklammerte seine Hand. Schnell fing sie sich wieder. »Du meine Güte, du bist das Ebenbild deines Vaters!« Sie berührte seine Wange mit einer weiß behandschuhten Hand.

Andrew lächelte nervös. »Er hat Witze gemacht, dass ich vielleicht schon so groß bin wie er, wenn ich nach Indien zurückkomme.«

Lydia schrie auf: »Um Himmels willen, du bist doch gerade erst angekommen! Ich lasse nicht zu, dass du jetzt schon von der Rückfahrt redest.«

»Tut mir leid.« Andrew errötete.

Lydia verlagerte ihre Aufmerksamkeit auf Stella. »Sieh an, du bist ja zu einer Schönheit herangewachsen. Deine Eltern müssen stolz sein, so eine hellhäutige Tochter zu haben. Ich weiß, wie viel blasse Haut unter deinesgleichen bedeutet.«

Stella wurde rot und versuchte, ihren sofortigen Ärger über Lydias herablassende Worte zu verbergen. Aber das hier waren Andrews Ferien, und sie würde alles tun, um ihm zu helfen, damit sie gut verliefen.

Lydia stellte sie ihrer Mutter vor. Minnie Templeton küsste Andrew auf die Wange. »Nenn mich Granny.«

»Kommt nicht infrage!«, protestierte Lydia. »Er wird dich Grandmamma nennen. Granny klingt so provinziell, findest du nicht auch? Und da wir schon gerade beim Thema sind, Andrew, du wirst mich Mamma nennen.«

Minnie schien nicht empört über den Tadel ihrer Tochter zu sein, sondern lächelte Stella an. »Willkommen, meine Liebe. Sie erinnern sich sicher nicht an mich, aber ich habe das Raj Hotel besucht, als mein lieber Mann noch am Leben war.«

»Ich erinnere mich sehr wohl«, sagte Stella und schüttelte ihr die Hand. »Sie waren beide sehr freundlich und haben mir Geld geschenkt, um eine Klingel für mein Fahrrad zu kaufen.«

»Nun sieh mal einer an, daran erinnern Sie sich noch?«, rief Minnie.

Lydia gab einem Gepäckträger gerade Anweisungen bezüglich der Koffer, als eine hochgewachsene Frau in Herren-Knickerbocker und Weste sich zu ihnen durchdrängte. Sie trug einen abgenutzten pflaumenblauen Hut auf dem widerspenstigen braunen Haarschopf.

»Andrew!« Sie stürzte sich auf den Jungen, küsste ihn auf die Wange und umarmte ihn. »Ich bin deine Tante Tibby. Willkommen in Ebbsmouth. Tut mir leid, dass ich zu spät komme. Mein Rad hatte einen Platten. Und du musst Stella sein?« Sie hatte die heisere Stimme einer Raucherin und schüttelte Stella mit tabakfleckigen Fingern kräftig die Hand. »Tom und Esmie singen ständig ein Loblied auf dich.«

»Es freut mich sehr, Sie kennenzulernen, Miss Lomax«, sagte Stella.

»Nenn mich doch Tibby und sag du zu mir. Miss Lomax lässt mich nach einer furchteinflößenden alten Jungfer klingen.«

»Das bist du ja auch«, murmelte Lydia, ohne dass Tibby es hörte, und legte Andrew besitzergreifend die Hand auf den Arm.

»Hallo Lydia – und Mrs T«, sagte Tibby. »Ich hoffe, ihr bringt Andrew und Stella bald in die Anchorage mit.«

»Wir werden sehen«, sagte Lydia. »Erst einmal müssen sie sich in Templeton Hall einleben.«

»Vielleicht möchten Sie gern gleich mit nach Templeton Hall hinaufkommen, Tibby, meine Liebe?«, schlug Minnie vor.

Lydia sah ihre Mutter stirnrunzelnd an. »Heute nicht. Andrew und Stella müssen sich nach ihrer langen Reise ausruhen.«

»Natürlich«, sagte Tibby. »Ihr könnt durchklingeln und mir Bescheid sagen, wann es passt.« Sie lächelte Andrew an. »Spielst du Golf?«

»Ich habe es versucht«, sagte Andrew, »aber ich bin nicht sehr gut.«

»Na, du kannst jederzeit kommen und dich auf meinem holprigen Platz austoben. Ein paar der Jungs spielen gern Golf.«

»Welche Jungs?«, erkundigte er sich.

»Die Künstler, die bei mir wohnen.«

Lydia nahm ihren Sohn beim Arm. »Komm, bringen wir dich nach Hause. Das Auto parkt vor dem Eingang. Auf Wiedersehen, Tibby.« Sie schleifte Andrew mit und überließ es ihrer Mutter und Stella, ihr zu folgen.

Tibby reihte sich neben Stella ein. »Ich hoffe, du schaust in der Anchorage vorbei, wann immer du willst. Du bist mir jederzeit willkommen, Liebes.«

»Danke«, antwortete Stella. »Ich freue mich darauf, dich zu besuchen.«

Tibby schenkte ihr ein breites Lächeln, bei dem sich um ihre haselnussbraunen Augen Fältchen in ihrem wettergegerbten Gesicht bildeten. Sie sah ihrem Zwillingsbruder überhaupt nicht ähnlich, aber Stella war sofort von ihr eingenommen. Sie spürte, dass Toms Schwester eine Verbündete gegen die herrische Lydia sein würde, falls sie eine brauchen sollte.

* * *

Stella, die hinten im Auto neben Minnie saß, sah staunend aus dem Fenster, als sie eine baumgesäumte Kieseinfahrt hinauffuhren, an die üppig grüne Rasenflächen und Beete grenzten, die vor bunten Blumen und Büschen überquollen. Vor ihnen lag ein geweißtes Herrenhaus, dessen Flügelfenster teilweise unter

Geißblattranken und Kletterrosen verschwanden. Der ganze Anblick war ein prächtiges Farbenspiel, und berauschende Blumendüfte wehten durch die Autofenster herein. Andrew hatte recht gehabt, als er gesagt hatte, dass seine Mutter haufenweise Geld hatte.

Lydia, die am Steuer saß, hatte seit dem Bahnhof nicht zu reden aufgehört. Ihr Monolog war fast ausschließlich an Andrew gerichtet, der auf dem Beifahrersitz neben ihr saß. Stella versuchte zu lauschen und gleichzeitig Interesse an Minnies offensichtlichem Stolz auf ihren Garten zu zeigen.

»… und ich habe Lily, das Dienstmädchen, angewiesen, die Zinnsoldaten auf dem Tisch im Kinderzimmer bereitzulegen«, sagte Lydia. »Sie haben deinem Großvater Archibald gehört – Tibby dachte, dass du vielleicht gern mit ihnen spielen möchtest. Aber wenn ich mir dich so ansehe, würde ich sagen, dass du dafür schon zu groß bist. Allerdings hat der alte Archibald noch bis zu seinem Todestag in seiner Bibliothek Scheingefechte aufgeführt. Ist nach allem, was man hört, mitten im Nachspielen von Waterloo tot umgefallen. Er war ein seltsamer alter Kauz. Streitsüchtig ist noch untertrieben.«

»Dad hat gesagt, er sei ein Tyrann gewesen«, bemerkte Andrew.

Lydia schnaufte. »Dein Vater war zu weich – hat sich alles gefallen lassen, obwohl er dem alten Knaben lieber hätte die Stirn bieten sollen. Ich habe versucht, zwischen den beiden zu vermitteln, aber das war Zeit- und Energieverschwendung. Einer auf seine Art so stur wie der andere.«

»Lydia, Liebes«, murmelte Minnie vom Rücksitz, »Tom ist nicht hier, um sich zu verteidigen, also sei nicht so unfreundlich.«

»Oh, Mummy, du nimmst immer das Beste von allen an. Daddy wusste, wie Tom war – er hat sich immer auf meine Seite gestellt …« Lydias Stimme zitterte.

Minnie beugte sich vor und hielt ihrer Tochter ein Taschentuch hin. »Ist ja gut, ist ja gut. Reg dich nicht vor Andrew so auf.«

Lydia nahm eine Hand vom Steuerrad und tupfte sich die Augen ab. »Es tut mir leid, es ist nur so, dass ich jedes Mal emotional werde, wenn ich an Daddy denke.« Sie warf einen Blick auf Andrew. »Dein Templeton-Großvater war der wunderbarste Mann auf der Welt – das Musterbild eines wahren Gentlemans –, und ich vermisse ihn jeden Tag, obwohl er schon vor über fünf Jahren von uns gegangen ist. Du hättest dich so gut mit ihm verstanden.«

»Ich hätte ihn wirklich gern kennengelernt«, sagte Andrew.

Lydia schniefte und ballte das Taschentuch in ihrer Faust. »Ja, das hat dein Vater dir vorenthalten. Er wollte dich nicht zu Besuch herbringen, als du kleiner warst, obwohl ich ihn angefleht habe …«

»Lydia!«, sagte Minnie tadelnd. Sie legte Andrew eine Hand auf die Schulter. »Spielst du gern Tennis, mein Lieber? Wir halten den Platz immer noch gut in Schuss, obwohl deine Mutter dieser Tage nicht mehr oft spielt.«

»Ja«, sagte Andrew voller Begeisterung. »Es gibt Tennisplätze in Gulmarg, und ich spiele mit Dad …« Abrupt brach er ab und warf einen ängstlichen Blick auf seine Mutter.

»Dein Vater konnte ziemlich gut Tennis spielen«, räumte Lydia ein. »So haben wir uns kennengelernt. Mein lieber Freund Harold hat ihn mitgebracht, um mit Esmie und mir Doppel zu spielen. Wusstest du das?«

»Nein«, sagte Andrew. »Kommt Harold noch her, um hier Tennis zu spielen?«

Lydia keuchte auf und brachte das Auto schlitternd vor dem Vorbau zum Stehen. Sie trat noch einmal auf die Bremse und wandte sich erstaunt Andrew zu. »Harold ist tot! Esmie hat dir doch bestimmt von ihm erzählt? Er war ihr Mann, bevor sie mit meinem durchgebrannt ist.«

Andrew wurde rot und stammelte: »I… ich wusste, dass sie mit einem Dr. Guthrie verheiratet war und mit ihm als Krankenschwester in der Provinz North West Frontier zusammengearbeitet hat.«

»Ja, das war Harold«, sagte Lydia. »Er war der beste Freund deines Vaters. Redet er nicht über ihn?«

»Nicht wirklich«, murmelte Andrew.

»Das wundert mich aber«, rief Lydia.

Minnie mischte sich ein. »Das Fass machen wir besser gar nicht erst auf, Liebes.«

Lydia warf ihrer Mutter einen scharfen Blick zu und schien sich eine Retourkutsche zu verbeißen. Sie klopfte Andrew aufs Knie.

»Komm, lass mich dich in deinem neuen Zuhause herumführen.«

* * *

Stella musste sich zusammenreißen, um nicht mit offenem Mund über das Innere von Templeton Hall zu staunen. Das Licht strömte durch Buntglasfenster herein und warf leuchtende Farben auf den Fliesenboden des Foyers und die geschwungene schmiedeeiserne Treppe. Unterhalb des Geländers hielten lebensgroße Statuen halb nackter Nymphen elektrische Lichter hoch. Sie ertappte Andrew dabei, wie er gebannt die nackten Metallbrüste anstarrte, und verbarg ein Lächeln.

»Lily!«, rief Lydia, und eine kräftige Frau in einer schwarzen Uniform und einer gestärkten weißen Haube kam geschäftig durch eine Schwingtür geeilt.

»Ma'am.« Sie knickste.

»Das hier ist mein Sohn Andrew.«

Lily knickste noch einmal und lächelte, sodass ihre schiefen Zähne sichtbar wurden. »Willkommen in Templeton Hall, Master Andrew«, sagte sie mit schottischem Akzent.

»Und das hier ist Stella, Andrews Kindermädchen – gewissermaßen. Sie kennt sich damit aus, ein großes Haus zu führen, also wird sie eine große Hilfe sein.«

Stella schaute Andrew verwirrt an und sah ihn die Augenbrauen hochziehen.

»Hol bitte das Gepäck herein, Lily«, befahl Lydia. Sie wandte sich an Stella. »Vielleicht könntest du ihr mit dem Schrankkoffer helfen? Wir hatten früher einen Butler für solche Sachen, aber heutzutage ist Personal ja viel schwieriger zu finden. Ich hoffe, es macht dir nichts aus?«

Stella verbarg ihr Erstaunen. Zu Hause wäre es die Aufgabe männlicher Diener gewesen, Dinge zu tragen und zu holen – man hätte sicher nie von ihr erwartet, einen Schrankkoffer durch die Gegend zu schleppen –, und das musste Lydia wissen. Aber Stella wollte Lily nicht in Verlegenheit bringen, indem sie das erwähnte. »Nein, natürlich nicht.«

»Danach kann Lily dir dein Zimmer zeigen.«

»Ich gehe und spreche mit der Köchin über das Mittagessen«, sagte Minnie. »Es ist schön genug, um draußen auf der Terrasse zu sitzen.«

Stella legte ihre Handtasche ab und folgte dem Dienstmädchen wieder nach draußen.

»Der alte Mr Baxter hat früher das schwere Tragen übernommen«, raunte Lily. »Jetzt muss ich das machen.«

»Du kannst doch nicht die einzige Dienerin sein?« Stella war erstaunt. In Indien hätte ein Haus von dieser Größe über mindestens ein Dutzend Diener verfügt.

»Doch, seit der alte Baxter zu seinem Schöpfer gegangen ist. Da ist noch Hector, der zweimal die Woche kommt, um den Garten zu machen – und dann Miss MacAlpine, die Köchin.

Aber alles andere muss ich übernehmen. Ja, zwanzig Jahre bin ich jetzt hier – seit ich vierzehn war.«

Stella fand, dass sie viel älter als vierunddreißig aussah, nickte aber. »Die Templetons sind sicher für deine Loyalität dankbar.«

Lily prustete vor Lachen. »Ich hatte ja keine Wahl. Meine Familie ist nicht mehr da, und ich bin zu hässlich zum Heiraten.«

»Nein, bist du nicht«, sagte Stella. »Du hast sehr hübsche Augen.«

Lily lachte wieder. »Na, vielleicht können du und ich ja mal zusammen auf Männerjagd gehen.«

Sie quälten sich mit dem Schrankkoffer ins Haus. Lily schnaufte schwer.

»Möchtest du dich kurz ausruhen?«, fragte Stella sie, als sie wieder ins Foyer gelangten.

Lily schaute die Treppe hinauf. Oben konnten sie Lydia aufgeregt mit Andrew reden hören. »Besser nicht«, sagte sie.

So kämpften sie sich weiter, machten auf dem Treppenabsatz und dann noch einmal oben angekommen eine Pause. Am Ende erreichten sie das gegenüberliegende Ende des Korridors und betraten ein großes, luftiges Schlafzimmer.

»Stellt ihn dadrauf.« Lydia zeigte auf eine Spielzeugtruhe.

Lily ächzte erleichtert. Stella sah sich um. Es war noch ein Kinderzimmer für einen kleinen Jungen, mit Feuerschirm vor dem gekachelten Kamin und einer Auswahl nagelneuer Teddybären auf dem Einzelbett. Andrew stand an einem Tisch in der Fensternische und betrachtete verlegen die ordentlichen Reihen von Spielzeugsoldaten.

»Stella, die hier haben meinem Großvater gehört«, sagte er mit einem vorsichtigen Blick.

»Du darfst sie berühren«, sagte Lydia brüsk.

»Ma'am«, unterbrach Lily. »Soll ich den Schrankkoffer auspacken?«

Lydia winkte ab. »Nein, du kannst gehen und dich wieder an die Arbeit machen. Stella kann Andrews Sachen wegräumen.«

»Das kann ich auch selbst tun«, sagte Andrew schnell.

»Kommt nicht infrage«, widersprach Lydia. »Du und ich setzen uns zu Mummy auf die Terrasse zum Mittagessen. Ich will alles über deine Zeit auf dem Schiff hören.«

»Und kann Stella sich auch zu uns setzen?«

»Vielleicht später.« Lydia sah Stella unverwandt an. »Sobald du Andrews Kleider aufgehängt hast, lässt du dir von Lily dein Zimmer zeigen. Ich dachte, dass es dir sicher lieber ist, mit dem Personal deine Mahlzeiten einzunehmen.«

»Aber Stella isst in Gulmarg mit uns zusammen«, protestierte Andrew.

»Liebling, das hier ist nicht Gulmarg«, sagte Lydia mit Nachdruck. »Dein Vater hat sich nie darauf verstanden, die Grenze zwischen uns und den Dubois zu ziehen. Es ist nichts Persönliches, Stella, nur haben wir in Templeton Hall nie mit dem Personal gegessen. Sogar mein eigenes liebes Kindermädchen hat immer in der Küche gegessen.«

Stella sagte schnell: »Ganz wie Sie wünschen, Mrs Lomax.«

Sie schenkte dem besorgt dreinblickenden Andrew ein tröstendes Lächeln und übernahm Lilys Arbeit. Lydia machte sehr deutlich, dass sie in ihr nicht mehr als Andrews *ayah* und ganz gewiss keine Freundin der Familie sah. Stella wollte sich die Laune nicht verderben lassen. Sie hatte Glück, hier zu sein, und es war großzügig von Lydia gewesen, ihre Überfahrt zu bezahlen. Stella hielt sich sowieso gern beschäftigt, und so würde sie tun, was auch immer die Templetons von ihr verlangten; alles war ein großes Abenteuer.

Später schleppte sie ihren eigenen Koffer ins oberste Stockwerk. Lily führte sie in eine kleine Dachkammer mit einem schmalen Bett, einer Kommode und einem dünnen Läufer auf dem ansonsten kahlen Holzboden.

»Ich bin nebenan«, sagte Lily. »Hier oben wird es im Sommer stickig, also lasse ich mein Fenster immer offen.«

Sobald sie gegangen war, schloss Stella ihr Oberlicht. Ihr kam es überhaupt nicht warm vor, und sie zog zusätzlich eine Strickjacke über.

Miss MacAlpine war eine ziemlich kleine Frau mit rotem Haar, die wie ein rastloser Vogel durch die Küche sauste, Topfdeckel anhob, umrührte, schnupperte, probierte und sich selbst Vorschläge machte.

Sie hieß Stella mit einem schnellen Lächeln willkommen. »Nach einer Inderin siehst du mir gar nicht aus.«

»Das bin ich auch nicht«, sagte Stella.

Die Köchin legte den Kopf schief. »Nein? Die gnädige Frau hat gesagt, das wärst du.«

»Ich bin Anglo-Inderin«, erklärte sie. »Ich habe aufseiten meiner Mutter britische und aufseiten meines Vaters französische und britische Vorfahren. Beide Familien leben schon seit mehreren Generationen in Indien, aber wir betrachten Großbritannien immer noch als unsere Heimat. Deshalb ist es auch so aufregend, hier zu sein. Ich bin die Erste seit vier Generationen, die hierher zurückkehrt.«

»An-glo-In-de-rin«, wiederholte Miss MacAlpine den Begriff Silbe für Silbe, während sie die Suppe in zarte Porzellanschälchen füllte. »Ein kleines bisschen von allen in deinem Blut, was?«

»Na ja …« Stella war sich unsicher.

»Das ergibt eine reichhaltige Suppe«, sagte die Köchin und nickte. »Bring die hier auf die Terrasse, Lily.«

»Ich koche gern«, sagte Stella, während sie zusah, wie Miss MacAlpine eine große blanchierte Tomate erst häutete und dann in Scheiben schnitt. »Der Koch im Raj-in-the-Hills hat mir so einige Rezepte beigebracht – für Currys und portugiesisches Gebäck.«

Miss MacAlpine sah verblüfft drein. »Die gnädige Frau mag kein Curry – und auch sonst nichts, was sie an Indien erinnert. Aber sie ist eine Naschkatze und isst zu jeder Tageszeit Kuchen und Törtchen.«

»*Pastéis de nata* sind wie Vanillecremetörtchen«, sagte Stella. »Die sind köstlich. Ich würde Ihnen sehr gern beim Kochen helfen, wenn ich darf.«

Die Köchin musterte sie. »Ich weiß ja nicht, ob die gnädige Frau das gestatten würde. Mir hat man gesagt, du sollst dich um Master Andrew kümmern.«

»Ich glaube, Mrs Lomax will selbst Zeit mit Andy verbringen. Wenn ich also nicht gebraucht werde, kann ich Ihnen doch vielleicht helfen?«

Die Köchin dachte darüber nach, während sie die Tomatenstücke neben Schinkenscheiben und Kartoffelsalat auf drei Tellern arrangierte. »Es ist lieb von dir, das anzubieten. Warten wir einfach ab, was die gnädige Frau sagt.«

Nachdem Lily mit einem Tablett wieder nach draußen gegangen war, um den Kartoffelsalat mit Schinken zu servieren, teilte die Köchin die übrig gebliebene Suppe auf drei Blechschlüsseln auf. »Setz dich, meine Liebe, und iss deine Suppe – dann kannst du mir alles über diese indischen Cremetörtchen erzählen.«

Kapitel 11

Die erste Woche über hielt das gute Wetter vor, und Lydia kostete es aus, Andrew stolz die Gegend zu zeigen, ihm ein neues Fahrrad zu kaufen und ein Picknick in der geschützten Bucht unterhalb der Anchorage zu organisieren. Steife Knie hinderten Minnie daran, sich ihnen anzuschließen, aber Stella wurde mitgenommen, um den Picknickkorb zu tragen und Andrew zu beaufsichtigen, wenn er im Meer schwamm, während Lydia sich auf einer Decke ausstreckte und in einer Zeitschrift blätterte.

Stella hatte ihren Badeanzug mitgebracht, weil sie sich, angeregt von Esmies Erinnerungen, schon im Voraus auf Bäder im Meer gefreut hatte, und zog sich in einem alten Bootshaus um. Andrew war schon im Meer, als Stella ins Wasser rannte.

Sie kreischte. »Das ist eiskalt!«

»Das habe ich dir ja gleich gesagt«, rief Lydia. »Deshalb gehe ich hier nie schwimmen – nur in Südfrankreich.«

»Komm schon!« Andrew grinste. Er watete auf sie zu und spritzte sie nass.

Der eisige Wasserschwall versetzte Stella so einen Schock, dass sie nicht einmal schreien konnte. Sie jagte Andrew durchs flache Wasser und stieß ihn ins Meer. Er zog sie mit, und ihr

Kopf geriet unter die Oberfläche. Sie kam nach Luft schnappend und prustend wieder hoch.

Er sah erschrocken drein. »Geht es dir gut?«

Sie hatte noch nie eine solche Kälte erlebt oder Salzwasser in ihrem Mund geschmeckt, und ihr ganzer Körper kribbelte.

»Das war fürchterlich!« Plötzlich musste sie lachen. »Du bist fürchterlich!«

Andrew seufzte vor Erleichterung und begann ebenfalls zu lachen. »Machen wir ein Wettrennen zu dem Felsen da drüben.«

»Mir reicht es«, sagte sie, wrang ihr nasses Haar aus und schauderte vor Kälte.

»Komm, Stella, bleib noch ein bisschen drin«, bestürmte Andrew sie.

Aber sie rannte schon den Strand hinauf.

Stella wickelte sich in ein Handtuch ein und sah zu, wie Andrew parallel zum Strand auf und ab schwamm.

Andrew kam aus dem Meer, und während er sich abtrocknete, strengte Stella sich an, die gelangweilt dreinsehende Lydia ins Gespräch zu ziehen. »Was für ein interessantes Haus die Anchorage doch sein muss, Mrs Lomax. Sie sieht aus, als ob sie direkt aus dem Fels hervorwächst, nicht wahr?«

»Es ist ein trostloser alter Kasten«, sagte Lydia. »Furchtbar feucht und kalt, egal zu welcher Jahreszeit. Ich könnte es nicht ertragen, dort zu leben, aber Tibby scheint der Mangel an modernem Komfort nichts auszumachen.«

»Ich finde es sehr romantisch«, sagte Stella. »Wie der Turm in ›Rapunzel‹.« Sie malte sich aus, wie sie ihr langes blondes Haar herunterließ und Hugh als strahlender Ritter an der Klippe zu ihr emporkletterte.

Andrew lachte. »Stell dir bloß vor, wenn der einzige Weg hinein der wäre, dass Tante Tibby sich aus dem obersten Fenster beugt und ihr Haar herunterlässt!«

Lydia schnaufte. »Das ist genau die Art Verrücktheit, zu der Tibby imstande wäre!«

Stella hatte jeden Tag an Hugh gedacht, seit sie das Schiff verlassen hatten. Sie war verletzt und verwirrt gewesen, weil sein Interesse sich in den letzten paar Tagen der Reise so plötzlich von ihr zu Moira verlagert hatte. Eben noch hatten sie den ganzen Tag zusammen verbracht – und sich abends in dunkle Ecken des Decks zurückgezogen, um sich zu küssen –, dann hatte sie ein neuerlicher Anfall von Seekrankheit erwischt, und als sie sich wieder aus ihrer Kabine hervorgewagt hatte, hatte Moria Hugh in Beschlag genommen, und ihm hatte das anscheinend nichts ausgemacht. Stella hatte nichts zu auch nur einem von beiden gesagt und war von Bord gegangen, ohne Hugh allein abpassen zu können, um herauszufinden, was seinen Sinneswandel ausgelöst hatte. Aber als sie sich voneinander verabschiedet hatten, hatte er gesagt, dass er sie gern im Raj Hotel besuchen würde, und sie hatte nicht mehr gewusst, was sie denken sollte.

Stella beschloss zu versuchen, ihn sich aus dem Kopf zu schlagen. Während sie den Hals reckte, um zu dem abweisend wirkenden Burgturm hinaufzuspähen, machte sich Neugier in ihr breit. Sie konnte es gar nicht abwarten, das Innere der Anchorage zu sehen. Sie wollte mehr über Toms frühe Jahre hier herausfinden, aber sie wusste, dass sie Lydia nicht fragen konnte. Die Frau schien eifersüchtig zu werden, wann immer Andrew seinen Vater – oder Esmie – erwähnte, und so war es das Beste, über keinen der beiden zu reden.

* * *

Lydia verbrachte den Rest der Woche damit, Andrew auf Autofahrten durch die ganze Grafschaft mitzunehmen, um ihren Sohn verschiedenen Freunden und Bekannten vorzustellen. Minnie begleitete sie, aber Stella wurde zurückgelassen.

»Mach dich nützlich und hilf Lily mit der Wäsche«, befahl Lydia.

Stella hatte Mühe, ihren Ärger angesichts dieser gebieterischen Art zu verbergen, aber sie tat, was man von ihr verlangte.

Stella bot auch Miss MacAlpine immer wieder an, ihr in der Küche zu helfen, aber am dritten Tag, an dem sie nach etwas zu tun suchte, scheuchte die Köchin sie hinaus.

»Es ist ein wunderschöner Tag – den willst du doch wohl nicht in der Küche verbringen. Ab mit dir an die frische Luft!«

Da sie nicht wusste, was sie tun sollte, ging Stella am Ende zur Garage, in der, wie Lydia gesagt hatte, ein zusätzliches Fahrrad stand, das sie benutzen durfte, wenn Andrew durch den Ort radeln wollte. Sie fand es, wischte den Staub ab, pumpte die Reifen auf und beschloss, die Anchorage zu besuchen. Tibby hatte gesagt, dass sie vorbeikommen durfte, wann immer sie wollte. Die Köchin gab ihr eine Dose mit ihrem buttrigen Shortbread als Gastgeschenk mit, und Stella brach in den böigen Gegenwind auf.

Zwanzig Minuten später traf sie vor einem verrosteten schmiedeeisernen Tor ein und machte halt, um Atem zu schöpfen. Ein Torflügel stand einen Spaltbreit offen, und so schob sie ihr Rad hindurch. Große Bäume wiegten sich über ihr und ächzten im Wind. Ein grasbewachsener Trampelpfad schlängelte sich vor ihr durch die zu hohen Rasenflächen, die mit Gänseblümchen und Hahnenfuß übersät waren. Der Honigduft von warmem Gras und Wildblumen schlug ihr entgegen und erinnerte sie flüchtig an Gulmarg.

Aber hier war es ganz anders als in Kaschmir. Vor ihr lag die Burg, deren uralter Stein im Sonnenschein leicht rosafarben wirkte. Das Gebäude war ein Mischmasch aus Rundtürmchen,

Zinnen, schmalen Fenstern weit oben und großen Flügelfenstern unten. Die Hälfte der vorderen Fassade war von dunklen Efeuranken überwuchert.

Stella zögerte. Vielleicht hätte sie nicht allein herkommen sollen?

»Hallo! Kann ich Ihnen helfen?«

Stella erschrak, als sie eine Stimme zwischen den Bäumen hervor hörte. Sie stand da und umklammerte ihr Fahrrad, als ein schlanker, dunkelhaariger Mann in Weiß aus dem langen Gras hervortrat. Sie konnte es nicht glauben: Er trug eine enge *churidar*-Hose und eine locker sitzende *kurta*. Er presste die Handflächen zusammen und verneigte sich zum Gruß.

»Namaste.«

»Sie sind Inder?«

»Ich bin Inder von Geburt und Weltbürger.« Er schenkte ihr ein Lächeln und streckte ihr die Hand hin. »Dawan Lal aus Lahore.« Er hatte eine sanfte, kultivierte Stimme. Der Blick seiner dunklen Augen war intensiv.

»Das gibt's ja nicht!« Stella schüttelte ihm die Hand, hocherfreut, jemanden aus der Nähe ihrer Heimatstadt zu treffen. »Ich bin Stella Dubois aus Rawalpindi.«

»Ach ja, Tibby hat mir von Ihnen erzählt – sie hatte gehofft, dass Sie zu Besuch kommen würden.«

Stella lächelte. »Oh, gut. Ich weiß heute nichts mit mir anzufangen – Andrew ist schon wieder mit seiner Mutter unterwegs. Ich hoffe, es macht Miss Lomax nichts aus, wenn ich ohne ihn komme?«

»Bestimmt nicht«, versicherte er ihr. »Bitte gestatten Sie mir, Sie zum Haus zu begleiten. Sie können Ihr Fahrrad da an der Mauer stehen lassen.«

»Danke«, sagte Stella und nahm die Dose Shortbread, die sie als Geschenk mitgebracht hatte, aus dem Fahrradkorb. Seite an Seite gingen sie los. »Also sind Sie einer der Künstler, die auf der Burg wohnen?«

»Manche würden mich vielleicht als Künstler bezeichnen.« Er schenkte ihr ein bescheidenes Lächeln.

»Als was würden Sie sich denn selbst bezeichnen?«

»Als *sadhu* – als Jünger – der Kunst.« Er machte eine ausladende Handbewegung. »Kunst kann nicht auf bloße Gemälde beschränkt oder in ein Skizzenbuch gesperrt werden. Kunst ist überall um uns herum – sie liegt in der Pracht der Natur und in der Architektur eines besonderen Gebäudes.«

Sie ließ ihn weitererzählen, während sie seitlich an der Burg vorbeigingen, einen Küchengarten mit ordentlichen Reihen von Salat, Zwiebeln und Kartoffeln durchquerten und ein Treibhaus voll reifender Tomaten passierten. Dawan führte Stella durch eine Hintertür, deren Farbe Blasen schlug und abblätterte, und einen dunklen Korridor entlang. Schwach hörte sie, dass jemand tief im Haus Klavier spielte.

»Wir versuchen es zuerst in der Küche«, meinte Dawan. »Tibby wollte Suppe kochen – wir haben einen Berg von Kürbissen zu bewältigen.«

Sie fanden Tibby unter dem Tonnengewölbe der Küche auf allen vieren und damit beschäftigt, in einen Schrank zu spähen. Dawan rief ihren Namen.

Sie antwortete, ohne aufzuschauen: »Die Mäuse waren an den Haferflocken – überall ist Kot. Hast du die Fallen schon wieder weggeräumt, Dawan?«

Er ignorierte ihre Frage und verkündete: »Tibby, wir haben Besuch. Miss Stella Dubois aus Rawalpindi.«

Tibby drehte sich halb um und schaute auf. Sie trug immer noch denselben unförmigen lilafarbenen Hut wie damals am Bahnhof. Ihr Gesicht verzog sich zu einem Lächeln.

»Stella, wie schön! Hast du Andrew mitgebracht, um mich zu besuchen?«

»Nein, tut mir leid«, sagte Stella. »Er ist mit Mrs Lomax unterwegs. Es wird ihn ärgern, dass ich ohne ihn gekommen bin – ich hätte warten sollen, nicht wahr?«

»Absolut nicht«, sagte Tibby und stand auf. Sie trug eine Herrenreitjacke über einem fließenden scharlachroten Kleid, das mit Blumen bestickt war, und kam barfuß über die Steinplatten des Bodens auf Stella zu.

Stella überreichte ihr die Dose. »Miss MacAlpine hat dir etwas Shortbread gebacken.«

»Mmh, das mag ich am liebsten, danke. Wir machen Sandwiches – ich glaube, wir haben noch Marmelade und ein paar hart gekochte Eier vom Frühstück über. Lasst uns draußen essen. Ich habe einen Bärenhunger. Magst du Eier, Stella? Sonst kannst du auch Käse haben – wenn Dawan ihn nicht schon komplett an die Mäuse verfüttert hat. Wir sind Vegetarier geworden, seit Dawan angekommen ist. Er ist Hindu.«

»Ich habe keine Religion außer der Kunst«, sagte Dawan feierlich. »Soll ich Tee kochen?«

»Das wäre nett«, sagte Tibby und spähte in ihren großen Brotkasten. »Oje. Die Jungs müssen alles Brot heute Morgen aufgebraucht haben. Sollen wir stattdessen Haferkekse essen?«

Stella dachte an den Mäusekot in den Haferflocken.

»Warum machen wir keinen Salat aus den Eiern?«, schlug sie vor. »Ich habe gesehen, dass ihr Tomaten und Salat anbaut. Vielleicht könnten wir ihn mit Zwiebeln, Kräutern und ein bisschen Ingwer würzen. Habt ihr Ingwer?«

»Was für eine gute Idee«, sagte Tibby begeistert. »Hörst du das, Dawan? Noch jemand, der Ingwer mag. Eine Frau ganz nach deinem Geschmack.«

»Natürlich isst sie Ingwer«, sagte Dawan. »Sie ist schließlich im Pandschab aufgewachsen.«

»Wir könnten dich den Templetons wegnehmen«, meinte Tibby und steckte sich eine Zigarette an. »Ich habe absolut keine künstlerischen Ambitionen in der Küche.«

»Du bewirtest uns königlich, Tibby«, sagte Dawan. »Wir essen einfach, aber gut – und nirgends wachsen Kürbisse besser als bei dir.«

Tibby pustete Rauch aus und lachte dann los. »Oje, eigentlich wollte ich doch eine Suppe kochen. Ich habe mich von den Mäusen ablenken lassen.«

Stella ging mit Dawan Salat und Tomaten holen. Sie kehrten auch mit Gurken, roten Zwiebeln, Petersilie und Thymian zurück. Stella ging daran, den Eiersalat zu machen, während Tibby mit auf und ab wippender Zigarette im Mundwinkel einen alten Picknickkorb aufspürte und Dawan in einem Topf Tee mit Milch und Zucker kochte, um ihn dann in eine Thermoskanne zu füllen.

»So mag mein Bruder Jimmy seinen Tee«, bemerkte Stella. »Auf indische Art.« Sie atmete den Duft ein und empfand plötzlich einen Anflug von Heimweh; es war über einen Monat her, dass sie Rawalpindi verlassen hatte, und sie vermisste ihre Familie.

Tibby spürte ihr Heimweh wohl. »Kommt, lasst uns ein geschütztes Fleckchen draußen suchen, dann kannst du mir alle Neuigkeiten aus Indien erzählen.«

* * *

Tibby führte sie zu einem verfallenen Cottage, das auf die Klippe hinausging – ein ehemaliger Ausguck –, und Dawan breitete eine Decke auf dem federnden Gras im Windschatten der Giebelwand aus.

Beim Essen und Plaudern mit Tibby und Dawan entspannte Stella sich. Ihr wurde klar, wie angespannt sie sich bei

Lydia fühlte, bei der man nie so recht wusste, in welcher Laune sie sein würde oder ob irgendeine beiläufige Bemerkung, die Stella machte, sie kränken würde. Vor allem genoss sie es, über ihr Zuhause und ihre Familie zu reden – Themen, gegen die Lydia auch etwas einzuwenden hatte – und von Tom und Esmie zu erzählen. Tibby wollte alles über ihren Bruder hören, den sie liebevoll Tommy nannte, und erkundigte sich nach dem Stand der Dinge in Gulmarg. Sie gab Stella das Gefühl, alles sagen zu dürfen, ohne dass es falsch aufgefasst wurde, und so war sie bald dabei, offen über die Aufregung zu reden, die Andrews Abgang von der Schule in Murree ausgelöst hatte.

Tibby schüttelte den Kopf. »Es kommt mir sehr albern von der Schule vor, einen Zwist zwischen den Jungs derart ausarten zu lassen.«

»Gotleys Vater – Major bei den Peshawar Rifles – hat gedroht, Andrew bei der Polizei anzuzeigen, weil er seinen Sohn geschlagen hat. Esmie glaubt, dass es der Major war, der George all die Lügen eingeflüstert hat.«

»Wie unfair«, rief Tibby und drückte ihre Zigarette aus. »Tom war ein Kriegsheld und kein Feigling. Er hat für die Rifles seinen Teil getan. Was für ein Ärger, dass Andrew sich hat provozieren lassen – er hätte diesen elenden Gotley einfach ignorieren sollen.«

Stella seufzte.

»Oder steckt noch mehr hinter diesem Vorfall?«, fragte Tibby. In ihren haselnussbraunen Augen stand Besorgnis. »Ja, nicht wahr?«

Stella zögerte und warf einen Blick auf den Inder.

»Alles, was du mir erzählen willst, kannst du vor Dawan sagen«, erklärte Tibby. »Er ist sehr diskret – und ich erzähle ihm ohnehin alles.«

Dawan lächelte und stand auf.

»Ich muss wieder an die Arbeit gehen«, sagte er. »Ich lasse euch Damen in Ruhe reden.«

Als er ging, bat Tibby: »Sag mir, was dir zu schaffen macht.«

»Andrew hat mir noch etwas anderes anvertraut, das Gotley gesagt hatte, mir aber das Versprechen abgenommen, dass ich seinen Eltern nichts davon erzählen würde. Er wusste, dass es seinen Vater sehr verletzen würde, aber es ist ihm nicht aus dem Kopf gegangen. Es ging um Esmie, verstehst du?«

»Esmie?«, hakte Tibby nach.

Stella nickte.

Tibby berührte ihren Arm. »Du würdest dein Versprechen nicht brechen, wenn du dich mir anvertraust – aber dazu werde ich dich nicht zwingen, wenn du es lieber nicht möchtest.«

Plötzlich sehnte Stella sich danach, sich Tibby gegenüber alles von der Seele zu reden.

»Es hat die Lomax alles so aufgeregt«, sagte sie. »Erst, dass Andrew die Schule verlassen musste, und dann, dass Lydia ihnen die Schuld gegeben hat. Dass sie behauptet hat, sie würden ihn vernachlässigen, und verlangt hat, Andrew über den Sommer zu ihr zu schicken.« Als Tibby ihr zunickte, fortzufahren, sagte Stella: »Ich habe gehört, wie sie darüber gestritten haben – ob sie Andrew überhaupt erlauben sollten, nach Ebbsmouth zu fahren. Ich glaube, sie befürchten, dass Andrews Mutter ihn gegen sie aufhetzen wird. Aus irgendeinem Grund glauben sie, dass sie Dinge sagen wird, von denen sie nicht wollen, dass Andrew sie erfährt.«

»Was für Dinge?«, fragte Tibby.

»Etwas über ihr Verhältnis.« Stella zuckte die Schultern.

Nach einer Pause erkundigte Tibby sich sanft: »Was hat Gotley denn über Esmie gesagt, das Andrew so verstört hat?«

Stella seufzte. »Furchtbare Dinge. Gotley hat sie … schrecklich beschimpft. Er hat sie mit der schlimmsten Bezeichnung belegt, die man für eine Frau gebrauchen kann.« Sie senkte die Stimme zu einem Flüstern. »Er hat sie eine Hure genannt.«

»Wie erschütternd«, sagte Tibby. »Warum sollte er so etwas sagen?«

Stella errötete, als sie die Worte wiederholte. »Er hat gesagt, Esmie sei Mr Lomax' Mätresse – dass sie nicht richtig verheiratet wären und ein sündiges Leben führen würden. Aber ich habe Andy gesagt, dass das Unsinn ist und sie natürlich verheiratet sind.«

Tibby sagte nichts. Sie öffnete ihr Zigarettenetui, schloss es dann aber wieder.

Stella fuhr fort: »Ich weiß, dass sie verheiratet von einer Reise nach Delhi zurückgekommen sind, ungefähr zu der Zeit, als Andrew auf die Schule in Murree gekommen ist. Dann sind sie wieder nach Kaschmir gegangen, um das Raj-in-the-Hills zu führen.«

Tibby starrte aufs Meer hinaus. Stella wartete darauf, dass sie ihr beipflichten würde. Tibby räusperte sich und begegnete Stellas fragendem Blick. Ihre Augen waren voller Kummer.

»Tom und Esmie mögen als Mann und Frau zusammenleben«, sagte sie leise, »aber sie sind nicht verheiratet. Das können sie nicht sein. Tom ist immer noch an Lydia gebunden.«

Stella starrte sie mit offenem Mund an. »Was meinst du damit – an Lydia gebunden?«

»Sie will einer Scheidung nicht zustimmen. Ich möchte nicht schlecht von meiner Schwägerin reden, aber sie ist schon die ganze Zeit sehr grausam zu Tommy – ich glaube, um immer noch ein Druckmittel gegen ihn zu haben und ihm das zu verweigern, was er am meisten will: mit Esmie verheiratet zu sein.«

Stella war schockiert und traurig. »Wie furchtbar«, sagte sie.

Tibby nickte. »Und auch so gemein ihrer Freundin Esmie gegenüber. Sie standen einander einmal so nahe wie Schwestern – sind zusammen zur Schule gegangen. Wusstest du, dass Esmie Lydia das Leben gerettet hat, als die von den Paschtunen entführt worden ist?«

»Ich kenne nicht alle Einzelheiten«, sagte Stella, »aber vor Jahren hat die Baronin – sie gehört zu den Dauergästen im Raj – mir einmal einen Zeitungsartikel darüber gezeigt, dass Esmie bei der Rettungsaktion eine Heldin war.«

»Das war sie wirklich. Esmie hat alles riskiert, um eine Expedition ins Stammesgebiet zu führen, Lydia zu finden und sie in Sicherheit zu bringen. Und darüber hinaus musste mein Bruder sich noch bieten lassen, dass Lydia ihm mit einem Kavallerieoffizier untreu geworden ist. Sie hat gerade den Versuch unternommen, mit ihm durchzubrennen, als sie entführt wurde – und hat Andrew, der noch ein Baby war, einfach zurückgelassen, ohne auch nur einen Gedanken an ihn zu verschwenden.« Sie redete sich in Rage. »Es würde mich überhaupt nicht wundern, wenn Lydia hinter den Gerüchten steckt, dass Tom und Esmie nicht verheiratet sind. Soweit ich es einschätzen kann, hält sie immer noch Kontakt zu den Klatschbasen von Pindi. Wenn sie weiß, dass Esmie offen mit meinem Bruder zusammenlebt und sich als seine Ehefrau ausgibt, und das weiß sie so gut wie sicher, dann wird sie schrecklich eifersüchtig sein.« Tibby rupfte vor Aufregung eine Handvoll Grashalme aus; ihre Wangen waren rot vor Empörung.

Stella war schockiert über Lydias herzloses Verhalten. »Ich hätte Esmie erzählen sollen, was Gotley über sie zu Andy gesagt hat, um ihr Gelegenheit zu geben, ihm alles zu erklären, bevor er abgereist ist.« Sie sah Tibby gequält an. »Was, wenn Andrew von Lydia davon erfährt?«

Tibby packte Stellas Hand. »Nichts davon ist deine Schuld. Du hast Andrew gegenüber Wort gehalten. Ich kann verstehen, dass mein Bruder frustriert ist, Esmie nicht heiraten zu können – aber indem er nicht ehrlich über ihr wahres Verhältnis war, hat er sich selbst und Esmie in eine heikle

Situation gebracht. Ich nehme an, in den Kolonien kommt es mehr auf den äußeren Schein an. Mich interessiert es ja überhaupt nicht, was die Leute über mich sagen – aber bestimmt ist es anders für Esmie, die versucht, die Pflichten einer respektablen Hoteliersfrau zu erfüllen.«

»Was machen wir mit Andy?«, fragte Stella.

Tibby drückte Stellas Hand. »Erst einmal nichts. Warten wir ab, ob Lydia das Thema zur Sprache bringt. Wenn ja, dann können wir Andrew die ganze Wahrheit wissen lassen. Schließlich liegt es nur an Lydias Gemeinheit, dass Tom und Esmie nicht richtig verheiratet sind. Ich vermute aber, dass sie nicht in schlechtem Licht erscheinen will und es deshalb gar nicht erwähnen wird.«

Tibby ließ ihre Hand los und seufzte. »Das Absurdeste an der Sache ist, dass es ja Lydia war, die es gar nicht abwarten konnte, Indien und Tommy zu verlassen – sie wollte nicht einmal Andrew. Sie ist in aller Eile hierher zurückgekehrt und hat sofort etwas mit einem reichen Weinhändler angefangen. Er hieß Colin Fleming, wenn ich mich recht entsinne, und sie kannte ihn schon von früher. Anscheinend hatte er immer eine Schwäche für sie gehabt. Aber sie wollte alles auf einmal haben – eine skandalöse Scheidung von Tommy vermeiden und gleichzeitig Colin als Gespielen haben.«

»Was ist dann passiert?«, fragte Stella.

»Colin hat alle überrascht, indem er einer viel jüngeren Französin einen Antrag gemacht hat, die er an der Côte d'Azur kennengelernt hatte. Sie haben schnell in Nizza geheiratet, und Lydia stand ganz ohne Mann da. Danach war das Beste, was Tommy von ihr bekommen konnte, eine förmliche Trennung.«

Tibby begann, den Picknickkorb wieder zu packen. Stella sog tiefe Atemzüge salziger Luft ein und versuchte so, den Zorn zu unterdrücken, den sie innerlich empfand. Wie sollte sie nach allem, was sie gerade erfahren hatte, nach Templeton Hall zurückkehren und gute Miene zum bösen Spiel machen?

Aber Andrew gegenüber so zu tun, als wäre alles in Ordnung, würde eine noch schwierigere Aufgabe sein. Sein Schicksal tat ihr in der Seele weh. Er war der Unschuldige in dieser ganzen Angelegenheit, der zwischen seinen Eltern ins Kreuzfeuer geraten war. Niedergeschlagen kehrten die beiden Frauen zur Burg zurück.

* * *

Um ihre Rückkehr nach Templeton Hall hinauszuzögern, bat Stella Tibby, ihr Dawans Kunstwerke zu zeigen. Tibby lebte auf und führte sie in ein großes Zimmer im Erdgeschoss mit hohen Fenstern, durch die das Nachmittagslicht hereinflutete. Gemälde lehnten an den Wänden, und der Parkettboden war mit Farbspritzern übersät. Ein langer Tisch war voller Pinsel, Farbtuben und Gefäßen mit buntem Wasser, und der Raum roch nach Terpentin. Dawan, der ganz von einer Schürze eingehüllt war, stand an einer Staffelei am weiter entfernten Fenster und war in seine Arbeit vertieft.

Tibby winkte Dawan quer durchs Zimmer zu. »Es stört dich doch nicht, wenn Stella sich deine Gemälde ansieht, oder?«

Er lächelte fahrig, legte seinen Pinsel hin und wischte sich die Hände mit einem Lappen ab.

»Bitte unterbrechen Sie Ihre Arbeit nicht meinetwegen«, sagte Stella. »Ich werde ganz still sein.«

»Aber Tibby nicht«, antwortete er und durchquerte das Zimmer.

Zusammen machten die drei eine Runde durch den Raum und sahen sich ein Gemälde nach dem anderen an. Stella fand sie verblüffend. Zwei oder drei zeigten weiße Frauen beim Ankleiden oder Baden, aber die meisten stellten indische

Menschen dar – markante Gesichter und leuchtende Farben, aber in einem schlichten Stil gehalten, der sehr modern und europäisch wirkte.

»Darf ich sehen, woran Sie im Moment arbeiten?«, fragte Stella.

Er wirkte erfreut und führte die beiden Frauen zu seiner Staffelei.

»Es ist Manjushri, der Bodhisattva des Wissens und des Lernens.«

Stella war wie gebannt von der Darstellung einer halb nackten Frau mit vier Armen, die einen scharlachroten Rock trug, der dem Kleid ähnelte, das Tibby anhatte. Das Gesicht war noch nicht ausgearbeitet, aber Stella hatte den verstörenden Eindruck, dass Tibby dem Künstler Modell gestanden haben könnte.

In einer der oberen Hände hielt die Gestalt ein Buch mit schottischen Gedichten, in der anderen eine große weiße Blume.

»Ich stelle Manjushri als weiblich dar«, erläuterte Dawan. »Sie sollte eigentlich ein Buch der Weisheit halten, aber für mich ist sie eine Liebhaberin der Literatur.« Er hielt inne. »Die Blume ist die Lotusblüte – ein Symbol der Schönheit.«

»Das ist sehr …« Stella suchte nach dem richtigen Ausdruck. »Es erregt Aufmerksamkeit.«

Tibby und Dawan lachten beide.

»Danke, dass Sie mir Ihre Werke gezeigt haben«, sagte Stella. »Vielleicht lassen Sie mich Manjushri noch einmal sehen, wenn sie fertig ist?«

Er verneigte sich zustimmend und griff wieder zum Pinsel.

Die Frauen kehrten in die Küche zurück, holten Miss MacAlpines Dose und gingen dann zu dem Platz, an dem Stella ihr Fahrrad abgestellt hatte.

»Danke für eure Zeit«, sagte Stella.

»Du bist hier jederzeit willkommen.« Tibby lächelte. Ihre Augen waren voller Verständnis. »Es tut mir leid, dass du erfahren musstest, dass Tommy immer noch mit Lydia verheiratet ist. Früher oder später wäre aber ohnehin bekannt geworden, dass er nicht richtig mit Esmie verheiratet ist – und ich finde es besser, diese Dinge zu wissen. Geheimnisse können zu so viel Herzeleid führen, wenn man dahinterkommt.« Sie legte eine Hand auf Stellas Schulter. »Du musst die Anchorage als sicheren Zufluchtsort betrachten. Wenn du jemals vor Lydia fliehen musst, dann komm hierher, versprich mir das.«

Dankbarkeit durchströmte Stella. »Danke.«

Vom Meer her zogen Wolken auf, als sie davonradelte. Binnen weniger Minuten senkte sich ein kalter Seenebel über die Stadt herab und verhüllte die alte Burg vor Blicken. Je mehr Stella sich Templeton Hall näherte, desto stärker wurde ihre Furcht.

Kapitel 12

Andrew schlich sich mit seinem Cricketball in den Garten hinaus. Ein feuchter Nebel hing über den Bäumen, und es hatte zu nieseln begonnen, aber er war froh, draußen zu sein. Den ganzen Tag lang hatte er drinnen gesessen und mit einem elfjährigen Mädchen, das auf Flis oder Tish oder einen ähnlich albernen Namen hörte, Brettspiele gespielt, während ihre Mütter sich ewig bei einem langen Mittagessen aufgehalten und über Leute, die er nicht kannte, getratscht hatten. Das Mädchen hatte eine Erkältung und durfte nicht ins Freie gehen.

Andrew legte den Kopf in den Nacken und ließ den sanften Regen sein Gesicht und sein Haar befeuchten. Er hatte nicht gewusst, dass Regen als zarter Schauer fallen und nach dem Meer riechen konnte, ganz anders als die heftigen Sturzfluten eines Monsuns. Rastlos streifte er durch den Garten, ließ seinen Ball in die Luft fliegen, fing ihn wieder auf und übte Werfen. Wann würde Stella zurückkommen? Lily hatte gesagt, dass sie schon vor Stunden zur Anchorage hinübergeradelt war. Er wünschte, er hätte mitkommen können.

Diese Besuche bei den Freundinnen seiner Mutter zum Mittagessen oder zum Tee waren eine Strapaze. Er war ständig angespannt und versuchte, die Launen seiner Mutter vorauszuahnen. Hatte sie ihm eben noch den Rücken getätschelt und ihn ihren Freundinnen als ihren »lieben Jungen« vorgestellt, schimpfte sie ihn im nächsten Augenblick schon aus, weil er tollpatschig war, oder befahl ihm, »Spielen zu gehen«. Es wäre ihm viel lieber gewesen, wenn seine Familie gemeinsam mit Stella seine Tante besuchen gefahren wäre. Er war neugierig auf die alte Burg.

Genau in dem Moment erschien aus dem Nebel eine Frau auf einem zu großen Fahrrad und strengte sich an, die Einfahrt heraufzustrampeln. Er rannte auf sie zu. »Stella!«

Als er sie erreichte, wurde sie langsamer und kam schwankend zum Stehen.

»Hallo, Andy«, sagte sie außer Atem. »Hattest du einen guten Tag?«

»Ja, danke. Na ja … Eigentlich nicht so gut. Eher ziemlich langweilig. Ich wünschte, ich wäre mit dir in der Anchorage gewesen. Ich kann nicht fassen, dass du Tante Tibby ohne mich besuchen gegangen bist. Wie ist sie so? Hast du die Künstler kennengelernt?«

»Lass uns aus dem Regen wegkommen«, sagte sie, »dann erzähle ich es dir.«

»Ich schiebe das Fahrrad für dich«, bot er an. »Du siehst erschöpft aus.«

Der Regen prasselte heftiger, als sie den Schutz der Garage erreichten. Drinnen lehnte Andrew das schwere alte Rad gegen die Wand, und Stella ließ sich auf ein staubiges Polster fallen, das aussah, als hätte es einmal zu einer Hollywoodschaukel gehört. Sie zog ihre nasse Strickjacke aus und löste ihre feuchte Bluse von der Haut, in dem Versuch, sie zu trocknen. Er hockte sich neben sie und schüttelte sich den Regen aus dem Haar.

»Ist Tante Tibby so verrückt, wie Mamma sagt?«

»Nein, sie ist reizend. Etwas chaotisch, aber wirklich freundlich. Wir haben mit einem der Künstler Picknick auf den

Klippen gemacht. Er ist Inder und stammt aus Lahore. Kaum zu glauben, oder?«

»Lahore! Darf ich ihn auch kennenlernen? Malt er oder ist er Bildhauer?«

»Er malt. Er nimmt seine Kunst sehr ernst – nennt sie seine Religion. Seine Bilder sind wirklich interessant. Ein oder zwei sind auch ziemlich gewagt.«

»Gewagt? Wie meinst du das?«

Er sah Stella die Röte ins Gesicht steigen. Sie schob sich eine nasse Haarsträhne hinters Ohr.

»Na ja … Einige der Frauen, die er malt, sind halb nackt.«

Andrew spürte, dass er selbst ebenfalls errötete.

»Oh, was sagt Tante Tibby dazu? Ist sie schockiert?«

»Kein bisschen.« Stella grinste. »Ich glaube, sie könnte sogar seine Muse sein.«

»Was ist eine Muse?« Andrew musterte ihre grünen Augen.

»Eine Frau, die einem Künstler Modell steht, damit er den Körper naturgetreu wiedergeben kann.«

Er starrte sie mit offenem Mund an. »Heißt das, Tante Tibby zieht sich vor dem indischen Künstler die Kleider aus?«

Stella unterdrückte ein Auflachen. »Nach seinem neuesten Gemälde zu urteilen, könnte das, glaube ich, durchaus sein.«

Andrew wurde klar, wie sehr er ihre unverkrampften Gespräche vermisst hatte. Sie war der einzige Mensch, dem er erzählen konnte, was er empfand, ohne Angst zu haben, von oben herab behandelt zu werden.

»Ich komme einfach nicht dahinter, was meine Mutter will«, sagte Andrew leise. »Sie sagt, dass sie dreizehn Jahre gewartet hat, jede Minute jedes einzelnen Tages mit mir zu verbringen, aber …«

»Erzähl ruhig weiter«, ermunterte Stella ihn.

»Ich glaube, sie mag die Vorstellung von mir lieber als mein echtes Ich.« Er zuckte die Schultern. »Offenbar kann ich nie das

Richtige tun – ich gehe ihr nur auf die Nerven. Sie schimpft auch mit Grandmamma, aber die ist zu gutmütig, um darüber gekränkt zu sein. Und ich hasse es, wie sie immer spitze Bemerkungen über Dad macht. Ich will Mamma wirklich alles recht machen – sie hat für diesen Urlaub bezahlt und ist wirklich großzügig …« Er brach seufzend ab.

Stella streichelte ihm tröstend den Arm. »Aber sie ist kein Mensch, dem man so einfach alles recht machen kann, nicht wahr?«

Andrew nickte. Ein Anflug von Schuldgefühlen durchzuckte ihn, weil er seine Mutter so kritisierte.

»Kann sie bei den Familien ihrer Freundinnen nicht ein paar Jungen in deinem Alter finden?«, schlug Stella vor.

»Bisher nicht.« Andrew verdrehte die Augen. »Nur Mädchen mit Puppen.«

Stella schenkte ihm ein mitfühlendes Lächeln. »Nun, vielleicht solltest du sie fragen – oder es deiner Großmutter vorschlagen? Ich bin mir sicher, dass Mrs Templeton Verständnis hätte.«

Andrew nickte aufgemuntert.

Stella griff nach ihrer nassen Strickjacke und stand auf. »Ich brauche ein heißes Bad. Komm, gehen wir.«

Er betrachtete sie, als sie voranging. Ihr nasser Rock klebte an ihren wohlgeformten Beinen, die schlammbespritzt waren.

Er wünschte, man hätte ihr gestattet, sich zum Essen zu ihnen zu gesellen – dass ihre Mutter sie wie ein Familienmitglied behandeln würde, so wie sein Vater es tat –, aber Stella beklagte sich nie. Er musste einfach froh sein, dass sie ihn auf dieser Reise begleitete, und die Momente genießen, die er mit ihr verbringen konnte. Es war unmöglich, sich einen Sommer vorzustellen, in dem Stella nicht da sein würde, obwohl er annahm, dass die Zeit einmal kommen würde, wenn sie sich verliebte und heiratete.

Was, wenn der Ire Hugh Stella im Raj aufspürte und ihr einen Antrag machte? Sie würde nach Belutschistan oder vielleicht noch weiter weg gehen – womöglich sogar nach Irland –, und dann würde Andrew sie wohl nie wiedersehen. Bei dem Gedanken spürte er einen Schmerz in seiner Brust.

Er verdrängte ihn rasch und folgte ihr. Während sie zur Rückseite des Hauses ging, nahm er den Weg vorn herum und stieg die Treppe zu seinem Zimmer je zwei der gebohnerten Stufen auf einmal nehmend hinauf.

Kapitel 13

Nach dem Abendessen setzte sich Stella zur Familie ins Wohnzimmer. Für den ganzen Haushalt flickte sie Kleidung und nähte Knöpfe an, während Andrew mit seiner Großmutter Karten spielte und Lydia sich durch eine halbe Karaffe Sherry arbeitete. Stella spürte, dass Anspannung in der Luft lag. Sie wusste, dass Lydia über etwas nachgrübelte; sie war schon den ganzen Abend über eisig zu Stella. Andrew tauschte immer wieder nervöse Blicke mit Stella, was sie vermuten ließ, dass er beim Abendessen zur Zielscheibe der spitzen Zunge seiner Mutter geworden war. Lydia leerte ihren vierten Sherry und sprach sie endlich an.

»Also, Stella, Andrew hat mir erzählt, dass du heute zur Anchorage gefahren bist. Ich dachte, du würdest den Tag damit verbringen, dem Personal zu helfen.«

»Miss MacAlpine hat gesagt, sie würde mich nicht brauchen und dass ich ausgehen sollte. Ich hoffe, es stört Sie nicht, aber ich habe mir das alte Fahrrad aus der Garage geliehen.«

»Das Fahrrad ist meine geringste Sorge.« Lydia winkte ab. »Ich mache mir mehr Gedanken wegen deines unbesonnenen Verhaltens. Hat Tibby dir eine Einladung geschickt, sie zu besuchen?«

»Nicht direkt«, räumte Stella ein. »Aber bei unserer Ankunft hat Miss Lomax gesagt, dass ich sie jederzeit besuchen könnte.«

Lydia musterte sie mit kalten blauen Augen. »Ich bin mir sicher, dass sich das nur auf Besuche mit Andrew zusammen bezog. Ich muss sagen, dass ich es sehr unverschämt von dir finde, Tibby einfach zu besuchen. Du bist nur das Kindermädchen und ohne meinen Sohn und ohne vorherige Absprache hingegangen – und ohne meine Erlaubnis.«

»Ich wusste nicht, dass ich Ihre Erlaubnis brauche, Mrs Lomax.« Stella versuchte, ihr dumpf pochendes Herz zur Ruhe zu bringen.

»Natürlich brauchst du die«, blaffte Lydia. »Ich bin für dich verantwortlich, solange du hier bist. Aber kaum wende ich dir den Rücken zu, ziehst du allein los und treibst dich an einem Ort von zweifelhaftem Ruf herum.«

»Liebes«, mischte Minnie sich ein und legte ihre Spielkarten hin, »die Anchorage ist höchst respektabel. Tibby mag ja etwas exzentrisch sein, aber sie hatte bestimmt nichts dagegen, dass Stella vorbeigeschaut hat. Es ist doch nichts passiert.«

»Wir wissen nicht, was sie angestellt hat!«, rief Lydia, vor Empörung rot im Gesicht. »Tibby füllt das ganze Haus mit seltsamen Männern. Stella ist ein großes Risiko eingegangen, als sie allein dorthin gefahren ist.«

»Es tut mir leid«, sagte Stella in dem Bemühen, die Situation zu entschärfen. »Ich wollte Ihnen keine Sorgen machen. Es war gedankenlos von mir, und ich tue es nicht wieder.«

Lydia wirkte beschwichtigt. »Das will ich hoffen. Ich denke nur an dein Wohlergehen, Stella, das ist alles.«

Unvermittelt besserte sich ihre Laune.

»Ist das Haus immer noch so baufällig?«, fragte sie. »Ich war schon so lange nicht mehr darin.«

»Soweit ich sehen konnte, nicht …«

»Ich wette, es ist so. Alle wissen doch, dass Archibald das Anwesen hoch verschuldet hinterlassen hat. Die arme, alte Tibby – deshalb muss sie all diese Bedürftigen und Streuner aufnehmen«, verkündete Lydia. »Trägt sie immer noch Toms Kleidung?«

»Sie hatte ein Kleid an«, sagte Stella.

Andrew meldete sich zu Wort. »Stella sagt, dass dort ein indischer Künstler aus Lahore lebt.«

»Sie hat einen Inder bei sich aufgenommen?« Lydias Tonfall war verächtlich. »Was denn noch?«

»Ich würde gern hingehen und mir seine Bilder ansehen. Darf ich, Mamma?«

»Wozu denn das? Ich fand indische Kunst immer ziemlich vulgär.«

»Mir haben seine kühnen Gemälde gefallen«, sagte Stella. »Sie sind in leuchtenden Farben gehalten – ein bisschen so wie die von Mr Lomax.«

»Wie die von Tom?« Lydia stieß ein höhnisches Lachen aus. »Na, dann wird dieser Inder wohl kaum irgendwelche Preise gewinnen, nicht wahr? Das ist typisch Tibby – sie kann gar nicht anders, als irgendwelche Versager aufzulesen.«

»Mr Lal ist kein …«

»Egal, was er ist. Hören wir doch ein bisschen Musik. Stella, sei ein gutes Mädchen und leg etwas auf dem Grammofon auf. Etwas, wozu wir tanzen können. Andrew, schieb den Kartentisch weg und roll den Teppich zusammen.«

Lydias unverhoffte Launen überrumpelten Stella immer noch, aber sie war dankbar für ihren Stimmungsumschwung. Sie legte ihre Näharbeit weg und ging zu dem Aufziehgrammofon, das in der Nische neben der Kaminecke stand. Auf einem Regal darüber stand eine Auswahl von Schallplatten in Papierhüllen.

»Wozu würden Sie gern tanzen?«, fragte sie.

»Ragtime«, befahl Lydia und kam etwas schwankend auf die Füße. »Irgendetwas von Scott Joplin. Wir tanzen den Turkey Trot und den Grizzly Bear.«

Minnie seufzte darüber, dass sie das Kartenspiel abbrechen und sich bewegen musste. »Liebes«, sagte sie, »die jungen Leute hier werden nicht wissen, was das ist.«

»Dann bringe ich es ihnen bei«, sagte Lydia. »Komm schon, Andrew, hoch mit dir! Schieb den Tisch beiseite.«

»Aber ich kann nicht tanzen«, protestierte er.

»Dann wird es Zeit, dass du es lernst«, beharrte seine Mutter. »Ich habe deinem Vater beigebracht, Ragtime zu tanzen – oder es zumindest versucht. Während des Kriegs habe ich Schallplatten aus Amerika mitgebracht.«

»Du warst während des Kriegs in Amerika?«, fragte Andrew staunend, während er Stühle aus dem Weg schob.

»Oh ja – ich bin deutschen U-Booten ausgewichen, um Spenden für die Kriegskosten zu sammeln. Hat dein Vater dir das nie erzählt?«

»Nein«, sagte Andrew, »er spricht nie vom Krieg.«

»Typisch, dass Tom kein gutes Wort über mich verliert. Ich wette, du weißt alles darüber, wie die wunderbare Esmie als Krankenschwester in Serbien war.«

Stellas Inneres geriet bei Esmies Erwähnung ins Flattern. Wenn Lydia viel Alkohol getrunken hatte, war ihre Stimmung noch wechselhafter.

Andrew schüttelte den Kopf, während er den Perserteppich aufrollte, um Platz zu schaffen.

»Ich habe jedenfalls auch meinen Teil getan«, sagte Lydia. »Ich war die persönliche Chauffeurin eines Brigadegenerals. Esmie war bloß Krankenschwester.«

»Ich habe eine gefunden«, sagte Stella, zog schnell das Grammofon auf und legte die Platte auf.

Die flotte Musik lenkte Lydia von ihrem grüblerischen Gedankengang ab. Sie zog sich die Schuhe aus. »Sieh mir zu, Andrew!«

Lydias Miene hellte sich auf, als sie die Beine in die Luft warf und die Arme schwenkte. Voller Begeisterung tanzte sie zu der altmodischen Melodie. Stella konnte sich sehr gut eine jüngere, schlankere, lebensfrohe Lydia vorstellen, die Tom mit ihrem dynamischen Tanzstil und ihrer forschen Persönlichkeit beeindruckte. Sie sah zu, wie Lydia ihren Sohn in den Tanz zog und ihm Anweisungen und Ermunterungen zurief. Als die Platte zu Ende war, rief Lydia: »Leg sie noch einmal auf, Stella!«

Stella hätte gern mitgemacht – sie konnte sich Tanzschritte schnell einprägen –, aber sie zögerte, weil Lydia sie nicht dazu aufgefordert hatte. Andrew war schwerfällig und hatte Mühe, mitzuhalten. Sie sah zu und hoffte, dass seine mangelnden Fähigkeiten seine Mutter nicht verärgern würden.

Als die Platte wieder zu Ende war, ließ Lydia sich mit hochrotem Gesicht in einen Sessel fallen.

Minnie klatschte. »Oh, gut gemacht, Liebes! Du kannst es immer noch.«

»Mummy, du lässt mich ja uralt klingen.« Lydia verdrehte die Augen. »Meine Güte, ich brauche einen Drink. Gieß mir einen Whisky ein, Stella, ja?«

Stella warf Minnie einen Blick zu, um sie um Erlaubnis zu fragen; die ältere Frau machte sich immer Sorgen, dass Lydia nach dem Essen zu viel trank.

»Sieh sie nicht an«, blaffte Lydia. »Ertränk ihn in Soda, wenn es sein muss. Ich habe bloß Durst.«

»Ich hole ihn schon, Mamma«, sagte Andrew und eilte zum Getränketablett. »Ich weiß, was zu tun ist.«

Lydia schnaufte. »Das möchte ich wetten. Ein Hotel ist nicht der richtige Ort, um ein Kind großzuziehen – all die alten

Säufer, die von morgens bis abends *chota pegs* kippen. Trinkt dein Vater immer noch zu viel?«

»Lydia«, rief Minnie sie zur Ordnung.

Stella sah Andrews Gesicht die Unschlüssigkeit an; er wusste nicht, wie er antworten sollte. Er wollte seiner Mutter alles recht machen, ohne seinem Vater in den Rücken zu fallen.

»Möchten Sie, dass ich noch eine Schallplatte auflege?«, griff Stella ein. »Sie können Andy Walzer oder Quickstepp beibringen.«

»Warum bestehst du darauf, ihn Andy zu nennen?«, fragte Lydia schneidend. »Sein Name ist Andrew.«

»Entschuldigung.« Stella errötete.

»Es stört mich nicht, wenn sie mich so nennt«, sagte Andrew.

»Mich aber«, gab Lydia zurück. »Es lässt dich gewöhnlich klingen. Und Stella sollte dich Master Andrew nennen – sie gehört schließlich zum Personal.«

Stella tauschte einen Blick mit Andrew. Sie hatte den Eindruck, dass er lachen würde, und wusste, dass das Lydia nur noch mehr aufbringen würde. Sie eilte zu ihm.

»Lass mich das machen«, sagte sie. »Setz du dich hin.«

Er nickte und setzte sich zu Minnie. Stella goss einen kleinen Whisky aus der Karaffe ein und füllte das Glas bis obenhin mit Soda. Sie fragte sich, wie bald sie in ihr Zimmer würde flüchten können. Sie dachte an Tibby und Dawan und daran, dass die beiden dafür gesorgt hatten, dass sie sich sofort wie zu Hause gefühlt hatte. Wie sehr wünschte sie sich doch, sie und Andrew würden dort wohnen. Aber jetzt war sie sich sogar unsicher, ob sie Tibby noch einmal würde besuchen können.

Zu ihrer Erleichterung stürzte Lydia ihren Drink hinunter und verkündete, dass sie alle früh zu Bett gehen sollten.

Sie wandte sich an ihren Sohn. »Morgen gehen deine Grandmamma und ich mit dir einkaufen und besorgen dir anständige Kleidung.«

Andrew machte ein langes Gesicht. »Brauche ich denn neue Kleidung?«

»Von deiner passt dir kein einziges Stück mehr – du schießt in die Höhe wie eine Bohnenranke. Die Hosen reichen dir ja nur noch bis ans Schienbein. Dein Vater lässt ja vielleicht zu, dass du wie ein Wilder herumläufst, aber hier darfst du das nicht. Wir fahren mit dem Zug nach Edinburgh und essen bei Jenner's oder im Royal Over-Seas Club zu Mittag. Wir werden einen schönen Ausflug machen.«

»Kann Stella mitkommen?«, fragte Andrew.

»Das ist nicht nötig«, entgegnete Lydia kurz angebunden. »Stella kann sich sicher in der Küche nützlich machen oder Lily helfen.«

»Natürlich«, sagte Stella und packte ihre Nähsachen zusammen.

»Und, Stella«, setzte Lydia hinzu, »denk daran, dass ich nicht will, dass du dich allein in die Anchorage schleichst – nicht bei den seltsamen Vögeln, die bei Tibby zur Untermiete wohnen. Die Leute könnten sich das Maul zerreißen. Ich bin für dich verantwortlich, und ich weiß, dass deine Eltern nicht einverstanden wären, dass du Umgang mit diesen Bohemiens hast oder dich mit einem Inder anfreundest. Meinst du nicht auch?«

Stella verbarg ihr Erschrecken und nickte. Sie wünschte allen gute Nacht und eilte aus dem Zimmer. Als sie die Treppe zum Dachboden hinaufstieg, brach eine Welle von Heimweh über sie herein. Sie war erst seit einer Woche in Templeton Hall, aber es kam ihr wie eine Ewigkeit vor – und es lagen noch fünf Wochen vor ihr, in denen sie Lydias herabsetzende Bemerkungen ertragen und in der Furcht leben musste, dass die

Wahrheit über Toms und Esmies vorgetäuschte Ehe ans Licht kommen würde.

Das hier war ganz anders als der märchenhafte Urlaub in ihrem Heimatland, den sie sich ausgemalt hatte. Wie naiv von ihr zu glauben, dass Lydia sie anders als eine Dienerin behandeln würde – und noch dazu eine, die zu hoch hinauswollte. Sie wusste, dass die Frau sie als anglo-indischen Emporkömmling betrachtete und fand, dass sie zu ungezwungen mit Andrew umging. Auf einmal erinnerte sie sich wieder lebhaft daran, wie unhöflich Lydia, als die Lomax noch im Raj gelebt hatten, oft zu den Dubois und insbesondere zu Stellas Eltern gewesen war, weil sie Anglo-Inder waren. Sie hatte gehört, wie Lydia sie in ihrem arroganten Ton als »Halb-und-Halbs« bezeichnet hatte. Den abfälligen Ausdruck verwendeten viele Briten für diejenigen, die gemischter Abstammung waren.

Stella hatte gehofft, dass ihre helle Haut und ihr blondes Haar ihr helfen würden, im Land ihrer Ahnen als Britin akzeptiert zu werden. Auf dem Schiff hatte sie sich ohne Schwierigkeiten unter andere junge Nicht-Inder gemischt. Hugh hatte ihr nie peinliche Fragen über ihre Herkunft gestellt, und sie hatte geglaubt, es würde hier genauso sein.

Die Dienerinnen und Tibby behandelten sie ja auch tatsächlich freundlich, aber Lydia war entschlossen, sie mit Nachdruck an ihre untergeordnete Stellung zu erinnern. Vielleicht war das der wahre Grund dafür, dass sie nicht bereit war, Stella wie Andrew in die Häuser ihrer Freundinnen mitzunehmen: Sie wollte nicht, dass diese Stella behandelten, als wäre sie Britin. Lydia mochte nur für kurze Zeit in Indien gelebt haben, aber sie hatte rasch die rassistischen Vorurteile einiger ihrer Landsleute übernommen. Tom und Esmie, die die Dubois ungezwungen als ihre Freunde akzeptierten, waren Ausnahmen.

Lydia, so befürchtete Stella, würde alles tun, um sie in Templeton Hall zu isolieren und ihre Freundschaft mit Andrew zu hintertreiben. Stella kam der Gedanke, dass Lydia eifersüchtig auf ihr enges Verhältnis zueinander war. Zweifelsohne würde sie es als ihre Pflicht betrachten, ihren Sohn die Welt so sehen zu lassen, wie sie es tat, und ihm den Gedanken einzupflanzen, dass Stella ihm unterlegen war.

Traurigkeit überkam Stella. Sie rollte sich auf dem schmalen Bett zusammen und kniff die Augen zu, um ihre Tränen zurückzuhalten. Sie hätte sich nie bereit erklären sollen, mitzukommen. Das hier war nicht ihr Land, und ganz gleich, wie freundlich und liebevoll Andrew war, die Lomax würden auch nie ihre Familie sein. Es war töricht von ihr gewesen zu glauben, dass es je so sein könnte.

Kapitel 14

In der folgenden Woche schöpfte Stella neuen Mut, als Lydia einen Jungen in Andrews Alter einlud, um Tennis mit ihm zu spielen. Ob das daran lag, dass Andrew sie darum gebeten hatte, oder – was wahrscheinlicher war – daran, dass Lydia seiner ständigen Gesellschaft allmählich müde wurde, wusste Stella nicht. Noel Langley war mit seinen Großeltern im Urlaub, die ein Cottage in Ebbsmouth gemietet hatten.

»Noel ist ein lieber Junge«, verkündete Lydia, »und sein Großvater war ein Geschäftsfreund deines Templeton-Großvaters. Ihr werdet euch blendend verstehen.«

Andrew schien sich schnell mit dem kleineren, stämmigeren Jungen anzufreunden, der schon bald jeden Tag vorbeikam. Seinen Großeltern war es genauso lieb wie Lydia, wenn die beiden Jungen einander beschäftigt hielten.

Wenn das Wetter schön war, spielten sie Tennis oder unternahmen Ausflüge mit dem Fahrrad. Stella wurde mitgeschickt, um sie am Strand zu beaufsichtigen. Dort beteiligte sie sich an Strandcricket-Spielen und achtete darauf, dass die beiden nicht die Klippen hinaufkletterten.

Es amüsierte Stella, Bruchstücke ihrer Gespräche über ihre gemeinsame Liebe zum Cricket und Noels Begeisterung für Andrews militärisches Erbe mit anzuhören.

»Also waren dein Vater, dein Großvater *und* dein Urgroßvater alle bei den Peshawar Rifles?«, fragte er.

»Ja«, sagte Andrew stolz. »Mein Urgroßvater hat den Sepoyaufstand überlebt, und Grandpapa war Colonel und hat gegen die Afghanen gekämpft.«

Stella hörte zu, wie Noel angeregt über sein Zuhause und seine Schule in Durham, einer Stadt gleich hinter der Grenze in England, plauderte, wo er viel Cricket spielte und auf dem Fluss ruderte.

»Vielleicht könntest du uns dort besuchen kommen, bevor deine Ferien vorbei sind?«, schlug Noel vor.

Andrew stimmte rasch zu. »Sehr gern – sofern Mamma es mir erlaubt.«

»Und meinst du, ich könnte die Burg deiner Tante besichtigen?«, fragte Noel. »Um all die Schwerter und Porträts deiner Vorfahren anzusehen?«

Andrew warf Stella einen fragenden Blick zu. Sie wusste, dass er überlegte, wie er so etwas arrangieren sollte, ohne Lydia zu verärgern.

»Vielleicht könnte deine Großmutter Tibby ja bitten, die Langleys zum Tee einzuladen«, schlug sie vor. Wenn irgendjemand Lydia überzeugen konnte, dann war es Minnie Templeton.

Andrew schenkte ihr ein dankbares Lächeln. »Ja, ich werde Grandmamma fragen.«

* * *

Ein paar Tage später wurde alles arrangiert, damit Minnie und die Jungen die Anchorage zu einer Runde Golf und zum

Nachmittagstee besuchen konnten, und zu Stellas Entzücken durfte sie mitkommen. Lydia fand eine Ausrede, um sich ihnen nicht anschließen zu müssen.

»Ich treffe mich an dem Tag in Newcastle mit einer alten Freundin, also kann ich leider nicht da sein«, sagte sie zu Andrew. »Du wirst doch für deine Grandmamma brav sein, nicht wahr, Andrew?«

»Natürlich wird er das sein«, sagte Minnie mit einem zuneigungsvollen Lächeln. »Und ich habe mir die Freiheit genommen, auch die Langley-Großeltern hinzuzubitten. Ich glaube, sie sind genauso neugierig auf die alte Burg wie Noel.«

Lydia schauderte. »Lieber sie als mich.«

Am Tag des Besuchs nahm Lydia einen frühen Zug, und die Langleys kamen zum Mittagessen vorbei, bevor es in die Anchorage hinüberging. Stella gesellte sich auf Minnies Einladung hin auch zum Essen zu ihnen, und danach zwängten sie sich alle in den großen Hillman Fourteen der Langleys und fuhren zur Burg.

Der Besuch war ein voller Erfolg. Sie wurden von Tibby in vollem Highland-Dress empfangen, begleitet von ihrem Gärtner, der Dudelsack spielte, und in dem alten Wohnturm herumgeführt. Während Noel sich für die Musketen und die mottenzerfressenen Fahnen begeisterte, war Stella gerührt, als sie sah, wie Andrews Augen sich mit Tränen füllten, als er ins alte Schlafzimmer seines Vaters im höchsten Türmchen der Burg geführt wurde.

»Hat mein Vater das gemalt?«, fragte Andrew und betrachtete ein gerahmtes Bild eines Strands unter rosafarbenen Klippen mit einem Bootshaus im Schatten. Stella erkannte den Strand, an dem sie mit Andrew schwimmen gegangen war.

»Ja«, sagte Tibby, »und das hier drüben zeigt die Kirche St Ebba und den zugehörigen Friedhof. Diese beiden Orte waren für ihn etwas Besonderes. Ich sollte sie wirklich nach unten holen, weil die Feuchtigkeit sie früher oder später ruinieren wird, aber … irgendwie gehören sie hierher.«

Stella sah Andrew schlucken und sich dann umwenden, um aus dem Fenster zu starren. In diesem Moment erkannte sie, wie sehr er seinen Vater vermisste, und musste dem Drang widerstehen, zum Trost die Arme um ihn zu schließen.

Bald führte Tibby sie zum Golfspielen nach draußen. Danach gab es Tee im Sommerhaus: große, mehlige Scones mit Stachelbeermarmelade und Tee, der in gesprungenen Porzellantassen serviert wurde. Am Ende, kurz bevor sie gingen, führte Dawan sie in seinem Atelier herum und unterhielt sich angeregt mit Mrs Langley über den Surrealismus. Stella beobachtete, dass die Jungen interessiert alle Gemälde betrachteten.

»Und, willst du auch Künstler werden, wenn du das hier siehst?«, fragte Stella Andrew.

»Andrew wird Soldat, wie sein Vater«, sagte Noel sofort.

Andrew zuckte die Schultern. »Vielleicht Soldat und Künstler«, antwortete er mit einem schüchternen Lächeln.

Kapitel 15

Stella sah, dass Lydia schon nach ihnen Ausschau hielt, als das Auto der Langleys unter dem Vordach eintraf. Sie winkte und kam ins Freie, um ihnen entgegenzugehen.

»Wie war der Tee bei Tibby? Hoffentlich nicht zu anstrengend. Kommen Sie doch auf einen Drink mit herein – es ist Cocktailzeit.«

»Wir bleiben nicht«, sagte Mr Langley durch das offene Fenster.

»Oh, bitte doch!«, beharrte Lydia. »Ich hatte einen ziemlich trostlosen Tag mit einer Freundin, die über nichts anderes als ihre Katzen geredet hat.«

»Dann aber nur für einen einzigen Drink«, lenkte Mr Langley ein.

Die Jungen sprangen aus dem Auto und begannen, wie ein Wasserfall über den Besuch bei Tibby zu reden.

»Meine Güte«, unterbrach Lydia sie. »Nun geht schon und wascht euch die Hände – sie sehen ziemlich sudelig aus. Und, Stella«, wandte Lydia sich an sie, »für dich ist ein Brief gekommen. Ich habe ihn Lily gegeben, damit sie ihn in dein Zimmer legt. Der Poststempel war aus Dublin. Ich wusste gar nicht, dass du Verwandte in Irland hast.«

»Die habe ich auch nicht«, sagte Stella verwundert.

Andrew warf ihr einen seltsamen Blick zu. »Vielleicht ist er von dem Iren vom Schiff.«

»Was für ein Ire?«, fragte Lydia.

Stella errötete. Sie warf Andrew einen flehentlichen Blick zu.

»Ich habe mir eine Kabine mit ihm geteilt«, sagte Andrew hastig. »Er war ein netter Kerl. Er musste an Krücken gehen, weil er eine Schussverletzung am Knie hatte, deshalb habe ich ihm geholfen.«

»Warum schreibt er dann Stella und nicht dir?«, fragte Lydia.

Andrew zuckte die Schultern.

Stella erholte sich von ihrer Überraschung. »Es ist viel wahrscheinlicher, dass er von unserer Anstandsdame Miss Jessop ist. Sie wollte noch etwas auf Reisen gehen.«

Lydia verlor das Interesse. »Nun, dann hab ein Auge auf die Jungen, ja? Pass auf, dass sie Mummys Blumen nicht beschädigen.«

Stella verbarg ihre Enttäuschung. Alles, was sie tun wollte, war, in ihre Dachkammer hinaufzueilen und festzustellen, ob der Brief wirklich von Hugh war. Wie hatte er diese Adresse bekommen? Er musste sich daran erinnert haben, dass Andrew ihm erzählt hatte, wo seine Mutter wohnte. Stella war voll freudiger Erregung, aber sie musste ihre Ungeduld zügeln und folgte den Jungen nach draußen.

* * *

Es dauerte eine weitere Stunde, bis die Langleys gingen und Stella in ihr Zimmer hinaufrennen konnte. Sie packte den Briefumschlag auf ihrem Nachtschränkchen und riss ihn auf.

Als sie einen raschen Blick aufs Ende warf, hämmerte ihr Herz, als sie sah, dass der Brief von Hugh war.

Stella ließ sich auf ihr Bett sinken, legte sich auf den Rücken und las mit zitternden Händen.

Meine liebe Stella,
wie geht es Dir? Ich hoffe, Du genießt Deine erste Reise »nach Hause« nach Großbritannien. Ist es so schön, wie Du erwartet hast? Wie ist Andrews Mutter so? Ich hoffe, sie ist nicht der Drache, den Du aus Deiner Kindheit in Erinnerung hattest! Das Wichtigste ist, dass sie freundlich zu ihrem Sohn ist, und so hoffe ich, dass auch er eine fröhliche Zeit erlebt.

Ich habe es hier im guten alten Irland angenehm. Ich kann Dir gar nicht sagen, was für eine Erleichterung es ist, nach draußen gehen zu können, ohne von der Sonne versengt zu werden oder binnen zwei Minuten schweißüberströmt zu sein. Das Einzige, was hier über mich strömt, ist der Regen! Aber ich bin froh, für ein paar Monate die Hitze Indiens gegen den Regen Irlands einzutauschen.

Mein Bein heilt gut, und ich gehe jetzt am Stock statt an Krücken. ich hoffe, dass ich bald wieder reiten kann, und wenn ich nach Indien zurückkehre, werde ich vielleicht wieder Polo spielen können. Ich besuche viele Verwandte und genieße es, anständiges Starkbier zu trinken – eines der Dinge, die ich in Indien vermisse.

Ich muss aber gestehen, dass es mir jetzt nicht mehr ganz so schwerfallen wird, in den Osten zurückzukehren, weil ich weiß, dass ein hübsches, grünäugiges Mädchen in Pindi lebt. Ich habe die feste Absicht, irgendwann das Raj Hotel zu besuchen, und ich hoffe, Du wirst da sein.

Ich denke oft an Dich, Stella, und wünschte, wir hätten noch eine gemeinsame Woche an Bord der Rajputana haben können. Die letzten Tage haben sich ewig hingezogen, nachdem Du fort warst. Ich habe unsere Backgammonspiele und unsere Plaudereien an Deck vermisst – und besonders, Deine sinnlichen Lippen zu küssen. Um die Wahrheit zu sagen, habe ich jeden Tag damit verbracht, mich nach Dir und Deinen schönen grünen Augen zu sehnen.

Vermisst Du mich auch? Ich muss es wissen. Denn wenn ja, Stella, würdest Du es dann in Erwähnung ziehen, mein Mädchen zu werden? Aber vielleicht hast Du ja inzwischen einen gut aussehenden Schotten getroffen und verschwendest keinen Gedanken mehr an mich. Wenn dem so ist, dann ignorier bitte diesen Brief. Grüß Andrew herzlich von mir.

Mit lieben Grüßen
Hugh Keating

PS: Ich wohne noch eine Weile bei meiner Schwester in Dublin, Mrs Henry French. Wenn Du also zurückschreiben willst, dann schick den Brief an die oben genannte Adresse.

Stella drückte den Brief fest an ihre Brust und quietschte. Hugh mochte sie noch! Mehr noch: Er sehnte sich nach ihr. Sie las den Brief noch einmal und kostete die Worte aus. Er fand sie hübsch und vermisste sie. Und die ganze Zeit über hatte sie gedacht, es sei Moira, die sein Interesse erregt hätte. Aber er erwähnte die Anstandsdame gar nicht. Sie musste sich geirrt haben, als sie geglaubt hatte, da sei je etwas zwischen Hugh und Moira gewesen. Stella machte sich Vorwürfe, weil sie Hugh gegenüber zuletzt kühl geworden war und die letzten paar Tage verschwendet hatte, indem sie seine Gesellschaft gemieden hatte, weil Moira immer in seiner Nähe gewesen war.

Sie schloss die Augen und beschwor Hughs breites Lächeln, sein welliges braunes Haar herauf, die Art, wie sich Fältchen um seine dunkelblauen Augen bildeten, wenn er lachte, was er oft tat. Einmal, als er bei einem Wasserspiel an Deck tropfnass geworden war, hatte er sein Hemd ausgezogen, und sie hatte seinen sehnigen Körper gesehen. Die blasse Haut hatte in Kontrast zu der sonnenverbrannten an seinem Hals und seinen Unterarmen gestanden. Ein köstlicher Schauer hatte sie durchlaufen, als er so plötzlich nackte Haut enthüllt hatte und seine festen Muskeln sich beim Abstreifen des nassen Hemds gestreckt hatten.

Also hatte er keine Liebste, die in Irland auf ihn wartete. Ihr fiel auf, dass sie eigentlich nicht viel über Hugh wusste und dass auch Andrew nicht in der Lage gewesen war, ihr viele Einzelheiten zu erzählen. Hugh hatte erwähnt, dass er bäuerliche Vorfahren hatte und sich deshalb für die Landwirtschaftsbehörde in Indien beworben hatte. Er hatte seine Familie anglo-irisch genannt. Daraus zog sie den Schluss, dass sie Protestanten waren und Verbindungen nach England hatten.

Sie hatte nicht erwähnt, dass sie Anglo-Inderin war, weil sie wusste, dass er das überhaupt nicht als das Gleiche betrachten würde; sie war ihm gesellschaftlich nicht gleichgestellt. Aber er war ihr nicht wie ein Mann erschienen, dem es etwas ausmachen würde, dass sie weit entfernt in ihrem Stammbaum einen Hauch von indischem Blut hatte. Aber sollte sie offen sein und es ihm sagen, bevor sie sich auf eine Freundschaft einließen?

Sie verdrängte den verstörenden Gedanken. Er mochte sie so, wie sie war – und sie mochte ihn. Sie konnten einander schreiben und sehen, was passierte, wenn sie beide nach Indien zurückkehrten. Daran war nichts Unanständiges. Bei dem Gedanken, dass der gut aussehende Hugh Keating ihr brieflich den Hof machen würde, durchlief sie freudige Erregung.

* * *

An dem Abend konnte Stella kaum etwas essen. Sie wollte unbedingt zurück in ihr Zimmer, einen Brief an Hugh aufsetzen und etwas über diesen hochwichtigen Tag in ihr Tagebuch schreiben. Sie hoffte, dass es ihr gelingen würde, sich nach dem Abendessen zurückzuziehen, statt sich im Wohnzimmer zu den anderen zu gesellen. Der Donnerstag war der Abend, an dem Minnie immer ausging, um eine verwitwete Freundin, Mrs Guthrie, zu besuchen, also würde Lydia vielleicht damit zufrieden sein, ein ruhiges Kartenspiel mit ihrem Sohn zu spielen. Es fiel Stella immer schwerer, im selben Zimmer wie Lydia zu sitzen und sich ihr ständiges Gejammer oder ihre spitzen Bemerkungen über alle anzuhören, die keine Templetons waren.

Die Glocke läutete, um sie ins Wohnzimmer zu bestellen, und das Herz wurde ihr schwer.

* * *

Stella merkte sofort, dass Lydia betrunken war. Ihr Gesicht war gerötet, ihr Blick unstet und ihre Stimme laut. Stella ging zu einem Sessel in der Ecke und öffnete das Nähkästchen, das sie mitgebracht hatte.

»Stell das weg und setz dich hierher«, befahl Lydia und deutete auf den Sessel ihr gegenüber.

Stella zögerte. Andrew schaute von der Patience, die er legte, auf, und sie sah die Anspannung in seinem Gesicht. Ihr Puls beschleunigte sich, als sie sich zu einem Lächeln zwang und sich niederließ.

»Nun sag schon«, forderte Lydia, »wer hat dir aus Dublin geschrieben?«

Stella unterdrückte ihre Verärgerung. Es ging Lydia nichts an. Aber wenn sie erfuhr, dass der Brief von einem jungen unverheirateten Iren vom Schiff war, würde sie ihr vielleicht das Leben schwer machen. Bestimmt würde Lydia deswegen an Tom oder sogar an ihre Eltern schreiben und sie daran hindern, Hugh zu antworten.

»Der Brief war von einer gewissen Mrs French«, sagte Stella. »Wir sind uns auf dem Schiff begegnet, aber ich hatte ganz vergessen, dass sie aus Dublin stammt.«

Sie fing einen ungläubigen Blick von Andrew auf. Aber es war doch nur eine halbe Lüge. Der Brief stammte aus Mrs Frenchs Haus in Dublin, und an sie würde Stella auch die Antwort schicken. Lydia wirkte enttäuscht und winkte verächtlich ab.

»Ich finde die Iren immer sehr geschwätzig, du nicht auch?«

»Freundliche Leute, würde ich sagen«, erwiderte Stella.

Lydia hob ihr leeres Sherryglas hoch und reichte es ihr. »Sei so nett und füll mir das auf.«

Stella ließ sich Zeit damit, zu dem Tisch mit der Karaffe zu gehen und das Glas halb zu füllen. Heute war keine Minnie hier, um zu versuchen, Lydias Trinkfreudigkeit zu zügeln. Als sie ihr das Glas zurückgab, fragte sie: »Möchten Sie, dass ich Musik auflege, Mrs Lomax?«

»Heute Abend nicht«, sagte Lydia. »Laut meinem Sohn hattet ihr genug Stimulation für einen Tag.«

Stella sah zu Andrew hinüber und erkannte, dass ihm die Röte in die Wangen stieg.

»Oh ja.« Lydia lachte betrunken auf. Sie lallte ihre Worte. »Er hat mir alles darüber erzählt, wie ihr Golf gespielt habt, und auch von den vulgären Gemälden, die der Inder im Esszimmer aufhängt. Ich hoffe, der alte Colonel dreht sich im Grabe um.«

Stella hielt es für das Beste, darauf nichts zu antworten.

»Ich muss schon sagen, es ist recht außergewöhnlich von Tibby, euch alle durch den alten Turm marschieren und in Schlafzimmern herumschnüffeln zu lassen, als ob sie irgendein prächtiges Landhaus vorführen würde. Nicht auszudenken, was die Langleys wirklich davon gehalten haben müssen. Sie waren tadellos höflich, aber das alles zeigt die Lomax nicht gerade in einem guten Licht, nicht wahr? Das Gebäude ist so heruntergekommen, und doch tritt Tibby auf, als wäre ihre Familie immer noch von hohem Stand. Ich wette, sie hat den Langleys gegenüber damit angegeben, dass die Lomax vom schottischen König Robert the Bruce abstammen. Hat sie das getan, Andrew?«

Er schaute interessiert auf. »Stammen wir denn von Robert the Bruce ab?«

Lydia trank ihren Sherry und schnaufte. »Das bezweifle ich. Aber die Lomax haben immer auf uns Templetons herabgesehen – obwohl wir sie mit allem Drum und Dran hätten aufkaufen können.«

»Ich bin stolz darauf, ein Lomax zu sein«, sagte Andrew mit einem intensiven Blick, der Stella an Tom erinnerte. »Wir sind eine Familie von Kriegern, und ich will auch einer sein. Noel war wirklich beeindruckt – er wünschte, er wäre einer von uns.«

Lydias Miene verdüsterte sich. Sie stürzte den Rest ihres Drinks hinunter. »Krieger?«

»Ja.« Andrew redete sich in Fahrt. »Mein Urgroßvater hat geholfen, den Sepoyaufstand niederzuschlagen, und mein Großvater hat gegen die Afghanen gekämpft – er war ein

Freund von General Roberts of Kandahar. Sogar Dad hat mir das erzählt.«

»Ach wirklich? Und was hat *Dad* sonst noch gesagt?«

Der eisige Tonfall behagte Stella nicht.

»Nicht viel«, gestand Andrew. »Aber ich weiß, dass Dad in Mesopotamien ein Held war – das hat Mr Fritwell im Raj mir erzählt.«

»Fritters?«, sagte Lydia voller Häme. »Was weiß der schon über die Peshawar Rifles? Er war bloß Quartiermeister in irgendeinem niederen Infanterieregiment.«

»Ähm, ich nehme an, Dad muss es ihm erzählt haben. Dad hat mir noch nicht alles erklärt, weil es wahrscheinlich zu blutrünstig ist, aber er hat versprochen, es mir zu erzählen, wenn ich nach Hause komme.«

»Nach Hause?«, sagte Lydia. Plötzlich lag ein Zittern in ihrer Stimme. »Fühlst du dich denn hier bei mir und Grandmamma nicht zu Hause?«

»Doch, natürlich«, sagte Andrew. »Ich wollte damit nicht sagen …«

Tränen stiegen in Lydias Augen. »Das tut mir so weh, Andrew. Ich habe dich so gern um mich, aber alles, woran du denken kannst, ist dein Vater, der deine Hingabe nicht verdient hat – nein, kein bisschen.«

Stella hatte plötzlich eine unglaubliche Angst. Wohin sollte das führen? Sie fragte sich, ob sie eingreifen sollte, aber Andrew sprach schon wieder.

»Was meinst du damit – nicht verdient?« Andrew runzelte die Stirn. »Ich wünschte, du würdest nicht die ganze Zeit schlecht über ihn reden.«

»Oh, du hast keine Ahnung, was ich mir habe bieten lassen müssen«, sagte Lydia unter Tränen. Sie griff nach einem Taschentuch und tupfte sich die Augen. »Und jetzt bist auch du grausam zu mir. Das kann ich nicht ertragen.« Sie begann zu schluchzen.

»Mamma?« Andrew sprang auf und ging zu ihr, um sie zu trösten. »Es tut mir leid. Bitte nicht weinen.«

»D… dein Vater und das, was er getan hat, sollten mich nicht so emotional werden lassen. Aber es ist einfach zu viel, dich ihn als Helden schildern zu hören. Auch ich habe mich von all dem Unsinn über Heldenhaftigkeit blenden lassen, aber es ist nicht wahr.«

Andrew starrte sie voller Verblüffung an. »Sag das nicht, Mamma.«

»Liebling, ich weiß Dinge, die du nicht weißt. Ich habe Freunde in Armeekreisen. Aber lass uns nicht den Abend verderben, indem wir darüber sprechen.«

Stella sah, dass Andrews Aufregung wuchs. »Welche Dinge weiß ich denn nicht?«

»Ich will nicht diejenige sein, die es dir erzählt«, sagte Lydia und schniefte in ihr Taschentuch.

»Mir was erzählt? Bitte, Mamma, was weißt du, das ich nicht weiß? Du bist genauso schlimm wie Dad, wenn du denkst, dass ich zu jung bin, mir etwas zu erzählen.«

»Also gut, wenn es sein muss … Komm und setz dich neben mich.«

Jetzt hatte Stella endgültig das Gefühl, etwas sagen zu müssen. Sie stand auf und fragte: »Wird es nicht Zeit, dass Master Andrew ins Bett geht? Es war ein anstrengender Tag, und vielleicht könnte das hier warten …«

»Das entscheide ich.« Lydia bedachte sie mit einem feindseligen Blick, und Stella setzte sich wieder hin.

Andrew ließ sich neben seiner Mutter nieder und begann, auf einem Fingernagel herumzukauen. Lydia legte ihm eine Hand aufs Knie.

»Es schmerzt mich sehr, das zu sagen«, begann sie in theatralischem Ton, »aber dein Vater ist in Mesopotamien für irgendein feiges Verhalten vors Kriegsgericht gestellt worden. Eigentlich hätte er erschossen werden sollen, aber sein guter Freund Harold Guthrie hat sich für ihn verwendet, und das Strafmaß wurde verringert, wegen … wegen … geistiger Unzurechnungsfähigkeit.«

Andrew sah drein, als hätte sie ihm einen Schlag ins Gesicht versetzt. Er keuchte schockiert auf. »Nein! Das glaube ich nicht!«

Lydia zog ihre Hand zurück. »Ich wusste ja gleich, dass du mir nicht glauben würdest. Ich hätte nichts sagen sollen … Du bist zu jung, um mit der Wahrheit zurechtzukommen.«

Tränen stiegen ihm in die Augen.

»Deshalb hat dein Vater das Regiment verlassen. Er hat sich nicht freiwillig dafür entschieden; man hat ihn gezwungen zu gehen. Das ist der einzige Grund dafür, dass er nicht darüber sprechen will.«

Unvermittelt sackten Andrews Schultern herab, und er rang darum, nicht zu weinen. Stella stand auf, um zu ihm zu gehen, aber Lydia legte einen Arm um ihren Sohn und tätschelte sein Haar.

Andrews Stimme zitterte. »D… das hat G… Gotley auch gesagt … Dass Dad ein Feigling war. Ich dachte, er würde lügen.«

»Mein lieber Junge«, sagte Lydia erschrocken. »Musstest du etwa deshalb die Schule verlassen? Weil du deinen Vater verteidigt hast?«

Andrew nickte. »Gotley war *abscheulich*.«

»Aber was er gesagt hat, war wahr«, erwiderte Lydia brutal.

Stella sah gequält zu. Lydia war die Abscheuliche, weil sie Tom vor seinem Sohn schlechtmachte.

Sie meldete sich zu Wort: »Selbst wenn Mr Lomax vors Kriegsgericht gestellt worden ist, heißt das noch lange nicht, dass er kein Held war. Denk an all die Kriegsjahre, die er hinter sich hat – alles, was er durchmachen musste. Und er war vorher schon jahrelang ein tapferer Soldat der Rifles an der Nordwestgrenze. Ganz sicher ist er kein Feigling.«

Andrew schaute auf. Hoffnung huschte über sein Gesicht.

»Du hast dich ja schon immer für Tom eingesetzt, oder, Stella?«, sagte Lydia in kaltem Ton. »Was für eine verfehlte Loyalität. Wir haben uns alle von ihm blenden lassen. Ich hätte ihn nie geheiratet, wenn ich die Wahrheit über seinen Charakter gekannt hätte. Ich habe mich zu der Ehe übertölpeln lassen, und man hat mir ein glamouröses Leben in Indien versprochen – aber auch das hat sich als reine Fantasievorstellung erwiesen.«

Unfähig, diese Verdrehung der Tatsachen noch länger zu ertragen, platzte Stella heraus: »Sie waren einfach nicht für Indien geeignet! Das war nicht Mr Lomax' Schuld.«

»Sei nicht so unverschämt«, fuhr Lydia sie an. »Du warst ein kleines Mädchen und hattest keine Ahnung, was im Raj vorging.«

Angesichts ihres herablassenden Tonfalls kochte Stella vor Wut. »Ich habe gesehen, dass Sie beide unglücklich waren – bis Sie dann ein Baby, Andrew, bekommen haben. Mr Lomax hat Andrew vom Moment seiner Geburt an vergöttert und hätte alles für Sie und ihn getan. Sie hätten ein gutes Leben in Indien führen können, aber Sie haben sich dagegen entschieden.«

»Wie kannst du es wagen!« Lydia lief vor Zorn hochrot an. »Du aufgeblasenes Mischlingskind! Du hast doch keine Ahnung, was ich mir bieten lassen musste – einen Mann, der mich betrogen hat, und eine beste Freundin, die ach so heilige Esmie, die mir in den Rücken gefallen ist.«

»Das ist eine Lüge!« Stella erwiderte ihren wütenden Blick. »Esmie hat Ihnen das Leben gerettet.«

Lydia stand unsicher auf und zeigte mit dem Finger auf sie. »Ruiniert hat sie mein Leben! Hat so getan, als wäre sie mir gegenüber loyal, während sie die ganze Zeit nur Pläne geschmiedet hat, um mir meinen Mann wegzunehmen.«

»Das stimmt nicht. Sagen Sie so etwas nicht vor Andrew!«

»Warum sollte er es nicht wissen?«, gab Lydia mit schriller Stimme zurück. »Diese Frau hat ihn mir weggenommen – ich bin seine Mutter, nicht sie.«

Andrew saß mit offenem Mund da, wie vor den Kopf gestoßen von ihrem Streit. Lydia sah ihn mit wildem Blick an.

»Jahrelang hat sie sich meinen Platz als deine Mutter angemaßt«, sagte sie. »Aber damit ist jetzt Schluss. Ich will, dass du bei mir lebst. Es würde mir das Herz brechen, wenn du wieder gehen würdest. Du musst bleiben!«

Andrews Miene spiegelte seine innere Zerrissenheit. Stella wollte rufen, dass Lydia diejenige war, die die Ehe seiner Eltern zerstört hatte, und dass seine Mutter auch diejenige war, die ihn zurückgewiesen und es Tom überlassen hatte, ihn aufzuziehen. Aber er hatte schon genug gelitten.

Schwankend streckte Lydia die Arme nach ihrem Sohn aus. Er zögerte. Lydia schluchzte auf. »Ich kann es nicht ertragen, wenn du mich verlässt …«

Erschrocken stand Andrew auf und umarmte sie. »Bitte nicht wieder weinen, Mamma.«

Lydia weinte an seiner Schulter und strich ihm ungelenk übers Haar. Stella sah angewidert zu.

»Verlass mich nicht«, heulte Lydia. »Bleib bei mir … und Mummy … dann kommt dein Vater vielleicht auch zurück … Wir können wieder eine Familie sein … hier in Ebbsmouth.«

Andrew wich vor ihr zurück. Er sah verwirrt und ein wenig verängstigt drein. »Aber Dad hat doch jetzt Meemee. Sein Leben ist in Indien.«

Sie klammerte sich an seinen Arm. »Das muss nicht so sein – er könnte sich immer noch für uns entscheiden.«

»Ich verstehe das nicht … Dad liebt Meemee.«

Lydia schüttelte den Kopf. »Das tut er nicht! Das kann er gar nicht. Wenn er sie lieben würde, wäre er nicht immer noch mit mir verheiratet!«

Andrew zuckte zurück. »Wie kann er das sein? Er ist mit Meemee verheiratet.«

»Nein, mein Liebling, das ist er nicht. Ich sehe, was für ein Schock das für dich ist, aber Esmie ist nicht mehr als eine Mätresse für ihn. Ich bin immer noch seine Ehefrau. Sie leben beide schon die ganze Zeit eine Lüge.«

»Nein!« Andrew schüttelte den Kopf, als könnte er die Worte abschütteln, die er nicht hören wollte.

Stella konnte das nicht länger mitansehen. Es war ihr egal, wie Lydia reagieren würde, aber sie würde nicht hinnehmen, dass Andrew immer weiteren giftigen Bemerkungen seiner Mutter ausgesetzt wurde.

»Du hast recht, Andy. Dein Vater liebt Esmie wirklich – und sie ihn. So sehr, dass sie gezwungen sind, um des schönen Scheins willen eine Ehe vorzutäuschen. Aber nur, weil deine Mutter einer Scheidung von deinem Vater aus reiner Boshaftigkeit nicht zustimmt. Sie kann es nicht ertragen, die beiden glücklich zu sehen …«

Lydia stürzte sich auf Stella und versetzte ihr eine schallende Ohrfeige. »Halt's Maul, du Chee-Chee-Flittchen, und geh auf dein Zimmer!«

»Mamma!« Andrew sprang zwischen sie und ballte die Fäuste. »Nicht!«, schrie er.

Lydias Gesicht wirkte sofort wieder aufgelöst. »Ich kann nicht fassen, dass du dieses hinterhältige Mädchen statt deiner eigenen Mutter verteidigst«, schluchzte sie. »Siehst du denn nicht, dass sie alle Geheimnisse vor dir hatten?«

Andrew stutzte. »Stella? Du wusstest, dass sie nicht richtig verheiratet sind?«

»Erst seit ich nach Ebbsmouth gekommen bin.« Sie versuchte, es zu erklären. »Tibby …«

»Tante Tibby weiß Bescheid? Warum hast du es mir nicht gesagt?«

»Ich habe gehofft, es würde nie herauskommen«, sagte Stella mit verzweifelter Miene.

Lydia griff nach Andrew. »Du kannst ihr nicht vertrauen – niemandem von ihnen – nur mir. Ich bin die Einzige, der du wirklich wichtig bist.«

Er schüttelte sie ab. »Warum wolltest du dich nicht von Dad scheiden lassen?«, fragte er anklagend.

Lydia ließ den Kopf hängen. Sie sank aufs Sofa. »Weil ich ihn immer noch liebe!«

Stella starrte sie voller Ekel an. Wie konnte sie ihre Liebe zu einem Mann verkünden, über den sie gerade solch grausame und boshafte Dinge gesagt hatte? Sie war mehr als verachtenswert.

Einen Moment lang wirkte auch Andrew unschlüssig. Seine Hand schwebte über ihrer Schulter. Dann wandte er sich abrupt ab und marschierte aus dem Zimmer. Stella folgte ihm nach draußen.

Er war zu schnell für sie, rannte die Treppe zwei Stufen auf einmal nehmend hinauf. Sie jagte ihm nach. »Andrew, warte!«

Er polterte den Flur entlang. Als er sein Zimmer erreichte, wirbelte er zu ihr herum.

»Du hast es gewusst und es mir nicht gesagt!«, sagte er mit aufgewühltem Blick.

Stella blieb ruckartig stehen. »Es tut mir leid, Andrew. Aber deine Mutter hätte nie diese schrecklichen Dinge über deinen Vater und Esmie sagen sollen. Sie hat zu viel getrunken.«

»Gib Mamma nicht die Schuld! Wenigstens hat sie mir die Wahrheit gesagt.«

»Nur einen Teil davon. Sie ist schuld, weil sie deinem Vater die Scheidung verweigert und ihn und Esmie in eine unmögliche Situation zwingt. Was hätten sie denn sonst tun sollen?«

Andrews Augen glänzten. »Sie hätten ehrlich zu mir sein können – und du auch. Wegen ihrer Lügen habe ich Gotley mit einem gebrochenen Wangenknochen auf die Krankenstation geschickt.«

Stella schluckte. »Es tut mir so leid. Ich weiß, dass es ein schrecklicher Schock für dich war. Aber wenn wir nach Indien zurückkehren, werden sie dir erklären können …«

»Hör auf damit«, unterbrach er sie. »Ich will nichts mehr hören. Geh einfach, Stella.«

Er stieß die Tür zu seinem Zimmer auf, stürmte hinein und schlug sie hinter sich zu.

Stella stand zitternd da. Sie streckte eine Hand aus, um zu klopfen – sie wollte ihn trösten –, zögerte aber dann. Nichts, was sie sagen könnte, würde einen Unterschied machen, solange er sich so aufregte. Sie würde morgen früh versuchen, sich mit ihm zu versöhnen, und vielleicht würde Lydia, wenn sie aufwachte, ein wenig zerknirscht sein, weil sie ihn so aus der Fassung gebracht hatte.

Verzweifelt lehnte Stella den Kopf gegen die Tür. Schuldgefühle überwältigten sie, weil sie Andrews Kummer noch gesteigert hatte, indem sie ihm nicht offen gesagt hatte, was Tibby ihr erzählt hatte. Hatte er denn kein Recht darauf, es zu erfahren? Sie hatten alle die Wahrheit vertuscht, um ihn vor Kränkung und Demütigung zu bewahren, weil sie ihn für zu jung gehalten hatten, um mit der Situation zurechtzukommen. Aber alles, was Andrew wollte, war, dass sie ehrlich zu ihm waren. Gerade sie hätte das wissen sollen.

Kapitel 16

In dieser Nacht fand Stella keinen Schlaf. Wieder und wieder lief der fürchterliche Streit in ihrem Kopf ab. Lydias gehässige Worte waren gnadenlos gewesen. Binnen weniger Minuten hatte sie Andrews Verehrung für seinen Vater zerlegt: *Kriegsgericht … Feiges Verhalten … Hätte erschossen werden sollen … Geistige Unzurechnungsfähigkeit* … Und dann hatte Lydia George Gotleys Tratsch bestätigt, dass Esmie nicht richtig mit Tom verheiratet war. Andrews geliebte Meemee – die Frau, die er als seine Stiefmutter betrachtete – hatte eine Lüge gelebt.

Gequält von Gedanken an ihren eigenen Anteil daran lag Stella da. Sie würde den Lomax schreiben müssen, um sie vorzuwarnen, was passiert war. Angesichts dessen, wie schnell sich Gerüchte in britischen Kreisen in Indien herumsprachen, war es ein Wunder, dass es ihnen gelungen war, die Täuschung so lange aufrechtzuerhalten. War das der Grund dafür, dass sie sich entschieden hatten, lieber zurückgezogen in Kaschmir zu leben, als in der Garnisonsstadt Rawalpindi zu bleiben?

Ein weiterer Grund dafür, dass sie sich für das ruhige Leben in Gulmarg entschieden hatten – an einem Ort, der im Winter von der Welt abgeschnitten war –, musste Toms psychisches Wohlergehen sein. Sie wusste, dass Esmie Tom bis zu einem gewissen Grade gegen die Außenwelt abschirmte. Stella gehörte zu den wenigen Menschen, die wussten, dass Toms Anfälle von Depression nicht nur auf ein Kriegstrauma zurückgingen, sondern auch auf seine Trauer wegen des Todes seiner ersten Frau und seiner neugeborenen Tochter. Das ließ Stella erkennen, dass es noch einen Grund gab, warum Esmie die Schande riskierte, ohne Ehe mit Tom zusammenzuleben: So konnte sie ihn pflegen und sich an den schlechten Tagen um ihn kümmern.

Stella gab den Versuch auf, einzuschlafen. Sie schaltete das Licht ein und holte ihr Schreibzeug. Sie begann, einen Brief an Hugh aufzusetzen, gab aber bald auf. Wie konnte sie ihm etwas von Liebe und Glück schreiben, wenn ihre Gefühle in Aufruhr waren? Alles wurde jetzt von der furchtbaren Auseinandersetzung mit Lydia überschattet.

Stattdessen zog sie einen frischen Bogen blauen Luftpostpapiers hervor und begann, an Esmie zu schreiben.

* * *

Stella verschlief. Sie war im Morgengrauen eingeschlummert und wachte nun wie gerädert und erschöpft auf. Sie spritzte sich Wasser ins Gesicht, kleidete sich in aller Eile an und ging nach unten. Die Uhr in der Küche zeigte, dass es schon spät am Vormittag war. Die Köchin hatte ihr zum Frühstück ein paar Haferkekse und Honig herausgestellt. Daneben lag eine Nachricht, dass sie einkaufen gegangen war. Unfähig, mehr als einen kleinen Bissen von einem Keks hinunterzubringen, machte sie sich auf die Suche nach Andrew. Heute sollten die Langleys nach Durham zurückkehren, und sie wusste, dass er die letzten Stunden gern mit Noel würde verbringen wollen, ganz gleich, in was für einer geistigen Verfassung er war.

Stella hatte Angst davor, Lydia über den Weg zu laufen, und suchte daher zunächst draußen, in der Hoffnung, dass die

Jungen im Garten spielen würden. Sie fand keine Spur von ihnen und bemerkte, dass Lydias Auto verschwunden war. Wenigstens konnte sie es noch etwas länger vermeiden, Andrews Mutter zu begegnen. Sie kehrte nach drinnen zurück und ging nach oben, um nachzusehen, ob Andrew noch im Haus war. Die Tür zu seinem Zimmer stand weit offen.

Zu ihrer Überraschung fand sie Lily damit beschäftigt, sein Bett abzuziehen.

»Hallo, Lily.«

»Guten Morgen, Schlafmütze.« Lily grinste. »Ich konnte dich einfach nicht aufwecken.«

»Tut mir leid, ich habe schlecht geschlafen. Ist Andrew unterwegs?«

»Ja, runter zu den Langleys.«

»Das habe ich mir fast gedacht. Er wird wohl bis nach dem Mittagessen weg sein?«

Lily hob den Haufen Bettwäsche hoch. »So schnell ist der nicht wieder da.«

»Wie meinst du das?«

»Er ist weg, um Master Noel in Durham zu besuchen. Weiß auch nicht, wie lange.«

Stella wurde das Herz schwer. »Hast du ihn heute Morgen gesehen?«

»Ja, und er war gar nicht so fröhlich wie sonst. Hatte auch keinen Appetit. Mrs Templeton konnte ihn nicht dazu bringen, was zu essen, und hatte Angst, dass er irgendeine Krankheit kriegt.«

»Hat er nach mir gefragt, bevor er abgereist ist, oder eine Nachricht hinterlassen?«

Lily schüttelte den Kopf. »Keiner hat viel gesagt. Die gnädige Frau hatte Kopfschmerzen. Master Andrew hat selbst gefragt, ob er mit den Langleys mitfahren darf. Seine Mutter hat sofort zum Telefon gegriffen, um Noels Granddad zu fragen. Sie setzt ihn jetzt gerade dort ab.«

Stella fühlte sich elend bei dem Gedanken, wie todunglücklich Andrew nach der Auseinandersetzung gestern Abend sein musste.

»Ist Mrs Templeton im Haus?«

»Ja, ich glaube, sie ist im Wintergarten.«

Stella kehrte nach unten zurück und fand Minnie damit beschäftigt, verwelkte Blüten von ihren Pflanzen abzuschneiden. Sie schaute mit einem besorgten Stirnrunzeln auf.

»Ach, Stella, vielleicht kannst du mir sagen, was passiert ist? Aus Andrew habe ich heute Morgen kaum ein Wort herausbekommen, und jetzt reist er in aller Eile ab, um die Langleys zu besuchen. Wusstest du, dass er wegwill?«

Stella schluckte. »Ich wusste, dass Noel unbedingt wollte, dass Andrew ihn in Durham besucht, aber ich hatte keine Ahnung, dass es heute sein würde. Ich wünschte, ich hätte ihm auf Wiedersehen sagen können.«

»Na, wahrscheinlich ist er ja nur ein paar Tage weg. Lydia war sehr erpicht darauf, ihn zu Noel zu schicken. Ich nehme an, in Durham können die beiden mehr zusammen unternehmen als hier – mit anderen Jungen spielen …« Ihr Blick wirkte geistesabwesend. »Ist gestern Abend etwas geschehen, während ich ausgegangen war? Lydia hat heute Morgen mit den Tränen gekämpft.«

Vielleicht war Lydia ja zerknirscht, überlegte Stella nervös. Wie viel sollte sie Minnie über den schrecklichen Eklat im Wohnzimmer erzählen?

»Es sind im Eifer des Gefechts bestimmte Dinge gesagt worden«, begann Stella, »über Mr Lomax … und über Esmie. Andrew war etwas konsterniert.«

»Oje.« Minnie seufzte. »Ich habe schon an der Karaffe gesehen, dass viel Sherry getrunken worden ist.«

Genau in dem Moment tauchte in der Einfahrt ein Auto auf. Es war Lydia, die zurückkehrte.

»Oh. Nun ist sie ja zurück und kann es mir selbst erzählen.« Minnie legte ihre Gartenschere weg.

Langsame Minuten vergingen. Eine Autotür schlug zu, und die Haustür schwang auf. Lydias Absätze klapperten laut über den Fliesenboden des Foyers. »Mummy?«, rief sie.

»Hier drinnen, Liebes!«, antwortete Minnie.

Lydia kam herein und stutzte bei Stellas Anblick. Sie bedachte sie mit einem eisigen Blick, ignorierte sie dann aber und wandte sich an ihre Mutter. »Die Langleys sind abgereist. Sie lassen dich herzlich grüßen.«

»Das ist freundlich«, sagte Minnie. »Und wie ging es Andrew?«

»Ganz hervorragend. Er war voller Vorfreude auf seine Reise nach Durham. Die Abwechslung wird ihm guttun.«

»Ja.« Minnie musterte sie. »Ich habe gehört, dass er sich gestern Abend aufgeregt hat.«

Lydia sah Stella misstrauisch an. »Was hast du meiner Mutter erzählt?«

»Sei nicht so hart zu Stella«, rief Minnie sie zur Ordnung. »Sie war nicht indiskret. Sie hat sich nur Sorgen um Andrew gemacht …«

»Nun, da besteht keine Notwendigkeit«, behauptete Lydia und setzte ein Lächeln auf. »Ich bin froh, dass du hier bist, Stella. Ich wollte ohnehin unter vier Augen mit dir sprechen. Komm mit.«

Stella warf Minnie einen ängstlichen Blick zu.

»Lydia«, sagte Minnie verblüfft, »was soll das alles?«

»Das erzähle ich dir später, Mummy.«

Stella folgte Lydia aus dem Wintergarten, durchs Foyer und ins Wohnzimmer. Sobald sie außerhalb von Minnies Hörweite waren, verflog Lydias vorgetäuschte Liebenswürdigkeit. Sie wirbelte zu Stella herum.

»Es ist deine Schuld, dass Andrew weggegangen ist. Nicht auszudenken, dass ich dich in mein Haus aufgenommen und eher wie eine Familienangehörige als wie eine Angestellte behandelt habe! Aber was bekomme ich zum Dank? Nur Verrat. Jedenfalls habe ich jetzt genug von deiner Einmischung. Du hast versucht, meinen Sohn zu Esmies Gunsten gegen mich aufzubringen, aber das hat nicht funktioniert. Er schämt sich jetzt für sie, da er die Wahrheit kennt. Er will nicht einmal mehr über sie sprechen – oder über Tom.«

In dem Bemühen, ruhig zu bleiben, grub Stella die Fingernägel in ihre Handflächen. »Ich glaube, was ihn wirklich so betroffen gemacht hat, war, dass Mr Lomax als Feigling bezeichnet …«

»Halt den Mund! Ich habe nicht nach deiner Meinung gefragt«, fuhr Lydia sie an. »Ich glaube, es ist das Beste, wenn du Templeton Hall verlässt. Hier gibt es für dich nichts zu tun, solange Andrew weg ist, und ich will dich nicht hier haben, wenn er nicht da ist. Du kannst zu Tibby gehen und bei ihr wohnen, oder ich bezahle dir eine Unterkunft im Ort, aber ich will dich nicht unter meinem Dach haben. Nicht nach den verletzenden Dingen, die du über mich gesagt hast. Du hast Andrew sehr unglücklich gemacht, und das werde ich dir nie verzeihen.«

Stella lief vor Zorn rot an. Wie konnte Lydia es wagen, ihr vorzuwerfen, Andrew unglücklich gemacht zu haben! Ihre Augen brannten vor Tränen, aber sie war nicht bereit, vor dieser abscheulichen Frau zu weinen.

»Ich rufe Tibby jetzt an und frage sie, ob sie dich aufnimmt«, sagte Lydia mit einem eisigen Blick. »Geh deinen Koffer packen.«

* * *

Binnen einer Stunde hatte Stella gepackt, sich hastig von der erschrockenen Lily und der fassungslosen Minnie verabschiedet und war von Lydia zur Anchorage hinübergefahren worden.

Andrews Mutter setzte sie am Tor ab. Das Steuerrad fest im Griff, sagte Lydia in hasserfülltem Ton: »Du bist eine große Enttäuschung für mich, Stella. Ich habe dich als fügsames Mädchen in Erinnerung, das einem gern alles recht machen wollte, aber du bist zu jemandem geworden, der sich für etwas Besseres hält, als es seiner Stellung entspricht. Ich gebe Tom und Esmie die Schuld daran, dass sie eine Halb-und-Halb wie dich ermuntert haben zu glauben, du könntest auf Augenhöhe mit meinem Sohn sein. Du darfst keinen Kontakt zu ihm aufnehmen. Wenn es nach mir ginge, würdest du ihn nie wiedersehen.«

Stella öffnete die hintere Autotür und stieg schnell aus.

»Und versuch gar nicht erst, vorbeizukommen und meine Mutter zu besuchen. Sie wird nicht da sein«, setzte Lydia hinzu. »Ich werde mit ihr in die Ferien fahren, solange Andrew fort ist. Ist das klar?«

Stella ignorierte die Frage. »Danke, dass Sie mich hergefahren haben, Mrs Lomax.« Sie hievte ihren Koffer aus dem Auto, schlug die Tür fest zu und ging davon.

Aber sie konnte nicht lange eine tapfere Miene zur Schau tragen. Willie, der Gärtner, fand sie, als sie sich auf der Einfahrt mit ihrem Gepäck abmühte.

»Lassen Sie mich das nehmen, Miss Dubois«, sagte er und schulterte schnell den Koffer.

»Danke«, sagte Stella, den Tränen nah.

Dann erspähte sie Tibby, die den überwucherten Pfad entlangkam und ihr zuwinkte. Stella rannte auf sie zu. »Es tut mir so leid, Tibby …« Sie brach in Tränen aus.

Tibby zog sie in eine Umarmung. »Das muss es nicht. Es ist wunderbar, dich für eine Weile hier wohnen zu haben. Es überrascht mich, dass du es so lange mit Lydia ausgehalten hast – sie kann unmöglich sein.«

Stella barg ihr Gesicht an Tibbys Schulter – sie roch nach Zigarettenrauch und Kochdünsten – und fühlte sich von ihren Worten getröstet.

»Der gestrige Abend war schrecklich«, schluchzte Stella. »Ich habe Andy enttäuscht, und jetzt ist er fort.«

Tibby führte sie zur Burg. »Komm. Wir trinken etwas von Dawans Chai, und du kannst mir alles erzählen.«

Kapitel 17

Die Anchorage, Mitte August 1933

Die letzten zweieinhalb Wochen in Schottland schleppten sich dahin. Stella tat ihr Bestes, sich auf der Burg beschäftigt zu halten: Sie half in der Küche bei der Zubereitung von Essen aus Zutaten, die im Garten angebaut wurden, und bestellte Vorräte aus den Läden im Ort. Tibby, die sich nur unregelmäßig um den Haushalt kümmerte, überschüttete Stella mit Lob für ihren Blick fürs Detail.

»Du bist ganz wunderbar, meine Liebe. Kein Wunder, dass mein Bruder so große Stücke auf dich und deine Familie hält! Bestimmt sind seine Hotels dank euch perfekt in Schuss.«

Es wohnten nur drei Künstler über den Sommer in der Anchorage: Dawan, ein junger, bärtiger Mann namens Mac und Walter, ein Student aus Glasgow, der in einem der Nebengebäude vor sich hin hämmerte und Möbel baute. Stella genoss ihre Gesellschaft bei den Mahlzeiten, aber jeder der drei war tagsüber in seiner Arbeit versunken. Die Zeit lastete schwer auf Stella, und sie machte sich Sorgen um Andrew. Sie hatte nichts von ihm gehört, Tibby auch nicht.

»Das heißt bestimmt, dass er eine tolle Zeit in Durham verbringt«, versicherte Tibby ihr. »Ich würde von einem dreizehnjährigen Jungen nicht erwarten, auch nur einen Augenblick seines Urlaubs darauf zu verschwenden, Briefe an seine alternde Tante zu schreiben.«

Stella hatte den Luftpostbrief an Esmie abgeschickt, den sie in den letzten Stunden der Nacht geschrieben hatte, die sich als ihre letzte in Templeton Hall erwiesen hatte. Jetzt fragte sie sich, ob das klug von ihr gewesen war. Was konnte Esmie aus der Distanz unternehmen? Wahrscheinlich wäre es besser gewesen, einfach bis zu ihrer Heimkehr zu warten – oder vom Schiff aus zu schreiben, um sie vorzuwarnen –, statt Esmie und Tom lange über die Enthüllungen grübeln zu lassen.

Nach einer Woche in der Anchorage beschloss Stella, an Hugh zu schreiben. Sie hatte versucht, ihn in ihren Hinterkopf zu verdrängen, während sie sich an ihre neue Umgebung und Situation gewöhnte, aber er war immer am Rande ihrer Gedanken geblieben. Es würde ihr etwas Angenehmes zu tun geben, und sie begann, in Tagträumen daran zu schwelgen, wie sie sich nach seinem Heimaturlaub in Indien wiedersehen könnten.

Eines Abends nahm sie ihr Schreibzeug und setzte sich an den Tisch an ihrem Schlafzimmerfenster. Sie konnte seinen Brief nicht finden. Panik ergriff sie. Sie nahm alles aus ihrer kleinen Aktentasche, aber der Brief war nicht da.

Übelkeit stieg in Stella auf, als ihr klar wurde, dass sie ihn wohl in der Dachkammer in Templeton Hall hatte liegen lassen. Sie hatte mit dem Brief unter ihrem Kopfkissen geschlafen, war aber an dem Morgen, an dem sie hatte abreisen müssen, so müde gewesen, und war gezwungen gewesen, so schnell zu packen, dass sie vergessen hatte, ihn wieder an sich zu nehmen. Wie hatte sie nur so achtlos sein können?

Stella beschloss, nach Templeton Hall zu radeln und Lily zu überreden, sie ins Haus zu lassen, um ihr Zimmer zu durchsuchen. Hoffentlich waren Lydia und ihre Mutter immer noch im Urlaub.

Sie lieh sich ein Fahrrad von Tibby und fuhr am nächsten Morgen hinüber, durchgepustet vom heftigen Wind, der vom Meer her wehte. Der Himmel wirkte überladen von Regenwolken. Zu ihrer Erleichterung stand kein Auto unter dem Vordach, und die Jalousien im Wintergarten waren heruntergelassen. Sie schob das Fahrrad zum Hintereingang.

Die Küchentür war abgeschlossen. Vielleicht hatten die Angestellten frei bekommen, solange Lydia und ihre Mutter nicht da waren. Stella klopfte, aber niemand kam. Frustriert wandte sie sich ab, aber dann fiel ihr wieder ein, dass Miss MacAlpine einen Ersatzschlüssel unter einem Stein hinter einer Regentonne versteckt hatte. Stella holte den rostigen Schlüssel und sperrte triumphierend die Tür auf.

Im Herd brannte noch Feuer, also hatte jemand ein Auge auf das Haus. Stella schlich sich die Hintertreppe hinauf und in ihr Zimmer. Zu ihrem Entsetzen war ihr Bett abgezogen worden, und die Bettwäsche lag nun in der nach Mottenkugeln riechenden Kommode; ein sicheres Zeichen, dass man Stella nicht zurückerwartete.

Schnell suchte sie unter dem Bett und verschob die Kommode, falls der Brief dahintergerutscht und damit unsichtbar war. Nichts. Vielleicht hatte Lily ihn gefunden, während sie das Zimmer sauber gemacht hatte, und ihn aufgehoben, um ihn aufzubewahren.

Stella zögerte nur einen Moment lang, bevor sie in Lilys Zimmer ging. Als sie gerade suchen wollte, hörte sie die Treppe knarren. In aller Eile verließ sie das Zimmer und fand sich Nase an Nase mit der verblüfften Lily wieder.

Lily schrie auf. Sie fasste sich an die Brust. »Hast du mich erschreckt!«

»Tut mir leid!«, rief Stella und errötete vor Verlegenheit. »Das wollte ich nicht.«

»Warst du etwa in meinem Zimmer?«, fragte Lily anklagend.

»Ich habe mich nur rasch umgesehen. Ich habe einen Brief verloren – den, der neulich für mich gekommen ist. Er ist etwas Besonderes. Ich dachte, du hättest ihn vielleicht gefunden und für mich aufbewahrt.«

Lily lehnte sich an die Wand, um wieder zu Atem zu kommen. »Du warst das also, die die Tür unverschlossen gelassen hat! Ich hatte schon Angst, wir hätten Einbrecher hier.«

»Oh, Lily, es tut mir so leid. Komm, setz dich hin.« Stella führte das Dienstmädchen in dessen Schlafzimmer.

»Ich bin ja froh, dass bloß du es warst«, sagte Lily und beruhigte sich allmählich. »Ich hasse es, mutterseelenallein hier im Haus zu sein. Die Köchin ist für die nächste Woche fort, weil die gnädige Frau und Mrs Templeton noch vierzehn Tage nicht wiederkommen.«

»Wohin sind sie gefahren?«, fragte Stella.

»Durham. Um in Andrews Nähe zu sein.«

Stellas Inneres verkrampfte sich. »Hast du gehört, wie es ihm geht?«

Lily zuckte die Schultern. »Als die gnädige Frau zuletzt mit der Köchin gesprochen hat, hat sie gesagt, dass Andrew einen Riesenspaß hat. Wahrscheinlich bleibt er bis zum Ende seiner Ferien da.«

Stella war resigniert. »Das ist gut, wenn er glücklich ist.«

Lily musterte sie. »Was hast du eigentlich angestellt, um die gnädige Frau so gegen dich aufzubringen, Stella? Sie hatte sehr schlechte Laune, als sie abgereist ist.«

Stella seufzte. »Ich habe Mr Lomax und Esmie in Schutz genommen.«

Lily nickte. »Ich weiß noch, wie sie Freundinnen waren – die gnädige Frau und Miss Esmie. Sie war eine nette Frau, Miss Esmie, und Captain Lomax war ein hübscher Mann. Wir mochten ihn auch alle, und damals war die gnädige Frau glücklich.«

Einzelne Regentropfen fielen auf das Oberlicht, und Stella wusste, dass sie beim Zurückradeln tropfnass werden würde, wenn sie noch lange wartete.

»Lily, hast du denn nun meinen Brief aus Dublin gefunden?«

»Ja, habe ich. Er ist aus der Bettwäsche gefallen, als ich das Bett abgezogen habe.«

»Und wo ist er jetzt?«

»Ich habe die gnädige Frau gefragt, ob ich ihn dir in die Anchorage rüberbringen sollte, aber sie hat gesagt, das würde sie schon tun …«

»Das hat sie nie getan.«

Lily erwiderte: »Na ja, sie ist ja auch seitdem nicht mehr da. Du bekommst ihn sicher, wenn sie zurück ist.«

Stella war nicht so zuversichtlich. Viel wahrscheinlicher war, dass Lydia den Brief einfach weggeworfen hatte. Sie wollte nicht daran denken, dass Lydia ihn vielleicht vorher sogar gelesen hatte. Um Lilys willen versuchte sie, sich nicht anmerken zu lassen, wie sehr es sie aufregte, dass das Dienstmädchen den Brief nicht selbst weitergegeben hatte.

Angesichts dessen, dass der Himmel nun völlig grau war, lehnte Stella eine Tasse Tee ab.

»Ich fahre besser zurück, bevor der Regen noch stärker wird.«

Als sie zurückfuhr, hatte der Wind aufgefrischt, und es fiel Stella schwer, sich aufrecht zu halten. Als sie die Anchorage erreichte, war sie bis auf die Haut durchnässt. Tibby ließ sie ein heißes Bad nehmen. In der Nacht wurde Stella einfach nicht mehr warm. Sie lag zitternd da, während sie sich Vorwürfe machte, weil sie so unachtsam gewesen war und Hughs reizenden Brief verloren hatte.

Zwei Tage später bekam Stella Schüttelfrost und eine schwere Erkältung, die ihr auf die Brust schlug und sie bettlägerig machte. Tibby, die sie ins Bett verbannt hatte, war keine allzu gewissenhafte Krankenschwester. Es war Elsie, die Frau des Gärtners, die mit Tassen voller Tee und Schalen voller Brühe heraufkam. Trotz ihrer Freundlichkeit hatte Stella entsetzliches Heimweh, während sie daniederlag, und sehnte sich danach, dass ihre Zeit in Ebbsmouth ein Ende nehmen würde.

* * *

Erst in der letzten Woche ihrer Ferien hatte Stella ihre Erkältung abgeschüttelt und fühlte sich wieder wie sie selbst. Erst jetzt schrieb sie endlich einen liebevollen Antwortbrief an Hugh und erzählte ihm vom ersten Teil des Urlaubs, aber nicht von ihrem Bruch mit Lydia. Sie sagte, dass es ihr gefallen würde, wenn sie einander weiterhin schrieben, und dass es niemanden sonst gab, der ihr den Hof machte.

Unfähig, sich auf die genaue Postanschrift seiner Schwester in Dublin zu besinnen, hoffte sie, dass der Brief ihn früher oder später erreichen würde. Sie konnte die Größe der irischen Stadt nicht einschätzen, aber bestimmt gab es doch nur eine Mrs Henry French? Stella tröstete sich mit dem Gedanken, dass sie ihm immer noch nach Belutschistan schreiben konnte, sobald sie wieder in Indien war.

Unerwartet erhielt Tibby eine Nachricht von Lydia, die sie nach Templeton Hall bestellte.

»Soll ich auch mitkommen?«, fragte Stella. »Ist Andrew mit ihr nach Hause gekommen?«

Tibby sagte: »Ich bin mir nicht sicher. Vielleicht ist es besser, wenn ich allein hingehe und feststelle, woher der Wind weht.«

Stella verbrachte zwei Stunden damit, ängstlich auf Tibbys Rückkehr zu warten. In dem verzweifelten Versuch, sich beschäftigt zu halten, ging sie in den Garten, um Willie und Mac zu helfen, Stangenbohnen und die letzten Himbeeren zu ernten.

Als sie Tibbys uraltes Auto den Weg entlangklappern hörte, eilte Stella ihr entgegen. Tibby stieg aus und schob sich mit einer nervösen Geste den lilafarbenen Hut zurecht.

»Ist Andrew zu Hause?«, fragte Stella.

»Ja. Ich habe ihn gesehen. Es scheint ihm gut zu gehen.«

»Oh, gut, das freut mich sehr«, sagte Stella erleichtert. »Darf ich denn wieder nach Templeton Hall, bevor wir abreisen?«

Tibby nahm Stella sanft beim Ellbogen. »Setzen wir uns doch für einen Augenblick auf die Stufen, während ich dir alles erkläre.«

»Erklären? Was denn?« Stellas Herz begann dumpf zu pochen.

Tibby sagte nichts, bis sie beide auf der dritten der Stufen saßen, die zur Tür der Burg hinaufführten.

»In den letzten beiden Wochen scheint in Durham viel passiert zu sein«, sagte Tibby. »Ich vermute, dass Noel Langley eine Menge damit zu tun hat – die Jungen scheinen jetzt die dicksten Freunde zu sein.«

»Und das heißt?«, hakte Stella nach, während sich ein banges Gefühl in ihr breitmachte.

»Nun ja, Andrew hat beschlossen, hierzubleiben und in Durham zur Schule zu gehen.«

Vor Schock starrte Stella sie mit offenem Mund an. »Du meinst, seine Mutter hat es beschlossen.«

Tibby bedachte sie mit einem mitleidigen Blick. »Nicht allein Lydia – es scheint auch Andrews Entscheidung zu sein. Er hat die Zugangsprüfung für die Dunelm School abgelegt und ist angenommen worden. Er wirkt ganz begeistert von der Aussicht.«

»Das fasse ich nicht«, rief Stella. »Er muss zurück nach Indien. Mr Lomax wird ihm nicht gestatten, hierzubleiben.«

Tibby zog ein langes Gesicht. »Es tut mir ja auch sehr leid für Tommy – ich weiß, wie sehr er an Andrew hängt –, aber das ist etwas, das er mit Lydia wird klären müssen. Vielleicht wird es Zeit, dass sie Andrew eine Weile bei sich haben darf, bevor er erwachsen wird. Es scheint wirklich auch Andrews Wunsch zu sein.«

»Ich will ihn sehen«, sagte Stella mit Nachdruck. »Wann darf ich?«

Tibby legte ihr eine Hand auf den Arm. »Wie es scheint, bist du in Templeton Hall Persona non grata, also werde ich ihn hierher einladen, versprochen. Das kann Lydia mir nicht verweigern; ich bin schließlich seine Tante.«

Stella war wie vor den Kopf geschlagen. Sie konnte nicht fassen, dass Andrew nicht nach Indien und zu seinen Eltern zurückkehren wollte. Dahinter steckte Lydia. Stella war voller Zorn bei dem Gedanken an den Schaden, den Andrews Mutter angerichtet hatte.

* * *

Drei Tage bevor Stella ihre Rückreise nach Indien antreten sollte, kamen Lydia und Andrew zum Nachmittagstee in die Anchorage, um sich zu verabschieden. Stella eilte auf Andrew zu, um ihn zu umarmen, aber er streckte ihr stattdessen die Hand hin und warf dabei einen Blick auf seine Mutter.

Stella errötete und schüttelte ihm die Hand.

Es regnete, und so führte Tibby sie in die Bibliothek, wo hastig ein Feuer entzündet worden war. Das Gespräch verlief steif – Lydia nahm Stella kaum zur Kenntnis –, und Tibby versuchte, es in Gang zu halten, indem sie Andrew nach Durham fragte. Bald plauderte er über Cricketspiele mit Noel und mehreren anderen Jungen, die in der Nähe der Langleys lebten.

»Ist das nicht wunderbar?«, fragte Lydia mit triumphierendem Blick. »Für mich wird ein Traum wahr, da ich nun weiß, dass Andrew in der Nähe sein wird und seine Ferien hier in Ebbsmouth verbringen kann. Seine Grandmamma ist auch begeistert.«

Andrew sagte rasch: »Aber einige Sommerferien darf ich doch auch in Indien verbringen, oder, Mamma? Das hast du gesagt.«

Lydia lächelte nachsichtig. »Wenn du das willst, mein Schatz.«

»Ja, das will ich.« Er sah Stella an. »Mamma sagt, dass es jetzt Flüge mit Imperial Airways gibt, die die Reisezeit auf Tage statt Wochen verkürzen. Stell dir das nur vor! Ich könnte den Sommer in Gulmarg verbringen, und vielleicht könnte Noel auch mitkommen.«

Stella fragte sich, wie viele Versprechungen Lydia noch gemacht hatte, um sicherzustellen, dass Andrew sich entscheiden würde, bei ihr zu bleiben. Aber vielleicht hatte sie ihn gar nicht bestechen müssen. Stella sehnte sich danach, ihn unter vier Augen zu sprechen, um sicher zu sein, dass das hier war, was er wirklich wollte.

Schon bald dankte Lydia Tibby für den Tee und sagte, dass sie jetzt losmussten. Stella wandte sich an Andrew.

»Bevor du gehst, habe ich noch etwas, das ich dir geben möchte. Es ist oben, aber es dauert nur einen Augenblick.«

Andrew sah seine Mutter an, und Stella war überrascht, als Lydia ihm widerwillig zunickte. »Aber nur für eine Minute«, sagte sie streng.

Vor der Bibliothek nahm Stella seine Hand und zog ihn die Treppe hinauf. Sie führte ihn in ihr Zimmer und sagte: »Setz dich hin, schließ die Augen und streck die Hände aus.«

Während er sich auf ihr Bett setzte, holte sie zwei Buchstützen und stellte sie auf seine offenen Handflächen.

»Jetzt öffne die Augen«, wies sie ihn an. »Walter hat sie gebaut, und ich habe sie bemalt. Nicht sehr gut – auf der hier soll der Dal-See sein, auf der anderen das Raj-in-the-Hills.« Sie beobachtete, wie er sie hin- und herdrehte. »Jedenfalls wollte ich, dass du etwas von mir bekommst. Du kannst deine Schulbücher zwischen ihnen aufstellen.«

Er saß mit gerötetem Gesicht da und starrte die Buchstützen an. »Danke.« Seine Stimme war rau. »Sie sind … wirklich schön.«

Sie setzte sich neben ihn und legte einen Arm um seine Schultern. Er senkte den Kopf, und sie sah ihn schwer schlucken. »Sei nicht traurig.«

»Ich werde dich vermissen, Stella«, sagte er mit belegter Stimme.

Sie küsste ihn auf den Kopf. »Ich werde dich auch vermissen – sehr sogar. Andy«, fuhr sie sanft fort, »ist das hier, was du wirklich willst – bei deiner Mutter zu bleiben und in Durham zur Schule zu gehen?«

Nach einer Pause nickte er. »Es gefällt mir in Ebbsmouth – hier bin ich stolz darauf, ein Lomax zu sein und zu wissen, woher ich komme. Damit hatte ich nicht gerechnet. Und ich mag Durham und auch Noel und die anderen Jungs hier. Ich glaube, ich werde an der Dunelm School glücklich. Ich weiß, dass es nicht Indien ist, aber …«

»Und bist du froh darüber, bei deiner Mutter und Großmutter zu leben?«, fragte Stella.

Er wandte den Blick ab. »Die meiste Zeit über werde ich in Durham wohnen.«

»Es tut mir leid, Andy. Ich habe so ein schlechtes Gewissen, dich hier bei deiner Mutter zu lassen.«

»Ich weiß, dass du Mamma nicht magst, aber sie ist viel netter zu mir, seit wir in Durham waren. Sie will wirklich, dass ich bleibe – ich glaube, sie braucht mich …«

»Du solltest nicht bleiben, weil sie dich dazu bringt, dich irgendwie dazu verpflichtet zu fühlen. Das ist nicht fair dir gegenüber – und es ist falsch von ihr.«

Er rückte von ihr ab. »Wenigstens sagt sie mir die Wahrheit und tut nicht so, als wäre sie etwas, das sie nicht ist.«

»Wie etwa, so zu tun, als wäre sie immer noch verliebt in deinen Vater?«, gab Stella zurück.

Andrew reagierte trotzig. »Vielleicht liebt sie ihn ja wirklich noch. Aber Esmie hat ihr Bestes getan, einen Keil zwischen sie und Vater zu treiben.«

»Das kannst du doch nicht wirklich glauben«, rief Stella. »Deine Mutter war diejenige, die sich entschlossen hat, deinen Vater zu verlassen und nach Schottland zurückzukehren. Nichts davon war Esmies Schuld.«

»Woher weißt du das?«, fragte Andrew aufgebracht.

»Tibby hat es mir gesagt«, erklärte Stella, »und ich erinnere mich, wie es war, als deine Eltern das Raj in Pindi geführt haben. Ich glaube nicht, dass deine Mutter deinen Vater je geliebt hat.«

»Das ist nicht wahr! Mamma hat gesagt, sie war am Boden zerstört, als Dad sie verlassen hat und nach Indien zurückgegangen ist, um mit Esmie zusammen zu sein.«

»Da verdreht deine Mutter wieder einmal die Tatsachen. Dein Dad war ihr nicht untreu – aber sie ihm! Deine Mutter hatte eine Affäre mit einem Offizier.«

Andrew sprang auf. »Mehr will ich nicht hören. Ich dachte, du würdest verstehen, warum ich hierbleiben will – aber es ist mir egal, wenn du es nicht tust. Es ist meine Entscheidung, damit hat es sich.«

»Tut mir leid«, sagte Stella und erhob sich ebenfalls schnell. »Ich verstehe es sehr wohl. Ich glaube nur, dass du deinem Vater und Esmie gegenüber unfair bist. Ich weiß nicht, was ich deinem Vater sagen soll – ich fühle mich verantwortlich dafür, dass du nicht mit mir nach Hause kommst, und ich weiß, dass er wahnsinnig traurig sein wird …«

»Du bist nicht für mich verantwortlich«, sagte Andrew. »Und du musst dir keine Sorgen um Dad machen. Ich habe einen Brief geschrieben, um zu erklären, dass es meine Entscheidung ist und dass ich in Großbritannien bleiben will. Niemand zwingt mich dazu.«

»Und Meemee?«, fragte Stella. »Hast du auch ihr geschrieben?«

Er sah sie böse an. »Sie ist nicht mehr meine Meemee. Sie hat sich zwischen meine Eltern gedrängt.«

»Sag das nicht«, wies Stella ihn zurecht. »Sie hätte dir keine liebevollere Mutter sein können. Sie liebt dich schon dein Leben lang. Du kennst deine Mamma erst seit ein paar Wochen.«

»Nur weil ich ihr weggenommen worden bin«, antwortete Andrew.

»Das sind die Worte deiner Mutter«, sagte Stella gereizt. »Wenn du die Wahrheit hören willst: Sie hätte dich vor Jahren hier in Ebbsmouth behalten können, aber sie hat sich dagegen entschieden. Sie hat dich mit deiner *ayah* zurück nach Indien geschickt, als du ein Baby warst. Esmie hat dich schon immer zehnmal mehr geliebt als sie!«

Er warf ihr einen grimmigen Blick zu. Seine blauen Augen wirkten vorwurfsvoll. In dem Moment erinnerte er sie an Lydia. Er hielt ihr die Buchstützen wieder hin. »Nimm sie. Ich will sie nicht. Ich bin froh, dass ich nicht mit dir zurückfahre, Stella!«

Er wandte sich ab und stürmte aus dem Zimmer. Sie warf die Buchstützen aufs Bett und folgte ihm.

Andrew stand schon mit seiner Mutter an der Haupttür. Lydia verabschiedete sich gerade von Tibby. Willie stand im Regen mit einem Schirm bereit, um Lydia zu ihrem Auto zu eskortieren.

»Auf Wiedersehen, Stella.« Lydia wandte sich um und nickte ihr knapp zu.

»Mrs Lomax«, sagte Stella und zwang sich zu einem Lächeln. »Ich glaube, Sie haben einen Brief von mir, den ich versehentlich zurückgelassen habe. Lily hat gesagt, sie habe ihn Ihnen gegeben. Ich habe mich gefragt, ob Sie ihn vielleicht mitgebracht haben. Wenn nicht, macht es mir nichts aus, zu Ihnen zu radeln, um ihn zu holen, bevor ich abreise.«

Sie sah Lydia rot werden. »Ein Brief? Nein, daran erinnere ich mich nicht … Lily muss sich geirrt haben.«

Stella beharrte: »Sie hat ihn an dem Tag gefunden, als ich gegangen bin, und hat angeboten, ihn herzubringen, aber Sie haben gesagt, Sie würden es tun.«

Wie so oft winkte Lydia verächtlich ab. »Ich erinnere mich an nichts dergleichen.«

»Der Brief aus Dublin«, rief Stella ihr ins Gedächtnis.

Sie sah Erkenntnis in Lydias Augen aufblitzen und wusste, dass diese sich an den Vorfall erinnerte.

»Ach, der Brief von der anderen Passagierin«, sagte Lydia. »Irgendeine Witwe, oder? Machst du nicht etwas viel Aufhebens darum?«

Stella errötete. Lydia genoss ihre Verlegenheit.

»Nun ja, wenn er noch auftaucht«, sagte Lydia, »dann schicke ich ihn weiter.«

»Danke«, sagte Stella und versuchte, ruhig zu bleiben.

»Komm, mein Schatz.« Lydia drängte Andrew vor sich ins Freie und hastete unter den Regenschirm.

»Auf Wiedersehen, Andrew«, rief Stella.

Er wandte sich halb um, während er sich die Jacke über den Kopf zog. »Wiedersehen, Stella«, murmelte er. Dann rannte er die Stufen hinab und sprang ins Auto.

Sie schaute ihm nach und winkte, bis das Auto hinter den Bäumen verschwand, obwohl er wahrscheinlich nicht zurücksah.

Tibby spürte, wie unglücklich sie war. »Ich werde ein Auge auf Andrew haben«, versprach sie. »Ich werde seine Verbindung zu seinem Vater und Esmie sein. Ich lasse nicht zu, dass Lydia mir das verweigert.«

Stella nickte, zu ergriffen, um zu antworten.

* * *

Danach konnte Stella es nicht mehr abwarten, abzureisen. Am nächsten Tag ging Tibby mit ihr einkaufen, damit sie einige kleine Geschenke nach Indien mitnehmen konnte. Früh am letzten Morgen fuhren Tibby und Dawan sie dann mit dem Auto zum Bahnhof, damit sie den Zug nach London erwischte. Von dort aus würde sie an den Tilbury Docks an Bord eines Schiffs gehen. Diesmal war keine Anstandsdame für sie organisiert worden; in wenigen Tagen würde sie einundzwanzig werden und die dreiwöchige Reise allein unternehmen.

Am Bahnhof wandte sich Stella an Tibby und hob die Stimme, um den Lärm der Dampflok zu übertönen.

»Ich kann dir nicht genug danken, Tibby, dass du mich aufgenommen hast, als … Na, du weißt schon … Und dafür, dass du mir das Gefühl gegeben hast, zu Hause zu sein. Ich werde deine Freundlichkeit und meine Zeit in der Anchorage nie vergessen.«

Statt ihr die Hand zu schütteln, zog Tibby sie in eine feste Umarmung.

»Es war mir das reinste Vergnügen. Wir werden dein hübsches Lächeln in der Anchorage vermissen – ganz zu schweigen von deinen Backkünsten. Nicht wahr, Dawan?«

Dawan nickte. Er legte die Handflächen zu einer Abschiedsgeste zusammen. »Grüß Lahore von mir, wenn du dort durchkommst«, sagte er mit einem melancholischen Lächeln.

Stellas Augen brannten vor Tränen. »Ich werde euch alle auch vermissen.«

Sie wandte sich ab und eilte den Bahnsteig entlang dorthin, wo der Gepäckträger ihren Koffer in einen Waggon lud. Ihr Herz war schwer; die letzten Abschiede waren härter gewesen, als sie erwartet hatte.

Wie wünschte sie doch, sie hätte sich in besserem Einvernehmen von Andrew getrennt. Es würde vielleicht Jahre dauern, bis sie ihn wiedersah; sie war nicht überzeugt, dass Lydia Andrew erlauben würde, in den Ferien nach Indien zu reisen, wie er es hoffte.

Als sie in den Zug stieg, zog Stella das Fenster in der Waggontür hinunter und beugte sich hinaus, um zu winken. Türen schlugen zu, eine Pfeife ertönte, und der Zug setzte sich ruckelnd in Bewegung. Er nahm Fahrt auf. Als sie auf Höhe der Sperre war, sah sie Tibby und Dawan durch den Rauch der Lokomotive winken. Dann war sie an ihnen vorbei. Sie sah hinaus, um einen letzten Blick auf Ebbsmouth zu erhaschen. Die hübsche, bogenförmige Bucht funkelte in der Morgensonne.

Einen Augenblick lang glaubte sie, jemanden von hinter dem Zaun winken zu sehen – einen dunkelhaarigen Jugendlichen? Dann bewegte sich der Zug im Bogen von der Stadt fort. Stellas Brust schnürte sich zu. Die Gestalt erinnerte sie an Andrew, obwohl es sehr unwahrscheinlich war, dass es sich wirklich um ihn gehandelt hatte. Mit einem schweren Seufzen zog sie sich ins Abteil zurück und schloss das Fenster gegen den Rauch.

Stella setzte sich hin, schloss die Augen und beschwor im Geiste Indien und ihr Zuhause herauf.

* * *

Noch außer Atem von seiner Fahrradfahrt lehnte Andrew sich gegen den Zaun und starrte dem abfahrenden Zug nach. Er war zu spät aufgebrochen. Die ganze Nacht über hatte er sich hin und her gewälzt und sich gefragt, ob er zum Bahnhof fahren sollte, um sich von Stella zu verabschieden. Das wäre eine Gelegenheit gewesen, sich dafür zu entschuldigen, dass er sich mit ihr gestritten und trotzig ihr Geschenk zurückgewiesen hatte. Das tat ihm mittlerweile entsetzlich leid. War es richtig, dass er beschlossen hatte zu bleiben? Wie würde er hier ohne sie zurechtkommen? Stella war seine letzte Verbindung zu Indien und seinem Zuhause gewesen. Andrew fühlte sich überwältigend allein.

War es Stella gewesen, die sich aus dem Fenster des Waggons gebeugt hatte? Und wenn, hatte sie gesehen, dass er ihr zugewinkt hatte? Er hoffte es. Wann würde er sie wiedersehen? Hätte er sich doch nur richtig von ihr verabschieden können – ihr sagen können, wie viel sie ihm bedeutete … Sie war der einzige Mensch auf der Welt, dem er alles erzählen konnte, ohne sich töricht vorzukommen.

Andrew stieg wieder auf sein Fahrrad und brach nach Templeton Hall auf. Dann aber änderte er aus einer Laune heraus die Richtung und begann, zur Anchorage zu radeln. Er würde seine Tante Tibby besuchen gehen – sie würde auch traurig über Stellas Abreise sein – und die Buchstützen abholen, die Stella für ihn bemalt hatte. Der Gedanke spendete ihm ein gewisses Maß an Trost.

Kapitel 18

Bombay, Indien, Anfang September 1933

Stella kämpfte sich durch das Chaos der Zollhalle. Aufgrund der schwülen Hitze war sie jetzt schon schweißüberströmt. Aber sie fühlte sich von der Nachricht gestärkt, die ihr an Bord überbracht worden war, als sie gestern Abend angelegt hatten. Esmie würde sie abholen kommen!

Sie ließ den Blick über die Massen *topee*-tragender Briten schweifen, während sie sich anstellte, um ihr Gepäck bearbeiten und in den Postzug laden zu lassen, den sie heute Abend nehmen würden. Sie fanden einander am Eingang. Der Anblick von Esmie, die in ihrem gelben Sommerkleid schlank und gefasst dastand, ließ Stella in Tränen der Erleichterung ausbrechen.

Sie umarmten sich fest. Stella versuchte zu sprechen. »Es t… t… tut mir s… so leid, dass ich Andrew n… nicht mit nach Hause gebracht habe …«

Esmie streichelte ihr den Rücken. »Nichts davon ist deine Schuld, Stella. Komm, lass uns irgendwo, wo es ruhiger ist, einen Kaffee trinken.«

Esmie führte sie zu einem Taxi und wies den Fahrer an, sie zu einem Missionshaus in der Stadt zu bringen.

»Dort habe ich gestern übernachtet. Es ist etwas spießig, aber sie bieten anständigen Kaffee und Kuchen an – und dort können wir uns auch frisch machen, bevor wir in den Zug steigen.«

Stella lehnte sich zurück und ließ den Anblick des prächtigen steinernen Torbogens, des Gateway of India, auf sich wirken, als sie die von Menschen wimmelnde Hafengegend verließen und sich durch die geschäftigen, baumgesäumten Straßen der Stadt schlängelten. Freude wallte in ihr auf, als sie die vertrauen Bilder Indiens vor sich sah: Frauen in bunten Saris, Kühe, die den Verkehr blockierten, Kulis, die Karren schoben, auf denen Waren hoch aufgetürmt waren, und blendend weiße Gebäude, bei denen man manchmal einen Blick auf das kühle Innere erhaschte. Wie hatte sie Indien doch vermisst!

Bald bogen sie in eine schmalere Straße ein und hielten vor einem bescheidenen dreistöckigen Gebäude neben einer Kirche. Esmie führte sie auf einen winzigen, verlassenen Hof und bestellte Erfrischungen. Sie setzten sich in den Schatten eines Jakaranda-Baums, der Stella so sehr an zu Hause und ihre Eltern erinnerte, dass ihr die Tränen kamen. Esmie hielt sich an leichte Gesprächsthemen.

»Deiner Familie geht es gut, und alle freuen sich darauf, dich zu sehen«, sagte sie. »Die Baronin kommt bald aus Srinagar zurück – ich habe sie auf dem Weg herunter aus Gulmarg getroffen, und auch sie ist bei guter Gesundheit. Ada war über den Sommer eine große Hilfe, und ich glaube, Felix ist ziemlich angetan von ihr. Deine Cousine Lucy ist recht gut mit Mrs Shankley zurechtgekommen, allerdings nicht so geduldig mit ihr wie du.« Esmie lächelte. »Aber Lucy ist jetzt vernarrt in Frisky, also wird es dir vielleicht schwerfallen, deinen Hund zurückzugewinnen.«

Als der Kaffee und der Madeira Cake – ein Zitronenkuchen – serviert worden waren und die Kellner sich zurückgezogen hatten, sagte Esmie leise: »Erzähl mir, was in Ebbsmouth passiert ist, Stella. Wir machen dir keine Vorwürfe für irgendetwas – wir wollen nur mit Sicherheit wissen, ob es wirklich Andrews Entscheidung ist, künftig dort zu leben.«

Die Geschichte über den Bruch mit Lydia sprudelte aus Stella hervor: die betrunkenen Enthüllungen, die Lydia in Andrews Anwesenheit gemacht hatte und die ihn dazu gebracht hatten, in Durham bei seinem Freund Noel Zuflucht zu suchen und sich zu entscheiden, dort zur Schule zu gehen. Sie erzählte ihr, wie Lydia sie in die Anchorage verbannt hatte und dass es ihr nicht gelungen war, Andrew zu überzeugen, die Dinge aus der Perspektive seines Vaters zu betrachten.

Esmie saß sehr still und lauschte, wie sie sich alles über ihren letzten Streit mit Andrew von der Seele redete.

»Ich habe versucht, dich gegen die bösartigen Lügen zu verteidigen, die seine Mutter ihm erzählt hat – sie hat dir den Vorwurf gemacht, du hättest dich zwischen sie und Mr Lomax gedrängt«, sagte Stella. »Ich schäme mich zu sagen, dass ich ihm erzählt habe, was Tibby mir im Vertrauen mitgeteilt hatte: dass seine Mutter diejenige war, die eine Affäre hatte – und auch, dass sie nichts von Andrew wissen wollte, als er noch ein Baby war. Ich war so böse auf ihn, weil er ihr jedes Wort geglaubt hat. Ich hätte nie solche Dinge sagen sollen, und seitdem fühle ich mich schon die ganze Zeit erbärmlich, weil ich ihm wehgetan habe.«

Stellas Augen füllten sich mit Tränen. Esmie legte eine Hand auf ihre.

»Es tut mir so leid, dass wir dich überhaupt erst in diese Situation gebracht haben. Ich hätte wissen sollen, dass Lydia versuchen würde, meinen Namen in den Schmutz zu ziehen und Andrew gegen mich aufzuhetzen. Auch nach all diesen Jahren kann sie den Gedanken immer noch nicht ertragen, dass ich mit Tom zusammen bin.«

Stella hatte das Bedürfnis, vollkommen offen und ehrlich zu sein. »Es steckt noch mehr dahinter. Leider hat das nur die Unterstellungen bestätigt, denen Andrew an der Nicholson School deinetwegen ausgesetzt war – Tratsch, dass du und Mr Lomax nicht wirklich verheiratet seid. Schon bevor Andrew Indien verlassen hat, hatte er seine Zweifel daran …«

Esmie sah beiseite und wurde rot im Gesicht. »Oh, ich verstehe. Das erklärt, warum er mir gegenüber so reserviert war, bevor er abgereist ist. Armer Andy. Warum hat er nichts gesagt?«

»Er wollte es nicht glauben«, erklärte Stella. »Er hat es mir erzählt, mich aber schwören lassen, dir nichts zu verraten. Wenn ich es doch getan hätte, dann wäre alles vielleicht anders verlaufen.«

»Nein«, widersprach Esmie mit Nachdruck. »Es wäre früher oder später ohnehin herausgekommen – es war töricht von uns, anzunehmen, wir könnten es immer weiter verheimlichen. Und jetzt musste Andy es von seiner Mutter hören. Kein Wunder, dass er nicht nach Hause kommen will – er muss sehr von seinem Vater und mir enttäuscht sein.«

Stella versuchte, sie zu trösten. »Ich kann nicht behaupten, dass er sich nicht über das alles aufregt, aber ich glaube, seine Entscheidung, in Ebbsmouth zu bleiben, hängt auch damit zusammen, dass er den Ort wirklich liebt und sich darauf freut, auf die Dunelm School zu gehen. Er hat schon gute Freunde in Durham gefunden, und es ist eine Schule, an der Cricket gespielt wird. Ich glaube, das hat seine Entscheidung wahrscheinlich auch beeinflusst.«

Esmie lächelte traurig. »Das ist gut.«

Einen Moment lang waren sie beide still. Stella wusste, dass Esmie das alles genauso zusetzte wie ihr, also behielt sie ihre Befürchtung für sich, dass Andrew auch aus Pflichtgefühl heraus blieb, um seine Mutter bei Laune zu halten.

Stella raffte all ihren Mut zusammen und fragte: »Wie geht es Mr Lomax?«

Schmerz huschte über Esmies Gesicht. »Er nimmt es nicht gut auf. Er kann weder schlafen noch sich auf etwas konzentrieren.«

Stella empfand frischen Zorn auf Lydia. »Ich werde Andrews Mutter nie verzeihen, dass sie seinen Vater vor ihm durch den Schmutz gezogen hat – dass sie ihn einen Feigling genannt und behauptet hat, er habe Schande über die Peshawar Rifles gebracht. Ich habe versucht, Andrew ins Gedächtnis zu rufen, dass Mr Lomax schon lange vor dem Krieg und auch im Krieg selbst ein tapferer Soldat war. Da hatte ich doch recht, nicht wahr?«

Esmie nickte energisch. »Oh, natürlich hattest du recht! Wie du weißt, hat Tom mehr als die meisten Männer durchgemacht, weil er seine erste Frau, Mary, und ihre neugeborene Tochter verloren hat, als er gerade im Einsatz war. Er hat seine Trauer in sich hineingefressen und einfach weitergemacht, aber die Grausamkeiten des Kriegs haben ihn schließlich an seine Belastungsgrenze gebracht.«

Es tat Stella weh, an diese frühe Tragödie in Toms Leben erinnert zu werden. »Wusste Lydia davon?«

»Am Ende hat sie davon erfahren.« Esmie wirkte, als ob etwas auf ihr lastete. »Ich habe ihr geschrieben und ihr erzählt, was Tom durchgemacht hatte – in der Hoffnung, es würde ihr helfen, ihn besser zu verstehen, und ihre Ehe retten. Aber Lydia war verärgert, dass ich eher als sie davon erfahren hatte, und es hat alles nur noch schlimmer gemacht.«

»Der arme Mr Lomax«, sagte Stella. Beim Gedanken an sein Leid wurde ihr das Herz schwer. »Wenn er vors Kriegsgericht gestellt worden ist, muss er wirklich am Ende seiner Kräfte gewesen sein.«

Esmie nickte. »Es ist wahr, dass man ihn vors Kriegsgericht gestellt hat, aber ich wette, Lydia hat euch nicht den echten Grund dafür genannt. Es war nicht wegen Feigheit, sondern wegen Befehlsverweigerung. Er hat sich geweigert, die Hinrichtung eines seiner Sepoys durchzuführen, der seine Waffe weggeworfen hatte. Für mich ist das ein Zeichen äußerster Tapferkeit und Humanität.«

Stella war in Toms Namen empört. Sie hatte ihn immer bewundert und tat es jetzt noch mehr. Langsam atmete sie aus. »Wie bösartig, dass Leute ihn als feige bezeichnen.«

»Nur diejenigen, die die echte Geschichte nicht kennen«, sagte Esmie. »Einige haben es Tom nie verziehen, dass er der Armee den Rücken gekehrt hat. Aber das waren nicht die Männer, mit denen er gedient hat, sondern die neidischen Typen, die aus dem Klatsch in einer Garnisonsstadt Kapital schlagen.«

»Wenn er das Andy doch nur erzählt hätte!«, rief Stella.

»Ich habe ihn dazu ermuntert.« Esmie seufzte. »Aber es fällt Tom sehr schwer, über die Vergangenheit zu sprechen – und er empfindet immer noch Scham dafür, dass er ein Kriegstrauma erlitten hat und auf der Anklagebank gelandet ist.«

»Was können wir jetzt tun, um Mr Lomax zu helfen?«, fragte Stella.

Esmie begegnete ihrem Blick. »Ihm versichern, dass Andrew bei seiner Mutter nicht unglücklich ist und dass Lydia ihn nicht dazu gezwungen hat. Tom würde am liebsten sofort nach Schottland aufbrechen und seinen Sohn zurückholen – obwohl in Andys Brief an ihn stand, dass er in Ebbsmouth bleiben will. Es fällt Tom sehr schwer, das zu akzeptieren.«

Stella nickte. »Vielleicht wird seine Mutter die Verantwortung früher oder später müde sein, wenn es für sie nichts Neues mehr ist, ihn um sich zu haben, und sie mit einem übermütigen Jugendlichen in ihrem Haushalt zurechtkommen muss. Sie ist nicht die geduldigste Frau.«

Esmie schüttelte den Kopf. »Selbst wenn Lydia irgendwann wirklich genug von Andrew hat, wird sie es niemals zugeben. Sie betrachtet das hier als großen Sieg über uns – besonders über mich – und wird sicherstellen, dass er in Schottland bleibt.« Ihre Miene war niedergeschlagen. »Ich kann es Lydia nicht zum Vorwurf machen, dass sie Andy eine Mutter sein will – seit sie ihn kennengelernt hat. An ihrer Stelle hätte ich auch darum gekämpft, ihn bei mir zu behalten.« Ihre grauen Augen glänzten vor Tränen. »Und es gibt etwas, das mich glauben lässt, dass Lydia vielleicht wirklich versuchen will, Andy eine gute Mutter zu sein.«

»Was denn?«

»In ihrem letzten Luftpostbrief an Tom steht, dass sie bereit ist, einer Scheidung von ihm zuzustimmen, solange er Andrew erlaubt, bei ihr zu bleiben.«

Vor Überraschung schnappte Stella nach Luft. »Das ist doch sicher eine gute Nachricht? Für euch, meine ich.«

Esmie spielte an ihrer Halskette herum. »Wenn sie es wirklich ernst meint. Tom glaubt, dass es nur dazu dient, ihn davon abzuhalten, in Ebbsmouth zu erscheinen oder sie vor Gericht zu zerren, um sein Recht auf Andrew durchzusetzen.«

»Aber wenigstens führt diese schreckliche Situation so vielleicht zu etwas Gutem«, meinte Stella. »Dann könnt ihr richtig heiraten und werdet nicht mehr zur Zielscheibe von unfreundlichem Klatsch.«

Endlich lächelte Esmie. »Ja, das würde ich mir wünschen, aber …«

Stella wartete darauf, dass sie ihre Aussage erläutern würde.

Nach einer Pause zuckte Esmie die Schultern. »Das sorgt nur dafür, dass Tom sich Andrew gegenüber umso schuldiger fühlt, weil er ihn aufgeben muss, um mich zu heiraten. Es gelingt Lydia nach all diesen Jahren immer noch, Tom zu manipulieren.« Esmie seufzte gequält. »Ich befürchte, er wird mir deshalb später noch grollen.«

»Das wird er nicht«, rief Stella. »Mr Lomax liebt dich heiß und innig!«

»Oh, Stella, du bist Balsam für meine Seele.« Esmie schenkte ihr ein Lächeln unter Tränen. »Ich bin so froh, dass du zurück bist.«

Stella lächelte. »Ich auch.«

Kapitel 19

Das Raj Hotel, Januar 1934

> *Lieber Andy,*
> *frohes neues Jahr! Mein Neujahrsvorsatz ist der, Dir wieder zu schreiben. Ich bin mir nicht sicher, ob Du auch nur einen der Briefe bekommen hast, die ich Dir nach meiner Rückkehr nach Indien gegen Ende der Monsunsaison geschrieben habe. Vielleicht hast Du sie in der Schule nicht erhalten? Wenigstens weiß ich von Deinem Vater, dass es Dir gut geht und dass Du die Schule in Durham genießt. Ich habe ihn seit Beginn der kalten Jahreszeit nicht gesehen, aber Esmie hat mir mitgeteilt, dass er wieder zu malen begonnen hat, und das ist gut.*

Stella hielt inne und überlegte, ob sie Esmie überhaupt erwähnen sollte. Die Lage war alles andere als rosig gewesen, als sie für den letzten Monat ins Raj-in-the-Hills zurückgekehrt war, bevor es für die Saison geschlossen hatte. Tom war unvermittelt mit einem Jagdgewehr verschwunden. Esmie war in heller

Aufregung gewesen, aber Felix hatte ihr versichert, dass Tom ein Zelt mitgenommen hatte und auf *shikar* gegangen war. Tom war vier Tage später wieder aufgetaucht, zerknirscht, weil er sie in so große Sorge gestürzt hatte.

»Es tut mir leid, Esmie. Ich hätte dir sagen sollen, dass ich auf die Jagd gegangen bin. Ich dachte, du würdest es erraten … Das habe ich doch früher als junger Mann immer getan, weißt du nicht mehr?«

»Nicht, seit ich dich kenne, Tom.«

Später hatte Esmie sich Stella anvertraut. »Kommt Tom dir verwirrt vor? Es ist, als hätte er gedacht, dass ich seine erste Frau bin, Mary. Er ist nie auf *shikar* gegangen, seit er mit mir zusammen ist.«

»Vielleicht bestimmt Andy seine ganzen Gedanken, sodass er manchmal etwas durcheinanderbringt«, hatte Stella gesagt. »Alles wird besser, wenn das Hotel erst schließt und ihr Zeit füreinander habt. Vielleicht solltest du für einen Tapetenwechsel mit ihm wegfahren?«

Aber die Lomax waren nicht weggefahren. Tom wollte Gulmarg nicht verlassen. Er sagte Esmie, dass er sich in den Bergen sicher fühlte. Stattdessen hatte er begonnen, Zeit in seinem Atelier zu verbringen, um zu malen.

»Deine Erzählungen über Dawan und seine bunte Kunst haben Tom wieder inspiriert«, hatte Esmie hocherfreut zu Stella gesagt.

Stella war nach Rawalpindi zurückgekehrt und hatte Mut geschöpft, dass sich zwischen den Lomax alles zum Besten wenden würde.

Sie widmete sich wieder ihrem Brief.

Bist Du gelegentlich in der Anchorage zu Besuch? Ich frage mich, welche Künstler im Moment dort sind. Dawan ist doch bestimmt da. Hat er eigentlich je das Bild von Deiner Tante als Manjushri fertiggestellt? Wie geht es Tibby? Bitte grüß sie herzlich von mir, wenn Du sie das nächste Mal siehst.

Die Dauergäste hier sind so wie eh und je – Ansom und Fritters schnattern wie zwei Papageien über die bevorstehende Ankunft eines neuen Gasts, weil er Inder ist. Pa versucht ihnen zu versichern, dass es ein Gurkha-Soldat im Ruhestand und damit ein Angehöriger der britischen Armee-Elite ist – und auch, dass es sich um einen Nepalesen und nicht um einen Inder handelt. Aber Fritters grummelt ständig etwas davon vor sich hin, dass er noch nachts von einem Kukri schwingenden Eingeborenen angegriffen werden wird. Jimmy glaubt, dass Fritters ein bisschen neidisch ist, weil der Gurkha wahrscheinlich ein viel besserer Soldat war als er selbst.

Apropos Jimmy: Mein Bruder macht nun schon seit acht Monaten demselben Mädchen den Hof, was für ihn ein Rekord ist. Sie heißt Yvonne Harvey und arbeitet in Lovells Kurzwarenhandlung. Sie ist hübsch, mit kurzen, welligen dunklen Haaren wie Clara Bow, und wirkt sehr nett. Sie ist unverkennbar in Jimmy verschossen und geht sich sogar seine Cricketspiele ansehen, wenn sie einmal einen ihrer seltenen freien Samstagnachmittage hat. Das muss wahre Liebe sein.

Stella legte ihren Füller hin und seufzte. Sie würde Andrew nicht erzählen, wie enttäuscht sie war, dass sie nie wieder etwas von Hugh gehört hatte. Zwar konnte sie sich nicht sicher sein, ob ihr Brief an seine Schwester in Dublin je zugestellt worden war, aber sie hatte auch über die Landwirtschaftsbehörde in Quetta in Belutschistan an ihn geschrieben. Vielleicht hatte er seinen Urlaub verlängert? Oder womöglich war er auf eine andere Stelle versetzt worden?

Doch selbst wenn dem so war, wäre seine Post weitergeleitet worden, und er hätte antworten können. Sie musste sich damit abfinden, dass Hugh wahrscheinlich kein Interesse mehr daran hatte, seine Freundschaft mit ihr fortzusetzen; er hatte ihr aus einer Laune heraus geschrieben und nicht wirklich ernst gemeint, dass er wollte, dass sie sein Mädchen wurde.

Lydia hatte ihr den kostbaren Brief von Hugh nie nachgesandt, und in den vergangenen Monaten hatte Stella allmählich vergessen, was genau er geschrieben hatte. Vielleicht hatte sie zu viel in den Brief hineininterpretiert und seine freundliche Tändelei fälschlich für etwas Ernsteres gehalten. Für Stella war es die aufregendste Erfahrung in ihrem ganzen Leben gewesen. Aber vielleicht war es für Hugh nicht mehr gewesen als eine Freundschaft bei Kartenspielen und ein paar angenehme Küsse, die ihm geholfen hatten, die langen Stunden der Untätigkeit totzuschlagen.

Sie griff wieder zum Füller und begann, über ihr Alltagsleben im Hotel zu schreiben.

Ma und Pa geht es gut – obwohl Pa die kalte Jahreszeit immer als schwierig empfindet, weil sein Husten ihm dann wieder auf die Brust schlägt. Das Wetter ist schon die ganze Zeit nass und windig, aber das hat die Briten nicht davon abgehalten, die übliche Festtagsfreude auf Weihnachtspartys und Neujahrsbällen zu genießen.

Ich hoffe, Du hattest eine schöne Zeit in Ebbsmouth. Grüß Deine Mutter und Deine Großmutter von mir. Schreib mir, wenn Du Gelegenheit dazu findest, und erzähl mir, wie Du auf der Dunelm School zurechtkommst. Grüß auch Noel und seine Großeltern herzlich von mir.

Alles Liebe von Stella x

* * *

Mai 1934

Lieber Andrew,

diese Karte dient nur dazu, Dir alles Gute zum vierzehnten Geburtstag zu wünschen! Ich hoffe, Du hast einen großartigen Tag. Kommst Du in den Sommerferien nach Indien? Ich freue mich darauf, nächste Woche nach Gulmarg hinaufzufahren.

Alles Liebe

Stella

* * *

Juni 1934

Liebe Stella,

das hier schreibe ich am Ende der Hausaufgabenzeit. Draußen ist es noch hell, und ich kann es nicht abwarten, dass die Glocke läutet, damit ich gehen und mit Noel Cricket spielen darf. Ich bin schon in der zweiten Elf und der Jüngste in der Mannschaft.

Wie geht es allen im Raj?

Den Langleys geht es gut.

Andrew hielt inne und klopfte sich mit dem Füller gegen die Zähne. Sollte er Stella erzählen, dass er diesen Sommer nicht nach Indien kommen würde? Seine Mutter hatte sich aufgeregt, als er das Thema während der Osterferien zur Sprache gebracht hatte.

»Oh, mein Schatz, das ist doch unser erster vollständiger Sommer zusammen! Willst du Mummy und mich wirklich für deine ganzen Ferien allein lassen?«

»Na ja … Nein …«

Erschrocken hatte Andrew gesehen, dass ihr Tränen in die Augen gestiegen waren.

»Es würde mir das Herz brechen!«

»Dann vielleicht nur für die Hälfte der Ferien?«, hatte er vorgeschlagen.

»Du könntest doch nicht für zwei Wochen die lange Reise unternehmen! Nein, es müsste alles oder nichts sein. Und ich habe schon Pläne gemacht – schöne Pläne. Ich dachte, wir könnten mit deiner Grandmamma deine Tante Grace in der Schweiz besuchen fahren. Mummy ist so gern dort, und du hast deine Schweizer Cousins und Cousinen noch nicht kennengelernt. Es wird ein großer Familienurlaub – endlich einmal mit deiner Templeton-Familie. Aber wenn du deine Entscheidung schon gefällt hast, stehe ich dir natürlich nicht im Weg …«

Sie hatte unbeholfen nach einem Taschentuch getastet und sich damit die Augen getupft.

»Bitte nicht weinen, Mamma.« Er hatte ihr die Schulter getätschelt. »Ich kann ja auch nächstes Jahr nach Indien fahren. Ich würde Tante Grace und ihre Kinder gern kennenlernen. Es ist nur …«

»Nur was?«

»Na ja, ich habe Noel schon so halb versprochen, dass er mit mir nach Indien fahren könnte. Er ist ganz versessen darauf und liest schon die ganze Zeit alles über den Sepoyaufstand und die indische Armee und …« Gerade noch rechtzeitig hatte er sich davon abgehalten, hinzuzufügen, dass Noel sich auch wünschte, Andrews Dad kennenzulernen, damit er ihn alles über die Peshawar Rifles fragen konnte.

Seine Mutter hatte fassungslos dreingesehen. »Also wirklich, Andrew! Du hättest ihm keine solchen Versprechungen machen sollen!«

»Tut mir leid.«

Sie hatte ein wenig eingelenkt. »Noel kann mit uns in die Schweiz kommen. Ich bin mir sicher, dass es Grace nichts ausmachen wird.«

Andrew war aufgelebt. »Bist du dir sicher?«

»Natürlich! Je mehr dabei sind, desto fröhlicher wird es.« Sie hatte ihm sein ungekämmtes Haar zurückgestrichen. »Oh, mein Schatz! Wir werden ja solchen Spaß haben.«

Es war Andrew gelungen, seine tiefe Enttäuschung darüber zu verbergen, dass er nicht nach Pindi und Kaschmir zurückkehren konnte. Aber Noel war begeistert davon gewesen, die Chance zu bekommen, in die Schweiz zu fahren, und Andrew begann, sich auf die Sommerferien zu freuen.

Jetzt sah er den halb geschriebenen Brief an Stella an und seufzte. Er hatte ein Foto von ihr in seiner Brotdose. Noels Großvater hatte es am Strand in Ebbsmouth mit seiner Box Brownie aufgenommen. Es zeigte Stella in ihrem Badeanzug, die Arme um seine und Noels Schultern gelegt, während sie in die Kamera grinste. Das Bild und die Tatsache, dass er Briefe von einem älteren Mädchen bekam, steigerten sein Ansehen bei den anderen Jungen in seinem Haus und in der Cricketmannschaft. Er hatte Stella gesagt, dass sie ihm direkt in die Schule schreiben sollte – zum Teil, um mit ihren Briefen anzugeben, aber auch, weil er den Verdacht hatte, dass seine Mutter einen Teil der Post, die er zu Hause bekam, geöffnet und nicht weitergeschickt hatte.

Er hatte nie jemandem seine Gefühle für das Dubois-Mädchen gestanden. Ihr Foto war wie ein Talisman. Wann immer er Heimweh nach Indien hatte, steckte er Stellas Bild in die Tasche, trug es bei sich und gab ihr einen Gutenachtkuss, nachdem das Licht im Schlafsaal ausgeschaltet war.

Er füllte seinen Füller mit frischer Tinte und beschloss, Stella nicht mitzuteilen, dass er sie – und Gulmarg – diesen Sommer nicht wiedersehen würde. Das war etwas, das er in einem Brief an seinen Vater erwähnen musste – einem Brief, den zu schreiben er vor sich herschob.

Den Langleys geht es gut. Noel lässt Dich grüßen. Mamma und Grandmamma kommen am Samstag, um mich Cricket spielen zu sehen. Bitte grüß Deine Eltern und Jimmy herzlich von mir – und alle Freunde im Raj.

Alles Liebe von Andy

September 1934
Lieber Andy,
darüber, eine Geburtstagskarte von Dir zu bekommen, habe ich mich sehr gefreut.

Wir waren alle traurig, dass Du diesen Sommer nicht nach Indien gekommen bist, aber ich hoffe, Du hast Deine Ferien in der Schweiz genossen. Waren die Alpen so schön wie die Berge in Kaschmir? Habt Du und Noel die Zeit mit Wandern und Bergsteigen verbracht? Vielleicht habt Ihr auch geangelt? Dein Dad geht immer noch angeln, aber ich weiß, wie sehr er es vermisst, Dich mitzunehmen.

Stella brach ab. Vielleicht würde sie die letzte Zeile wieder durchstreichen. Sie wollte nicht, dass Andrew ein schlechtes Gewissen hatte, weil er in den Ferien nicht nach Hause gekommen war.

Die Saison im Raj-in-the-Hills neigte sich dem Ende zu, und Stella würde bald zurück nach Pindi reisen. Sie würde Andrew nicht erzählen, dass das Verhältnis zwischen Tom und Esmie gespannt war. Stella machte sich Sorgen um die beiden. Bisher hatte Lydia ihr Versprechen nicht gehalten, ein Scheidungsverfahren gegen Tom anzustrengen.

»Warum habe ich je geglaubt, dass sie sich an ihre Seite der Abmachung halten würde?«, hatte Tom gewettert. »Nach schottischem Recht kann sie sich wegen böswilligen Verlassens von mir scheiden lassen. Wir müssen gar nicht auf Ehebruch als Grund zurückgreifen.«

»Ich verstehe nicht, warum du dich nicht von ihr scheiden lässt!«, hatte Esmie, der der Geduldsfaden gerissen war, erwidert.

»Weil ein Gentleman so etwas nicht tut«, hatte Tom aufgeregt gesagt. »Und ich müsste zu dem Zweck nach Edinburgh reisen. Das können wir uns nicht leisten.«

»Wir können die Fahrtkosten doch sicher zusammenkratzen? Dann könnten wir Andy sehen – und meine Tante Isobel besuchen.«

»Aber es könnte Monate dauern – vielleicht sogar ein Jahr. So lange können wir das Geschäft nicht im Stich lassen.«

»Die Dubois könnten sich um beide Hotels kümmern …«

»Das sollten sie nicht müssen! Ich verlasse Gulmarg nicht. Ich schreibe Lydia noch einmal und bringe sie zur Vernunft.«

Stella setzte ihren Brief fort.

Die Baronin ist für vierzehn Tage hier heraufgekommen, was mich richtig gefreut hat.

Sie ist fast jeden Tag reiten gegangen – sie sah in ihrem altmodischen Reitkostüm so elegant aus und reitet immer noch im Damensattel! Sie muss jetzt um die achtzig sein, aber sie verrät immer noch niemandem ihr wahres Alter. Wie sie immer sagt: »Jung im Herzen, Schätzchen, das ist es, was zählt.«

* * *

Mai 1935
Lieber Andy,
hiermit wünsche ich Dir alles Gute zum fünfzehnten Geburtstag!

Jimmy spielt immer noch viel Cricket, was seiner Freundin Yvonne auf die Nerven geht – sie findet, dass er seine Freizeit damit verbringen sollte, sie zu Tanzveranstaltungen im Chota Club zu begleiten. Mein Bruder lacht nur darüber. Ich habe nicht den Eindruck, dass er je eine Familie gründen wird. Sie würde besser daran tun, ihre Zuneigung auf einen anderen Mann zu übertragen – jemanden wie meinen Cousin Rick oder einen der Gibson-Zwillinge. Sie gehen alle gern tanzen.

Die Dauergäste im Raj werden allmählich etwas gebrechlich, aber sie weilen alle noch unter uns. Ansom und Fritters haben sich mit Mr Tamang angefreundet, dem Gurkha-Soldaten im Ruhestand, und er gesellt sich jetzt zu den chota pegs *vor dem Abendessen zu ihnen. Was machst Du diesen Sommer? Dein Dad würde sich sehr freuen, wenn Du herkommen könntest.*

Wahrscheinlich bist Du als Briefeschreiber der hoffnungsloseste Fall, mit dem ich es je zu tun hatte, aber wenigstens höre ich dann und wann von Tibby, wie es Dir ergeht. Sie hat mir erzählt, dass Dawan Dir seit einiger Zeit Zeichenstunden gibt.

Schreib mir bald!

Stella x

* * *

August 1935

Herzlichen Glückwunsch zum Geburtstag, Stella!

Hoffentlich gefällt Dir die Skizze des Bootshauses unterhalb der Anchorage. Dawan nennt mich einen persischen Miniaturisten! Ich dachte, er würde ein ziemlich kritischer Lehrer sein, aber er ermuntert mich immerzu und sagt, ich sollte überlegen, ob ich nicht in Glasgow oder London Kunst studieren will. Er ist neidisch, dass ich im Urlaub an der Côte d'Azur bin, weil viele Künstler hierherkommen. Ich finde es zu heiß und kann es nicht abwarten, mit den Langleys gegen Ende der Ferien in die Highlands zu fahren.

Andrew warf einen Blick aus dem Fenster der Villa auf das schimmernde Meer hinter einem Saum aus Pinien und zerklüfteten Felsen. Er würde es nicht riskieren, die Karte zur Post zu bringen, bevor er wieder in Schottland war, nur für den Fall, dass seine Mutter Fragen stellte. Zu Ostern hatte er mit Mamma den größten Streit aller Zeiten gehabt. Er war entschlossen gewesen, dieses Jahr in den Sommerferien nach Indien zu fahren, und hatte es in Briefen an seine Mutter während des Frühlingshalbjahrs zu erwähnen begonnen.

Am Ostersonntag war er mit seiner Großmutter und seiner Mutter auf den Friedhof der Kirche St Ebba gegangen, um Blumen auf das Grab seines Großvaters Jumbo zu legen. Lydia hatte offen geweint und Andrew später beiseitegenommen.

»Ich finde die Vorstellung so schlimm, dass Mummy auch sterben könnte. Sie wird von Tag zu Tag gebrechlicher. Du musst doch seit Weihnachten einen Unterschied bemerkt haben? Ich habe Angst, dass Mummy etwas zustoßen könnte, während du den ganzen Sommer in Indien bist. Du würdest dich doch schrecklich fühlen, oder?«

»Es wird schon nichts passieren …«

»Das könnte es aber sehr leicht. Und ich würde allein damit fertigwerden müssen, während du Tausende von Kilometern weit fort bist.«

»Aber Dad erwartet mich …«

»Du hattest dreizehn Sommer mit deinem Vater und mit dieser Frau! Da würdest du deiner Großmutter ein paar Wochen deiner Gesellschaft verweigern? Es könnte ihr letzter Sommer auf Erden sein! Findest du nicht, dass du ein bisschen egoistisch bist?«

»Du bist diejenige, die egoistisch ist«, hatte Andrew gekontert. »Du suchst nur nach einem Vorwand, damit ich nicht nach Indien fahren kann.«

Sie war zurückgezuckt, als hätte er sie geschlagen. »Wie kannst du so etwas Verletzendes zu deiner eigenen Mutter sagen? Ich tue das nicht für mich – ich tue es für deine Grandmamma! Aber wenn es dir mehr bedeutet, bei deinem Vater zu sein, dann bin ich der letzte Mensch, der dir im Wege steht!«

Andrew war aus dem Haus gestürmt und voller Wut oben auf den Klippen herummarschiert. Ganz gleich, wie sehr er versuchte, ihr alles recht zu machen, es schien nie genug zu sein. Sie war unmöglich! Er liebte seine Großmutter und war sich sicher, dass sie ihn ermuntern würde, nach Indien zu fahren, aber was, wenn ihr wirklich etwas zustieß, solange er fort war? Er würde sich natürlich schrecklich fühlen. Vielleicht war sie im Vergleich zu vor ein paar Monaten etwas tattriger. Mamma war täglich bei ihr und musste etwaige Veränderungen bemerkt haben. Vielleicht war er unfair zu seiner Mutter. Er hätte sie nicht als egoistisch bezeichnen sollen – sie war die großzügigste Person, die er kannte. Doch er hatte Heimweh nach Gulmarg und wollte auch Stella wiedersehen.

Andrew war für ein paar Stunden zu seiner Tante Tibby geflüchtet und bei der Gelegenheit hatte er Dawan gefragt, ob dieser ihm Malen beibringen würde. Wenn er schon nicht in diesem Sommer nach Indien fahren durfte, würde er Zeit mit dem Künstler aus Lahore verbringen und sich seiner Leidenschaft für das Zeichnen widmen. Es würde seine kleine Rebellion gegen seine emotionale Mutter sein.

Als er das Flirren der Hitze über dem Mittelmeer betrachtete, verspürte Andrew den Drang, schwimmen zu gehen. Er unterschrieb schnell die Karte an Stella.

Ich hoffe, Du hast einen großartigen Tag!
Alles Liebe von Andy

Mai 1936
Lieber Andy,
herzlichen Glückwunsch zum sechzehnten Geburtstag! Hab einen wunderschönen Tag.
Herzliche Grüße
Stella

PS: Dein Vater hofft wirklich sehr, Dich diesen Sommer zu sehen.

Oktober 1936
Lieber Andrew,
wir waren so enttäuscht, als Du Dich entschieden hast, diesen Sommer nicht zu kommen. Vielleicht bist Du noch wütend auf Deinen Dad und Esmie? Das ist schade, denn sie gehören zu den außerordentlichsten Menschen auf der Welt und würden für jeden alles tun.

Ich wollte, dass Du erfährst, dass sie sehr glücklich sind, endlich richtig verheiratet zu sein. Sie sind nach Lahore gefahren, um sich in aller Stille trauen zu lassen, sobald das Raj-in-the-Hills für die Saison geschlossen hatte. Ich bin froh, dass Deine Mutter einer Scheidung endlich zugestimmt hat – sie hat ihnen für viel zu lange Zeit das Leben zur Hölle gemacht. Ich glaube, ihr Hotelgeschäft hat darunter gelitten – nur ihre treuesten Stammgäste sind jeden Sommer in das Hotel in Gulmarg zurückgekehrt, und sie haben schon überlegt, ob sie den Pachtvertrag weiterverkaufen sollen. Das Raj in Pindi macht weiterhin Gewinn, weil Pa und Ma so viel Mühe darauf verwenden, es am Laufen zu halten. Ich hoffe, dass sie es nicht verkaufen wollen, weil Jimmy es eines Tages als Direktor führen möchte.

Ich frage mich, ob das Hotelgeschäft Dich überhaupt interessiert.

Ich hoffe, Du bist weiterhin glücklich. Ich werde Dir nicht wieder schreiben, weil ich glaube, dass ich Dich mit meinen Briefen in Verlegenheit bringe – Du antwortest ja kaum jemals. Ich will nur, dass Du weißt, dass ich oft an Dich denke.

Viele Grüße
Stella

* * *

Oktober 1936
Stella,
Du irrst Dich, was so viele Dinge betrifft. Ich wollte in den letzten drei Sommern nach Indien zurückkommen, aber Mamma hat jedes Jahr einen Grund angeführt, aus dem ich nicht hinfahren konnte. Diesmal musste ich ihr meine Loyalität beweisen, weil sie so viel Zuspruch benötigt. Nachdem sie zugestimmt hatte, meinem Vater die Scheidung zuzugestehen, hatte sie Angst, dass ich nach Indien fahren und nicht zurückkommen würde – und dann hätte sie wieder alles verloren, und das nur wegen Esmie. Das konnte ich ihr nicht zumuten, obwohl ich nicht vorhatte, länger als über die Sommerferien in Indien zu bleiben. Ich bin an der Schule in Durham glücklich, und meine Freunde sind hier. Ich fühle mich auch in Ebbsmouth sehr wohl. Aber ich vermisse Kaschmir und das Raj Hotel durchaus. Ich glaube nicht, dass ich einen besonders guten Hotelier abgeben würde – ich mag es zu gern, an der frischen Luft zu sein –, aber das heißt nicht, dass mir das Hotel und die Menschen dort egal sind.

Ich bin froh, dass Dad glücklich ist. Ich habe ein schlechtes Gewissen, dass ich diesen Sommer nicht gekommen bin, aber ich finde es nicht fair, mir an allem die Schuld zu geben. Er hat doch jetzt, was er will – Esmie –, und Mamma hat mich. Warum belassen wir es nicht einfach dabei?

Andrew schob sich den halb vollendeten Brief in die Jackentasche und kletterte aus dem Arbeitszimmerfenster. Er schlich sich hinter den Schuppen des Gärtners und zündete sich eine Zigarette an.

Früher in diesem Jahr hatte er sich auf den üblichen Kampf mit seiner Mutter um eine Reise nach Indien gefasst gemacht, war aber völlig unvorbereitet auf ihre halb hysterische Geschichte über eine Entführung vor langer Zeit gewesen.

»Ich hasse Indien und will nicht, dass du hinfährst!«

»Aber warum …?«

»Ich sage dir, warum! Dort bin ich von Wilden entführt, in die Berge verschleppt und in einer stinkenden Festung gefangen gehalten worden. Ich war überzeugt, dass ich dort sterben würde. Dein Vater und die Polizei mussten kommen und mich retten.«

»Entführt?« Andrew war sprachlos gewesen. »Wo? Wie …?«

»Ich bin in Taha entführt worden – diesem primitiven kleinen Ort, in dem die Guthries gelebt haben. Es war alles Esmies Schuld. Sie hatte ein paar Paschtunen beleidigt, und sie haben mich ergriffen, weil sie dachten, ich wäre sie. Es war entsetzlich. Ich habe immer noch Albträume darüber.«

»Wie schrecklich, Mamma! Warum hast du mir das bisher nie erzählt?«

»Ich wollte dir keinen Kummer machen. Es war eine äußerst traumatische Erfahrung – ich wollte die Erinnerung einfach begraben. Und ich kann den Gedanken nicht ertragen, dass du dort hinausfährst und mit Esmie zusammen bist, obwohl sie mir so viel Leid zugefügt hat. Ich weiß, dass du nicht zurückkommen wirst!«

Seine Mutter war in solche Verzweiflung geraten, dass Andrew, schockiert über ihre Geschichte, schnell eingelenkt und seine Pläne für einen Urlaub in Kaschmir aufgegeben hatte.

Andrew zögerte, das in einem Brief an Stella anzusprechen – seine Mutter neigte schließlich zu Übertreibungen –, aber vielleicht musste er Stella sagen, dass sein Vater ihm sehr wichtig war. Als die Scheidung seiner Eltern ausgesprochen worden war, hatte er sich mit Brandy sinnlos betrunken und sich zwischen die Rosensträucher seiner Grandmamma übergeben. In seinem tiefsten Innern war er verletzt, dass er nicht zur Hochzeit seines Vaters eingeladen gewesen war und man ihm noch nicht einmal davon erzählt hatte, obwohl er ohnehin nicht hätte hinfahren können, weil sie während des Schuljahrs stattgefunden hatte.

Warum um alles in der Welt war ihm immer noch wichtig, was Stella von ihm hielt? Er hatte sie seit über drei Jahren nicht gesehen, und manchmal fiel es ihm schwer, ihr Gesicht vor seinem inneren Auge heraufzubeschwören. Das winzige Foto von ihr, das er besaß, war so zerknittert und verblasst, dass es nicht mehr möglich war, die Grübchen in ihren Wangen oder das Lachen in ihren Augen zu erkennen.

Wahrscheinlich war es das Beste, wenn sie aufhörte, ihm zu schreiben.

Außerdem hatte er dieses Jahr in Italien viel Spaß mit seinen Cousins und Cousinen aus der Schweiz gehabt, und Noel war auch mitgekommen. Sie hatten sich mit einer italienischen Familie in der Villa nebenan zusammengetan, und Andrew hatte sich halb in eine der Töchter, Mirella, verliebt. Er hatte seinen ersten echten Kuss bekommen – sogar mehrere – und sie hatten sich versprochen, einander zu schreiben. Vielleicht würde er jetzt an sie schreiben. Andrew rauchte seine Zigarette zu Ende und zog dann den Brief an Stella aus der Tasche.

Er riss ein Streichholz an, steckte den Brief in Brand und ließ ihn auf die kalte Erde fallen. Schweren Herzens sah er zu, wie er verbrannte, und trat dann die Asche aus.

Juni 1937
Lieber Andrew,
eigentlich wollte ich Dir ja nicht wieder schreiben, aber ich dachte, Du wüsstest gern, dass Frisky vor zwei Wochen gestorben ist.

Er war schon lange nicht mehr besonders energiegeladen, aber bis in seine letzten Tage war er nach wie vor ein wunderbarer Gefährte. Ich weine, während ich das hier schreibe. Er war in Dein altes Zimmer gegangen (Deine Eltern haben nie zugelassen, dass jemand anders es benutzt), und es war ihm gelungen, aufs Bett zu springen. Dort ist Frisky eingeschlafen. Esmie hat ihn dann gefunden.

Wir haben ihn oben auf der marg *über dem Hotel begraben, auf dem Weg zu den Schäferhütten. Ich wünschte, Du wärest hier – Du bist der einzige Mensch, der verstehen würde, wie ich mich wirklich fühle.*

Gruß
Stella

PS: Nachträglich herzlichen Glückwunsch zum siebzehnten Geburtstag.

Juli 1937
Liebe Stella,
es tut mir sehr, sehr leid, dass Frisky gestorben ist. Ich habe diesen Hund geliebt – vielleicht fast so sehr wie Du – und kann mir das Raj Hotel nicht ohne ihn vorstellen. Auch Gulmarg wird nicht mehr dasselbe sein, aber ich bin froh, dass seine letzte Ruhestätte dort liegt. Ich weiß, dass nichts, was ich sage, dafür sorgen kann, dass Du Dich besser fühlst, also habe ich stattdessen diese Zeichnung von Frisky angefertigt und hoffe, dass sie Dich eher zum Lächeln als zum Weinen bringt. Ich schicke sie Dir anstelle einer Umarmung.
Herzliche Grüße
Andy

Kapitel 20

Das Raj Hotel, November 1938

»Herzlichen Glückwunsch, Yvonne!« Stella küsste ihre frischgebackene Schwägerin auf die geröteten Wangen. »Willkommen in der Familie.«

»Danke, Stella.« Yvonne lächelte. Der rubinrote Lippenstift ließ ihre dünnen Lippen voller wirken. »Allerdings hoffe ich, dass du mich nach all dieser Zeit schon längst als Familienmitglied betrachtest.«

»Natürlich«, stimmte Stella zu. »Ich habe mir immer eine Schwester gewünscht.«

»Ich auch«, sagte Yvonne lachend.

Stella ging beiseite, damit andere Gäste das jungverheiratete Paar begrüßen konnten. Jimmy zwinkerte ihr zu. Er strahlte. Sie hatte ihren Bruder noch nie so adrett gesehen wie jetzt in seinem neuen Anzug. Sein rundes Gesicht war frisch rasiert, und sein braunes Haar glänzte vor Pomade. Sie gab ihm einen schnellen Kuss auf die Wange.

»Endlich gründest du doch noch eine Familie«, neckte sie ihn. »Du hast Ma und Pa sehr glücklich gemacht.«

»Du wirst die Nächste sein, Stella«, sagte er grinsend mit einem Nicken zu Monty Gibson hinüber. »Ewig kannst du ihn nicht hinhalten.«

»Das sagt der Richtige.« Stella stieß ihn an und lachte.

Sie warf einen Blick auf Monty und seufzte innerlich. Es wäre so viel einfacher, Monty zu heiraten, als sich mit den ständigen Fragen ihrer Familie nach dem Gibson-Jungen, der ihr den Hof machte, abzufinden. Der Druck auf Stella, zu heiraten, hatte sich verstärkt, seit ihre Cousine Ada im Vorjahr mit Montys Zwillingsbruder Clive die Ehe geschlossen hatte. Monty war recht gut aussehend, trotz seiner schiefen Nase, die auf eine Cricketverletzung zurückzuführen war und ihn von seinem Zwilling unterschied. Er war gesellig und hatte eine feste Anstellung als Ingenieur bei der Baubehörde. Er schien nicht so ehrgeizig wie Clive zu sein, der beim Post- und Telegrafenamt eine Beförderung nach der anderen einheimste, aber das störte Stella nicht. Er war dreißig und sie war sechsundzwanzig. In letzter Zeit hatte ihre Mutter begonnen, an ihr zu verzweifeln.

»Es wird höchste Zeit, dass du heiratest und einen eigenen Hausstand gründest. Wenn du keinen Beruf ergreifen und etwa Krankenschwester werden willst, dann ist eine Ehe das Nächstbeste. Du willst doch sicher nicht als alte Jungfer enden?«

Nur ihr Vater verteidigte ihren Widerwillen dagegen, sich zu verloben. »Unsere Stella wird schon zu gegebener Zeit eine Entscheidung fällen. Wenn wir ihr immer wieder damit in den Ohren liegen, brennt sie noch mit einem Kapitän aufs Meer durch und kommt nie zurück.«

»Charlie, du redest wirklich Unsinn!« Ihre Mutter konnte gar nicht anders, als zu lachen. Ihr Vater war gut darin, die schlechte Laune anderer Leute zu entschärfen.

Aber heute war Jimmys und Yvonnes großer Tag, und Stella war erleichtert darüber, in ihrem Schatten zu stehen. Vor einer Stunde hatte das junge Paar in der römisch-katholischen Kirche

St Joseph's geheiratet. Yvonnes Onkel aus Lahore hatte sie zum Altar geführt. Jetzt wurden die Gäste – unter denen zehnmal so viele von Jimmys Verwandten wie von Yvonnes waren – im Hotelfoyer empfangen, bekamen Getränke gereicht und wurden in den Speisesaal gebeten.

Stellas Eltern hatten keine Kosten und Mühen gescheut, um den Hotelspeisesaal mit Girlanden und Blumen zu dekorieren. Die Tische bogen sich unter den Speisen. Alle Dauergäste waren zum Hochzeitsfest eingeladen. Ansom trug einen altmodischen Frack und Gamaschen, während Fritwell sich in eine Armeeuniform gezwängt hatte. Baronin Hester war in ein grünes, am Kragen schon ziemlich fadenscheiniges Samtkleid gehüllt und trug einen Kopfputz aus grünen und orangefarbenen Federn, der alle Blicke auf sich zog. Mr Tamang hatte von sich aus die Aufgabe übernommen, Mrs Shankley in ihrem Rollstuhl zu schieben, damit Stella sich heute nicht um die alte Missionarin kümmern musste.

»Herzlich willkommen alle miteinander!«, begrüßte Charlie die Hochzeitsgäste. Ein breites Lächeln trat auf sein rundes Gesicht. »Es ist mir eine große Ehre und ein Privileg, hier der Gastgeber zu sein.«

Stella freute sich zu sehen, dass ihr Vater die rote Fliege mit den schwarzen Pünktchen trug. Sie hatte sie ihm vor über fünf Jahren aus Schottland mitgebracht, und er legte sie nur zu ganz besonderen Anlässen an.

Die Lomax waren eingeladen gewesen, aber Esmie hatte eine Nachricht geschickt, um ihnen mitzuteilen, dass Tom an Influenza erkrankt war und nicht reisen konnte. Sie hatten Silberbesteck in einem schönen Kasten aus Walnussholz als Hochzeitsgeschenk geschickt. Stella wusste, dass ihre Eltern – besonders ihr Vater – über die Absage enttäuscht gewesen waren. Insgeheim hatte Stella sich gefragt, ob nur Toms Widerwille gegen Reisen die beiden fernhielt. Seine Nerven hatten ihm in diesem Sommer Schwierigkeiten bereitet, seit die Lomax von Tibby erfahren hatten, dass Andrew beschlossen hatte, nicht auf die Universität zu gehen, sondern sich stattdessen zur Armee zu melden.

Sowohl Andrew als auch sein Freund Noel waren für die Offiziersausbildung angenommen worden und mussten jetzt schon seit fast drei Monaten an der Royal Military Academy in Sandhurst sein. Die Neuigkeit machte Tom schwer zu schaffen.

»Dieser Dummkopf! Ich wette, Lydia hat ihm den Floh ins Ohr gesetzt, indem sie ihm allen möglichen Unsinn über Ehre und Opfermut erzählt hat.«

»Vielleicht will er nur beweisen, dass auch er Soldat sein kann«, hatte Esmie einzuwenden gewagt.

»Mich beeindruckt das jedenfalls nicht«, hatte Tom gewettert. »Ich hätte ihm gesagt, dass das Soldatenleben nur Kriege fortsetzt – und nichts ist schrecklicher als der Krieg.«

Gegen Esmies Rat hatte Tom in aller Eile einen Brief an Andrew geschrieben und ihm geraten, seine Gelegenheit, einen Studienabschluss zu erwerben, nicht wegzuwerfen. Ein Universitätsstudium wäre eine weitaus größere Leistung, als seinen Lomax-Vorfahren blind als Kanonenfutter in die Armee zu folgen. Die empörte Antwort, die er einen Monat später erhalten hatte, war ein weiterer schwerer Schlag für ihn gewesen. Tom hatte sich sehr darüber aufgeregt. Später hatte Esmie den Brief Stella gezeigt.

> *… es tut mir leid, wenn Du so wenig von mir hältst, dass Du glaubst, dass ich nicht lange und gründlich über meine Zukunft nachgedacht habe.*
> *Du bist schon zu lange aus Schottland fort, Dad, sonst wüsstest Du, dass echte Furcht vor Hitler herrscht. Man spricht von Krieg.*

Wie könnte ich da denn nur einem Studium den Vorzug geben? Ich habe mit vielen Leuten darüber gesprochen – nicht nur mit Mamma und Grandmamma – und nichts als Ermunterung erfahren. Sogar Tante Tibby sagt, dass es allein meine Entscheidung ist.

Ich habe mich auch ausführlich mit einem alten Armeefreund von Dir und Mamma unterhalten. Vor Kurzem ist er als Invalide aus der Kavallerie ausgeschieden, aber er hat sechs Jahre draußen in Indien verbracht – in der Provinz North West Frontier, genau wie Du. Er lässt Dich grüßen. Sein Name ist Captain Dickie Mason, und jetzt lebt er ein Stück weiter unten an der Küste in Berwick.

Ich hatte gehofft, dass Du stolz auf mich sein würdest, aber ich gehe so oder so zur Armee.

Dein (nicht allzu) gehorsamer Sohn
Andrew

»Er scheint sehr entschlossen zu ein«, hatte Stella gemeint.

Sie konnte gar nicht anders, als von Andrews leidenschaftlicher Überzeugung beeindruckt zu sein, dass er das Richtige tat.

Esmie hatte ihr anvertraut: »Es ist nicht so sehr Andys Entschlossenheit, zur Armee zu gehen, wie die Erwähnung von Dickie Mason.«

»Warum? Wer ist das?«

Esmie hatte ihr einen gequälten Blick zugeworfen. »Er ist der junge Offizier, mit dem Lydia eine Affäre hatte – er ist der Hauptgrund dafür, dass Toms Ehe mit ihr gescheitert ist. Tom ist wütend, dass sie ihn Andrew als alten Freund von ihm vorgestellt hat.«

»Oh, du meine Güte!« Stella war schockiert gewesen. »Kein Wunder, dass Mr Lomax sich aufregt.«

»Er kann an nichts anderes denken«, hatte Esmie verzweifelt gesagt. »Er will wissen, wie lange Lydia sich schon wieder mit Dickie trifft und ob er verheiratet oder ledig ist. Tom glaubt, dass Dickie vermutlich der Grund dafür ist, dass Lydia sich endlich zu einer Scheidung bereit erklärt hat. Und das könnte wahr sein. Mir ist das gleichgültig – wir haben ja schließlich bekommen, was wir wollten –, aber für Tom ist es anders. Er quält sich mit dem Gedanken, dass sein Sohn lieber dem Ratschlag eines ehebrecherischen Mannes als seinem folgt.«

Weder Esmie noch Stella hatte Tom davor bewahren können, einen neuerlichen Anfall von Depression zu erleiden. Im Oktober, als das Hotel geschlossen worden war, hatte Stella angeboten, bei Esmie zu bleiben und ihr Gesellschaft zu leisten. Tom kämpfte gegen seinen »schwarzen Monsun«, indem er versuchte zu malen, aber noch häufiger traf man ihn dabei an, rastlos über die hoch gelegenen *margs* zu streifen oder im Wald zu kampieren. Er schien jegliches Zeitgefühl zu verlieren und nannte Esmie manchmal »Mary«, wenn sie kam, um ihn dazu zu bewegen, nach Hause zurückzukehren.

Im Wissen um Jimmys unmittelbar bevorstehende Hochzeit hatte Esmie aber darauf bestanden, dass Stella nach Hause zurückkehrte.

»Das ist sehr lieb von dir, aber deine Familie wird dich brauchen und freut sich sicher schon darauf, dich wiederzuhaben. Wir sehen uns auf Jimmys Hochzeit.«

Stella hatte Gulmarg zutiefst besorgt um die Lomax und Toms angegriffenen Geisteszustand verlassen. Wie lange würden sie das Raj-in-the-Hills noch führen können, wenn Toms Gesundheit noch weiter nachließ? Es tat ihr entsetzlich leid für Esmie, die Tom nach all den Jahren endlich hatte heiraten können, nur um festzustellen, dass sie immer mehr zu seiner Krankenpflegerin wurde.

Während sie beobachtete, wie die Gäste die Gastfreundschaft ihrer Eltern genossen, kam Stella nicht umhin, sich zu fragen, was eine gute Ehe überhaupt ausmachte. War es töricht von ihr, Monty weiterhin abzuweisen, weil sie immer noch auf das unerreichbare Ideal einer Liebesheirat hoffte?

Die Wahrheit war, dass Stella sich immer noch nach jemandem sehnte, von dem sie jetzt fast mit Gewissheit wusste, dass er nicht einmal mehr einen flüchtigen Gedanken an sie verschwendete. Hugh Keating war für sie Maß aller Dinge, was Männer betraf: gut aussehend, unterhaltsam, interessant und mit dem charmantesten Akzent, den sie je gehört hatte. Wann immer Monty sie zu küssen versuchte, war alles, woran sie denken konnte, wie viel besser Hughs leidenschaftliche Umarmungen gewesen waren. Selbst nach fünf Jahren erfüllte sie noch Sehnsucht nach ihm. Aber der Brief, den sie Ende 1933 nach Belutschistan geschickt hatte, war fast ein Jahr später mit der Aufschrift »Empfänger verzogen« zurückgekommen.

War Hugh auf einen anderen Posten in Indien versetzt worden, oder war er aus dem Dienst ausgeschieden und nach Irland zurückgekehrt? Stella hatte versucht, es herauszufinden, indem sie die örtliche Landwirtschaftsbehörde in Rawalpindi kontaktiert hatte, das »Grasamt«, wie der Spitzname anderer Abteilungen der Verwaltung dafür lautete. Aber der diensthabende Beamte war etwas misstrauisch und nicht sehr hilfsbereit gewesen.

Der indische Sekretär hatte ihre Enttäuschung bemerkt und angeboten, in ihrem Namen schriftlich nachzufragen. Es hatte drei Monate gedauert, bis sie von dem Sekretär gehört hatte.

Mr Keating ist nicht mehr bei der Landwirtschaftsbehörde. Er hat seinen Posten im November 1933 aufgegeben. Leider muss ich Ihnen mitteilen, dass man an Nicht-Familienmitglieder keine Nachsendeadresse herausgibt …

In der Annahme, dass Hugh nie aus Irland nach Indien zurückgekehrt war, schrieb sie noch einmal an seine Schwester in Dublin, in der vergeblichen Hoffnung, dass der Brief ihn erreichen würde, obwohl sie keine genaue Adresse hatte.

Das alles war 1935 geschehen. Über drei Jahre später hatte Stella immer noch nichts von ihm gehört. Sie wusste, dass es hoffnungslos war, ihm weiter nachzutrauern. Wenn er wirklich Interesse an ihr gehabt hätte, hätte er sich mehr angestrengt, den Kontakt zu halten.

Stella versuchte, alle Gedanken an Hugh zu unterdrücken. Sie musste nach vorn in die Zukunft schauen, nicht zurück zu dem, was hätte sein können.

Das Personal räumte die Tische ab und schob die Stühle beiseite, um mehr Platz zum Tanzen zu schaffen. Ihr Vater kündigte den Einzugsmarsch an, und sie schritten alle in einer Prozession eine Runde durch den Saal, während Jimmys Freunde ein Spalier für sie bildeten, unter dem sie sich hindurchducken mussten. Dann schnitten Braut und Bräutigam die opulente dreistöckige Torte an, die Stellas Eltern bestellt hatten. Kurz darauf stimmte die für den Anlass engagierte Band die erste Tanzmelodie an.

»Darf ich bitten, Miss Dubois?« Monty stand grinsend vor ihr.

»Selbstverständlich«, sagte Stella und erlaubte ihm, ihre Hand zu nehmen und sie auf die Tanzfläche zu führen.

Er war ein guter Tänzer, und sie wusste, dass ihre Mutter sie aufmerksam im Auge behielt, während sie sich mühelos über die Tanzfläche bewegten. Er plauderte, und sie hörte mit halbem Ohr zu.

Später legte sie mit ihrem Vater einen Twostepp aufs Parkett.

»Es läuft doch alles wie geschmiert, findest du nicht auch, Süße?«

»Es war ein wunderschöner Tag«, pflichtete Stella ihm bei. »Ich glaube, Jimmy und Yvonne wissen wirklich zu schätzen, was ihr für sie getan habt.«

»Wir werden das Gleiche für dich tun«, sagte er mit einem Lächeln voller Zuneigung. »Für unsere geliebte Tochter werden wir sogar noch eins draufsetzen!«

»Pa!«

»Aber erst, wenn du bereit bist«, setzte er schnell hinzu.

Sie wechselte rasch das Thema. »Es ist sehr nett von den Lomax, Jimmy und Yvonne ihre Wohnung im Hotel zu überlassen. Das wird viel besser sein, als wenn sie sich mit uns in den Bungalow zwängen müssen.«

Charlie nickte. »Allerdings macht mich der Gedanke traurig, dass unsere lieben Lomax nicht vorhaben, noch oft zu Besuch zu kommen.«

»Sie können ja immer noch eines der Hotelzimmer nutzen«, sagte Stella. »Das heißt nicht, dass sie nie mehr herkommen.«

»Ich hatte so gehofft, sie würden heute hier sein.«

Stella hatte für sich behalten, wie schwierig alles für Tom und Esmie war, weil sie nicht wollte, dass Dinge, die nur die Lomax etwas angingen, zum Stadtgespräch von Rawalpindi wurden.

Bald machten sich die Frischvermählten zum Aufbruch bereit. Obwohl der erste Schnee in den Ausläufern des Himalaja schon gefallen war, verbrachten sie ihre Flitterwochen in Murree, wo Jimmy sich im Birchwood Hotel einen Nebensaisonpreis gesichert hatte. Jimmy lieh sich das Auto seines Onkels Toby und konnte es gar nicht abwarten, mit seiner Braut in die Berge hinaufzufahren, bevor die Dunkelheit sich herabsenkte.

Die Gäste drängten sich unter dem blauen Vordach und winkten ihnen lärmend und mit aufmunternden Zurufen nach. Clive und Monty hatten Blechdosen an die Stoßstange des Autos gebunden, die laut klapperten, als Jimmy die Straße hinauffuhr. Rick führte die Dixon-Cousins dabei an, hinterherzulaufen und Böller zu zünden. Auf dem Hotelrasen stieß der hauseigene Pfau einen Schreckensschrei aus und schlug ein Rad.

Stella hakte sich bei ihrem Vater ein und kniff die Augen leicht zusammen, gegen die tief stehende Sonne über den fernen Bergen, auf denen schon eine dünne Schneeschicht lag. Die vertraute Sehnsucht nach Kaschmir durchzuckte sie. Es würde Monate dauern, bis sie wieder dort war. Wenn sie jemals heiratete, würde sie die Hochzeit gern im Raj-in-the-Hills feiern – in aller Stille mit den Lomax, ihren engsten Angehörigen und der Baronin, während Felix ein Mittagessen aus Fischcurry und Cremetörtchen auf den Tisch brachte.

Aber ganz gleich, wie sehr sie sich anstrengte, sie konnte sich Monty nicht als den Bräutigam vorstellen.

Kapitel 21

Ebbsmouth, 31. Dezember 1938

»Du musst ohne mich hingehen, mein Schatz«, sagte Lydia, zog den Kopf unter einem Handtuch hervor und entließ eine Welle aus duftendem Dampf aus der Schüssel, über die sie sich gebeugt hatte.

»Oh, Mamma!«, sagte Andrew voller Besorgnis. »Fühlst du dich wirklich so schlecht?«

»Schrecklich«, erwiderte Lydia und presste sich theatralisch eine Hand an die Stirn.

»Bleib unter dem Handtuch«, riet Minnie aufgeregt, »sonst lässt du den ganzen Aufguss noch entweichen.«

Lydia zog das Handtuch weg. »Von dem fühle ich mich ohnehin nur noch schlechter«, sagte sie gereizt. »Mein Kopf pocht.«

»Geh besser zu Bett, Liebes«, sagte Minnie. »Ich schicke Lily mit einer Tasse Tee hinauf.«

»Lily hat den Abend frei«, rief Lydia ihr ins Gedächtnis.

»Wirklich?«, vergewisserte sich Minnie verwirrt.

»Ja, Grandmamma«, sagte Andrew. »Es ist doch Hogmanay, schon vergessen?«

Seine Großmutter wirkte ratlos, und so setzte er schnell hinzu: »Ich bleibe hier und passe auf Mamma auf – und dann können wir Karten spielen wie in alten Zeiten.«

»Kommt nicht infrage«, sagte Lydia. »Du musst zur Party der Murrays gehen – du bist schließlich eingeladen. Es wäre unhöflich, einfach nicht zu kommen … Hatschi!« Mit einem lauten Niesen brach sie ab.

»Ich kenne sie kaum«, protestierte Andrew, »und ich will dich nicht allein lassen, wenn du krank bist. Ich gehe vielleicht um Mitternacht kurz auf ein Schlückchen zu Tante Tibby, wenn ihr beide bis dahin im Bett seid.«

Lydia sah ihn aus glasigen Augen an. »Das klingt sehr langweilig, und du warst in diesen Ferien doch schon zweimal in der Anchorage. Das Haus der Murrays wird voll junger Dinger sein – weit angemessenere Gesellschaft als Tibby und ihre ungewaschenen Bohemiens.«

Andrew würde ihr nicht sagen, dass Tibbys neueste Mitbewohnerin diejenige war, die er heute Abend zu sehen hoffte. Die rothaarige Ruth war Möbelschreinerin und stand Dawan manchmal Modell. Sie war nicht auf konventionelle Art hübsch, aber ihr wildes, offenes Haar und ihre vollen Lippen hatten etwas sehr Anziehendes. Außerdem wusste Andrew, dass es zwecklos war, sich mit seiner Mutter zu streiten.

Seit er zur militärischen Ausbildung in Sandhurst war, hatte er den Verdacht, dass seine Mutter der Sherryflasche sogar noch häufiger als sonst zusprach. Minnie wurde immer vergesslicher und machte seiner Mutter deshalb Sorgen, und Dickie Mason war über Weihnachten zu Besuch zu Verwandten nach Südengland gefahren und noch nicht wieder zurück. Andrew fragte sich, ob das plötzliche »Fieber« seiner Mutter nur ein Vorwand war, um es zu vermeiden, ohne Dickie am Arm auf eine Party gehen zu müssen.

Seine Mutter und Dickie waren nun schon seit über zwei Jahren enge Gefährten, und Andrew mochte den liebenswürdigen Captain, war sich aber ziemlich sicher, dass Dickie nicht die Absicht hatte, Lydia zu heiraten. Er war offensichtlich ganz zufrieden mit seinen häufigen formlosen Besuchen in Templeton Hall, den gelegentlichen Winterreisen nach Südfrankreich und Zeiten der Abwesenheit, wenn er eine Pause von Lydias erdrückender Aufmerksamkeit brauchte. Andrews Mutter hatte ihm verboten, Dickie seinem Vater gegenüber zu erwähnen, und Andrew hatte immer noch ein schlechtes Gewissen, weil er es in seinem Brief getan hatte. Aber die vernichtende Missbilligung, mit der sein Vater auf seine Entscheidung, sich zur Armee zu melden, reagiert hatte, hatte ihn verletzt, und er hatte gehofft, dass es vielleicht ein Argument wäre, Dickies Unterstützung zu erwähnen.

Andrew stand auf. »Ich gehe mich jetzt umziehen.«

Lydia lächelte. »Du wirst einen wunderbaren Abend haben. Trag deine Tartanhose. Du siehst in deiner Ausgehuniform so gut aus.«

* * *

Gegen zehn Uhr war Andrew von dem süßlichen Ingwersirupgebräu, das er zu den Früchtekuchenstücken und dem etwas abgestandenen Shortbread, das herumgereicht worden war, getrunken hatte, allmählich übel. Die Murrays, ein fröhliches Pärchen, das vor Kurzem ein viktorianisches Herrenhaus am Rand von Ebbsmouth gekauft hatte, standen mittlerweile in dem Ruf, lebhafte Partys zu geben.

Das Wohnzimmer im Erdgeschoss und das angrenzende Esszimmer wimmelten von Gästen, die Cocktails und Champagner tranken. Ihre Gläser wurden von den stets präsenten Dienstboten unablässig aufgefüllt. Das Geplauder war laut, das Gelächter übermütig. Die Murrays glaubten anscheinend, dass eine gute Party sich eher an der Menge alkoholischer Getränke, die serviert wurden, messen ließ als am Essen. Andrew dachte spöttisch, dass seiner Mutter die Feier bestimmt gefallen hätte.

Er warf einen Blick auf die Uhr und fragte sich, ob es unhöflich wäre, sich davonzuschleichen. Sein Gesicht tat vom Lächeln weh, und seine Stimme war heiser, weil er laut reden musste, um von einer Reihe Leute, die er kaum kannte, verstanden zu werden. Er mochte Partys nicht besonders. Sogar Abendessen in der Offiziersmesse konnten langweilig sein – das war die Seite des Armeelebens, die ihm am wenigsten Freude machte. Noel fand es witzig, dass Andrew – als Schotte und noch dazu als Lomax – Whisky nichts abgewinnen konnte.

Andrew beschloss zu gehen. Er sah sich nach seiner Gastgeberin um, fand aber keine Spur von ihr. Man würde ihn nicht vermissen, und er würde morgen ein Dankesschreiben aufsetzen. Er machte sich auf den Weg zur Tür. Als er in die kalte Luft hinaustrat, hielt eine Hand auf seinem Ärmel ihn auf. Als er sich umdrehte, sah er, dass eine hochgewachsene junge Frau in einem Seidenkleid mit Tartanmuster ihn anlächelte.

»Hallo, Andrew.«

Irgendetwas an ihr kam ihm bekannt vor. Sie hatte ein schmales Gesicht, das von welligem blondem Haar gerahmt wurde, und betrachtete ihn aus haselnussbraunen Augen – hübschen Augen.

»Du erinnerst dich nicht an mich, oder?«

Andrew errötete. »Nein, tut mir leid«, gestand er.

Sie lachte. »Wenigstens bist du ehrlich. Du warst vor Jahren, als du aus Indien zurückgekommen bist, bei mir zu Hause zu Besuch und hast mit mir gespielt. Du warst so exotisch – ich hatte noch nie jemanden von so weit weg kennengelernt.«

Er hatte immer noch keine Ahnung, wer sie war. Seine Mutter hatte ihn in dem Sommer quer durch die ganze Grafschaft geschleift, obwohl er seine Zeit lieber mit Stella verbracht hätte.

»Ach ja.« Er versuchte, überzeugend zu klingen. »Tut mir leid, du wirst mich an deinen Namen erinnern müssen.«

»Felicity.«

Allmählich wurde die Sache peinlich. Der Name sagte ihm nichts.

Ihr Lächeln ging in ein Schmollen über. »Du erinnerst dich immer noch nicht an mich, oder? Ich habe dich gezwungen, mit meinen Puppen zu spielen, und du hast die Hälfte der Zeit auf der Toilette verbracht – ich dachte, du hättest Magen-Darm-Beschwerden, weil du in Indien gewesen warst, aber hinterher ist mir klar geworden, dass du dich wohl vor mir versteckt hast.«

Endlich erinnerte Andrew sich doch noch. »Flis-Tish!«, rief er.

Sie bedachte ihn mit einem fragenden Blick.

Er lachte verlegen. »So habe ich dich genannt, weil ich mich nicht an ›Felicity‹ erinnern konnte.«

Sie zog eine Augenbraue hoch. »Tja, ich bin froh, dass ich überhaupt irgendeinen Eindruck auf dich gemacht habe.« Sie streckte die Hand aus. »Ich bin Felicity Douglas. Freut mich, dich wiederzusehen, Andrew Lomax.«

Andrew schüttelte ihr die Hand. »Ich bin entzückt.«

»Warum gehst du denn schon?«

»Ich … äh … meiner Mutter geht es nicht gut, und ich will sie nicht zu lange allein lassen.«

»Also liegt es nicht daran, dass du dich langweilst?«

Er fand ihre Direktheit verstörend.

»Ich langweile mich jedenfalls«, fuhr sie fort. »Oder habe mich zumindest gelangweilt, bis ich dich entdeckt habe – was nicht so schwer war, weil du zu den größten Leuten hier gehörst.

Übrigens siehst du sehr gut in deiner Uniform aus. Bist du jetzt in der Armee?«

»Ja. Offiziersausbildung.« Er griff in seine Jacke, um nach seinem Zigarettenetui zu suchen. Sein Interesse war geweckt. »Und was ist mit dir?«

»Noch auf dem Internat. Kann ich bitte eine abhaben?«

Andrew zögerte und sah sich nach der Menschenmenge jenseits des Eingangs um. »Darfst du das denn?«

»Mummy stört das nicht, und ohnehin kann uns hier draußen im Dunkeln niemand sehen.«

Andrew brummte belustigt und bot ihr eine Zigarette an. Er steckte erst ihre, dann seine an, blies Rauch aus und spürte, wie ihn Erleichterung durchlief. Er erwartete, dass sie von dem starken Tabak husten oder nach Luft schnappen würde, aber sie rauchte wie jemand, der es gewohnt war.

»Gefällt dir die Schule?«, fragte er.

Sie schnaufte verächtlich. »Du klingst wie ein alter Onkel. Das interessiert dich doch gar nicht, oder? Und nein, nicht sehr, lautet die Antwort.« Sie musterte ihn durch einen Rauchschleier. »Mir ist aufgefallen, dass du nichts trinkst. Zumindest keinen Alkohol. Woran liegt das?«

Andrew zuckte die Schultern. »Ich mag den Geschmack nicht.«

Er würde ihr nicht erzählen, dass es ihn für sein Lebtag davon abgeschreckt hatte, einen Vater und eine Mutter zu haben, die zu viel tranken. Er wollte niemals derart außer Kontrolle geraten.

»Ich soll eigentlich nichts trinken, aber ich mag den Geschmack von süßem Sherry ziemlich gern«, gestand Felicity.

Andrew versuchte, sich zu erinnern, wie viel jünger als er sie war. Sie musste etwa sechzehn sein, wirkte aber älter. Frühreif, würde seine Großmutter sagen.

»Was willst du machen, wenn du mit der Schule fertig bist?«, fragte er. »Wenn das nicht auch eine Alter-Onkel-Frage ist.«

Sie lächelte. »Ehrlich gesagt bin ich mir nicht sicher. Meine Eltern wollen, dass ich auf ein Pensionat für höhere Töchter gehe, um zu lernen, wie man Blumen arrangiert, und andere langweilige Dinge. Ich würde lieber nach Indien gehen und Tiger jagen.«

Andrew lachte. »Irgendetwas sagt mir, dass du deinen Willen durchsetzen wirst.« Er drückte seine Zigarette aus und steckte den Stummel in die Tasche.

Felicity drückte ihre an der Steinwand aus und warf die Kippe ins Dunkel.

»Du kehrst doch nicht wirklich um zehn Uhr abends an Hogmanay zu deiner Mutter zurück, oder? Ich wette, du schleichst dich auf eine interessantere Party davon, nachdem du hier deine Pflicht erfüllt hast.«

Andrew versuchte, seine Verblüffung zu verbergen. Er beschloss, ehrlich zu sein. »Vielleicht gehe ich nachher noch meiner alten Tante ein frohes neues Jahr wünschen.«

»Das klingt aber nun wirklich langweilig!«

»Das wird es nicht. Tante Tibby lebt mit einem ganzen Haushalt von Künstlern zusammen.«

»Du meine Güte, wirklich?« Sie riss die Augen vor Interesse weit auf. »Ist sie die Frau, die sich wie ein Mann kleidet und in der Anchorage haust?«

Andrew nickte.

»Ich wünschte, ich hätte eine so aufregende Tante wie sie.« Felicity sah ihn flehentlich an. »Nimmst du mich mit? Bitte!«

Andrew schüttelte den Kopf. »Vielleicht ein andermal.«

»Ich nehme dich beim Wort, Lomax.« Sie grinste.

»Gute Nacht.« Er wandte sich ab, eilte die Stufen hinunter und zitterte in der frostigen Luft. Als Andrew sich umschaute, sah er das Mädchen immer noch am Eingang stehen und ihn beobachten. Er winkte, und sie winkte zurück, bevor sie sich nach drinnen zurückzog. Auf dem gesamten Nachhauseweg konnte er an nichts anderes denken als daran, dass die lästige elfjährige Flis-Tish zu einer berückend lebenslustigen jungen Frau herangewachsen war.

* * *

Wieder in Templeton Hall angekommen, stellte Andrew fest, dass seine Mutter und seine Großmutter schon zu Bett gegangen waren. Er holte schnell sein Fahrrad aus der Garage und brach zur Anchorage auf. Der Mondschein tauchte alles in gespenstisches Silber und warf Schatten, während er durch die leeren Straßen radelte.

Er dachte daran, dass er nichts mehr von seinem Vater gehört hatte, seit er in Sandhurst angefangen hatte. Mittlerweile bereute er, solch einen feindseligen Brief zur Antwort auf die flehentliche Bitte seines Vaters geschrieben zu haben, an die Universität zu gehen.

Er hatte eine Weihnachtskarte von Esmie erhalten, auf der sie ihm mitgeteilt hatte, dass es seinem Vater schon eine Weile nicht gut ging, dass dieser ihn aber lieb grüßen ließ. Sie hatte erwähnt, dass Jimmy Dubois jetzt verheiratet war und mit seiner frisch angetrauten Frau im Raj lebte. Stella, die wieder in Rawalpindi war und ihren Eltern half, wurde nur beiläufig erwähnt.

Schon vor langer Zeit hatte er aufgehört, Stella übel zu nehmen, dass sie verletzende Dinge über seine Mutter gesagt und ihm die Wahrheit darüber verschwiegen hatte, dass Esmie gar nicht mit seinem Vater verheiratet gewesen war. Sie war in einer schwierigen Lage gewesen, damit beauftragt, auf ihn aufzupassen, solange er in Schottland war, aber seine Mutter hatte ihr deswegen gegrollt. Es war nicht überraschend, dass ihre Loyalität seinem Vater und Esmie gegolten hatte.

Was wäre geschehen, wenn er zurückgekehrt wäre? Er wäre in der Schule nie so glücklich gewesen wie in Durham und hätte auch keinen so engen Freund wie Noel gehabt. Genauso wenig hätte er seine Mutter und seine Großmutter – oder seine wunderbare Tante Tibby – so gut kennengelernt. Sein Vater und Esmie hätten an der Lüge festgehalten, verheiratet zu sein, und Andrew wäre in dem Glauben aufgewachsen, dass seine Mutter ihn nicht liebte. Aber trotz all ihrer Fehler liebte sie ihn. Sie war bereit gewesen, die Schande und Würdelosigkeit einer Scheidung auf sich zu nehmen, damit er, Andrew, bei ihr bleiben konnte. Sie hatte ihren guten Ruf für ihn geopfert.

Sein Vater dagegen hatte Esmie seinem eignen Sohn vorgezogen. Er hatte sich bereit erklärt, Andrew in Schottland bleiben zu lassen, um sich eine Scheidung zu sichern, damit er Esmie heiraten konnte. Andrew seufzte. War er ungerecht den beiden gegenüber? Es war schließlich seine Entscheidung gewesen, in Großbritannien zu bleiben. Und in seinem tiefsten Innern wusste Andrew, wie stark die Liebe zwischen seinem Dad und Esmie war – sie war ein Teil seiner Kindheit gewesen. Ganz gleich, was – oder wer – das Scheitern der Ehe seiner Eltern verursacht hatte, hatten Tom und Esmie es nicht verdient, zusammen glücklich zu sein?

Andrew strampelte kräftig auf dem Fahrrad und versuchte, seinen Kopf von Gedanken an Indien zu befreien, aber funkelnde Sterne ließen ihn immer an Stella denken. Er hatte schon längst damit gerechnet, von ihrer Verlobung zu hören – hatte sich davor gefürchtet, weil sie vor Jahren sein Herz gefangen genommen hatte. Jedes Mädchen, das er traf, maß er an Stella. Als er heute Abend Felicity wiedergetroffen hatte, hatten ihn ihr blondes Haar und ihre hübschen Augen angezogen, weil beides ihn etwas an seine einstige Freundin erinnerte.

Wenn er Stella heute wiedergesehen hätte, wäre sie ihm wahrscheinlich nicht einmal annähernd so attraktiv vorgekommen wie in seiner Erinnerung. Es war eine knabenhafte Vernarrtheit gewesen, von der er sich schon vor Jahren hätte lösen sollen. Sein Neujahrsvorsatz würde sein, eine Frau zu finden, die ihn nicht im Geringsten an Stella erinnerte.

* * *

Andrew fand Tibby und ihre Freunde vor dem lodernden Feuer in der Bibliothek, wo sie Scharade spielten. Es freute ihn, Ruth im Kreise der langjährigen Untermieter Dawan, Mac und Walter zu sehen. Willie, der Gärtner, und seine Frau Elsie standen auf, als er hereinkam.

»Komm, gesell dich zu uns!«, rief Tibby entzückt. »Wir kommen nicht drauf, welchen Film Mac gerade darstellt.«

»Wie chic du aussiehst«, sagte Ruth bewundernd und machte ihm auf dem Sofa Platz. Er hatte sie noch nie in einem Abendkleid gesehen. Es brachte ihr Dekolleté zur Geltung. »Ich mag Männer in Uniform.«

»Lass ihn in Ruhe«, sagte Dawan, »er ist zu jung für dich.«

Ruth lachte aus vollem Hals. »Wie du für Tibby?«, zog sie ihn auf.

Andrew setzte sich neben sie, und sie küsste ihn auf die Wange. Er roch einen Hauch ihres Parfüms, und ihr widerspenstiges Haar kitzelte ihn im Gesicht. Er versuchte, sie nicht anzustarren, konnte aber gar nicht anders, als sich zu fragen, wie sie wohl ohne Kleider aussah, wenn sie Dawan Modell stand.

Mac setzte seinen energiegeladenen Auftritt fort und gestikulierte wild.

Plötzlich kam Andrew der Gedanke, dass die Dubois und die Dauergäste im Raj wahrscheinlich heute Abend auch Scharade spielten. Als kleiner Junge hatte er es geliebt, lange aufbleiben zu dürfen und mitzumachen. Er verdrängte den Gedanken, weil er bemerkte, dass er an der Reihe war.

»In Ordnung, ich bin bereit.«

»Psst alle miteinander«, brachte Tibby ihre plaudernden Gäste zum Schweigen.

Andrew signalisierte, dass er den ganzen Titel auf einmal vorführen würde, stellte sich dann mit gespreizten Beinen auf und spannte einen imaginären Bogen.

»*Robin Hood*?«, schlug Elsie vor.

Andrew grinste. »Ja. Gut gemacht, Elsie.«

»Oh, du hast es viel zu einfach gemacht«, sagte Ruth.

Andrew ließ sich wieder aufs Sofa fallen, und Ruth beugte sich zu ihm.

»Das mit Pfeil und Bogen war meisterhaft«, witzelte sie.

Mac ging herum, um Getränke nachzuschenken, und Tibby begann ein neues Spiel: *Ratet, wo ich bin.* Es kam schnell zum Erliegen, als Dawan sich ein »Versteck« in Lahore aussuchte, von dem niemand außer Andrew je etwas gehört hatte.

Danach verkündete Tibby, dass sie tanzen würden und dass Willie Dudelsack spielen sollte. Sie schoben die Möbel beiseite und tanzten einen chaotischen Strip-the-Willow. Ruth sicherte sich Andrew, der alle Frauen schwungvoll herumwirbelte, als Tanzpartner.

Sie ließen sich auf Sessel fallen, während Elsie mit Tassen voller Tee und dicken Stücken von selbst gebackenem Black Bun, einem üppigen Früchtekuchen im Teigmantel, die Runde machte. Dann klatschte Tibby abrupt in die Hände.

»Es ist fast Mitternacht! Andrew, du wirst unser großer, dunkelhaariger Fremder sein.« Sie reichte ihm ein Stück Kohle aus der Kohlenschütte und schob ihn zur Tür, damit er als erster Besucher zu Neujahr hereinkommen und die Kohle als Geschenk überreichen konnte, wie es nach schottischem

Aberglauben Glück brachte. »Stell dich nach draußen, bis Willie dich mit dem Dudelsack wieder hereingeleitet!«

Ein paar Minuten lang stand Andrew zitternd in der Diele, hielt sein Stück Kohle umklammert und fragte sich, ob er noch Zeit für eine schnelle Zigarette hatte. Das neue Jahr war fast da. Was würde es bringen? Willie kam mit seinem Dudelsack aus der Bibliothek.

»Es ist Mitternacht«, sagte er und schlug Andrew auf die Schulter, wie er es immer getan hatte, als dieser noch jünger gewesen war. »Ich wünsche Ihnen alles Glück für das Jahr, das vor uns liegt, Master Andrew.«

»Danke, Willie.«

Dann stimmte der Gärtner eine Melodie auf dem Dudelsack an und führte ihn zurück in die Bibliothek, wo ein Chor von Jubelrufen und Beifall unter der Führung seiner unverwüstlichen Tante Tibby ihn empfing: »Frohes neues Jahr alle miteinander!«

* * *

Die Party ging bis in die frühen Morgenstunden weiter. Um drei Uhr zog Tibby sich ins Bett zurück und bestand darauf, dass Andrew über Nacht blieb und nicht versuchte, auf tückischem Glatteis nach Hause zu radeln. Er ließ sich nicht lange bitten. Ihm gefiel es, im alten Turmzimmer seines Vaters zu schlafen, und er hatte das aufregende Gefühl, dass vielleicht später eine Besucherin an seine Tür klopfen würde.

Unter mehreren Decken begraben, war er in dem kalten Zimmer eingeschlafen, als ihm bewusst wurde, dass jemand da war. Er fuhr aus dem Schlaf hoch. Eine Gestalt beugte sich über ihn; er konnte im Dunkeln eben noch die Umrisse einer Frau ausmachen.

»Ruth?«, flüsterte er, als ihr kräftiges Parfüm ihm in die Nase stieg. Sein Herz pochte dumpf.

Er hörte sie leise lachen. »Na, ich hoffe, du hast nicht mit Elsie gerechnet.«

Bevor er noch etwas sagen konnte, schlug sie schon die Decken zurück und stieg neben ihm ins Bett. Kalte Luft drang ein. Sie erschauerte, kuschelte sich an ihn und berührte ihn mit kalten Händen.

Andrew zuckte zusammen. »Du bist ja eiskalt!«

»Dann wärm mich auf«, antwortete sie und zog seine Arme um sie.

Ruth trug ein Baumwollnachthemd. Er rieb ihr energisch den Rücken und versuchte, nicht vor Nervosität zu zittern.

»So habe ich das nicht gemeint.« Sie klang belustigt. »Bin ich deine Erste?«

Andrew sagte heiser: »Nein, Zweite. Das heißt, wenn wir …«

»Willst du?«, fragte sie.

»Ja.« Er hasste es, dass seine Stimme brach und seine Nervosität verriet.

»Gut. Ich sehne mich schon die ganzen Feiertage über nach dir.«

* * *

Es war hell, als Andrew wieder erwachte. Ruth lag mit dem Rücken zu ihm und schnarchte sanft. Sie hatten einander zweimal geliebt, bevor sie eingeschlafen waren. Er konnte nicht widerstehen, sie auf die blasse Schulter zu küssen und über den Anblick dieser Frau in seinem schmalen Bett zu staunen. Er sehnte sich nach einer Morgenzigarette, wollte Ruth aber nicht aufwecken, sondern ihre gemeinsame Zeit in die Länge ziehen.

Vielleicht konnten sie vor dem Frühstück noch einmal miteinander schlafen.

Er ließ sich lächelnd wieder zurücksinken. Sein Atem bildete eine Wolke in dem eiskalten Zimmer. Das hier war so viel besser gewesen als sein unbeholfenes erstes Mal mit der älteren Schwester eines Schulfreunds in den Dünen eines Strands in Northumberland im letzten Sommer.

Er hatte keine Ahnung, wie alt Ruth war – vielleicht dreißig?

Stella war sechsundzwanzig. Andrew versuchte, sich davon abzuhalten, sich auszumalen, es wäre Stella und nicht Ruth, die neben ihm lag. Er fluchte unterdrückt. Sogar jetzt ging sie ihm nicht aus dem Kopf.

Ruth regte sich, gähnte und reckte sich.

»Guten Morgen«, sagte Andrew, beugte sich über sie und küsste sie.

»Meine Güte, wie spät ist es?« Sie setzte sich auf.

»Keine Ahnung. Ist das wichtig?«

Sie lachte kurz auf, tastete nach ihrem Nachthemd und schlüpfte aus dem Bett. Er sah erschrocken zu, wie sie das Hemd überstreifte.

»Du musst doch nicht weg, oder?«

»Doch. Ich sitze Dawan heute Morgen Modell.«

»Am Neujahrstag?«, wandte Andrew ein.

»Wir beginnen das Jahr so, wie es weitergehen soll.« Sie lächelte. »1939 wird das Jahr, in dem Dawan echte Anerkennung erfährt – und ich werde als seine Muse berühmt. Darf ich mir den Morgenmantel da leihen?«, fragte sie und griff nach dem, der an der Tür hing. Es war der seines Vaters. Andrew hatte ihn nie getragen, aber er mochte es, wenn er dort hing, als haftete ihm noch ein Hauch von Tom an.

»Natürlich.« Er setzte sich auf. »Sehen wir uns später?«

»Gehst du denn nicht zu Mamma?« Ruths Mundwinkel zuckten.

Andrew wurde rot. Sie kam zurück und küsste ihn auf die Stirn. »Du siehst mit zerzausten Haaren wirklich hübsch aus. Komm vorbei und sag auf Wiedersehen, bevor du nach Sandhurst aufbrichst, ja?«

Dann war sie fort. Er war ernüchtert. Für Ruth war es eindeutig nicht so eine weltbewegende Nacht gewesen wie für ihn. Was für ein Narr war er doch gewesen zu glauben, es könnte anders sein.

Andrew griff nach seinen Zigaretten. Der Anfang von 1939 war schon ereignisreich gewesen. Während er rauchte, fragte er sich, wohin das Jahr ihn führen würde. Er fühlte sich rastlos und konnte es nicht abwarten, zu seiner Offiziersausbildung und zu seinen neuen Kameraden zurückzukehren.

Kapitel 22

Das Raj-in-the-Hills Hotel, August 1939

Stella pflückte gerade Blumen für den Speisesaal im Hotel, als sie Tom und Esmie über den Rasen auf sich zukommen sah. Es war ein herrlicher sonniger Morgen, und die meisten Gäste waren für den Tag außer Haus, ritten aus, spielten Golf oder wanderten. Sie beschirmte sich die Augen und erkannte sofort an Toms Miene, dass etwas Schreckliches geschehen war.

»Stella.« Sein gut aussehendes, wettergegerbtes Gesicht war vor Mitleid verzogen.

»Was ist passiert?« Stella sprang auf.

»Wir haben einen Brief aus Pindi erhalten. Deine Mutter …«

Stellas Herz geriet ins Stolpern. »Ist Ma etwas zugestoßen?«

Er schüttelte den Kopf. »Nein, nein, es geht ihr gut. Na ja, nicht gut, aber …«

Esmie sagte schnell: »Es ist dein Vater – er hatte einen Herzinfarkt. Es tut mir so leid. Er ist … Er ist vor zwei Tagen von uns gegangen.«

vie vom Donner gerührt da. Es drang kaum zu
sie sagten. Tom murmelte irgendetwas über sei-
und Charlie, und dann flossen Tränen über seine
mie streckte die Arme aus und zog Stella an sich,
drückte en Kopf an ihre Schulter und streichelte ihr Haar, als wäre sie diejenige, die weinte. Aber das tat sie nicht – sie konnte es nicht. Sie stand zu sehr unter Schock. Ein Leben ohne ihren Pa war unvorstellbar.

Stella löste sich von Esmie. »Aber er ist doch nicht einmal krank. In der heißen Jahreszeit wird er nie krank, nur in der kalten. Er kann nicht tot sein. Es ist ein Irrtum.«

Esmie sprach ruhig: »Es ist kein Irrtum. Deine Mutter hat uns geschrieben, damit wir es dir lieber persönlich sagen, als dass du es in einem Brief lesen musst. Der Arzt glaubt, dass Charlies Herz von der Lungenentzündung geschwächt war, die er im letzten Winter hatte.« Sanft nahm sie Stella beim Arm. »Komm herein, meine Liebe, und setz dich hin. Du stehst unter Schock.«

Stella gestattete Esmie, sie auf die Veranda zu führen. Ein Diener fegte gerade den Boden, ließ sie aber auf ein Nicken von Esmie hin allein. Esmie setzte Stella auf das Rattansofa und ließ sich neben ihr nieder. Tom blieb stehen, sah in die Landschaft hinaus und rang darum, seine Gefühle unter Kontrolle zu bringen.

Esmie sprach mit leiser, sanfter Stimme. »Wir arrangieren alles, damit du sobald wie möglich nach Pindi zurückkehren kannst. Einer von uns kann dich hinbringen, wenn du möchtest? Oder du kannst ein oder zwei Tage warten. Deine Mutter sagt, dass Jimmy sich um die Beerdigung kümmert und Yvonne im Hotel mithilft, also sollst du dir keine Sorgen machen, vorher in aller Eile dorthin zurückzukehren. Aber ich nehme an, du wirst bei deiner Mutter sein wollen …«

»Beerdigung?«, wiederholte Stella.

»Wahrscheinlich findet sie nächste Woche statt«, sagte Esmie. »Sie wollen, dass Charlies Bruder Zeit hat, aus Ceylon anzureisen, wenn er möchte.«

Stella erinnerte sich an das Letzte, was ihr Vater zu ihr gesagt hatte, bevor sie im Mai nach Kaschmir aufgebrochen war. Er hatte sie von oben auf den Kopf geküsst und sie in die Wange gekniffen, wie er es immer getan hatte, seit sie ein Kind gewesen war.

»Pass auf dich auf, Süße! Übermittle den lieben Lomax meine allerbesten Wünsche. Und sag der Baronin, wenn sie ihr Leben immer noch nicht ruhiger angehen will, soll sie wenigstens auf sich aufpassen!«

Stella begrub das Gesicht in den Händen und versuchte zu atmen. Es war, als würde ein Bleigewicht auf ihrer Brust lasten. Sie schluchzte auf; dann kamen die Tränen. Während sie unkontrollierbar weinte, hielt Esmie sie eng an sich gezogen und wiegte sie in ihren Armen.

»Wein so viel du willst«, sagte sie tröstend.

Stella hatte nicht geahnt, dass es möglich war, solchen Schmerz zu empfinden. Ihr Vater war ihr Fels in der Brandung.

Sie versuchte, ihre Tränen zu unterdrücken. Auch die Lomax mussten zutiefst traurig über die Nachricht sein. Zwar war ihre Mutter die Geschäftstüchtigere und hatte das Hotel in den frühen Tagen vor dem Bankrott bewahrt, aber die fröhliche Gegenwart ihres geselligen Vaters hatte den Ruf des Raj als gastfreundliches und heimeliges Hotel begründet.

Stella holte tief Luft und lehnte sich dann zurück. Tom stand vor ihr und hielt ihr ein großes Taschentuch hin.

»Danke.« Sie putzte sich die Nase.

Tom legte ihr eine Hand auf den Kopf. Sie spürte, wie seine Körperwärme in sie strömte.

»Charlie gehörte zu meinen engsten Freunden«, sagte er leise. »Ich werde ihn unsagbar vermissen, Stella. Du hattest

Glück, so einen liebevollen Vater zu haben.« Tom lächelte melancholisch. »Ich habe nie einen Mann gekannt, der vernarrter in seine Tochter war als Charlie.«

Stella lächelte unter Tränen. »Ich weiß, dass ich Glück hatte.«

Toms Kinn zitterte. »Esmie und ich fahren mit dir nach Pindi, um Abschied von unserem lieben Freund zu nehmen.«

Stella wusste, wie viel Mühe das Tom kosten würde, da er sich nicht gern aus Gulmarg hinauswagte und nun schon seit über zwei Jahren nicht mehr in der Stadt gewesen war.

»Danke, Mr Lomax«, sagte sie voller Dankbarkeit.

* * *

Charlies Beerdigung fand am 23. August in der St Joseph's Church statt. Es war ein brütend heißer, gewittriger Tag. Die Kirchenbänke waren voll von Verwandten, Freunden, Kollegen und Hotelangestellten, die alle gekommen waren, um ihm die letzte Ehre zu erweisen. Stella war schon seit Tagen wie betäubt. Sie versuchte, für ihre Mutter stark zu sein, aber am Tag der Beerdigung war es Myrtle, deren Augen trocken blieben und die ihre Würde bewahrte, während Stella die ganze Messe hindurch schluchzte.

Yvonne, die sichtlich schwanger war, weinte ebenfalls. Sie klammerte sich an Jimmy und jammerte, dass ihr Baby nun keinen seiner beiden Großväter kennenlernen würde.

Jimmy schien die Rolle seines Vaters übernommen zu haben. Er dankte den Leuten dafür, dass sie gekommen waren, und bat sie zum Leichenschmaus ins Hotel. Tom hatte gesagt, dass er für alles bezahlen würde, und brachte zu den Sandwiches und zum Tee reichlich Whisky auf den Tisch.

Die Baronin, die zur Beerdigung aus Srinagar angereist war, schien zu wissen, was unter solchen Umständen zu tun war.

Sie goss Stella heimlich einen Schuss Brandy in den Tee und sagte: »Schätzchen, runter damit, und dann unterhalte dich mit dem jungen Mann da drüben. Charlie hätte all diese langen Gesichter gehasst, also setz schon für deinen Pa ein Lächeln auf.«

Stella schaute auf und sah Monty, der die Hände in die Taschen gesteckt hatte und missmutig dreinsah. Eigentlich wollte sie nicht mit ihm reden, aber er wirkte so traurig, dass sie tat, was Hester befahl.

»Danke, dass du gekommen bist«, sagte sie und berührte kurz seinen Arm.

»Ich habe große Stücke auf deinen Pa gehalten«, sagte er. Seine braunen Augen glänzten vor Ergriffenheit.

»Und er hat dich gemocht, Monty.« Stella schenkte ihm ein trauriges Lächeln. »Er hat immer gesagt: ›Der Junge ist vielversprechend – eines Tages wird er für Indien boxen!‹«

Monty lachte leise. »Ich bin nicht einmal der Beste in der Kompanie C.«

»Warst du mit der Auxiliary Force im Manöver?«, fragte sie, weil ihr klar wurde, dass sie kaum wusste, was er gemacht hatte, während sie in Gulmarg gewesen war.

Monty nickte. »Einige der Männer glauben …« Er brach ab. »Tut mir leid. Jetzt ist nicht der richtige Zeitpunkt, um darüber zu reden.«

»Worüber?« Stella musterte ihn prüfend. »Was glauben die Männer?«

»Es gibt viele Gerüchte darüber, dass wir vielleicht in den Krieg müssen«, sagte er leise. »Dass Großbritannien in Europa in einen Krieg hineingezogen wird.«

Stellas Inneres verkrampfte sich. »Die Lomax machen sich darüber auch Sorgen – vor allem, weil Andrew bei der Armee ist.«

Monty nickte. »Dieser Pakt zwischen den Nazis und den Sowjets macht das noch unausweichlicher.«

»Aber wir in Indien werden davon doch nicht betroffen sein, oder?«

Monty zuckte die Schultern. »Wir müssen vorbereitet sein und das Mutterland auf jede Art unterstützen, so gut wir können.«

»Da hast du natürlich recht«, stimmte Stella ihm zu. »Aber hoffen wir, dass all das noch vermieden werden kann.«

»Stella«, sagte er und wirkte dabei unsicher. »Sobald du Lust darauf hast, würde ich gern mit dir eine Spazierfahrt unternehmen.«

»Ich weiß nicht, wann ich Lust darauf haben werde …«

»Es gibt etwas, worüber ich mit dir sprechen muss.«

Stella spannte sich an. So kurz nach dem Tod ihres Vaters konnte sie mit einem Heiratsantrag von Monty nicht umgehen. Sie konnte ihre Trauer nur bewältigen, indem sie einen Tag nach dem anderen in Angriff nahm. Er würde warten müssen.

»Noch nicht«, sagte sie. »Ich brauche Zeit.«

»Natürlich.« Er wandte sich zum Gehen. »Lass es mich wissen, wenn du mich sehen möchtest.«

* * *

Die folgenden Tage waren von einer seltsamen Ungewissheit geprägt. Stella bewältigte ihren Verlust, indem sie sich im Hotel so beschäftigt wie möglich hielt, aber wie es schien, hatte Yvonne ihre Rolle während ihrer Abwesenheit in der heißen Jahreszeit größtenteils übernommen. Ihre Schwägerin half Myrtle dabei, die Speisekarte zusammenzustellen, dem Koch Anweisungen zu erteilen und Lebensmittel zu bestellen. Stellas Mutter unterrichtete Yvonne auch in Buchführung.

»Sie lernt so schnell«, erzählte Myrtle Stella eines Abends, als sie allein im Bungalow saßen. »Und es ist wichtiger denn je, dass sie sich mit dem Geschäft auskennt. Charlie wollte ja immer, dass Jimmy es eines Tages übernimmt – wir dachten nur nicht, dass es so bald so weit sein würde …«

Ihre Mutter brach ab, überwältigt von Trauer. Stella umarmte sie rasch. »Oh, Ma, es ist so schwer zu glauben, dass Pa nicht mehr da ist! Ich vermisse ihn so sehr.«

Myrtle küsste sie von oben auf den Kopf. »Du warst immer ein richtiges Vaterkind. Ich glaube, für dich ist es schwerer als für Jimmy. Er hat Yvonne – und das Baby, auf das er sich freuen kann.« Sie berührte Stellas Wange. »Ich wünschte, ich könnte erleben, wie auch du sesshaft wirst.«

»Ich bin sesshaft«, sagte Stella. »Ich bin glücklich im Hotel und will bei dir sein, Ma. Es ist das einzige Leben, das ich mir je gewünscht habe.«

Myrtle seufzte. »Was ist mit Monty? Er wartet schon die ganze Zeit sehr geduldig darauf, dass du dich entscheidest.«

Stellas Inneres zog sich zusammen. »Ich mag Monty – ich habe ihn, glaube ich, ganz gern. Aber ich liebe ihn nicht.«

Ihre Mutter sah enttäuscht drein. »Stella, ich sollte dir etwas sagen. Monty ist deinen Vater in der Woche vor dessen Tod besuchen gekommen, um ihn um seine Erlaubnis zu bitten, dich zu heiraten.«

Die Neuigkeit verschlug Stella den Atem. »Was hat Pa gesagt?«

»Er hat gesagt, dass er sehr glücklich wäre, seine Erlaubnis zu geben – ›mit Freuden‹, das war seine Formulierung –, aber dass es deine Entscheidung sein müsste.«

Stellas Augen brannten vor Tränen. Sie konnte förmlich hören, wie sein Vater Monty auf seine enthusiastische Art seinen Segen gab. Sie fühlte sich elend. Nicht genug damit, dass es frustrierend für Monty war, dass sie einer Ehe bisher auswich – es musste auch ihrem Vater Sorgen gemacht haben, sonst wäre er nicht so erpicht darauf gewesen, seine Erlaubnis zu erteilen. Er hatte sie diesbezüglich nie unter Druck gesetzt, aber insgeheim musste er gehofft haben, dass sie einer Ehe mit Monty zustimmen würde.

Myrtle legte eine Hand auf Stellas. »Wenn du Monty nicht heiraten willst, musst du ihn von seinen Qualen erlösen und es ihm sagen. Es ist nicht fair, ihm Hoffnung zu machen, wenn es keine gibt.«

Stella nickte zustimmend.

* * *

Zwei Tage nach diesem Gespräch, am ersten September, gab es Nachrichten, die alle häuslichen Sorgen aus Stellas Kopf verdrängten. Jimmy stürmte in den Bungalow, als Stella und ihre Mutter sich gerade bettfertig machten.

»Ich habe gerade Radio gehört«, sagte er mit fassungslosem Gesicht. »Die Nachrichten aus der Heimat besagen, dass die Deutschen in Polen eingefallen sind. Unsere Regierung hält ihr Versprechen, Polen zu helfen – und die Franzosen tun das auch.«

Stella fragte ängstlich: »Was heißt das? Was wird geschehen?«

Jimmy erwiderte: »Ich weiß es nicht, aber sie berufen die Armee- und Marinereservisten ein.«

Am Sonntag erfuhren sie das Schlimmste, als Chamberlain verkündete, dass ein Ultimatum, das man Hitler am Morgen gestellt hatte, ignoriert worden war und dass Großbritannien mit Deutschland im Krieg stand. Später am Abend saßen die Dubois und die Dauergäste ums Radio im Foyer unter dem kühlenden Surren der elektrischen Ventilatoren und schalteten eine Übertragung einer Rede von König George an seine

Untertanen im ganzen Commonwealth ein. Der König sprach mit klarer, ernster Stimme:

»… zum zweiten Mal im Leben der meisten von uns befinden wir uns im Krieg.«

Erst jetzt dämmerte es Stella, dass das hier vielleicht kein ferner Konflikt zwischen einer Handvoll Nationen in Europa war; ihrer aller Leben war bedroht. Der König beschwor sein Volk – sowohl in der Heimat als auch in Übersee –, sich gemeinsam den düsteren Tagen, die vor ihnen lagen, zu stellen und für jegliche Dienste und Opfer, die ihnen abverlangt wurden, bereit zu sein.

»… mit Gottes Hilfe werden wir uns durchsetzen.«

Die Rede endete. Sie saßen schweigend da, während Jimmy das Radio abstellte. Dann stand Fritwell auf und begann zu klatschen. Andere taten es ihm nach.

Jimmy wies Sunil an, allen, die wollten, einen Whisky einzuschenken. Fritwell hob sein Glas und brachte einen Toast aus: »Auf den König und unser Empire!«

Die anderen wiederholten im Chor: »Auf König und Empire!«

Stella sah sich im schwach beleuchteten Foyer um und fragte sich, was ihr Vater davon gehalten hätte. Alles sah genauso aus wie immer: Die Gäste hatten sich zu einem letzten Schlummertrunk versammelt. Draußen summten Insekten, und ein Nachtvogel schrie. Jemand radelte vorbei und betätigte seine Fahrradklingel. Bald zerstreuten sich alle und wünschten einander gute Nacht.

* * *

Tagsüber ging das Alltagsleben im Hotel weiter wie zuvor, und Jimmy nahm die Rolle seines Vaters ein; später versammelten sich die Dauergäste zum allabendlichen Ritual, im Radio die

Nachrichten aus London auf All India Radio zu hören. Am Tag unmittelbar nachdem Großbritannien und Frankreich Deutschland den Krieg erklärt hatten, hatte der Vizekönig, Linlithgow, verkündet, dass auch Indien im Krieg gegen die Nazis stand.

Die Nachrichten waren ernüchternd: Polen wurde schnell von den immer weiter vorrückenden deutschen Panzerdivisionen überrannt, und gegen Mitte September fielen die Sowjets von Osten her ein. Die Franzosen hatten Deutschland unverzüglich von Westen aus angegriffen, indem sie über die Grenze ins Saarland einmarschiert waren.

Großbritannien war im Kriegszustand, aber es war keine Rede davon, etwas zur Rettung der Polen zu unternehmen. Handelsschiffe wurden in alarmierender Anzahl versenkt.

Fritwell beklagte sich: »Im Radio bringen sie ja nur noch deprimierende Nachrichten über deutsche Erfolge.«

»Werden überhaupt noch Schiffe aus Großbritannien nach Indien durchkommen können?«, fragte Hester besorgt.

»Na ja, wir scheinen noch Post per Schiff zu bekommen«, meinte Ansom. »Und außerdem Luftpostbriefe.«

* * *

Von den Worten ihrer Mutter dazu angeregt, schickte Stella Monty eine Nachricht und bat ihn darum, sich mit ihr zu treffen. Es wurde Zeit, dass sie ihrer lauwarmen Romanze ein Ende setzte. Sie vermutete, dass er ihren Vater nur besucht und um die Erlaubnis, sie zu heiraten, gebeten hatte, um dem Druck seiner eigenen Familie zu entgehen, es Clive nachzutun und ebenfalls zu heiraten.

Weil sie nicht wollte, dass ihre Mutter und Yvonne sich einmischten, verabredete Stella sich mit Monty zu einem Treffen unter dem Uhrturm in den Saradan Gardens. Er wartete dort mit misstrauischer Miene auf sie.

Zur Begrüßung küsste er sie leicht auf die Wange. »Wie geht es dir?«

»Ganz gut, vielen Dank. Ich halte mich beschäftigt.« Damit er sich entspannte, schlug Stella vor: »Lass uns im Park spazieren gehen.«

Mehrere Minuten lang schlenderten sie etwas ziellos umher. Stella redete von ihrer Familie und vom Hotel. »Du hattest recht, dass Krieg ausbricht«, sagte sie. »Die Dauergäste sprechen über nichts anderes mehr.«

»Ich bin nicht froh, dass ich recht damit hatte«, sagte Monty düster.

»Es kommt mir aber alles so weit weg vor«, sagte Stella, »dass ich kaum glauben kann, dass es wirklich passiert.«

»Aber das tut es«, sagte Monty und klang auf einmal aufgeregt. »Und es sorgt schon für Spaltungen in Indien, weil der Kongress der Regierung die Pistole auf die Brust setzt und sagt, dass er die Kriegsanstrengungen nur unterstützen will, wenn Indien am Ende des Kriegs die Unabhängigkeit gewährt wird.«

Stella interessierte sich nicht besonders für Politik, aber sie war derselben Meinung wie früher ihr Vater, dass Indien sich eines Tages – vielleicht noch zu ihren Lebzeiten – genau wie andere ehemalige Kolonien, etwa Kanada oder Australien, selbst regieren würde.

»Eines Tages kommt es vielleicht ohnehin dazu«, hob sie hervor.

»Sag so etwas nicht!« Monty klang verstört. »Stell dir nur vor, was dann aus unseresgleichen werden würde. Wir würden in der Klemme sitzen, wenn die Briten die Regierung an die Inder übergeben würden. Das ist undenkbar.«

Stella sah solch eine Zukunft optimistischer, beschloss aber, nicht mehr zu dem Thema beizutragen. Sie gingen schweigend weiter. Urplötzlich blieb Monty stehen.

»Stella, können wir uns hinsetzen? Ich muss dir etwas sagen.«

Stella nickte. Alles in ihr verkrampfte sich. Jetzt war der Moment gekommen, in dem sie ihn so sanft wie möglich abweisen musste. Sie entschieden sich für eine Bank im Schatten einer Pappelfeige. Monty wandte sich ihr mit entschlossenem Blick zu.

»Ich gebe meinen Beruf auf. Ich habe mich zur Armee gemeldet.«

Stella starrte ihn mit offenem Mund an. »Zur Armee gemeldet? Wann?«

»Letzte Woche«, sagte er. »Ich bin zur Militärausbildung bei den King's Own Bengal Sappers angenommen worden. In ein paar Wochen reise ich ab. Das Hauptquartier ist in Roorkee in der United Province. Zwei Tage Zugreise entfernt.« Er sah sie ernst an. »Ich werde versuchen, so oft ich kann nach Pindi zurückzukommen.«

Sie war noch dabei, diese überraschende Nachricht zu verdauen, als Monty ihre Hand ergriff.

»Stella, ich weiß, dass das ein Schock ist, aber es hat mich dazu gebracht, mehr denn je darüber nachzudenken, was ich mir für die Zukunft wünsche. Ich hasse es, Pindi und alle hier zu verlassen – aber vor allem dich. Glaubst du, bevor ich gehe, könnten wir uns verloben?« Seine Hand fühlte sich heiß und klebrig an, als er ihre umfasste. »Stella, willst du mich heiraten?«

Stella wand sich. »Monty, ich mag dich wirklich, aber ich will nicht heiraten.«

Er wirkte geknickt. »Gibt es jemand anderen? Jemanden in Kaschmir? Fährst du deshalb immer in der heißen Jahreszeit dorthin?«

»Nein«, sagte Stella. »Es gibt niemanden in Kaschmir. Ich fahre dorthin, weil ich Gulmarg liebe und gern für die Lomax arbeite.«

Er umklammerte weiter ihre Hand. Seine Worte klangen jetzt verzweifelt. »Meinst du damit, dass du noch nicht heiraten willst – oder dass du mich nie heiraten willst? Denn es würde mir so viel bedeuten zu wissen, dass du eines Tages vielleicht dazu bereit bist – dass du den Vorschlag nicht ganz abgeschmettert hast.«

Stellas Entschlossenheit geriet ins Wanken. »Ich weiß nicht, ob meine Gefühle sich noch ändern – oder vielleicht deine. Alles erscheint mir im Moment so ungewiss. Ich will dir nichts versprechen …«

»Selbst wenn du dich nur bereit erklären könntest, der Sache aufgeschlossen gegenüberzustehen, wäre ich schon glücklich damit«, sagte Monty schnell. »Du hast recht; wir befinden uns im Krieg und nichts ist gewiss. Aber könnten wir nicht einfach sagen, dass eine Art Abmachung zwischen uns besteht, und dann feststellen, wie alles aussieht, wenn ich meine Ausbildung abgeschlossen habe? Ich nagele dich nicht darauf fest, wenn du dann immer noch dasselbe wie heute empfindest.«

Das klang nach einer angemessenen Bitte. Sie hatte ihm gesagt, was sie empfand; wenn er glauben wollte, dass sie es sich vielleicht in Zukunft noch anders überlegen würde, war das seine Sache. Stella war überzeugt, dass Monty sie auch nicht wirklich liebte; er wollte zur Armee gehen und bei diesem neuen Abenteuer sagen können, dass auf ihn zu Hause eine Frau wartete. Als er darum bat, für eine Atelierfotografie von ihr bezahlen zu dürfen, war sie sich noch sicherer, was seine Motive betraf.

Aber es konnte ja wohl nichts schaden, und Stella erinnerte sich daran, dass ihr Vater bereit gewesen war, Monty mit offenen Armen in der Familie aufzunehmen. Es wäre unfreundlich gewesen, ihn mit einer brüsken Abweisung fortzuschicken und ihm seinen Traum zu nehmen.

* * *

Die kalte Jahreszeit brach mit Wind an, der erst Staub, dann Hagel und Regen brachte. Die Stadt füllte sich wieder mit Regimentern und Familien, die die heißen Monate in den Bergen verbracht hatten. Zum Nazi-Angriff auf die westlichen Nachbarstaaten, von dem man munkelte, kam es nicht, und auf Stella wirkte es, als würde das Leben in der Garnisonssiedlung wie immer weitergehen. Sie sah die üblichen Tennisspiele im Gymkhana Club stattfinden und Offiziere ihre Pferde auf der Mall bewegen. Jimmy warb damit, dass das Hotel Sonderpreise für Kindergeburtstage und Bridge-Club-Teepartys anbot.

Ihr Bruder gab eine Abschieds-Cocktailparty für Monty, und Stella ließ sich überreden, danach noch mit Monty und ihren Freunden zum Tanz in den Chota Club zu gehen. Es war das erste Mal, dass sie seit dem Tod ihres Vaters tanzen ging, und obwohl sie immer noch wenig Lust darauf hatte, setzte sie ein fröhliches Gesicht auf. Monty brach auf, gab ihr einen Kuss auf die Lippen und bat sie, ihm zu schreiben, wann immer sie konnte. Sie empfand bei seiner Abreise schuldbewusste Erleichterung und hoffte, dass seine Begeisterung dafür, sich zu verloben, mit Zeit und Abstand nachlassen würde.

* * *

Myrtle war besorgt um Yvonne, die in einem Monat ihr erstes Kind zur Welt bringen sollte, und mahnte sie immer wieder, sich auszuruhen. Stella war mehr als froh darüber, ihre Pflichten übernehmen zu können, und empfand mittlerweile genauso viel freudige Erregung wie alle anderen über die bevorstehende

Ankunft eines Babys in der Familie. Sie sah, dass es ihrer Mutter etwas gab, worauf sie sich freuen konnte. Der Außenwelt gegenüber gab Myrtle sich stoisch und trug eine tapfere Miene zur Schau, aber Stella wusste, wie sehr ihre Mutter trauerte. Oft wachte sie nachts auf und hörte ihre Ma weinen. Es brach ihr das Herz, sich daran zu erinnern, wie oft sie sich im Laufe ihres Lebens vom gedämpften Geplauder und Gelächter jenseits der Schlafzimmerwand getröstet gefühlt hatte. Einmal, als sie ihre Mutter weinen hörte, klopfte Stella an ihre Tür.

»Darf ich hereinkommen, Ma?«

Ihre Mutter unterdrückte ihr Schluchzen. »N… nein. Es geht mir gut.«

»Kann ich dir irgendetwas holen? Etwas Heißes zu trinken?«

»G… geh wieder ins Bett, Stella. Es tut mir leid, wenn ich dich geweckt habe.«

Als Weihnachten näher rückte, ahnte Stella, dass ihre Mutter sich genauso davor fürchtete wie sie selbst. All die festlichen Rituale im Hotel waren so eng mit Charlies überschwänglicher Persönlichkeit verbunden, dass sie ohne ihn unvorstellbar waren.

Sie diskutierten darüber, ob sie die traditionelle Heiligabendparty abhalten sollten, und Jimmy beschloss, dass sie es tun würden.

»Unsere Freunde im Hotel werden Pas Fehlen auch spüren«, sagte er. »Wir schulden ihnen eine Vorstellung, auf die Pa stolz gewesen wäre. Es gibt keine bessere Art, ihn zu ehren.«

Stella half ihrem Bruder, den Whiskypunch zuzubereiten, der die Spezialität ihres Vaters gewesen war, und das Foyer und den Speisesaal mit bunten Luftschlangen und Laternen zu dekorieren. Als die Sonne unterging und die Gäste sich versammelten, drehte Stella sich um, als sie vertraute Stimmen am Hoteleingang hörte.

»Esmie und Mr Lomax!« Sie keuchte auf und eilte ihnen entgegen.

Esmie zog sie in eine Umarmung und erklärte: »Wir wollten diese Weihnachten bei euch allen sein.«

Stella kamen die Tränen. »Danke! Ma und Jimmy werden sich so freuen.«

Tom legte ihr voller Zuneigung die Hand auf den Kopf. »Dein Lächeln ist für uns alle doch die beste Aufmunterung.«

»Wir haben Pas Spezial-Punsch gemacht«, sagte Stella unter Tränen.

»Das hatte ich gehofft«, erwiderte Tom. Er sah dünn und verhärmt aus, aber seine schönen blauen Augen leuchteten vor Wärme.

Bald entdeckten Hester und ihre Freunde ihn und winkten ihn in ihre Mitte.

Später, als Stella mit den Lomax auf dem kühlen Hof vor dem Bungalow saß, konnte sie nach Andrew fragen.

Tom nahm einen tiefen Zug aus seiner Zigarette und sagte: »Soweit wir es einschätzen können, ist er in den Highlands weiterhin in der Ausbildung. Dreht Däumchen, wie er es nennt. Er wäre lieber im Einsatz.«

»Aber die Nachricht ist schon ein paar Monate alt«, setzte Esmie hinzu. »Tom hat seit Oktober nichts mehr von ihm gehört. Das könnte heißen, dass er schon in Frankreich ist.«

Stella drückte ihr die Hand. »Ihr hättet doch sicher gehört, wenn das der Fall wäre. Tibby hätte es euch wissen lassen.«

»Da hast du recht, das hätte sie.« Esmie wirkte beruhigt.

»Außerdem«, sagte Stella, »konnte Andrew schon immer auf sich selbst aufpassen. Die Borderers bilden ihn bestimmt gut aus.«

Kapitel 23

Templeton Hall, Ebbsmouth, Ende Februar 1940

Es war Felicitys Idee, nach Edinburgh zu fahren und einen Film in der Nachmittagsvorstellung anzusehen.

»Du läufst hier schon seit vierzehn Tagen auf und ab wie ein Tiger im Käfig«, sagte sie vorwurfsvoll zu Andrew, »und ich kann es gar nicht abwarten, Cary Grant in *Aufstand in Sidi Hakim* zu sehen. Du nicht auch?«

»Eigentlich nicht«, sagte Andrew und blieb stehen, um aus dem Wohnzimmerfenster in die eisige Landschaft hinauszustarren, in der es endlich zu tauen begann. Sein Einschiffungsurlaub war wegen der Schneestürme und des frostigen Wetters, das das ganze Land zum Stillstand gebracht hatte, im vergangenen Monat verlängert worden. In den Highlands hatte er gesehen, wie man Post auf Skiern ausgetragen und Milch per Schlitten geliefert hatte.

»Aber es geht um die Armee in Indien«, sagte Felicity, »die gegen wilde Stammeskrieger kämpft – genau wie deine Vorfahren.« Sie legte ihm die Arme um die Taille und senkte die Stimme. »Außerdem gibt mir das Gelegenheit, dich für mich allein zu haben. Deine Mamma nimmt dich ständig in Beschlag, und wir haben nur noch so wenig Zeit …«

Andrew sah auf sie hinunter und lächelte. »Du bist sehr hübsch, wenn du mich so anschmollst.« Er küsste sie auf die Nase.

»Gut. Heißt das, dass wir nach Edinburgh ins Kino fahren können?«

Andrew nickte. »Ich gehe und sage Mamma, dass sie uns nicht zum Mittagessen erwarten soll.«

* * *

Andrew war beschwingt, als sie die Küste hinauf Richtung Edinburgh fuhren. Die Nordsee lag glitzernd und friedlich unter einem kobaltblauen Himmel. Es war schwer vorstellbar, dass dort draußen Gefahr lauerte: ein tödliches Katz-und-Maus-Spiel zwischen Schiffen und U-Booten. Bald würde auch er das Meer überqueren, um zur British Expeditionary Force in Frankreich zu stoßen. Er konnte es gar nicht abwarten – Noel war schon seit Oktober mit seinem Bataillon dort. Es juckte ihm in den Fingern, seinen Dienst anzutreten und seinen Teil zu allem beizutragen.

»Na, was denkst du gerade?«, fragte Felicity.

Er sah schuldbewusst zu ihr hinüber. »Ich dachte nur, was für ein Glück ich habe, mit dir auszugehen.«

»Lügner.« Sie schnaufte amüsiert. »Du warst in Gedanken meilenweit weg. Wahrscheinlich schon in Frankreich.«

Andrew errötete. »Du kennst mich viel zu gut.«

Sie legte eine Hand auf seinen Oberschenkel. »Nicht so gut, wie ich dich gern kennen würde.«

Erregung durchlief ihn. Es hatte ihn überrascht, wie schnell ihre Freundschaft sich seit dem vergangenen Neujahrstag entwickelt hatte. Sie hatten sich jedes Mal getroffen, wenn er

Urlaub gehabt hatte. Sobald Felicity im letzten Frühjahr siebzehn geworden war, hatte sie darauf bestanden, von der Schule abzugehen, und war eine der ersten örtlichen Rekrutinnen der Women's Voluntary Services geworden. Sie half mit, sich um evakuierte Kinder zu kümmern. Wenn sie nicht damit beschäftigt war, arbeitete sie in den Ställen ihres Vaters, weil dessen Stallknecht von der Marine eingezogen worden war.

Sie war emotional reifer, als es ihrem Alter entsprach, und nahm kein Blatt vor den Mund. Außerdem konnte sie es gar nicht abwarten, ihre Beziehung zu vertiefen. Andrew dagegen zögerte. Er würde bald ins Ausland in den Krieg geschickt werden, und es bestand die Möglichkeit, dass er nicht zurückkehren würde.

Andrew hob ihre Hand an, gab einen Kuss darauf und legte sie dann sanft wieder auf ihren Schoß. »Wir wollen doch nicht, dass das Auto von der Straße abkommt«, scherzte er.

* * *

Als sie eine Dreiviertelstunde später in Edinburgh ankamen, hatte der Himmel sich bewölkt und ein eisiger Wind fegte die eleganten Straßen voller Reihenhäuser entlang. Andrew parkte in einem kopfsteingepflasterten Gässchen unweit der Hauptdurchgangsstraße Princes Street und ging dann Hand in Hand mit Felicity los.

»Erst essen wir bei Jenner's zu Mittag«, verkündete er, »um uns für *Aufstand in Sidi Hakim* zu stärken.«

Obwohl für Haushalte vor Kurzem die Rationierung von Speck, Butter und Zucker eingeführt worden war, galten diese Einschränkungen noch nicht für Restaurants. Andrew und Felicity machten sich über Fischpastete und Karotten mit Käsesauce her. Zum Nachtisch gab es Sponge Pudding mit Vanillecreme und eine große Kanne Tee.

Danach gingen sie zum New Victoria Cinema. Felicity hakte sich aufgeregt bei Andrew ein, als sie das hell erleuchtete Foyer betraten und über den Marmorboden zum Kartenschalter gingen.

Sie kauften Karten fürs Parkett und betraten eine lange, bogenförmige Lounge, in der überall Kübelpflanzen und Rattansessel standen. Leute spazierten herum, plauderten und lachten. Unvermittelt überkam Andrew das Gefühl, schon einmal hier gewesen zu sein. Dann wurde ihm klar, warum: Es erinnerte ihn an das Raj Hotel. Er blieb stehen und holte tief Luft.

Felicity sah ihn besorgt an und hielt darin inne, ihren Mantel aufzuknöpfen. »Geht es dir gut, Andrew?«

Er fing sich rasch wieder. »Ja, natürlich. Ich lasse nur alles auf mich wirken.«

»Fabelhaft, oder?« Sie grinste und zog ihn mit.

Der Kinosaal war sogar noch prächtiger. Er ähnelte einem griechischen Theater mit Statuen in Nischen und korinthischen Säulen, die beiderseits der gewaltigen Leinwand angeordnet waren.

Eine Platzanweiserin führte sie zu ihren Sitzen weit hinten im Parkett. Über ihren ragte der geschwungene Rang vor, hinter ihnen befand sich eine Reihe privater Logen.

Er zog ein paar Lutschbonbons aus der Tasche, die er fürs Kino aufgehoben hatte, und reichte ihr einen.

»Meine Güte, du verstehst dich wirklich darauf, ein Mädchen zu verwöhnen, was, Lomax?«, zog sie ihn auf. »Das Pärchen in der Loge hinter uns schlägt sich den Bauch mit Pralinen voll.«

Andrew schaute sich um. Ein Mann in Zivilkleidung sagte gerade etwas, das seine blonde Begleiterin zum Lachen brachte.

Andrew erwiderte trocken: »Wir werden immer noch an unseren Bonbons lutschen, wenn sie ihre Pralinen längst aufgegessen haben.«

Etwas an dem Mann kam ihm bekannt vor. Andrew sah noch einmal über seine Schulter, aber Felicity stieß ihn an.

»Starr sie nicht an«, zischte sie, »sonst denken sie noch, dass wir sie beneiden.«

Andrew brummte: »Wir beneiden sie ja auch.«

Dann gingen die Lichter aus und sie machten es sich beide gemütlich, um sich den Film anzusehen.

* * *

Andrew fand, dass der Film eine ziemlich lächerliche Parodie sowohl der Armee als auch Indiens war, aber er verstörte ihn dennoch. Die kahlen Berglandschaften, staubigen Ebenen und Soldaten, die in der Hitze gedrillt wurden, versetzten ihn zurück in die Heimat seiner Kindheit.

In der Pause zündete er sich eine Zigarette an. Verstohlen sah er sich noch einmal nach dem Mann in der Loge um. Er kam ihm eindeutig bekannt vor. Hatte er ihn schon einmal in Ebbsmouth gesehen?

Felicity beugte sich näher zu ihm und flüsterte: »Warum schaust du immer wieder hinter dich? Kennst du die Leute?«

Andrew zuckte die Schultern. »Ich bin mir sicher, dass ich den Mann schon einmal gesehen habe.«

»Er ist ziemlich fesch.« Felicity lächelte. »Aber dich mag ich trotzdem lieber.«

Bald begann die zweite Hälfte des Films, und Andrew verdrängte den Mann aus seinen Gedanken. Er ließ sich auf den Slapstick und die Melodramatik ein, als der Film seinen Höhepunkt erreichte, und stellte unerwartet fest, dass er von dem recht tragischen Ende ergriffen war. Er fand die

Kameradschaft der britischen Soldaten gut getroffen und empfand Heimweh nach den Orten seiner Kindheit.

»Er ist in Amerika gedreht worden, weißt du?«, sagte Felicity, als die Lichter angingen. »Sah es aus wie am Khaiberpass?«

»Die Landschaft ähnelt ein bisschen der an der Nordwestgrenze, soweit ich mich daran erinnere«, räumte Andrew ein. »Allerdings war ich nur ein einziges Mal dort und kann damals nicht älter gewesen sein als fünf oder sechs.«

Dann schoben sie sich hinter anderen Kinobesuchern her aus ihrer Sitzreihe. Andrew beobachtete das Pärchen in der Loge, als die beiden aufstanden. Der Mann griff nach einem Gehstock und bewegte sich steif auf die Tür zu. In dem Moment wurde Andrew klar, wer es war. Hugh Keating! Es war der Ire von dem Schiff von 1933, in den Stella verliebt gewesen war, da war er sich sicher.

»Ich kenne den Mann *wirklich*«, sagte er zu Felicity. »Komm, ich würde ihn gern einholen.«

Er nahm ihre Hand und schlängelte sich mit ihr durch die langsam vorankommende Menge. Draußen in der Lounge vor dem Parkett reckte Andrew den Hals, um über die Köpfe hinweg Ausschau nach Hugh zu halten, sah aber keine Spur von ihm. Sie reihten sich in die Schlange ein, die ins Foyer hinausströmte.

»Lass uns ein paar Minuten lang hier warten«, sagte er. »Vielleicht ist er noch nicht fort.«

»Darf ich dann eine deiner Fluppen haben?«, fragte Felicity und wühlte schon in der Brusttasche seiner Uniform. Sie zündete sich eine Zigarette an.

Eine Minute später sah Andrew Hugh allein ins Foyer treten. Er hinkte leicht und ging mithilfe seines Stocks mit Silberknauf. Andrew drängte sich durch den überfüllten Raum und rief nach ihm.

»Mr Keating? Hallo, Mr Keating!«

Der Mann blieb stehen und drehte sich um. Andrew erreichte ihn.

»Sie sind es doch, nicht wahr? Hugh Keating?«

Er lächelte verblüfft. »Ja. Und Sie sind?«

Andrew streckte ihm die Hand hin. »Andrew Lomax. Ich war 1933 Ihr Kabinengenosse auf dem Dampfer *Rajputana.*«

»Du lieber Himmel!« Hugh starrte ihn voller Überraschung an und schüttelte ihm dann kräftig die Hand. »Nun sehen Sie sich bloß an, junger Lomax! Lang wie ein Baum und inzwischen Soldat, wie ich sehe. Wie zum Teufel geht es Ihnen?«

»Sehr gut, danke.« Andrew grinste. »Ich bin im Urlaub in Ebbsmouth. Ich bin zu den Borderers gegangen. Und was ist mit Ihnen? Sind Sie immer noch bei der Landwirtschaftsbehörde in Belutschistan?«

Hugh pfiff. »Das kommt mir vor, als wäre es ein ganzes Leben her. Nein, ich habe den Dienst quittiert.« Er klopfte auf sein lahmes Bein. »Habe mich nie davon erholt, dass man auf mich geschossen hat, und hätte es nicht fair gefunden zu bleiben, obwohl ich nicht mehr mühelos im Sattel sitzen und meine Aufgaben ordentlich erfüllen konnte.«

»Sehr ehrenhaft«, sagte Andrew. »Was machen Sie denn jetzt?«

»Ich arbeite für eine Agentur in Kalkutta – McSween and Watson – die landwirtschaftliche Geräte und dergleichen verkauft. Nicht sehr glamourös, aber die Streitkräfte wollen mich nicht nehmen.« Er packte Andrew an der Schulter. »Ich beneide euch Burschen in Uniform.«

»Dann sind Sie im Heimaturlaub?«, fragte Andrew.

»Nein, auf Dienstreise zu unserem Hauptsitz in Dundee«, erklärte er. »Aber ich gehöre nicht zu den Leuten, deren Rückkehr nach Indien Priorität hat, also muss ich noch auf eine Schiffspassage nach da draußen warten.«

»Was führt Sie nach Edinburgh?«

»Stell mir deinen Freund doch mal vor«, unterbrach sie Felicity, als sie an seiner Seite erschien. Andrew tat wie geheißen, und sie streckte Hugh die Hand hin. »Felicity Douglas.«

Hugh lächelte und drückte ihre Hand sacht an seine Lippen. »Ich bin bezaubert, Miss Douglas. Der junge Lomax hat großes Glück.«

Felicity lachte. »Andrew hat den halben Film damit verbracht, sich den Hals zu verrenken, um Sie anzustarren. Ich sollte eifersüchtig sein. Wo ist Ihre Frau?«

Hugh wirkte perplex und sagte dann: »Oh nein, ich habe keine Frau. Ich … äh … bin zu Besuch bei meiner Cousine … Cousine Caroline. Sie ist sich gerade die Nase pudern gegangen, wie Damen es immer ausdrücken.«

Hugh plauderte etwa eine Minute lang leichthin mit Felicity; es erinnerte Andrew daran, was für nette Gesellschaft Hugh auf dem Schiff gewesen war und was für ein schlechtes Gewissen er später gehabt hatte, weil er seine Romanze mit Stella sabotiert hatte. Die arme Stella! Andrew war sich ziemlich sicher, dass seine Mutter Hughs Brief absichtlich aus kleinlicher Eifersucht auf sie hatte verschwinden lassen.

Das brachte Andrew darauf zu fragen: »Haben Sie je wieder von Stella gehört – der Freundin unserer Familie, die mit auf dem Schiff war?«

»Von Ihrer Begleiterin?«, fragte Hugh. »Nein, nie. Ich war sehr eingenommen von ihr, aber sie hat eindeutig nicht das Gleiche für mich empfunden. Ich habe ihr geschrieben, aber sie hat nicht geantwortet. Hat mich mit gebrochenem Herzen zurückgelassen.« Er machte sich über sich selbst lustig, indem er sich theatralisch an die Brust fasste.

»Das wollte sie aber«, erzählte Andrew ihm. »Sie hat sich sehr gefreut, von Ihnen zu hören, und wollte Ihnen zurückschreiben, aber ich glaube, Ihr Brief ist versehentlich weggeworfen worden.«

Hugh schien verblüfft zu sein, das zu hören. Sein hübsches Gesicht rötete sich, und er sah für einen Augenblick traurig drein. »Also, das ist schade«, sagte er. »Wirklich sehr schade. Wenn ich das doch nur gewusst hätte …«

»Ich bin mir sicher, sie würde sich immer noch freuen, von Ihnen zu hören«, sagte Andrew in dem Versuch, alles wiedergutzumachen.

Hugh schnaufte ungläubig. »Die schöne Stella ist doch sicher längst verheiratet.«

»Nein, ist sie nicht«, sagte Andrew. »Zumindest nicht, soweit ich weiß. Sie schreibt meiner Tante in Ebbsmouth immer noch. Stellas Vater ist vor Kurzem gestorben, also ist sie seitdem damit beschäftigt, ihre Mutter zu trösten.«

»Lebt sie immer noch im Raj Hotel in Pindi?«, fragte Hugh voller Interesse.

»Ja.«

Felicity bemerkte amüsiert: »Na, eine so unverhohlene Kuppelei habe ich noch nicht erlebt. Männer sind ja viel schlimmere Klatschbasen als wir Frauen.«

Andrew lachte. Um seine Verlegenheit zu überspielen, fragte er: »Mr Keating, hätten Sie und Ihre Cousine Lust, mit uns eine Tasse Tee zu trinken, bevor wir zurück nach Ebbsmouth fahren?«

Hugh schenkte ihm ein bedauerndes Lächeln. »Eigentlich wäre mir nichts lieber als das, aber ich muss meine Cousine vor Einbruch der Dunkelheit nach Hause bringen, sonst bekomme ich Ärger mit meiner Tante und meinem Onkel. Ich gehe jetzt auch lieber und mahne Caroline zur Eile.« Er schüttelte Andrew noch einmal die Hand. »War schön, Ihnen wieder über den Weg zu laufen, Andrew. Passen Sie gut auf sich auf und viel Glück. Vielleicht sehen wir uns ja eines Tages in Pindi.« Er lächelte und verbeugte sich vor Felicity. »Es war mir ein Vergnügen, Sie kennenzulernen, Miss Douglas.«

Er wandte sich ab und verschwand wieder durch die Tür des Foyers. Felicity hakte sich bei Andrew ein.

»Ich glaube, unsere Audienz ist beendet«, sagte sie mit spöttischem Blick. »Wenn die Frau wirklich seine Cousine ist, fresse ich einen Besen.«

»Wie meinst du das?«, fragte Andrew erstaunt.

»Ich würde sagen, sie ist die Ehefrau eines anderen Mannes«, meinte Felicity. »Komm, lass uns die beiden nicht in Verlegenheit bringen.«

Andrew staunte über Felicitys Scharfsinn und erlaubte ihr, ihn ins Freie zu führen.

* * *

Auf der Heimfahrt hörte Andrew Felicitys Geplapper über den Film nur mit halbem Ohr zu, weil sein Kopf noch zu voll von diesem seltsamen Tag war. Warum hatte er Hugh ermuntert, Stella zu schreiben, und es dann sofort bereut? Lag es daran, dass Felicitys Verdacht, Hugh sei mit einer verheirateten Frau zusammen, in ihm die Sorge weckte, dass der Ire vielleicht kein verlässlicher Heiratskandidat war – oder daran, dass er in seinem tiefsten Innern immer noch etwas für Stella empfand?

Andrew versuchte, diese Gedanken aus seinem Verstand zu verdrängen. Er liebte Felicity und durfte sich nicht an seine lächerliche kindliche Vernarrtheit in das Dubois-Mädchen klammern.

Sie erreichten Ebbsmouth, als die Sonne unterging, und Andrew bog in die schmale Straße ein, die zur großen, viktorianischen Villa der Douglas führte, die als Anwesen eines Industriellen aus Glasgow direkt am Meer errichtet worden war.

»Park außer Sichtweite des Hauses«, wies Felicity ihn an.

Andrew zögerte. »Ich muss zurück, bevor es dunkel ist, sonst bekomme ich es mit dem Luftschutzwart zu tun.«

»Nur ein paar Minuten«, schmeichelte sie.

Er tat wie geheißen, und sie streckte die Arme nach ihm aus und begann, ihn zu küssen. Andrew spürte, wie sich beim Geschmack ihrer feuchten Lippen Begehren in ihm regte. Sie umarmten einander und liebkosten sich gegenseitig die Haare.

»Lass uns auf die Rückbank steigen«, schlug Felicity etwas außer Atem vor. »Dann können wir uns einfacher küssen.«

Andrew wusste, wohin das führen sollte. Er löste sich von ihr und umfasste ihre Hände.

»So geht das nicht«, sagte er sanft. »Eines Tages werden wir miteinander schlafen, aber nicht auf der Rückbank des eiskalten Autos meiner Mutter. Wir werden es richtig tun. Ich werde nicht riskieren, dich guter Hoffnung hier zurückzulassen, während ich an der Front bin – oder wo auch immer sie mich hinschicken.«

Sie bedachte ihn mit einem ihrer unverwandten Blicke. »Ich bin enttäuscht, aber, glaube ich, auch geschmeichelt. Willst du damit sagen, dass wir erst verlobt sein müssen?«

Andrew spürte, wie Panik in ihm aufflackerte. So weit hatte er noch nicht vorausgedacht.

»Kann sein«, sagte er unschlüssig. »Lass uns erst einmal abwarten, was passiert.«

Sie schenkte ihm ein befriedigtes Lächeln und küsste ihn noch einmal. Dann schwang sie die langen Beine aus dem Auto.

»Komm vorbei, bevor du abreist, ja? Ich werde dich tierisch vermissen.«

Er versprach, es zu tun. Dann fuhr er schnell nach Hause. Seine Emotionen schwankten zwischen Jubel und Erleichterung. Felicity liebte ihn so, wie noch keine vor ihr es getan hatte, und er begehrte sie auch, aber ein Teil von ihm war dankbar, dass er Ebbsmouth bald verlassen und in den Kriegseinsatz gehen würde. Bald würde er für sein Land kämpfen; so einfach war das.

Kapitel 24

Das Raj-in-the-Hills, Gulmarg, Ende Mai 1940

Die Nacht pulsierte vom Summen der Insekten, das von Zeit zu Zeit vom Kreischen und Heulen aus den Wäldern oberhalb des Hotels durchbrochen wurde. Stella und die Lomax saßen im kleinen Wohnzimmer an der Rückseite des Anbaus zusammen und lauschten ungläubig den neuesten erschreckenden Kriegsnachrichten im Radio.

»Belgien hat auch kapituliert?«, sagte Stella schockiert. »Was heißt das für unsere britischen Soldaten?«

»Sie werden an der Seite der Franzosen weiterkämpfen«, sagte Esmie beherzt. »Wie wir es im letzten Krieg getan haben.«

»Wir sind schon auf dem Rückzug«, hob Tom hervor. Er klang bitter. »Unsere Armee wird ausgelöscht werden oder in Gefangenschaft geraten. Es passiert alles wieder von Neuem. Nur, dass die Nazis diesmal viel besser organisiert und skrupelloser als der Kaiser sind. Sie sind durch Holland und Belgien vorgestoßen wie ein Messer durch Butter! Auch durch Dänemark und Norwegen – Länder, die sich für neutral erklärt hatten. Hitler hat wieder und wieder gezeigt, dass man ihm nicht vertrauen kann.«

»Du hast recht«, versuchte Esmie ihn zu beruhigen. »Aber reg dich nicht auf.«

»Wie kann ich mich denn nicht aufregen?«, schrie Tom. »Andy ist inmitten dieser Hölle!«

»Wir müssen um Andys Sicherheit beten«, sagte Esmie. »Um die Sicherheit aller. Mehr können wir nicht tun.«

Stella konnte nicht sprechen. Sie war überwältigt von Angst um Andrew. Früher in diesem Monat hatten sie beim Abendessen an seinem zwanzigsten Geburtstag auf ihn angestoßen und dabei nur gewusst, dass er irgendwo an der Westfront war. Er war in dem Alter, in dem sie gewesen war, als sie gemeinsam in ihr Abenteuer in Schottland aufgebrochen waren. Andrew hatte schnell erwachsen werden müssen, und nach dem Foto zu urteilen, das Tibby von ihrem Neffen in Uniform geschickt hatte, war er jetzt auch körperlich ein Mann.

Auf dem Bild, das vor der Anchorage aufgenommen worden war, überragte er Dawan und Willie, den Dudelsackspieler. Stella war betroffen gewesen, wie sehr Andrew Tom mit seinem dunklen Haar und seinem schlanken Gesicht ähnelte. Doch seine Augen erinnerten an die seiner Mutter, und er hatte breitere Schultern als sein Vater.

Tibby hatte Stella geschrieben, dass Andrew einer sehr hübschen und temperamentvollen jungen Frau namens Felicity Douglas – oder Flis-Tish, wie Andrew sie nannte – den Hof machte und dass sie sehr ineinander verliebt zu sein schienen. Sie freute sich für ihn. Aber jetzt quälte sie der Gedanke, dass Andrew in Gefahr war.

Als sie in der Nacht schlaflos im Bett lag, machte Stella sich Vorwürfe, weil sie so viel an Andrew und nicht an Monty dachte. Sie hatte ihn im März einmal kurz gesehen, als er ein paar Tage Urlaub gehabt hatte. Sie waren tanzen und zu einer Party bei Clive und Ada gegangen, aber sie hatte es vermieden, allein mit ihm zu sein, und es gar nicht abwarten können, ins Hotel zurückzukehren.

Stella war völlig vernarrt in ihren neugeborenen Neffen, Charles Franklin, der im Januar geboren und nach seinen beiden Großvätern benannt worden war. Auf ihren Vorschlag hin waren Jimmy und seine junge Familie zurück in den Bungalow gezogen, während ihre Mutter und sie die kleinere Wohnung im Hotel übernommen hatten.

Baby Charles war rundlich und zufrieden, und obwohl er eine *ayah* hatte, die in den Dienerquartieren wohnte, kümmerte Stella sich oft um ihn. Es war ihr schwergefallen, ihn Anfang Mai zu verlassen, um in die Berge hinaufzureisen.

Stella hatte sogar Mitleid mit Lydia. Wie ängstlich doch auch sie auf Nachrichten von ihrem Sohn warten musste! Stella war schon längst zu dem Schluss gekommen, dass Lydia Andrew auf ihre eigene Art wirklich liebte.

* * *

Im Laufe der nächsten paar Tage versuchte Stella, die Moral der Lomax zu stärken, indem sie jeden Abend Klavier spielte und Gesangsabende mit den Gästen organisierte. Esmie beteiligte sich daran, aber Tom zog sich in sein Atelier zurück. Er hatte wieder angefangen, viel Alkohol zu trinken. Die Frauen sahen hilflos zu, wie er sich immer mehr zurückzog, während die Nachrichten aus Europa noch schlimmer wurden. Seit Belgien kapituliert hatte, stürmten die Nazis auf die Küste Frankreichs zu, in der Absicht, der British Expeditionary Force und ihren Alliierten den Rückzugsweg abzuschneiden. Die Elite der britischen Armee – Zehntausende von Männern – war in erbitterte Rückzugsgefechte verstrickt.

Anfang Juni drangen dann allmählich Neuigkeiten über das wundersame Entkommen Tausender der in Bedrängnis geratenen Kämpfer zu ihnen durch: Eine moderne Armada von Marine- und Handelsschiffen war ihnen über den Ärmelkanal zu Hilfe gekommen und hatte viele von ihnen eingesammelt und in Sicherheit gebracht. Tom rauchte Kette, während sie der rauschenden Radioübertragung lauschten, die zwischenzeitlich immer wieder ausfiel: Eben noch glasklar, war sie im nächsten Moment schon ein undeutliches Knistern.

»Meint ihr, Andrew könnte unter denen sein, die davongekommen sind?«, fragte Stella hoffnungsvoll.

»Das können wir nur hoffen«, sagte Esmie und versuchte, ihre Tränen zurückzuhalten.

Tom schenkte ihnen den Anflug eines Lächelns. »Mein Junge wird nicht aufgeben; ganz gleich, wo er ist, er wird niemals aufgeben.«

* * *

Das Warten in Ungewissheit war die Hölle. Gäste, denen bewusst war, dass der geistesabwesende Hotelier jeden Tag befürchtete, schlechte Nachrichten zu erhalten, flüchteten sich in Plattitüden.

»Es ist erst vorbei, wenn es vorbei ist.«

»Bestimmt hören Sie bald, dass er in Sicherheit ist.«

»Kopf hoch, Mr Lomax.«

Zum Entzücken aller traf Baronin Cussack unerwartet von ihrem Hausboot ein und munterte sie auf. Während andere daran gescheitert waren, gelang es ihr, Tom mit *chota pegs* und Whistspielen aus seiner Höhle zu locken. Aber als der Juni weiter fortschritt, wurden die täglichen Bulletins noch schlimmer. Das faschistische Italien trat an der Seite Deutschlands in den Krieg ein, fiel sofort über die Alpen nach Frankreich ein und begann, das britische Schutzgebiet Malta zu bombardieren. Die Royal Air Force flog im Gegenzug bereits Angriffe auf italienische Luftstützpunkte in Libyen. Aber das hieß auch, dass der Luftpostverkehr nach Indien unterbrochen war. Die Nazis marschierten auf Paris zu und nahmen die französische Hauptstadt Mitte des Monats ein. Sie hörten, wie ein so gut wie unbekannter französischer General namens de Gaulle seine Offizierskameraden und andere Soldaten, die nach Großbritannien geflohen waren, bestürmte, sich ihm anzuschließen und weiterzukämpfen. *»Die Flamme des französischen Widerstands darf und wird nicht erlöschen.«*

Zum selben Zeitpunkt, als Frankreich überrannt wurde, erfuhren sie, dass die Sowjets in den baltischen Staat Litauen eingefallen waren. Wie es schien, nahmen die totalitären Mächte Europa in den Würgegriff. Stella wusste, dass sie alle das Gleiche dachten, obwohl sie nicht wagten, es auszusprechen: Es war nur eine Frage der Zeit, bis Großbritannien Hitlers nächstes Ziel wurde.

Stella war diejenige, die als Erste den *chaprassi* entdeckte, der mühelos den Berg heraufsprang. Sie war auf der Veranda und spielte mit Hester, der Frau eines Forstbeamten und deren kleiner Tochter Mensch ärgere dich nicht.

»Mädels«, sagte Hester gerade, »wusstet ihr eigentlich, dass Mensch ärgere dich nicht auf ein uraltes indisches Spiel namens Pachisi zurückgeht? Die Mogulkaiser pflegten es zu spielen, und Akbar hatte ein riesengroßes Brett …«

»Baronin«, unterbrach Stella sie und sprang auf. »Ich glaube, der *chaprassi* hat ein Telegramm in der Hand.«

Hester legte sich eine Hand auf die Brust. »Oh, du meine Güte! Geh Esmie holen.«

Stella rannte ins dunkle Innere des Hotels und rief: »Esmie! Komm schnell!«

Esmie kam aus dem kleinen Büro geeilt. »Was ist los?«

»Der *chaprassi* ist draußen«, stieß sie hervor. »Er bringt ein Telegramm.«

Esmie sagte ruhig: »Sag Bijal, dass er ihm etwas zu trinken bringen soll, während ich Tom holen gehe.« Dann machte sie sich schnell auf den Weg ins Atelier.

Stella wies den Diener an, den Boten in die Küche zu führen, während sie und die anderen Frauen auf der Veranda warteten. Das Telegramm lag ungeöffnet auf dem Tisch. Es schien eine Ewigkeit zu dauern, bis Esmie zurückkam, obwohl es nicht mehr als ein paar Minuten gewesen sein konnten.

»Tom ist nicht da«, sagte sie. »Er muss spazieren gegangen sein.« Sie hob das Telegramm mit zitternder Hand hoch und legte es dann wieder ab.

»Öffne es«, sagte Hester. »Besser, du weißt es.«

Esmie wirkte hin- und hergerissen. »Das kann ich nicht – es ist an Tom adressiert.«

Stella wurde übel. »Willst du, dass ich ihn suchen gehe?«

Esmie antwortete: »Nein, ich gehe selbst.«

»Ich komme mit«, beharrte Stella. »Zu zweit finden wir ihn schneller.«

Esmie lächelte kurz und nickte. »Danke.«

Sie zogen sich schnell Wanderschuhe an und brachen den Berg hinauf über die hoch gelegene *marg* auf. Stella hätte es nicht ertragen können, im Hotel zu bleiben und weiterzuspielen.

Stella schickte ein Stoßgebet gen Himmel, dass Andrew noch am Leben sein möge – und dass Tom nicht zu einer seiner langen, melancholischen Wanderungen aufgebrochen war.

Sie fanden ihn oben in der Nähe der Hütten der Gujar beim Holzhacken. Er schaute auf und lächelte verlegen. Dann aber veränderte sich seine Miene. »Esmie, was ist?«

»Ein Telegramm«, sagte sie schlicht. »Wir haben es noch nicht geöffnet.«

Sofort ließ Tom seine Axt fallen und ging zu ihr. Sie nahm seine Hand, und die beiden brachen fast im Laufschritt den Berg hinab auf, während Stella sich anstrengte, mitzuhalten.

* * *

Als sie auf die Veranda zurückgelangten, wartete dort nur noch Hester. Die anderen Gäste hatten sich rargemacht. Tom ging geradewegs zum Tisch und packte den Briefumschlag. Einen Moment lang starrte er ihn an. Stella sah, wie er schwer schluckte. Dann riss er ihn auf. Sie hielt sich an Hester fest. Ihr Herz pochte dumpf.

Mit zitternden Händen las Tom die Nachricht. Er stöhnte auf. Esmie umfasste seinen Arm. »Tom?«, stieß sie hervor.

Stella begann zu zittern.

Toms Augen füllten sich mit Tränen. Er räusperte sich. »Andy … Andy ist am Leben. Tibby sagt, er ist aus Dünkirchen gerettet worden.« Er schluchzte.

Esmie nahm ihm das Telegramm ab und las es selbst. »Oh, Gott sei Dank!«, rief sie.

Stella und Hester umarmten sich.

»Ist er zu Hause?«, fragte die Baronin.

»Das schreibt Tibby nicht«, erwiderte Esmie, »also vermutlich noch nicht. Das Telegramm ist vor vier Tagen abgeschickt worden. Aber er ist eindeutig wieder in Großbritannien.«

Stella konnte ihre Tränen nicht zurückhalten. »Oh, was für eine Erleichterung! Ich bin so froh!«

Tom streckte die Hand nach Esmie aus und hielt sich an ihr fest. Sanft führte sie ihn zu einem Sofa und setzte sich neben ihn. Tom brach in Tränen aus. Esmie hielt ihn und streichelte seine Haare.

»Alles ist gut, mein Schatz«, sagte sie leise. »Er ist in Sicherheit. Unser Junge ist in Sicherheit.«

Stellas Brust schnürte sich bei dem Anblick zu. Auf ein Nicken von Hester hin zogen sie sich beide ins Hotel zurück und ließen die Lomax allein.

Kapitel 25

Ebbsmouth, Juni 1940

Der überfüllte Zug fuhr spät abends in Ebbsmouth ein. Sie waren ohne Lichter gefahren, aber die Mittsommernacht warf einen gespenstischen Schein durch die Fenster. Andrew konnte die Umrisse von Gestalten um ihn herum ausmachen, auf Sitzen zusammengekauert oder am Boden hockend, schlafend oder stumm rauchend. Einige trugen wie er noch ihre schmutzige Kampfmontur, stanken und waren zu Tode erschöpft. Die meisten fuhren weiter nach Edinburgh oder Glasgow.

Steif stand Andrew auf und stieg über schlafende Körper hinweg, um zur Tür des Waggons zu gelangen. Er empfand eine Mischung aus Erleichterung, weil er in Sichtweise seines Zuhauses war, und Angst, die anderen Soldaten zu verlassen, die das Gleiche wie er durchgemacht hatten. Jedes Mal, wenn er die Augen schloss, sah er die Schrecken des Rückzugs durch Belgien und Frankreich vor sich: die von fliehenden Zivilisten verstopften Straßen, die aus der Luft bombardiert wurden. Seine Sinne wurden den Gestank von verfaulendem Fleisch und Kordit, die Schreie der Sterbenden und den Anblick lebloser

Kinder, die wie Lumpenpuppen in Gräben verstreut lagen, einfach nicht los.

»Viel Glück, Sir.« Einer der Soldaten – Jocks, wie sie in den schottischen Regimentern liebevoll genannt wurden – salutierte vor ihm.

Andrew schüttelte ihm die Hand. »Ihnen auch viel Glück, Private.«

* * *

Im Halbdunkel sah Andrew verschwommene Gestalten an der Sperre am Bahnhof. Er erkannte, dass eine einen großen Hut mit einer Feder trug: Tante Tibby. Seine Augen brannten, und eine Welle der Zuneigung brach über ihn herein. Der Anblick erinnerte ihn an seine allererste Ankunft genau hier auf diesem Bahnsteig, als er – noch grün hinter den Ohren, mit Stella an seiner Seite – seine Verwandten aus Ebbsmouth kennengelernt hatte. Flüchtig fragte er sich, ob die Nachricht, dass er unbeschadet aus Frankreich zurückgekehrt war, bis zu seinem Vater gedrungen war. Wusste Stella Bescheid, und wenn ja, wie viel bedeutete es ihr?

Andrew schüttelte den Gedanken ab. Er würde gleich einige der Menschen wiedersehen, die ihm am meisten am Herzen lagen.

Seine Mutter stürmte als Erste auf ihn zu. »Mein Liebling!« Lydia klammerte sich an ihn und schluckte ein Schluchzen hinunter.

Er tätschelte ihr den Rücken. »Mir geht es gut. Ich rieche etwas streng, aber es ist alles noch dran.«

Sie löste sich von ihm und tastete nach einem Taschentuch. »Ja, du stinkst wirklich ziemlich.« Halb lachte, halb weinte sie. »Sie hätten euch doch sicher ein ordentliches Bad und frische Kleidung zur Verfügung stellen können?«

»Es war alles etwas chaotisch«, sagte Andrew und unterdrückte den Gedanken daran, wie er mit Männern, die an ihren Wunden gestorben waren, und Sanitätern, die hektisch versucht hatten, Blutungen zu stillen und Leben zu retten, auf einem Frachtschiff eingepfercht gewesen war. »Sie wollten die Leute einfach so schnell wie möglich in Züge nach Norden setzen.«

Tibby umarmte ihn, ohne sich daran zu stören, in was für einem Zustand er war. »Ich bin so froh, dass du zu Hause bist, mein Lieber. Ich habe deinem Vater ein Telegramm geschickt, um ihn wissen zu lassen, dass du in Sicherheit bist.«

»Danke, Tante Tibby.« Andrew küsste sie auf die Wange.

»Wo ist dein Gepäck?«, fragte Lydia.

»In Frankreich, Mamma«, antwortete Andrew mit einem grimmigen Lächeln.

»Oh, du meine Güte. Ich will mir wirklich gar nicht vorstellen, was du durchgemacht hast«, sagte Lydia. »Wir werden nicht darüber sprechen. Komm, wir bringen dich nach Hause.« Sie führte ihn aus dem Bahnhof und plapperte erleichtert: »Felicity wollte auch herkommen und dich begrüßen, aber ich habe ihr gesagt, dass sie bis morgen warten muss. Ich will dich für ein paar Stunden für mich allein haben – ich weiß, wie sehr sie dich vereinnahmen wird, wenn du erst einmal zu Hause bist. Lassen sie dich lange bleiben?«

»Nicht lange«, sagte Andrew, der sich schwach vor Übermüdung fühlte. Er konnte kaum einen Fuß vor den anderen setzen. Er war erleichtert, dass Felicity ihn so nicht zu Gesicht bekommen würde.

»Du siehst todmüde aus«, sagte Tibby. »Fahrt direkt nach Hause. Nicht nötig, mich in der Anchorage abzusetzen, Lydia, ich gehe zu Fuß zurück.«

Lydia widersprach nicht. Während sie Andrew im Dämmerlicht nach Templeton Hall fuhr, sagte sie: »Tibby war wirklich eine große Hilfe, während du nicht da warst.

Sie bringt Eier und Käse vorbei und setzt sich zu Mutter und redet mit ihr über Blumen. Jeden Dienstag nimmt sie deine Großmutter für den Tag mit, sodass ich Pause habe.« Sie warf Andrew einen Blick zu. »Ich hätte nie gedacht, dass ich das je sagen würde, aber deine Tante ist wirklich ein ziemlich netter Mensch. Immer noch komplett verrückt, aber eine gute Seele.«

»Ja, das ist sie«, stimmte Andrew ihr zu. Er setzte nicht hinzu, dass er immer gewusst hatte, dass Tibby etwas Besonderes war, das aber aus Angst, seine Mutter zu verärgern, nie ausgesprochen hatte. Man musste Lydia andauernd versichern, dass man sie mehr als alle anderen liebte.

»Es steht heißes Wasser für ein Bad bereit«, sagte Lydia, als sie ins Haus gingen, »und ein Abendessen aus Käse, Haferkeksen und Kartoffelscones. Wir machen eine Flasche schönen Vouvray auf, den ich kalt gestellt habe.«

Andrew hatte kaum die Kraft zu sprechen, geschweige denn zu baden und zu essen.

»Ich will nur noch ins Bett kriechen, Mamma«, sagte er. »Das macht dir doch hoffentlich nichts aus?«

Sie verbarg ihre Enttäuschung nicht. »Wie du meinst.«

»Wir haben morgen noch reichlich Zeit füreinander«, sagte Andrew. »Versprochen.«

Lydia legte ihm eine Hand an die Wange. Ihre Augen füllten sich mit Tränen. »Ich kann dir gar nicht sagen, wie froh ich bin, dass du zu Hause bist … Ganz gleich, was in diesem bestialischen Krieg geschieht, ich fühle mich viel sicherer, wenn du hier bist, mein Liebling.«

Er küsste sie auf die Stirn. Besser, er sagte nichts, als zu versprechen, dass er hier sein würde, um sie zu beschützen – er hatte keine Ahnung, wohin man ihn als Nächstes schicken würde. Das Land würde sich auf eine Invasion vorbereiten. Die nächsten paar Tage in Ebbsmouth würden kostbar sein, weil niemand von ihnen wusste, was vor ihnen lag.

* * *

Während seine Mutter nicht über die Schrecken des Rückzugs reden wollte, verlangte Felicity, alle Einzelheiten zu hören. Andrew war ziemlich verblüfft über ihre Neugier bezüglich des Gemetzels und der Heldentaten an den Stränden Nordfrankreichs.

Sie spazierten an der Klippe in der Nähe der Anchorage entlang – die Bucht war eingezäunt und für Zivilisten gesperrt –, als sie ihm zusetzte, noch mehr Geschichten zu erzählen.

»Ich komme mir hier so nutzlos vor«, sagte Felicity. »Das Aufregendste, was ich tue, ist, Leute dabei zu erwischen, dass sie ihre Verdunklungsblenden nicht ordentlich geschlossen haben. Aber du hast echte Kämpfe auf Leben und Tod durchgemacht. Erzähl mir mehr über die Rettung von den Stränden.«

Andrew spürte, wie eine Welle der Angst über ihn hereinbrach, als er in Gedanken noch einmal heraufbeschwor, was vorgefallen war. Die Kämpfe waren hart und aufreibend gewesen.

»Wir haben versucht, diejenigen zu beschützen, die zuerst an Bord der Schiffe gehen sollten«, sagte er. »Den Sanitätern Zeit zu verschaffen, die Verwundeten zu verarzten und zu evakuieren.«

»Seid ihr auch die ganze Zeit bombardiert worden?«, fragte sie.

»Ja.«

»Hat es tagelang gedauert?«

»Tagelang, ja.«

»Du warst sicher einer der Letzten, die an Bord gegangen sind?«

»Nein.« Andrew blieb stehen und sah aufs blaugraue Meer hinaus. »Es waren indische Soldaten da, die noch immer auf die Deutschen geschossen haben, als wir zu einem Boot hinausgewatet sind.«

»Indische Soldaten?«, wiederholte Felicity überrascht. »Was haben denn Inder in Frankreich gemacht?«

»Sie waren ein Teil der Expeditionary Force«, erklärte Andrew. »Maultierkompanien – sie sorgen für den Transport.«

»Du meinst, dass sie das Gepäck tragen?«

»Nicht nur das – sie ziehen Kanonen und kämpfen auch«, sagte Andrew.

Er dachte an die Maultiertreiber, die er gesehen hatte, als sie ihre Tiere hatten erschießen müssen, damit diese nicht dem Feind in die Hände fielen, und dann zurückgelassene Geschütze unbrauchbar gemacht hatten. Sie über den Lärm hinweg etwas auf Urdu, in der Sprache der indischen Armee, rufen zu hören und dann zu sehen, wie sie sich stoisch umgewandt hatten, um mit Bajonetten gegen die vorrückenden Nazis zu kämpfen, hatte seine Moral gestärkt.

Jetzt an sie zurückzudenken und sich zu fragen, ob auch nur einer von ihnen überlebt hatte, löste tief in seinem Innern etwas aus. Er hatte kurze Gespräche mit einigen von ihnen – Männern aus dem Pandschab – geführt, auf deren müden Gesichtern ein entzücktes Lächeln erschienen war, als er sie in einer Sprache begrüßt hatte, die sie verstanden.

»Also waren in Dünkirchen nicht nur britische Truppen?«, fragte sie.

Andrew sah sie an. »Natürlich nicht. Es waren Franzosen und Belgier da – und Soldaten aus unseren jeweiligen Kolonialreichen, Afrikaner und Algerier. Männer von überall.«

»Wie interessant.« Sie hatte die Augen vor Staunen weit aufgerissen.

Plötzlich wollte Andrew nicht mehr darüber reden. Für ein paar kurze, gesegnete Tage wollte er versuchen, die Erinnerungen zu begraben und nur an die Gegenwart zu denken. Er füllte seine Lunge mit Seeluft und legte einen Arm um Felicitys Schultern.

»Es ist viel interessanter, mit dir hier zu sein.« Er lächelte.

Sie drehte sich in seinem Griff um und legte ihre Arme um seinen Hals.

»Dann küss mich.« Sie grinste zu ihm hoch.

Andrew tat es mit Freuden.

Kapitel 26

Das Raj-in-the-Hills, Gulmarg, Ende Juni 1940

Die Erleichterung der Lomax, als sie von Andrews unbeschadeter Rückkehr nach Großbritannien hörten, wich schnell Sorge um seine Sicherheit in Schottland – und die Tibbys und anderer. Nachrichten über ernst zu nehmende Bombardements in Schottland trafen ein. Die Radiobulletins waren vage und erwähnten nur, dass es Angriffe über die Nordsee gäbe. Tom suchte die Zeitungen nach weiteren Einzelheiten ab, aber erst als ein Telegramm von Tibby durchkam, dass in Ebbsmouth alles in Ordnung war, konnte Esmie ihn überzeugen, dass er sich keine Sorgen zu machen brauchte.

Dennoch fuhr Tom damit fort, wie besessen Radiosendungen zu hören und Zeitungen zu lesen, um zu wissen, was in der Heimat vorging.

»Jetzt, da die Nazis Norwegen besetzt haben«, sagte er ängstlich, »können sie mühelos Angriffe auf die Ostküste Schottlands unternehmen.«

Doch oben in Gulmarg, in der Ruhe der Berge, fiel es Stella schwer zu glauben, dass sie sich im Krieg befanden. Die Gujar erschienen mit ihren Vieh- und Schafherden wie immer in der heißen Jahreszeit, und die Strohwitwen von Beamten fuhren mit ihren Kindern in die Ferien. Die Baronin kehrte zurück, um wie immer einen entspannten Sommer auf ihrem gemieteten Hausboot auf dem Dal-See zu verbringen. Die Temperaturen fielen, als der Monsun mit gewittrigen Regengüssen einsetzte und die Berge in Nebel hüllte.

Eines Tages traf eine Sendung Schiffspost, die schon vor Monaten abgeschickt worden war, aus Schottland ein. Sie enthielt überwiegend Zeitschriften, die Tibby an Esmie gesandt hatte, aber es war auch ein Brief für Stella dabei.

»Das sieht nach Andrews Handschrift aus«, sagte Esmie und reichte den Brief mit fragendem Blick weiter.

Stella nahm ihn. Andrew hatte ihr seit drei Jahren nicht mehr geschrieben. Sie hatte getan, als machte ihr das nichts aus, aber es hatte sie schon etwas verletzt, dass er sich nicht einmal gemeldet hatte, um sein Beileid zum Tod ihres Vaters auszudrücken. Charlie hatte Andrew im Hotel immer sehr verwöhnt. Sie hatte sich selbst die Schuld gegeben, weil sie ihm einen vorwurfsvollen Brief geschrieben und ihn dafür kritisiert hatte, dass er nie zu seinen Eltern nach Indien zurückgekehrt war. Sie hatte ihren Frust an Andy statt an der wahren Schuldigen, Lydia, ausgelassen und es seitdem immer bereut.

»Der ist schon mehrere Monate alt«, sagte sie und riss den Umschlag mit einem Finger auf. Der Brief war auf Februar datiert.

Liebe Stella,
es macht mir ein sehr schlechtes Gewissen, dass ich das hier nicht früher geschrieben habe, aber nun regele ich meine Angelegenheiten, bevor ich meinen Marschbefehl mit dem Bataillon bekomme. Ich wollte sagen, wie leid es mir getan hat, vom plötzlichen Tod Deines Vaters zu hören.

Ich kann immer noch nicht ganz glauben, dass er nicht mehr im Foyer des Raj Hotels steht, allen fröhlich einen guten Morgen wünscht oder eine Bemerkung darüber macht, wie wunderbar das Wetter ist – selbst wenn es höllisch heiß ist und alle schwitzen wie die sprichwörtlichen Schweine!

Mr Dubois war einer der freundlichsten und rücksichtsvollsten Menschen, die ich je kennengelernt habe. Er hat sich immer für andere interessiert, ganz gleich, wie jung oder unbedeutend sie waren. Er hat mir immer das Gefühl verliehen, etwas Besonderes zu sein, als wäre ich sein eigener Sohn.

Ich weiß, wie lieb Du Deinen Vater hattest …

Stella kamen die Tränen. Alles verschwamm ihr vor den Augen. Sie setzte sich ruckartig auf einen Rattanstuhl im Büro und presste sich die Hand auf die Brust.

»Stella, geht es dir gut?«, fragte Esmie besorgt.

Stella nickte, konnte aber nicht verhindern, dass ihr die Tränen über die Wangen liefen. »Es ist so ein schöner Brief über Pa«, sagte sie heiser.

»Kann ich dir irgendetwas holen?«, fragte Esmie sanft.

»Nein danke.« Sie wischte sich die Tränen ab und las weiter.

Ich weiß, wie lieb Du Deinen Vater hattest, also kann ich mir gut vorstellen, wie schwer der Verlust Dich trifft – und auch Deine Mutter und Deinen Bruder. Charlie Dubois hat viele, viele Menschen berührt, und wir werden ihn alle sehr vermissen.

Es tut mir leid, Stella, dass ich es so lange vor mir hergeschoben habe, Dir zu schreiben. Es ist eine schwache Entschuldigung, aber ich hatte das Gefühl, solange ich nichts darüber schriebe, würde es mir nicht wirklich erscheinen – ein egoistischer Grund, ich weiß.

Pass auf Dich auf und bitte richte Mrs Dubois und Jimmy mein tief empfundenes Beileid aus.

Liebe Grüße
Andrew

Stella schluchzte auf und reichte den Brief an Esmie weiter.

Als Esmie den Brief gerade nehmen wollte, sagte sie: »Da ist noch ein PS auf der Rückseite des Blatts. Hast du das schon gelesen?«

Stella drehte den Brief um.

PS: Ich zögere, das hier demselben Brief anzuvertrauen, aber die Zeit ist knapp, und ich dachte, Du solltest es wissen. Als ich letzte Woche in Edinburgh war und mir mit meiner Freundin einen Film angesehen habe, bin ich einem alten Bekannten von Dir über den Weg gelaufen – Hugh Keating…

Stella schnappte nach Luft. Ihr zitterten die Hände.

Er war mit seiner Cousine Caroline dort. Wir haben uns kurz unterhalten, und dabei hat sich herausgestellt, dass er noch immer in Indien arbeitet (allerdings nicht für die Landwirtschaftsbehörde). Er ist bei der landwirtschaftlichen Agentur McSween and Watson in Kalkutta.

Er hat nach Dir gefragt und gesagt, es habe ihm das Herz gebrochen, dass Du nie auf seinen Brief geantwortet hast. Ich war deshalb so frei, ihm zu sagen, dass Du sehr gern antworten wolltest, sein Brief aber verloren gegangen sei. Ich habe ihm auch erzählt, dass Du noch im Raj lebst und (soweit ich weiß) ungebunden bist. Inzwischen bereue ich es ziemlich, das getan zu haben, falls es Dich in Verlegenheit bringt, wenn er Dich kontaktiert. Meine Freundin war anscheinend überzeugt, dass seine sogenannte Cousine in Wirklichkeit die Frau eines anderen Mannes war – aber rein aus Instinkt, also vielleicht dem armen Mr Keating gegenüber unfair. Auf alle Fälle ist es nun einmal passiert, und jetzt bist Du vorgewarnt. Wenn ich irgendetwas über Dich weiß, Stella, dann, dass Du hervorragend in der Lage bist, mit verliebten Iren und dergleichen fertigzuwerden, wenn es sein muss.

Stellas Herz hämmerte. Was für ein Schock, nach all dieser Zeit wieder etwas über Hugh zu hören. Er hatte nach ihr gefragt. Er war noch in Indien! Hatte er nur nach ihr gefragt, um höflich zu sein, oder empfand er noch etwas für sie? Stella konnte sich gut vorstellen, wie er auf seine scherzhafte, selbstironische Art behauptet hatte, sie habe ihm das Herz gebrochen.

Sie reichte den Brief an Esmie weiter, die ihn schnell las.

»Was für ein liebevoller Brief«, sagte Esmie. Ihre Augen glänzten vor Ergriffenheit. »Andy drückt so gut aus, wie sehr alle Charlie geliebt haben.«

»Ja, das tut er.« Stella spürte, dass ihre Wangen brannten.

Esmie musterte sie. »Und dieser Hugh Keating?«

Stella wusste, dass sie Esmie alles anvertrauen konnte, und sie sehnte sich danach, sich alles über Hugh von der Seele zu reden.

»Ich habe ihn auf dem Schiff nach Großbritannien kennengelernt«, sagte Stella. »Wir haben uns ineinander verliebt, aber ich glaube, Andrew hat ihn abgeschreckt – er wollte mich wohl etwas zu gut beschützen, obwohl ich doch eigentlich diejenige war, die auf ihn aufpassen sollte.« Sie sah bekümmert drein. »Hugh hat nach Ebbsmouth geschrieben und wollte mit mir zusammen sein. Aber ich bin mir ziemlich sicher, dass Lydia den Brief vernichtet hat, und ich konnte mich nicht an die Adresse in Dublin erinnern, die er mir genannt hatte. Ich habe ihm auch nach Belutschistan geschrieben, aber der Brief ist zurückgeschickt worden, weil er den Dienst für die Regierung quittiert hatte und es keine Weiterleitungsadresse gab.«

»Also ist es für dich eine willkommene Nachricht zu erfahren, wo Mr Keating ist?«, fragte Esmie.

»Ja«, gestand Stella, »sehr willkommen. Ich habe mich weder vorher noch hinterher so augenblicklich zu einem Mann hingezogen gefühlt.«

Esmie schenkte ihr ein verständnisvolles Lächeln. »Wirst du ihm nach Kalkutta schreiben?«

Stella zögerte. Andrew war Hugh vor über vier Monaten über den Weg gelaufen, und doch hatte Hugh bisher nicht versucht, sie zu erreichen. Natürlich war es möglich, dass er noch in Schottland war und nicht wieder nach Indien hatte zurückkehren können. Dennoch hätte er schreiben können. Tom hatte neulich gar nicht aufhören können, von der erschreckenden Geschichte zu reden, dass ein Schiff voller aus Großbritannien evakuierter Passagiere im Arabischen Meer nur wenige Tage von Bombay entfernt von Torpedos getroffen worden war. Verluste an Menschenleben waren zu beklagen gewesen. Plötzlich machte sie sich Sorgen, dass Hugh auf dem Schiff gewesen sein könnte.

»Nein, ich warte ab, ob er mir schreibt.« Stella sah Esmie in die Augen. »Ich weiß, dass ich noch immer viel für Hugh empfinde, aber ich will nicht, dass er Mitleid mit mir hat oder glaubt, aus Pflichtgefühl antworten zu müssen. Wenn er mich doch noch kontaktiert, dann weiß ich, dass er mich wirklich wiedersehen will.«

Esmie legte ihre Hand auf Stellas und drückte sie. »Das klingt sehr vernünftig.« Sie lächelte und gab ihr den Brief zurück.

Stella wusste, dass sie es von nun an jeden Tag kaum würde erwarten können, die Post durchzusehen.

* * *

Der Sommer verging schnell, aber es kam kein Brief von Hugh. Stella schwankte in ihrem Entschluss, ihn nicht von sich aus zu kontaktieren. Was konnte es schon schaden, ihm über seine Firma eine Nachricht zu senden, um ihm mitzuteilen, dass Andrew ihr von ihrer zufälligen Begegnung in Edinburgh erzählt hatte? Aber Stella blieb standhaft. Irgendein Instinkt riet ihr, geduldig zu sein.

Ein Brief von Andrew an Tom munterte die Lomax auf: Er schrieb, dass er in guter Verfassung und wieder bei seinem Regiment im Verteidigungseinsatz war. Er bedauerte aber, berichten zu müssen, dass sein guter Freund Noel Langley in Frankreich gefangen genommen worden war.

Der August brach an, und Tom hielt sie auf dem Laufenden über die immer düstereren täglichen Bulletins über den Krieg in der Heimat mit Luftschlägen, zahllosen Opfern und Zerstörung.

Die Gespräche auf der Hotelveranda drehten sich eher um die Situation in Ost- und Nordafrika, wo die Italiener

Britisch-Somaliland eingenommen hatten und jetzt Ägypten und den Suezkanal bombardierten. Die Luftpost war wieder einmal unterbrochen, und in Indien wurden Truppen mobilisiert.

»Jetzt wird die indische Armee ins Spiel kommen«, sagte ein Polizeibeamter aus Lahore, der im Urlaub war. »Wir haben unsere Streitmacht seit dem Großen Krieg heruntergewirtschaftet, aber jetzt wird man uns brauchen.«

Stella wurde achtundzwanzig. Der Gedanke ließ sie nicht los, dass das Leben an ihr vorbeiging. Was hatte sie aus sich gemacht, seit sie aus Schottland zurückgekehrt war? Sie war zufrieden damit gewesen, bei der Leitung der beiden Hotels zu helfen, und hatte keinen echten Ehrgeiz, irgendetwas anderes zu tun. Sie war fast im gleichen Alter wie Yvonne, doch ihre Schwägerin hatte viel mehr Initiative an den Tag gelegt. Sie machte sich nicht nur im Raj unentbehrlich, sondern war auch Ehefrau und Mutter.

Das ließ Stella klar werden, wie gern sie selbst Mutter werden wollte. Aber es hatte keinen Zweck, sich nach etwas zu sehnen, das sie nicht haben konnte; die Freude würde ihr erst zuteilwerden, wenn sie verheiratet war. Sie fragte sich, ob Monty Vater werden wollte. Sie hatten sich nur sehr sporadisch geschrieben, während er zur Ausbildung in Roorkee gewesen war. Sie hatte den Verdacht, dass er auch nicht erpichter darauf war, sie zu heiraten, als sie darauf war, seine Frau zu werden.

Stella beschloss, dass sie jetzt, da sie wusste, dass Hugh noch in Indien war, ihre Beziehung zu Monty ein für alle Mal beenden würde. Selbst wenn aus der Sache mit Hugh nichts wurde, würde sie Monty nicht davon abhalten, jemanden zu finden, den er wirklich liebte und der ihn so wiederlieben konnte, wie er es verdiente. Sie wusste, dass ihre Gefühle für Hugh noch immer stark waren, und sie würde sich nicht mit einem Mann begnügen, den sie nicht von ganzem Herzen liebte.

In diesem Zustand neuer Entschlossenheit entschied sie sich auch, ihre Zukunft selbst in die Hand zu nehmen und etwas zu den Kriegsanstrengungen beizutragen. Sie würde sich in Rawalpindi freiwillig zum Women's Auxiliary Corps of India melden.

Stella erläuterte den Lomax ihre Gründe für ihren Wunsch, eher als in früheren Jahren nach Rawalpindi zurückzukehren.

»Abgesehen davon, dass ich mich zum WAC melden will, vermisse ich Baby Charles«, gestand sie. »Er wird sich in den letzten vier Monaten so sehr verändert haben. Ich hoffe, es macht euch nichts aus?«

»Natürlich nicht«, sagte Esmie. »Die Gästezahl geht jetzt ja schon zurück, und bald schließen wir das Hotel.«

»Und es ist etwas Gutes, was du tust«, sagte Tom, »anzubieten, als Freiwillige zu helfen.«

Stella war gerührt, dass er sie dazu ermunterte.

»Ihr lasst es mich doch wissen, wenn ihr noch irgendetwas von Andrew hört, nicht wahr?«, fragte sie. »Oder von Tibby darüber, wie die Lage in Schottland ist?«

»Das tun wir, versprochen«, antwortete Tom.

»Und«, setzte Esmie hinzu, »zur Weihnachtszeit kommen wir nach Rawalpindi hinunter, um euch alle zu besuchen.«

* * *

In Srinagar traf sich Stella mit der Baronin, und sie reisten gemeinsam nach Rawalpindi zurück. Sie erzählte Hester die neuesten Neuigkeiten über Andrew und vertraute ihr auch ihre Hoffnung an, dass Hugh Keating sich bei ihr melden würde.

»Es kommt mir lächerlich vor, dass ich noch so starke Gefühle für einen Mann empfinde, den ich seit über sieben Jahren nicht gesehen habe, aber es ist so.«

Hester sagte: »Wahre Liebe schert sich nicht um Zeit oder Distanz. Du musst einfach auf dein Herz hören. Wenn ich du wäre, würde ich ihm schreiben.«

»Wirklich?« Stella hatte ihre Zweifel.

»Schätzchen, das Leben ist so ungewiss. Keiner von uns weiß, was in diesem Krieg gegen Deutschland und Italien noch passieren wird. Wenn ich jung wäre wie du, würde ich alles Glück, das ich erhaschen könnte, gut festhalten. Wenn er nicht antwortet, dann ist er es nicht wert und du bist auch nicht schlechter dran als jetzt.«

Sobald Stella zurück im Raj war, schrieb sie, angespornt von Hesters Worten, einen kurzen, aber freundlichen Brief an Hugh und schickte ihn an McSween and Watson in Kalkutta.

Kapitel 27

Ebbsmouth, Oktober 1940

Das Land war seit dem Sommer auf eine Invasion gefasst. Andrews Maschinengewehrkompanie war an der Küste von Berwickshire in ständiger Alarmbereitschaft. Die Strände waren übersät von Stacheldrahtbarrikaden und hastig eingerichteten Panzersperren aus Beton. Zusammengekauert in feuchtkalten Schützenständen, ihre Gewehre durch enge Schießscharten gerichtet, hielten sie Ausschau nach feindlichen Schiffen. Jetzt, da Norwegen an die Nazis gefallen war, schien es nur noch eine Frage der Zeit, bis eine Invasion über die Nordsee begann.

Ende September hatte es Luftangriffe auf Edinburgh und seinen Hafen Leith gegeben, die große Schäden angerichtet hatten. In einer klaren Nacht hatte Andrew den Himmel im Norden glühen sehen und gewusst, dass die Docks von Brandbomben in Flammen gesetzt worden waren. Der Himmel war vom Kreischen und Blitzen des Flugabwehrfeuers erfüllt gewesen, als die schottischen Einheiten zum Gegenschlag ausgeholt hatten. Der Zoll an versenkten Handelsschiffen wuchs jede Woche. Aber die Invasion fand nicht statt.

Andrew sicherte sich zwei Tage willkommenen Urlaub und fuhr nach Hause. Lydia war überglücklich, ihn zu sehen.

Nachdem er mitgeholfen hatte, seine Großmutter ins Bett zu bringen, machte Lydia es ihm am Feuer mit einem Glas Portwein gemütlich. Seiner Mutter gelang es offensichtlich, im Keller ihres Vaters immer noch etwas zu trinken aufzutreiben.

»Wenigstens habe ich einen meiner Jungs zu Hause«, sagte sie mit einem zufriedenen Seufzen.

»Wo ist Onkel Dickie?«, fragte Andrew.

»In London. Irgendetwas in Sachen Geheimdienst, glaube ich. Nicht, dass er sagen dürfte, was er tut. Ich mache mir schon die ganze Zeit schreckliche Sorgen um ihn wegen all dieser furchtbaren Luftangriffe auf London.«

Andrew döste am Feuer ein und empfand es als tröstlich, einfach nur dem Tratsch seiner Mutter zu lauschen, ohne sie zu unterbrechen.

* * *

Nachdem er Felicity angerufen und sich mit ihr zum Tee verabredet hatte, radelte Andrew zu seiner Tante hinüber, während seine Mutter sich die Haare machen ließ. Tibby quietschte entzückt und küsste ihn auf beide Wangen.

»Ich bin gerade auf dem Sprung, um den alten Leuten das Gemüse hier zu bringen«, sagte sie zu ihm.

»Lass mich dir helfen«, bot Andrew an.

»Nein, geh du nur Dawan besuchen. Er vermisst männliche Gesellschaft. Walter ist einberufen worden, und Mac ist nach Hause nach Greentown gefahren, um sich um seine Mutter zu kümmern, weil seine Brüder jetzt beide bei den Streitkräften sind. Ich komme zurück, sobald ich kann.«

Andrew fand Dawan in der Bibliothek, wo er mit der Hand nähte. Er ließ die Arbeit schnell liegen, um Andrew zu begrüßen.

»Deine Tante bringt mir bei, Kleidung zu flicken«, sagte er verlegen.

»Gandhi wäre stolz auf dich«, sagte Andrew belustigt. »Wir Jungs von der Armee wissen auch, wie man Knöpfe annäht.«

Sie setzten sich ans Feuer und unterhielten sich ein paar Minuten lang über Walters und Macs Abreise und die allgemeine Kriegssituation. Aber ohne Tibby, die sich immer darüber beschwerte, wenn sie über Politik redeten, dauerte es nicht lange, bis sie ein angeregtes Gespräch über die politische Situation in Indien begannen.

»Ich glaube, der Kongress vergibt eine Chance, wenn er die Kriegsanstrengungen nicht unterstützt«, sagte Andrew. »Die Inder tun sich damit selbst keinen Gefallen, wenn sie in Zukunft mehr Autonomie wollen.«

Dawan wedelte mit den Händen. »Sie haben ja angeboten, genau das zu tun, aber die Britisher-Regierung hat sie abgewiesen. Wollte die Unabhängigkeit noch nicht einmal in Erwägung ziehen.«

»Vielleicht nicht die Unabhängigkeit«, sagte Andrew, »aber sie hätten ja ein bisschen weniger verlangen können, etwa die Selbstverwaltung. Es wirkt einfach nur kleinlich, dass alle ihre Posten bei den Provinzregierungen niedergelegt haben.«

»Du siehst das mit den Augen eines Schotten«, sagte Dawan verächtlich. »Du hast vergessen, mit indischen Augen zu sehen.«

Die Bemerkung verletzte Andrew, aber er konnte es kaum leugnen. Seine Zeit in Indien fühlte sich wie ein ferner Traum an – intensiv, aber kein Teil seines Lebens mehr.

»Wer hat indische Augen?« Unerwartet kam Felicity ins Zimmer gerauscht, nahm ihren Hut ab und strich ihr ohnehin schon ordentliches blondes Haar zurecht.

»Ich anscheinend nicht«, sagte Andrew und sprang auf. »Das ist eine schöne Überraschung.« Er küsste ihre kalte, rosige Wange.

»Ich finde, du hast wunderhübsche Augen«, erwiderte Felicity und küsste ihn auf die Lippen.

»Und habe ich dir je gesagt, wie attraktiv du in Uniform aussiehst?«

Felicity lachte. »Ja, schon oft.« Sie wandte sich an Dawan. »Hallo, Mr Lal. Ich hoffe, es stört Sie nicht, dass ich Ihre traute Zweisamkeit unterbreche. Aber ich habe Andrew seit Wochen nicht gesehen.«

»Natürlich nicht, Miss Douglas.« Dawan nickte liebenswürdig.

»Hat Mamma dir etwa gesagt, dass ich hier bin?«, fragte Andrew.

»Nein. Ich bin zufällig Tibby begegnet, als sie Blumenkohl an die alten Leute oben an der Straße verteilt hat. Sie hat mir gesagt, wo ich dich finde. Ich bin mir nicht sicher, ob deine Mutter das getan hätte.« Felicity lachte.

Dawan ging zur Tür. »Dann lasse ich euch Turteltäubchen mal allein. Sagt Tibby, dass ich im Atelier bin.«

Sobald er fort war, stieß Felicity Andrew aufs Sofa, setzte sich auf seinen Schoß und begann, ihn zu küssen.

»Ich habe dich so vermisst«, sagte sie, als sie wieder Luft holen konnten.

»Ich dich auch«, sagte Andrew. »Willst du spazieren gehen, solange es nicht regnet?«

»Nein, ich hasse Spaziergänge.« Sie fuhr mit einem Finger an seinem Kiefer entlang. »Ich würde lieber etwas ganz anderes machen.«

Andrew lachte. »Miss Douglas, ich bin schockiert.«

»Das ist das Problem mit dir, Andrew«, sagte sie, »du bist viel zu ehrenhaft. Mir machen jede Woche Burschen von der

Home Guard unmoralische Angebote. Aber ich verliebe mich ausgerechnet in den wohl anständigsten Second Lieutenant von ganz Schottland.«

»Was für Burschen von der Home Guard?«, fragte er.

»Oh, spüre ich da einen Hauch von Eifersucht?« Sie lächelte boshaft.

»Ich hoffe, sie sind über sechzig und haben kaum noch Zähne«, zog er sie auf.

»Wie unhöflich!« Sie gab ihm spielerisch einen Klaps auf die Wange. »Glaubst du etwa, ich kann keine anderen jungen Männer für mich begeistern?«

»Daran zweifle ich nicht«, sagte Andrew. »Aber ich hoffe, du widerstehst ihren Annäherungsversuchen. Sonst müsste ich anfangen, meine Rivalen zum Duell zu fordern.«

»Dann gib mir einen guten Grund, dir treu zu bleiben, Andrew Lomax«, gab sie herausfordernd zurück.

»Was soll das heißen?«

»Zeig mir, dass du mich liebst – und zwar nur mich«, sagte sie. »So sehr, dass du mich heiraten willst.«

Andrew spannte sich an. »Ich dachte, wir wären uns einig, die Sache langsam angehen zu lassen. Es ist alles zu ungewiss – wir könnten jeden Tag eine Invasion abwehren müssen.«

Sie packte sein Kinn. »Genau! Deshalb sollten wir auch einfach tun, was wir beide gar nicht mehr abwarten können, und auf die Konsequenzen pfeifen. Um diese Zeit morgen werden wir vielleicht beide schon von einer Nazibombe ins Jenseits befördert. Ich will nicht als Jungfrau sterben!«

Andrew begann zu lachen. Unvermittelt gab sie ihm eine Ohrfeige und stieg von seinem Schoß.

»Lach mich nicht aus! Ich bin kein naives Mädchen, mit dem du deine Spielchen spielen kannst. Ich bin fast neunzehn und weiß, was ich will.«

Das versetzte Andrew einen Dämpfer. »Natürlich weißt du das. Es tut mir leid.«

»Du empfindest offensichtlich nicht das Gleiche wie ich«, sagte Felicity. Ihre Augen glänzten vor Tränen der Wut. »Also vergessen wir das einfach. Ich finde schon irgendeinen anderen Mann, der zu schätzen weiß, was ich zu geben habe – einen echten Mann.«

Sie sammelte ihren weggeworfenen Hut auf und marschierte zur Tür. Andrew stand auf.

»Das meinst du doch nicht ernst? Geh nicht, Flis-Tish …«

»Ich bin nicht deine Flis-Tish!«, schrie sie. »Und ich meine es sehr wohl ernst.«

Sie schlug die Tür hinter sich zu und ließ ihn stehen. Ungläubig starrte er die zugefallene Tür an.

* * *

Tibby fand Andrew draußen im Garten, wo er eine Zigarette rauchte.

»Ist Felicity schon weg?«, fragte sie.

Er nickte.

»Willst du bei einer Kanne dünnem Tee darüber reden? Wir haben immer noch eine kostbare Dose Darjeeling, die Esmie uns geschickt hat.«

Andrew schenkte ihr ein dankbares Lächeln. Einige seiner glücklichsten Momente hatte er an Tibbys Küchentisch beim Teetrinken erlebt. Er mochte es, dass sie ihm nie Alkohol aufdrängte, wie seine Mutter und seine Offizierskameraden es taten.

Später, als sie im Dämmerlicht der nur vom diesigen Herbstsonnenschein erhellten Küche saßen und Tee tranken, hörte Tibby zu, während er ihr sein Herz ausschüttete, was Felicity betraf.

»Also läuft es im Grunde darauf hinaus«, fasste Tibby zusammen, »dass sie sich Hals über Kopf in eine Ehe stürzen will und du nicht?«

Andrew sah schuldbewusst drein. »Ich bin mir nicht sicher, ob sie mich überhaupt heiraten will – ich glaube, sie will nur mit mir schlafen.«

Tibby prustete vor Lachen. »Die meisten Männer, die ich kenne, wären froh darüber.« Als sie seine Verlegenheit sah, setzte sie schnell hinzu: »Ach Andy, du bist den meisten Männern haushoch überlegen. Ich weiß, dass du davor zurückscheust, Felicity auszunutzen, aber mir scheint, sie weiß, was sie will. Die Frage ist doch, ob du sie liebst.«

»Ja«, sagte Andrew.

Er klang wohl nicht sehr überzeugend, denn Tibby hakte nach: »Genug, um sie zu heiraten?«

»Ich glaube ja.« Andrew rang mit seinen Gedanken. »Ich will nur, dass wir uns mit allem Zeit lassen. Wir sind beide so jung …«

»Eine dauerhafte Beziehung beschränkt sich nicht darauf, miteinander zu schlafen«, meinte Tibby. »Ihr braucht auch gemeinsame Interessen. Kannst du dir vorstellen, in fünf, zehn oder fünfzig Jahren noch mit Felicity zusammen zu sein?«

Andrew lachte verlegen. »Ist es das, was du und Dawan füreinander empfindet?«

»Wechsle nicht das Thema.«

Andrew zuckte die Schultern. »Wir haben Krieg, und ich bin bei der Armee. Ich kann nicht über die nächste Woche hinaussehen, ganz zu schweigen vom nächsten Jahr oder dem Jahr danach.«

»Du weichst der Frage immer noch aus«, hob Tibby hervor. »Wenn du sie nicht beantworten kannst, solltest du Felicity wahrscheinlich nicht heiraten.«

Andrew versuchte, sich darüber lustig zu machen. »Das ist das Schlimme daran, offene Gespräche mit meiner unkonventionellen Tante zu führen – du sagst mir unverblümt die Wahrheit.«

Tibby schenkte ihm ein mitfühlendes Lächeln. »Du musst meinem Rat ja nicht folgen. Ich unterstütze dich, ganz gleich, wie du dich entscheidest, Andy.«

Sein Herz zog sich zusammen. Es war der Kosename, den sein Vater und Esmie in seiner Kindheit immer gebraucht hatten – und Stella. Er wollte nicht an sie denken. Es verwirrte ihn nur. Sein Leben war hier, und die Wahl, die er treffen musste, war die, ob er seine Zukunft in Schottland mit Felicity teilen wollte oder nicht.

Kapitel 28

Das Raj Hotel, Rawalpindi, November 1940

Stella trug Hughs Brief mit sich herum und zog ihn hervor, um ihn zu lesen, wann immer sie einen Augenblick für sich hatte. Das Papier wurde an den Faltkanten schon rissig, weil sie den Brief immer wieder öffnete und neu zusammenlegte. Ihr Inneres schlug jedes Mal Purzelbäume, wenn sie ihn von Neuem las, obwohl sie die Worte auswendig konnte.

> *Meine liebe Stella,*
> *was für eine Überraschung und Freude war es doch, Deinen Brief zu erhalten! Ich wollte Dir gerade selbst schreiben, weil ich von Andrew gehört hatte, dass Du noch in Pindi bist. Es war das Schicksal, das den jungen Lomax und mich an dem Abend zusammengeführt hat. Wenn wir uns nicht begegnet wären, hätte ich nie erfahren, dass Du vorhattest, mir zurückzuschreiben. All die Jahre lang habe ich mit dem Gedanken gelebt, dass ich Dir nicht wichtig war und Du seit damals nicht mehr an mich gedacht hast.*

Aber jetzt wage ich zu hoffen, dass Du immer noch eine gewisse Zuneigung zu mir empfindest. Hoffe ich da vergeblich?

Im Moment bin ich oft auf Reisen und habe Deinen Brief erst diese Woche abgeholt. Ich helfe der Regierung dabei, Nachschub für die Streitkräfte aufzutreiben. Ich hoffe sehr, bald ins Pandschab hinaufzugelangen, und werde mich bemühen, Dich in Pindi zu besuchen, wenn ich kann. Erst muss ich aber wissen, ob das reizende Dubois-Mädchen mit den hübschen grünen Augen mich überhaupt wiedersehen will.

Bitte schreib mir bald, Stella, und lass es mich wissen.

In Zuneigung
Dein Hugh

Stella hatte sofort zurückgeschrieben, aber seitdem nichts gehört. Das war vor drei Wochen gewesen. Sie sagte sich, dass er wieder auf Reisen war und antworten würde, sobald er sich wieder in Kalkutta aufhielt. Diese Wendung der Ereignisse erfüllte sie mit freudiger Erregung. Wie aufmerksam von Andrew, dass er Hugh in Edinburgh entdeckt hatte. Sie würde ihm schreiben und sich bei ihm bedanken, wenn sie nicht mehr so beschäftigt war.

Ihr Leben war dieser Tage von sinnvollen Tätigkeiten ausgefüllt. Sie stand früh auf, um im Hotel zu helfen, und ging dann Sekretariatsaufgaben für das WAC in einer der Metallwerkstätten erledigen, die Scharniere und Griffe für den Armeenachschub herstellten. Sie kehrte rechtzeitig nach Hause zurück, um mit Charles zu spielen, bevor er gebadet und von seiner *ayah* zu Bett gebracht wurde.

Als Stella im September aus Gulmarg zurückgekehrt war, hatte Charles einen richtigen Wachstumsschub gemacht. Er konnte jetzt sitzen, auf etwas deuten und lachen, und es waren vier weitere Zähne durchgebrochen. Sie liebte sein weiches, dunkles Haar, seine runden, braunen Augen und sein pummeliges Kinn. Seit Kurzem versuchte er zu krabbeln.

An einem Tag im November ermunterte Stella ihren Neffen dazu, indem sie ihn auf der Bungalowveranda im milden Nachmittagssonnenschein auf den Bauch legte, sich neben ihm auf alle viere niederließ und selbst krabbelte. Ihre Mutter sah von einem Rattansessel aus zu und hatte für fünf Minuten die Beine hochgelegt.

Dann setzte Stella sich Charles aufs Knie und begann, ihm Kinderlieder vorzusingen. Sie half ihm, in die Hände zu klatschen, und zählte seine Finger.

Ihre Mutter verdrehte die Augen, konnte aber ein nachsichtiges Lächeln nicht verbergen.

»Ich weiß nicht, warum du den Gibson-Jungen abgewiesen hast – es ist doch offensichtlich, dass du dir ein eigenes Kind wünschst.«

Stella erschrak darüber, dass es wahr war. »Monty war nicht der richtige Mann für mich«, antwortete sie.

Ihre Mutter nahm kein Blatt vor den Mund: »In deinem Alter kannst du nicht mehr allzu wählerisch sein.«

Stella versuchte, sich nicht anmerken zu lassen, dass die Bemerkung sie verletzte. »Das sagst du mir ständig, Ma.«

»Ach, ich will einfach, dass du eine Familie gründest. Das wollte dein Vater auch …«

Stella drückte Charles enger an sich.

Genau in dem Moment erschien Jimmy auf dem Hof. »Stella, jemand ist hier, um dich zu besuchen. Ich habe ihm gerade das Lytton-Zimmer gegeben, und er hat gesagt, dass er im Aufenthaltsraum auf dich wartet.«

Ihr Herz setzte einen Schlag aus. »Oh?«

»Er sagt, dass er dich von deiner Reise nach Schottland kennt. Ein gewisser Mr Keating.«

Stella spürte, wie ihr die Hitze in die Wangen stieg. Sie reichte Charles an ihre Mutter weiter, stand schnell auf und klopfte sich den Staub aus dem Rock. Sie versuchte, ihren dumpf pochenden Puls zu beruhigen, indem sie ihre Haare in Ordnung brachte und tief ein- und ausatmete. Er hatte nicht geantwortet, aber stattdessen war er persönlich gekommen!

»Ist das der mysteriöse Mann, dessen Brief du die ganze Zeit bei dir trägst?«, fragte ihre Mutter misstrauisch.

»Ja«, gestand Stella. Sie wollte es nicht leugnen, und ihre Mutter würde ohnehin bald erfahren, was sie für Hugh empfand.

»Jimmy, geh mit und hab ein Auge auf deine Schwester«, wies Myrtle ihn besorgt an.

Jimmy lachte leise. »Stella ist doch längst alt genug, damit allein zurechtzukommen. Gib mir kurz den Kleinen. Die Baronin beschwert sich, dass sie ihn den ganzen Tag noch nicht gesehen hat.«

Stella wartete nicht. Sie eilte über den Hof und den Hotelkorridor entlang zum Aufenthaltsraum am anderen Ende. Als sie eintrat, hörte sie sein immer noch vertrautes Lachen.

Hugh saß da und plauderte mit Mr Tamang und Mrs Shankley. Er stand auf, als er sie sah, und lächelte. Er wirkte älter. Sein welliges Haar lichtete sich an den Schläfen, und sein hübsches Gesicht wies mehr Falten auf. Aber seine dunkelblauen Augen leuchteten vor Fröhlichkeit, und sein breites Lächeln ließ ihren Magen wieder einmal Purzelbäume schlagen. Er griff nach einem Gehstock und kam leicht hinkend auf sie zu. Andrew hatte ihr nicht geschrieben, dass Hugh immer noch ein lahmes Bein hatte. Sie hatte tiefes Mitgefühl mit ihm. Vielleicht war das der Grund dafür, dass er Belutschistan verlassen hatte.

Sie durchquerte das Zimmer, um ihm entgegenzugehen, und streckte die Hand aus.

Er nahm ihre Hand und küsste diese. »Du bist sogar noch schöner, als ich es in Erinnerung hatte. Es ist so wunderbar, dich zu sehen, Stella.«

Stella war unbeschreiblich glücklich und doch zugleich den Tränen nah. »Und ich dich.«

Sie sahen einander eine ganze Weile lächelnd an.

Atemlos fragte sie: »Hast du Backgammonspielen geübt?«

Er warf ihr einen fragenden Blick zu. Sie setzte hinzu: »Als wir uns auf dem Schiff voneinander verabschiedet haben, hast du gesagt, du würdest üben, damit du mich vielleicht schlägst, wenn wir uns wiedersehen.«

Hugh lachte. »Stimmt, das habe ich gesagt. Ich kann nicht behaupten, viel besser geworden zu sein, aber ich versuche es mit Freuden.«

Stella war bewusst, dass die anderen Gäste sie voller Interesse beobachteten. Sie gewann die Fassung zurück.

»Bitte nimm doch Platz, Hugh. Ich setze mich für ein paar Minuten zu dir.«

Sie setzten sich auf Sessel nebeneinander. Hugh hob die Stimme, damit Mrs Shankley ihn hören konnte. »Stella, ich habe hier mit zweien deiner Bewunderer geplaudert. Mrs Shankley hat dich in den höchsten Tönen gelobt.«

»Sie ist ein ganz reizendes Mädchen«, stimmte Winifred zu.

»Ich habe gehört, dass dein Vater gestorben ist. Das tut mir so leid. Du hast auf dem Schiff viel von ihm gesprochen.«

Stella nickte und umklammerte seine Hand. Ihr schnürte sich die Kehle zu. »Ich wünschte, du hättest ihn kennengelernt. Ich glaube, ihr beiden hättet euch sehr gut verstanden.«

Mr Tamang und Mrs Shankley begannen in Erinnerungen an Charlie zu schwelgen. Stella war gerührt darüber, wie Hugh sie mit Fragen ermunterte und für die schwerhörige Missionarin geduldig wiederholte, was er gesagt hatte. Dennoch sehnte sie sich danach, allein mit ihm zu sprechen.

»Wie lange bleibst du in Pindi?«, fragte sie.

»Vier Tage lang. Ich werde tagsüber mit Terminen beschäftigt sein, habe aber vor, mir meine Abende für Backgammon mit dem Raj-Champion freizuhalten.«

Stella lächelte. »Gut. Ich habe gehofft, dass du das sagen würdest.«

»Dann heute Abend nach dem Essen?«, schlug Hugh vor.

»Einverstanden.« Sie erhob sich. »Ich muss jetzt los und mich wieder um Charles kümmern.«

Er sah sie fragend an.

»Mein Neffe«, erklärte sie, »Jimmys Sohn. Er ist jetzt zehn Monate alt und das süßeste Baby der Welt.«

»Oh, ein Baby! Ich bin froh, dass mir kein erwachsener Mann Konkurrenz macht.«

Stella lachte. »Wir sehen uns nachher.«

»Ich freue mich darauf«, sagte er und stand höflich auf, als sie ging.

Stella war froh. Hugh hatte sich nicht verändert; er war immer noch der herzliche, amüsante, aufmerksame Mann, in den sie sich auf dem Schiff so schnell verliebt hatte. Es war, als wären die dazwischenliegenden Jahre nie gewesen. Die Baronin hatte recht gehabt: Zeit und Distanz spielten keine Rolle, wenn man jemanden genug liebte. Sie wusste instinktiv, dass Hugh der Richtige für sie war.

* * *

»Du hast heute Abend beim Essen ganz schön für Aufsehen gesorgt«, sagte Stella belustigt, als sie viel später am Abend mit Hugh unter dem Vordach saß. Es war kühl, und sie hatte sich eine Wolldecke über die Knie gelegt. Die Dauergäste und ihre

Familie waren schon zu Bett gegangen. Nur der *chowkidar*, der seine Runde über den Rasen im Vorgarten drehte, war in Hörweite. »Es tut mir leid, dass die Baronin dich mit Fragen bombardiert hat, aber ich hatte ihr schon von dir erzählt. Sie findet es sehr romantisch, dass du nach all der Zeit meinetwegen hergekommen bist.«

»Hester ist entzückend«, meinte Hugh. »Das sind sie alle. Ich verstehe, warum du die Dauergäste so magst. Allerdings bin ich mir nicht sicher, ob ich mit Fritters und seinen *chota pegs* mithalten kann. Nur gut, dass ich bloß ein paar Tage hier bin.«

Die Bemerkung machte Stella traurig. »Sag das nicht. Du bist doch gerade erst angekommen.«

Rasch nahm er ihre Hand und küsste sie. »So habe ich das nicht gemeint. Ich bin der glücklichste Mann in Indien, weil ich hier mit dem hübschesten Mädchen der Welt in der Dunkelheit sitze.«

Stella lachte leise. »Oh, Hugh, ich habe dich vermisst. Erzähl mir, was du erlebt hast, seit wir uns kennengelernt haben. Meine Geschichte habe ich dir ja schon erzählt – nicht, dass es da viel zu erzählen gegeben hätte.«

Er verflocht seine Finger mit ihren. »Ich habe auch nicht viel zu erzählen.«

»Warum hast du deine Stelle in Belutschistan aufgegeben?«

Er seufzte und klopfte auf sein Bein. »Ich werde auf diesem Bein immer lahm sein. Ich konnte nicht mehr gut reiten und hatte das Gefühl, dass ich meine Aufgabe nicht mehr richtig erfüllen konnte. In den Wüsten und Bergen konnte man sich hauptsächlich zu Pferde bewegen – und auf die Art hatte ich mir auch Respekt bei den Stammesangehörigen erworben. Vielleicht war es halsstarrig von mir, aber ich habe mich entschlossen, den Dienst zu quittieren, bevor ich meinen Aufgaben nicht mehr ganz gerecht werden kann.«

»Ich finde es eigentlich sehr ehrenhaft«, sagte Stella, »Hast du dich damals gleich entschieden, zu McSween and Watson zu gehen?«

»Nicht sofort.« Er hielt inne. »Eine Weile bin ich in Irland geblieben. Mein Vater hat meine Hilfe auf dem Bauernhof der Familie gut gebrauchen können – ich bin der einzige Sohn und habe mich dazu verpflichtet gefühlt. Aber dann …«

Er machte wieder eine Pause, und Stella hatte den Eindruck, dass es ihm schwerfiel, darüber zu sprechen.

»Du musst es mir nicht erzählen, wenn du nicht willst.«

»Doch, ich will.« Er räusperte sich. »Mein Vater ist nach langer Krankheit gestorben, und der Bauernhof wurde verkauft. Ich wollte, dass meine Mutter und meine Schwester ein sicheres Einkommen hatten, also ist das Geld in eine Jahresrente und ein kleineres Haus geflossen.«

»Das tut mir sehr leid«, sagte Stella. »Hattest du ein enges Verhältnis zu deinem Vater?«

Hugh nickte.

»Ich weiß, wie sich das anfühlt.« Stella drückte ihm die Hand. Sie schwiegen eine Weile; dann fragte sie: »Ich dachte, deine Schwester ist verheiratet und lebt in Dublin? Mrs Henry French.«

Kurz wirkte er verblüfft. »Na so was, daran erinnerst du dich? Ja, das ist meine andere Schwester – die ältere.«

»Ich habe an dich zu ihren Händen geschrieben«, sagte Stella, »aber ich konnte mich nicht mehr an die Adresse erinnern. Andrews Mutter hat so getan, als hätte sie deinen Brief verlegt, aber ich bin mir sicher, dass sie ihn vernichtet hat.«

»Was für eine unangenehme Frau«, sagte Hugh. »Du hast mir noch gar nicht in allen Einzelheiten von deiner Reise nach Schottland erzählt.«

Stella seufzte. »Lassen wir das lieber ruhen. Es ist eine lange, traurige Geschichte, und ich will mich gar nicht lange damit befassen, wenn ich dich hier für mich allein habe.«

»Gut«, sagte Hugh und rückte näher. »Dann können wir jetzt vielleicht tun, wonach ich mich schon den ganzen Abend gesehnt habe.«

Stellas Puls beschleunigte sich. »Und das wäre?«

Er beugte sich über sie und küsste sie auf die Lippen.

Mit klopfendem Herzen sagte Stella: »Bitte noch einmal.«

Sie öffnete die Lippen, und diesmal küsste Hugh sie länger. Seine Umarmung und die Art, wie er ihr Gesicht berührte, erregten Stella. Sie hätte die ganze Nacht lang dasitzen und ihn küssen können, aber der *chowkidar* rief, weil er etwas oder jemanden vor dem Tor entdeckt hatte. Sie lösten sich voneinander.

»Du solltest jetzt besser zu Bett gehen«, sagte sie heiser. »Und Ma ist sicher noch wach, um darauf zu achten, dass ich mich auch schlafen lege.«

Hugh lächelte und küsste sie auf die Nase. »Dann muss ich mich damit zufriedengeben, von dir zu träumen.«

Sie gingen gemeinsam ins Haus. Als sie die Treppe hinaufstieg, hörte sie, wie Hugh den unteren Korridor zu seinem Zimmer entlangging. Sie konnte nicht aufhören zu lächeln. Es war wieder wie auf dem Schiff, wenn sie in ihre getrennten Kabinen zurückgekehrt waren. Nur dass sie jetzt keine naive Zwanzigjährige mehr war, sondern mehr von Hugh wollte als gestohlene Küsse und Backgammonspiele. Sie wünschte sich, dass er ein Teil ihres Lebens wurde.

* * *

Die vier kostbaren Tage, die Hugh im Raj verbrachte, vergingen wie im Flug und damit viel zu schnell für Stella. Am frühen

Morgen in der Dämmerung traf sie sich immer mit ihm zu einem Spaziergang die Mall entlang. Tautropfen funkelten im Gras wie Edelsteine, und Nebelschleier hingen in den Bäumen, während die Sonne aufging. Die Luft war vom durchdringenden Geruch der Dungfeuer erfüllt, und aus dem Nebel trabten Pferde hervor, die von Offizieren bewegt wurden. Hugh war trotz seines Hinkens ein forscher Spaziergänger. Er nahm Stella an seine gesunde Seite, hakte ihren Arm in seinen ein und ermunterte sie, mit ihm über den bevorstehenden Tag zu plaudern.

An den Abenden setzte sie sich nach dem Essen zu ihm in den Aufenthaltsraum ans Feuer und sie spielten erst Whist mit Ansom und Hester und nachher miteinander Backgammon. Stella wartete immer ungeduldig darauf, dass die anderen sich ins Bett zurückzogen, damit sie mit Hugh allein sein und draußen auf der Veranda sitzen konnte, um ihn im Dunkeln zu küssen.

»Sie sind alle vernarrt in dich«, sagte Stella an seinem letzten Abend. »Die Baronin hat gesagt, wenn sie halb so alt wäre, würde sie mit mir um deine Aufmerksamkeit konkurrieren.«

Hugh lachte leise. »Sag das Hester nicht, aber du würdest den Wettbewerb haushoch gewinnen. Du bist die Richtige für mich.«

»Du bist auch der Richtige für mich, Hugh.«

Er streichelte ihre Wange und sah nachdenklich drein. »Ich bin mir nicht sicher, dass deine Mutter das auch glaubt.«

Stella fühlte sich unbehaglich. Ihre Mutter war von Hugh nicht so begeistert, wie sie gehofft hatte – trotz Jimmys und Yvonnes Billigung. Ihre Mutter hatte sich am Vorabend mit ihr über Hugh gestritten.

»Du kennst den Mann kaum und wirfst dich ihm trotzdem an den Hals«, hatte Myrtle besorgt gesagt. »Wir wissen nichts über seine Familie oder darüber, was er in Kalkutta treibt. Kannst du dir überhaupt sicher sein, dass er nicht verheiratet ist?«

»Ma, sag so etwas nicht! Hugh ist ein Ehrenmann, und ich liebe ihn.«

Ihre Mutter hatte eingelenkt. »Das weiß ich doch. Aber ich will einfach nicht, dass du dich überstürzt mit jemandem einlässt, den du auf einem Schiff kennengelernt hast, als du gerade erst zwanzig warst.«

»Ich tue nichts Übereiltes, versprochen.«

Als sie jetzt neben Hugh saß, wurde ihr klar, dass der Argwohn ihrer Mutter ihm die ganze Zeit über nur zu gut bewusst gewesen war.

»Ma will mich bloß beschützen«, sagte Stella. »Da Pa nicht mehr da ist, um sich um alles zu kümmern, macht sie sich jetzt mehr Sorgen.«

»Dann ist sie eine gute Mutter«, meinte Hugh. »Warum macht sie sich Sorgen?«

Stella raffte all ihren Mut zusammen, um ehrlich zu sein. »Weil sie nicht genug über dich weiß. Die anderen jungen Männer, die mir den Hof gemacht haben … Die und ihre Familien kennt sie seit Jahren. Sie hat Angst, dass du schon verheiratet sein könntest.«

Hugh sah sie fassungslos an. »Glaubst du das etwa auch?«

»Nein, natürlich nicht. Dazu kenne ich dich zu gut. Aber vielleicht könntest du ihr die Angst nehmen?«

Er ergriff ihre Hand. »Ich habe das Gefühl, dass ich schon mein Leben lang auf dich gewartet habe, Stella. Wie kann deine Mutter denn nicht sehen, wie sehr ich dich liebe?«

Stella zögerte. Er hatte nicht ausdrücklich gesagt, dass er nicht verheiratet war. Sie hakte nach: »Also wartet keine Mrs Keating in Kalkutta auf dich?«

Er sah sie feierlich mit seinen betörend blauen Augen an, und sie hielt den Atem an.

»Ich schwöre dir, dass da keine ist.« Er sagte es mit solchem Nachdruck, dass Stella sich dafür schämte, gefragt zu haben.

»Küss mich«, flüsterte sie.

»Glaubst du mir?«, beharrte Hugh. Sein Blick wirkte verletzt.

»Ja, natürlich. Es tut mir leid, dass ich gezweifelt habe …«

Er brachte sie mit einem leidenschaftlichen Kuss zum Schweigen.

Danach sagte er: »Ich will dich einfach nur glücklich machen, Stella.«

»Du machst mich doch glücklich«, beteuerte sie. »Ich kann den Gedanken nicht ertragen, dass du morgen schon abreist. Wann sehe ich dich wieder?«

»Ich komme zurück, sobald ich kann. Schreibst du mir, Stella, damit ich weiß, dass du an mich denkst?«

Unter Tränen schenkte sie ihm ein Lächeln und nickte. Dann küssten sie einander ein letztes Mal.

Kapitel 29

Das Raj Hotel, Frühjahr 1941

Stellas Romanze mit Hugh erblühte im Laufe der nächsten paar Monate. Es gelang ihm, regelmäßig auf Dienstreisen ins Pandschab geschickt zu werden. Auch wenn er im Süden des Staats war, mogelte er ein oder zwei Nächte in Rawalpindi dazwischen, um sie zu besuchen. Sie freute sich besonders, dass er große Anstrengungen unternahm, ihre Mutter zu bezaubern und zu beruhigen.

»Ihre Tochter liegt mir sehr am Herzen, Mrs Dubois. Ich würde nichts tun, das sie verletzt, versprochen.«

Stella war noch nie so glücklich gewesen. Ihr Leben war erfüllt: Sie hatte Arbeit, ein Familienleben und häufige Besuche von Hugh. Sie war schwer verliebt, und das machte sie trotz des Kriegs optimistisch, was die Zukunft betraf.

Unerwartet bekam Monty im April Urlaub. Stella war nicht überrascht, dass er sie nicht besuchen kam, aber es machte sie besorgt, dass sie von Jimmy hörte, dass Monty wahrscheinlich bald nach Übersee geschickt werden würde.

Jimmy erzählte ihr: »Wahrscheinlich in den Irak, meint er. Er hat …« Er zögerte, als wollte er lieber doch nichts mehr sagen.

»Sprich weiter«, bat Stella.
»Er hat von dir und Hugh gehört.«
Stella errötete. »Wir haben uns schon getrennt, bevor Hugh wieder in mein Leben getreten ist.«
Jimmy nickte. »Dann macht es dir bestimmt nichts aus, dass er schon einer anderen den Hof macht?«
»Nein, das würde mich freuen«, versicherte sie ihm. »Weißt du, wem?«
»Ja, unserer Cousine Lucy.«
»Lucy? Das ist eine Überraschung. Aber ich freue mich für ihn und Lucy«, sagte Stella. »Ich finde, sie geben ein schönes Paar ab.«
Noch bevor Montys Heimaturlaub um war, hörte Stella, dass er Lucy einen Antrag gemacht hatte.

* * *

Als der Mai kam, machte Stella Pläne, mit Hester nach Srinagar zu fahren und wie üblich nach Gulmarg weiterzureisen. Es widerstrebte ihr allerdings mehr als in früheren Jahren, Pindi zu verlassen, weil sie wusste, dass es für Hugh viel schwieriger sein würde, sie in Kaschmir zu besuchen. Aber sie hatte den Lomax versprochen, zu ihnen zu kommen.
Sie hatte sie nur kurz zu Weihnachten gesehen, und Esmies Briefe machten keinen Hehl daraus, wie besorgt sie um Toms Gesundheit war. Er quälte sich wie besessen mit Gedanken über den Krieg in der Heimat. Und mit der Nachricht, dass schottische Städte und Häfen seit März schwer bombardiert wurden, vertiefte sich seine Depression. Immer noch trank er zu viel und schlief schlecht.
Stella nahm sich Urlaub von ihrem Freiwilligendienst für das WAC und verabschiedete sich unter Tränen von dem kleinen

Charles, der mittlerweile herumtapste und ihren Namen rief, sobald er sie sah: »Ste-wa! Ste-wa!«

Sie hatte gehofft, dass Hugh Anfang Mai nach Rawalpindi kommen würde, bevor sie nach Kaschmir abreiste, aber er schickte ihr ein Telegramm, um ihr mitzuteilen, dass man ihn nach Bangalore sandte. Voller Sehnsucht schrieb sie ihm, dass er sich doch Urlaub nehmen möge, um sie in Gulmarg treffen zu können.

* * *

Erschrocken sah Stella mit an, wie Toms Nervenkostüm mehr und mehr unter den immer schlechteren Nachrichten aus Europa litt. Jugoslawien war an die Nazis gefallen, die von dort aus weiter nach Griechenland vorgestoßen waren, und jetzt wehte die Hakenkreuzfahne über Athen. Anfang Juni hörten sie, dass die Marine die letzten Truppen aus Kreta unter schweren Verlusten nach Ägypten evakuiert hatte.

Esmie vertraute Stella an: »Auch wenn ich ihm ständig versichere, dass es bei Andrew in Schottland relativ ungefährlich ist – dass er nicht in den Einsatz nach Nordafrika geschickt worden ist –, Tom lässt sich nicht trösten. Er redet nur immer weiter über die Zerstörungen durch die Bombardements und die Verluste an Menschenleben unter den Zivilisten. Ich glaube, das Einzige, was ihm die Sorgen nehmen würde, wäre, wenn Andrew zurück nach Indien käme. Dann könnte Tom mit eigenen Augen sehen, dass sein Sohn in Sicherheit ist und es ihm gut geht.«

»Aber das ist unwahrscheinlich, solange der Krieg nicht vorbei ist«, hob Stella hervor. Sie behielt ihre Sorge für sich, dass Andrew sich vielleicht sogar dann entscheiden könnte, nicht allzu schnell nach Indien zurückzukehren. Er schien in Schottland verwurzelt zu sein und hatte eine Freundin dort.

Esmie sagte: »Ich kann den Gedanken nicht ertragen, dass Andy vielleicht nie mehr nach Hause nach Indien kommt. Ich glaube, das ist auch der Kern von Toms Ängsten. Er hat schreckliche Schuldgefühle deswegen und empfindet es so, als hätten wir Andy irgendwie von uns gestoßen.«

»Das ist nicht wahr«, sagte Stella. »Ihr habt hier ein liebevolles Zuhause für ihn geschaffen. Lydia hat ihn doch gegen euch aufgehetzt! Sie hatte nie vor, ihn wieder gehen zu lassen, als er erst einmal bei ihr war.«

»So sieht Tom das aber nicht.« Esmies Stimme war voller Traurigkeit. »Er hat das Gefühl, dass er gezwungen war, Andrew wegzugeben, weil das die einzige Möglichkeit war, mich heiraten zu können. Ich kann nicht bestreiten, dass das unsere Ehe schon die ganze Zeit belastet. Wir haben beide ein schlechtes Gewissen, weil wir uns dafür entschieden haben, zusammen zu sein.«

Stella war bestürzt. Vor langer Zeit hatte sie geglaubt, Tom und Esmie wären das Musterbild eines Liebespaares, das nichts auseinanderbringen konnte. Aber jetzt sah sie, wie schwer es für die beiden gewesen war, dass sie nur vorgegeben hatten, verheiratet zu sein, und diesen Schritt erst so spät wirklich hatten gehen können. Sogar als Lydia einer Scheidung von Tom endlich zugestimmt hatte, war es eher ein Pyrrhussieg gewesen. Indem sie ihre Ehe gewonnen hatten, hatten sie verloren, was sie am meisten liebten: Andrew.

»Ich fühle mich egoistisch, weil ich Tom geheiratet habe, obwohl ich doch weiß, wie wichtig Andrew ihm ist«, sagte Esmie gequält. »Ich weiß besser als alle anderen, was er durchgemacht hat, als er seine erste Frau und seine neugeborene Tochter verloren hat – wie angegriffen seine psychische Gesundheit dadurch war. Wenn wir nie geheiratet hätten …«

»Sag das nicht«, rief Stella sie zur Ordnung. »Mr Lomax hätte ohne dich nicht überlebt. Du hast mehr als jeder andere getan, um ihm zu helfen, gegen seine Dämonen zu kämpfen – und Andrew großzuziehen, bis er dreizehn Jahre alt war. Dass Andrew der liebevolle Mann ist, der er ist, hat er dem Zuhause zu verdanken, das du für ihn geschaffen hast – und dem Vorbild, was es bedeutet, bedingungslos zu lieben.«

Esmies graue Augen füllten sich mit Tränen. »Es ist nett von dir, das zu sagen, Stella.«

»Es ist die Wahrheit«, beharrte sie. »Und ich bin überzeugt, dass du und Mr Lomax diese Durststrecke durchstehen werdet. Alle sind besorgt wegen dieses Kriegs. Aber wenn er vorbei ist – und, so Gott will, all unsere Lieben ihn überleben –, könntet ihr nach Schottland fahren, um Andy zu besuchen.«

Esmie nickte. »Du hast recht; wir müssen optimistisch bleiben.«

»Ja. Gib Mr Lomax etwas, worauf er hoffen kann.«

Aufgemuntert lächelte Esmie. »Stella, du würdest eine wunderbare Krankenschwester abgeben.«

* * *

Im Juni traf unerwartet ein Telegramm von Hugh ein, um mitzuteilen, dass er eine Woche Urlaub hatte und nach Gulmarg kam. Stella war überglücklich über die Nachricht.

»Ich habe ihn seit über zwei Monaten nicht gesehen«, sagte sie eifrig zu Esmie und Tom.

»Dann musst du dir im Hotel eine Weile freinehmen und die Zeit mit ihm verbringen«, verkündete Esmie. »Meinst du nicht auch, Tom?«

Ein flüchtiges Lächeln huschte über sein hageres, zerfurchtes Gesicht. »Natürlich muss sie das«, stimmte er zu. »Es wird Zeit, dass wir diesen Mann kennenlernen, der Stella in solche Aufregung versetzt. Er muss etwas Besonderes sein.«

Stella grinste, erfreut, einen Funken des alten, frotzelnden Tom zu sehen. »Das ist er auch«, sagte sie.

Hugh traf an einem warmen Nachmittag ein. Er wirkte fit und sonnengebräunt. Stella rannte den Pfad hinab, um ihm entgegenzugehen, und schlang die Arme um ihn, ohne sich darum zu kümmern, was die Hotelgäste auf der Veranda von der impulsiven Geste halten würden. Sie war euphorisch, ihn wiederzusehen.

Er nahm ihre Hand, und gemeinsam stiegen sie die Stufen zum Hotel hinauf, während sein Gepäck auf einem Maultier hinterhergebracht wurde. Hugh hob seinen Gehstock, um die Lomax zu begrüßen, die auf die Veranda herauskamen, um ihn kennenzulernen.

Stella stellte ihn stolz vor: »Das hier ist mein Freund Hugh Keating.«

Tom schüttelte ihm kräftig die Hand. »Es freut mich, Sie endlich kennenzulernen, Mr Keating. Stella hat ununterbrochen von Ihnen geredet.«

»Ich rede vor meinen Freunden auch ständig nur von ihr«, sagte Hugh fröhlich. »Ich weiß von Stella, dass Sie und Mrs Lomax für sie wie eine Familie sind. Es ist mir so eine Ehre, Sie kennenzulernen, Sir.«

»Bitte, nennen Sie mich nicht ›Sir‹«, antwortete Tom.

Esmie hieß ihn ebenfalls voller Wärme willkommen. »Sie müssen sich ganz wie zu Hause fühlen, solange Sie hier sind, Mr Keating. Nach allem, was man hört, führen Sie ein viel beschäftigtes Leben, also haben Sie etwas Entspannung verdient.«

»Ich habe mir schon überlegt, was wir unternehmen können«, sagte Stella glücklich. »Ich weiß, dass du Golf und Schwimmen magst. Und wir können kurze Spaziergänge machen – ich kann es gar nicht abwarten, dir die hoch gelegene *marg* zu zeigen.«

Hugh lachte. »Also nicht allzu viel Entspannung.«

»Natürlich ganz, wie du möchtest«, sagte Stella schnell.

Er lächelte sie an. »Einfach nur bei dir zu sein, ist alles, was ich brauche.«

»Die Iren und ihr Charme«, sagte Esmie amüsiert. »Kommen Sie herein, Mr Keating, und nehmen Sie eine Erfrischung zu sich.«

Kapitel 30

Solange Stella abends da war, um Klavier für die Gäste zu spielen, durfte sie, wie Esmie ihr sagte, den Rest ihrer Zeit mit Hugh verbringen.

»Nimm lieber Karo als Anstandsdame mit«, sagte Tom behütend.

Die Tage von Hughs Urlaub vergingen für Stella zu schnell. Er scheute vor Unternehmungen mit anderen Leuten zurück, also sahen sie nicht beim Tennis oder beim Schwimmen zu, wie sie eigentlich geplant hatte.

»Ich will einfach nur bei dir sein«, sagte Hugh. »Diese gemeinsame Zeit ist kostbar.«

Am Ende des ersten Tages überredete er Esmie auch, dass es nicht nötig sei, dass ihre paschtunische Näherin ihnen überallhin folgte.

»Wir würden gern reiten gehen, und da kann die arme Karo nicht mithalten«, sagte er. »Stella ist eine reife junge Frau und braucht doch wohl kaum eine Anstandsdame – und ich hoffe, Sie können mir vertrauen, Mrs Lomax?«

Esmie stimmte schnell zu. In den nächsten paar Tagen packte ihnen Felix jeweils ein Picknick ein, und sie ritten durch die Wälder und über die *marg*. Trotz Hughs Knieverletzung war er immer noch ein tüchtiger Reiter, und Stella fand es schade, dass er seinen Behördenposten in Belutschistan wegen seiner Behinderung aufgegeben hatte.

Nach einem entspannten Ausritt am Vormittag breiteten sie immer eine Decke im Schatten der Bäume aus und machten Picknick. Satt legten sie sich hin und dösten beim Summen der Bienen, die um die Wildblumen schwirrten. Bevor sie aufbrachen, küssten sie sich und kuschelten miteinander. Hugh wurde im Laufe der Woche immer sinnlicher.

Stella sperrte sich gegen seine Versuche, mit ihr zu schlafen, aber es fiel ihr mit jedem Tag schwerer. Sie fragte sich, wie klug es war, so viel Zeit mit ihm allein vom Hotel entfernt zu verbringen, aber sie sehnte sich nach seiner Gesellschaft und verliebte sich immer mehr in ihn. Er brachte sie zum Lachen, und sie konnte mit ihm über alles und jeden reden. Vor allem sorgte er dafür, dass sie sich wie etwas Besonderes und wertgeschätzt fühlte.

Sie ließ zu, dass er sie liebkoste, gestattete ihm aber nicht, weiterzugehen. »Das tue ich nicht, bevor ich verheiratet bin. So bin ich erzogen worden.«

»Das respektiere ich«, sagte Hugh. »Aber ich kann nicht leugnen, wie sehr ich dich begehre.«

Sie hoffte, das würde ihn dazu bringen, ihr einen Antrag zu machen, aber er sprach das Thema nicht an.

Am vorletzten Tag schien Hugh geistesabwesend zu sein und aß wenig von dem Picknick.

»Was ist los?«, fragte Stella. »Fühlst du dich nicht wohl?«

Er nahm ihre Hand in seine. Sein Gesichtsausdruck war schwer zu deuten. »Ich habe es vor mir hergeschoben, dir etwas Bestimmtes zu erzählen – ich wollte unsere gemeinsame Woche nicht verderben.«

Ihr Herz geriet ins Stolpern. »Mir *was* zu erzählen?«

Er wirkte bekümmert. »Der Grund dafür, dass ich mir eine Woche Urlaub sichern konnte, ist, dass ich nach Singapur geschickt werde.«

Ihr sackte das Herz in die Hose. »Singapur? Aber warum?«

»Man verstärkt die Garnison dort«, erklärte Hugh, »und ich soll mit dem Nachschub helfen.«

Stella umklammerte seine Hand. »Oh, Hugh, das ist so weit weg – und es klingt gefährlich.«

Er schenkte ihr ein tapferes Lächeln. »Das wird es sicher nicht. Aber ich weiß nicht, wann ich nach Indien zurückkann. Es könnte Monate dauern.«

Stellas Augen brannten vor Tränen. »Ich kann den Gedanken nicht ertragen, nicht zu wissen, wann ich dich wiedersehe.«

»Das empfinde ich auch so.« Er hob ihre Hand und küsste sie. »Stella …« Er sah sie innig mit seinen blauen Augen an. »Willst du mich heiraten?«

Sie wusste nicht, was sie mehr schockierte: die unwillkommene Neuigkeit oder sein plötzlicher Heiratsantrag. Sie war in Aufruhr; ihre Unzufriedenheit verwandelte sich in Euphorie. Sie warf die Arme um seinen Hals und drückte ihn an sich.

»Oh ja, ja!«, rief sie.

Er lächelte voller Erleichterung. »Gut! Das ist das Einzige, was mich aufrecht halten wird, wenn wir getrennt sind – zu wissen, dass ich dich habe und zu dir zurückkehren kann – dass du auf mich warten wirst.«

»Natürlich warte ich. Es hat für mich nie jemand anderen gegeben.«

Hugh küsste sie leidenschaftlich. Stella war in diesem bittersüßen Moment schwindlig. Hugh war entschlossen, sie zu heiraten, und würde doch für mehrere Monate in den fernen Osten gehen.

Hugh flüsterte ihr ins Ohr: »Ich bin verrückt nach dir. Ich will dir zeigen, wie sehr ich dich liebe.«

Stellas Puls raste. Sie wusste, was er meinte.

Er spielte mit einer Strähne ihres Haars. »Aber ich werde nichts tun, was du nicht möchtest. Willst du mich so sehr, wie ich dich will?«

»Ja«, gestand sie. »Mehr als alles andere.«

»Ich werde ganz vorsichtig sein«, sagte Hugh und küsste sie erneut.

Auf der süß duftenden Wiese gab Stella sich ihm endlich ganz hin.

* * *

Als sie sich auf den Rückweg ins Hotel hinunter machten, klopfte Stellas Herz immer noch wie wild angesichts der Intimitäten, die sie unter den seufzenden Bäumen miteinander geteilt hatten. Sie konnte nicht aufhören, immer wieder ein Lächeln über das, was sie getan hatten, mit Hugh zu tauschen. Sie wünschte, sie hätten nicht einen Großteil der Woche darauf verschwendet, sich bloß zu küssen; wenn Hugh ihr eher einen Antrag gemacht hätte, hätten sie jeden Tag miteinander schlafen können.

»Können wir den Lomax die gute Nachricht schon verraten?«, fragte Stella.

Hugh zögerte. »Mir wäre es lieber, wenn wir es richtig machen und ich dir erst einen Ring kaufe.«

»Aber dazu bleibt keine Zeit«, wandte Stella frustriert ein.

»Am Tag, an dem ich abreise«, sagte Hugh, »kommst du mit mir nach Srinagar, dann kaufen wir einen Ring.«

Stella lebte auf. Das würde ein paar kostbare Stunden mehr mit dem Mann, den sie liebte, bedeuten.

Als sie ins Hotel zurückkehrten, konnte Stella ihre Freude nicht verbergen und auch nicht widerstehen, sich Esmie anzuvertrauen. »Ich soll noch nichts sagen, aber Hugh hat mir einen Antrag gemacht.«

Esmie unterdrücke einen Ausruf und umarmte sie. »Ich hatte gehofft, dass du das sagen würdest! Ich freue mich sehr für dich. Ich sehe, wie verliebt ihr seid.«

»Wir kaufen einen Ring in Srinagar, wenn er abreist. Ich hoffe, es ist in Ordnung, wenn ich mir noch einen Tag von meinen Pflichten freinehme?«

»Natürlich ist es das«, sagte Esmie.

Dann erzählte Stella ihr, dass Hugh nach Singapur entsandt wurde. »Ich weiß nicht, wann wir heiraten können«, sagte sie und spürte, wie wieder eine Welle des Kummers über sie hereinbrach.

Esmie versuchte, sie zu trösten. »Vielleicht wird er gar nicht so lange weg sein. Du kannst immer noch die Hochzeit planen. Du weißt, dass du jedes der Raj Hotels für deine Hochzeitsfeier nutzen kannst, wann immer du willst.«

»Danke!« Stella lächelte voller Dankbarkeit. »Glaubst du, dass Mr Lomax bereit wäre, mich zum Altar zu führen?«

Esmie wirkte überwältigt von dem Vorschlag. Ihr zitterte die Stimme, als sie erwiderte: »Ich glaube, es wäre ihm eine Ehre. Du bist für ihn wie eine Tochter.«

Sie umarmten einander fest.

* * *

An diesem Abend sagte Hugh, nachdem sie lange auf der Veranda gesessen und Händchen gehalten hatten: »Schließ deine Tür nicht ab, dann komme ich heute Nacht zu dir.«

Später lag Stella in einem lockeren Nachthemd auf ihrem Bett und wartete ungeduldig darauf, dass es tiefe Nacht wurde. Als alles ruhig war, kam Hugh in das kleine Schlafzimmer an der Rückseite des Hauses und tastete im Dunkeln nach ihr.

Er legte sich neben sie, und sie begannen, sich begierig zu küssen, wobei sie versuchten, so leise wie möglich zu sein.

Während sie sich auszogen, flüsterte Hugh: »Du bist so schön – lass mich dich richtig sehen.«

Er zog den Vorhang auf und ließ das schwache, silbrige Licht des untergehenden Mondes ins Zimmer fallen. Stella sah den Ausdruck des Verlangens in seinem Gesicht, als er sich auf sie legte. Entzücken durchflutete sie – sogar noch mehr als beim ersten Mal im Wald –, und sie rang darum, nicht aufzuschreien.

Danach lagen sie eng umschlungen auf dem schmalen Bett, ihre Wange an seine Brust geschmiegt, die sich rasch hob und senkte.

»Du machst mich so glücklich«, murmelte sie.

Er küsste sie auf den Kopf. »Du mich auch, meine Schöne.«

Sie schliefen ein. Stella wurde davon geweckt, dass Hugh ungelenk aus dem Bett stieg und sich sein krankes Bein rieb. Das graue Licht kurz vor Sonnenaufgang fiel ins Zimmer. Sie sah zu, wie er sich die Kleidung anzog, und empfand von Neuem so viel Sehnsucht, dass es schmerzte. Sie fühlte sich tollkühn und wollte gern riskieren, mit Hugh entdeckt zu werden, wenn sie dafür noch eine halbe Stunde in seinen Armen bekam.

»Geh nicht«, drängte sie ihn und setzte sich auf.

Sie merkte seinem Gesicht die Unentschlossenheit an, als er sie in ihrer Nacktheit anstarrte. Sie sah die Lust in seinen Augen. Er hinkte zum Bett zurück.

»Ich stehe in deinem Bann«, flüsterte er.

Sie schliefen schnell und leidenschaftlich miteinander, ganz ohne das langsame Vorspiel wie in der Nacht. Es war nach wenigen Minuten vorbei. Hugh ließ sie keuchend und voller Sehnsucht nach mehr zurück.

»Wir sehen uns beim Frühstück.« Er warf ihr eine Kusshand zu und war fort.

* * *

Sie unternahmen einen letzten gemeinsamen Ausritt zur *marg* hinauf. Der Himmel war bewölkt und Donner grollte in den Bergen, ein erster Vorbote eines Gewitters vor Anbruch des Monsuns. Sie zogen sich weiter in den Schutz der Bäume zurück und scheuchten eine Affenhorde auf, die tiefer in den Wald flüchtete.

Hugh beeilte sich, die Decke auszubreiten. »Wir haben vielleicht nicht mehr viel Zeit, bevor es regnet.«

Sie streiften schnell ihre Kleidung ab und liebten einander voll wilder Verzweiflung. Im gedämpften Licht erkundete Stella seinen Körper mit Küssen. Sie wollte sich jede Einzelheit an ihm einprägen. Sie konnte es kaum ertragen, über den Tag hinauszudenken – daran, dass sie Abschied nehmen mussten.

Sie fand die Narbe an seinem Knie und liebkoste sie mit den Fingern. »Haben sie den Stammeskrieger, der dir das angetan hat, je erwischt?«

»Nein«, sagte er, umfasste ihre Hand und küsste sie.

Stella starrte die fahle Narbe an. »Erzähl mir, wie es passiert ist.«

»Ein Belutschi hatte es auf mich abgesehen.«

»Wie schrecklich«, sagte sie und beugte sich über die Narbe, um sie zu küssen.

Bevor sie ihn weiter ausfragen konnte, drückte Hugh sie schon sanft auf den Rücken und schenkte ihr erneut Lust.

Bald wurde der Himmel dunkler, und der Wind frischte auf. Sie gaben den Gedanken an ein Picknick auf, packten rasch alles zusammen und machten sich auf den Weg bergab. Sie kamen im Hotel an, als die ersten dicken Regentropfen zu fallen begannen. Binnen weniger Minuten prasselte der Regen auf die Blechdächer und überflutete die Blumenbeete.

Die Diener schlossen die Verandafenster, sodass die Gäste es sich dort bequem machen konnten, um zu lesen oder Karten zu spielen. Aber während sie unterwegs gewesen waren, hatte sich herumgesprochen, dass Stella mit dem liebenswürdigen Mr Keating verlobt war, und die Leute kamen zu Hugh, um ihm die Hand zu schütteln.

»Herzlichen Glückwunsch«, sagte Mr Davidson von der Behörde für öffentliche Bauvorhaben. »Sie haben Glück. Wir dachten schon, niemand würde je Miss Dubois' Herz gewinnen.«

»Wir haben gehört, dass Sie morgen einen Ring kaufen fahren wollen«, setzte seine Frau eifrig hinzu.

Hugh wirkte etwas verblüfft, nickte aber und lächelte. »Ja, genau. Ich habe mehr Glück als jeder andere Mann in Indien.«

Esmie bedachte Hugh mit einem entschuldigenden Blick. »Es tut mir leid – ich habe es Tom gegenüber erwähnt, und er scheint es aller Welt erzählt zu haben. Er freut sich so für Sie beide.«

Stella war gerührt. »Mir macht das überhaupt nichts aus. Ich will, dass die Leute es erfahren.«

An dem Abend luden die Lomax Stella und Hugh ein, mit ihnen im Anbau zu Abend zu essen. Felix hatte Stellas Lieblingsessen gekocht: würzige Fischstücke mit Kokosnuss-Reis und seinem süßsauren hausgemachten Chutney. Sie war mit dreien der Menschen zusammen, die sie auf der Welt am meisten liebte, und doch machte ihr Hughs Abreise schon schwer zu schaffen.

Tom war lebhafter, als sie ihn seit Langem erlebt hatte. Hugh war gut darin, anderen die Hemmungen zu nehmen und ihnen Anekdoten zu entlocken. Zu Stellas und Esmies Überraschung erzählte Tom sogar von seiner Zeit bei der Armee.

»Vor dem Krieg war ich kurz in Belutschistan stationiert«, erinnerte er sich. »Quetta war eine schöne Garnisonsstadt, aber ich habe gehört, dass es bei dem Erdbeben vor sechs Jahren so gut wie vollständig zerstört worden ist. Schreckliche Sache.«

»Ja«, stimmte Hugh zu, »entsetzlich. Wenn ich auf meine alte Stelle zurückgekehrt wäre, säße ich jetzt wahrscheinlich nicht hier, um davon zu erzählen.«

Stella schauderte. »Daran will ich nicht mal denken. Es ist doch gut, dass du deinen Posten aufgegeben hast.«

Tom nickte. »Sie müssen Kollegen gehabt haben, die dabei ums Leben gekommen sind.«

»Ja, auch ein paar sehr gute Freunde.« Hugh sah ernst drein.

Stella wollte das Gespräch gern von der Tragödie in Quetta weglenken, Tom aber nicht aus dem Schwelgen in Erinnerungen reißen. Er plauderte weiter über Menschen und Orte, die er vor dem Großen Krieg gekannt hatte, und stellte Hugh Fragen über die Gegend und ihre Stammesbevölkerung in jüngeren Jahren.

Unvermittelt stand Hugh vom Tisch auf. »Ich würde gern einen Toast ausbringen. Auf meine schöne Stella!«

Stella errötete, als die Lomax ihre Gläser hoben und einstimmten: »Auf Stella!«

Tom setzte hinzu: »Auf euch beide. Auf dass ihr großes Glück miteinander findet.«

Esmie lächelte. »Auf das glückliche Paar!«

Danach wandte das Gespräch sich leichteren Themen zu. Sie redeten über den bevorstehenden Monsun und die Blumen, die Stella auf der *marg* gepflückt hatte, um sie in ihrem Tagebuch zu pressen. Bald entschuldigte Hugh sich.

»Das war ein ganz reizendes letztes Abendessen«, sagte er. »Ich hätte mir keine bessere Gesellschaft wünschen können. Vielen Dank. Ich hoffe, es stört Sie nicht, wenn ich mit Stella einen letzten Spaziergang durch den Garten unternehme – wir haben nur noch so wenig gemeinsame Zeit.«

»Natürlich stört uns das nicht«, sagte Esmie.

Draußen war die Luft nach dem Regen kühler. Stella hakte sich bei Hugh ein, und sie spazierten den Gartenpfad hinunter und über den federnden Rasen. Die tiefer gelegenen Hänge waren mit den Lichtern privater Berghütten, des Nedous Hotels und des Clubs übersät. Über ihnen leuchtete eine Unzahl von Sternen am Himmel.

»Ich komme mir egoistisch vor, weil ich dich die ganze Woche für mich beansprucht habe«, sagte Stella. »Du warst gar nicht im Club und hattest keine Gelegenheit, dich unter die anderen Junggesellen im Urlaub zu mischen.«

Hugh antwortete: »Warum sollte ich meine Zeit mit langweiligen Beamten verbringen wollen, wenn ich dich hier habe? Du bist der einzige Grund dafür, dass ich hergekommen bin, Stella.« Er blieb stehen und musterte sie. »Du hast keine Ahnung, wie attraktiv du bist, oder?«

Sie lachte verlegen. »Du sorgst dafür, dass ich mich attraktiv fühle.«

Er küsste sie sanft auf die Lippen. »Lass uns das Beste aus unserer letzten gemeinsamen Nacht machen, ja? Ich komme nachher in dein Zimmer, wenn alles still ist.«

* * *

Ihr Liebesspiel in tiefster Nacht war leidenschaftlich. Für Stella schwang darin eine neue Dringlichkeit mit; in wenigen Stunden würden sie voneinander getrennt sein. Als sie danach von seinen Armen umschlossen dalag, begann sie zu weinen.

»Psst, nicht weinen«, flüsterte er.

»Ich w... will nicht, dass du weggehst«, antwortete sie und versuchte, ihr Schluchzen zu unterdrücken.

»Sobald ich kann, komme ich zurück«, versprach er.

»Ich wünschte, ich könnte mit dir gehen«, sagte Stella sehnsuchtsvoll. »Was, wenn ich mit dir nach Kalkutta fahren würde? Wir könnten dort heiraten, bevor du abreisen musst. Dann wären wir wenigstens Mann und Frau – das würde mir so viel Trost spenden.«

Er küsste sie zärtlich auf die Stirn. »Du weißt, wie sehr auch ich mir das wünsche. Aber wir haben nicht genug Zeit. Ich gehe schon nächste oder spätestens übernächste Woche an Bord des Schiffs. Und ich riskiere es nicht, dich mit nach Kalkutta zu nehmen und dich dort zurückzulassen, sodass du ganz allein zurückfahren musst. Ich würde mir zu große Sorgen machen.«

»Vielleicht könnte Esmie mitkommen?«, schlug Stella verzweifelt vor.

»Stella!«, sagte Hugh tadelnd. »Das solltest du nicht von Mrs Lomax verlangen. Sie hat mit der Führung des Hotels und der Betreuung von Mr Lomax genug am Hals – das hast du mir selbst erzählt.«

»Ich weiß. Tut mir leid.« Stella schämte sich. Ihre Bedürfnisse waren angesichts dessen, was Esmie bewältigen musste, belanglos. »Ich werde dich nur so sehr vermissen.«

»Ich dich auch.« Hugh seufzte. »Aber es wird mir Trost spenden, an dich hier zu denken und mich an diese magische Woche zu erinnern, die wir zusammen hatten. Dafür werde ich immer dankbar sein.«

Stella gefiel nicht, dass seine Worte endgültig klangen: So als hätte er Angst vor der Zukunft und bisher untertrieben, was die Gefahr betraf, in der er vielleicht bald schweben würde. Dann begann er wieder, sie zu küssen, und bald ging sie ganz im Augenblick auf und verdrängte die angstvollen Gedanken.

* * *

Vor Anbruch der Morgendämmerung schlich Hugh sich aus ihrem Zimmer. Stella konnte nicht schlafen und stand deshalb früh auf. Sie war erschöpft, aber entschlossen, keine Minute des Zusammenseins mit Hugh an ihrem letzten Tag zu verpassen. Nach einem frühen Frühstück sagte Hugh den Lomax Lebewohl.

»Viel Glück, Mr Keating«, sagte Tom und schüttelte ihm fest die Hand.

Esmie sagte: »Wir passen gut für Sie auf Stella auf, bis Sie zurückkommen.«

»Danke«, erwiderte Hugh mit dankbarem Blick. »Sie waren beide sehr freundlich.«

Toms langjähriger Diener Bijal sollte die Reisenden nach Srinagar fahren und am Abend mit Stella zurückkehren. Sie brachen auf, während der Himmel von der Morgenröte noch rosa war. Auf Maultieren ritten sie bergab. Vogelgesang erfüllte die stille Luft, während die Schneefelder auf den umliegenden Berggipfeln sich im Licht der aufgehenden Sonne golden färbten.

Am Fuß der Siedlung lud Bijal Hughs Gepäck vom Packmaultier in den Lieferwagen der Lomax um.

»Ich fahre«, sagte Hugh zu Bijal, »und Miss Dubois sitzt vorn neben mir.«

Der kräftige Paschtune warf Stella einen Blick zu. Als sie zustimmend nickte, half er ihr auf den Beifahrersitz, ging nach hinten und stieg zum Gepäck auf die Ladefläche.

Während der Wagen über die ungepflasterte Straße holperte, die nach Srinagar hinabführte, saß Stella dicht neben Hugh und hielt seine linke Hand, während er mit der rechten lenkte. Er sang ihr populäre Lieder vor, die sie gleichermaßen zum Lachen und zum Weinen brachten. Nur allzu bald waren die zwei Stunden um, die man brauchte, um zu der uralten Stadt am Dal-See zu fahren. Hugh hatte alles arrangiert, damit ein Auto und ein Fahrer am Nedous Hotel in Srinagar auf ihn warteten, um ihn zurück nach Rawalpindi zu bringen. Von dort aus würde er den Zug nach Südosten zurück nach Kalkutta nehmen.

»Wir haben nur etwas über eine Stunde, um deinen Ring zu kaufen, meine Schöne«, sagte Hugh.

Sie ließen Bijal zurück, um sich später am Hotel wieder mit ihm zu treffen, gingen zu Fuß weiter und überquerten eine der vielen Brücken, die den Fluss Jhelam überspannten. In den engen Gassen suchten sie nach Juwelieren. Die ersten beiden Läden lehnte Hugh als »zu eingeboren« ab.

»Es muss nichts Prächtiges oder Teures sein«, sagte sie. »Bitte gib nicht zu viel für einen Ring aus. Alles, was du mir schenkst, wird etwas Besonderes sein.«

Aber Hugh schenkte ihren Bitten kein Gehör. »Ich kaufe dir doch keinen billigen Tand«, sagte er lachend.

Als er ein Geschäft entdeckte, das ihm zusagte, führte er sie hinein. Der Besitzer hieß sie willkommen und lud sie ein, sich auf hölzerne Stühle mit bunt bestickten Kissen zu setzen. Hugh winkte ab, als der Mann ihnen Tee anbot.

»Wir haben keine Zeit für Nettigkeiten«, sagte er. »Zeigen Sie uns, was Sie an Ringen mit Edelsteinen haben – Diamanten oder vielleicht Rubine. Und beeilen Sie sich.«

Der Kaschmiri breitete mit großer Geste ein grünes Samttuch auf einem niedrigen Tisch vor ihnen aus und legte dann Ringe darauf wie zerbrechliche Blumen. Stella war wie gebannt und starrte die Edelsteine in ihren Goldfassungen mit offenem Mund an.

Der Juwelier nickte ihr aufmunternd zu. »Bitte, Memsahib, Sie dürfen sie anprobieren.«

»Komm, lass mich dir helfen, die richtige Größe zu finden«, sagte Hugh.

Er hob einen mit einem großen Diamanten hoch und steckte ihn ihr an den Finger.

»Der fühlt sich zu weit an«, meinte Stella. Sie hatte auch den Eindruck, dass der Ring unpraktisch sein würde, weil sie mit ihm wohl bei der Arbeit hängen bleiben würde, aber sie glaubte nicht, dass Hugh das hören wollte.

»Wie wäre es mit diesem Smaragd?« Hugh hob noch einen Ring auf. »Der passt zu deinen Augen.«

Er passte, aber Stella fand den Smaragd in seinem Kreis aus Diamanten zu auffällig. Sie nahm den Ring ab und griff nach einem schlichteren Ring: ein einfacher Saphir mit einer Fassung, die wie eine Krone aus kleinen goldenen Krallen wirkte. Er passte gut. Der Kaschmiri nickte beifällig.

»Diesen hier mag ich sehr gern, Hugh«, sagte sie begeistert. »Was meinst du?«

Hugh wirkte etwas enttäuscht. »Wenn es der ist, den du willst.«

»Oh ja, bitte.« Sie lächelte verschämt. »Das Dunkelblau wird mich immer an deine Augen erinnern.«

Hugh lachte. »Dann sollst du ihn bekommen.«

Er begann, energisch mit dem Ladenbesitzer zu feilschen. Stella saß da und hatte ein mulmiges Gefühl im Magen, weil Hugh sich vielleicht weigern würde, eine Summe zu bezahlen, die der würdevolle, aber sture Kaschmiri akzeptieren würde. Zu ihrer Erleichterung einigten sich die beiden auf einen Preis. Hugh zog ein Bündel Banknoten aus seiner Brieftasche und zählte das Geld ab.

Als der Händler anbot, den Ring einzupacken, sagte Stella: »Ich würde ihn gern anbehalten.«

Er reichte ihr ein Kästchen, um den Ring aufzubewahren.

Arm in Arm gingen sie aus dem Laden in den Sonnenschein hinaus. Es war schon heiß, und Staubwolken stiegen von den trockenen, ungepflasterten Straßen auf. Der faulige Geruch von Ausscheidungen und verrottenden Pflanzen, der vom Fluss aufstieg, wurde stärker, und Leute riefen einander von hölzernen Balkonen aus, die gefährlich weit über das Wasser ragten, etwas zu.

»Stinkt schlimmer als ein Schweinestall in Irland«, scherzte Hugh. Er winkte eine *tonga* heran, um sie zum Nedous Hotel zu fahren.

Stella kuschelte sich eng an Hugh. Der Augenblick des Abschieds war fast schon gekommen.

Bijal wartete mit dem Lieferwagen vor dem Hotel. »Keating Sahib, ich habe Ihr Gepäck hineingebracht, damit es sicher aufbewahrt ist.«

»Danke«, sagte Hugh geistesabwesend und wandte sich Stella zu. Er umfasste ihre Hände und sagte: »Lass es uns nicht noch schlimmer machen. Ein schneller Abschied ist der beste.«

Stellas Kehle schnürte sich zu; sie schluckte schwer und nickte zustimmend.

»Ich werde dich jeden Tag jede Minute vermissen«, sagte sie leise und lächelte unter Tränen.

Er küsste sie fest auf den Mund. »Pass auf dich auf, mein grünäugiges Mädchen.« Er schenkte ihr sein typisches Lächeln, das ihr Herz dahinschmelzen ließ.

»Du auch auf dich«, flüsterte sie mit belegter Stimme. »Du schreibst mir doch aus Singapur, um mich wissen zu lassen, dass du heil angekommen bist, ja?«

»Natürlich.« Er küsste sie noch einmal und ließ dann ihre Hände los. »Ab mit dir, zurück nach Gulmarg«, befahl er. »Ich will dich abfahren sehen, damit ich weiß, dass du hier nicht allein bist.«

Er führte sie zur Beifahrerseite des Wagens, half ihr hinein und schloss die Tür. Stella spürte, wie ein Schluchzen aus ihrem Brustkorb aufstieg, aber sie lächelte für ihn weiter. Bijal stieg auf den Fahrersitz und startete den Motor. Hugh klopfte gegen die Seite des Wagens, um sie zum Abfahren zu mahnen.

Als sie sich in Bewegung setzten, kurbelte Stella das Fenster hinunter und rief nach draußen: »Ich liebe dich!«

Er warf ihr eine Kusshand zu und winkte. Sie sah ihn so lange an, wie sie konnte, reckte den Hals, um einen letzten Blick zu erhaschen, und winkte zurück. Als sie ihn nicht mehr sehen konnte, lehnte Stella sich zurück, schlug die Hände vors Gesicht und begann zu weinen. Bijal sah sie besorgt an.

»Stella-Mem?«, fragte er. »Soll ich Ihnen irgendwo Chai besorgen?«

»N… nein danke, Bijal.« Sie rang darum, ihre Tränen zu unterdrücken. Es fühlte sich an, als wäre ihr Innerstes aus ihr herausgerissen worden. Sie saß da und hielt sich den Bauch. Wie konnte die Welt im Sonnenschein so schön aussehen, wenn sie sich fühlte, als hätte sie einen großen Verlust erlitten? Der Dal-See funkelte neben ihnen, als sie nach Norden fuhren.

Plötzlich kam ihr ein Gedanke. »Bijal«, sagte sie, »kannst du mich bei Baronin Cussack auf ihrem Hausboot vorbeifahren? Haben wir die Zeit dazu?«

Er warf ihr einen Blick zu, nickte und bog von der Straße ab, um zum See zu fahren. Stella lebte ein bisschen auf, als sie die wuchernden Seerosen und das leuchtende Grün der schwimmenden Gemüsegärten jenseits der Landestellen sah.

Bald saß sie in einer *shikara* und wurde über das stille Wasser zur Queen of the Lake gepaddelt. Als der Kahn neben das Hausboot glitt, sah Stella, dass Hester an Deck saß und ein spätes Frühstück einnahm. Es war ein erstaunlicher Gedanke, dass es erst elf Uhr war. Die alte Frau stand auf, um zu sehen, wer sich näherte. Als sie Stella erkannte, stieß sie einen Schrei des Entzückens aus.

»Schätzchen, was für eine reizende Überraschung!«

In ihrer Hast, zu ihr zu gelangen, fiel Stella die Stufen des Hausboots fast hinauf. Sie warf die Arme um Hesters knochige Schultern und drückte sie an sich.

»Was ist denn nur los?«, fragte Hester besorgt. »Ist etwas passiert? Es geht Captain Lomax doch gut?«

»Ja, es geht allen gut«, stieß Stella hervor und schämte sich, sie in Sorge versetzt zu haben. Sie unternahm größte

Anstrengungen, ihre Gefühle unter Kontrolle zu bringen und ruhig zu sprechen.

»Es ist eigentlich eine gute Neuigkeit«, sagte sie. »Hugh und ich haben uns vor zwei Tagen verlobt – wir haben gerade den Ring gekauft.« Stella streckte die Hand aus, um ihr den Saphir zu zeigen.

»Wie wunderbar!« Stella umfasste ihre Hand. »Und was für ein hübscher Ring. Herzlichen Glückwunsch, Schätzchen. Aber wo ist dein Verlobter denn jetzt?«

»Ich habe ihm gerade in Srinagar auf Wiedersehen gesagt«, erwiderte Stella mit zitternder Stimme. »Er fährt nach Singapur und ich weiß nicht, wann ich ihn wiedersehe ...«

Hester umschloss mit ihren knotigen Händen Stellas Gesicht. »Ach, meine arme Stella«, sagte sie mitfühlend. »Komm, setz dich hin und erzähl mir alles.«

Stella ließ sich von ihrer älteren Freundin zu einem bequemen Sitzplatz führen. Während die den Blick über die romantischen Gärten und die schimmernden Gipfel des Himalaja dahinter schweifen ließ, schüttete Stella der Baronin ihr Herz aus.

Kapitel 31

Ebbsmouth, Ende September 1941

Andrew hatte seiner Mutter nicht gesagt, dass er für ein paar Tage nach Hause kam. Er ging direkt zur Anchorage, um seine Tante zu besuchen. Irgendwie fiel es ihm leichter, zuerst mit Tibby zu sprechen. Sie würde ihn besser verstehen – oder zumindest angesichts der Neuigkeiten, die er hatte, nicht zu emotional reagieren. Er fand seine Tante in einem alten Paar Reithosen, einem Wollpullover und ihrem lilafarbenen Lieblingshut, der abgenutzter denn je aussah, damit beschäftigt, Brombeeren zu pflücken.

»Mein lieber Junge!«, rief sie. »Wie schön.«

Er schwang seinen Ausrüstungsbeutel von der Schulter, küsste sie auf die Wange und schob sich eine Brombeere in den Mund.

»So süß wie meine Lieblingstante«, sagte er mit einem Grinsen.

»Du siehst aus, als wärst du im Manöver?«, bemerkte sie mit einem fragenden Blick.

Andrew ließ sich noch eine Beere schmecken, bevor er beschloss, es ihr ohne Umschweife zu sagen.

»Ich werde in ein anderes Bataillon versetzt«, erklärte er.

Tibby musterte ihn. »Und was meinst du, wo man dich am meisten braucht?«

Andrew schaute zum bewegten Laubwerk der Buchen und dem perlgrauen Himmel dahinter auf. Traurigkeit durchzuckte ihn. Allmählich hatte er diesen Ort lieb gewonnen.

»Im Osten«, antwortete er und begegnete ihrem Blick. »Indien.«

Sie riss die Augen weit auf. »Indien? Aber dort herrscht doch eigentlich kein Krieg?«

»Die Nazis haben die Stämme an der Nordwestgrenze dazu aufgestachelt, wieder zu rebellieren.«

Tibby keuchte leise auf. »Dort war Tommy auch. Schicken sie dich dorthin?«

Andrew zuckte die Schultern. »Ich weiß es nicht – aber dort ist das Zweite Bataillon der Borderers im Moment stationiert.«

»Wie seltsam«, sagte Tibby, »wenn du dort landest, wo dein Vater gedient hat.« Sie berührte seinen Arm und lächelte bekümmert. »Nach all der Zeit wirst du ihn wiedersehen können – und Esmie.«

Andrew spürte eine vertraute Anspannung in der Magengrube, als sie die beiden erwähnte. »Vielleicht. Allerdings ist es ziemlich weit von Kaschmir entfernt. Und vielleicht werde ich ja auch gar nicht an die Grenze geschickt. Alles, was ich weiß, ist, dass ich mich in ein paar Wochen nach Indien einschiffen werde.«

Sie musterte ihn mit scharfsinnigem Ausdruck in ihren haselnussbraunen Augen. »Komm herein und erzähl mir mehr.«

* * *

Während sie sich in der Bibliothek eine Kanne schwachen Tee teilten, reagierte Dawan freudig erregt auf Andrews Neuigkeit.

»Ich kann nicht bestreiten, dass ich ein bisschen neidisch bin, dass du nach Indien zurückkehren wirst. Reichlich Curry und heiße Sonne auf deinem Rücken«, sagte er mit einem schiefen Lächeln.

»Weiß deine Mutter schon Bescheid?«, fragte Tibby.

Andrew schüttelte den Kopf. »Ich bin noch dabei, allen Mut zusammenzuraffen, um es ihr zu erzählen.«

»Die arme Lydia«, meinte Tibby und seufzte. »Aber da wir gerade von Indien sprechen«, fuhr sie fort, »hast du in letzter Zeit etwas von deinem Vater gehört?«

»Nein«, sagte Andrew. »Schon seit ein paar Monaten nicht mehr.«

»Na ja, um diese Jahreszeit herrscht für ihn im Hotel ja auch Hochsaison«, nahm Tibby ihren Bruder in Schutz.

Andrew mochte nicht zugeben, dass er seinem Vater schon viel länger nicht geschrieben hatte. Es regte ihn auf, dass sein Vater ständig auf den Gefahren des Kriegs herumritt und die Bestätigung verlangte, dass er, Andrew, in Sicherheit war. Er würde ihm schreiben und ihn wissen lassen, dass er nach Indien versetzt wurde. Oder würde sein Vater sich dann nur wegen der gefährlichen Seereise Sorgen machen? Vielleicht würde es das Beste sein, nichts zu sagen, bis er auf indischem Boden war.

»Hast du schon das Neueste von Miss Dubois gehört?«, fragte Dawan.

Andrews Herz machte einen Sprung. »Stella? Was ist mit ihr?«

»Ach ja«, sagte Tibby, »das ist mir wegen meiner Aufregung über deine Nachricht ganz entfallen. Stella hat sich endlich verlobt. Hat Tommy dir das nicht mitgeteilt?«

Andrews Mund wurde trocken. »Nein, hat er nicht. Wer ist denn der Glückliche?« Schon als er die Frage stellte, wusste er es.

»Hugh Keating natürlich«, sagte Tibby. »Ist das nicht großartig? Stella ist so eine reizende junge Frau; sie hat es verdient, glücklich zu sein.«

»Ja.« Andrews Brust fühlte sich plötzlich wie zugeschnürt an. Er hatte immer gewusst, dass er eines Tages von Stellas Verlobung hören würde, aber er hatte nicht damit gerechnet, dass die Nachricht ihm so zu schaffen machen würde. Er hätte sich für Stella – und für Hugh, den er mochte – freuen sollen, aber dennoch war er von Enttäuschung und Eifersucht überwältigt.

Tibby fuhr fort: »Anscheinend war alles sehr romantisch. Er hat ihr in Gulmarg einen Antrag gemacht und ihr in Srinagar einen Saphirring gekauft. Sie ist überglücklich. Allerdings ist der arme Hugh in Regierungsangelegenheiten auf Dienstreise nach Singapur geschickt worden, sodass noch kein Datum für die Hochzeit festgesetzt ist. Vielleicht bist du ja in Indien, wenn es so weit ist. Wäre es nicht wunderbar, wenn du da wärst, um mit ihnen zu feiern? Du hast bei ihrer Liebesgeschichte schließlich den Amor gespielt.« Tibby hielt inne und warf ihm einen Blick zu. »Du bist sehr still, Andy. Geht es dir gut?«

Er zwang sich zu einem Lächeln. »Ja, mir geht es gut. Es macht mich nur ein bisschen nervös, Mamma gegenüberzutreten.«

Kapitel 32

Das Raj-in-the-Hills, Anfang Oktober 1941

Stella versuchte, gute Miene zum bösen Spiel zu machen. Sie hatte seit über einem Monat nichts von Hugh gehört. Im Juli war ein Telegramm gekommen, um ihr mitzuteilen, dass er unbeschadet in Singapur eingetroffen war, gefolgt von einem kurzen Brief im August, der ihr sehr wenig verraten hatte. Er reiste in Malaya umher, um Material für die Armee zu beschlagnahmen; es war heiß und feucht.

> *Ich würde mein halbes Gehalt darum geben, in der Kühle der Berge bei meinem geliebten Mädchen zu sein. Ich vermisse Dich. Schreib mir weiter und denk an mich. Dein Dich liebender Hugh xx*

Sie hatte ihm geschrieben; erst fast täglich, dann wöchentlich, aber seit mittlerweile sechs Wochen war kein Brief mehr zurückgekommen. Sie fragte sich, ob sie die falsche Adresse hatte – ob seine Firma umgezogen war oder ob man ihn an einen anderen Ort geschickt hatte. Aber bestimmt hätte er ihr doch geschrieben, um es ihr mitzuteilen, wenn das der Fall gewesen wäre?

Sie musste wissen, dass es ihm gut ging, und sie brauchte die Bestätigung, dass er sie immer noch heiraten wollte. Mit jedem Tag wurde sie sich sicherer, dass sie in anderen Umständen war. Es hatte mit Müdigkeit und einem metallischen Geschmack in ihrem Mund begonnen. Dann waren häufige Übelkeit und eine Abneigung gegen bestimmte Speisen aufgetreten.

Esmie hatte es auch bemerkt. »Dir scheint Felix' Karipap gar nicht mehr zu schmecken. Geht es dir nicht gut?«

Allein die Erwähnung des würzigen, öligen Karipaps war genug, Stella würgen zu lassen. Sie wehrte Esmies Besorgnis ab. »Mir geht es gut. Ich mache mir nur etwas Sorgen um Hugh.«

Das war im August gewesen. Jetzt bestand kein Zweifel mehr daran, dass sie schwanger war. Sie hatte seit vier Monaten keine Blutung mehr gehabt. Der Gedanke, dass sie Hughs Kind in sich trug, erregte sie freudig und erfüllte sie doch zugleich mit Beklommenheit. Was um alles in der Welt würde ihre Mutter sagen? Myrtle hatte ihr geschrieben, um zum Ausdruck zu bringen, wie sehr sie sich über die Verlobung freute. Angesichts dessen, wie misstrauisch sie Hugh gegenüber gewesen war, als dieser begonnen hatte, Stella den Hof zu machen, war das eine Erleichterung.

Wie sehnte sie sich doch danach, Hugh wiederzusehen und ihm die Neuigkeit mitzuteilen! Vielleicht würde er dann Urlaub bekommen können, um zurückzukehren und sie zu heiraten, bevor ihre Schwangerschaft zu offensichtlich wurde – oder wenigstens vor der Geburt des Babys. Ihr wurde eiskalt, wenn sie an die Schande dachte, die es über ihre Mutter und den Rest ihrer Familie bringen würde, wenn sie ein uneheliches Kind bekam.

Als die Zahl der Gäste zurückging und die Lomax Vorbereitungen trafen, das Hotel zu schließen, wandte Stella sich hilfesuchend an Esmie. Sie traf sie im Büro an. Stella schloss die Tür hinter sich und vertraute Esmie alles an.

»Ich erwarte ein Kind von Hugh. Ich glaube, ich bin im vierten Monat. Was soll ich nur tun?« Sie spürte, dass ihr Kinn zitterte. »Ich habe seit Wochen nichts von ihm gehört und weiß noch nicht einmal, ob er noch in Singapur ist. Warum schreibt er nicht? Oh, Esmie!« Sie presste sich die Hand auf den Mund, um ein Schluchzen zu unterdrücken.

Esmie kam sofort auf sie zu und umarmte sie. »Oh, Stella. Ich habe schon befürchtet, dass du schwanger bist. Du warst in letzter Zeit nicht du selbst.« Sie führte sie zu einem Stuhl und goss ihr ein Glas Limonensaft aus einem abgedeckten Krug ein, den sie auf ihrem Schreibtisch stehen hatte. »Trink das in kleinen Schlucken.«

Während Stella tat wie geheißen, fragte Esmie: »Bist du dir absolut sicher?«

Stella nickte. »Ich hatte meine Tage seit Anfang Juni nicht mehr.«

Esmie seufzte tief. »Hast du Hugh geschrieben, um es ihn wissen zu lassen?«

»Noch nicht«, gestand Stella. »Ich habe angedeutet, dass ich ihm etwas Wichtiges zu sagen habe, aber auf keinen meiner Briefe habe ich eine Antwort bekommen. Ich möchte es nicht schriftlich festhalten, falls jemand anders seine Post öffnet …«

»Aber du musst«, sagte Esmie mit Nachdruck. »Er muss es erfahren. Vielleicht könnte er ein paar Tage Urlaub nehmen, und du könntest ihn in Kalkutta treffen und schnell das Aufgebot bestellen.«

Stella griff die Idee begierig auf. »Meinst du, das wäre möglich?«

»Sobald er über die Situation Bescheid weiß, wird er sicher sein Bestes tun.« Esmie bedachte sie mit einem mitfühlenden

Blick. »Was für ein Pech, dass ihr nicht warten konntet … Aber ich habe Verständnis dafür, da Hugh ja fortgehen musste und du nicht wusstest, wann du ihn wiedersehen würdest.«

Stella schlug die Hände vor ihre brennenden Wangen.

»Wie wäre es, deine Mutter einzuweihen?«, fragte Esmie.

Stella wurde flau im Magen. »Nein, der kann ich es nicht sagen! Noch nicht. Sie wird sich so für mich schämen. Ich kann ihr nur mit Hugh an meiner Seite gegenübertreten.«

»Sie erwartet dich aber im Laufe dieses Monats zu Hause«, hob Esmie hervor.

»Kann ich noch etwas länger hierbleiben? Bitte, Esmie!«

»Natürlich kannst du das«, versicherte Esmie ihr. »Vielleicht könnte Tom Kontakt zu McSween and Watson aufnehmen und herausfinden, wo genau Hugh sich aufhält.«

Stella schnappte nach Luft. »Müssen wir es Mr Lomax unbedingt sagen?«

Esmie warf ihr einen mitleidigen Blick zu. »Früher oder später wird er es ohnehin herausfinden, oder? Und ich kann es ihm nicht verschweigen – Tom und ich haben keine Geheimnisse voreinander.«

Stella war zerknirscht. »Nein, natürlich nicht.«

»Aber wir können es für den Augenblick vor allen anderen geheim halten«, sagte Esmie.

»Danke«, erwiderte Stella. Sie drehte ihren Verlobungsring – eine greifbare Erinnerung daran, dass Hugh und sie einander versprochen waren – und fühlte sich von der Unterstützung ihrer Freundin getröstet. Es war eine Erleichterung, dass jetzt noch jemand Bescheid wusste. »Ich sehne mich danach, bei ihm zu sein.«

»Dann wollen wir hoffen, dass es bald so weit ist.«

* * *

Die Frauen suchten Tom in seinem Atelier auf. Seine Reaktion war unverblümter.

»Wie konnte er es wagen, Schindluder mit dir zu treiben?«, wetterte er. »Nicht auszudenken, dass er das auch noch vor unserer Nase getan hat! Ich hätte ihn für ehrenhafter gehalten. Und ich hätte auch nicht gedacht, dass du so töricht sein würdest, Stella. Du warst immer so vernünftig.«

Die Zurechtweisung ließ Stella zusammenzucken. »Es tut mir leid, dass Sie in diese Situation gebracht worden sind, und ich weiß, dass ich mich falsch verhalten habe, aber wir waren schon verlobt …«

»Ich mache dir keine Vorwürfe«, sagte Tom. »Es ist Keatings Schuld, weil er keine Zurückhaltung bewiesen hat …«

»Tom!«, unterbrach Esmie ihn. »Wütend zu werden, wird nichts ändern. Stella braucht unsere Hilfe.«

Tom, der bis eben in der Hütte auf- und abgegangen war, blieb stehen und sah seine Frau über ihre Worte staunend an. Dann fuhr er sich mit einer Hand über das verhärmte Gesicht. »Es tut mir leid. Es ist nur der Schock. Natürlich stehen wir dir bei. Du gehörst zur Familie.«

»Danke«, sagte Stella. Die Tatsache, dass er sie so in Schutz nahm, ließ ihr die Tränen kommen.

»Wir müssen schnell herausfinden, wo Mr Keating ist«, sagte Esmie, »und ihn über die Situation in Kenntnis setzen.«

»Ich habe seit sechs Wochen nichts von ihm gehört«, sagte Stella, »deshalb bin ich mir noch nicht einmal sicher, ob er nach wie vor in Singapur ist. Vielleicht ist er auch an einem anderen Ort in Malaya.«

»Ich schicke ein Telegramm an McSween and Watson in Kalkutta«, sagte Tom sofort.

»Mir ist auch gleich der Gedanke gekommen, dass wir das tun sollten«, pflichtete Esmie ihm bei.

»Ich hätte es schon längst tun sollen«, räumte Stella ein, »aber ich wollte nicht so viel Aufhebens machen, bis ich mir sicher war …«

»Ich habe jedenfalls keine Angst davor, in deinem Namen viel Aufhebens zu machen«, sagte Tom energisch. »Wir müssen Keating aufspüren und ihn dazu bringen, sich seiner Verantwortung zu stellen.«

Kapitel 33

Ebbsmouth, Oktober 1941

»Bist du jetzt bei der Armee?«, fragte Minnie und lächelte Andrew verwirrt an. Sie schnitt im Wintergarten verwelkte Geranienblüten ab, während Andrew einen Korb für sie hielt.

»Andrew ist nun schon drei Jahre bei den Borderers, Mutter!«, sagte Lydia gereizt. »Wie oft muss ich dir das noch sagen?«

»Wirklich?«, rief Minnie. »Du siehst in deiner Uniform sehr fesch aus, Tom.«

Seine Mutter gab zurück: »Um Himmels willen, das ist Andrew, nicht Tom. Dein Enkel!«

»Schon gut, Grandmamma, du kannst mich nennen, wie du willst«, sagte Andrew rasch. Seine Großmutter verwechselte ihn inzwischen oft mit seinem Vater oder brachte ihre Namen durcheinander.

»Ich weiß nicht, was ich ihr sagen soll, wenn du erst fort bist«, sagte Lydia vorwurfsvoll. »Sie wird mich alle fünf Minuten fragen, wo du bist.«

»Ich bin hier, Lydia, Liebes«, sagte Minnie. »Du musst nicht über mich reden, als wäre ich nicht da.«

Das Gedächtnis seiner Großmutter schwächelte ja vielleicht, aber ihren Scharfblick für die Stimmung anderer Menschen hatte sie sich bewahrt.

»Wohin gehst du denn?«, fragte Minnie ihn.

»Ich werde im Osten stationiert«, erklärte Andrew nicht zum ersten Mal. »In Indien.«

»Ach, Indien!«, griff Minnie den Namen auf. »Jumbo und ich haben dort einen wunderschönen Urlaub verbracht, als deine Mutter damals geheiratet hat. Wie hieß der Ort noch gleich, Liebes?«

»Pindi«, sagte Lydia.

»Genau, Pindi. Wir haben in einem sehr pittoresken Hotel gewohnt. Wie hieß es nur?«

Lydia verdrehte die Augen. Andrew antwortete: »Das Raj Hotel, Grandmamma.«

»Ach ja! Es wurde von solch einer netten Familie geführt – Anglo-Inder. Besonders der Mann war charmant, ein gewisser Charlie Sowieso. Hat dafür gesorgt, dass wir uns willkommen gefühlt haben.«

»Er war alles andere als geschäftstüchtig«, sagte Lydia abfällig. »Tom und ich waren diejenigen, die das Hotel wirklich geführt haben. Die Dubois haben sich nur von uns mit durchschleifen lassen. Kein Wunder, dass es Tom nicht gelungen ist, Geld damit zu verdienen.«

»Die Dubois sind nette Leute«, nahm Andrew sie sofort in Schutz. »Der arme, alte Charlie ist vor zwei Jahren gestorben, Grandmamma.«

»Wirklich?«, sagte Minnie. »Wie traurig.«

»Ich habe es ihr erzählt«, murmelte Lydia kaum hörbar.

»Und ihre Tochter«, fuhr Minnie fort. »Sie war ein entzückendes Mädchen – Sylvia …?«

»Stella«, antwortete Andrew.

Minnies Gesicht hellte sich auf. »Ja, an die erinnere ich mich gut. War sie hier nicht einmal zu Besuch?«

Lydia schnaufte. »Ja, das war sie. Wir haben ihr den ganzen Sommer lang unsere Gastfreundschaft erwiesen, aber sie hat ihr Bestes getan, Andrew gegen uns aufzuhetzen – immer hat sie sich auf Esmies Seite geschlagen und mich als böse Hexe hingestellt.«

Es gefiel Andrew nicht, mit anzuhören, wie seine Mutter Stella schlechtmachte, und so mischte er sich ein. »Stella ist jetzt verlobt.«

Lydia starrte ihn mit offenem Mund an. »Hast du etwa noch Kontakt zu ihr?«

»Tibby hat es mir erzählt.« Er versuchte, gleichmütig zu klingen, spürte aber, wie ihm Wärme in den Kiefer stieg.

»Mit wem? Bestimmt mit irgendeinem Eisenbahner, der auch ein Mischling ist, oder?«

»Mamma!«, protestierte Andrew. »Sei nicht so unfreundlich. Und nein, er ist kein Anglo-Inder.«

»Na, mit wem dann?« Lydias Interesse war geweckt.

»Mit Hugh Keating – dem Iren, den sie 1933 auf dem Schiff kennengelernt hat.« Es verschaffte Andrew einen Anflug von Befriedigung, ihr davon zu erzählen. »Sie und Hugh sind doch noch zusammengekommen, trotz deiner Bemühungen, sie voneinander fernzuhalten.«

»Was meinst du damit?« Lydia war empört.

»Den Brief von Hugh, den du ihr nie zurückgegeben hast«, rief er ihr ins Gedächtnis.

Lydia winkte verächtlich ab. »Ich erinnere mich nicht an einen Brief. Und überhaupt: Warum sollte es mich kümmern? Ich freue mich für Stella, dass sie endlich einen Mann gefunden hat. In ihrem Alter muss sie sich ja schon wie ein Ladenhüter vorgekommen sein. Aber sie ist nicht meine Sorge. Du dagegen sehr wohl, mein Liebling. Ich versuche, mich tapfer damit abzufinden, dass du fortgehst. Dickie wird einfach von London heraufkommen müssen, um mich zu trösten. Und ich mache mir Sorgen, dass du uns vergessen wirst, wenn du erst wieder in Indien bist, und vielleicht gar nicht zurückkehren willst.«

»Das ist nicht wahr«, sagte Andrew, stellte den Blumenkorb ab und setzte sich neben sie. Er legte einen Arm um ihre Schultern. »Natürlich komme ich zurück.«

»Wie kann ich mir da sicher sein?«, fragte Lydia. »Ich weiß, was für einen Einfluss dein Vater auf andere Leute haben kann.«

»Nicht auf mich«, sagte Andrew.

»Ich wünschte, du hättest etwas Dringendes, um hierher zurückzukommen – wie etwa eine feste Freundin«, beharrte Lydia. »Was ist mit Felicity? Warum hast du aufgehört, dich mit ihr zu treffen?«

»Du hast dich immer beschwert, dass ich zu viel von meinem Urlaub mit Flis-Tish verbringe«, zog Andrew sie auf.

»Nein, habe ich nicht. Ich mochte sie. Sie hatte Temperament, und ihre Familie ist sehr gut betucht.«

»Sie hat mich für einen älteren Mann sitzen lassen«, sagte Andrew bedauernd. »Einen Bauern, der bei der Home Guard ist.«

»Bei der Home Guard?«, schrie Lydia. »Sie ist viel zu jung für einen von denen. Ich wette, er ist zahnlos.«

Andrew lachte leise. »Ich glaube nicht. Ich dachte, du hättest es schon von Mrs Douglas gehört. Seid ihr immer noch befreundet?«

»Ich gehe dieser Tage nicht mehr aus – mein Leben beschränkt sich darauf, mich um deine Großmutter zu kümmern. Aber ich werde einige Erkundigungen einziehen, um festzustellen, wie ernst es Felicity mit diesem zahnlosen Bauern meint. Du mochtest sie, nicht wahr?«

»Ja«, gestand Andrew. »Sehr sogar.«

»Dann müssen wir das Douglas-Mädchen einladen, bevor dein Urlaub vorbei ist. Ich bin mir sicher, dass sich Felicity zumindest von dir wird verabschieden wollen.«

* * *

Andrew hätte ahnen sollen, dass nichts seine Mutter aufhalten würde, sobald sie sich einmal etwas in den Kopf gesetzt hatte. Binnen zweier Tage hatte sie Felicity zu einem Zeitpunkt zum Mittagessen eingeladen, der sich mit ihren Verpflichtungen als Luftschutzwartin vereinbaren ließ.

Vor dem Suppengang hatte Lydia sich schon vergewissert, dass der Bauer von der Home Guard Felicity nicht mehr den Hof machte.

»Meine Güte, den habe ich schon seit Monaten nicht mehr gesehen«, sagte Felicity und warf Andrew einen kecken Blick zu. »Ich treffe mich im Moment mit niemandem.«

Sobald das einfache Mittagessen vorbei war, sagte Lydia: »Andrew, warum gehst du nicht mit Felicity spazieren? Es ist ein wunderschöner Nachmittag. Ich möchte noch ein paar Briefe schreiben, während deine Grandmamma sich ausruht.«

Draußen sagte Felicity: »Deine Mutter ist schamlos. Das war ein überdeutlicher Versuch, uns zu verkuppeln.«

Andrew lachte. »Ja, sie zeigt nicht gerade Fingerspitzengefühl. Ich entschuldige mich.«

»Warum solltest du? Entschuldige dich bloß, wenn du nicht damit einverstanden warst.« Sie musterte ihn prüfend mit ihren attraktiven haselnussbraunen Augen. Ihr mittlerweile kürzer zu einem Bob geschnittenes Haar stand ihr, und ihre Lippen sahen ganz besonders rot und küssenswert aus.

»Ich wollte, dass du kommst«, antwortete Andrew. »Ich habe dich vermisst, Flis-Tish.«

Sie lächelte und hakte sich bei ihm ein. »Gut, denn ich habe dich auch vermisst.« Sie spazierten die Terrassenstufen hinunter und seitlich an den Gewächshäusern entlang. Felicity blieb stehen und sah ihn an. »Es macht mir wirklich sehr zu schaffen, dass du nach Übersee geschickt wirst. Warum hast du dich nicht früher gemeldet?«

»Ich dachte, du wärst mit einem anderen Mann zusammen.«

»Das war nie etwas Ernstes – nur ein kleines Abenteuer.«

»Woher sollte ich das wissen?«, fragte er.

»Du hättest dich eben schon in einem früheren Urlaub melden sollen.«

Andrew hielt ihrem Blick stand. »Als ich dich das letzte Mal gesehen habe, bist du aus der Anchorage gestürmt und hast gesagt, dass du mich nie mehr sehen willst.«

Sie zog die Augenbrauen hoch. »Das solltest du doch nicht ernst nehmen. Eigentlich hättest du mir nachlaufen und mich anflehen sollen, zurückzukommen.«

Andrew schnaufte belustigt. »Ach wirklich?«

»Ja.« Sie griff nach seiner Hand und zog ihn enger an sich. »Ich war verärgert, dass du nicht mit mir schlafen wolltest – also bin ich losgegangen und habe mir jemanden gesucht, der dazu bereit war. Aber er war schrecklich langweilig. Eigentlich habe ich immer nur dich gewollt, Andrew.«

Er errötete. Er hatte vergessen, wie direkt sie sein konnte, aber es erregte ihn.

»Die Frage ist nur«, sagte Felicity, »ob du mich noch willst. Du musst dir keine Sorgen mehr machen, auf meine Jungfräulichkeit Rücksicht zu nehmen.«

Sie fuhr mit einem Finger an seinem Kiefer entlang. »Ich liebe es, wenn du rot wirst wie ein Schuljunge.« Er umfasste ihre Hand und küsste darauf. »Ist das eine Einverständniserklärung, dass wir es wieder miteinander versuchen wollen?«, fragte sie.

»Ja«, sagte Andrew. »Das würde mir gefallen.«

»Dann lass uns doch damit anfangen, dass du mich anständig küsst.«

Andrew beugte sich vor und küsste sie lang und fest auf den Mund. Sie ging begeistert darauf ein. Als er sich von ihr löste, sagte er: »Du schmeckst nach etwas Süßem.«

Sie kicherte. »Das ist Rote Bete. Mir ist der Lippenstift ausgegangen. Sie färbt meine Lippen wunderschön rot, findest du nicht auch?«

Andrew küsste sie noch einmal. »Mmmh, und es schmeckt auch noch gut.«

Felicity hielt sein Gesicht umfangen und begann, ihn wieder zu küssen.

Kapitel 34

Das Raj-in-the-Hills, Mitte Oktober 1941

Stella verbrachte eine angstvolle Woche damit, auf eine Antwort aus dem Hauptsitz von Hughs Firma in Kalkutta zu warten. Sie hatten einen Brief geschrieben und wartete darauf, ihn abzusenden – dorthin, wo sich Hugh laut seiner Firma aufhielt. Von ihrem Verlobten hatte sie immer noch nichts gehört. Die Furcht, dass ihm etwas Schreckliches zugestoßen war, machte ihr zu schaffen: ein Unfall in den Dschungeln von Malaya oder eine Erkrankung an Malaria oder Schlimmerem. Es musste einen Grund dafür geben, dass er ihr nicht geschrieben hatte.

An dem Tag, als die letzten Gäste zu Beginn der kalten Jahreszeit abreisten, kam Tom ins Büro, in dem Esmie und Stella mit der Buchhaltung beschäftigt waren. Er hielt ein Telegramm in der Hand.

»Es ist aus Kalkutta«, sagte er und reichte es ungeöffnet an Stella weiter. »Du solltest es zuerst lesen.«

Stella nahm es mit zitternden Händen. Ihr Puls raste.

»Möchtest du gern allein gelassen werden?«, fragte Esmie. »Tom und ich können draußen warten.«

»Nein, bitte bleibt«, sagte Stella sofort. Sie nahm den Brieföffner, schnitt den Umschlag auf und zog die Nachricht daraus hervor.

Keating in Burma – STOPP – kehrt nach Malaya zurück – STOPP – rate dazu, dass sie ihm hierher schreibt, ich leite weiter – STOPP – wusste nicht, dass er Verlobte hat – STOPP – Arthur Lamont

Stella schluckte schwer. Ihr war schwindlig vor Erleichterung darüber, dass es Hugh gut ging.

»Er war in Burma«, sagte sie. »Deshalb hat er nicht geschrieben – und er wird auch seit Ewigkeiten keinen meiner Briefe bekommen haben. Ich dachte schon, etwas Furchtbares müsste geschehen sein …«

Sie reichte das Telegramm an Esmie weiter, die es las und Tom gab.

Esmie sagte: »Es erleichtert mich zu hören, dass er nur beschäftigt und auf Reisen war, aber du darfst keine Zeit verschwenden, ihm von deiner Situation zu schreiben.«

Tom runzelte die Stirn. »Was soll das denn heißen? Lamont weiß nicht, dass Keating eine Verlobte hat?«

Stella errötete. »Es war so wenig Zeit, bevor er nach Singapur aufgebrochen ist, dass er es wohl nicht erwähnt hat.«

Esmie setzte hinzu: »Anders als Frauen reden Männer nicht über diese Dinge.«

Tom sah ungläubig drein. »Ich finde es jedenfalls merkwürdig, dass Keating seinen Kollegen nicht von so etwas Wichtigem erzählt hat.«

»Nur weil dieser Mann nichts davon gehört hat«, gab Esmie zu bedenken, »heißt das noch lange nicht, dass Mr Keating anderen nicht davon erzählt hat.«

»Aber warum muss Stella nach Kalkutta schreiben?«, machte Tom sich weiter Sorgen. »Warum konnte er ihr keine Adresse nennen?«

»Weil Hugh so viel unterwegs ist«, meinte Esmie.

»Woher wissen wir, ob Lamont die Briefe auch wirklich weitergibt?«, fragte Tom.

»Oh, Tom!« Allmählich war Esmie gereizt. »Er sagt doch, dass er es tun wird. Ich bin mir sicher, dass er absolut zuverlässig ist.«

Es tat Stella leid, dass die beiden ihretwegen stritten; es war ihr Problem, und sie musste es lösen. Das Letzte, was sie wollte, war, Tom wieder krank zu machen.

»Ich schicke meinen Brief sofort ab«, sagte Stella, »und bestimmt wird er vom Firmenhauptsitz schnell weitergeleitet. Sicher schicken sie dort täglich Post an ihre Agenten im Ausland. Bitte machen Sie sich keine Sorgen, Mr Lomax. Ich kenne meinen Hugh, und er wird das Richtige tun, wenn er von mir hört.«

An dem Tag schickte sie den Brief an Hugh ab, in dem sie ihm mitteilte, dass sie ein Kind von ihm erwartete, und drängte ihn, rasch zurückzukehren, um sie zu heiraten.

Kapitel 35

Ebbsmouth, November 1941

Andrews Abreise verzögerte sich bis Mitte November. Da kürzlich Schiffe im Mittelmeer torpediert worden waren, galt es als unsicher, es zu riskieren, einen großen Truppenkonvoi durch den Suezkanal nach Osten zu schicken, und so sollten sie die längere Route um das Kap der Guten Hoffnung herumreisen. Der willkommene Aufschub schenkte ihm noch einen Urlaub mit seiner Mutter und seiner Großmutter – und auch mit Felicity.

Zwei Tage, nachdem Lydia sie im Vormonat zum Mittagessen eingeladen hatte, hatte Felicity alles arrangiert, damit Andrew eine Nacht in ihrem Haus verbringen konnte. In der verdunkelten, weitläufigen Villa war sie bewaffnet mit »Parisern« in sein Zimmer gekommen und hatte ihn verführt. Es war sehr lustvoll gewesen.

»Na, ist das besser, als es auf dem Rücksitz des Autos deiner Mutter zu treiben?«, hatte sie ihn in triumphierendem Ton geneckt.

»Viel besser«, hatte er zugestimmt.

»Ich schätze, es war das lange Warten wert.« Felicity hatte aus vollem Hals gelacht und erneut das Liebesspiel begonnen.

In seiner letzten Woche zu Hause sah Andrew Felicity jeden Tag. Sie unternahmen kalte Herbstspaziergänge und redeten über unwichtige Dinge, weil sie beide wussten, dass der eigentliche Zweck darin bestand, irgendwo einen Unterschlupf zu finden, um miteinander zu schlafen. Als sie das letzte Mal miteinander allein waren, nahm er sie mit in Tibbys Gartenhaus, das oberhalb seiner Lieblingsbucht mit dem Bootshaus lag.

»Eigentlich hätte ich dich gern dorthin mitgenommen.« Andrew zeigte auf den abgesperrten Strand. »Das ist ein Lieblingsplatz von mir. Wenn dieser Krieg vorbei ist, werden wir uns im Bootshaus leidenschaftlich lieben.«

Felicity rümpfte die Nase. »Das wirkt auf mich nicht sehr einladend oder gemütlich.«

»Ich mache es dir schon gemütlich«, versprach Andrew, während er auf die sandige Bucht und die darüber kreisenden Seevögel hinabstarrte, die im Licht der tief stehenden Wintersonne weiß glänzten. Seine Begeisterung für diesen Ort hatte er als Jugendlicher entwickelt – in dem Sommer mit Stella, als sie seine Spiele mit Noel beaufsichtigt hatte. Der arme Noel wurde jetzt in einer Festung irgendwo in Deutschland gefangen gehalten. Und Stella war vielleicht schon mit Hugh verheiratet.

»Also hast du vor, nach dem Krieg zurückzukehren?«, fragte Felicity. »Wenn wir ihn gewinnen?«

»*Sobald* wir ihn gewinnen«, erwiderte Andrew. »Und ja, natürlich komme ich zurück.«

»Deine Mutter bezweifelt das«, sagte sie.

»Hat sie mit dir über mich geredet?«

»Natürlich reden wir über dich. Das ist praktisch das einzige Thema, über das deine Mutter reden kann. Sie ist überzeugt, dass du von deinem Dad und seiner intriganten Ehefrau, die ihn deiner Mutter weggeschnappt hat, wieder zu einem Leben in Indien überredet werden wirst.«

»Sie hätte dir nicht mit all dem zur Last fallen sollen. Außerdem ist es nicht wahr. Ich habe mich nicht freiwillig dazu entschieden, nach Indien zu gehen – ich werde hingeschickt, weil ich Urdu spreche. Ich würde viel lieber in Europa gegen die Faschisten kämpfen, als rebellische Stammeskrieger an der Nordwestgrenze zu jagen, denn genau das werde ich wahrscheinlich tun müssen.«

Felicity legte ihm die Arme um die Taille. »Also stellst du mich über Indien; das freut mich zu hören. Komm schon, mir wird kalt. Lass uns dieses Gartenhaus ausprobieren.«

Als er danach mit Felicity in den Armen dalag, durchlief Andrew eine Welle der Befriedigung. Er empfand ihr Verlangen nach ihm als schmeichelhaft und genoss ihr Geplauder, bei dem sie kein Blatt vor den Mund nahm. Felicity war hübsch, seine Mutter war mit ihr einverstanden, und er konnte sich eine Zukunft in Ebbsmouth vorstellen, in der sie zusammen waren.

Sie lag mit einer Hand auf seiner Brust da. Er nahm ihre Hand und küsste sie.

»Flis-Tish«, sagte er. »Willst du mich heiraten?«

Sie hob den Kopf und sah ihn fragend an. »Dich heiraten? Kriegst du jetzt etwa Bammel, weil du bald weggehst? Du musst dich nicht verpflichtet fühlen, mir einen Antrag zu machen, nur weil wir ein Liebespaar sind.«

Er errötete. »Ich kriege keinen Bammel, wie du es ausdrückst. Du liegst mir mittlerweile wirklich sehr am Herzen, und ich glaube, wir würden zusammen glücklich sein. Meinst du nicht auch?«

Sie musterte ihn. »Ich bin ganz schön verrückt nach dir, stimmt. Aber ich bin mir nicht sicher, ob du das Gleiche empfindest. Frag mich nicht nur aus Höflichkeit, weil du bald abreist.«

Andrew unterdrückte sein ungutes Gefühl, dass das, was sie sagte, wahr sein könnte. Dennoch konnte er sich ein verlockend glückliches Leben mit ihr jenseits der Ungewissheit und Schrecken dieses Kriegs vorstellen. Daran klammerte er sich.

»Mit Höflichkeit hat das nichts zu tun«, beharrte er. »Ich will dich heiraten und bei dir sein.«

Sie lächelte und reckte sich, um ihn auf die Wange zu küssen. »Dann sage ich Ja.«

»Wirklich?«

»Ja!«

»Das ist wunderbar!« Er küsste sie auf die Lippen.

Sie rückte ein Stück von ihm ab. »Aber nur unter der Bedingung, dass wir beide noch dasselbe empfinden, wenn du nach Hause kommst.«

Nicht zum ersten Mal fiel Andrew auf, dass Felicity viel lebensklüger als er war.

»Nicht sehr romantisch von dir«, sagte er trocken. »Aber ich würde dich nie zwingen, an einer Verlobung festzuhalten, wenn du es dir anders überlegst.«

»An mich habe ich dabei nicht gedacht«, sagte sie. »Wie wäre es jetzt, da wir die Formalitäten hinter uns haben, damit, unsere Abmachung ein letztes Mal zu besiegeln?« Lächelnd begann sie wieder, ihn zu küssen.

* * *

Früh am nächsten Morgen, am Tag seiner Abreise, ging Andrew zu seiner Großmutter, um ihr auf Wiedersehen zu sagen. In einem klaren Moment setzte sie sich im Bett auf und sagte: »Ich weiß, wie schwer es für dich sein wird, nach Indien zurückzukehren, aber sei nicht allzu hart zu deinem Vater. Er hat getan, was er konnte, um zu versuchen, deine Mutter glücklich zu machen. Aber du und ich wissen, wie herausfordernd das manchmal sein kann.«

»Ich mache Dad eigentlich keine Vorwürfe für das, was passiert ist«, gestand Andrew. »Ich weiß, dass es eher Esmies Schuld war.«

»Esmie?« Minnie klang überrascht. »Esmie war ein reizendes Mädchen. Sie hat diesen Missionsarzt geheiratet – wie hieß er doch gleich? Harold Sowieso.«

»Guthrie«, half Andrew nach. »Dr. Guthrie.«

»Es war ja so traurig, als er gestorben ist.« Minnie schüttelte den Kopf. »Seine Mutter hat sich nie wirklich davon erholt. Die arme Agnes.«

»Aber dann hat Esmie Mamma aus dem Weg gedrängt und sich an Dad herangemacht.« Andrew empfand die vertraute Empörung im Namen seiner Mutter.

Minnie sah verwirrt drein. »Nein, nein, das stimmt nicht …«

»Was meinst du damit, Grandmamma?«

Sie sah ihn an, als wüsste er die Antwort. Am Ende gab sie schulterzuckend auf. »Ich kann mich nicht erinnern, was ich sagen wollte. Es tut mir leid.«

Er beugte sich über sie und küsste sie auf die Wange. »Das muss es nicht. Es ist nicht wichtig. Erinnere dich nur daran, dass ich dich liebe und will, dass du hier bist, wenn ich aus Indien zurückkehre.«

Minnie bedachte ihn mit einem liebevollen Lächeln. Als er aufstand, um zu gehen, sagte sie: »Du wirst doch versuchen, sie glücklich zu machen, nicht wahr?«

»Wen, Grandmamma? Meinst du Felicity?«

»Nein, Lydia natürlich.«

Andrew trat einen Schritt zurück. Seine Großmutter verwechselte ihn wieder einmal mit seinem Vater. Er wollte ihr gerade sagen, dass er nicht Tom war, hielt sich dann aber davon ab. Es verwirrte sie nur und regte sie auf, wenn man ihr sagte, dass sie sich irrte. Traurigkeit durchzuckte ihn, weil ihre geistigen Fähigkeiten immer weiter schrumpften, was sie allerdings gutmütig ertrug. Vielleicht mochte sie es, in einer Vergangenheit zu leben, die von seinem Großvater Jumbo bewohnt und von Erinnerungen an glücklichere Zeiten erfüllt war.

»Ich passe auf sie auf, versprochen«, sagte Andrew mit einem tröstenden Lächeln.

An der Tür drehte er sich um und salutierte. Das Letzte, was er von seiner Großmutter sah, war, wie sie einen gebrechlichen Arm hob und ihm eine Kusshand zuwarf.

* * *

Tibby erschien, um ihn und Lydia zum Bahnhof zu fahren, weil seine Mutter bei Dunkelheit nicht gern am Steuer saß. Es tröstete ihn zu wissen, dass Tibby da sein würde, um seiner Mutter Gesellschaft zu leisten, nachdem er abgereist war. Er hatte Felicity gesagt, dass sie nicht zum Bahnhof kommen und ihm nachwinken sollte, und sie hatte zugestimmt.

»Ich hasse Abschiede«, hatte sie gesagt. »Darunter leiden nur alle. Das heißt aber nicht, dass ich nicht jede Minute an dich denken werde. Ich überlasse es deiner Mutter, die letzten Augenblicke mit dir für sich zu beanspruchen, sonst grollt sie mir vielleicht noch auf ewig.«

»Na ja, du hast bei Mamma einen Stein im Brett, weil du dich bereit erklärt hast, mich zu heiraten«, hatte Andrew erwidert. »Du weißt, dass du jederzeit in Templeton Hall willkommen bist.«

»Ich habe ein Auge auf deine Mutter, keine Sorge«, hatte Felicity gesagt, die wie immer erraten hatte, worauf er hinauswollte.

Am Bahnhof wirbelte ein rauer Wind totes Laub auf und schleuderte es auf die Bahngleise. Der Zug hatte Verspätung. Wartende Grüppchen auf dem Bahnsteig, die mit den Füßen trampelten, um sich warm zu halten, zeichneten sich als schattenhafte Umrisse ab.

Tibby fischte etwas aus ihrer Tasche. »Das hätte ich fast vergessen. Das hier ist von Dawan. Es ist ein Talisman, um dich zu beschützen – Ganesh, der Elefantengott.« Sie drückte ihm den Anhänger in die Hand.

Andrew starrte den kleinen, kunstvoll geschnitzten Elfenbeinkopf an, der auf eine dünne Lederschnur gefädelt war. »Den trägt er doch immer um den Hals?«

»Ja«, sagte Tibby.

»Aber er hat seinem Vater gehört, nicht wahr? Er sollte ihn mir nicht schenken«, protestierte Andrew.

»Er sagt, du kommst für ihn einem Sohn am nächsten«, sagte Tibby mit einem liebevollen Lächeln. »Also wollte er, dass du ihn bekommst.«

Andrews Kehle schnürte sich zu. »Bitte dank ihm von mir«, sagte er mit belegter Stimme, zutiefst gerührt über die Geste.

Lydia musterte die Halskette kritisch. »Wie abscheulich – und alles andere als christlich. Ich glaube nicht, dass deine Großmutter damit einverstanden wäre.«

Andrew tauschte einen spöttischen Blick mit Tibby und steckte den Anhänger in die Manteltasche. »Wartet nicht in der Kälte«, sagte er. »Der Zug kommt vielleicht erst in einer Ewigkeit.«

»Sei nicht albern. Ich will sehen, wie du unbeschadet einsteigst.« Lydia ließ nicht mit sich reden.

Genau in dem Moment hörte er in der Ferne das Geräusch einer näher kommenden Dampflok. Es war so weit.

Tibby trat rasch vor und umarmte ihn fest, genau wie sie es getan hatte, als er vor über acht Jahren in Schottland angekommen war. Sie roch immer noch nach Mottenkugeln und Zigarettenrauch; sie änderte sich nie. Er drückte sie an sich. Seine Augen brannten.

»Pass auf dich auf, mein Lieber«, sagte sie zärtlich. »Und wenn du Tommy siehst, richte ihm liebe Grüße von mir aus – und Esmie und Stella auch.«

Andrew wusste, dass seine Mutter Tibby, sobald er fort war, eine Standpauke darüber halten würde, dass sie Esmie erwähnt hatte. Aber es war typisch für seine Tante, sich nicht darum zu kümmern; sie war unfähig, irgendjemandem gegenüber kleinlich zu sein, und er liebte sie dafür.

»Mache ich«, murmelte er und ließ sie dann los. »Mamma.« Er wandte sich seiner Mutter zu und streckte die Arme aus. Sie mochte eigentlich keine Umarmungen, aber er würde nicht zulassen, dass sie ihn mit einem Kuss auf die Wange und einem Schulterklopfen abspeiste. Als Kind hatte er sich immer gewünscht, die Arme einer Mutter um sich zu spüren, und es war Esmie zugefallen zu versuchen, sein tiefes Bedürfnis zu stillen. Aber selbst als erwachsener Mann strebte er immer noch nach Lydias Liebe und Anerkennung.

Einen Moment lang ließ Lydia es zu, umarmt zu werden. »Ich bete für deine unbeschadete Rückkehr, mein Liebling«, flüsterte sie.

»Danke«, sagte er.

Sie sahen einander mit tränenfeuchten Augen an. Es gab so viel, was er sagen wollte. Er hatte einen Brief für sie zurückgelassen, um sie beide vor der Verlegenheit zu bewahren, in die laut ausgesprochene zärtliche Worte sie gestürzt hätte. Sie würde den Brief finden und damit etwas haben, das sie an seine Liebe zu ihr erinnern würde, solange er fort war.

Vom Zug aus, der aus dem Bahnhof rangierte, konnte er gerade noch die beiden Frauen erkennen, die dicht nebeneinanderstanden und winkten. Ein goldener Lichtstreif über dem dunklen Meer kündigte die Morgendämmerung an. Ebbsmouth zog an ihm vorbei – eine dunkle Masse dicht zusammengedrängter Häuser auf den Klippen – und war dann außer Sicht.

Kapitel 36

Das Raj-in-the-Hills, Ende November 1941

Der erste Schnee war in Gulmarg gefallen. Die anderen Hotels und Chalets hatten schon für den Winter geschlossen. Ein Großteil des Personals im Raj-in-the-Hills war bis zum Frühjahr ausgezahlt worden. Nur Toms Diener Bijal, Esmies Näherin Karo und ein paar Hausangestellte in Teilzeit – ein Putzmann und ein Koch – blieben.

Stella war im fünften Monat. Ihre Schwangerschaft war noch kaum zu sehen, vor allem nicht unter den weiten Wollkleidern, aber sie war sich des Babys, das in ihr wuchs, nur allzu bewusst. Sie spürte jetzt täglich seine Bewegungen, ein sanftes Flattern wie von einer Motte, die auf einen Lampenschirm traf. Sie legte sich dann immer die Hände auf den Bauch, um die Empfindung festzuhalten, aber sie war zu flüchtig.

Sie freute sich unbändig auf das Baby und ihr wurde klar, dass es genau das war, wonach sie sich so lange gesehnt hatte.

Warum hatte Hugh ihr nicht zurückgeschrieben? Sie klammerte sich an die Überzeugung, dass ihr Brief aus dem Vormonat lange gebraucht hatte, um ihn zu erreichen – wo auch immer er war. Bestimmt würde er solch eine weltbewegende Neuigkeit doch nicht ignorieren? Er würde sie nicht mit voller Absicht solche Angst ausstehen lassen; er war ein freundlicher und liebevoller Mann. Sie konnte den Tag nicht erwarten, an dem sie endlich zusammen waren – als Mann und Frau – und ihr geliebtes Kind großzogen.

Doch tief in der Nacht, wenn sie eingemummelt unter zusätzlichen Decken lag und spürte, wie das Baby sich in ihr regte, gestattete sie es den Zweifeln, über sie hereinzubrechen. Vielleicht liebte er sie nicht so sehr wie sie ihn, hatte es sich anders überlegt und wollte sie nicht mehr heiraten. Schließlich war sie es, nicht Hugh, die sich nach Andrews Zufallsbegegnung mit ihm in Edinburgh zuerst wieder gemeldet hatte. Und damals war er mit einer anderen Frau unterwegs gewesen.

Was, wenn diese Frau für Hugh mehr als eine »Cousine« war, wie Andrews Freundin vermutet hatte? Vielleicht lebte sie mit ihm in Kalkutta zusammen und er hatte Stella angelogen. Der schlimmste Gedanke von allen – den sie kaum in Erwägung zu ziehen wagte – war der, dass Hugh ihr nur einen Antrag gemacht hatte, damit sie sich bereit erklärte, mit ihm zu schlafen.

In der Morgendämmerung schämte Stella sich solch illoyaler und misstrauischer Gedanken. Hugh liebte sie, und sie hatte zum Beweis dafür einen schönen Saphirring. Seine Antwort blieb einfach nur deshalb so lange aus, weil die Postzustellung in diesen chaotischen Zeiten unzuverlässig war.

Sie war so mit ihren eigenen Problemen beschäftigt, dass sie kaum auf Toms ewige Klagen über den Krieg achtete. Die *Ark Royal*, Großbritanniens unbesiegbarer Flugzeugträger, war vor Gibraltar versenkt worden; Rommels Afrikakorps schien mit erbitterten Gegenangriffen gegen die Alliierten in Nordafrika die Oberhand zu gewinnen, und Berichten zufolge standen die Nazis kurz davor, Moskau zu erobern.

Eines Tages nahm Esmie sie beiseite. »Noch ein Monat, dann werden wir hier eingeschneit sein«, warnte sie Stella. »Findest du nicht, dass du nach Hause fahren und mit Myrtle reden solltest, damit ihr die Situation gemeinsam durchstehen könnt?«

Stella war entsetzt über die Vorstellung. »Ma hätte dafür niemals Verständnis. Wenn ich nicht in den nächsten paar Monaten heirate, würde sie mich zwingen, das Baby wegzugeben, da bin ich mir sicher. Sie würden mich alle unter Druck setzen, das zu tun – alle Tanten und Onkel. Sie würden mir niemals erlauben, es zu behalten.«

Esmie saß mit den Händen im Schoß da und dachte über das nach, was sie gesagt hatte. Stella hatte immer das Gefühl, dass Esmies ruhige Art ihren inneren Aufruhr linderte. Ihr Verhalten war so anders als das Gezeter und die Vorwürfe, die sie, wie sie wusste, zu hören bekommen würde, wenn sie nach Hause fuhr.

»Ist es das, was du wirklich willst?«, fragte Esmie. »Dein Baby behalten, egal, was passiert – sogar, wenn Hugh dir nicht zu Hilfe eilt?«

»Hugh wird zu mir halten, da bin ich mir sicher.«

»Aber was, wenn nicht?«, hakte Esmie nach.

Stella schluckte schwer. Wie oft hatte sie sich in ihren einsamen, schlaflosen Nächten diese Frage schon selbst gestellt?

»Ja«, sagte sie voller Überzeugung. »Ich will dieses Baby mehr als alles andere.«

Esmie nahm ihre Hand und drückte sie. Alle weiteren Worte waren überflüssig; Stella wusste, dass die Lomax sie unterstützen würden.

* * *

Im folgenden Monat schrieb Esmie an Myrtle und erklärte ihr, dass sie an Erschöpfungszuständen litt und Stella deshalb freundlicherweise über den Winter blieb, um ihr zu helfen. Sie hoffe, dass das Myrtle nichts ausmachen würde. Stellas Mutter schrieb voller Besorgnis zurück und schlug vor, dass die Lomax ins Raj in Pindi kommen sollten, wo Esmie einen Arzt aufsuchen könne.

Esmie schrieb ein zweites Mal und versicherte Myrtle, dass es gute Ärzte in Srinagar gebe und dass sie in den Bergen mehr Ruhe finden würde als während der geschäftigen Gesellschaftssaison in Rawalpindi. Zu Stellas Erleichterung gab ihre Mutter sich mit diesem Stand der Dinge zufrieden und erteilte ihre Zustimmung, dass Stella blieb, um zu helfen.

Mittlerweile lag in Gulmarg eine geschlossene Schneedecke und es wurde allmählich bitterkalt. Tom half Bijal, die Fensterläden des Hotels zu reparieren, und schloss das Hauptgebäude. Stella zog zu den Lomax in den kleinen Anbau. Seit Stella darum gebeten hatte, bleiben zu dürfen, hatte Toms Laune sich gebessert. Er begann wieder zu malen, und an Tagen, an denen er es nicht tat, schlug er vor, mit Esmie spazieren zu gehen, während Stella auf einem Pony neben ihnen herritt. Sie unternahmen nie weite Ausflüge, aber Stella genoss die klare Luft und den Anblick der glitzernden weißen Berge unter dem dunkelblauen Himmel. An solchen Tagen war sie optimistisch. Hugh war ihr Verlobter, und irgendwann würden sie zusammen sein – das hatten sie doch geplant.

Kurz darauf, an einem Tag mit Schneegestöber, entdeckte Esmie den *chaprassi*, der sich bergauf kämpfte.

Sie sagte Stella Bescheid, die zusammen mit Karo an einer Patchworkdecke arbeitete. »Wir bekommen Post!«

Stella sprang auf und zog einen dicken Mantel an, den Esmie ihr geliehen hatte. Sie spürte, wie das Baby sie mit einer winzigen Faust oder einem Fuß traf. Die Frauen begaben sich ins Freie, um dem Postboten entgegenzugehen. Er überreichte ihnen einen Luftpostbrief und ging dann in die Küche, um sich etwas Heißes zu trinken zu holen.

»Er ist von Tibby«, sagte Esmie mit mitleidigem Blick. »Tut mir leid, Stella.«

Stella konnte ihre Enttäuschung nicht verbergen. Sie war sich so sicher gewesen, dass Hugh ihr endlich geschrieben hatte. Überwältigt von Traurigkeit und Enttäuschung kehrte sie nach drinnen zurück. Vielleicht würde Hugh einfach ohne Vorwarnung auftauchen wie damals in Rawalpindi. Machte sie einen Fehler damit, sich hier in den Bergen zu verstecken, statt in die Stadt zurückzukehren? Wahrscheinlich würde er eher kurz im Raj Hotel zu Besuch kommen können als hier oben. Aber soweit sie wusste, war er überhaupt nicht in Indien, also standen die Chancen schlecht, dass er ins Pandschab oder gar nach Kaschmir kommen würde.

Wenige Minuten später kam Tom durch die Tür gestürmt und schwenkte den Luftpostbrief, dichtauf gefolgt von Esmie.

»Er kommt nach Hause!«, rief Tom und reckte die Faust in die Luft.

»Wer?« Stella schaute verwirrt auf.

»Andy!« Ein breites Grinsen war auf Toms zerfurchtes Gesicht getreten. »Tibby sagt, er ist nach Osten geschickt worden, um sich dort dem zweiten Bataillon anzuschließen, den Borderers. Sie sind in Taha an der Nordwestgrenze stationiert.«

Stella schnappte nach Luft. »Das ist eine wunderbare Nachricht!«

»Nicht wahr?«, sagte Esmie und zog Tom entzückt an sich.

»Bestimmt stocken sie die Truppen vor einer neuen Frühjahrsoffensive gegen die rebellischen Wasir auf«, sagte Tom. »Laut Tibby wollte Andy uns nichts sagen, bevor er in Indien ist, damit wir uns keine Sorgen wegen der Gefahren auf See machen. Aber sie dachte, die Neuigkeit würde uns aufmuntern und wir sollten es wissen.«

»Wann wird er hier ankommen?«, fragte Stella.

»Das schreibt Tibby nicht«, sagte Esmie. »Und es könnte gut sein, dass er zuerst ins Hauptquartier der Borderers in Neu-Delhi geschickt wird, also dürfen wir nicht zu ungeduldig sein.«

»Und das ist nicht die einzige Neuigkeit von ihm«, sagte Tom und schwenkte den Brief. »Mein Junge hat sich verlobt!«

Vor Erstaunen schlug Stella instinktiv die Hand vor den Mund. »Andrew heiratet?«

»Na ja, früher oder später«, meinte Esmie. »Tibby sagt, dass es eine spontane Entscheidung vor seiner Abreise war.«

»Wen denn?«, erkundigte sich Stella, die es immer noch nicht ganz fassen konnte.

»Diese Felicity Douglas, von der Tibby geschrieben hat«, sagte Esmie. »Reiche ortsansässige Familie.«

»Das wird seine Mutter freuen«, bemerkte Tom mit spöttischem Unterton.

Stella erkannte den Namen; Felicity war das Mädchen, mit dem Andrew unterwegs gewesen war, als er Hugh in Edinburgh getroffen hatte – das Mädchen, das den Verdacht gehabt hatte, dass Hugh mit der Frau eines anderen zusammen war. Sie versuchte, ihre Unruhe zu unterdrücken. Was für eine Ironie, dass sowohl sie als auch Andrew sich in wenigen Monaten Abstand auf eilige Verlobungen eingelassen hatten. Sie war überzeugt, dass er seine Verlobte nicht allein und schwanger zurückgelassen hätte. Der Andrew, den sie kannte, war freundlich und ehrenhaft. Felicity Douglas hatte wirklich großes Glück.

Plötzlich stieß Tom einen seltsamen Laut aus: halb Stöhnen, halb Schluchzen. Esmie legte rasch die Arme um ihn.

»Ich weiß, ich weiß, es ist ein Schock«, sagte sie leise. »Aber ein schöner.«

Tom nickte. Die Augen gingen ihm vor Tränen über. »Unser Junge kommt nach Hause«, wiederholte er mit vor Ergriffenheit belegter Stimme.

* * *

Auf die elektrisierende Nachricht von Andrews bevorstehender Rückkehr folgte schnell Besorgnis über die schockierende Wendung, die der Kriegsverlauf nahm. Das kriegslüsterne Japan hatte einen Überraschungsangriff auf die amerikanische Marinebasis Pearl Harbor auf Hawaii unternommen, die US-Flotte schwer beschädigt und Tausende von Menschen getötet. Binnen weniger Tage erklärte Japan Amerika den Krieg – und Großbritannien erklärte seinerseits Japan den Krieg –, während japanische Truppen auf den Philippinen und in Malaya landeten.

»Malaya?« Stellas Gedanken überschlugen sich. »Aber Hugh …?«

»Wir wissen nicht, ob er dort ist«, sagte Tom unverblümt. »Er könnte immer noch in Burma sein – oder schon wieder in Singapur.«

»Ich muss wissen, ob er in Sicherheit ist«, schrie Stella. »Ich kann diese Ungewissheit nicht ertragen!«

Aber mit jedem Tag wurden die Nachrichten alarmierender.

Tom hielt Stella davon ab, sich die Übertragungen anzuhören, aber sie bekam mit, wie er sich ernst flüsternd mit Esmie über die Verluste der Marine unterhielt. »Solche Schiffe zu verlieren, wird die Verteidigungsfähigkeit von Malaya und Singapur schwer beschädigen. Wir dürfen das vor Stella nicht erwähnen – sie macht sich selbst ja ohnehin schon ganz krank vor Sorge über diesen elenden Keating.«

Es belastete Stella, Tom so verächtlich über ihren Verlobten reden zu hören, aber sie konnte es ihm kaum verdenken. Bisher hatte Hugh an ihr versagt, und es waren die Lomax, die in die Bresche sprangen.

Also ging sie zu ihnen und sagte: »Ich will nach Srinagar fahren, ein Telegramm nach Kalkutta schicken, bevor wir hier eingeschneit sind, und verlangen, dass Arthus Lamont für mich den direkten Kontakt zu Hugh herstellt. Wenn Malaya angegriffen wird, holt die Agentur McSween and Watson doch sicher ihre Männer zurück? Vielleicht ist er schon wieder in Kalkutta.«

»In deinem Zustand fährst du nirgendwohin«, sagte Tom mit Nachdruck. »Ich unternehme die Reise nach Srinagar – ich kann gleich zusätzliche Vorräte einkaufen, wenn ich da bin. Und ich rufe im Raj an und versichere deiner Mutter, dass alles in Ordnung ist.«

»Danke«, sagte Stella und unterdrückte ihre Enttäuschung darüber, nicht mitfahren zu dürfen. Trotz ihres sich rundenden Bauchs und ihrer wachsenden Müdigkeit hasste sie erzwungene Untätigkeit. Aber sie wusste, dass sie, im sechsten Monat schwanger, für Tom nur ein Klotz am Bein sein würde, wenn sie ihn begleitete.

* * *

Vier Tage lang hielten Esmie und Stella ängstlich nach dem zurückkehrenden Tom Ausschau, während der Schnee rings ums Haus immer tiefer wurde und die Spuren, die bergab führten, verschwanden. Dann entdeckten sie an einem klaren, kalten Dezembertag in der Ferne einen in eine Decke gehüllten Mann, der ein mit Vorräten beladenes Maultier im Zickzack zwischen den Chalets hindurchführte. Obwohl er wie ein Einheimischer gekleidet war, erkannten sie Toms hochgewachsene, hagere Gestalt.

Esmie zog Stiefel, Mantel und Mütze an und ging ihm entgegen. Als Stella sich ihr anschließen wollte, ließ Esmie nicht mit sich reden. »Wir gehen nicht das Risiko ein, dass du auf den eisigen Pfaden ausrutschst. Bleib bei Karo. Ich bin bald zurück.«

Es fühlte sich an, als würde es eine Ewigkeit dauern, bis Tom und Esmie vor dem kleinen Anbau auftauchten. Während

Bijal das Maultier wegführte, um alles abzuladen, kamen Tom und Esmie mit einem Schwall kalter Luft herein und stampften sich den Schnee von den Stiefeln.

Stella sah Esmies Gesichtsausdruck sofort an, dass es wichtige Neuigkeiten gab.

»Sag schon!«, drängte sie. »Ist eine Antwort aus Kalkutta gekommen?«

»Nein«, antwortete Tom und legte seine dicke Wolldecke ab. »Aber das hier lag auf dem Postamt und wartete darauf, zugestellt zu werden.« Aus seiner Jacke zog er einen Luftpostbrief. »Er ist an dich – aus Singapur.«

Stella stand so ruckartig auf, dass ihr schwindlig wurde. Tom streckte die Hand aus, um sie zu stützen.

»Setz dich lieber«, riet Esmie ihr. »Karo, bringst du uns bitte Tee?«

Die Dienerin nickte und verließ das Zimmer.

Tom führte Stella zu einem bequemen Sessel und reichte ihr den Brief. Sie rang nach Luft. Die Handschrift auf dem Briefumschlag war Hughs. Endlich! Ohne darauf zu warten, dass Esmie ihr einen Brieföffner holte, riss sie den Umschlag auf.

Die Lomax setzten sich ans Feuer. Mit zitternden Händen zog Stella zwei hauchdünne Blätter Papier aus dem Umschlag. Sie sah, dass der Brief in Hughs großer, raumgreifender Handschrift vor der Invasion in Malaya datiert war.

Meine Schöne,
Dein Brief hat mich bei meiner Rückkehr nach Singapur erwartet. Ich bin wütend auf Lamont, weil er es versäumt hat, mir mitzuteilen, dass Du versucht hattest, mich per Telegramm zu erreichen. Dieser Nichtsnutz! Aber was für ein Brief!

Ich kann nicht so tun, als hätte mich die Nachricht nicht schockiert – ja, sogar sprachlos gemacht. Ich dachte, ich wäre vorsichtig gewesen, aber meine Leidenschaft für Dich muss meine Sinne getrübt haben.

Wie lange das jetzt schon her zu sein schien! Begierig las sie weiter.

Aber was geschehen ist, ist geschehen, und wir werden uns gemeinsam der Zukunft stellen.

Stella fasste sich an die Brust, um ihr immer noch hämmerndes Herz zu beruhigen. Überglücklich las sie die letzten Worte noch einmal: … *uns gemeinsam der Zukunft stellen.*

Sie griff nach dem zweiten Blatt. Hier war die Handschrift kleiner und dichter gedrängt.

Jetzt muss ich Dir ein Geständnis machen, meine liebe Stella. Ich fühle mich schrecklich, weil Du es durch einen Brief und nicht persönlich erfahren musst. Wenn ich mehr Zeit mit Dir in Gulmarg gehabt hätte, dann hätte ich früher davon gesprochen – es gibt ein kleines Haar in der Suppe, was unsere geplante Heirat angeht. Du musst wissen, dass ich, obwohl ich mich ihr schon vor langer Zeit entfremdet habe, in Irland eine Ehefrau habe. Wir leben schon seit Jahren nicht mehr als Mann und Frau zusammen – sie hat sich geweigert, nach Indien zu gehen, und manchmal vergesse ich sogar, dass sie existiert. Sei versichert, dass ich mich von ihr scheiden lassen werde, sobald ich kann – und es ändert nicht einmal für einen Augenblick etwas an meinem Wunsch, den Rest meines Lebens mit Dir zu verbringen. Ich kann es gar nicht abwarten, dass wir wieder vereint sind, und habe vor, Singapur sobald wie möglich zu verlassen, aber bis dahin dauert es vielleicht noch mehrere Wochen, wenn nicht Monate.

Der Schock verschlug Stella den Atem. Sie hatte das Gefühl, sich übergeben zu müssen. Eine Hand vor ihren Mund gepresst, las sie vollkommen ungläubig weiter:

Ich weiß, dass das hier ein schwerer Schlag für Dich ist, liebe Stella, und angesichts Deines »heiklen« Zustands zum jetzigen Zeitpunkt ist es nicht gerade hilfreich. Ich muss den Lomax danken, dass sie sich an meiner Stelle um Dich kümmern – vielleicht können sie Dir einen Rat geben, was zu tun ist. Ich habe das Gefühl, dass es vielleicht das Beste wäre, wenn Du Dein Baby in die Obhut anderer geben würdest. Es tut mir leid, dass es zu dieser komplizierten Situation gekommen ist. Bitte schreib zurück und versichere mir, dass Du mich dafür nicht hasst.

Eines nicht allzu fernen Tages werden wir zusammen sein. Ich bin immer noch entschlossen, Dich zu heiraten, Stella, das verspreche ich. Vielleicht könnten wir bis dahin so tun, als wären wir verheiratet? Du hast mir doch erzählt, dass die Lomax das jahrelang getan haben. Wenn Du so entschlossen bist, das Baby zu behalten, wie Du sagst, dann rate ich Dir, einen Ehering zu tragen. Ich werde dem Kind meinen Namen geben, wenn es geboren wird, ganz gleich, was passiert.

Pass auf Dich auf, mein grünäugiges Mädchen.

In aller Liebe
Hugh xxx

Stella saß mit dem Brief auf dem Schoß benommen da. Ihr schwirrte der Kopf von dem, was sie gerade gelesen hatte. Der Brief war eine einzige Ansammlung von Widersprüchen. In einem Satz ließ Hugh die Bombe platzen, dass er in Irland mit einer anderen Frau verheiratet war, in einem anderen beteuerte er, sie immer noch zu lieben und heiraten zu wollen. Er riet ihr, das Baby – *Stellas* Baby, wie er es nannte – wegzugeben, ruderte dann aber zurück, wenn sie es behalten wollte, sollten sie so tun, als wären sie verheiratet, und er würde ihm seinen Namen geben.

Ein Teil von Stella klammerte sich verzweifelt an diese Idee. Warum nicht? Wie er schrieb, hatten die Lomax lange in einer vorgetäuschten Ehe gelebt. Aber genauso schnell schlug sie sich den Gedanken aus dem Kopf. Die Lügen hatten an der Beziehung der Lomax genagt und das Vertrauen ihres geliebten Andrew untergraben. Sie schämte sich, dass sie Hugh das Geheimnis der beiden jemals verraten hatte. Außerdem würden ihre Mutter und der Rest der Familie die List sofort als das, was sie war, durchschauen: ein schwacher Versuch zu verheimlichen, dass sie ein uneheliches Kind bekam.

Panik übermannte sie.

Esmie warf ihr einen besorgten Blick zu. Sie stand auf. »Stella?«

Stella erhob sich. Fast hätten ihre Beine unter ihr nachgegeben. Die Luftpostseiten fielen auf den Boden, während sie aus dem Zimmer eilte. Sie erreichte den Donnerbalken gerade noch rechtzeitig, um sich zu übergeben. Sie würgte und würgte. Erst verspätet wurde ihr bewusst, dass Esmie über sie gebeugt stand und ihr sanft den Rücken streichelte.

Ohne Fragen zu stellen, führte Esmie sie in das kleine Schlafzimmer, das Stella bewohnte, und half ihr, sich hinzulegen und zuzudecken.

»Ich hole eine Wärmflasche und einen Tee mit Honig.«

Bevor sie ging, fachte sie das Feuer an.

Stella lag bis ins Innerste betäubt da. Ihr Hals und ihr Magen taten weh, weil sie sich übergeben hatte. Durch die Wand hörte sie, wie Tom mit erhobener Stimme besorgt nach ihr fragte. Als sie einen Tritt des Babys spürte, kamen ihr die Tränen. Sie begrub ihren Kopf unter der Decke und weinte. Esmie kehrte zurück und versuchte sie zu trösten, redete ihr gut zu, an dem heißen, süßen Tee zu nippen. Stück für Stück erzählte Stella ihr, was in dem Brief stand.

»Was für ein Feigling!«, sagte Esmie voller Verachtung. »Selbst wenn er getrennt von seiner Frau lebt, hätte er dir von ihr erzählen sollen. Du hättest dich nie mit ihm verlobt, wenn du das gewusst hättest – und all das hier wäre nicht passiert.«

»Ich weiß nicht, was ich glauben soll«, sagte Stella verzweifelt. »Wie kann ich darauf vertrauen, dass er zurückkehren und mich unterstützen wird, wenn er so ein großes Geheimnis vor mir hatte?«

Esmie strich Stella das Haar aus der Stirn. »Du kannst ihm nicht vertrauen. Was weißt du wirklich über ihn?«

Stella war sich nicht mehr sicher. Vor langer Zeit, auf dem Schiff von Indien nach Europa, hatte Hugh Geschichten über Heldentaten in Belutschistan erzählt, denen Andrew gebannt gelauscht hatte. Aber als Tom Hugh Fragen über Quetta gestellt hatte, hatte dieser sich nur vage über den Vorposten in den Stammesgebieten geäußert und anscheinend wenig über die Garnisonssiedlung gewusst.

Hugh hatte ihr erzählt, er sei ein Bauernsohn aus der Nähe von Dublin und nach dem Tod seines Vaters in Irland geblieben, um seiner Mutter und seiner Schwester zu helfen. Aber die ganze Zeit über musste er mit dieser anderen Frau verheiratet gewesen sein. Sein ganzes Gerede darüber, wie er auf dem Bauernhof der Familie mitgeholfen hatte, war vielleicht frei erfunden gewesen, um ihn in einem guten Licht erscheinen zu lassen. Was sie mittlerweile wusste, war, dass er eine Frau in Irland hatte, die er derart missachtete, dass er manchmal vergaß, dass es sie überhaupt gab. Und wer war in Edinburgh bei Hugh gewesen, als Andrew und Felicity ihm begegnet waren?

Heftiger Zorn überkam sie. Wie hatte sie sich nur von seinem Charme und seinem Eheversprechen einwickeln lassen können, das er gar nicht einlösen konnte? Obwohl er das gewusst hatte, hatte er sie verführt. Jahrelang war sie einem lachhaft romantischen Traum nachgejagt – dem, dass nur ein einziger Mann der Richtige für sie wäre, ein gut aussehender, sinnlicher Ire. Sie war sich so sicher gewesen, dass Hugh der Richtige für sie war, dass sie sich gar nicht die Frage gestellt hatte, warum er nach jahrelanger Trennung so plötzlich wieder in ihrem Leben aufgetaucht war und ihr zielstrebig den Hof gemacht hatte. War es für ihn nicht mehr gewesen als eine Affäre für einen Mann, der Tausende von Kilometern von seiner Frau entfernt war?

Und doch behauptete er in seinem Brief, dass sie, Stella, diejenige war, die er wirklich liebte.

»Er sagt, dass er immer noch mit mir zusammen sein will«, sagte Stella, »und dass er sich so schnell wie möglich von seiner Frau scheiden lassen will.«

Esmie bedachte sie mit einem mitleidigen Blick. »Warum hat er das denn nicht schon längst getan? Was, wenn sie sich als jemand wie Lydia erweist und eine Scheidung verweigert? Bist du bereit, dich damit zufriedenzugeben? Es geht nicht nur um dich allein, Stella – du musst auch an dein ungeborenes Kind denken. Vertraust du darauf, dass er für das Baby da sein wird?«

Esmie war ihr gegenüber noch nie so direkt gewesen; es war ein Zeichen dafür, wie sehr die Sache sie mitnahm. Stella konnte sich lebhaft vorstellen, was Tom über Hughs Täuschung zu sagen haben würde. Ihre Augen brannten vor frischen Tränen.

»Ich weiß es nicht«, flüsterte sie.

Esmie seufzte tief. Sie beugte sich vor und küsste Stella zärtlich auf die Stirn wie eine Mutter ihr Kind. »Versuch dich jetzt erst einmal auszuruhen. All diese Aufregung kann dein Baby nicht brauchen. Du und dein Kind seid das, worauf es uns ankommt, Stella, nicht Mr Keating.«

Sie stand auf und nahm eine kleine Messingglocke vom Teetablett. »Läute damit, wenn du etwas möchtest. Ich schaue später noch einmal bei dir herein. Schlaf jetzt ein bisschen.«

Nachdem sie gegangen war, lag Stella da, starrte ins Feuer und versuchte, ihren Verstand von allem bis auf das Muster der tanzenden Flammen zu leeren. Ihr Baby regte sich. Es fühlte sich an, als würde es in ihrem Bauch Purzelbäume schlagen. Es spendete ihr unverhofften Trost. Ganz gleich, was von heute an passierte, sie würde dieses Kind von ganzem Herzen lieben und tun, was auch immer das Beste für ihn oder sie war.

Kapitel 37

Bombay, Indien, Januar 1942

Das zu einem Truppentransporter umgewandelte Schiff warf in der Nacht den Anker. Andrew stand an der Reling. Es war kaum etwas zu sehen, aber er roch Indien in der Nachtluft: warm, durchdringend und ölig. An Bord herrschte allgemeine Euphorie, dass die lange Seereise vorbei war und sie dem Unterwasserterror der U-Boote unbeschadet entkommen waren.

Aber Andrews Puls raste nicht vor Erleichterung, sondern vor Nervosität. Er hatte Indien als dreizehnjähriger Junge verlassen, und jetzt – achteinhalb Jahre später – kehrte er als Erwachsener zurück. Fest umklammerte er Dawans Talisman in seiner Tasche. Als er das letzte Mal hier gewesen war, hatte er sich bei ihrem emotionalen Abschied an seinen Vater geklammert und geglaubt, er würde nur für die Dauer der Sommerferien fort sein. Wie hatte er seinen Vater doch damals verehrt!

Im Lauf der letzten Jahre hatte er von seiner Mutter erfahren, was für ein schwieriger Ehemann Tom gewesen war: aufbrausend, pflichtvergessen und letzten Endes untreu. Noch giftiger hatte Lydia sich über Esmie geäußert: *»Jahrelang hat sie* *sich meinen Platz als deine Mutter angemaßt – das kann ich ihr niemals verzeihen.«* Doch seine Tante Tibby – die immer nur das Beste von allen annahm – hatte ein ganz anderes Bild von seinem Vater und Esmie gezeichnet. *»Meinst du nicht, dass der Hauptgrund dafür, dass sie sich als verheiratet ausgegeben haben, der war, dass sie dir ein sicheres, liebevolles Zuhause bieten wollten?«*

Als Jugendlicher, der darunter gelitten hatte, erst kürzlich von der Täuschung erfahren zu haben, hatte Andrew sich auf die Seite seiner Mutter geschlagen. Aber mit dem Erwachsenwerden war seine Einschätzung gemäßigter geworden. Beziehungen konnten kompliziert sein, und in solchen Fällen war keine Seite allein schuld oder ganz unschuldig.

Er atmete langsam aus. Vor all den Jahren, als er am Kai in Bombay gestanden hatte, war er mit Stella an seiner Seite ins Abenteuer aufgebrochen. Wenn sie ihn nicht begleitet hätte, dann hätte sie Hugh Keating nie kennengelernt. Was für seltsame Wendungen das Schicksal doch nahm, wenn spontane Entscheidungen weltbewegende Konsequenzen haben konnten. In all den Jahren waren es Stellas liebevolle Briefe im Plauderton gewesen, die ihm das Gefühl verschafft hatten, noch immer eine Verbindung zu Indien zu haben. Jetzt war er hier, endlich kurz davor, wieder indischen Boden zu betreten – und irgendwo auf dem riesigen Subkontinent war auch seine Kindheitsfreundin Stella.

Dann machte er sich Vorwürfe, dass er mehr an sie als an Felicity dachte. Er würde seiner Verlobten schreiben, sobald er das Hauptquartier in Neu-Delhi erreicht hatte.

Mit Tagesanbruch setzte im Hafen geschäftiges Treiben ein. Andrew sah zu, wie Kulis sich wuschen und in Töpfen Chai kochten. Durchdringende Küchendünste lagen in der Luft, und Träger schlängelten sich zwischen den hockenden Teetrinkern hindurch und balancierten dabei große Bündel auf dem Kopf. Er hatte das Markenzeichen des Trägers in Indien vergessen: ein rotes, um den Kopf geschlungenes Tuch, um einen bescheidenen Schutz vor seiner Last zu haben.

Ein Hauch von aromatischem Rauch stieg Andrew in die Nase: *Bidis.* Er erinnerte sich, wie er in den Dienerquartieren des Raj Hotel einmal eine von Sunils kleinen, braunen Zigaretten probiert hatte; es hatte damit geendet, dass er einen Hustenanfall bekommen hatte. Charlie Dubois hatte sich köstlich darüber amüsiert und versprochen, Andrews Eltern nichts zu erzählen. Ihm brannten die Augen vor Tränen, wenn er daran dachte, dass er Charlie nie wiedersehen würde.

Unten ging jemand vorbei und sang mit hoher Stimme ein melodiöses Lied auf Urdu. Der Himmel über der Stadt war zartrosa, und die Umrisse der Palmen und der eleganten, mit Säulen geschmückten Gebäude schälten sich allmählich aus der Dunkelheit. Über die Rufe der Hafenarbeiter hinweg hörte er das Zwitschern exotischer Vögel. Plötzlich stieg unerwartete Vorfreude in ihm auf – Indien empfing ihn mit offenen Armen zurück.

Kapitel 38

Das Raj-in-the-Hills, Anfang Februar 1942

Die letzten paar Wochen über waren Stella und die Lomax in den Bergen von der Außenwelt abgeschnitten gewesen. Im Januar hatte der Schnee sich so hoch aufgetürmt, dass sie mehrere Tage lang nicht einmal versucht hatten, einen Weg ins Freie zu schaufeln. Als Tom und Bijal sich am Ende doch noch an die Arbeit gemacht hatten, waren die Schneewehen an manchen Stellen brusthoch gewesen.

Nach dem Dezember waren nur noch Bijal und Karo geblieben. Beide waren abgehärtete Paschtunen, die beschwerliche Winter in den Bergen gewohnt waren, und beide waren diskret; sie machten nie eine Bemerkung über Stellas Schwangerschaft.

Die Nachrichten, die sie dem launischen Radio entnahmen, waren zutiefst besorgniserregend. Hongkong war Ende Dezember an die Japaner gefallen. Bis zum Januar hatten sie Borneo und einen Großteil von Malaya überrannt. Jetzt war Singapur im Belagerungszustand. Am helllichten Tag wurden Luftangriffe geflogen. Vor ein paar Wochen war die Vorstellung, dass dieses Territorium in britischer Hand sich den Japanern ergeben könnte, noch undenkbar gewesen; jetzt schien es nur noch eine Frage der Zeit zu sein.

Stella hatte keine Ahnung, ob Hugh noch dort war oder ob es ihm gelungen war zu entkommen. Sie hatte nie auf den Brief, in dem er die Bombe hatte platzen lassen, reagiert und wusste nicht, ob er noch einmal geschrieben hatte – seit Ende Dezember war keine Post mehr zugestellt worden.

Sie hatte in dieser eisigen, weißen Welt beschützt wie in einem Kokon gelebt, zufrieden damit, fern der Gefahren jenseits davon zu überwintern. Sie wusste, dass ihr die Zeit ausging und dass sie sich der Außenwelt bald würde stellen müssen. Ihre Gedanken über Hugh schwankten immer noch von Tag zu Tag. Klammerte sie sich in einem Moment noch an die Hoffnung, dass er sein Versprechen halten würde, sie zu heiraten und ihrem Baby einen Namen zu geben, war sie im nächsten schon von Zorn erfüllt, dass er ein verheirateter Mann war, der sie getäuscht und schwanger im Stich gelassen hatte.

Esmie hatte recht gehabt, als sie gesagt hatte, dass Hugh sich vielleicht nie von seiner Frau scheiden lassen würde – und selbst wenn er es früher oder später doch tat, half es ihr hier und jetzt nicht weiter. Hatte sie den Mut, ihre Situation als unverheiratete Mutter einfach tapfer auszusitzen, in der Hoffnung, dass er sich eines Tages zu ihr und ihrem Kind bekennen würde?

Aber sie litt unter dem Gedanken, dass Hugh vielleicht noch in Singapur und damit in Gefahr war. Ganz gleich, was er getan hatte, er war der Vater ihres Kindes und seine Sicherheit lag ihr immer noch am Herzen. Die Vorstellung, dass man ihn gefangen nehmen oder ihm noch Schlimmeres antun könnte, ließ sie in Panik geraten.

Da sie nur noch einen Monat davon entfernt war, ihr Kind zur Welt zu bringen, waren ihr Bauch und ihre Brüste dick, obwohl der Rest ihres Körpers schlank geblieben war. Esmie hatte darauf geachtet, dass Stella mit Bewegung im Haus, einfachem Essen und viel Ruhe für ihre Gesundheit sorgte.

Die Lomax hatten sich ihr gegenüber wie liebende Eltern verhalten, sie behütet und ihr etwas zu tun gegeben. Von Tom hatte sie gelernt, Blumen zu zeichnen, und festgestellt, dass sie sich stundenlang darin verlieren konnte – Zeit, in der sie aufhörte, über ihre Situation nachzugrübeln. Mit Esmie und Karo saß sie an Kissen gelehnt auf dem Boden und stickte Muster aus Vögeln und Blumen auf eine Decke für das Baby.

Mitte Februar, als erstes Tauwetter einsetzte, machte Tom Pläne, nach Srinagar zu fahren.

»Ich kann dieses Warten nicht ertragen«, sagte er. »Ich muss herausfinden, was vorgeht und wo Andrew ist.«

Tom war ein liebender Vater, wie er im Buche stand. Ungeachtet dessen, dass Andrew jetzt erwachsen war, sorgte Tom sich immer noch um ihn und liebte ihn mit derselben innigen Intensität wie damals, als er noch ein Junge gewesen war.

In der Nacht vor Toms Aufbruch zu der beschwerlichen Fahrt in die Stadt lag Stella schlaflos und unbehaglich da. Ihre Hände ruhten auf ihrem runden Bauch. Ein paar Mal hatten sie schon plötzlich heftige Schmerzen durchzuckt, aber Esmie hatte ihr versichert, dass das im späten Stadium der Schwangerschaft normal war.

Da Esmie – eine erfahrene Krankenschwester – und Karo da waren, um ihr bei der Geburt zu helfen, fürchtete Stella sich nicht davor. Aber an ihr Leben, sobald das Baby auf der Welt war, zu denken, verstörte sie und hielt sie wach. Langsam begann sich in ihrem Kopf ein Plan herauszubilden.

Stella schlief kaum ein oder zwei Stunden. Als sie hörte, wie die Lomax sich regten, stand sie auf, legte sich eine Wolldecke um und ging zu ihnen.

»Du hättest doch nicht extra aufstehen müssen, um dich von Tom zu verabschieden«, sagte Esmie mit einem liebevollen Lächeln.

»Nein«, stimmte Tom zu. »Geh wieder ins Bett und halt dich warm.«

Mit klopfendem Herzen stand Stella da und sah die beiden an. Sie raffte allen Mut zusammen, um auszusprechen, was sie in der Nacht beschlossen hatte.

»Ich will euch um etwas bitten«, begann sie. »Einen sehr großen Gefallen.«

»Natürlich«, sagte Tom. »Um welchen?«

»Ich habe mich endlich damit abgefunden, dass Hugh nicht der Richtige für mich oder mein Baby ist. Ich glaube nicht, dass er zu mir halten wird, aber selbst wenn er es doch vorhat, kann ich mir nicht sicher sein, ob er unser Kind nicht zurückweisen wird oder ob wir beide ihm irgendwann lästig werden.«

»Ich bin froh, dass du dich nicht weiter von den leeren Versprechungen dieses Mannes blenden lässt«, sagte Tom. »Ich habe mir schon Sorgen gemacht, dass …«

»Tom«, unterbrach Esmie, »lass Stella ausreden.«

Stella schluckte. »Mr Lomax, Sie und Esmie sind das freundlichste und mitfühlendste Paar, das ich kenne. Ich frage euch um meines Babys willen, ob ihr … ob ihr bereit wärt, ihm oder ihr … Eltern zu sein.«

Voller Erstaunen und Verwirrung sahen beide sie mit offenem Mund an.

»Wie meinst du das?«, fragte Tom.

»Stella, willst du damit etwa sagen, dass du dein Kind weggeben willst?« Esmie schnappte nach Luft.

Stella begann vor Ergriffenheit zu zittern. »Ich will es nicht«, sagte sie unglücklich, »aber es zu behalten, wäre egoistisch. Ich kann dem Baby kein Zuhause bieten – keines, in dem es normal behandelt werden würde. Wir wären beide Ausgestoßene. Ich will nicht, dass mein Kind mir weggenommen und Fremden gegeben wird oder in einem Waisenhaus landet, wo es vielleicht nicht so geliebt wird, wie es das verdient hat.« Die Augen gingen ihr vor Tränen über. »Aber wenn ihr mein Baby nehmen würdet, weiß ich, dass ihr die besten Eltern sein würdet, die er oder sie haben könnte. Ich habe gesehen, wie ihr Andrew geliebt habt und wie ihr euch die letzten paar Monate über um mich gekümmert habt, ohne euch an der Schande zu stören, die ich euch gemacht habe.«

Esmie presste sich die Hand auf den Mund, um ein Schluchzen zu unterdrücken.

»Ich kann euch nicht zwingen, das Baby zu nehmen«, fuhr Stella fort, »aber ich kann mich nur in einem einzigen Fall damit abfinden, es wegzugeben: wenn ich weiß, dass ihr für es sorgen werdet.«

Esmie eilte zu Stella. »Setz dich hin, du zitterst wie Espenlaub. Das ist alles so ein Schock. Bist du dir sicher, dass du gründlich darüber nachgedacht hast?«

Stella nickte.

Esmie sah ihren Mann an. »Tom? Sag etwas.«

Tom räusperte sich und hatte Mühe zu sprechen. Eine einzelne Träne lief ihm über die hagere Wange. »Ja«, sagte er heiser. »Ich werde dem Baby ein Vater sein – wenn du auch zustimmst.«

Esmie lächelte unter Tränen und nickte. »Ja, Stella, wir machen es. Aber wäre es nicht besser, abzuwarten und erst nach der Geburt eine Entscheidung zu fällen?«

»Nein«, sagte Stella, weil sie ihre Entschlossenheit nicht schwächer werden lassen wollte. »Ich will, dass meiner Mutter mitgeteilt wird, dass du diejenige bist, die ein Kind erwartet – und dass ich hiergeblieben bin, um zu helfen. Ich habe so viel darüber nachgedacht und glaube, so ist es das Beste für uns alle.

Wenn Karo und Bijal nichts verraten, wer soll dann ahnen, dass es nicht euer Baby ist?«

Esmie schloss sie in die Arme und küsste sie auf den Kopf. »Was für eine tapfere junge Frau du doch bist.«

Stella spürte, dass ihr wieder die Tränen kamen. Sie sah zu Tom hinüber und bemerkte, dass er offen weinte.

* * *

Ein paar Tage später kehrte Tom voller Freude über Andrew zurück.

»Ich habe ein Telegramm ins Hauptquartier der Borderers in Neu-Delhi geschickt. Andrew ist dort. Er ist letzten Monat angekommen.«

»Oh, Schatz!«, rief Esmie. »Das ist eine gute Nachricht. Wann werden wir ihn sehen?«

»Er glaubt, dass sie spätestens nächsten Monat nach Taha hinaufgeschickt werden. Ich habe ihn gebeten, uns wissen zu lassen, wann er wahrscheinlich durch Pindi kommt.«

»Ich kann es nicht erwarten, ihn zu sehen!« Esmie umarmte Tom.

Der Gedanke, dass Andrew wieder in Indien war, munterte Stella auf. Sie war ebenfalls erpicht darauf, ihn wiederzusehen und sich mit ihm über die Jahre auszutauschen, die sie getrennt verbracht hatten. Wahrscheinlich würden sie nie wieder das enge Verhältnis zueinander entwickeln, das sie früher gehabt hatten – sie hatten sich sehr auseinandergelebt, seit sie ihn in Ebbsmouth zurückgelassen hatte. Aber wenn er immer noch der liebevolle Andrew wie in seiner Kindheit war, dann war sie sich sicher, dass sie an ihre alte Freundschaft anknüpfen konnten. Sie machte sich aber Sorgen wegen Esmie. Sie hatte unmittelbar miterlebt, wie versessen Lydia darauf gewesen war,

Andrew gegen seine Stiefmutter aufzuhetzen, und fragte sich, wie heikel das Wiedersehen der beiden verlaufen würde.

Bei der Erwähnung von Pindi fragte Stella nervös: »Haben Sie mit Ma gesprochen?«

»Ja.« Tom wirkte verlegen. »Ich habe ihr gesagt, dass Esmie ein Kind erwartet – dass wir bisher nichts davon erwähnt hätten, weil wir Angst gehabt hätten, dass die Schwangerschaft schiefgehen würde. Ich bin mir wie ein Betrüger vorgekommen, als ich das gesagt habe, aber du willst es doch so, nicht wahr?«

Stella nickte. »Was hat sie gesagt?«

»Sie hat sich sehr für uns gefreut. Und sie hat gesagt, dass du so lange hierbleiben sollst, wie wir dich brauchen.«

Stellas Brust war wie zugeschnürt. Jetzt war es geschehen und es gab kein Zurück mehr. Die letzten paar Tage über hatte sie sich gezwungen, daran zu denken, dass das Baby den Lomax gehörte und nicht ihr. Sie nickte zustimmend.

Esmie, die spürte, dass sie das Thema nicht vertiefen wollte, fragte: »Was hast du sonst noch aus Srinagar mitgebracht?«

Tom hatte Zeitungen und Post dabei. Die Zeitungen bestätigten die erschreckende Nachricht, die sie im Radio gehört hatten: Singapur war an die japanischen Streitkräfte gefallen und Zehntausende von Soldaten hatten sich ergeben. Hunderte von Zivilisten waren ebenfalls gefangen genommen worden. Bei dem Gedanken, dass auch Hugh unter ihnen sein mochte, wurde Stella das Herz schwer. Aber es waren keine weiteren Briefe von ihm gekommen.

»Ich habe in deinem Namen ein Telegramm nach Kalkutta geschickt, Stella«, sagte Tom, »weil ich wusste, dass du besorgt um Keating sein würdest.«

»Danke«, sagte Stella und versuchte, ihre Tränen zurückzuhalten.

Seine Miene wurde grimmig. »Die indische Armee muss auch kämpfen, um Burma zu halten – sie evakuieren Rangun.«

Stella wurde flau im Magen. »Wohin? Nach Indien?«

»Davon gehe ich aus«, sagte Tom.

»Also könnte Indien als Nächstes an der Reihe sein?«, fragte sie angstvoll.

Esmie drückte ihren Arm. »Nicht unbedingt. Du darfst dir keine Sorgen machen. Der Krieg ist noch weit von hier entfernt.«

Tom beteuerte rasch: »Ich wollte dich nicht aufregen. Die Dschungel und Berge zwischen Burma und Indien sind fast undurchdringlich. Und die Briten werden nie zulassen, dass Indien erobert wird.«

* * *

Drei Wochen später, als im März das Tauwetter in den Bergen und Tälern von Kaschmir begann und die gefrorenen Flüsse zu tosenden Strömen wurden, setzten bei Stella die Wehen ein. Es war später Nachmittag, und seit dem Morgen hatten sie dann und wann heftige Schmerzen durchzuckt. Plötzlich unterbrach sie die Büroarbeit mit Esmie und keuchte auf. Sie hielt sich den Bauch.

Esmie sah sie erschrocken an. »Hast du Schmerzen?«

Stella nickte.

»Komm«, sagte Esmie, »bringen wir dich ins Bett.«

Vier Stunden später, als sie halb aufgerichtet auf ihrem schmalen Bett im Anbau lag, brachen die Wehen in erbarmungslosen Wellen über sie herein. Karo wischte ihr das Gesicht mit einem feuchten, parfümierten Tuch ab, während Esmie ihr die Hand hielt und ihr Mut machte.

»Drück meine Hand, wenn die Wehen kommen«, sagte sie und maß mit ihrer alten Krankenschwesternuhr die Zeitabstände dazwischen.

Bei jeder neuen Schmerzwelle biss Stella die Zähne zusammen.

»Das ist gut«, sagte Esmie. »Du musst nicht so tapfer sein – schrei, wenn du willst, aber spar dir etwas Atem fürs Pressen auf.«

Esmie untersuchte sie und wechselte auf Paschtu schnell ein paar Worte mit Karo, die es jetzt übernahm, Stella die Hand zu halten.

»Ist alles in Ordnung?«, stieß Stella hervor.

»Du machst das sehr gut«, versicherte Esmie ihr lächelnd. »Das Baby ist in Position. Ich kann den Kopf sehen – jetzt dauert es nicht mehr lange. Karo sagt, du hast Glück – du bist mit einer kurzen Geburt gesegnet.«

Stella hatte noch nie solche Schmerzen gelitten, die sie wie ein Schraubstock packten. Jedes Mal, wenn der Schmerz nachließ, fürchtete sie sich vor seiner Rückkehr. Aber Esmie redete ruhig auf sie ein und Karo murmelte Worte, die sie nicht verstand, die aber tröstlich klangen.

»Kämpf nicht dagegen an«, sagte Esmie. »Spar dir deine Energie. Atme … ein und aus … Gut so – ganz gleichmäßig. Und noch einmal.«

Stella wusste, dass Tom außerhalb des stickigen Zimmers ängstlich wartete. Vor einer halben Stunde war Esmie hinausgegangen und hatte ihm versichert, dass alles gut verlief. Jetzt wünschte sich Stella nur noch, dass es vorbei war. Sie wollte nie mehr solch eine Tortur durchmachen. Sie keuchte und schrie auf.

Unvermittelt befahl Esmie: »Wenn die nächste Wehe kommt, fang an zu pressen. Bereit? Pressen!«

Stella presste und schrie. Sie klammerte sich an Karo.

»Noch einmal!«, drängte Esmie.

Während ihr vor Anstrengung der Schweiß übers Gesicht lief und ihren Körper tränkte, fluchte Stella laut.

»Verdammt, Hugh Keating! Ich hasse dich! Ich wünschte, ich hätte dich nie kennenge…« Ihr Schimpfen ging in einen neuerlichen Schmerzensschrei über.

»Gut so«, redete Esmie ihr zu. »Fast geschafft! Noch einmal kräftig pressen. Los, Stella, pressen!«

Diesmal spürte Stella den Unterschied. Auf den höllischen, glühend heißen Schmerz folgte ein ganz seltsames Gefühl – als würde sie die Hälfte ihrer Eingeweide von sich geben – und dann plötzliche Erleichterung. Kurz darauf stieß Esmie einen triumphierenden Schrei aus.

»Gut gemacht!«

Stella ließ sich zurücksinken und rang nach Atem. Der Schweiß brannte ihr in den Augen. Sie hörte einen leisen Protestlaut. Verschwommen beobachtete sie, wie Esmie und Karo sich um das blutüberströmte Neugeborene kümmerten: Sie machten seine Atemwege frei, schnitten die Nabelschnur durch, wischten den Schleim ab, wickelten es und verliehen ihrer Freude Ausdruck.

»Mädchen oder Junge?«, fragte Stella, euphorisch vor Erleichterung, dass es vorbei war, und doch zugleich besorgt.

Esmie hielt das wimmernde Bündel hoch. »Es ist ein kleines Mädchen. Eine Schönheit – genau wie ihre Mutter.«

»Lass mich sie sehen.« Stella setzte sich mühsam auf. Eines machte ihr noch zu schaffen – den Lomax gegenüber unausgesprochen, auch wenn diese sich ebenfalls Sorgen gemacht haben mussten. Wie sah das Baby aus?

Als Esmie ihr das Bündel hinhielt, sah Stella dunkles verklebtes Haar und ein zartes, zerknittertes, rosiges Gesicht, das die Augen fest gegen das Licht der Petroleumlampe zukniff. Stellas Ängste legten sich. Bis auf die Haarfarbe sah das Baby nicht anglo-indisch aus. Die dunklen Haare konnten als Toms Erbe durchgehen. Aber die Abstammung der wahren Mutter würde das kleine Mädchen nicht verraten. Voller Erleichterung ließ Stella sich wieder zurücksinken.

»Möchtest du sie halten?«, fragte Esmie mit einem zaghaften Lächeln.

Stella kämpfte gegen den Drang an, genau das zu tun. »Nein, behalt du sie. Zeig sie Mr Lomax.«

Kapitel 39

Stella schlief ein. Sie erwachte von einem seltsamen Geräusch. Die Lampe war heruntergedreht worden, aber sie konnte die Umrisse der Wiege neben ihrem Bett ausmachen. Sie schaukelte sanft hin und her. Als sie sich reckte, sah Stella Karo im Schneidersitz auf dem Boden sitzen und die Wiege anstupsen.

Sie lächelte Stella zu und rief dann nach Esmie. Sofort erschien Esmie in der Tür.

»Wie geht es dir? Könntest du einen Teller Suppe und ein paar *chapatti* herunterbekommen?«

Stella merkte, dass sie hungrig war. »Ja, danke.«

Ohne auf eine Aufforderung zu warten, erhob Karo sich und ging etwas zu essen holen. Esmie setzte sich auf die Bettkante.

»Ich weiß, dass du gern ein Bad nehmen willst«, sagte sie. »Aber meinst du, du könntest versuchen, das Baby zu stillen, nachdem du selbst etwas zu essen hattest? Karo kann dir helfen und dir zeigen, wie du es machen musst.«

Sie hatten sich darauf geeinigt, es für die ersten paar Tage so zu halten: Stella würde das Baby selbst stillen. Wenn das Hotel wieder öffnete, würde Karos Tochter Gabina aus Srinagar heraufkommen, um die *ayah* des Babys zu werden – und Stella würde nach Rawalpindi zurückkehren.

Alles tat Stella weh, und sie war erschöpft. Ganz abgesehen davon war sie sich nicht mehr sicher, ob sie den Säugling stillen wollte. Aber es schien nicht zu viel verlangt zu sein; Esmie hatte in den letzten Monaten so viel für sie getan. Nichts, was sie tat, konnte aufwiegen, dass die Lomax ihr beigestanden hatten, als sie sie so unbedingt gebraucht hatte.

»Natürlich«, sagte Stella und zuckte zusammen, als sie versuchte, sich aufzusetzen.

Esmie half, sie mit Kissen zu stützen, und hob das Baby dann aus der Wiege. Das Schniefen, das Stella geweckt hatte, ging in ein übellauniges Schreien über. Esmie hielt das kleine Mädchen in den Armen und streichelte ihm die Wange.

»Ist ja gut, kleines Lämmchen«, sagte sie sanft. »Gleich gibt es Milch.«

Sie ging im Zimmer umher, tätschelte das Baby und beruhigte es. Stella kamen die Tränen, als sie sah, wie Esmie – die so lange kinderlos gewesen war – so zärtlich mit dem Baby umging. Wenn sie noch irgendwelche Zweifel an ihrer Entscheidung gehabt hatte, ihr Baby den Lomax zu geben, lösten sie sich angesichts dieses intimen Moments auf. Esmie würde ihre Tochter mit einer Hingabe lieben, zu der sie selbst vielleicht gar nicht in der Lage gewesen wäre.

Karo kehrte mit einer würzigen Bohnensuppe zurück, und Stella schlang sie herunter. Die Übelkeit, die sie monatelang beim Geruch von scharf gewürztem Essen empfunden hatte, war verschwunden. Danach half Karo Stella, sich das Baby an die Brust zu legen. Stella schnappte nach Luft, als sie das starke Saugen dieses so winzigen Mundes spürte. Es war ein ganz eigenartiges Gefühl – weder schmerzhaft noch angenehm –, und sie starrte das Geschöpf an, das aus ihr trank, und staunte über die instinktive Fähigkeit des Neugeborenen zu wissen, was es tun musste. Die Kleine hatte dunkle Augen, die unscharf auf die helle Rundung von Stellas Brust gerichtet waren.

Bald hörte das Baby zu saugen auf. Ihm fielen die Augen zu. Karo zeigte Stella, wie man den kleinen Mund löste, ohne dass es wehtat. Stella empfand einen Anflug von Enttäuschung, als der warme, schmatzende Säugling ihr weggenommen und wieder in die Wiege gelegt wurde.

»Wie möchtest du sie nennen?«, fragte Esmie.

Stella hatte flüchtig daran gedacht, ihre Tochter nach ihrer Mutter Myrtle zu nennen, sich die Idee aber sofort wieder aus dem Kopf geschlagen. Es durfte keinerlei Verbindung zu ihrer Familie geben.

»Das müsst du und Mr Lomax entscheiden«, sagte sie und zwang sich zu einem Lächeln.

Esmie schien nahe daran zu sein, etwas zu sagen, überlegte es sich dann aber anders. Sie nickte. »Karo wird dir ein Bad einlassen. Danach kannst du schlafen.«

Stella ließ sich im Bett zurücksinken und versuchte, die Tränen aufzuhalten, die zwischen ihren geschlossenen Augenlidern hervorquollen. Sie war froh über das gedämpfte Licht im Raum, das ihre Gefühlsbewegung verbarg.

* * *

Die Lomax beschlossen, das Baby Isobel zu nennen.

»Nach meiner Tante Isobel in Schottland«, erklärte Esmie. »Ich weiß, dass sie nicht meine richtige Tante war, aber sie war eine wunderbare Vormundin, nachdem meine Eltern gestorben waren – und eine großartige Freundin.«

Stella erinnerte sich, wie traurig Esmie über Isobels Tod vor fünf Jahren gewesen war.

»Das Einzige, was ich an meiner Entscheidung, im Osten zu bleiben, bereue, ist, dass ich sie nie wiedergesehen habe«, sagte Esmie voller Ergriffenheit.

»Sie war eine wunderbare Frau«, bestätigte Tom, »und auch eine hervorragende Ärztin.« Er sah auf das Baby in seinen Armen hinab. »Wenn du auch nur die Hälfte von Isobel Carruthers' Tatkraft hast, mein kleines Mädchen, dann wirst du die Welt erobern.«

Esmie lächelte. »Tom, wir wollen nicht, dass sie die Welt erobert – nur dass sie gut darin lebt.«

Stella war gerührt über ihr glückliches Gespräch und freute sich, dass das Baby ihnen jetzt schon Freude und eine neue Zärtlichkeit in ihrem Umgang miteinander schenkte. Während die Aufregung um Andrew die beiden jahrelang belastet hatte, hatten die zwei Wochen, die Isobel nun schon zu ihrem Leben gehörte, die abgestumpften Gemüter der beiden aufgeheitert.

Tom lachte leise. »Aber Isobel klingt etwas zu ernst für so ein zartes Wesen, also werden wir es wahrscheinlich zu Belle abkürzen. Was meinst du?«

Stellas Augen glänzten. »Ich finde, das ist ein wunderschöner Name.«

»Dann also Belle«, verkündete Tom, und ein entzücktes Lächeln legte sein hageres Gesicht in Falten.

* * *

Solange Stella das Baby stillte, wohnte sie weiter im Anbau. Esmie ging auch nicht oft aus dem Haus und achtete darauf, dass Mutter und Kind genug zu sich nahmen und sich ausruhten. Unterdessen begannen Tom und Bijal, das Hotel auf die neue Saison vorzubereiten, reparierten die Regenrinnen und strichen die Veranden neu. Sie ließen ein Telefon installieren – Stella hatte schon seit Jahren vorgeschlagen, das zu tun, aber Tom hatte sich immer gesträubt –, weil sie jetzt wollten, dass Andrew sich leichter bei ihnen melden konnte.

Als der Frühling kam und Wildblumen aus dem sich erwärmenden Boden schossen, unternahmen Esmie und Tom Spaziergänge mit Belle in einem behelfsmäßigen Kinderwagen – einer Kiste mit Rädern, die Tom gebaut hatte – und schoben sie den Gartenweg entlang und über den verlassenen Golfplatz. Es war zu früh, als dass schon Gäste in den Chalets oder Hotels gewesen wären, aber Stella wusste, dass es nur eine Frage der Zeit war, bis sich herumsprach, dass es im Lomax-Haushalt oben in dem entlegenen Hotel ein Baby gab.

Stella lebte in einem seltsamen Zwischenzustand dahin – ganz im Hier und Jetzt. Sie konzentrierte sich auf die anstehende Aufgabe, Belle zu stillen. Sie war froh, dass sie sich für einen Namen entschieden hatten, den Stella nie gewählt hätte; das ließ das Baby weniger wie ihres wirken. Ihre Milch war mittlerweile stark eingeschossen, und das Baby gedieh damit. Belles Äußeres veränderte sich schon: Ihr zerknittertes Gesicht rundete sich zu weichen Pausbacken und ihr Mund, der einer Knospe ähnelte, schloss sich eifrig um Stellas Brustwarzen.

Am erstaunlichsten von allem waren die Augen des Babys: runde, dunkelblaue Augen, die sie vertrauensvoll fixierten. Augen wie Saphire; der eine Zug, der verriet, dass Hugh der Vater war.

Stella streichelte immer das weiche braune Haar des Babys, wenn sie es stillte, und gab sich einen Moment lang der Fantasievorstellung hin, Belles Mutter in einem Zuhause zu sein, das Hugh für sie geschaffen hatte. So hätte es sein sollen – aber so würde es nun nie kommen. Selbst wenn Hugh wieder auftauchte, stand Belles Zukunft fest. Sie würde als Lomax aufwachsen.

* * *

Eines Nachmittags, als die Lomax mit Belle ausgegangen waren, nähte Stella auf der Veranda und hörte das Telefon im Hotel klingeln. Bijal kam auf die Stufen vor der Tür gelaufen und winkte ihr zu.

»Ein Anruf, Stella-Mem! Sahib in der Leitung!«

Stella sprang auf. Konnte es Hugh sein? War es ihm gelungen, unbeschadet nach Indien zurückzukehren? Vielleicht hatte er schon die ganze Zeit versucht, sie zu erreichen … Sie ließ ihre Näharbeit fallen und rannte nach drinnen.

Sie griff nach dem Hörer auf dem Büroschreibtisch.

»Hallo! Bist du es, Hugh?«

Am anderen Ende der Leitung herrschte kurz Schweigen. Dann antwortete eine tiefe Männerstimme: »Nein, tut mir leid. Hier ist Andrew. Bist du das, Stella?«

Stellas erste Reaktion war maßlose Enttäuschung. Sogar nach allem, was geschehen war, hatte sie ein paar schwindelerregende Augenblicke lang zu hoffen gewagt, dass es Hugh war, der versuchte, sie zu erreichen.

Stella schluckte schwer. »Ja, ich bin es. Andrew … Meine Güte! Wie geht es dir?«

»Mir geht es gut, danke. Wie geht es dir?«

»Gut«, log sie. »Du klingst so anders. Es ist, als würde man deinen Vater hören. Ich meine, du hast eine richtige Männerstimme.«

Sie hörte ihn amüsiert schnaufen. »Na ja, ich bin ja auch ein Mann.«

Es war ihr peinlich. »Natürlich bist du einer. Wie dumm von mir, das zu sagen! Dein Anruf hat mich nur überrascht. Aber es ist sehr schön …«

»Ich hätte nicht damit gerechnet, dass du so früh im Jahr in Gulmarg bist – oder überhaupt, da du doch jetzt verlobt bist. Es tut mir leid, wenn du mit einem Anruf von Hugh gerechnet hast. Wie geht es ihm?«

Stella umklammerte den Höher. »Das … das weiß ich nicht genau. Er war in Singapur – ich weiß nicht, ob er in Sicherheit ist. Ich habe nichts von ihm gehört …«

»Oh, Stella! Wie furchtbar für dich! Es tut mir so leid.«

»Mach dir keine Sorgen«, sagte sie eilig. »Wie ich Hugh kenne, ist er allem Ärger entkommen. Vielleicht ist er jetzt sogar schon wieder in Kalkutta. Es ist nur so, dass wir hier oben von der Außenwelt abgeschnitten waren. Aber erzähl mir von dir. Wo bist du?«

»Immer noch in Delhi – wir werden hier seit Januar geschult, aber …« Die Leitung knisterte, und Stella hörte einen Teil seiner Worte nicht. »… oben in Taha, deshalb hoffe ich, eine Nacht oder so in Pindi zu verbringen.«

»Oh, Andrew, das wäre wunderbar. Dein Dad und Esmie haben solche Sehnsucht nach dir.«

»Ist Dad da?«, fragte er.

»Nein, tut mir leid, er ist mit Esmie ausgegangen.« Gerade noch rechtzeitig hielt Stella sich davon ab, das Baby zu erwähnen. »Er wird sehr enttäuscht sein, dass er deinen Anruf verpasst hat. Kannst du später noch einmal anrufen?«

Die Leitung knisterte erneut und sie hörte seine Antwort nicht. Sie strengte sich an, ihn zu verstehen. »Was hast du gesagt?«

»… liebe Grüße …«

Abrupt war die Leitung tot.

Zitternd setzte Stella sich hin. Mit einem Schlag war sie außer Atem. Es war so lange her, dass sie Andrews Stimme gehört hatte, und obwohl er jetzt älter war, klang er noch so herzlich wie immer. Sie errötete, als sie daran dachte, wie sie ihn in ihrer Aufregung darauf angesprochen hatte, dass er jetzt eine Männerstimme hatte. Was musste er nur von ihr denken? Und ihn mit Hugh zu verwechseln …

Unfähig, sich wieder auf ihre Näharbeit zu konzentrieren, machte Stella sich auf die Suche nach den Lomax. Sie entdeckte sie, wie sie über den Golfplatz zurückschlenderten, rannte ihnen entgegen und platzte atemlos mit Andrews Anruf heraus.

Beide begannen gleichzeitig zu reden.

»Wie geht es ihm?«

»Was hat er gesagt?«

»Kommt er her?«

»Wann werden wir ihn sehen?«

Stella machte sich Vorwürfe, weil sie nicht mehr Fragen gestellt hatte; sie hatte kaum etwas darüber erfahren, wie es ihm ging oder wie es für ihn war, wieder in Indien zu sein.

»Es war schwer zu verstehen«, gestand sie, »aber er hat etwas über Taha gesagt und auch, dass er hofft, durch Pindi zu kommen. Es tut mir leid, mehr als das kann ich euch wirklich nicht erzählen. Der Anruf ist plötzlich unterbrochen worden.« Als sie die Enttäuschung in ihren Gesichtern sah, setzte sie schnell hinzu: »Aber er lässt euch lieb grüßen.«

»Ich wünschte, ich wäre da gewesen, um mit ihm zu sprechen«, sagte Tom frustriert.

»Oh, Tom«, sagte Esmie und küsste ihn auf die Wange. »Es klingt, als ob er auf dem Weg nach Norden ist. Ich bin mir sicher, dass wir ihn sehr bald sehen werden.« Sie sah Stella an, und ihre Miene verdüsterte sich. »Hast du ihm von Belle erzählt?«

Stella stammelte: »Nein. Vielleicht hätte ich das tun sollen?«

Tom schüttelte den Kopf. »Das ist nichts, was er über eine knisternde Telefonleitung nach Delhi erfahren sollte.«

Sie kehrten ins Hotel zurück. Die Lomax sprachen aufgeregt über die Aussicht, Andrew bald wiederzusehen. Auch Stella lebte auf. Das Gespräch hatte ihr Herz erwärmt, auch wenn es frustrierend kurz gewesen war. Wie gut würde es sein, richtig mit Andrew zu reden und ihn wiederzusehen.

* * *

Ende März traf ein Telegramm aus Kalkutta ein. Stella war schwach vor Angst, als sie es öffnete.

Gute Nachricht – STOP – Keating in Sicherheit in Südafrika – STOP – bleibt dort, solange Lage in Indien ungewiss – STOP – Arthur Lamont

Toms Urteil war vernichtend. »Typisch, dass der Mann aus Singapur herausgekommen ist, während Tausende das nicht geschafft haben – wie eine Ratte, die ein sinkendes Schiff verlässt.«

»Tom, nicht«, sagte Esmie tadelnd. »Wenigstens ist er kein Gefangener, wie Stella befürchtet hatte.«

Stella umklammerte das Telegramm. In ihrem Magen rumorte es. Ihre anfängliche Erleichterung, zu erfahren, dass er in Sicherheit war, ging rasch in Ärger über.

»Nein, Mr Lomax hat recht«, rief sie. »Hugh ist eine Ratte! Er hat nicht einmal versucht, mich zu erreichen, um mir mitzuteilen, dass ihm nichts geschehen ist, oder zu fragen, wie es mir geht. Ich habe seit Monaten nichts gehört – nicht einmal ein Telegramm.«

Stella zerriss das Telegramm und stopfte die Stücke in einen Messingaschenbecher.

»Es tut mir leid«, sagte sie, drehte sich um und stürmte aus dem Wohnzimmer.

Stella flüchtete in ihr Schlafzimmer und zog die Tür fest hinter sich zu. Das Geräusch weckte Belle. Sie begann zu weinen. Stella spannte sich an und ballte die Fäuste. Belle war der lebende Beweis für ihre naive Dummheit; eine ständige Erinnerung an ihre Schwäche, sich so tief in einen redegewandten Ehebrecher zu verlieben.

Belle beschwerte sich noch lauter. Stella wusste, dass es nur noch Sekunden dauern würde, bis das Baby aus vollem Hals danach schrie, gestillt zu werden. Sie beugte sich über die Wiege und hob Belle hoch. Einen Moment lang verstummte das Baby und musterte sie aus neugierigen blauen Augen, als spürte es ihren Kummer. Belle wirkte so ernst und vertrauensvoll. Dann verzog sich ihre Rosenknospe von einem Mund zum Anflug eines Lächelns. Obwohl Stella wusste, dass Babys im Alter von drei Wochen noch nicht lächelten, schnitt es ihr ins Herz.

Sie küsste ihre Tochter zärtlich auf die Stirn und setzte sich dann mit ihr in den Stillsessel, den Karo mit bunten Kissen und einer warmen Wolldecke ausgestattet hatte. Als sie Belle an ihre Brust legte, spürte Stella das vertraute Saugen, und ihre Milch begann zu fließen. Zugleich strömten auch die Tränen. Stella saß da, kuschelte mit ihrem Baby und weinte still. Sie wusste jetzt schon, wie schwer es ihr fallen würde, Belle zurückzulassen und nach Rawalpindi zurückzukehren. Aber sie weigerte sich, über diesen Moment hinaus an das Leben zu denken, das sie würde führen müssen. Alles, was zählte, war diese Zeit mit ihrer Tochter, in der sie ihr gab, was sie brauchte und was niemand sonst ihr schenken konnte.

Durch den durchscheinenden Musselinvorhang, der am offenen Fenster sanft in der Brise flatterte, konnte Stella die Nadelbäume jenseits des Hotels ausmachen, die sich bis zur *marg* hinauf erstreckten. Sie atmete den frischen Kiefernduft ein, während ihr Herzschlag sich verlangsamte und das Baby rhythmisch an ihrer Brust saugte. Wie sanft fallende Blütenblätter senkte sich Ruhe auf sie herab.

* * *

Der April kam, und mit ihm eine Nachricht aus Rawalpindi. Als Tom aus dem Hotel herübergeeilt kam, saßen die Frauen auf der kleinen Veranda des Anbaus und genossen den einsamen Blick auf den Wald an den Hängen hinter dem Haus. Stella experimentierte damit, Blumen auf Stoff zu malen, während

Esmie Karo half, Kissenhüllen für das Hotel zu nähen. Belle lag glucksend in der Wiege.

»Jimmy hat sich gemeldet«, sagte Tom. Aufregung schwang in seiner Stimme mit. »Er sagt, dass Andrew für nächste Woche, wenn er auf dem Weg nach Taha ist, zwei Nächte im Raj gebucht hat.«

»Nächste Woche?«, rief Esmie. »Dann haben wir aber nicht viel Zeit, alles zu organisieren und nach Pindi hinunterzufahren.«

Stella sah, wie Toms Miene sich veränderte. Er warf einen Blick auf Belle, die mit den Händen in der Luft wedelte. »Ich glaube, angesichts der Umstände sollte ich allein nach Pindi hinunterfahren.«

Esmie wirkte geknickt. »Aber ich will ihn unbedingt sehen.«

»Ich weiß, mein Schatz – aber du solltest hier bei Belle sein – und Stella.« Tom sah verlegen drein. »Ich finde, ich sollte ihn beim ersten Mal allein treffen – es hat so viele Missverständnisse gegeben. Ich kann sie ausräumen. Und er weiß noch nichts von Belle …«

Stella errötete. Würde Andrew sich freuen zu hören, dass er eine neugeborene Schwester hatte? Sie hoffte es. Das Letzte, was sie wollte, war, dass das, was sie getan hatte, zu neuen Spannungen innerhalb der Familie Lomax führte.

»Ja, da hast du vermutlich recht«, sagte Esmie und setzte eine tapfere Miene auf. »Du musst so viel Zeit mit Andy verbringen, wie du nur kannst. Du wirst ihn aber doch dazu bringen, uns hier besuchen zu kommen, oder?«

»Natürlich«, sagte Tom, und seine Miene hellte sich auf. »Das hier ist der Ort, den er in Indien am liebsten mochte – ich bin mir sicher, dass er die Gelegenheit ergreifen wird, sobald er kann.«

Stella wurde von Vorfreude ergriffen. Wie gern hätte auch sie Andrew wiedergesehen! Das Telefonat neulich hatte sie nur noch neugieriger gemacht zu erfahren, zu was für einem Mann er herangewachsen war.

Kapitel 40

Rawalpindi, April 1942

Andrew spähte durch die Lamellen des Zugfensters und erhaschte den ersten Blick auf Rawalpindi, das sich im Licht der Morgendämmerung aus der Ebene herausschälte. In der Ferne, jenseits des felsigen Buschlands, konnte er gerade noch den Saum von Gebirgsausläufern erkennen, die nach Osten hin in den Himalaja übergingen. Dort befanden sich Murree und dahinter Kaschmir und sein Vater. Schnell verdrängte er einen verstörenden Gedanken. Er hatte auf dem Weg nach Taha zwei Tage Urlaub bekommen. Das ließ ihm keine Zeit, nach Gulmarg zu gelangen. Er hätte seinem Vater mitteilen sollen, dass er in Rawalpindi sein würde, aber er wollte ihn nicht für solch eine kurze Zeit aus den Bergen herlocken – und die Straßen würden vielleicht noch einen weiteren Monat lang gefährlich sein. Allerdings sehnte er sich in seinem tiefsten Innern danach, ihn zu sehen.

Andrew reckte den Hals, um noch einen Blick auf die Stadt zu erhaschen: eine dunkle, kompakte Masse aus Gebäuden unter Rauchfahnen, die von den morgendlichen Feuern aufstiegen, das Glänzen eines Tempeldachs, ein Vogelschwarm, der ins goldene Licht aufstieg – und dann wurde der Zug schon langsamer und fuhr in den Bahnhof ein. Als er ruckelnd zum Stillstand kam, stieg Andrew eifrig aus dem Waggon und atmete den Duft von Dungfeuern und Ghee ein. Die Luft war schon warm. Auf der anderen Seite des Bahnsteigs begrüßte ihn der vertraute Anblick des imposanten Bahnhofsgebäudes aus Ziegeln mit seiner Mischung aus östlichen Bögen einerseits und gotischen Türmchen und Zinnen andererseits.

Manek, der drahtige Diener, den Andrew in Delhi engagiert hatte, belegte schon einen Gepäckträger mit Beschlag, um Andrews Koffer zu transportieren. Manek war pockennarbig und klein, hatte aber ein forsches Auftreten, das andere dazu brachte zu tun, was er wollte.

Andrew hörte den vertrauten Klang des Pandschabi, das um ihn herum gesprochen wurde, und freute sich darüber, einheimische Männer in weite Salwar Kamiz und ausladende Turbane gekleidet zu sehen. Diese Pandschabi blieben kurz an Korbtischen stehen, um ein schnelles Frühstück aus *chapatti* und Dal zu sich zu nehmen, während neben ihnen *chai-wallahs* in Töpfen gesüßten Tee mit Milch kochten.

Einen Moment lang ließ Andrew den ersten Anblick seiner alten Heimatstadt auf sich wirken. Händler, die Handkarren voller Säcke und Bündel schoben, schlängelten sich um ihn herum. Auf dem gegenüberliegenden Bahnsteig schnaubten Kamele, um dagegen zu protestieren, dass man sie auf offene Viehwaggons lud. Andrew kam auf den Gedanken, dass sie wahrscheinlich an die Grenze transportiert wurden, um die Militärkonvois zu verstärken. Bald würde er ihnen folgen, aber nun genoss er erst einmal einen Aufschub. Durch den Bahnhof eilte er dem winkenden Manek nach.

Die gemietete, von einem Pferd gezogene *tonga* fuhr sie durch den Saddar-Basar. Andrew besah sich die niedrigen Gebäude mit Balkonen und die offenen Marktstände, an denen schon schwunghafter Handel mit Haufen von ockerfarbenen und gelben Gewürzen und Säcken voll grüner Chilischoten getrieben wurde. Als die *tonga* unter dem Torbogen des Massey Gate hindurchfuhr, wies Andrew Manek auf das Schild über ihnen hin.

»Das hier ist die Dhunjibhoy Public Library. Eine Familie von Parsen. Sie betreiben die *tongas*, die nach Murree und Kaschmir hinauffahren. Zumindest haben sie das früher getan. Vielleicht fahren heute die meisten Leute mit dem Auto.«

Manek nickte zustimmend. »Die Parsen sind gute Geschäftsleute, Sahib.«

Sie kamen auf die am Reißbrett entworfenen, baumgesäumten Straßen der britischen Siedlung mit ihren schnurgeraden Fahrbahnen und zur Mall hin immer prächtiger werdenden Gebäuden hinaus. Offiziere waren unterwegs, um ihre Pferde zu bewegen, bevor es noch wärmer wurde. Zwischen den Bäumen hindurch erhaschte er einen Blick auf Soldaten, die auf einer staubigen Fläche mit Leibesübungen beschäftigt waren.

»Pindi war schon immer eine Garnisonsstadt«, sagte Andrew. »Früher habe ich es geliebt, mir die Paraden und Polospiele anzuschauen – ich hätte nie damit gerechnet, dass ich eines Tages auch Soldat werden würde.«

Als sie in die Edwardes Road abbogen und Richtung Dalhousie Road fuhren, wurde Andrew allmählich wieder nervös. Er hielt den Atem an, als sie die Nichol Road erreichten. Dort, jenseits des ordentlich gestutzten Rasens, ein bisschen zurückversetzt von der Straße, lag sein einstiges Zuhause: das Raj Hotel. Andrew spähte an den beiden Palmen, die den Weg bewachten, und den üppig sprießenden Bougainvilleen, die den Eingang halb verdeckten, vorbei: Das Gebäude schien vor Kurzem frisch getüncht worden zu sein. Die Fensterrahmen und das Vordach aus Blech waren immer noch blau gestrichen, aber Charlies grelles Schild in Rot und Gold war einem geschmackvolleren und zurückhaltenderen in Grün gewichen, auf dem Mr T. Lomax als Besitzer vermerkt war.

Traurigkeit überkam Andrew. Er machte sich darauf gefasst, die Dubois zum ersten Mal seit Charlies Tod zu sehen. Seine Handflächen begannen zu schwitzen. Ob Stella auch da sein würde? Während ihres quälend kurzen Telefonats hatte er keine Zeit gehabt, sie zu fragen, wann sie nach Pindi zurückkehren würde. Er wusste, dass es höchst unwahrscheinlich war, dass sie hier war, aber dennoch musste er zugeben, dass dies der wahre Grund dafür war, dass seine Rückkehr ihn so nervös machte. Mit ihr zu sprechen, hatte seine Gefühle in Aufruhr versetzt. Erst war er überglücklich gewesen, ihre Stimme zu hören; im nächsten Augenblick hatte es sich schon wie ein Schlag in die Magengrube angefühlt, dass sie ihn für Hugh gehalten hatte. Er wusste nicht, was schlimmer sein würde: sie zu sehen oder sie nicht zu sehen.

Als Andrew aus der *tonga* stieg, hörte er einen klagenden Schrei. Er drehte sich um und sah einen Pfau über den Rasen, der mit einem Teppich rosaroter Bougainvilleen-Blütenblätter bedeckt war, auf sich zustolzieren.

»Percy, mein alter Freund!« Andrew grinste. »Freut mich zu sehen, dass du noch am Leben bist. Oder vielleicht bist du Percys Sohn?«

Der Vogel stieß noch einen schrillen Schrei aus und beugte sich dann vor, um am Boden zu picken. In dem Moment kam eine vertraute grauhaarige Gestalt den Pfad entlanggeeilt und schenkte ihm ein zahnloses Grinsen.

»Willkommen, Sahib.«

»Sunil!«, rief Andrew. »Wie geht es dir? Du hast dich kein bisschen verändert.«

Sunil nickte, und sein Lächeln wurde noch breiter. »Sehr gut, Sahib.«

»Manek«, sagte Andrew zu seinem Diener, »das hier ist der Mann, der mich in die Kunst des Rauchens eingeführt hat. Sunil wird dir helfen, das Gepäck ins Haus zu bringen.«

Andrew ging vor ihnen her. Die Nervosität, die er innerlich empfand, strafte seine selbstbewussten Schritte Lügen. Blüten fielen auf seinen Kopf, als er die Rankpflanzen über dem Eingang streifte; er war eindeutig gewachsen, seit er zuletzt hier gewesen war. Er betrat die dämmrige Lobby, die immer noch nach Bienenwachspolitur und der leichten Muffigkeit zu stark gewässerter Blumentöpfe roch. Zu seinem Entzücken war die Ausstattung immer noch hellgrün, und der geflieste Boden war mit Rattansesseln, Cocktailtischen und hängenden Farnen übersät wie in seiner Kindheit.

Ein untersetzter Mann mit rundem Gesicht, schmalem Schnurrbart und dunklem Anzug kam mit ausgestreckter Hand auf ihn zu. Während seine Augen sich nach dem grellen Licht draußen ans Halbdunkel anpassten, war Andrew einen Moment lang wie vom Donner gerührt und dachte, es wäre Charlie.

»Andrew!« Der Mann strahlte. »Du bist das Ebenbild deines Vaters.«

»Jimmy!« Andrew schüttelte ihm voller Wärme die Hand. »Und du bist das Ebenbild deines Vaters. Es tat mir ja so leid …«

»Jaja«, schnitt Jimmy ihm das Wort ab. »Wir alle vermissen den alten Herrn entsetzlich. Die Dauergäste werden sich richtig freuen, dich zu sehen – sie waren ganz aufgeregt, als sie erfahren haben, dass du kommst.«

»Ich kann es auch nicht abwarten, sie zu sehen«, sagte Andrew. Schnell fragte er: »Aber erst einmal: Wie geht es dem Rest der Familie Dubois? Ich muss dir dazu gratulieren, dass du Vater geworden bist. Nach dem Hochzeitsfoto zu urteilen, das Stella meiner Tante Tibby geschickt hat, hast du auch eine schöne Frau.«

Jimmy nickte lächelnd.

»Und wie geht es deiner Schwester? Letzten Monat hatte ich ein ganz kurzes Telefongespräch mit ihr und war überrascht zu erfahren, dass sie diese Saison früher als sonst nach Gulmarg gefahren ist.« Er hoffte, dass seine Stimme neutral klang, obwohl sein Herz hämmerte.

»Ha, meine Schwester! Es ist so lange her, dass sie hier war, dass wir ganz vergessen haben, wie sie aussieht!«

Andrew fiel auf, dass er sofort ein leichtes Nachlassen der Anspannung spürte, die er empfunden hatte. »Ach so?«, sagte er und bemühte sich weiterhin um einen gleichmütigen Tonfall.

»Ja«, sagte Jimmy. »Sie ist seit letztem Sommer in Gulmarg.«

»Die ganze kalte Jahreszeit hindurch?«, fragte Andrew. »Warum?«

Jimmys rundes Gesicht errötete. »Na ja, natürlich, um deinen Eltern zu helfen …«

Andrew war verdutzt. »Aber dort gibt es doch nichts mehr zu tun, sobald der Schnee kommt.« Jimmys wachsamer Gesichtsausdruck erschreckte ihn.

»Du hast es doch sicher gehört?«

»Was gehört? Es geht Dad doch gut, oder?«

Jimmy nickte mit Nachdruck. »Es ging ihm nie besser. Und er ist auf dem Weg hierher, um dich zu sehen. Ich habe mir erlaubt, ihm Bescheid zu geben, dass du herkommst.«

»Mein Vater kommt?« Andrew schnappte nach Luft.

»Ja. Ihr werdet bald wieder vereint sein. Mr Lomax wird spätestens heute Abend hier sein.« Jimmy strahlte schon wieder. »Er kann alles erklären.«

»Was erklären? Du machst ja ein großes Geheimnis aus der Sache, Jimmy. Kommt er allein?« Einen kurzen Moment lang hoffte er, dass auch Stella zurückkehren würde.

»Jaja, allein.«

Genau in dem Augenblick ertönte ein Ausruf aus dem Korridor: »Subaltern Lomax! Bist du's? Meine Güte, du bist aber groß geworden!«

Amüsiert drehte Andrew sich um und wollte feststellen, wer ihn mit dieser altmodischen Bezeichnung für einen Second Lieutenant begrüßte, und sah zwei vertraute Gestalten auf sich zukommen.

»Mr Ansom! Mr Fritwell!«, begrüßte Andrew sie. Vor Entzücken, dass die beiden noch am Leben waren, hätte er sie am liebsten umarmt, schüttelte ihnen aber stattdessen eifrig die Hand.

Jimmy wies mit einer Handbewegung auf den Speisesaal. »Andrew gesellt sich zum Frühstück zu Ihnen.«

»Das beste Rührei außerhalb von Großbritannien«, sagte Ansom. »Obwohl dem neuen Koch noch nie das Kunststück gelungen ist, den Speck knusprig zu braten.«

»Wir wollen alles über deine Abenteuer hören«, sagte Fritwell. »Wir haben erfahren, dass du in Dünkirchen warst. Das muss schlimm gewesen sein.«

Andrew antwortete geistesabwesend auf die Fragen, mit denen sie ihn bombardierten. Er hatte die Nachricht, dass sein Vater auf dem Weg hierher war, immer noch nicht verdaut. Um die Wahrheit zu sagen, freute er sich darauf, seinen Dad wiederzusehen, aber zugleich war er nervös. Auch nach all dieser Zeit fiel es ihm schwer, die bitteren Worte seiner Mutter über ihren früheren Mann zu verdrängen.

Auch der Speisesaal hatte sich nur wenig verändert: Die Wände waren mit dunklem Holz getäfelt, die Tische mit gestärktem weißem Leinen und glänzendem Besteck gedeckt. Voller Zuneigung dachte er daran, wie gern Stella sich immer um diese Aufgabe gekümmert hatte; vielleicht hatte Yvonne sie übernommen.

Andrew arbeitete sich durch einen großen Teller voller Speck, Eier und Tomaten, gefolgt von frittiertem Gebäck mit Sirup, Toast und Orangenmarmelade. Er spülte alles mit mehreren Tassen starkem Tee hinunter. Baronin Cussack stieß zu ihnen und schrie vor Überraschung schrill auf, als sie Andrew sah. Während er weiteraß, versuchte er, Hesters Neugier zu stillen, was seine Zeit in Ebbsmouth, seine Mutter, seine Tante, seine Schuljahre in Durham und sein Liebesleben anging.

»Hast du eine Fotografie deiner Liebsten?«, fragte sie auf ihre direkte Art.

Als Andrew ein Foto von Felicity aus der Tasche zog, musterte Hester es durch den Kneifer, den sie an einer Kette um den Hals trug. Sie reichte es ihm mit einem prüfenden Blick zurück.

»Na?«, fragte Andrew. »Hat sie die Prüfung bestanden?«

»Sehr hübsch«, sagte Hester. »Sie wirkt ziemlich entschlossen.«

Andrew sagte belustigt: »Das ist sie auch.«

»Ich hoffe, sie ist gut zu dir, Schätzchen.«

Andrew war sich nicht sicher, ob das eine Formulierung war, die er auf Felicity angewendet hätte. »Ich bin mir recht sicher, dass sie mich liebt«, sagte er mit einem selbstironischen Lächeln.

»Und liebst du sie?«

»Natürlich.«

»Nun, das ist gut«, sagte die Baronin. »Es ist wunderbar, mitzuerleben, wie junge Leute sich verlieben. Erst Stella und ihr Ire, und jetzt du und dein schottisches Mädchen.«

»Wie ich höre, ist Stella sich nicht sicher, wo Mr Keating sich derzeit aufhält. Gibt es inzwischen etwas Neues von ihm?«

»Gute Frage«, sagte Hester. »Für das arme Mädchen war das Ganze ein ziemliches Drama. Er hat in Malaya und Singapur gearbeitet, ist aber unversehrt von dort weggekommen. Myrtle hat gerade gestern einen Brief von Stella bekommen, die schreibt, dass ihr Verlobter in Südafrika ist. Es muss eine Erleichterung sein zu wissen, dass er in Sicherheit ist, aber es klingt nicht so, als ob sie in naher Zukunft heiraten werden.«

Andrew ließ sich die Neuigkeit gerade durch den Kopf gehen, als Myrtle Dubois hereinkam. Sofort stand er auf, um sie zu begrüßen, und wiederholte seine Beileidsbekundung zu Charlies Tod, während sie sich der allgemeinen Ansicht anschloss, dass Andrew genau wie sein Vater aussah. Sie war gealtert; ihre hübschen braunen Augen lagen tief eingesunken in Ringen aus bläulicher Haut, und ihr Haar war grau geworden. Wenn sie nicht gerade lächelte, hingen ihre Mundwinkel traurig herab.

Aber sie schien sich zu freuen, ihn zu sehen. Myrtle hatte immer viel Aufhebens um ihn gemacht, als er noch ein Junge gewesen war, und ihn mehr verwöhnt als ihre eigenen Kinder.

»Ich hoffe, Jimmy hat sich gut um dich gekümmert. Da Stella fort ist, bin ich wieder in den Bungalow gezogen, um mit meinem Enkel zu helfen. Du musst erst einmal richtig hier ankommen und uns dann besuchen, um unseren Charles kennenzulernen – er ist so ein niedliches kleines Ding. Es ist Balsam für meine Seele, ein Kind in der Familie zu haben, nachdem mein Charlie …« Ihr kamen die Tränen.

»Er ist bestimmt ein großer Trost«, sagte Andrew freundlich.

Myrtle lächelte. »Das ist er. Und du wirst ja auch bald herausfinden, was für eine Freude es ist, ein Baby in der Familie zu haben, nicht wahr? Wir freuen uns ja so für euch alle.«

Hester bemerkte: »Ja, wir freuen uns, auch wenn wir überrascht sind. Wer hätte das nach all der Zeit gedacht?«

Andrew sah verwirrt drein. »Ein Baby? Wessen Baby?«

Myrtles Gesichtszüge entgleisten. »Das von Mr und Mrs Lomax. Du hast es doch bestimmt schon erfahren?«

Andrew starrte sie ungläubig an. »Sie haben ein Baby bekommen?«

»Oje«, sagte Hester. »Jetzt haben wir die Katze aus dem Sack gelassen. Anscheinend wollte dein Vater es dir persönlich mitteilen.«

Andrew war sprachlos.

»Es tut mir leid«, sagte Myrtle. »Ich dachte, du wüsstest es inzwischen. Natürlich haben wir es auch erst vor Kurzem erfahren. Da Mrs Lomax so spät Mutter geworden ist, waren sie sehr vorsichtig. Stella hilft ihnen schon die ganze Zeit.«

»Wann ist das passiert?«, brachte er, immer noch unter Schock, hervor.

»Sie ist letzten Monat geboren worden«, sagte Myrtle.

»Sie?«

»Ja«, sagte Hester. »Du hast eine Schwester namens Isobel. Ist das nicht eine wunderbare Neuigkeit?«

Andrew wusste nicht, was er davon halten sollte. Freute er sich? »Ja, eine freudige Nachricht«, zwang er sich zu sagen. Plötzlich fühlte er sich aber schrecklich eingeengt, in der Falle. »Nun, nach diesem wunderbaren Frühstück gehe ich mich erst mal frischmachen.«

»Natürlich«, sagte Myrtle. »Können wir dir sonst noch etwas bringen?«

»Nein, nichts«, sagte Andrew. »Überhaupt nichts.« Er machte sich auf den Weg zur Tür und winkte den Männern am anderen Tisch zu, die nichts von dem peinlichen Gespräch mitbekommen hatten.

»Wir unterhalten uns beim Mittagessen!«, rief Ansom ihm zu.

Andrew ging schnell an Jimmy an der Rezeption vorbei und lief die Treppe zwei Stufen auf einmal nehmend hinauf. Er rannte den Korridor entlang zur Familienwohnung am entgegengesetzten Ende. Drinnen angekommen, schlug er die Tür hinter sich zu und atmete tief durch.

Er hatte eine kleine Schwester, die einen Monat alt war. Warum hatten sie ihm das nicht früher erzählt?

Das Baby musste gerade geboren gewesen sein, als er mit Stella gesprochen hatte. Sie hätte etwas sagen sollen.

Sosehr er sich auch bemühte, Andrew konnte die bitteren Worte seiner Mutter einfach nicht verdrängen. *»Andrew, die Wahrheit ist, dass dein Vater lieber mit dieser Frau verheiratet sein wollte, als dich bei ihm leben zu haben. Ich dachte, er würde härter um dich kämpfen.«*

Jetzt hatten sein Vater und Esmie ein eigenes Kind. Hatten sie schon jahrelang versucht, noch einen Sohn oder eine Tochter zu bekommen? Er konnte es ihnen kaum verdenken, wenn sie es getan hatten. Es störte ihn gar nicht so sehr, dass sie jetzt die Eltern eines anderen Kindes waren; was ihm wehtat, war, dass sie es ihm nicht gesagt hatten.

Andrew zog sein Zigarettenetui hervor und trat auf die Veranda. Während er rauchte, starrte er in den Hof unten hinab. Jemand schälte im Schatten des Jakaranda-Baums Gemüse. Als Junge war er einmal von diesem Baum gefallen und hatte sich den Knöchel verstaucht. Charlie hatte ihn in den Bungalow getragen und seinen Knöchel verbunden, während Stella ihm ein Brausebonbon gegeben und ihm eine Geschichte über Riesen erzählt hatte, um ihn von dem Schmerz abzulenken.

Wütend inhalierte Andrew den Rauch. Es hatte keinen Zweck, sich über Familienstreitigkeiten aufzuregen, die längst nicht mehr wichtig waren. Sein Vater und Esmie hatten das Recht zu tun, was sie wollten – zu leben, wie es ihnen gefiel –, und ihre späte Elternschaft zu genießen. Esmie würde eine hingebungsvolle Mutter sein. Und er durfte Stella keine Vorwürfe dafür machen, dass sie am Telefon nichts gesagt hatte. Es hatte ihr nicht zugestanden, ihm die Neuigkeit zu erzählen.

Alles, was er als Junge gewollt hatte, war gewesen, Teil einer konventionellen Familie zu sein, wie seine Schulfreunde. Aber so war das Leben nicht für alle. Soweit er es einschätzen konnte, war die Liebe seiner Eltern so vorübergehend gewesen wie die Bougainvilleen-Blüten, die jetzt über das Dach des Hotels geweht wurden. Zum Zeitpunkt seiner Geburt hatten sie einander offenbar schon nicht mehr geliebt. Das Leben war chaotisch und funktionierte nicht immer so wie geplant.

Andrew würde nicht denselben Fehler wie seine Eltern begehen. Wenn er den Krieg überlebte, würde er nach Schottland zurückkehren und aus Liebe heiraten. Er drückte seine Zigarette aus, zog sich in das kleinere Schlafzimmer zurück, streifte seine Kleidung ab und legte sich auf die grüne Tagesdecke. Binnen weniger Minuten war er eingeschlafen.

Kapitel 41

Als Andrew aufwachte, fühlte er sich erschöpft und benommen, als hätte er Alkohol getrunken. Einen Moment lang dachte er, es müsste schon Nacht sein; erst dann erkannte er, dass die Fensterläden das Licht aussperrten. Als er aus dem Schlafzimmer trat, sah er, dass ein Tablett mit Speisen für ihn im Wohnzimmer bereitstand; er musste das Mittagessen verpasst haben. Er hob die Metalldeckel an. Sofort stieg ihm der Duft von Curry und Reis in die Nase. Ihm wurde ein wenig übel davon. Stattdessen stürzte er ein Glas Mangosaft herunter – den hatte er als Junge am liebsten getrunken – und presste das halb kühle Glas gegen seine Stirn.

Die bestürzende Neuigkeit, die er heute Morgen erfahren hatte, brach wieder über ihn herein: Sein Vater und Esmie hatten eine kleine Tochter namens Isobel. Er fragte sich ängstlich, wie Lydia die Nachricht von dem Lomax-Baby aufnehmen würde. Würde sie eifersüchtig sein, dass Esmie sie in Toms Leben jetzt vollkommen in den Schatten gestellt und ihm die ersehnte Tochter geschenkt hatte?

Er würde seiner Mutter schreiben und ihr versichern, dass es für ihr Verhältnis keinen Unterschied machte. Er würde immer zuallererst ihr Sohn sein – nicht Esmies.

Als er ins Badezimmer tappte, sah Andrew, dass Manek ihm ein Bad eingelassen hatte. Er zog sich aus, ließ sich ins noch lauwarme Wasser gleiten und tauchte seinen Kopf ein, um die fiebrigen Gedanken zu verbannen. Als er sich später rasierte, versuchte Andrew, seine Nerven zu beruhigen, die so angespannt waren, weil er seinen Vater in wenigen Stunden treffen würde. Als er durch die Wohnung ging, während er sich die Haare abtrocknete, fand er Manek damit beschäftigt, auf dem Bett frische Kleidung bereitzulegen. Sein junger Diener musste an der Tür gelauscht und gehört haben, dass er wach und auf den Beinen war.

»Ich gehe heute Nachmittag aus«, sagte Andrew zu ihm. »Haben sie auf dem Gelände immer noch Fahrräder stehen?«

»Ja, Sahib. Möchten Sie, dass ich eines zum Hoteleingang bringe?«

»Bitte«, sagte Andrew.

Unten im Foyer döste Ansom unter einer Ausgabe der Military and Civil Gazette. Andrew sah die schockierende Schlagzeile, dass Gandhi den Indern riet, keinen Widerstand zu leisten, wenn die Japaner in Indien einfielen, und ihre Kampagne des zivilen Ungehorsams fortzusetzen; sie wollten die sofortige Unabhängigkeit.

Andrew war alarmiert. Das Letzte, was er wollte, war, dass sein Regiment in die Rolle einer Polizeitruppe gezwungen wurde, die Inder zusammentreiben und einsperren musste, wenn es doch eigentlich galt, in einem Krieg zu kämpfen. Erneut war er frustriert, dass er an die Grenze abkommandiert worden war, statt im Kampf um Nordafrika oder den Nahen Osten eingesetzt zu werden. Aber wenn die Gerüchte zutrafen, dass ihre Armee von den rasch vorrückenden Japanern durch die Dschungel von Burma zurückgedrängt wurde, war das Schreckgespenst einer Invasion in Indien vielleicht nicht mehr so weit hergeholt.

* * *

Um sich von den unschönen Kriegsnachrichten und von seiner wachsenden Nervosität angesichts des bevorstehenden Wiedersehens mit seinem Vater abzulenken, verbrachte Andrew den Nachmittag damit, ziellos durch die Stadt und die Garnisonssiedlung zu radeln. Als er sich im anglo-indischen Viertel Lalkutri wiederfand, schaute er in Dixons Werkstatt vorbei, die von Stellas Verwandten geführt wurde, und wurde voller Wärme von ihrem Cousin Sigmund begrüßt, mit dem er als Junge oft Cricket gespielt hatte.

»Ich wusste gar nicht, dass du wieder in Pindi bist«, sagte Sigmund.

»Nur auf der Durchreise«, sagte Andrew. »Ich bin nach Taha abkommandiert worden. Ich bin bei den Borderers.«

Sigmund schenkte ihm ein fröhliches Lächeln. »Komm mit nach oben und nimm eine Erfrischung zu dir«, drängte er. »Meine Schwester Ada ist zu Besuch. Sie wird begeistert sein, Andrew Lomax in Uniform zu sehen.«

Nostalgie durchströmte Andrew, als er die Außentreppe zur Wohnung hinaufstieg. Er erinnerte sich daran, wie Stella ihn immer mit hierhergenommen hatte. Das beschwor glückliche Erinnerungen an Besuche in dem lebhaften, lärmenden Haushalt herauf – Tante Rose hatte ihn genötigt, Berge von Kuchen zu essen, und er hatte ausgelassen mit Stella und ihren Cousins und Cousinen Karten gespielt.

Sobald er Ada gegenüberstand, war unübersehbar, dass sie hochschwanger war. Er hatte gehört, dass sie vor ein paar Jahren einen der Gibson-Zwillinge geheiratet hatte.

Ada küsste ihn auf die Wange und lachte. »Ja, du darfst es erwähnen. Ich erwarte im Juni ein Kind.«

»Herzlichen Glückwunsch.« Andrew lächelte. »Also bist du schneller als deine Cousine Stella gewesen, was Heirat und Mutterschaft angeht.«

Ada verdrehte die Augen. »Stella war immer schon zu wählerisch. Sie hätte die freie Auswahl unter den Jungen aus Lalkutri gehabt, aber sie hatte sich ja in den Kopf gesetzt, einen *pukka* Briten zu heiraten.«

»Ach komm, Schwester«, rief Sigmund sie zur Ordnung, »rede nicht so unfreundlich über Cousine Stella, sonst liest Andrew dir noch die Leviten.«

»Tut mir leid, Andrew«, sagte Ada. »Ich hatte ganz vergessen, dass du Stella ja immer in Schutz genommen hast.« Sie lachte. »Ach, wie süß: Du errötest immer noch, wenn ihr Name fällt.«

Stellas Tante hieß ihn willkommen und drängte ihm Nachmittagstee auf, während sie stolz erzählte, dass ihr ältester Sohn Rick bei der Indian Air Force unten in Walton bei Lahore in Ausbildung war. Der Besuch erwies sich als willkommene Ablenkung und auch als Gelegenheit, über Stella zu reden.

Andrew blieb, bis die Schatten länger wurden und er ahnte, dass er es nicht länger hinauszögern konnte, ins Hotel zurückzukehren. Binnen einer halben Stunde würde es dunkel sein. Er verabschiedete sich von den Dixons und radelte nach Hause, wie er es als Junge unzählige Male getan hatte. Der Himmel wurde rosa, und Vogelschwärme ließen sich lärmend in den Bäumen nieder.

Als er in die Nähe des Raj kam und in die Nichol Road einbog, setzte sein Herz einen Schlag aus. Dort, vor dem Hotel, parkte der ramponierte alte Lieferwagen der Lomax. Sein Vater war angekommen.

Andrew holte tief Luft, als er das Fahrrad den Weg entlang zum Vordach schob. Er hörte Gelächter aus der Lobby schallen – darunter Jimmys ansteckendes Lachen – und eine vertraute tiefere Stimme. Nachdem er das Fahrrad an den wartenden Manek weitergereicht hatte, stählte er sich, als müsste er in die Schlacht ziehen, und marschierte ins Hotel.

Ein Mann mittleren Alters saß mit dem Rücken zur Tür in einem Rattansessel neben Ansom und Fritwell. Eine kahle Stelle auf seinem Kopf glänzte im schwachen elektrischen Licht. Seine langen, knochigen Hände hielten ein Whiskyglas und eine halb gerauchte Zigarette.

»Ah, da kommt ja unser junger Subaltern!«, rief Fritwell, als er Andrew erblickte.

Der Gefährte der beiden Dauergäste drehte sich um und sah Andrew einen Moment lang in die Augen. Andrew empfand ein seltsames Gefühl: Es war, als würde er sich selbst in dreißig Jahren sehen. Das vertraute Gesicht war von tiefen Falten durchzogen, und die Haare an seinen Schläfen waren grau. Dann stellte sein Vater sein Glas auf den Tisch, legte seine Zigarette weg und sprang auf.

»Andy!«, rief er und drängte sich an einem anderen Sessel vorbei, um zu ihm zu gelangen.

Andrew spürte, wie ihm vor Ergriffenheit das Herz aufging, als er den Spitznamen aus seiner Kindheit hörte und das Entzücken im Gesicht seines Vaters sah. Doch dann veränderte sich dessen Miene, und sein Vater zögerte, wie er ihn begrüßen sollte. Schnell streckte Andrew die Hand aus.

»Hallo, Dad.« Seine Stimme klang belegt.

Tom umfasste seine Hand mit beiden Händen und hielt sie fest.

»Mein Junge«, sagte er. Seine Augen glänzten vor Tränen. »Es tut so gut, dich wiederzusehen.«

»Und dich«, antwortete Andrew mit einem Kloß im Hals.

So standen sie einen Moment lang da, bis Ansom sie zu sich rief. »Hier ist ein *chota peg* für dich, junger Lomax!«

»Da gibt es wirklich etwas zu feiern!«, sagte Fritters, rot im Gesicht und fröhlich.

Andrew fragte sich, wie viele Drinks sie schon mit Tom geleert hatten.

Jimmy eilte herbei und wies Sanjeev an, einen Sessel für Andrew neben seinen Vater zu rücken und einen Whisky mit Soda auf den Tisch vor ihm zu stellen. Sie setzten sich hin. Andrew zog sein Zigarettenetui hervor und bot es seinem Vater an. Tom wirkte verblüfft, lächelte dann aber und nahm eine Zigarette. Sie zündeten sich beide eine an.

Einige Minuten lang waren es die Dauergäste, die das Gespräch am Leben hielten. Erst fragten sie Andrew nach seiner Reise nach Indien und gingen dann zu den Nachrichten des Tages und zu der Frage über, ob Sir Stafford Cripps' Mission, mit der indischen Nationalbewegung um eine Zusammenarbeit mit der britischen Regierung zu verhandeln, scheitern würde.

»Was meinst du, Andy?«, fragte sein Vater.

Die unvermittelte Frage überrumpelte Andrew. Er spielte mit seinem Whisky herum, den er noch nicht angerührt hatte. »Ich verstehe nicht viel von indischer Politik. Mir steht es nicht zu, etwas dazu zu sagen …«

»Oh doch«, sagte Tom. »Ihr jungen Leute seid die Zukunft dieses Landes.«

»Ich bin Brite«, sagte Andrew und sah ihm in die Augen. »Mein Land ist Tausende von Kilometern entfernt.«

»Wie für uns alle«, stimmte Fritwell ihm zu. »Aber wir haben auch hier eine Verantwortung – Indien gut zu regieren. Wenn die Zukunft des Empire und unserer Nation auf dem Spiel steht, dann müssen wir entschieden gegen den inneren Feind vorgehen.«

»Oder man gibt ihnen die Autonomie«, schlug Tom vor, »und alle kämpfen auf derselben Seite.«

Ansom lachte leise. »Captain Lomax! In den Bergen zu leben, hat Sie zu einem radikalen *jungli* gemacht«, neckte er ihn.

Tom stürzte seinen Whisky hinunter und nickte Andrew auffordernd zu. »Was sagen sie denn zu Hause über Indien?«

Andrew zuckte die Schultern. »Offen gesagt nicht viel. Aber als ich abgereist bin, hatten die Japaner auch noch nicht mit ihrer Invasion in unsere Territorien begonnen. Indien galt als sicher, bis auf die Nordwestgrenze, weshalb die Borderers ja auch dorthin entsandt werden, um unsere Präsenz in den Stammesgebieten zu verstärken. Die große Angst ist die, dass die Achsenmächte Russland besiegen und Indien über Afghanistan und die Grenze angreifen.«

»Das alte Lied«, meinte Tom. »An der Nordwestgrenze waren wir immer verwundbar. Früher haben wir Russland gefürchtet, jetzt die Nazis.«

»Die sollten wir auch fürchten«, sagte Andrew, drückte seine Zigarette aus und redete sich in Rage. »Die Faschisten sind die größte Bedrohung für den Weltfrieden, die es je gegeben hat. Europa steht unter ihrer Gewaltherrschaft, und so, wie es aussieht, versuchen die faschistischen japanischen Streitkräfte, das Gleiche in ganz Asien zu erreichen. Deshalb bin ich zur Armee gegangen: weil ich gesehen habe, was passiert ist. Von der Tschechoslowakei bis Spanien haben die Faschisten die Demokratie zerstört.«

Es herrschte Schweigen. Tom brach es: »Nun, dann bist du aus viel ehrenhafteren Gründen zum Militär gegangen als ich. Ich habe den Dienst bei den Rifles angetreten, weil mein Vater es mir befohlen hat.« Seine Augen glänzten. »Du bist ein prinzipientreuer junger Mann.«

»Der Apfel fällt nicht weit vom Stamm«, bemerkte Ansom.

»Darauf trinke ich«, sagte Fritwell und winkte Sanjeev zu, ihre Gläser neu zu füllen.

Eine Stimme rief von der Treppe: »Was feiern Sie denn alle da unten?«

»Baronin!«, rief Ansom. »Kommen Sie, gesellen Sie sich zu uns. Es ist das Wiedersehen der Lomax.«

»Schätzchen! Wie reizend.«

Hester stand auf dem Treppenabsatz auf halber Höhe. Sie trug ein dunkelblaues Samtkleid und ein federbesetztes Stirnband, bei dem Andrew sicher wusste, dass sie sich schon damit geschmückt hatte, als er noch ein Junge gewesen war. Es rührte ihn, dass sie sich noch immer fein machte, als wäre sie zum Abendessen beim Vizekönig geladen. Er sprang auf und ging zu ihr, um sie die Stufen hinabzuführen. Die Männer erhoben sich, als Andrew sie zu einem Sitzplatz führte. Tom küsste ihr zur Begrüßung die Hand.

»Ach«, sagte Hester mit einem huldvollen Lächeln, »all meine Lieblingsmänner an einem Ort versammelt. Was habe ich doch für ein Glück!«

»Wir haben Glück, Baronin Cussack«, sagte Andrew.

»Schätzchen, du bist so charmant wie dein Vater. Ich freue mich ja so, euch beide nach so einer langen Trennung wieder vereint zu sehen. Es ist ein großes Opfer für Eltern und Kind«, beharrte Hester, »Jahre getrennt voneinander leben zu müssen. Stimmt's, Andrew? Du musst dein Zuhause schrecklich vermisst haben.«

Andrew spannte sich an. Er warf einen Blick auf seinen Vater, der ihn misstrauisch musterte. Er konnte genauso gut ehrlich zu ihnen sein.

»Ich hatte meine Mutter«, antwortete er, »und sie hat mir ein glückliches Zuhause gegeben. Und dann war da auch noch Tante Tibby. Schottland ist der Ort, an den ich gehöre. Ich habe mich nicht freiwillig entschlossen, nach Indien zurückzukehren – die Armee hat mich hergeschickt. Aber es freut mich sehr, dass mir das die Gelegenheit verschafft, Sie alle wiederzusehen.«

Hester sah einen Moment lang drein, als hätte es ihr die Sprache verschlagen. »Und wir freuen uns auch«, sagte sie dann hastig.

Eine peinliche Pause trat ein; die Männer tranken. Andrew hatte die anderen nicht in Verlegenheit bringen wollen, aber er würde sie auch nicht so reden lassen, als existierte seine Mutter nicht oder als hätte er gezwungenermaßen im Exil gelebt.

Er beschloss, das andere heikle Thema auch gleich aus dem Weg zu schaffen. »Also, Vater, wie ich gehört habe, sind Glückwünsche angebracht. Du hast eine neugeborene Tochter. Ich hoffe, Mutter und Kind sind wohlauf.«

Tom sah ihn erschrocken an und errötete. »J… ja, es geht ihnen sehr gut. Danke. Ich wollte es dir noch erzählen …«

»Mrs Dubois hat mir die freudige Nachricht mitgeteilt.«

Tom wirkte betroffen. »Es tut mir leid, dass du es nicht zuerst von mir erfahren hast. Wir haben bis kurz vor der Geburt niemandem etwas gesagt …«

»Du musst dich nicht entschuldigen«, sagte Andrew. »Ich freue mich sehr für euch beide.«

Er musterte seinen Vater, der sich unwohl zu fühlen schien.

»Hat sie Esmies wunderschöne graue Augen oder Ihre blauen?«, fragte Hester.

»Blaue Augen«, antwortete er. Sein Gesichtsausdruck wurde plötzlich weich. »Sie ist ein zufriedenes kleines Ding, und Stella ist überzeugt, dass Belle schon angefangen hat, zu lächeln. Esmie sagt, dass die Kleine bloß Blähungen hat. Sie scheint es zu mögen, wenn ich singe. Allerdings schläft Belle nachts nicht gut, deshalb sind wir alle ein bisschen müde.«

»Esmie hat doch sicher eine *ayah* für sie?«, fragte Hester.

Tom stürzte seinen Whisky herunter. »Stella hilft im Moment, aber Gabina – Karos Tochter – kommt bald und wird ihre *ayah*.«

»Was wird Stella dann machen?«, fragte Andrew.

Tom sah verwirrt drein. »Wie meinst du das?«

»Bleibt sie über den Sommer in Gulmarg und hilft weiter mit, oder kommt sie hierher zurück?«

»Ach so.« Sein Vater fuhr sich mit der Hand übers Gesicht. Es war eine Geste, die Andrew bis jetzt ganz vergessen hatte, ein Anzeichen dafür, dass sein Dad nervös war. »Ich glaube, Stella will wieder herkommen – sie hat ihre Familie seit fast einem Jahr nicht gesehen und vermisst sie.«

»Trinken wir auf die Rückkehr unseres lieben Jungen Andrew – und auf die Geburt seiner Schwester Belle«, rief Hester unvermittelt.

»Auf Andrew und Belle!«, riefen die Männer im Chor.

Mit hämmerndem Herzen stand Andrew auf. »Danke.« Er lächelte. »Wenn Sie mich jetzt entschuldigen, gehe ich nach oben und ziehe mich zum Abendessen um.«

Als er sie verließ und davoneilte, bestellten sie schon die nächsten Drinks. Der Gebrauch des Kosenamens Belle hatte ihn emotional werden lassen. Plötzlich hatte er den glücklichen Gesichtsausdruck seines Vaters gesehen und begriffen, dass seine Halbschwester wirklich existierte. Belle war ein zufriedenes Baby mit blauen Augen. Er konnte nicht vorgeben, dass sie nichts mit ihm zu tun hatte. Eines Tages würde er sie kennenlernen müssen, und er wusste nicht, was er davon halten sollte.

* * *

Andrew war froh, das Essen ohne weitere Gespräche über den Krieg oder die Familie hinter sich zu bringen. Er hatte dafür gesorgt, dass er neben Mrs Shankley saß, und verbrachte einen Großteil der Mahlzeit damit, sie zu ermuntern, in Erinnerungen an ihre Zeit als Missionarin zu schwelgen.

Er bemerkte, dass sein Vater das ganze Essen hindurch ständig Alkohol trank. Nach dem Abendessen teilten die Dauergäste sich auf: Einige wechselten in den Aufenthaltsraum, um Karten zu spielen, während andere sich ins Foyer unter die kühlenden

Ventilatoren setzten. Tom reihte sich neben Andrew ein. »Hast du Lust auf einen Spaziergang um den Block?«, schlug er vor.

Andrew nickte.

Vater und Sohn brachen den Hotelweg entlang auf. Andrew bemerkte, dass ihre Schritte die gleiche Länge und ihre Schultern die gleiche Höhe hatten, auch wenn er einen breiteren Brustkorb als sein Vater hatte. Tom wirkte abgemagert; seine Smokingjacke hing locker an seinem dünnen Körper.

Sie gingen schweigend die Straße hinunter, bogen in die Dalhousie Road ein und machten sich auf den Weg zur Mall. Am Eingang zum Gelände des Gymkhana Clubs blieb Tom stehen und lehnte sich gegen die Mauer.

»Willst du eine?«, bot er an und hielt Andrew sein silbernes Zigarettenetui hin.

Andrew nahm eine Zigarette unter dem elastischen Band hervor. Ein Schauer lief ihm über den Rücken, als eine Erinnerung sich regte. Als Junge hatte er einmal eine Zigarette aus genau diesem Etui stibitzt. Esmie hatte ihn erwischt, ihn aber mit einer Ermahnung, sich nichts zu nehmen, ohne vorher zu fragen, davonkommen lassen. Soweit er wusste, hatte sie es Tom nie verraten.

Sie rauchten stumm. Andrew war nervös, was sein Vater ihm zu sagen hatte. Würde er erneut anfangen, sich dafür zu entschuldigen, dass er ihm nicht von Belle erzählt hatte, oder würde er mit ihm schimpfen, weil er nicht früher nach Indien zurückgekehrt war? Er hatte keine Ahnung, wie er ein Gespräch mit diesem Mann beginnen sollte, den er seit fast neun Jahren nicht gesehen hatte.

»Wie geht es deiner Mutter?«, fragte Tom.

Angesichts der unerwarteten Frage zuckte Andrew zusammen. Er nahm einen Zug von seiner Zigarette, bevor er antwortete. »Als ich sie das letzte Mal gesehen habe, hat sie versucht, sich tapfer mit meiner Abreise abzufinden, aber es ist ihr nicht besonders gut gelungen zu verbergen, wie sehr sie darunter gelitten hat.«

Der Anflug eines Lächelns trat auf Toms Gesicht. »Das kann ich mir vorstellen.«

»Sie verbringt einen Großteil ihrer Zeit damit, sich um Grandmamma zu kümmern, die dieser Tage sehr vergesslich ist.«

»Ach, Minnie.« Tom nickte. »Ich habe sie immer gemocht.«

Andrew zögerte und sagte dann: »Ich glaube, Mamma ist in Ebbsmouth einsam. Sie mochte es, wenn ich schulfrei hatte, zu Hause war und Freunde zu Besuch hatte.«

»Ich dachte, sie hat inzwischen Dickie bei sich?«, sagte Tom; sein Ton wurde angespannter.

»Onkel Dickie arbeitet in London für die Regierung, deshalb kommt er nicht oft in den Norden.«

Tom drückte seine Zigarette aus. »Und Tibby?«

Andrew war erleichtert, dass sein Vater nicht lange auf Dickie herumritt. Seine Mutter hatte ihm erzählt, wie unglaublich eifersüchtig Tom gewesen war.

Andrew lächelte. »Tante Tibby ist wunderbar. Ich vermisse sie sehr. Irgendwie gelingt es ihr, den alten Steinhaufen davor zu bewahren, zusammenzubrechen, und dazu noch lauter exzentrischen Künstlern ein Zuhause zu bieten. Sie hat eine Leidenschaft für das Gärtnern und für avantgardistische Kunst entwickelt – und sie hat schon seit Jahren einen indischen Geliebten, Dawan Lal.«

»Meine Güte! Sie hat eine Affäre mit Dawan?« Tom lachte. »Ich wette, das liefert den Matronen der Grafschaft Stoff für Klatsch und Tratsch.«

»Sie sind sehr diskret«, sagte Andrew. »Und es könnte Tante Tibby gar nicht gleichgültiger sein, was andere über sie sagen.«

»Das stimmt«, pflichtete Tom ihm bei. »Ich bin froh zu hören, dass sie sich nicht verändert hat. Die liebe Tibby.«

Andrew zündete sich sofort eine frische Zigarette an seiner alten an und bot auch seinem Vater eine an. Sie rauchten weiter.

Tom sagte leise: »Ich kann dir gar nicht sagen, wie sehr Esmie und ich dich vermisst haben, Andy. Sie schickt liebe Grüße und hofft, dass du nach Gulmarg hinauffährst, um uns zu besuchen, wenn du das nächste Mal Urlaub hast. Sie war sehr enttäuscht, diesmal nicht mitkommen zu können, aber es war nicht möglich …«

Andrew murmelte: »Nicht mit einem Baby, um das sie sich kümmern muss.«

Tom legte ihm eine Hand auf die Schulter. »Es tut mir so leid, dass du von Myrtle und nicht von mir von Belle erfahren musstest.«

»Ich freue mich für euch beide, dass ihr eine Tochter habt«, antwortete er verkrampft. »Ehrlich, ich freue mich. Aber für mich ändert sich dadurch kaum etwas.«

Tom wirkte bekümmert. »Vielleicht überlegst du es dir ja noch anders, wenn du das kleine Mädchen erst kennenlernst.«

Schlagartig spürte Andrew tiefen Groll in sich aufsteigen. »Ich hoffe, du erwartest nicht von mir, nach all den Jahren damit anzufangen, glückliche Familie zu spielen?«, fragte er. »Denn meine Familie sind Mamma, Grandmamma und Tante Tibby ins Ebbsmouth. Und meine Verlobte lebt auch da. Das Zuhause dort ist für mich echter als das hier oder in Gulmarg. Ich will, dass du das verstehst.«

»Es tut mir leid, das zu hören«, sagte Tom und sah gequält drein. »Wir wollten nie, dass du Indien überhaupt verlässt. Es ist Esmie und mir sehr schwergefallen, diese lange Trennung zu ertragen …«

Andrew warf seine Zigarette fort. »Ihr seid ja nicht gerade in aller Eile nach Schottland gereist, um mich wiederzuholen, oder? Ich weiß, was für einen Handel du mit Mamma geschlossen hast – dass sie mich behalten durfte, solange es dir freistand, Esmie zu heiraten.«

»So einfach war das nicht«, sagte Tom und drückte seine eigene Zigarette aus.

Andrew empfand plötzlich rasenden Zorn.

»Warum hast du mir vorgelogen, du wärst mit Esmie verheiratet? Ich musste die Wahrheit von einem Mitschüler erfahren, der mich tyrannisiert hat. Ich habe einen anderen Jungen ins Gesicht geboxt, um Esmies Ehre zu verteidigen – und deine. Weißt du, wie schuldig ich mich gefühlt habe, als ich herausgefunden habe, dass Gotley gar nicht gelogen hatte? Aber Indien zu verlassen, hieß wenigstens, dass ich meine Mutter richtig kennenlernen konnte. Und weißt du was? Sie ist gar nicht die unsympathische Eiskönigin, als die du sie dargestellt hast.«

Sein Vater wirkte wie vom Donner gerührt, aber jetzt, da er einmal angefangen hatte, konnte Andrew nicht mehr aufhören. Jahre des Grolls, die er überwunden zu haben glaubte, sprudelten aus ihm hervor.

»Sie liebt dich immer noch, weißt du das? Weiß der Himmel, warum, nachdem du sie so vernachlässigt und ihr solches Leid zugefügt hast.«

»Ich habe ihr Leid zugefügt?«, fragte Tom fassungslos.

»Ja, indem du mit Esmie durchgebrannt bist und auch noch mich mitgenommen hast. Ihr beiden habt mich meiner wahren Mutter beraubt.«

Auf einmal sah sein Vater fuchsteufelswild drein. Er stürzte sich auf Andrew. Sein Atem stank nach Whisky.

»Wage es ja nicht, Esmie anzuklagen! Sie ist vollkommen unschuldig. Sie hat nie auch nur ein schlechtes Wort über deine Mutter gesagt, obwohl sie dazu Gott weiß allen Grund gehabt hätte. Sie war Lydia gegenüber jahrelang loyal – sogar, als meine egoistische Exfrau dich uns endgültig weggenommen hat.«

»Loyal?«, wiederholte Andrew voller Verachtung. »Nach Harold Guthries Tod hat Esmie Mammas Mitgefühl ausgenutzt, um in deine Nähe zu kommen. Sie hat ihrer besten Freundin den Mann ausgespannt. Inwieweit ist das loyal?«

Andrew sah den Schlag zu spät kommen. Die Faust seines Vaters traf ihn am Kiefer und ließ ihn rückwärts taumeln. Durch den Aufprall biss er sich auf die Lippe. Während er sich das Kinn hielt, begann ihm Blut aus dem Mund zu laufen. Sein Herz hämmerte.

»Andy!« Fast sofort wirkte Tom entsetzt über das, was er getan hatte. »Es tut mir leid. Das hätte ich nicht tun sollen.« Er versuchte, einen Arm um ihn zu legen. »Gott verzeih mir, habe ich dich verletzt?«

Andrew stieß ihn von sich und tastete nach einem Taschentuch.

»Lass mich das machen«, bat Tom und versuchte, Andrews anschwellende Lippe abzutupfen.

»Mir geht es gut«, sagte Andrew und wandte sich ab. Er wollte nicht, dass sein Vater sah, wie schockiert er war.

»Ich will dir das mit Esmie erklären«, sagte Tom verzweifelt. »Sie hatte nichts damit zu tun, dass deine Mutter und ich uns getrennt haben. Es war deine Mutter, die …«

»Bitte sag nichts mehr«, flehte Andrew. »Einigen wir uns einfach darauf, nicht einer Meinung zu sein.«

Die Schultern seines Vaters sackten herunter, und er stützte sich an der Mauer ab. Vielleicht war er betrunkener, als Andrew gedacht hatte. Es war ein Fehler gewesen, sich auf solch ein schmerzliches Thema einzulassen, wenn sein Vater im Rausch und Andrew selbst so zornig war. Er bereute seinen Ausbruch sofort.

»Es tut mir leid, dass ich einen Streit vom Zaun gebrochen habe«, sagte Andrew einlenkend. »Lass uns einfach ins Hotel zurückgehen, bevor wir wegen Ruhestörung festgenommen werden. Das könnte ich meinem Vorgesetzten nur schwer erklären.«

Tom ließ den Kopf hängen.

»Komm schon, Dad«, sagte Andrew, nahm ihn beim Arm und führte ihn die Straße entlang. Es tat ihm weh zu sehen, wie sehr sein Vater geschrumpft war – sowohl körperlich als auch innerlich.

Als sie zum Raj zurückkehrten, hatte Andrews Lippe zu bluten aufgehört, und Tom hatte einen Teil seiner vorherigen Selbstbeherrschung zurückgewonnen. Sie waren beide bedrückt. Andrew war froh zu sehen, dass keine Dauergäste im Foyer waren, die hätten fragen können, wie seine Lippe geplatzt war, oder seinen Vater hätten einladen können, noch mehr zu trinken. Andrew wies den wartenden Manek an, ihnen eine Kanne Tee hinaufzubringen, und sie gingen nach oben.

Vater und Sohn machten sich schweigend bettfertig. Als der Tee kam und Andrew Manek für die Nacht entließ, saßen sie angespannt da. Andrew schlürfte seinen Tee, während sein Vater rauchte.

»Dad«, sagte Andrew und blieb dabei ruhig. »Ich will nicht, dass wir wieder über Mutter reden. Lass uns auf heikle Themen verzichten. Wir haben so wenig Zeit zusammen – wir sollten sie nicht mit Streiten verbringen.«

Sein Vater warf ihm einen trostlosen Blick zu und nickte zustimmend.

»Erzähl mir von Stella«, ermunterte Andrew ihn. »Es muss schwer für sie sein, von Hugh Keating getrennt zu sein. Wie ich gehört habe, ist er in Südafrika in Sicherheit.«

Tom schnaufte verächtlich. »Keating! Er hat die arme Stella an der Nase herumgeführt. Wenn er zurückkommt und sie heiratet, fresse ich einen Besen.«

Andrew war erstaunt. »Warum sagst du das? Ich dachte, sie wären wahnsinnig verliebt ineinander?«

»Sie war es«, sagte Tom. »Ist es leider immer noch. Aber er ist nicht vertrauenswürdig. Wusstest du, dass er eine Ehefrau in Irland hat?«

Andrew schnappte nach Luft. »Er hat was? Eine Ehefrau? Ich fasse es nicht!«

Tom war zutiefst empört. »Es ist leider wahr.«

»Das ist schrecklich. Wie hat sie das herausgefunden?«

»Er hat ihr geschrieben und es ihr selbst mitgeteilt«, sagte Tom. »Mit lauter Versprechungen, dass er sich von seiner Frau scheiden lassen und Stella heiraten will. Ich glaube, vorher friert die Hölle zu.«

»Die arme Stella!« Die Enthüllung erschütterte Andrew. »Warum um alles in der Welt hat Hugh sie dann überhaupt gebeten, ihn zu heiraten?«

Tom bedachte ihn mit einem ungeduldigen Blick. »Was meinst du, warum?«

Andrew spürte, wie ihm die Hitze ins Gesicht stieg. »Ich fühle mich schrecklich«, gestand er. »Durch mich haben die beiden überhaupt erst wieder Kontakt aufgenommen.«

»Du konntest ja nicht wissen, wie er ist«, sagte Tom.

»Felicity hatte gleich das Gefühl, dass er ein Frauenheld ist«, räumte Andrew ein. »Wir sind ihm in einem Kino in Edinburgh über den Weg gelaufen, und sie hatte den Eindruck, dass er mit der Frau eines anderen unterwegs war.«

»Ich glaube, er hat so manches über sich selbst erfunden«, sagte Tom verächtlich. »Ich habe ihn über seinen Dienst in Quetta ausgefragt, aber er schien nur wenig über den Ort zu wissen.«

»Oh Gott!« Andrew verzog das Gesicht. »Ich erinnere mich, wie er mir große Geschichten über seine Heldentaten in Belutschistan erzählt hat. So ist er zu seiner Beinverletzung gekommen – von einem Stammesangehörigen angeschossen. Vielleicht hat er sich das alles auch nur ausgedacht?«

Tom brummte. »Wenn ein Belutsche ihn hätte tot sehen wollen, hätte er keine Kugel auf sein Knie verschwendet. Ich bezweifle, dass Keating jemals in Belutschistan war.«

Andrew war um Stellas willen erschüttert. Sie musste sich verraten und gedemütigt gefühlt haben. Sie war solch ein offenherziger, vertrauensseliger Mensch.

»Ist das der Grund dafür, dass sie den ganzen Winter über bei euch geblieben ist?«, vermutete Andrew. »Ich nehme an, sie wollte hier nicht allen gegenübertreten und zugeben müssen, dass Hugh verheiratet ist.«

Tom antwortete nicht sofort. Er wirkte hin- und hergerissen. »Andrew …«

»Ja?«

»Stella hat eine schwere Zeit durchgemacht …«

»Das verstehe ich«, sagte Andrew.

»Was ich meine, ist … Nun ja, was ich dir erzählt habe, ist vertraulich. Niemand hier weiß, dass Keating verheiratet ist. Deshalb müssen wir es Stella überlassen zu entscheiden, wie viel sie anderen erzählen will.«

»Natürlich«, stimmte Andrew zu. »Ich würde ihre Geheimnisse nie ausplaudern.«

Tom nickte erleichtert.

»Aber diesem Hugh werde ich eine verpassen«, sagte Andrew, »wenn ich ihn je wiedersehe.«

»Das gilt für uns beide.« Tom sah plötzlich zerknirscht drein. »Es tut mir so leid, dass ich dich geschlagen habe. Ich bin ein furchtbarer Vater. Alles, was ich all die Jahre lang wirklich wollte, war, dich zu umarmen – und stattdessen greife ich dich an, nachdem wir uns nur ein paar Stunden vorher wiedergesehen haben. Kannst du mir das jemals verzeihen?«

Eine Welle des Mitleids brach über Andrew herein. »Natürlich verzeihe ich dir«, sagte er rasch. »Ich war genauso schuld daran, weil ich die Fassung verloren habe. Und es tut mir leid, dass ich etwas Unfreundliches über Esmie gesagt habe. Es war all die Jahre über schwierig für mich, aber ich glaube, mittlerweile habe ich Verständnis für eure Ehe und dafür, dass ihr sie vortäuschen musstet.«

Tom biss die Zähne zusammen, schluckte und wischte sich die feuchten Augen. »Danke.« Er räusperte sich und griff nach der nächsten Zigarette. Sobald er sie angezündet hatte, musterte er Andrew mit zusammengekniffenen Augen durch eine Rauchwolke.

»Jetzt erzähl mir alles über deine Verlobte. Ich erinnere mich an ihren Vater, Archie Douglas – er hatte früher einmal eine Schwäche für deine Tante Tibby.«

»Wirklich?«, fragte Andrew. Schuldgefühle durchzuckten ihn, weil er den ganzen Abend über kaum an Felicity gedacht hatte. Schnell zückte er das Foto von ihr, das er immer bei sich trug, und reichte es seinem Vater.

Er fühlte sich auf sichererem Boden, wenn er über die Douglas und Felicity plauderte. Er erzählte seinem Vater von ihrer Arbeit als Luftschutzwartin. Für kurze Zeit konnte er Ebbsmouth und sein Zuhause wieder heraufbeschwören und musste keinen verstörenden Gedanken über Stella und ihre zum Scheitern verurteilte Romanze mit Hugh nachhängen.

Kapitel 42

In seinem alten Zimmer schlief Andrew schlecht. Der Streit mit seinem Vater über seine Mutter und Esmie machte ihm zu schaffen, genau wie die Enthüllung, dass Hugh Stellas Liebe verraten hatte. Bei ihrem Telefonat neulich ihre Stimme wiederzuhören, hatte aufs Neue tiefe Gefühle für sie in ihm geweckt. Es warf ihn aus der Bahn, in dem Zimmer zu übernachten, das zuletzt von Stella genutzt worden war. Er spürte ihre Gegenwart noch überall darin. Gerührt stellte er fest, dass die Skizze von Frisky, die er ihr vor Jahren geschickt hatte, in einem versilberten Rahmen am Bett stand.

Mitten in der Nacht, während er sich ruhelos im Bett wälzte, wurde ihm zum ersten Mal klar, dass er wirklich enttäuscht war, dass sie nicht hier war. Er gestand sich ein, dass er sich an die absurde Hoffnung geklammert hatte, sie könnte nach Pindi heruntergereist sein, nur um ihn zu sehen – wie er es für sie getan hätte, sogar nach neun Jahren, die sie getrennt gewesen waren. Er hatte immer noch die zerknitterte Fotografie von ihr, Noel und ihm, die in jenem schicksalhaften Sommer in Ebbsmouth am Strand aufgenommen worden war. In seiner Brieftasche bewahrte er sie auf wie ein Geheimnis, für das er sich schämte.

Aber Stella war nicht da, und es war albern von ihm, sich nach all den Jahren noch an derart kindische Gefühle für Stella zu klammern. Also beschloss er noch im selben Augenblick, dass er seinen Aufenthalt im Hotel abkürzen und am Morgen nach Taha weiterreisen würde. Als die Entscheidung gefallen war, sank er in einen unruhigen Schlaf.

* * *

Nachdem ihn Manek um sieben Uhr geweckt und ihm eine Kanne Tee gebracht hatte, stellte Andrew fest, dass sein Vater früher aufgestanden war und sich nicht mehr in der Wohnung aufhielt. Sein Kiefer schmerzte. Er betastete seine Unterlippe. Die Schwellung war zurückgegangen, sie war aber immer noch empfindlich. Als er einen Blick aus dem offenen Verandafenster warf, entdeckte er seinen Vater, der unter dem Jakaranda-Baum rauchte und sich angeregt mit Jimmy unterhielt.

Von Neuem empfand Andrew Bedauern, dass sie den Vorabend mit einem fruchtlosen Streit vergeudet hatten. Ihm wurde klar, dass sie viel mehr Zeit als diesen flüchtigen Augenblick im Raj brauchen würden, um einander wieder kennenzulernen. Zeit, die sie nicht hatten.

* * *

Beim Frühstück herrschte Betroffenheit. Sein Vater saß mit Ansom und Fritwell zusammen. Er fing den betretenen Blick seines Vaters auf und schenkte ihm ein aufmunterndes Lächeln.

»Junger Lomax!«, rief Ansom ihn zu sich. »Hast du die Morgenzeitung schon gesehen?«

»Schreckliche Sache«, sagte Fritwell, hochrot im Gesicht. »Ceylon. Aus heiterem Himmel.«

»Was ist passiert?«, fragte Andrew.

»Die Japsen haben die Marinebasis in Colombo bombardiert«, erklärte Tom.

»Klingt, als hätten unsere Air-Force-Jungs sie verjagt«, ergänzte Fritwell. »Sie haben dreißig feindliche Flugzeuge abgeschossen.«

»Aber woher um alles in der Welt kam denn der Angriff?«, fragte Andrew fassungslos. Er wusste, dass die Insel Ceylon, die vor der Südspitze Indiens lag, entscheidend war, um die Schifffahrt im Golf von Bengalen bis nach Kalkutta hinauf zu beschützen.

Tom antwortete mit grimmiger Miene: »Das heißt, dass sie mindestens einen Flugzeugträger haben müssen, der im Indischen Ozean operiert.«

Andrew war entsetzt. Wenn Ceylon angreifbar war, dann auch das indische Festland. Er setzte sich zu den Männern; die Baronin und Winifred Shankley waren noch nicht in Sicht. Er hatte keinen Appetit, und nachdem er etwas Tee und Toast heruntergewürgt hatte, stand er auf.

»Ich habe beschlossen, heute schon nach Taha weiterzureisen und mich mit meinen Offizierskameraden zu treffen. Ich komme in etwa einer halben Stunde auf Wiedersehen sagen«, versprach er. Niemand widersprach.

Andrew ging schnell ins Foyer und bat Jimmy, alles zu arrangieren.

Wieder in der Wohnung angekommen, wartete Andrew darauf, dass sein Vater ihm herauffolgen würde, aber Tom kam nicht. Vielleicht hatte er genauso viel Angst wie Andrew, das Falsche zu sagen.

Kurze Zeit später war Andrew wieder unten im Foyer und verabschiedete sich von den Dauergästen, während Manek ging, um das Verladen des Gepäcks zu beaufsichtigen. Myrtle und Yvonne waren da, um ihm alles Gute zu wünschen, und

Charles hüpfte von einem Bein aufs andere und wollte nicht von seiner Großmutter festgehalten werden.

»Soldat!«, schrie er und zeigte auf Andrew in seiner Uniform.

Andrew ging in die Hocke und zog einen der von seinem Großvater stammenden Zinnsoldaten, den er als Andenken bei sich trug, aus der Tasche.

»Der hier ist für dich, Charles.« Er legte ihn in die kleine Hand des Jungen und sah ihn voll fragender Aufregung zu seiner Großmutter aufschauen.

»Ich hoffe, es ist in Ordnung, wenn ich ihn ihm schenke? Er hat Grandpapa Archibald gehört.«

Myrtle lächelte. »Das ist sehr freundlich von dir. Wir werden aufpassen, dass er vorsichtig damit umgeht.«

»Sag Danke«, wies Yvonne ihren Sohn an.

»Danke sön, Soldat«, sagte Charles. Auf seinem runden Gesicht stand ein breites Lächeln.

Andrew zerzauste dem Jungen die Haare und richtete sich dann auf.

Er sah sich um und fragte sich, wo sein Vater war. Genau in dem Augenblick erschien Tom mit Jimmy.

Jimmy schüttelte ihm zum Abschied die Hand. »Dein Vater möchte dich zum Bahnhof bringen.«

»Ich hoffe, das ist in Ordnung?« Tom warf ihm einen unsicheren Blick zu.

Andrew nickte erleichtert. »Danke.«

Draußen sah er, dass Manek das Gepäck in den grünen Lieferwagen der Lomax lud und auf ihn wartete. Andrew stieg vorn neben seinem Vater ein.

Sie fuhren schweigend durch die Garnisonssiedlung und in die geschäftigen Straßen des Saddar-Basars. Sie holperten im Lieferwagen vorwärts. Sein Vater hupte frei laufende Kühe genauso an wie Fußgänger.

Andrew sah seinen Vater an, dessen Gesicht vor unterdrückter Ergriffenheit verzerrt war. Plötzlich verspürte Andrew den Drang, ihn zu beschützen. Wie schwer war es wohl all die Jahre über für seinen Dad gewesen, der Gegenstand von Klatsch und Tratsch über seine Feigheit und seinen Kriegsgerichtsprozess zu sein? Als Junge hatte Andrew sich dafür geschämt, dass man seinen Vater als psychisch krank hingestellt hatte, aber das war gewesen, bevor er selbst den Krieg erlebt hatte. In Frankreich hatte er tapfere Männer – Veteranen des Großen Kriegs – gelähmt vor Furcht gesehen, und manchmal hatte er selbst nur noch schiere Angst verspürt. Er hätte seinen Vater stärker gegen die Kritik seiner Mutter in Schutz nehmen sollen.

Ihm fiel wieder ein, dass Stella vor langer Zeit gesagt hatte, dass sein Vater ein Held gewesen war, obwohl man ihn vors Kriegsgericht gestellt hatte. *»Denk an all die Kriegsjahre, die er hinter sich hatte – alles, was er durchmachen musste. Und er war vorher schon jahrelang ein tapferer Soldat der Rifles an der Nordwestgrenze. Ganz sicher ist er kein Feigling.«*

»Woran denkst du gerade?«, fragte Tom ihn mit einem Seitenblick.

»An nichts«, behauptete Andrew mit einem schlechten Gewissen.

»Ich glaube, ein alter Freund von mir lebt noch in Taha«, sagte Tom. »Reverend Alec Bannerman. Sie nennen ihn den Padre – er war früher Militärseelsorger. Er ist so alt wie die Berge – über neunzig, glaube ich –, aber nach seinen Weihnachtsbriefen zu urteilen, hat er immer noch einen messerscharfen Verstand. Ich bin mir sicher, dass er dich gastfreundlich empfängt, wenn du ihn aufsuchst.«

»War er bei den Peshawar Rifles?«

»Nein, aber ich bin ihm in Peshawar begegnet«, sagte Tom. »Und dann noch einmal in Taha, als …« Er zögerte. »Als mein Freund Guthrie dort gewohnt hat.«

Vielleicht war Bannerman der alte, weißhaarige Mann, den Andrew vage von seinem Besuch in Taha als kleiner Junge in Erinnerung hatte. Er hatte eigentlich keine Lust, Leute aus der Vergangenheit der Guthries aufzusuchen oder länger in der Grenzstadt zu bleiben als nötig. Taha war für seine Mutter mit schlimmen Erinnerungen verbunden.

Aber um seinen Vater bei Laune zu halten, sagte er: »Wenn ich Gelegenheit dazu habe, mache ich das.«

Sein Vater sah besorgt zu ihm herüber. »Du wirst doch nichts Leichtsinniges tun, nicht wahr? Ich weiß, wie es ist, ein junger Leutnant zu sein und sich vor seinen Offizierskameraden beweisen zu wollen.«

»Dad, ich bin Berufssoldat«, sagte Andrew. »Ich bin nicht hier, um Spiele zu spielen.«

»Tut mir leid«, sagte Tom schnell. »Ich mache mir ja nur Sorgen …«

»Das musst du nicht.«

Sein Vater umklammerte das Steuerrad. »Ich habe dich nie nach deiner Zeit in Frankreich gefragt – wie es war und wie du entkommen bist …«

»Du warst im Großen Krieg«, sagte Andrew sanft, »und weißt besser als die meisten, wie es ist zu kämpfen. Ich muss es dir nicht erst erzählen.«

»Aber wir hatten so wenig Zeit zusammen, und die habe ich verschwendet.«

»Wir hätten uns nicht streiten sollen«, räumte Andrew ein. »Aber ich hätte auch nicht dir gegenüber die Fassung verlieren sollen.«

Bald waren sie am Bahnhof, und Andrew sprang aus dem Auto. Er beschäftigte sich damit, Manek zu beaufsichtigen, froh über das geschäftige Treiben ringsum, das verhinderte, dass sein Vater weiter sein Herz zu ergründen versuchte.

»Du musst nicht warten«, sagte Andrew zu ihm. »Am besten sagen wir uns hier auf Wiedersehen.«

Seinem Vater kamen die Tränen. »Bitte glaub mir, dass Esmie dich auch sehr vermisst. Du liegst ihr mehr am Herzen als irgendjemand sonst.«

»Sie hat doch jetzt eine Tochter«, hob Andrew hervor. Schnell streckte er die Hand aus und sagte: »Grüß sie von mir und richte ihr meine Glückwünsche zu dem Baby aus. Danke, dass du mich hergefahren hast, Dad.«

Tom nahm seine Hand und hielt sie fest; er hatte Mühe zu sprechen. Schließlich räusperte er sich und sagte: »Versprichst du mir, dass du uns in Gulmarg besuchen kommst, wenn du Urlaub hast?«

Andrew nickte. »Gern.«

Er dachte, dass sein Vater in Tränen ausbrechen würde, und so zog er eilig seine Hand zurück. Abrupt packte sein Vater ihn an den Schultern und zog ihn mit verblüffender Kraft in eine Umarmung.

»Pass auf dich auf«, sagte er mit belegter Stimme. »Gott schütze dich, mein lieber Junge.«

Plötzlich wurde Andrew von Traurigkeit und Reue in Bezug auf seinen Vater überwältigt. Er nickte und entzog sich ihm. Unfähig auszudrücken, was er empfand, wandte er sich ab und ließ seinen Vater auf dem staubigen Bürgersteig stehen.

Sogar als er in den Zug gestiegen war und dieser schon aus Rawalpindi hinausfuhr, fühlte Andrew sich noch niedergeschlagen. Er hätte nicht zulassen dürfen, dass sein alter Groll ihm im Weg stand. So aber hatte er sich und seinen Vater um die Gelegenheit gebracht, alle Fehler auszubügeln und zu einer echten Versöhnung zu finden. Es würde Monate, wenn nicht gar Jahre dauern, bis er wieder solch eine Chance bekam.

Bei dem Gedanken wurde Andrew das Herz schwer, während er dasaß und zusah, wie die graubraune Landschaft

Rawalpindi verschluckte. Sein Vater war kein robuster Mann mehr – nicht die überlebensgroße Gestalt aus seiner Kindheit, sondern jemand, der dem psychischen Zusammenbruch nahe war und zu viel trank. Andrews stärkstes Gefühl war Mitleid. Dennoch hatte er sich losgerissen und seinen Vater allein und unglücklich stehen lassen. Vielleicht hatte Tom geglaubt, dass sein Sohn ihn nicht mehr liebte.

Dann rief Andrew sich ins Gedächtnis, dass er selbst in diesem Land einsamer war als sein Vater. Tom würde bald nach Gulmarg zurückkehren – zu Esmie und Belle, seiner neuen Familie. Und zu Stella. Wenn sie in Pindi gewesen wäre, hätte er sich wahrscheinlich nicht mit seinem Dad gestritten. Sie hätte mit ihrer Intelligenz, ihrer Wärme und ihrem Humor die Wogen geglättet.

Aber wie ihm in der Nacht klar geworden war, musste er sie sich ein für alle Mal aus dem Kopf schlagen, wenn er nicht den Verstand verlieren wollte. Sie gehörte in eine Zeit und an einen Ort, die es nicht mehr gab – ins Indien seiner Kindheit.

Kapitel 43

Das Raj-in-the-Hills, April 1942

An dem Abend, an dem Tom zurückkehrte, legte Stella Belle gerade in ihre Wiege, nachdem sie sie lange gestillt hatte. Sie hörte Esmies entzückten Ausruf und Stimmen auf der Veranda. Sie wohnten alle immer noch im Anbau, aber Mitte Mai würde das Hotel wieder öffnen, und das Personal, das für die Sommersaison eingestellt worden war, würde bald eintreffen. Stella wusste, dass ihr nur noch etwa eine Woche blieb, um das Baby zu stillen, bevor sie ihre Ammenpflichten abgeben musste.

Stella streichelte Belles rosige Wange und ihr weiches braunes Haar und fragte sich, wie sie es übers Herz bringen sollte, sie zu verlassen. Belle beobachtete sie aus schlaftrunkenen Augen, als Stella die Wiege in Bewegung setzte. Sie erinnerte sich, wie Esmie Andrew in genau dieser Wiege beruhigt hatte. Sie war gespannt darauf zu hören, was Tom Neues über seinen Sohn und darüber, wie es ihrer Familie ging, zu erzählen hatte, also küsste sie Belle und eilte dann auf die Veranda.

Die Luft war immer noch kühl, sobald die Sonne hinter dem Berg hinter ihnen verschwunden war. Tom lümmelte schon auf einem Rattansessel und hielt ein Whiskyglas in der

Hand. Sogar im sanften Lampenlicht wirkte er erschöpft. Er erhob sich halb.

»Bitte steh nicht auf«, sagte Stella. »Wie war deine Reise?«

»Zwei Reifenpannen und ein Erdrutsch in der Nähe von Baramullah«, sagte Tom. »Aber sonst ereignislos. Wie geht es Belle?«

»Sie schläft schon fast«, sagte Stella.

»Sie war brav wie ein Engel«, ergänzte Esmie.

»Ich kann es nicht abwarten, sie zu sehen«, sagte Tom gefühlvoll.

»Jetzt, da Stella hier ist«, fuhr Esmie aufgeregt fort, »kannst du uns ja erzählen, wie es allen im Raj geht. War Andrew guten Mutes? Wir wollen alles wissen.«

Tom nahm einen Schluck von seinem Drink und wandte sich an Stella. »Deiner Familie geht es sehr gut. Natürlich vermissen sie dich, aber im Hotel läuft alles wie am Schnürchen.«

»Und wie geht es Myrtle?«, fragte Esmie.

»Sie gibt sich tapfer«, antwortete Tom. »Es ist offensichtlich, dass sie Charlie sehr vermisst, aber sie hält sich mit Charles beschäftigt, den sie heiß und innig liebt.«

»Wie ist Charles inzwischen so?«, fragte Stella eifrig. »Spricht er schon viel?«

»Der kleine Kerl ist ein richtiges Plappermaul«, sagte Tom. »Man versteht noch nicht alles, aber er wird der nächste gesellige Dubois.«

»Und Andy?«, hakte Esmie nach. »Es muss wunderbar gewesen sein, ihn wiederzusehen.«

»Das war es auch.« Toms Gesicht verzog sich zu einem halben Lächeln. »Er ist ein feiner junger Mann – groß und gut aussehend. Die Dauergäste waren sehr angetan von ihm.«

»Ist er immer noch der liebevolle Andy, den wir in Erinnerung haben?«, wollte Esmie wissen.

Seufzend stellte Tom sein Glas ab. »Er ist freundlich und liebevoll, was seine Mutter angeht. Aber sie hat offenbar die letzten neun Jahre damit verbracht, uns bei ihm schlechtzumachen. Offen gesagt ist er wütend auf uns.«

»Was hat Lydia denn gesagt?«, fragte Esmie erschrocken.

Tom zögerte und sah Stella an.

»Wollt ihr, dass ich gehe, damit ihr allein darüber sprechen könnt?«, fragte sie.

Esmie schüttelte den Kopf.

Tom sagte grimmig: »Lydia behauptet, ich hätte sie für dich verlassen – ich wäre der Ehebrecher gewesen und du hättest mich ihr ausgespannt.«

»Wie kann sie es wagen!«

»Damit nicht genug«, sagte Tom. »Sie hat Andy auch überzeugt, dass wir ihn seiner Mutter gegen ihren Willen weggenommen haben.«

Esmie schlug sich eine Hand vor den Mund, um einen Aufschrei zu unterdrücken. Tom beugte sich schnell zu ihr und nahm ihre freie Hand. »Ich habe versucht, ihm klarzumachen, dass das nicht wahr ist – dass du an all dem vollkommen unschuldig bist –, aber er lässt kein einziges böses Wort über Lydia gelten.«

Esmie schnappte nach Luft. »Hasst er mich? Das muss er, wenn er glaubt, dass ich zu so etwas fähig wäre.«

Stella mischte sich ein. »Er kann dich nicht hassen. Ich weiß, wie innig er dich in tiefster Seele liebt. Die Art Liebe verschwindet nicht einfach. Du musst ihn wiedersehen, damit du ihm selbst die Wahrheit sagen kannst.«

Esmie schenkte ihr einen dankbaren Blick. »Will er mich denn sehen?«

Tom sagte: »Er hat versprochen, dass er versuchen wird, nach Gulmarg zu kommen, wenn er Urlaub hat. Er lässt dich grüßen, was tröstlich ist …« Tom brach ab und sah unbehaglich drein, bevor er hinzufügte: »Und er beglückwünscht dich zu dem Baby.«

Stellas Herzschlag wurde erratisch. »H… hat er dir das mit Belle geglaubt?«

Tom nickte. »Leider hat er es von deiner Mutter gehört, bevor ich es ihm sagen konnte. Ich mache Myrtle nicht die geringsten Vorwürfe – ich nehme es mir selbst übel, dass ich es ihn nicht früher habe wissen lassen.«

Stella rutschte unbehaglich auf ihrem Stuhl hin und her. »Das muss ihn in Verlegenheit gebracht haben. Es tut mir leid, wenn ich alles für dich und Andy noch schwieriger gemacht habe.«

Tom seufzte tief. »Leider bin ich derjenige, der alles noch zehnmal schlimmer gemacht hat.« Unvermittelt barg er das Gesicht in den Händen. »Ich kann mir nicht verzeihen, was ich getan habe …«

Esmie fragte erschrocken: »Tom, was meinst du damit?«

Tom sah sie an. Sein Gesicht war plötzlich grau und zerfurcht. »Ich … Ich habe ihm einen Kinnhaken verpasst. Ich habe meinen Jungen geschlagen.«

Esmie keuchte auf.

Tom schluckte schwer »Wir haben uns gestritten, und ich konnte die Dinge nicht ertragen, die er über dich gesagt hat …«

»Hast du ihn verletzt?«, fragte Esmie aufgeregt.

»Seine Lippe hat geblutet. Oh, Esmie, wie konnte ich so etwas nur tun? Ich habe es nicht verdient, sein Vater zu sein. Er hat es wie ein Mann aufgenommen und sich nicht gerächt. Er hat sich sogar dafür entschuldigt, dass auch er die Fassung verloren hat. Angesichts dessen habe ich mich nur noch schlechter gefühlt. Ich wünschte, er hätte mich ohnmächtig geschlagen.«

»Sag das nicht!« Esmie streckte die Arme aus und zog ihn an sich. Sie klammerten sich aneinander.

Toms Tonfall war trostlos, als er sagte: »Er hat seinen Aufenthalt verkürzt – er konnte nicht schnell genug von mir wegkommen. Es war, als würde ich mit einem Fremden sprechen.«

»Früher oder später wird Andy dir wieder seine Zuneigung zeigen, Tom, dafür werde ich sorgen«, sagte Esmie entschlossen. »Es ist, wie Stella gesagt hat: Eine so tiefe Liebe verschwindet nicht einfach.«

Tom löste sich von ihr und warf Stella einen schuldbewussten Blick zu. »Andrew hat besonders nach dir gefragt. Ich muss zugeben, dass ich ihm gesagt habe, dass Keating dich betrogen hat und schon verheiratet ist.«

»Was hat er gesagt?«

»Er hat sich Vorwürfe gemacht, weil er dich wieder in Kontakt mit Keating gebracht hat. Er war um deinetwillen zornig – das war das Einzige, worüber wir uns einig waren.«

Stella legte die Hände an ihre brennenden Wangen. Sie schämte sich, dass Andrew wusste, wie töricht sie sich Hugh gegenüber verhalten hatte – wie lächerlich naiv sie gewesen war. Dennoch rührte es sie, dass Andrew in ihrem Namen empört gewesen war. Wie Esmie sehnte sie sich nach einer Gelegenheit, ihn wiederzusehen und ihn wissen zu lassen, dass sie trotz der langen Jahre, die sie getrennt voneinander verbracht hatten, wieder mit ihm befreundet sein wollte.

Stella stand auf. »Wenn es euch nichts ausmacht, esse ich heute Abend in meinem Zimmer und gebe euch beiden die Chance, allein über alles zu reden.«

* * *

Spät in der Nacht dachte Stella über ihre Situation nach. War es richtig von ihr gewesen, Belle zu den Lomax wegzugeben, oder hatte ihnen das eine zusätzliche Last aufgebürdet? Ihr war jetzt klar, wie sehr Andrew sich geärgert haben musste, nicht früher von diesem Familienzuwachs erfahren zu haben. Vielleicht hätte sie es ihm am Telefon sagen sollen. Der arme Andrew! Keiner von ihnen hatte genug darüber nachgedacht, wie sich das alles auf ihn auswirken würde.

Sie musste für ihre Tochter tun, was sie konnte. Als sie Belles leisem Atem lauschte, war Stella nach wie vor überzeugt, dass es das Beste für sie war, von den Lomax großgezogen zu werden, und dass Andrew seine neue Schwester früher oder später lieben würde und musste.

In den frühen Morgenstunden, beim ersten Lichtschein, schrieb Stella einen Brief an Hugh.

Lieber Hugh,
oft habe ich mich hingesetzt, um Dir zu schreiben, und aufgegeben, weil ich nicht wusste, wie ich auf den Brief antworten sollte, den Du mir Ende letzten Jahres geschickt hast. Du musst gewusst haben, dass ich am Boden zerstört sein würde zu erfahren, dass Du schon verheiratet bist und eine Frau in Irland hast. Du hast behauptet, dass Ihr Euch entfremdet habt, aber wie soll ich Dir das glauben? Wenn es so wäre, dann hättest Du mir schon von ihr erzählt, als Du begonnen hast, mir den Hof zu machen. Ich befürchte, Du hast mir nur einen Heiratsantrag gemacht, um mich verführen zu können – weil Du gewusst hast, wie sehr ich in Dich verliebt war.

Jetzt schäme ich mich meiner Naivität. Dieser Brief dient deshalb dazu, Dir mitzuteilen, dass ich unsere Verlobung aufkündige und Dich der Notwendigkeit enthebe, weiter vorzutäuschen, dass Du Dich von Deiner Frau scheiden lassen und mich heiraten willst. Das Kind, das ich Dir geboren habe, ist zur Adoption freigegeben worden, also hast Du keine weiteren Verpflichtungen mir gegenüber.

Ich kann nicht behaupten, Dir keine Gefühle mehr entgegenzubringen, Hugh. Obwohl Du nicht versucht hast, mich wissen zu lassen, dass Du in Sicherheit bist, bin ich froh, dass meine Befürchtungen, Du wärst von den Japanern gefangen genommen worden, sich nicht als wahr erwiesen haben. Mr Lamont hat mir ein Telegramm geschickt, um mir mitzuteilen, dass Du aus Singapur entkommen und nun in Südafrika bist. Ich gehe davon aus, dass er Dir diesen Brief dorthin nachsenden wird oder dass Du ihn bekommst, wenn Du früher oder später nach Kalkutta zurückkehrst.

Du hast mir das Herz gebrochen, Hugh, und ich will nicht, dass Du Dich je wieder bei mir meldest. Vielleicht ist das Ehrenhafteste, was Du tun kannst, nach Irland zurückzukehren und Dich wieder mit Deiner Frau zu versöhnen.

Das hier ist ein Lebewohl.

Stella

Nachdem sie den Brief beendet hatte, saß Stella lange am Fenster und sah zu, wie über den Berggipfeln im Osten die Morgendämmerung anbrach. Sie hatte Tränen vergossen und ein Wechselbad der Gefühle – Sehnsucht, Zorn und Trostlosigkeit – empfunden, während sie die Worte geschrieben hatte. Aber jetzt, da sie es hinter sich gebracht hatte, legte sich eine gewisse Ruhe über sie. Nie wieder würde sie sich gestatten, so in den Bann eines Mannes zu geraten. Sie hatte Jahre damit verschwendet, Fantasievorstellungen von einem Leben mit Hugh nachzuhängen und sich nach ihm zu sehnen. Aber die Grundlage all dessen war nicht mehr als ein Flirt an Bord eines Schiffs gewesen. Sie war allzu gern bereit gewesen, an Hester Cussacks Vorstellungen von romantischer Liebe zu glauben – daran, dass es nur einen einzigen Menschen auf der ganzen Welt gab, der der Richtige für sie war. Niemand konnte solch einem Idealbild entsprechen, am allerwenigsten ein Frauenheld wie Hugh.

Beim Frühstück gab Stella den Brief ab, damit er zur Post gebracht wurde.

Tom, der Belle in der Armbeuge hielt und sich angeregt mit ihr beschäftigte, warf Stella einen misstrauischen Blick zu. »Du schreibst an Keating?«

»Ja, bisher hatte ich ihm noch nicht geantwortet. Ich teile ihm mit, dass ich unsere Verlobung löse.« Noch als sie es sagte, durchzuckte Bedauern sie. »Und ich habe ihm gesagt, dass er mich nicht wieder kontaktieren soll.«

»Das ist sehr tapfer von dir«, sagte Esmie beifällig. »Du tust das Richtige.«

»Und ich will, dass ihr den hier verkauft.« Sie hielt ihnen den Saphir-Verlobungsring hin. »Nehmt das Geld, um Kleidung und andere Dinge für Belle zu kaufen. Es ist das Mindeste, was er für seine Tochter tun kann.«

Stella bekam einen Kloß im Hals, als sie sah, wie Tom Belle beschützend an sich drückte. Die Liebe ließ sein verhärmtes Gesicht weicher wirken. Es war rührend und niederschmetternd zugleich. Ihr wurde klar, dass Belles leiblicher Vater sie nie so gehalten oder mit ihr geredet hätte, als wäre sie für ihn etwas Kostbares. Stella fragte sich, ob Tom, wenn er Belle ansah, an das Baby aus seiner ersten Ehe dachte: Amelia, die kurz nach ihrer Geburt gestorben war. Belle konnte Toms trauerndem

Herzen Trost spenden und ihm auch Glück und Seelenfrieden schenken.

»Ich glaube, Gabina sollte kommen, sobald sie kann«, sagte Stella und grub die Fingernägel in ihre Handflächen, um sich vom Weinen abzuhalten. »Und wir sollten anfangen, das Baby mit der Flasche zu füttern.«

Esmie fragte besorgt: »Stella, geht es dir gut?«

»Dann kann ich ins Hotel ziehen und helfen, wenn die ersten Gäste kommen. Natürlich nur, wenn es euch recht ist, wenn ich für die Saison bleibe. Ich fühle mich noch nicht bereit, nach Pindi zurückzukehren.«

»Natürlich ist es uns recht«, sagte Tom sofort.

»Aber nur«, sagte Esmie, »wenn du glaubst, dass du es bewältigen kannst – wenn es für dich mit Belle hier nicht zu schwierig ist …«

Stella schluckte. »Ich schaffe das schon. Aber ich glaube, es ist besser, wenn ich im Hotel viel zu tun habe und nicht länger im Anbau wohne.«

Esmie nickte. »Das verstehe ich.«

* * *

Trotz all ihrer tapferen Worte fand Stella es unerträglich, von Belle getrennt zu sein. Binnen einer Woche traf Gabina aus Srinagar ein und übernahm ihre Pflichten als Belles *ayah*.

Gabina war dreiundzwanzig, fröhlich und tüchtig. Sie mochte Belle sofort. Stella erinnerte sich, wie Gabina ihr als kleines Mädchen immer bewundernd durchs Raj Hotel gefolgt war.

»Ich war wie dein Schatten.« Gabina lachte, als sie in Erinnerungen schwelgten. »Ich wollte alles tun, was du auch getan hast – und du warst so geduldig mit mir. Erinnerst du dich noch an unsere Puppen? Du hast darauf bestanden, mir deine zu schenken. Ich habe sie für das Lomax-Baby mitgebracht.«

Zu Stellas Erstaunen zauberte Gabina zwei ziemlich abgenutzte Stoffpuppen mit dunklen Zöpfen hervor, eine in einem purpurroten Sari, die andere in einem ausgeblichenen grünen Salwar Kamiz. Sie waren Weihnachtsgeschenke von Esmie gewesen.

»Nicht auszudenken, dass du die noch hast! Ich hatte diese Puppen schon ganz vergessen.«

Die ersten paar Tage über blieb Stella im Anbau, während ihre Milch eintrocknete. Obwohl Esmie diejenige war, die Gabina ihre Anweisungen erteilte, erkannte die junge Frau schnell Stellas enge Bindung an das Baby und die Schmerzen, die sie litt. Stella hatte nicht damit gerechnet, dass ihre Brüste so wehtun würden, während sie sich weiter mit Milch füllten. Gabina war diejenige, die vorschlug, dass Stella sie sich mit Bandagen umwickeln sollte.

»Ich verstehe die Situation«, sagte Gabina mit einem mitfühlenden Blick. »Ich helfe dir, sie zu bandagieren. Dann wird es bald nicht mehr so wehtun.«

Stella war erschrocken, dass sie alles so leicht erraten hatte. »Du darfst niemandem etwas sagen. Das Baby gehört jetzt den Lomax.«

»Ich werde es niemandem verraten, Stella, Ehrenwort.«

Das Bandagieren sorgte zeitweise für Erleichterung, aber nachts lag Stella da, fand einfach keine bequeme Haltung und sehnte sich danach, ihr Baby zu stillen. Es war eine Tortur, Belle im Nebenzimmer schreien zu hören und zu wissen, dass es ihr nicht mehr zustand, sie zu trösten. Stattdessen lauschte sie Gabinas sanften, beruhigenden Worten.

Sobald die Schwellung zurückgegangen war, zog Stella ins Hotel und stürzte sich in die Arbeit, um das Haus bereit für die Gäste zu machen. Sie nahm Buchungen entgegen, hängte frisch gewaschene Vorhänge auf, half den Lomax bei der Beaufsichtigung neuer Angestellter, bestellte Vorräte und plante Menüs.

Schließlich nahm Stella allen Mut zusammen und rief bei ihrer Mutter an. Sie versicherte ihr, dass es ihr gut ging, obwohl ihre Verlobung mit Hugh gelöst sei. Stella war dankbar, dass ihre Mutter ihre Worte hinnahm, ohne sie gleich mit einer Fragenflut zu überfallen.

»Halt dich beschäftigt, Liebes«, riet Myrtle ihr. »Das ist die beste Art, schwierige Zeiten zu überstehen.«

Kapitel 44

Nordwestgrenze, Juli 1942

Schweißüberströmt kauerte Andrew hinter einer Verschanzung aus Findlingen und Geröll. Schweiß rann ihm unter seinem Tropenhelm in die Augen. Die Sonne brannte erbarmungslos am wolkenlosen Himmel, und das von den kahlen Berghängen zurückgeworfene gleißende Licht blendete ihn. Nach drei Monaten an der Grenze war er immer noch nicht an diese sengende Hitze gewöhnt. Obwohl seine Kompanie in den heißen Ebenen in der Umgebung von Delhi für diese Art der Kriegführung ausgebildet worden war, war es heißer, staubiger und nervenzehrender, als er es sich vorgestellt hatte.

Der Feind war schnell und schwer zu fassen. Während die indische Armee und die zu ihrer Unterstützung abgeordneten britischen Regimenter in langen Konvois gepanzerter Fahrzeuge die Talstraßen entlangzog, reisten die Wasir und Mahsud leicht zu Pferde oder zu Fuß, immer bereit, sich auf Infanteristen zu stürzen oder sie von Scharfschützen einzeln zur Strecke bringen zu lassen.

Andrews Kommandeur Major McBain, ein Grenzveteran mit zerfurchtem Gesicht, hatte ihn bei seiner Ankunft gewarnt:

»Sie sind die Altmeister des Guerillakriegs, Lomax. Wie früher unsere Highlander in Schottland. Sie können mit nur einem Kanten Brot im Bauch meilenweit kommen, nur Gewehre und Munition bei sich tragen, mit einer einzigen Wolldecke draußen in der bitteren Kälte schlafen. Das sind ganz harte Hunde.«

Der ausgedehnte Stammeskrieg des Vorjahrs hatte sich gelegt, und die Befürchtungen, dass ein neuer Aufstand beginnen würde, sobald der Schnee des Winters geschmolzen war, hatten sich nicht bewahrheitet. Dennoch war sein Kommandeur vorsichtig.

»Lassen Sie sich nicht täuschen.« McBain hatte grimmig gelacht. »Für die ist es ein sommerlicher Sport, sich mit den *ferenghi*-Teufeln anzulegen, wie sie uns nennen. Und solange die Afghanen weiterhin bereit sind, sie zu bewaffnen, werden sie uns so viele Scherereien machen, wie sie können.«

»Also finanzieren die Nazis die Rebellion?«, hatte Andrew ihn gefragt.

»Ja, das scheint der Fall zu sein. Wir müssen nur zu Gott beten, dass die Russen der neuen deutschen Offensive standhalten können.«

Andrew hatte Kopfschmerzen. Er leckte sich die aufgesprungenen Lippen und versuchte, sich auf die anstehende Aufgabe zu konzentrieren. Vor einer halben Stunde hatte er ein Dutzend Männer den steilen Hang hinaufgeführt, um die Verschanzung zu sichern. Das hatten sie mit lehrbuchmäßiger Effizienz erledigt. Jetzt wachten sie über das Tal unter ihnen, während der Konvoi auf dem Weg nach Razmak vorbeizog, um Nachschub zu dem Armeevorposten zu bringen. Die Borderers waren auf einer Strecke von fünfzehn Kilometern bis zum nächsten Lager für die Postenkette verantwortlich. *Lassen Sie sich am besten Augen auf dem Hinterkopf wachsen und verlieren Sie zugleich den Konvoi nicht aus dem Blick.* McBain hatte ihm diese Worte eingebläut.

Das hier war der herausforderndste Teil der Route, am Steilhang über einer Schlucht aus dem Fels herausgehauen. Andrew empfand große Hochachtung vor den Sappeuren und Mineuren, die diese Straße, neben der die Steilwand zum graugrünen Wasser unten abfiel, in den Fels gesprengt haben mussten.

Andrew dachte an den ehemaligen Kavallerieoffizier Dickie Mason, den Freund seiner Mutter, der Anfang der Zwanzigerjahre in Razmak stationiert gewesen war. Andrew hoffte, dass er eines Tages unbeschadet nach Großbritannien zurückkehren würde, um dann mit dem liebenswürdigen Dickie Geschichten austauschen zu können. Er fragte sich, ob auch sein Vater in diesem von Geröll übersäten Tal auf Patrouille gegangen war oder dieselben baumlosen Hänge verteidigt hatte.

Andrew sehnte sich nach einer Zigarette. Er wischte sich den Schweiß aus den Augen. Er hätte gern mit seinem Dad über die Grenze geredet – Erfahrungen ausgetauscht – und machte sich wieder einmal Vorwürfe, dass er die Gelegenheit vertan hatte, in Pindi mit seinem Vater zu sprechen.

Der Konvoi aus gepanzerten Fahrzeugen, Lastwagen und Maultieren schlängelte sich um die Wegbiegung unter ihnen herum in Sicht. Der Staub, den die dröhnenden Wagen aufwirbelten, war weithin zu sehen, und der Lärm füllte die Stille aus wie fernes Donnergrollen.

Jeder Wasir in einem Umkreis von mehreren Kilometern würde wissen, dass er kam; die Konvois fuhren jede Woche. Aber zum Sinn und Zweck der Übung gehörte auch, den Feind hervorzulocken und in offene Kämpfe zu verwickeln, damit die britisch-indischen Truppen ihre Vickers-Maschinengewehre und ihre überlegene Feuerkraft ausspielen konnten, um den Stammeskriegern eine vernichtende Niederlage beizubringen.

»Diese gerissenen Paschtunen lassen sich nicht in die Falle locken«, hatte McBain ihm erklärt. »Sie wissen, dass es nichts nützt, einen motorisierten Konvoi anzugreifen. Ihnen ist klar, dass die Wachtposten unser verwundbarer Punkt sind – wir sind am schwächsten, wenn wir uns aus einer Verschanzung zurückziehen und zur nächsten wechseln.«

Vor zwei Wochen hatte Andrew einen seiner Männer durch einen Wasir-Scharfschützen verloren. Private Henderson war aus einem Dorf in der Nähe von Ebbsmouth gewesen, und Andrew hatte seinen Eltern schreiben müssen, um es ihnen mitzuteilen. Es war der schwierigste Brief gewesen, den er je zu Papier gebracht hatte.

Andrews Kiefer verkrampfte sich, als er den Blick über die Straße unter sich und das bergige Gelände ringsum schweifen ließ. Er musste sich konzentrieren. Der Fahrzeugkonvoi schimmerte in der Hitze, flirrte vor seinen Augen. Seine Schläfen pochten.

Corporal Mackenzie reichte ihm eine Feldflasche mit Wasser und flüsterte: »Sir, ein kleines Schlückchen?«

Andrew nahm sie mit einem dankbaren Nicken. Er war derjenige, der sich um die Männer hätte kümmern sollen, nicht andersherum. Er trank einen großen Schluck Wasser, der seltsam metallisch schmeckte. Nach einem Moment der Erleichterung war er schon wieder so durstig wie zuvor.

Am Ende hatte der Konvoi sie fast passiert. Andrew gab seinen Männern das Signal, sich aus der Stellung zurückzuziehen. Mit gezogenen Waffen stiegen sie so schnell und leise wie möglich den Hang hinab. Als sie auf halbem Weg nach unten waren, ließen plötzliche Kugeln das Geröll um sie herum aufspritzen. Lose Steine wurden in die Luft gewirbelt.

»Geht in Deckung!«, rief Andrew den Männern zu.

Sie hasteten hinter kleine Gebüsche aus Dornsträuchern, den einzigen Schutz an dieser kargen Bergflanke, und erwiderten das Feuer. Andrew sah einen weißen Turban hinter der Mauer aufblitzen, an der sie noch vor wenigen Minuten Wache gehalten hatten. Er zielte und schoss. Der Kopf wippte außer Sicht. Die Scharfschützen feuerten weiter. Andrew und seine Leute waren festgenagelt und teilweise ohne Deckung.

Andrew gab Mackenzie einen Wink, die Taktik, die sie eingeübt hatten, zum Einsatz zu bringen. Während der Korporal und die anderen ein unablässiges Sperrfeuer gegen die Scharfschützen aufrechterhielten, robbte Andrew auf dem Bauch zu dem kleinen Felsvorsprung unterhalb der Stellung. Als er einen Punkt fand, an dem er seinen Fuß aufsetzen konnte, stemmte er sich hoch. Seine Lunge rang in der dünnen Luft nach Atem. Er hechtete hinter einen großen Felsbrocken. Schnell zog er eine Handgranate aus seinem Gürtel und löste den Stift.

Im Aufstehen warf Andrew die Granate mit voller Kraft auf die verfallene Verschanzung, streckte sich dann hinter dem Felsen flach aus und betete, dass dieser der Explosion standhalten würde. Sekunden später detonierte die Granate. Steine und Staub gingen neben ihm nieder. Andrew presste sich so fest auf den Boden, dass ihm Schotter in den Mund drang. Seine Ohren dröhnten.

Als er aufschaute, konnte er durch die dichten Staub- und Rauchwolken nichts sehen. Er hörte kein feindliches Gewehrfeuer. Rasch ließ er sich den Felsvorsprung hinuntergleiten, schürfte sich dabei die Handflächen auf und landete wieder neben seinen Männern.

»Ich schätze, das hat das Nest ausgeräumt, Sir«, sagte Mackenzie.

Andrew gab den Befehl, den Weg nach unten zum Konvoi fortzusetzen.

* * *

An dem Tag waren sie noch dreimal als Streckenposten im Einsatz, ohne dass es zu weiteren Vorfällen gekommen wäre, und trafen noch vor Sonnenuntergang am Lagerplatz ein, so rechtzeitig, dass die Männer biwakieren und die Kantinenzelte für das Abendessen aufschlagen konnten. Andrew saß auf einem Faltstuhl neben seinem schottischen Offizierskameraden John Grant, der von seinem Granatenangriff gehört hatte, und aß Hähnchen und Reis.

»Da zahlt sich all deine Übung beim Cricket aus, was, Lomax?«, scherzte Grant. »Der beste Werfer im ganzen Zug, wie ich gehört habe.«

Andrew teilte seine Zigaretten mit Grant, während der freundliche Lieutenant über das Angeln im Tweed plauderte. Andrew staunte darüber, dass es Grant sogar in der Wüste stets gelang, sein rotbraunes Haar und seinen Schnurrbart makellos frisiert zu halten.

»In Kaschmir soll man ja auch gut angeln können«, bemerkte Grant.

»Kann man auch«, sagte Andrew. »Als kleiner Junge bin ich dort immer mit meinem Vater angeln gegangen.«

Andrew starrte den Feuerball an, der hinter den Bergen von Wasiristan versank. Er sah die Sonne immer noch wie einen Abdruck auf seinen Augenlidern, als er diese schloss. Er fühlte sich schwer. Was um alles in der Welt taten sie nur, dass sie Stammeskrieger an dieser entlegenen Westgrenze jagten, während eine gewaltige faschistische Armee gegen die Ostgrenzen von Indien vorrückte?

»Hast du gerade etwas von Faschisten gesagt?«, fragte Grant ihn verwirrt.

Andrew war sich nicht sicher, ob er es laut ausgesprochen hatte. »Tut mir leid, ich brabble nur so vor mich hin.«

»Geht es dir gut, Lomax?«, fragte Grant besorgt. »Ein Sonnenstich vielleicht? Hier, trink einen Schluck davon.« Er reichte ihm eine Whiskyflasche.

Andrew zögerte und nahm dann einen Schluck. Er brannte auf seinen Lippen und in seiner Kehle.

»Danke.« Er reichte die Flasche zurück.

»Ruh dich ein bisschen aus«, sagte Grant. »Morgen früh geht das alles von vorn los.«

An dem Abend kroch Andrew erleichtert in seinen Schlafsack und sank in einen erschöpften Schlaf.

Er träumte von Regen, der gegen das Fenster seines Turmschlafzimmers in der Anchorage prasselte. Er stand auf, um das Fenster zu schließen, aber es gelang ihm nicht; nackt und zitternd stand er da, bis der Regen aufhörte. Dann war er plötzlich unter den Kastanienbäumen an der Einfahrt von Templeton Hall. Hand in Hand mit Felicity ging er unter dem rotbraunen Herbstlaub spazieren. Sie lachten, als die reifen Kastanien sich aus ihren Hüllen lösten und neben ihnen aufprallten.

Aber zu seinem Entsetzen verwandelten sich die Kastanien in Gewehrkugeln, und Felicity begann zu schreien. Andrew versuchte, sie in Sicherheit zu ziehen, aber sie rührte sich nicht. Dann rannten sie plötzlich doch, und er umklammerte ihre Hand, um sie nicht zu verlieren, aber als er sich umdrehte, war es Stellas Gesicht, das er sah …

Andrew fuhr ruckartig aus dem Schlaf hoch. Er keuchte vor Furcht. Als er sich umsah, erinnerte er sich nach und nach wieder daran, dass er unter den Sternen der Wüste weit von Ebbsmouth entfernt schlief. Mit immer noch heftig klopfendem Herzen ließ er sich wieder zurücksinken. Seine Träume waren so lebhaft gewesen; er hatte den Regen gerochen und Felicitys warme Hand in seiner gespürt. Oder war es Stellas Hand gewesen? Der Gedanke war verstörend. Er hatte ein Aufflammen von Begehren empfunden, als er sich umgedreht hatte, um die Frau anzusehen, deren Hand er gehalten hatte.

Andrew war unbefriedigt und empfand schmerzliche Reue. Er wälzte sich auf den Bauch und versuchte, noch einmal Schlaf zu finden. Er wollte in den Teil des Traums zurückkehren, in dem er sich mit Felicity unter den Bäumen aufgehalten hatte, bevor die Kugeln zu fliegen begonnen hatten. Es war zwecklos. Zitternd lag er da, während ängstliche Gedanken über Felicity und seine Lieben zu Hause sich in seinem Kopf breitmachten.

Die Stella in seinem Traum hatte ausgesehen wie die Zwanzigjährige, als die er sie zuletzt gesehen hatte, aber so war sie jetzt bestimmt nicht mehr. Er war nun zweiundzwanzig und rechnete davon ausgehend aus, dass Stella neunundzwanzig sein musste. Sie hatte ihm an seinem Geburtstag eine Karte mit einer rätselhaften Nachricht geschickt, die er auswendig kannte.

> *Ich hoffe, Du kannst bald nach Gulmarg kommen. Wir vermissen Dich hier alle, und ich habe Dir etwas über Deine Halbschwester zu sagen – etwas, das Dich vielleicht freundlicher über Deinen Vater und Esmie denken lässt. Pass auf Dich auf.*
>
> *Alles Liebe*
> *Stella*

Andrew seufzte. Was wollte sie ihm sagen? Aber es munterte ihn auf, dass sie ihn wiedersehen wollte. War Stella nur wieder einmal großherzig, wie es für sie typisch war, oder bedeutete er ihr mehr?

Andrew döste. Seine Gedanken huschten unzusammenhängend zwischen Vergangenheit und Furcht vor den Tagen, die vor ihm lagen, hin und her.

* * *

Am folgenden Abend erreichten sie die Kaserne in Razmak, eine Ansammlung niedriger, befestigter Steingebäude. Im weiteren Umkreis des Forts standen Reihen weißer Armeezelte, um die zusätzliche Truppenanzahl unterzubringen.

Razmak überblickte aus beherrschender Position das Tal eines Nebenflusses des Tank Zam. McBain hatte ihm erzählt, dass es hier im Winter vor Schnee bitterkalt war, im Frühling aber angenehm grün, wenn die Bauern an den tiefer gelegenen Hängen ihre Felder bestellten. Aber jetzt war der Höhepunkt der heißen Jahreszeit: Die Vegetation war unter der gleißenden Sonne verwelkt, der Fluss ausgetrocknet.

Als sie ankamen, erfuhren sie, dass es einen Typhusausbruch gegeben hatte.

»Wir dachten erst, es wären ein paar Fälle von Hitzschlag«, sagte McBain zu Andrew und John Grant, »aber die Männer sind mit Magenbeschwerden und Fieber immer kränker geworden. Der Colonel will, dass sie ins Krankenhaus in Taha verlegt werden, bevor sich die Epidemie noch weiter ausbreitet. Tut mir leid, Jungs! Sie werden sofort umkehren und den Konvoi zurückeskortieren müssen.«

Andrew fühlte sich bei der Vorstellung erschöpft. Er konnte ein gewisses Unwohlsein nicht abschütteln; seine Muskeln taten weh, und sein Kopf pochte immer noch. Alles, was er wollte, war, wieder in seinen Schlafsack zu kriechen und zu schlafen.

»Ich bin mir nicht sicher, ob Lomax dazu in der Lage ist, Sir«, sagte Grant. »Er ist übermüdet – vielleicht hat er selbst einen kleinen Sonnenstich. Ich schlage vor, ihn für ein paar Tage hierzulassen.«

»Lomax?«, fragte McBain besorgt.

Andrew straffte sich. Er würde sich nicht wegen der Hitze vor seinen Pflichten drücken. Er hatte jahrelang in Indien gelebt und hätte besser damit zurechtkommen sollen als die meisten schottischen Soldaten, die sich zum ersten Mal in der grellen Sonne abrackerten.

»Es geht mir sehr gut, Sir«, behauptete Andrew. »Ich werde gehen.«

»Das wäre mir auch lieber«, sagte McBain. »Die Krankenpfleger sprechen Urdu, also werden wir Sie als Übersetzer brauchen.«

Am nächsten Tag, als der Konvoi in der Morgendämmerung mit den Patienten wieder die Straße nach Taha entlang aufbrach, war Andrew mit dabei.

Die Reise nahm er nur verschwommen wahr. Andrew fühlte sich, als stünde sein Körper in Flammen, aber sogar der Sonnenuntergang brachte nur wenig Erleichterung. Am Ende des Tages war er froh, dass der Schotte Grant da war, um das Kommando zu übernehmen. Andrew begann zu halluzinieren; er sah riesige Vögel mit Menschengesichtern. Er bekam noch mit, dass er sich übergab; dann verlor er das Bewusstsein.

Kapitel 45

Andrew wusste, dass er angegriffen wurde – ein Paschtune mit Turban beugte sich über ihn und murmelte Drohungen auf Paschtu –, aber er war zu schwach, um sich zu verteidigen. Sie hatten ihn gefesselt, und obwohl er dagegen ankämpfte, konnte er sich nicht befreien. So würde er also sterben: in einem entlegenen Winkel des Grenzlands, fern von Familie und Freunden. Er würde ihr nie sagen können, wie sehr er sie liebte. Andrew konnte sich nicht genau erinnern, an wen er gerade eben gedacht hatte. Das Gesicht der Frau trat immer wieder kurz vor seine geschlossenen Augen, lächelnd, aber nicht zu fassen.

Stimmen drangen zu ihm: »… ringt um sein Leben … Sollten wir seine Familie informieren? … Temperatur ist sehr hoch … nach dem Padre schicken …«

Andrew versuchte, die Augen zu öffnen. Jemand berührte ihn, und das ließ seine Haut brennen. Einen kurzen Moment lang sah er das Gesicht einer Frau – ein schmales Gesicht mit dunklen, klugen Augen. Nicht die Frau in seinen Träumen. Sie versuchte, ihm etwas zu sagen. Aber er schaffte es nicht, wach zu bleiben. Abermals kapitulierte er vor der Hitze und der Dunkelheit.

* * *

Als Andrew das nächste Mal erwachte, starrte ein uralter Mann mit weißem Haarschopf, wettergegerbtem, faltigem Gesicht und riesiger Hakennase ihn an. Er fragte sich, ob er vielleicht tot war.

»Sie sehen wie Gott aus«, sagte Andrew mit brüchiger Stimme.

Der Mann, der einen ausgeblichenen Leinenanzug und ein Kollar trug, lachte auf. »Man hat mich schon vieles genannt, aber niemals so.«

»Sie sind Schotte.« Andrew erkannte den Akzent.

»Ja.« Er lächelte. »Mein Name ist Alec Bannerman – aber nenn mich doch einfach Padre.«

Etwas an dem Namen kam Andrew bekannt vor, aber sein Kopf war noch zu benommen, um sich zu konzentrieren.

»Wir sind alle ganz erleichtert darüber, dass du es überstanden hast«, sagte der alte Mann. »Ich habe zu Gott gebetet, dass er dich verschont.«

»Wo bin ich?«

»Im Missionskrankenhaus in Taha. Dein Freund Grant hat dich hergebracht. Wir dachten, wir hätten dich verloren, aber ich habe Mrs Desai ja gleich gesagt, dass ihr Lomax aus härterem Holz geschnitzt seid.«

Andrew erkannte, dass er in einem Einzelbett mit Metallrahmen lag. Ein Vorhang war darum zugezogen. Eine Frau erschien beim Klang ihrer Stimmen – diejenige, die er in seinem Delirium gesehen hatte.

»Das hier ist Mrs Desai«, sagte Bannerman. »Sie ist der helfende Engel, der dir das Leben gerettet hat.«

»Zusammen mit meinem Pfleger Malik«, sagte die Frau und musterte ihn mit ernsten braunen Augen. »Sie hatten einen schweren Hitzschlag. Zum Glück ist Malik das aufgefallen, als Sie die Typhuspatienten hergebracht haben.«

Hinter ihr sah Andrew den schnurrbärtigen Paschtunen erscheinen, von dem er in seinem Delirium geglaubt hatte, er hätte ihn gefangen genommen.

»Malik hilft mir, alles zu arrangieren, damit du in mein Haus gebracht wirst«, sagte der Padre. »Dort kannst du dich erholen und hier ein Bett für einen anderen Soldaten frei machen.« Er stand auf, und Andrew wurde klar, dass Bannerman so groß wie er selbst war.

Andrew war verwirrt. Ihm war schwindlig. Womöglich halluzinierte er immer noch. Aber kurz darauf halfen Malik und ein anderer Pfleger ihm auf die Beine und trugen ihn halb zu einem Auto draußen. Es war Abend, und eine willkommene Brise kühlte seine Haut. Sein Diener Manek wartete mit einer Tasche voller Kleidung auf ihn und begrüßte ihn mit einem fröhlichen »Namaste«.

»Dein Diener hat für dich Kerzen im Tempel angezündet«, erklärte Bannerman.

Zu Andrews Überraschung stieg der alte Padre auf den Fahrersitz. Mit Manek auf der Rückbank fuhren sie schwungvoll los, verließen das Krankenhausgelände und steuerten durch das Armeeviertel auf die Zivilsiedlung zu. Andrew zuckte zusammen, als das Auto durch die Spurrillen der Straße holperte, und hörte Bannermans Geplauder über die Garnisonsstadt nur halb zu.

Als sie vor einem weiß getünchten Bungalow anhielten, der etwas zurückversetzt in einem ordentlichen Garten mit einem Maulbeerbaum lag, fragte Andrew: »Warum sind Sie so freundlich zu mir, Sir?«

»Du bist ein Lomax«, sagte Bannerman, »und ich betrachte mich als guten Freund deiner Familie.«

Jetzt erinnerte Andrew sich: Das musste der Freund sein, den aufzusuchen sein Vater ihn ermuntert hatte, wenn er in Taha stationiert war. Gegen seinen Willen musste er auch wieder an die erschütternde Erzählung seiner Mutter darüber denken, wie sie von Stammesangehörigen entführt worden war, die sie für Esmie gehalten hatten. Er war schockiert gewesen, als er zum ersten Mal die ganze Geschichte gehört hatte. Sein Vater und Esmie hatten sie ihm nie erzählt, wahrscheinlich, weil sie die Verwechslung nicht zugeben wollten.

Erschöpft schloss er die Augen. Er wollte nicht hier sein – es gefiel ihm nicht, länger als nötig in Taha zu bleiben. Es war ein Ort, der sich für seine Mutter mit schrecklichen Erinnerungen verband – mit großer Angst –, und er konnte es nicht abwarten, nach Razmak zurückzukehren, sobald er konnte.

»Ich sehe schon, heute Abend ist dir nicht nach einem Gespräch«, sagte Bannerman. »Du musst sofort ins Bett, und ich lasse dir von meinem Diener ein leichtes Abendessen bringen. Wir können uns morgen unterhalten.«

* * *

Andrew erwachte und fragte sich zunächst, wo er war. Durch das Moskitonetz um sein bequemes Bett herum konnte er ein spartanisch eingerichtetes Zimmer erkennen, das dank des Fensters ohne Läden in sanftes Licht getaucht war. Ihm wurde klar, dass er in Bannermans Haus war.

Einen Moment lang lag Andrew da. Dann wurde ihm klar, dass seine pochenden Kopfschmerzen endlich verschwunden waren und dass er Hunger hatte. Er setzte sich auf und versuchte, aus dem Bett zu steigen. Auf wackligen Beinen schaffte er es bis zur Tür und zog den seidenen Morgenmantel über, der daran an einem Haken gehangen hatte. Jemand hatte frische

Kleidung herausgelegt, aber Andrew hatte nicht die Kraft, sich anzuziehen.

Als er die Veranda erreichte, war ihm schwindlig vor Anstrengung, und er ließ sich auf einen Stuhl fallen.

»Morgen, Lomax!«

Andrew schnappte nach Luft, als er Bannerman sah, der, nur in ein Paar Flanellshorts gekleidet, aus dem Schatten hervortrat. Seine Gliedmaßen waren dünn und seltsam haarlos, aber sein Körper bewegte sich immer noch mit sehniger Kraft.

»Ich beginne den Morgen immer mit Gebeten und Leibesübungen«, sagte er fröhlich.

»Ich wollte Sie nicht stören.«

»Das tust du auch nicht. Ich bin froh zu sehen, dass du auf den Beinen bist. Aber du darfst es nicht übertreiben. Lieutenant Grant hat gesagt, dass du hierbleiben sollst, bis du vollständig genesen bist – und dass er sehr erleichtert ist, deinen Eltern kein Kondolenzschreiben schicken zu müssen.«

»War ich wirklich so krank?«, fragte Andrew.

»Du hast an der Schwelle des Todes gestanden, mein Junge. Aber mit deiner Lomax-Willenskraft und einem kleinen bisschen Hilfe vom Allmächtigen hast du es überstanden. Wir nehmen unser *chota hazri* zusammen auf der Veranda ein. Natürlich nur, wenn du Lust hast, etwas zu essen?«

»Danke. Stört es Sie, wenn ich einfach meinen Pyjama anbehalte?« Er fühlte sich immer noch so schwach wie ein Neugeborenes.

»Nicht im Geringsten. Ich sage dem Diener, dass er schnell ein bisschen Tee kochen soll.«

Er verschwand, und Andrew saß da und beobachtete, wie die Sonne über den felsigen Bergen aufging. Goldenes Licht ergoss sich über die niedrigen Dächer der britischen Siedlung und breitete sich bis in den Garten aus. Übermütiges Vogelgezwitscher ertönte aus dem Maulbeerbaum. Die Luft roch nach taufeuchter Erde und der Frische eines neuen Tages, bevor die Temperatur wieder zu erstickender Hitze anstieg. Der Geruch von Dungfeuern in der Umfriedung hinter dem Bungalow stieg ihm in die Nase, und seine Augen brannten.

Etwas an diesem Ort war ihm vertraut, und er spürte, wie sich zum ersten Mal, seit er an die Grenze gekommen war, Ruhe über ihn legte. Er mochte Bannerman und war gerührt davon, mit welchem Feuereifer er ihm half.

Der Padre im Ruhestand setzte sich zum Frühstück zu ihm, hielt sich aber nicht lange auf.

»Ich muss Krankenhausbesuche machen«, erklärte er, »und den Brigadier besuchen und die Taufe eines seiner Kinder besprechen. Wir unterhalten uns heute Abend richtig. Sag dem Diener einfach Bescheid, wenn es irgendetwas gibt, das du willst. Nimm dir gern jedes Buch aus meinem Arbeitszimmer.«

Dann brach er mit einem Winken den Pfad entlang auf. Andrew konnte kaum glauben, dass Bannerman schon über neunzig war – er hatte die Energie eines viel jüngeren Mannes.

Nachdem er sich mit kühlem Wasser gewaschen und das weite Hemd und die Hose angezogen hatte, die er sich auf einem Basar in Delhi gekauft hatte, spazierte Andrew ins Arbeitszimmer des Padre und verbrachte dann den Tag damit, im gedämpften Licht der halb von Fensterläden abgeschirmten Veranda unter dem einschläfernden Surren eines elektrischen Ventilators zu lesen und zu dösen.

* * *

An dem Abend saß Andrew nach dem Essen mit dem Padre auf der Veranda. Insekten summten und brummten hinter den Fliegengittern. Bannerman nippte an einem Whisky. Das Gespräch beim Abendessen hatte sich um die Besuche des Padre und die allgemeine Kriegssituation gedreht. Andrew hatte das

Gefühl, dass sie beide persönlicheren Themen ausgewichen waren. Aber dank der liebenswürdigen Art des alten Mannes hatte er sich entspannt.

»Ich fühle mich, als wäre ich schon einmal hier gewesen«, bemerkte Andrew nachdenklich.

»Das warst du auch«, sagte Bannerman. »Du bist als kleiner Junge mit deinem Vater und deiner Stiefmutter hergekommen.«

Andrews Griff um die Armlehnen seines Stuhls verstärkte sich. »Ein paar Bilder kommen wieder hoch … Ich glaube, ich erinnere mich vielleicht sogar daran, Sie kennengelernt zu haben, Padre.«

»Ich erinnere mich auf alle Fälle an dich. Du kannst nicht älter als fünf oder so gewesen sein«, dachte Bannerman zurück. »Sie waren hier, um Dr. Guthrie die letzte Ehre zu erweisen – Esmies erstem Mann. Er liegt hier auf dem Garnisonsfriedhof begraben. Er war ein sehr beliebter und geachteter Arzt in Taha.«

»Ja, ich weiß, wer Harold Guthrie ist«, sagte Andrew. »Er war ein Freund der Familie meiner Mutter.«

»Das stimmt«, sagte der Padre, »aber er war zugleich der älteste Kindheitsfreund deines Vaters. Sie hatten dieselbe Schule besucht und zusammen in Mesopotamien gedient. Er war am Boden zerstört, als Harold gestorben ist.«

»Mehr als meine Stiefmutter?«, fragte Andrew, unfähig, seine Verbitterung zu überspielen.

Bannerman sah überrascht drein. »Nein, keineswegs. Esmie hat tief getrauert. Sie hat sich Vorwürfe gemacht, weil sie nicht hier war, als er an einer Blutvergiftung gestorben ist – sie dachte, sie hätte seinen Tod vielleicht verhindern können.«

»Warum war sie denn nicht hier?«, fragte Andrew. »Hat sie zufällig gerade meinen Vater besucht?«

Bannerman beugte sich stirnrunzelnd vor. »Warum sagst du denn so etwas?«

Andrew beschloss, offen zu sprechen. »Es tut mir leid. Ich weiß, dass Sie ein Freund meiner Stiefmutter sind. Aber laut meiner Mutter hat Esmie meinen Vater schon immer geliebt und ihr Bestes getan, sich zwischen sie zu drängen.«

Der alte Mann lehnte sich zurück. Sein Gesichtsausdruck war schwer zu deuten. Er trank einen Schluck Whisky und sagte nichts. Andrew verfluchte sich dafür, seinen freundlichen Gastgeber beleidigt zu haben. Er hätte seine Gedanken nicht laut aussprechen sollen, aber der uralte väterliche Geistliche auf seiner ruhigen, abgedunkelten Veranda hatte ihn entwaffnet.

Als Bannerman schließlich sprach, tat er es ohne den Vorwurf, den Andrew erwartet hatte. »Du warst schon zweimal hier. Das erste Mal als Baby mit deiner Mutter.«

Andrew war verblüfft »Wirklich? Also haben Sie auch meine Mutter kennengelernt?«

»In der Tat. Ich war ganz bezaubert von ihr. Sie hat einen Großteil ihres Aufenthalts hier damit verbracht, mir altem Mann Gesellschaft zu leisen. Sie war entzückend, wenn auch ein wenig abgelenkt, wie sich dann herausstellte.«

»Waren meine Eltern zu Besuch bei den Guthries?«

»Dein Vater war nicht dabei – er war in Pindi geblieben. Damals kamen deine Eltern nicht gut miteinander zurecht. Aber niemandem war klar, wie unglücklich Lydia war.«

Andrew spannte sich an, als ihm die Wahrheit dämmerte. »War das, als meine Mutter entführt worden ist?«

Bannerman warf ihm einen scharfen Blick zu. »Ach, davon weißt du?«

»Ja. Meine Mutter hat mir erzählt, dass Paschtunen sie mit Esmie verwechselt und zur Vergeltung für irgendeine Kränkung, die Esmie ihnen zugefügt hatte, entführt hatten. All das beschert Mutter immer noch Albträume.«

Der Padre stellte sein Glas ab, beugte sich vor und umfasste seine Knie. »Ich bin nicht überrascht, dass sie Albträume hat. Was hat Lydia dir noch erzählt?«

»Dass sie in ein Stammesgebiet verschleppt, in einer schmutzigen Festung gefangen gehalten und von ihren Entführern schikaniert wurde – bis sie dann endlich von der britischen Polizei gerettet wurde, nachdem mein Vater sich an die Spitze einer Expedition gesetzt hatte, um sie zu finden.«

»Also hat sie nie erwähnt, dass es Esmie war, die sie befreit hat?«, fragte er.

»Esmie?« Andrew war verwirrt. »Nein, natürlich nicht. Man hätte keiner Frau gestattet, an so einem Rettungsversuch teilzunehmen.«

Bannerman seufzte. »Wie ich sehe, hat man dir nie die ganze Geschichte erzählt – bestimmt haben dein Vater und Esmie Stillschweigen bewahrt, um Lydia die Peinlichkeit zu ersparen. Aber ich kann nicht zulassen, dass du weiter eine Halbwahrheit glaubst.«

»Wie meinen Sie das?«, fragte Andrew, der angesichts dessen, was der Padre sagte, eine Mischung aus Aufregung und Furcht empfand.

»Deine Mutter mag ja gefangen genommen worden sein, weil die Entführer sie für Esmie gehalten haben«, antwortete er, »aber Lydia hat sich zunächst einmal selbst in Lebensgefahr gebracht, indem sie mit voller Absicht allein in die Berge gefahren ist.«

»So etwas würde sie nicht tun!«

»Leider hat sie es doch getan. Sie hat mein Auto genommen – und eine meiner Landkarten.« Er nickte zum Tisch hinüber. »Seltsamerweise war es diejenige, die du dir heute auch angesehen hast.«

»Die von Razmak und der Grenze? Warum um alles in der Welt hätte sie versuchen sollen, dorthin zu fahren?«

»Esmie glaubte, dass deine Mutter versucht hat, einen Freund zu erreichen – einen Mann, den sie kannte und der dort stationiert war, einen gewissen Major Mason. Aber sie ist von Taha aus nur ein paar Kilometer weit gekommen.«

»Onkel Dickie?«, rief Andrew ungläubig.

»Dann kennst du Dickie Mason?«

Andrew errötete. »Ja. Er ist zu Hause ein Freund von Mamma.«

Bannerman nickte. »Ich kannte ihn auch, als er das erste Mal an die Grenze versetzt wurde – ein sehr charmanter junger Mann. Die Guthries waren ausgesprochen freundlich zu ihm und seinen Offizierskameraden. So haben deine Eltern ihn überhaupt erst kennengelernt: durch Esmie.«

Andrew war empört. »Wenn Sie damit sagen wollen, dass meine Mutter eine Affäre hatte, glaube ich Ihnen nicht. Das hat sicher nur Esmie behauptet, um zu rechtfertigen, dass sie mit meinem Vater durchgebrannt ist.«

Bannermans Tonfall wurde schärfer. »Esmie war die beste Freundin, die deine Mutter je hatte. Sie war diejenige, die sich am meisten um Lydias psychischen Zustand gesorgt hat. Und mehr noch: Deine Mutter ist ohne dich weggefahren. Esmie war es auch, die sich um dich gekümmert hat – deine Mutter war gar nicht in der Lage dazu. Sie war bereit, dich zurückzulassen, um Dickie Mason nachzureisen. Das ist die traurige Wahrheit.«

Seine Worte verschlugen Andrew den Atem; seine Mutter hätte ihn nicht im Stich gelassen.

»Ich glaube Ihnen nicht«, sagte er leise, aber sein Herz empfand es nicht mehr so.

»Andrew, ich würde dich nicht belügen. Als deine Mutter entführt worden ist, um ein Lösegeld zu erpressen, hat sie unwissentlich das Leben vieler Menschen in Gefahr gebracht. Im Jahr zuvor hatte es Aufstände gegeben, und die Armee wollte nicht einfach rücksichtslos ins Gebiet der Otmanzai vorrücken und nach ihr suchen. Das hätte nur dazu geführt, dass man deine Mutter noch weiter entfernt vom britischen Hoheitsgebiet festgehalten hätte, wenn nicht gar zu Schlimmerem.« Bannermans verblasste blaue Augen hielten seinem Blick stand. »Der Brigadier hier hat Esmie gebeten, eine kleine Gruppe von Männern anzuführen, um über die Grenze zu gehen und um Lydias Freilassung zu verhandeln. Sie war nicht nur ausgebildete Krankenschwester, sondern auch eine Frau – und der Brigadier und der Polizeichef haben darauf gesetzt, dass die Otmanzai ihr mit mehr Nachsicht begegnen würden als Soldaten. Auch ein tapferer junger Mullah erklärte sich bereit, als ihr Beschützer mitzukommen.«

Traurig und verwirrt schüttelte Andrew den Kopf. »Das klingt alles so weit hergeholt – und ganz anders als das, was Mutter geschildert hat.«

»Frag Malik«, sagte Bannerman herausfordernd. »Er hat Esmie begleitet und war bei der Befreiung deiner Mutter dabei. Esmie hat sich für Lydia in Lebensgefahr gebracht. Sie ist in dem Wissen aufgebrochen, dass es durchaus wahrscheinlich war, dass sie nie zurückkehren würde, und wurde für kurze Zeit auch selbst gefangen gehalten. Es tut mir leid zu hören, dass deine Mutter nicht mehr anerkennt, wie tief sie in Esmies Schuld steht, weil sie ihr das Leben gerettet hat. Wenn Esmie nicht gegangen wäre, hätte sie Harold pflegen können, als er erkrankt ist. Er ist gestorben, während sie fort war.«

Aufgeregt fragte Andrew: »Wo war mein Vater währenddessen?«

»Wir haben ihn aus Pindi herbestellt, sobald mein Auto verlassen auf der Landstraße nach Razmak gefunden worden war. Er hat darauf bestanden, mit zu der Rettungsmission aufzubrechen.«

»Was ist denn geschehen, nachdem sie alle unbeschadet zurück waren?«

»Deine Mutter hat angeboten, sich um Esmie zu kümmern, aber sie wollte in Ruhe gelassen werden, um allein zu trauern«, erwiderte er. »Deine Eltern haben dich wieder mit nach Pindi und dann nach Schottland genommen. Lydia wollte unbedingt, dass Esmie sie begleitet, aber Esmie hat sich entschieden, eine Weile in Taha in der Mission zu bleiben. Ich glaube, sie hat sich Harold hier näher gefühlt.«

Andrew wusste nicht mehr, was er denken sollte. »Wollen Sie damit sagen, dass meine Mutter und Esmie zu dem Zeitpunkt noch Freundinnen waren?«

Bannerman nickte. »Wenn ich eines über Esmie weiß, dann, dass sie sich nie mit Absicht zwischen deine Eltern gedrängt hätte. Sie mochte sie beide zu gern. Und sie hat Harold geliebt. Wenn er nicht gestorben wäre, dann wäre sie immer noch hier und würde mit ihm im Missionskrankenhaus arbeiten, da habe ich keine Zweifel. Sie ist doch nach Indien gekommen, um genau das zu tun.«

Unvermittelt stiegen widerstreitende Gefühle in Andrew auf: Verwirrung über das Verhalten seiner Mutter, ein schlechtes Gewissen, weil er das Schlimmste von Esmie angenommen hatte, und Wut, dass man ihn über die ganze Geschichte im Dunkeln gelassen hatte. Aber konnte er der Erinnerung des alten Mannes wirklich vertrauen? Vielleicht hatte der Padre im Laufe der Jahre Esmies Anteil an dem Rettungsversuch ausgeschmückt und begonnen, die Handlungsweise seiner Mutter kritischer zu sehen.

Andrew schluckte. »Wissen Sie, was danach zwischen meinen Eltern vorgefallen ist – nachdem sie nach Schottland gegangen waren?«

Bannerman seufzte. »Nein. Nur dass deine Mutter nie nach Indien zurückgekehrt ist. Das ist etwas, wonach du sie selbst fragen musst.«

Dann erinnerte Andrew sich an die verletzenden Worte, die Stella ihm einmal entgegengeschleudert hatte, unmittelbar bevor sie aus Ebbsmouth weggeschickt worden war: dass seine Mutter ihn als Baby mit seiner *ayah* nach Indien zurückgeschickt habe. Er hatte es keinen Moment lang geglaubt und mit aller Macht versucht, ihre Worte zu vergessen, aber jetzt schienen sie plötzlich Kraft zu entfalten.

Bannerman stand steif auf und legte eine knorrige Hand auf Andrews Kopf.

»Ich sehe dir an, dass das alles ein ziemlicher Schock war, mein Junge. Es tut mir leid. Ich soll dir doch helfen, dich zu erholen, statt dir mit Erzählungen über Vergangenes das Herz schwer zu machen. Aber ich wollte nicht, dass du schlecht von deiner Stiefmutter denkst. Esmie ist einer der mitfühlendsten Menschen, die ich je kennengelernt habe – und sie hat dich von Anfang an zutiefst geliebt, schon als du noch ein Baby warst und in ihrem Haus in Taha gewohnt hast.« Er schenkte ihm ein trauriges Lächeln. »In den ersten Tagen nach Harolds Tod haben deine Eltern hier bei mir übernachtet, aber du bist bei Esmie geblieben. Deine Mutter hat behauptet, das sei, weil ein verknöcherter alter Junggeselle wie ich keinen schreienden Säugling im Haus haben wollen würde, aber wir wussten alle, dass es in Wirklichkeit daran lag, dass du Esmies gebrochenem Herzen solchen Trost gespendet hast.«

Andrews Inneres verkrampfte sich. Einen Moment lang erinnerte er sich an die tiefe Liebe zu seiner Meemee.

»Wir sehen uns beim Frühstück«, sagte Bannerman und ging an ihm vorbei.

Plötzlich fragte Andrew: »Welches Haus war das der Guthries?«

»Nummer zehn. Von hier aus nur fünf Häuser die Straße hinunter und dann um die Ecke.«

Andrew nickte. »Gute Nacht, Padre.«

»Gute Nacht, Andrew. Schlaf gut.«

* * *

Andrew verbrachte einen Großteil des folgenden Tages im Bett. Er fühlte sich teilnahmslos, und seine Kopfschmerzen waren zurückgekehrt. Er lag bei geschlossenen Fensterläden in der Dunkelheit des Zimmers und versuchte, die widerstreitenden Gedanken über seine Eltern und ihre kurze Ehe zu verdrängen. Hatte seine Mutter wirklich eine Affäre mit Dickie gehabt? War Mamma wirklich in aller Eile auf dem Weg zu Dickie gewesen, als sie entführt worden war? Warum hatte Esmie nicht mehr getan, um ihre Freundin im Auge zu behalten?

Dann rief Andrew sich ins Gedächtnis, dass Esmie höchstwahrscheinlich als Krankenschwester Dienst im Missionskrankenhaus gehabt hatte und seine Mutter deshalb so viel Zeit im Bungalow des Padre verbracht hatte. Und wo war er, noch ein Baby, währenddessen gewesen? Es viel ihm schwer, das Bild auszublenden, wie Esmie ihn wiegte und sich um seine Bedürfnisse kümmerte, während seine Mutter, rastlos, abgelenkt und vielleicht in einen Mann verliebt, der nicht sein Vater war, schon plante, zu flüchten und ihn zurückzulassen.

Er fiel in einen unruhigen Schlaf mit verstörenden Träumen, an die er sich nicht mehr erinnern konnte, als er aufwachte. Manek kam oft herein und versuchte geduldig, seinen Herrn dazu zu bringen, Tee und *nimbu pani* zu trinken, die der Padre schickte.

Als er sich am dritten Tag stärker fühlte, zwang Andrew sich, aufzustehen und seine Uniform anzulegen. Er hatte schon zu lange im Bett gelegen und zerstörerischen Gedanken nachgehangen. Er war ein Soldat, der seine Pflicht vernachlässigte, während seine Kameraden sich ohne ihn in der Sommerhitze abkämpften und sich täglich Gefahren aussetzten. Sein fortdauernder Zorn auf seine Eltern und seine Stiefmutter kam ihm kleinlich und egoistisch vor.

Andrew stand zu spät auf, um den Padre beim Frühstück zu sehen. Danach wollte er testen, wie weit er laufen konnte, bevor die Hitze zu drückend wurde. Aus Neugier brach er die staubige Straße entlang auf, die von ausgeblichenen Holzbungalows gesäumt war, ordentlich von Dornenhecken umhegt und von gepflegten Beeten voll rosafarbener und roter Blumen umgeben. Binnen weniger Minuten stand er vor Nummer zehn.

Das Haus lag weiter von der Straße zurückversetzt als das des Padre, und eine Rankpflanze wuchs an der ausgeblichenen grünen Veranda. Ein riesiger Maulbeerbaum verdeckte das Wohnhaus halb, und der monotone, durchdringende Ruf eines einsamen Vogels durchschnitt die Luft. Andrew stand zögerlich am Tor und fragte sich, ob er sich weiter vorwagen sollte. Als er nach der Klinke griff, sauste ein Hund unter den Verandastufen hervor und begann, ihn anzubellen.

Eine *ayah* kam auf die Veranda, um nachzusehen, was den Hund aufgeschreckt hatte. Sie beugte sich nach unten, hob ein kleines Mädchen hoch und zeigte auf den Soldaten am Tor.

Andrew winkte. Das Mädchen, mit rosigen Pausbacken unter einem gelben Mützchen, winkte zurück. Mit einem Schauer erkannte Andrew, dass er hier schon einmal gewesen war. Esmies Worte fielen ihm wieder ein: *»Du hattest eine* ayah *namens Sarah, aber sie hat aufgehört, für uns zu arbeiten, um zu heiraten, als du drei warst. Danach hat Karo mir geholfen. Du und Gabina seid immer zusammen herumgelaufen. Ihr wart wie Pech und Schwefel!«*

Laut seinem Vater sollte Gabina die *ayah* des neuen Lomax-Babys werden. Wie sehr ihr jeweiliges Leben sich seit der schicksalhaften Reise nach Schottland doch auseinanderentwickelt hatte! Gabina hatte ein engeres Verhältnis zu seiner eigenen

Familie in Indien als er. Obwohl er aufgehört hatte, mit dem paschtunischen Mädchen zu spielen, sobald er alt genug gewesen war, zur Schule zu gehen, hatte Andrew sie als fröhliche Gefährtin in Erinnerung.

Er trat vom Tor weg. Das kleine Mädchen winkte ihm immer noch von der Veranda aus zu. Als Andrew ein letztes Mal winkte und davonging, dachte er über Belle nach. Vielleicht war ihm seine Halbschwester wichtiger, als er es sich eingestehen wollte.

* * *

Als Bannerman zum Nachmittagstee zurückkehrte, hatte Andrew schon seine Sachen gepackt. Er teilte seinem Gastgeber mit, dass er vorhatte, in die Kaserne zurückzukehren.

»Ich bin sehr dankbar für das Quartier, das Sie mir eingeräumt haben«, sagte Andrew. »Im Vergleich zum Lagerleben war es der pure Luxus. Ich kann Ihnen nicht genug danken. Ich hoffe, Sie verzeihen mir die unfreundlichen Dinge, die ich gesagt habe, während ich mich nicht wohlgefühlt habe.«

Bannerman klopfte ihm auf die Schulter. »Es war mir ein Vergnügen, dass du hier warst und mir Gesellschaft geleistet hast. Und eigentlich muss ich mich bei dir entschuldigen. Vielleicht war ich dir gegenüber etwas zu offen, was das Benehmen deiner Mutter zum Zeitpunkt der Entführung betrifft – ich weiß, dass es ein Schock war, das zu hören –, und Lydia hat sich untypisch verhalten. Sie stand unter großer psychischer Belastung. Mit Indien ist sie nicht wirklich zurechtgekommen. Manche Briten gewöhnen sich nie an das Leben hier. Das kann man ihr nicht zum Vorwurf machen. Worauf ich hinauswollte, war nur, dass das alles nicht Esmies Schuld war.«

Andrew nickte. Obwohl es ihm schwerfiel, sagte er: »Ich frage mich, ob Sie mir, bevor ich gehe, sagen könnten, wo der britische Friedhof liegt? Der, auf dem Dr. Guthrie begraben ist.«

»Natürlich«, stimmte er sofort zu. »Ich bringe dich selbst dorthin. Lass uns erst Tee trinken, dann fahre ich dich hin. Es ist zu weit, um bei der Hitze zu Fuß dorthin zu gehen.«

* * *

Als die Sonne ihre Kraft verlor, führte Bannerman Andrew unter einem schlichten Torbogen mit der Aufschrift »Taha British Cemetery« hindurch und dann auf ein mit einer Ziegelmauer umfriedetes Gelände. Sie gingen an ordentlichen Reihen von Soldatengräbern vorbei in einen Bereich an der gegenüberliegenden Mauer, in dem die Grabsteine ziemlich unregelmäßig im sonnenverbrannten Gras verteilt waren. Manche lagen im Schatten dürrer Bäume.

Der Padre blieb vor einem gemeißelten Grabstein stehen, auf dem sich in der Sonne des späten Nachmittags Licht und Schatten mischten. Jemand pflegte das Grab noch; der Boden ringsum war grüner und wurde offensichtlich bewässert.

> *In liebevollstem Angedenken an Dr. Harold Guthrie, geboren Januar 1886, gestorben Oktober 1920. Innig geliebter Ehemann von Esmie McBride. Möge Gott Dich in Seiner Hand halten, bis wir uns wiedersehen.*

Er war traurig und zutiefst gerührt zugleich über die zärtliche Inschrift. Wie falsch war es doch von ihm gewesen, daran zu zweifeln, dass Esmie Harold geliebt hatte. Seine Mutter hatte angedeutet, dass Esmie den Arzt nur geheiratet hätte, um eine Möglichkeit zu haben, nach Indien zu kommen und in Toms Nähe zu sein. Aber dieser Grabstein sprach für etwas ganz anderes – wie auch die Tatsache, dass Esmie und sein Vater mit ihm die weite Reise nach Taha unternommen hatten, um die Grabstätte zu besuchen, als er ein kleiner Junge gewesen war.

Andrew fragte: »Kümmern Sie sich um das Grab, Padre?«

Bannerman schüttelte den Kopf. »Das macht Malik. Esmie hat ihn darum gebeten, und Malik hätte für die Guthries alles getan.«

Andrew nickte. Er ließ den Blick über den Friedhof hinweg zu den zerklüfteten Bergen schweifen, hinter denen gerade die Sonne versank und den Himmel in dunkles Rosenrot tauchte. Jemand kam vorbei und sang ein Andachtslied auf Urdu. Wenn man an diesem friedlichen Ort stand, war es schwer, sich vorzustellen, dass auf der Welt so viele Konflikte tobten. Einen Moment lang schloss er die Augen, atmete die milden Düfte des Abends ein und lauschte dem unsichtbaren Sänger, bis dieser fort war und das Lied erstarb.

In dem Moment überkam ihn die Erinnerung daran, wie er hier gestanden hatte. Jemand – wahrscheinlich sein Vater – hatte ihn an der Hand gehalten. Andrew atmete tief ein und versuchte, sich auf mehr zu besinnen. Eine Hymne, die gesungen wurde; eine Frauenstimme. Er erinnerte sich daran, wie er durch die kahlen Zweige eines Baums nach oben gesehen und über die Klarheit der schneebedeckten Berggipfel gestaunt hatte, die ausgesehen hatten, als lägen sie direkt hinter der Friedhofsmauer.

»Dort liegt Afghanistan, Andy.« Die Stimme seines Vaters. Ein Händedruck.

Eine neuerliche Welle der Traurigkeit überwältigte Andrew. Es war nicht die Hand seines Vaters gewesen, sondern die einer Frau – seiner Meemee. Er hatte den Händedruck erwidert, weil er verstanden hatte, dass sie traurig war, und sie hatte trösten wollen.

Andrew neigte den Kopf, blinzelte die Tränen fort, die sich zu bilden begonnen hatten, und sprach ein stummes Gebet für den tapferen Arzt – und für Esmie.

Er räusperte sich. »Danke, dass Sie mich hergebracht haben, Padre.«

Dann zogen sie sich, während die Hand des alten Mannes auf Andrews Schulter ruhte, gemeinsam den Pfad entlang zurück.

Kapitel 46

Das Raj-in-the-Hills, September 1942

»Sieh nur!«, rief Esmie. »Sie versucht zu krabbeln!«

Bei Esmies aufgeregtem Ausruf warf Stella einen Blick aus dem offenen Bürofenster. Belle lag auf dem Bauch in dem Laufstall, den Tom unter dem Apfelbaum vor seinem Atelier aufgestellt hatte, sodass er sie im Auge behalten konnte, während er malte. Das Baby wippte vor und zurück und versuchte, sich zu bewegen. Tom kam heraus, um zuzusehen.

Er lachte. »Sie ist wie eine kleine Raupe, nur dass sie rückwärts kriecht!«

Esmie strahlte. »Was für ein kluges Mädchen.«

Stella ballte die Fäuste. Es verlangte ihr alle Willenskraft ab, nicht ins Freie zu stürmen, Belle hochzuheben und sie mit Glückwunschküssen zu überschütten. Stattdessen sah sie zu, wie Esmie sich über den Laufstall beugte und dem Baby den Rücken tätschelte.

Nachdem sie noch ein paar Mal versucht hatte, auf dem Bauch zu robben, wimmerte Belle protestierend. Tom griff in den Laufstall und setzte sie hin. Mit fünf Monaten war ihr kleines Mädchen schon kräftig, hatte rundliche Beine und konnte mehrere Minuten lang sitzen, ohne auf die Seite zu fallen. Belle winkte Tom zu. Er tat so, als würde er sie in die Hand beißen, und ahmte Tierlaute nach. Sie kicherte. Für Stella war es das süßeste Geräusch der Welt. Wenn Belle lachte, verschlug es ihr jedes Mal den Atem.

Im Laufe des Sommers hatte Stella zugesehen, wie ihre Tochter zu einem kleinen Sonnenschein mit hellbraunem Schopf und einem herzförmigen Gesicht mit zartem Kinn und großen blauen Augen über Pausbacken herangewachsen war. Ihre Haut hatte eher einen Elfenbeinton als Stellas, die das einzige Anzeichen für ihre anglo-indische Abstammung war. Gäste machten Bemerkungen darüber, wie sehr das Baby nach Esmie kam, obwohl Stella keinerlei Ähnlichkeit erkennen konnte.

»Und diese schönen blauen Augen!«, hatte Mrs Pennock, die Frau eines Polizisten, gerufen. »Ganz wie Ihre, Mr Lomax.«

Aber für Stella hatten die tiefblauen Iriden das gleiche Saphirblau wie Hughs. Wenn Belle ihren Blick erwiderte, wurde Stella vor Sehnsucht und Reue das Herz schwer. Jeden Abend gestattete sie sich ein paar Minuten mit ihrer Tochter, spielte mit ihr, bevor Gabina sie mitnahm, um sie zu baden. Sie wusste, dass sie gegen Ende des Monats nach Rawalpindi zurückkehren musste und Belle vor der kommenden heißen Jahreszeit nicht wiedersehen würde.

Der Gedanke, von ihr getrennt zu sein, war wie ein körperlicher Schmerz, als hätte man Gewichte auf ihr Herz gepresst. Sie würde acht Monate von Belles Aufwachsen verpassen; an ihrem ersten Geburtstag im März würde sie nicht da sein, und im Mai würde ihre Tochter vielleicht schon laufen und ihre ersten Worte sagen. Stella wusste, wie entzückt Esmie sein würde, Belle zum ersten Mal »Ma-ma« sagen zu hören.

Stellas Augen brannten. Esmie liebte Belle wie eine eigene Tochter – genau wie Stella es gehofft hatte –, und Stella fragte sich, ob Esmie nicht manchmal vergaß, dass sie nicht die leibliche

Mutter des Babys war. Es war Tom, der Stella oft schuldbewusste Blicke zuwarf, wenn sie den Anbau besuchte, und Belle schnell an sie weiterreichte, damit sie mit ihr kuscheln konnte. Aber Tom wusste ja auch, wie es war, ein kleines Mädchen zu verlieren, und vielleicht sah er die Situation anders. Obwohl es Stellas Entscheidung gewesen war, Belle wegzugeben, hatten sie und Tom beide einen Verlust erlitten, der nicht in Worte zu fassen war.

Während Stella zusah, hob Tom jetzt Belle aus dem Laufstall und schwang sie hoch in die Luft. Belle kreischte vor Schreck und Lachen. Tom tat es noch einmal, tat so, als würde er sie auf dem Weg nach unten fallen lassen, und drückte sie dann an seine Brust.

»Tom, nicht!«, sagte Esmie gespielt tadelnd, lachte und kam näher.

Tom legte einen Arm um seine Frau und hielt sie beide. Er küsste erst Esmie auf den Kopf, dann Belle.

Tränenblind wandte Stella sich vom Fenster ab und widmete sich wieder ihrer Büroarbeit.

* * *

Ein paar Tage später rief ihr Bruder Jimmy nachmittags aus dem Raj Hotel an und wollte Stella sprechen. Die Verbindung knisterte, und sie musste den Hörer fest an ihr Ohr pressen, um ihren Bruder zu hören.

»Was sagst du da von Mrs Shankley?«, fragte sie besorgt.

Jimmy rief ins Telefon: »Sie ist vor einer Woche hingefallen und seitdem nicht mehr aus dem Bett aufgestanden. Sie wird rasch schwächer … möchte dich sehen … ist vielleicht nicht mehr lange …« Seine Worte brachen wieder ab. Stella wusste nicht, ob er gesagt hatte, dass die alte Missionarin nicht mehr lange im Hotel oder auf dieser Welt sein würde.

»Oh, das ist schrecklich!«, sagte Stella gequält.

»Kommst du?«, schrie Jimmy in den Hörer. »… aufgeregt … sagt immer wieder deinen Namen.«

»Ja, natürlich komme ich«, sagte Stella sofort.

Sobald die Lomax von Winifred Shankleys Bitte hörten, standen sie dahinter.

»Natürlich musst du hinfahren«, sagte Esmie. »Warte nicht bis zum Ende des Monats – vielleicht lebt sie gar nicht mehr so lange. Jimmy hätte nicht angerufen, wenn es nicht dringend wäre.«

Binnen zweier Tage war alles arrangiert, damit Stella in vier Tagen abreisen konnte.

Diese letzten Tage in Gulmarg waren für Stella kostbar und bittersüß. Sie ging häufiger als sonst in den Anbau, um bei Belle und Gabina vorbeizuschauen. Die *ayah* legte Belle immer schnell in ihre Arme.

Am letzten Morgen schlich Stella sich vor Anbruch der Morgendämmerung aus dem Hotel und ging in den Anbau in Belles Zimmer. Das Baby strampelte, und Gabina wärmte ein Fläschchen Milch auf. Stella musste nicht erst darum bitten: Die *ayah* reichte ihr von sich aus die Flasche.

»Ich muss noch die Wäsche des Babys sortieren, Stella«, sagte sie und verließ das Zimmer.

Stella setzte sich in den Sessel, auf dem sie Belle früher gestillt hatte, und fütterte das Baby mit der Flasche. Belle sah sie mit ihren blauen Augen vertrauensvoll an, während sie die Milch nuckelte, und schloss die kleine Faust um Stellas Finger. Stella staunte jedes Mal, was für einen starken Griff ihre Tochter hatte.

»Ich muss für eine Weile weg«, sagte Stella leise zu ihr. »Ich will dich nicht allein lassen – und eigentlich bin ich auch nie wirklich von dir fort, meine Kleine, weil du immer in meinem Herzen sein wirst. Mummy Esmie und Ayah Gabina passen für mich auf dich auf, und Daddy Tom spielt mit dir. Du schenkst ihnen so viel Freude – du hast keine Ahnung, wie viel.«

Stella drückte das Baby eng an sich und küsste es von oben auf den Kopf. Belle unterbrach ihr Trinken und verzog das Gesicht zu einem milchverschmierten Lächeln. Es verschlug Stella den Atem. Ein Schluchzen stieg in ihrer Brust auf. Sie setzte das Baby auf und rieb ihm den Rücken, während sie versuchte, ihre Tränen zu unterdrücken. Wie konnte sie Belle denn nur verlassen? Es fühlte sich an, als würde ihr Herz in tausend Stücke zerspringen.

Stella wischte sich die Tränen ab, die ihr übers Gesicht liefen, und fütterte Belle weiter mit dem Fläschchen. Am Ende stieß Belle die Flasche weg, und Stella setzte diese ab, bevor sie das Baby zum Fenster trug.

»Schau, die Sonne geht über den Bergen auf, Belle. Das ist der schönste Anblick auf der Welt. Du hast viel Glück, an solch einem Ort zu leben. Jeden Morgen bei Sonnenaufgang werde ich an dich hier denken und dir ein Morgengebet voller Liebe schicken.«

Stella gab Belle einen Kuss auf die Wange, atmete ihren Milchgeruch ein und prägte sich ihre weiche Babyhaut und den Blick ihrer schönen Augen ins Gedächtnis ein.

»Niemand wird dich je so sehr lieben wie ich, mein Schatz! Wenn du eines Tages herausfindest, was ich getan habe, wirst du hoffentlich erkennen, dass ich immer nur das Beste für dich wollte. Und es war das Schwerste, das ich je tun musste.«

Gabina kehrte zurück. Stella holte tief Luft und reichte Belle ihrer *ayah*. Sie widerstand dem Drang, sich an Belle zu klammern und sie mit noch mehr Küssen zu überschütten. Je länger sie ihre Tochter festhielt, desto unmöglicher würde es ihr sein, sie loszulassen, das befürchtete sie zumindest.

Gabina sagte leise: »Wir werden gut auf sie aufpassen, Stella.«

Stella nickte und lächelte unter Tränen. »Danke«, sagte sie mit belegter Stimme. »Das weiß ich.«

Stella eilte aus dem Zimmer und verließ den Anbau. Die Luft war kühl und dank des vielen Taus noch mild. Der Himmel über dem Himalaja färbte sich blassgolden, als die Sonnenstrahlen sich über die Berggrate ergossen und das Tal mit Morgenlicht überfluteten. Wie konnte der Tag so schön sein, wenn ihr Herz gerade brach?

Stella fuhr sich über ihr tränenverschmiertes Gesicht. Sie durfte sich nicht anmerken lassen, wie elend sie sich fühlte. Das hier war der Weg, den sie für sich selbst und ihre Tochter gewählt hatte. Sie musste für sie beide tapfer sein – und das Beste aus einem Leben ohne Belle machen.

Kapitel 47

Das Raj Hotel, Rawalpindi, November 1942

Winifred Shankley erholte sich, als Stella in das Hotel in Rawalpindi zurückkehrte. Für eine Weile gelang es Stella, sie aus dem Bett zu locken und zu überreden, sich auf dem Hof in den Schatten des Jakaranda-Baums zu setzen. Dann las Stella ihr vor oder saß einfach neben ihr und hielt ihr die Hand, während die alte Frau döste.

Stella war schockiert, wie sehr die Missionarin in den sechzehn Monaten, die sie fort gewesen war, gealtert war. Winifred war entsetzlich dünn und gebrechlich. Ihr Rücken war so krumm, dass sie gezwungen war, beim Gehen auf den Boden zu sehen. Aber meist saß sie in ihrem Rollstuhl und redete über ihre Familie, als wären ihre Verwandten anwesend, obwohl Stella wusste, dass sie alle vor langer Zeit gestorben waren.

»Du gehst doch nicht wieder weg, oder?«, fragte Winifred besorgt.

»Nein, Mrs S, ich bleibe hier«, versprach Stella und drückte ihr sanft die Hand.

»Ich habe dich vermisst, Liebes.«

»Und ich Sie. Aber meine Cousine Lucy hat sich doch gut um Sie gekümmert. Yvonne hat gesagt, Sie hätten sich blendend mit ihr verstanden.«

»Das andere Mädchen war nett«, räumte Winifred ein. »Und ich will mich nicht beschweren, aber du und ich sind wie alte Freundinnen, nicht wahr?«

Stella lächelte. »Ja, das sind wir, Mrs S. Die besten Freundinnen.«

* * *

Stella nahm ihre Arbeit für das WAC wieder auf und war dankbar, dass man dort ihre Ausrede dafür gelten ließ, dass sie so lange in Gulmarg gewesen war. Wenn sie nicht im Hotel oder im Freiwilligendienst arbeitete, nähte Stella Einrichtungsgegenstände aus alten Vorhängen, Hosen, Jacken und Resten von Saristoff aus dem Basar. Sie verzierte sie mit Pailletten und Knöpfen und fertigte Kissenhüllen, Tagesdecken und Taschen an.

Myrtle war voller Bewunderung. »Ich hätte nie gedacht, dass du so gut mit Nadel und Faden umgehen kannst, Stella. Du solltest ein eigenes Geschäft gründen.«

»Vielleicht irgendwann«, antwortete sie. »Aber nicht, solange die Gefahr einer japanischen Invasion besteht. Ich kann nicht darüber hinausdenken, so viel wie möglich beim WAC zu helfen.«

Stella war froh, dass sie es ihrer Mutter nach der Enttäuschung, nicht erfolgreich geheiratet zu haben, recht machen konnte. Sie hatte niemandem erzählt, dass Hugh schon eine Frau hatte – sie wollte kein Mitleid und auch nicht im Mittelpunkt von Klatsch und Tratsch in Pindi stehen. Stattdessen hatte sie einfach behauptet, sie hätten sich auseinandergelebt und Hugh habe Indien verlassen.

Jeden Tag war sie in Versuchung, in Gulmarg anzurufen und sich zu erkundigen, wie es Belle ging. Sie sehnte sich danach, ihr Glucksen durchs Telefon zu hören. Aber sie widerstand dem Drang. Sie hatte zwei Briefe von Esmie mit Neuigkeiten erhalten – im Oktober hatte Belle rote Wangen gehabt und gezahnt, und vor Kurzem hatte sie zu krabbeln begonnen. Stella wusste diese Nachrichtenfetzen zu schätzen, obwohl sie sie nur noch neugieriger machten, aber sie hatte den Verdacht, dass Esmie nicht häufiger schrieb, weil sie Angst hatte, ihr damit zuzusetzen.

Es fiel ihr sehr schwer, Ada zu besuchen. Während Stella fort gewesen war, hatte ihre Cousine eine Tochter namens June zur Welt gebracht, die nach ihrem Geburtsmonat Juni benannt worden und jetzt fünf Monate alt war. Es war das Alter, in dem Belle gewesen war, als Stella sie zuletzt gesehen hatte. Sie war Ada ein paar Mal begegnet, aber nicht mit dem Baby. Anfang November zwang Stella sich schließlich, sie zu besuchen. Eines Nachmittags schaute sie, noch in ihre Uniform gekleidet, in Lalkutri vorbei.

Baby June an Kissen gelehnt dasitzen, eine Rassel schwingen und zahnlos lächeln zu sehen, war für Stella eine Qual. June sah Belle überhaupt nicht ähnlich; sie hatte einen dunklen Haarschopf, der von einer Perlmuttspange gehalten wurde, und ernste braune Augen, die von dunklen Wimpern gerahmt waren. Aber ihre Gesten und ihr Lächeln taten Stella in der Seele weh.

»Du darfst sie halten«, ermunterte Ada sie. »Sie wird nicht weinen.«

Stella stählte sich, das Baby entgegenzunehmen, das Ada ihr hinstreckte, und es auf ihr Knie zu setzen. Junes pudriger Babygeruch ließ Stella fast laut aufschluchzen. Sie überdeckte es mit einem Husten und reichte sie zurück.

»Tut mir leid, ich möchte sie nicht mit meiner Erkältung anstecken.« Stella tastete schnell in ihrer Handtasche nach ihrem Taschentuch und putzte sich die Nase.

Es war fast besser, von Ada mit Fragen über Hugh bombardiert zu werden, als June in den Armen halten zu müssen.

»Ich verstehe nicht, warum du nicht bereit bist, auf Mr Keating zu warten«, sagte Ada. »Bestimmt kommt er doch zurück nach Indien, sobald er kann? Er hat eine gute Stelle in Kalkutta.«

»Ich weiß nicht, ob er das tut«, sagte Stella. »Aber selbst, wenn ja: Ich liebe ihn nicht mehr.«

»Hat er jemand anderen?«, riet Ada. »Hast du herausgefunden, dass er dich betrogen hat? Ist es das?«

Stella beschloss, dass das so nahe an der Wahrheit war, wie sie zuzugeben bereit war.

»Ja, er war mir untreu.«

»Ich wusste es! Was für ein Schwein.«

Zu dem Zeitpunkt, als Stella Anstalten machte zu gehen, hatte Ada sich schon eingeredet, dass sie immer gewusst hätte, dass Hugh ein schlechter Kerl war, und dass sie versuchen würde, einen Ehemann für Stella unter Clives Freunden zu finden.

Stella lachte und umarmte ihre Cousine. »Ich brauche keine Heiratsvermittlerin, aber trotzdem vielen Dank.«

»Ich finde, du hast bewiesen, dass du sehr wohl eine brauchst«, gab Ada zurück.

»Lass Stella in Ruhe«, sagte Clive und hob June hoch, die zu weinen begonnen hatte. »Sie kann selbst eine Entscheidung treffen.«

»Ich bin wirklich ganz zufrieden damit, frei und ungebunden zu sein«, sagte Stella.

»Aber ich will, dass du heiratest und ein Baby bekommst wie ich«, protestierte Ada. »Damit wir gemeinsam Mütter sein können.«

Stellas Kehle schnürte sich zu. »Vielleicht eines Tages.« Sie küsste ihre Cousine und Clive auf die Wangen und ging schnell.

Als sie durch den milden Sonnenschein nach Hause ging, dachte sie über die Zukunft nach. Die kalte Jahreszeit hatte schon begonnen, und bald würde der übliche Reigen von gesellschaftlichen Anlässen in der Garnisonsstadt einsetzen – vielleicht angesichts dessen, dass die Kriegsfront nach Indien gekommen war, fieberhafter denn je. Die Paradeplätze und Straßen der Garnisonssiedlung hallten vom Lärm der Soldaten, die gedrillt wurden, wider, und es kamen mehr Regimenter als je zuvor durch Rawalpindi.

Sie fragte sich, ob Andrews Bataillon Urlaub von der Grenze bekommen würde. Die Lomax hatten eine Nachricht von ihm erhalten, kurz bevor Stella nach Rawalpindi abgereist war. Darin hatte gestanden, dass er etwas Fieber gehabt hatte, jetzt aber wieder »gesund und munter« sei. Er hatte einen ihrer alten Freunde in Taha getroffen, einen schottischen Militärgeistlichen, von dem Esmie voller Zuneigung gesprochen hatte. Es hatte Esmie auch aufgemuntert, dass der Brief an sie beide adressiert gewesen war. Stella war von dem Gedanken, Belle zurückzulassen, zu abgelenkt gewesen, um lange über Andrews Schreiben nachzugrübeln. Aber als sie jetzt an ihn dachte, wurde ihr klar, wie sehr es ihre Stimmung aufhellen würde, ihn wiederzusehen.

Sie bewunderte Andrew dafür, dass er zur Armee gegangen war und seinem Gewissen folgte. Sie entschloss sich, dass sie, ganz gleich, was sie als Nächstes mit ihrem Leben anfangen würde, etwas Tapferes tun würde, um wiedergutzumachen, dass sie Belle im Stich gelassen hatte. Vielleicht würde sie sich freiwillig zum allgemeinen statt nur zum örtlichen Dienst für das WAC melden. Der Gedanke, Pindi zu verlassen und allein an einen völlig unbekannten Ort zu gehen, war in gewisser Hinsicht erschreckend. Doch je mehr sie darüber nachdachte, desto erpichter war sie darauf, all ihre Anstrengungen in die Kriegsarbeit zu stecken, wie Andrew es tat.

Sie konnte schnell tippen und als Buchhalterin dienen, Terminpläne arrangieren und Sitzungen protokollieren. Sie würde Jimmy überreden, ihr Autofahren beizubringen. Dann konnte sie sich als Sekretärin und Fahrerin bei der Armee oder jeder Behörde der zivilen Verwaltung vorstellen.

Zu dem Zeitpunkt, als sie das Raj erreichte, war Stella optimistisch, dass sie etwas Nützliches tun konnte. Wenn sie schon nicht Belles Mutter sein konnte, würde sie wenigstens ihr Bestes als Auxiliary-Corps-Frau geben.

Kapitel 48

Sobald Stella das Foyer betrat, spürte sie die Aufregung unter den Dauergästen.

Jimmy, der wie ein eifriger Theaterdirektor am Rand stand, erspähte seine Schwester und winkte sie heran.

»Stella! Komm! Wir haben einen ganz besonderen Überraschungsgast.«

Als ihr Name fiel, sprang der Besucher auf und drehte sich um. Er war so hochgewachsen, dass er sich unter der matt leuchtenden Deckenlampe ducken musste. Lächelnd kam er auf sie zu.

Stellas Herz pochte vor Schock. Einen schwindelerregenden Moment lang dachte sie, es wäre Tom. Aber dieser Mann war zu jung, um der Captain zu sein, und hatte breitere Schultern. Er lächelte zaghaft.

»Stella, du hast dich kein bisschen verändert – bis auf die Uniform.«

Stella fand ihre Stimme wieder. »Andrew?«

Er lachte verlegen. »Ja. Es ist lange her.«

Glück und Aufregung wallten in ihr auf und machten sie sofort sprachlos. Natürlich war er nicht mehr der Junge, den sie vor all den Jahren in Ebbsmouth zurückgelassen hatte, aber sie staunte über diesen großen, gut aussehenden Soldaten, der ein Fremder war und doch die lebhaften Augen und das breite Lächeln hatte, die ihr so lieb und vertraut waren.

Er streckte die Hand aus. Stella ignorierte sie, umarmte ihn und rief: »Oh, Andrew! Es ist so schön, dich zu sehen!«

Sie spürte, wie er nach kurzem Zögern die Arme um sie schloss, und sie umarmten einander fest. Stellas Kopf reichte nur bis zu seiner Brust, und ein paar Sekunden lang ließ sie ihn dort ruhen. Ihre Augen füllten sich mit Tränen. Es war das tröstlichste Gefühl der Welt, von ihrem Kindheitsfreund gehalten zu werden.

»Bravo!«, rief Ansom. »Jetzt seid ihr zwei wieder vereint!«

Andrew küsste sie sacht auf den Kopf, und sie spürte, wie ein Schauer des Entzückens und Wohlgefühls sie durchlief. Dann lösten sie sich voneinander.

»Es ist so seltsam«, sagte Stella und wischte sich die Augen. »Ich habe gerade an dich gedacht, als ich auf dem Rückweg von Ada hierher war. An den Victoria Barracks wurden schottische Soldaten gedrillt.«

»Die Borderers sind auch dort«, sagte Andrew. »Wir sind auf dem Durchmarsch.«

Stella warf ihm einen ängstlichen Blick zu. »Wohin geht ihr als Nächstes?«

»Das kann ich nicht so genau sagen.«

Er trat beiseite, damit sie zu den anderen vorangehen konnte. Stella hatte den Eindruck, dass er mehr wusste, als er erzählen durfte. Sie machte sich Sorgen, dass er vielleicht in den Osten musste, um gegen die Japaner zu kämpfen.

»Setz dich zu uns, Stella«, sagte Hester. »Du hast eine Pause verdient, und wir haben ja nicht oft unseren lieben Andrew bei uns, nicht wahr?«

Stella sah Jimmy zustimmend nicken, und so bestellte sie sich *nimbu pani*. Ihr fiel auf, dass Andrew sich auch für das

Zitronengetränk statt für Whisky entschieden hatte. Sie hörte zu, wie die Männer über den Krieg spekulierten.

Stella nippte an ihrem Getränk und beobachtete Andrew, während er den Fragen auswich und die Scharmützel, in die er an der Grenze verwickelt gewesen war, herunterspielte. Wieder erinnerte er sie mit seiner selbstironischen Art, seiner tiefen Stimme und seinem ungezwungenen Lachen an einen jüngeren Tom. Am liebsten hätte sie sich allein mit ihm unterhalten, um auch Privates ansprechen zu können.

Nur allzu bald leerte er sein Glas und stand auf. »Es tut mir leid, dass ich diese reizende Runde schon wieder verlassen muss, aber man erwartet mich in einer halben Stunde im Offizierskasino.«

Stella folgte ihm zur Tür. Ihr Puls begann zu rasen. »Wann reist du wieder ab?«

Er warf ihr einen bedauernden Blick zu. »Übermorgen.«

Sie schluckte. »Also geben sie dir nicht die Zeit, Gulmarg zu besuchen.«

Er schüttelte mit trauriger Miene den Kopf. »Aber vielleicht könnten wir uns noch einmal treffen, bevor ich fortmuss?«

»Gern«, stimmte sie rasch zu. »Kannst du zum Essen ins Hotel kommen?«

Er zögerte. »Warum treffen wir uns nicht zu einem morgendlichen Ausritt wie in alten Zeiten? Dann haben wir mehr Gelegenheit zu reden.« Er lächelte, als er einen Blick auf die plaudernden Dauergäste warf.

»Ich habe seit Jahren kein Pony mehr«, sagte Stella mit einem ironischen Blick. »Aber ich bin bereit, auf meinem Fahrrad ein Wettrennen gegen dich zu bestreiten.«

Andrew grinste. »Dann leihe ich mir ein Fahrrad, damit du zumindest ansatzweise die Chance hast, mit mir mitzuhalten.«

Stella lachte. »Die Herausforderung nehme ich an!«

»Morgen in der Dämmerung?«, schlug er vor.

»Wir sehen uns dann«, stimmte Stella zu.

Andrew nickte, setzte seine Mütze auf und verließ das Hotel. Am Beginn des Weges drehte er sich noch einmal um und winkte. Stella winkte zurück und ging dann ins Haus. Sie konnte nicht fassen, dass er sie binnen so kurzer Zeit ihrem Gefühl der Trostlosigkeit entrissen und sie zu neuer Lebensfreude und Hoffnung aufgemuntert hatte.

* * *

Andrew konnte sich auf nichts konzentrieren. Beim Abendessen war er abgelenkt und unternahm spät abends noch einen Spaziergang die Mall hinauf. Er war nahe daran, im Raj vorbeizuschauen, kehrte dann aber um. Er konnte seine Ungeduld, Stella wiederzusehen, kaum unterdrücken, aber das schlechte Gewissen ließ ihn den Rückweg in die Kaserne antreten. Unmittelbar bevor er Razmak verlassen hatte, hatte er einen langen Brief von Felicity voller Neuigkeiten erhalten – den ersten seit Wochen –, und er wusste, dass er den Abend eigentlich damit hätte verbringen sollen, seiner Verlobten zu antworten.

Er stand da, rauchte und sah zum tintenschwarzen Nachthimmel auf. Die Sterne wurden vom dichten Rauch der Feuer verdeckt. In der dünnen Luft der Berge im Grenzland hatte er sich daran gewöhnt, die glitzernde Galaxie über sich zu sehen. In wenigen Tagen würde er weit von diesen nördlichen Gefilden entfernt auf unbekanntem Gebiet sein. Andrew bedauerte, dass er nicht nach Kaschmir hatte reisen können, um Frieden mit seinem Vater und Esmie zu schließen – und seine Halbschwester kennenzulernen. Wie sehr wünschte er sich doch, wieder mit ihnen vereint zu sein und ihnen zu zeigen, dass er sie liebte! Womöglich würde er die Gelegenheit dazu jetzt nie mehr bekommen.

Stella nach all den Jahren wiederzusehen, hatte ihm aufs Neue bewusst gemacht, wie sehr er diesen Ort und seine Menschen immer noch schätzte. Als er sie erblickt hatte – ihr herzförmiges Gesicht von ihrem Spaziergang gerötet, während ihr die blonden Haare in Wellen über die Schultern fielen –, war das wie ein Schlag in die Magengrube gewesen. All die Sehnsucht nach Indien und seiner Familie hier – nach Stella – war wieder über ihn hereingebrochen, obwohl er sie für lange Zeit so tief begraben hatte.

Er hatte davon geträumt, Stella in die Arme zu schließen, hatte aber nicht damit gerechnet, dass sie ihn so herzlich willkommen heißen würde. Aber er hätte wissen sollen, dass Stella ihm nicht wegen seines Verhaltens in der Vergangenheit grollen würde. Sie war noch immer so zugewandt und warmherzig, wie er sie in Erinnerung gehabt hatte. Und genauso attraktiv. Vielleicht war ihr Gesicht leicht gealtert – sie hatte Falten an der Stirn, und die mädchenhafte Rundlichkeit war verschwunden, sodass ihre Wangenknochen stärker hervortraten. Mit dreißig hatte sie jetzt das Gesicht und die Figur einer schönen Frau.

Er drückte seine Zigarette aus und steckte die Hände in die Taschen. Als er sie in den Armen gehalten hatte, war es ihm sehr schwergefallen, nicht ihr Kinn anzuheben und sie auf die Lippen zu küssen. Sie wäre schockiert und vielleicht auch etwas beleidigt gewesen. Aber er hatte nicht widerstehen können, ihr einen Kuss aufs Haar zu hauchen. Sogar das, dachte er, war wahrscheinlich zu weit gegangen. Sie hatte sich ihm entzogen.

Andrew seufzte. Er konnte es kaum abwarten, sie am Morgen wiederzusehen, und hatte doch schon Angst vor dem endgültigen Abschied.

* * *

Stella war schon vor dem Morgengrauen auf den Beinen und bereit. Sie schlich sich aus dem Familienbungalow, bevor irgendjemand sonst wach war, und schob ihr Fahrrad an der Seite des Hotels vorbei. Die Luft war kühl, und sie stand eingemummelt in Jacke, Schal und Wollmütze da und blies sich in die Hände, um sie aufzuwärmen. Aus der Richtung des Saddar-Basars hörte sie den Ruf des Muezzins zum Gebet. Wie ein Echo ertönte aus weiterer Ferne ein zweiter Ruf an die Gläubigen.

Kurze Zeit später hörte sie das leise Läuten einer Fahrradklingel, und Andrew erschien aus dem Halbdunkel. Sie war so nervös und zugleich freudig erregt, dass sie leicht zitterte, obwohl sie sich einredete, dass es an der Kälte liegen musste. Sie schob ihr Fahrrad den Weg entlang, um ihm entgegenzugehen. Ihr Atem stieg in Wolken auf, als sie einander begrüßten.

Ohne ein weiteres Wort brachen sie die menschenleere Nichol Road entlang auf und radelten Seite an Seite. Sie bogen in die Dalhousie Road ab und erreichten bald die Mall. Als sie die Straße hinabfuhren, sah Stella am Himmel die erste Morgenröte über die fernen Ausläufer des Himalaja steigen. Dahinter leuchteten noch Sterne, und eine gespenstische Mondsichel hing tief über der Stadt.

Die Bäume an der Mall waren bis auf ein paar Blätter, die sich im Licht der aufgehenden Sonne golden färbten, fast kahl. Stella hätte noch viel länger radeln können, aber ihr war bewusst, dass ihre gemeinsame Zeit kurz war, und so setzte sie sich an die Spitze.

»Wer zuerst am Cricketpavillon ist!«, rief sie.

Sie strampelte schneller und bog nach links zum Cricketplatz ab. Auf der Aschebahn hörte sie, wie Andrew aufholte. Sie trafen gleichzeitig am Pavillon ein und stiegen lachend ab. Außer ihnen war keine Menschenseele da.

»Du hast es nicht mehr drauf, Master Andrew«, zog sie ihn nach Luft ringend auf. »Zu viele Dinners im Offizierskasino?«

»Ich verhalte mich meinem alten Kindermädchen gegenüber eben wie ein Gentleman«, witzelte er zurück.

Sie stiegen die Stufen zur Veranda hinauf.

»Die Bank ist feucht«, sagte Stella.

»Wenn du gestattest«, sagte Andrew und zog eine Wolldecke aus einem Seesack, den er mitgebracht hatte. Er breitete die Decke auf der Bank aus.

Stella zog überrascht die Augenbrauen hoch. »Sehr gut organisiert.«

»Allzeit bereit – das lehrt die Armee uns.«

Sie setzten sich beide hin. Andrew zog seine Zigaretten heraus und bot ihr eine an.

»Nein danke. Ich rauche immer noch nicht, auch wenn alle Frauen im Büro es sich schon angewöhnt haben.«

Sie sah zu, wie er sich eine Zigarette ansteckte, und bemerkte, dass seine Hände zitterten. War er so nervös wie sie, oder fror er nur? Er inhalierte tief und atmete Rauch aus.

»Also, wo fangen wir an?«, fragte er und musterte sie.

Sie fragte sich, ob ihm klar war, wie gut er aussah. Seine blauen Augen waren in seinem schmalen, sonnengebräunten Gesicht berückend schön. Sein dunkles Haar war an den Seiten streng kurz geschnitten, wuchs aber oben immer noch widerspenstig, sodass nur Haaröl es unter Kontrolle bringen konnte.

»Erzähl mir von Schottland«, sagte sie und war plötzlich etwas verstört, dass sie sich so zu ihm hingezogen fühlte. »Was gibt es Neues bei Tibby – und bei deiner Mutter und Großmutter?«

»Die Post ist langsam – wie du wahrscheinlich weißt –, aber wie es sich anhört, halten sie alle wacker durch.«

»Dein Vater hat gesagt, dass du dir Sorgen machst, weil deine Grandmamma ihr Gedächtnis verliert.«

Andrew nickte. »Ich glaube, meine Mutter findet das sehr belastend. Ihr Leben ist nur noch davon ausgefüllt, sich um sie zu kümmern.«

»Das muss für sie beide anstrengend sein. Die alte Mrs Templeton war so reizend zu mir.«

»Ich habe ein schlechtes Gewissen, weil ich nicht zu Hause bin, um zu helfen«, gestand Andrew. »Aber weiß der Himmel, wann dieser Krieg enden wird. Meine größte Angst ist, dass sie zu dem Zeitpunkt, wenn ich nach Schottland zurückkehre, vielleicht gar nicht mehr …«

Stella drückte ihm rasch den Arm. »So darfst du nicht denken. Mrs Templeton ist doch körperlich bei guter Gesundheit, nicht wahr?«

»Ja, ich glaube schon.«

»Du musst Schottland vermissen«, sagte Stella.

»Das tue ich.« Er zog kräftig an seiner Zigarette.

»Und natürlich auch deine Verlobte. Erzählst du mir von ihr?«

Andrew sah beiseite und errötete. »Felicity ist ein tolles Mädchen. Sie nimmt kein Blatt vor den Mund und tut, was sie will. Sie ist hübsch und bringt mich zum Lachen.«

»Es muss so schwer sein, von ihr getrennt zu sein«, sagte Stella. Mitgefühl durchzuckte sie.

»Ja.« Er nickte. »Ich habe sie jetzt schon ein Jahr lang nicht mehr gesehen.«

Er rauchte weiter. Sie saßen beide schweigend da, während das Licht allmählich durch die Bäume hinter der Begrenzung des Cricketplatzes drang und über das Gras huschte.

»Es tut mir sehr leid, dass Hugh dich so schlecht behandelt hat«, sagte Andrew leise. »Dad hat mir erzählt, was passiert ist. Ich fühle mich schrecklich, weil ich den Kontakt zwischen euch überhaupt erst wiederhergestellt habe. Wäre ich ihm in Edinburgh doch nur nicht über den Weg gelaufen …«

Stella strich über seine Hand.

»Es ist nicht deine Schuld. Ich war töricht, was Hugh angeht. Ich wollte an diese große romantische Idee glauben, dass er der einzig Richtige für mich war – ich hatte mich so in den Gedanken verrannt, verliebt zu sein, dass ich mir nie die Zeit genommen habe zu überlegen, was für eine Art Mann er eigentlich war.« Sie seufzte. »Es hätte Anzeichen gegeben, wenn ich nach ihnen Ausschau gehalten hätte. Er ist nur aufgetaucht, wenn es ihm passte, und hat mir kaum geschrieben – er stand plötzlich vor mir und hat von mir erwartet, alles stehen und liegen zu lassen. Und dann, in seinem letzten Urlaub, bevor er nach Singapur gegangen ist, dachte ich, er wäre romantisch und wollte jede einzelne Minute mit mir verbringen, aber alles, was er wirklich wollte, war …«

Sie brach ab, errötete und wandte sich von seinem mitleidigen Blick ab.

Andrew drückte seine Zigarette aus und nahm ihre Hand. Seine Berührung fühlte sich um ihre kalten Finger warm und tröstlich an.

»Er war ein Narr«, sagte Andrew mit Nachdruck. »Mach dir keine Vorwürfe, weil du auf seine Lügen hereingefallen bist. Wenn der Verdacht meines Vaters nicht trügt, bist du nicht die Einzige, die Hugh Keating hinters Licht geführt hat.«

Stella schenkte ihm ein Lächeln unter Tränen. »Oh, Andrew, du konntest mich schon immer gut aufmuntern. Deine Felicity hat wirklich großes Glück.«

Andrew lehnte sich zurück und wirkte etwas verlegen über ihr Lob. Nach einem Moment sagte er: »Die Karte, die du mir geschickt hast … Was hast du gemeint, was du mir über Dad und Esmie und meine Halbschwester erklären wolltest?«

Stella spannte sich an, als er Belle erwähnte. Jetzt bereute sie, ihm die Nachricht geschickt zu haben. Plötzlich wurde ihr klar, dass es falsch von ihr wäre, ihm das Geheimnis, das sie mit den Lomax teilte, ohne deren Zustimmung anzuvertrauen. Je weniger Leute die Wahrheit über die Herkunft des Babys wussten, desto besser, wenn das Arrangement funktionieren sollte. Aber sollte sie es Andrew jetzt sagen? Hatte er kein Recht, es zu erfahren?

Sie beschloss, vorsichtig zu sein. »Wir hatten alle ein schlechtes Gewissen, dass wir dir nicht eher von dem Baby erzählt haben. Aber wir waren uns erst spät in der Schwangerschaft sicher … Ich meine, Esmie war sich erst dann sicher. Dein Dad wollte es dir persönlich sagen. Es tut mir so leid, dass du durch meine Mutter von Belle hören musstest. Sie hatte es selbst gerade erst erfahren und war ganz aufgeregt. Das ist keine Entschuldigung, aber niemand hatte es so geplant oder wollte dich kränken.«

Sie musterte Andrew wachsam und sah seiner verkniffenen Miene das innere Ringen an. Am Ende seufzte er tief und sah ihr in die Augen.

»Das spielt jetzt keine Rolle mehr. Ich gebe zu, dass es ein Schock war, von dem Baby zu hören, und ich nehme an, ich habe mich etwas ausgeschlossen gefühlt, aber ich hatte Zeit, mich an die Vorstellung zu gewöhnen, dass ich eine Schwester habe.« Er lächelte bekümmert. »Erzähl mir, wie sie so ist.«

Stella spürte, dass ihre Augen vor Tränen brannten. »Sie ist schön – mit großen blauen Augen und braunen Haaren. Ein richtiger kleiner Sonnenschein – sie lacht immer. Sie liebt es, wenn man ihr vorsingt, und hat einen ganz kräftigen Griff. Ich musste mir die Haare hochbinden, damit sie mir nicht eine Handvoll davon ausreißen konnte! Sie konnte noch nicht krabbeln, als ich abgereist bin, kann es jetzt aber. Und Esmie glaubt, dass sie einen Zahn bekommt.«

Andrews Lächeln wurde breiter. »Klingt ganz so, als wärst du ein bisschen vernarrt in meine neue Schwester.«

Stella schluckte ein Schluchzen hinunter, nickte und wandte sich ab, um den Sonnenaufgang zu betrachten. Sie wagte es nicht, etwas zu sagen.

Nach einer Pause bemerkte Andrew nachdenklich: »Ich habe in Taha einen Freund meiner Eltern getroffen – einen gewissen Reverend Bannerman, einen wunderbaren alten Mann. Nachdem ich im Juli erkrankt war, habe ich mich in seinem Haus erholt. Er hat mir Dinge erzählt, die mich dazu gebracht haben, meine Einschätzung von Dad und Esmie noch einmal zu überdenken. Ich habe eine ganz andere Seite der Geschichte über die Entführung meiner Mutter aus Taha gehört. Anscheinend war ich auch da.«

»Sprich weiter«, ermunterte Stella ihn.

»Mamma hatte eine Affäre mit Dickie Mason – so wollte es zumindest der Klatsch. Darum mache ich mir nicht wirklich Gedanken – sie muss ihre Gründe gehabt haben, und ich weiß, dass mein Vater ganz schön schwierig sein kann –, aber ich wusste nie, welche Rolle Esmie bei Mammas Befreiung gespielt hat. Hast du je etwas darüber gehört?«

Stella nickte. »Ja, ich erinnere mich an die große Aufregung damals. Obwohl meine Mutter glaubte, dass der Vorfall uns zu sehr verstören würde, und deshalb die Lokalzeitung vor Jimmy und mir versteckt hat, hat die Baronin uns ihr Exemplar lesen lassen. Darin stand, dass deine Mutter von Paschtunen entführt und gegen Lösegeld festgehalten worden war – und wie Esmie sie befreit hatte. ›Unerschrockene schottische Krankenschwester rettet schöne junge Britin‹ stand da, oder etwas in der Art. Baronin Cussack hat den Zeitungsausschnitt wahrscheinlich noch.«

Andrew schüttelte ungläubig den Kopf. »Wie konnten die Armee und die Polizei denn so etwas von Esmie verlangen? Eine Frau allein mit nur einem Mullah und ein paar einheimischen Wachen in ein Stammesgebiet zu schicken … Laut Bannerman hat mein Vater darauf bestanden, auch mitzukommen, konnte aber nur wenig helfen. Esmie war diejenige, die das ganze Risiko auf sich genommen hat …« Andrew brach ab und warf ihr einen gequälten Blick zu. »Ich fühle mich schrecklich, weil ich das Schlimmste von Esmie angenommen habe, und ich wünschte, ich könnte sie treffen, um mich zu entschuldigen. Ich war ihr gegenüber all die Jahre so grausam und kindisch. Dabei hatte sie es gar nicht verdient.«

Stella freute sich über sein Eingeständnis. »Sie wird so glücklich sein, wenn du ihr das sagst. Sie hat nie aufgehört, dich zu lieben, Andy. Bis auf deinen Vater gibt es niemanden, den Esmie mehr liebt.«

Er verzog den Mund. »Nicht einmal die perfekte Belle?«

Stella schwieg.

Jenseits des Cricketplatzes regte sich erster Verkehr in der Stadt: Pferde, die Milchwagen zogen, trabten vorbei; ein Armeelaster rumpelte vorüber und stieß blauen Rauch in die kalte Luft aus.

Stella wusste, dass ihnen die Zeit davonlief. Bald musste sie ins Hotel zurück, um Mrs Shankley beim Waschen zu helfen und sie zu ermuntern, eine Kleinigkeit zu frühstücken, obwohl sie dieser Tage keinen Appetit hatte. In der letzten Woche hatte Stella es nicht einmal mehr geschafft, sie aus dem Bett zu bewegen oder dazu zu bringen, sich anzuziehen.

»Weißt du, wo du stationiert wirst?«, fragte sie.

Er begegnete ihrem Blick. »Höchstwahrscheinlich unten an der Grenze von Burma.«

Impulsiv packte sie seinen Arm.

»Du passt doch gut auf dich auf, oder, Andy? Versuch ja nicht, übertrieben tapfer zu sein.«

Er bedeckte ihre Hand mit seiner. »Mach dir keine Sorgen – ich gebe nur die Befehle.«

Sie lächelte. »Ich weiß, dass das nicht stimmt. Ich bin sehr stolz auf dich. Das sind wir alle.«

Andrews Augen glänzten. »Danke, Stella. Das bedeutet mir viel.«

Eine ganze Weile sahen sie einander in die Augen. Stella spürte, dass ihr Herz vor Zuneigung überging. Sie schaute auf ihre Hände hinab, die sich berührten; es war ein so tröstliches Gefühl. Sie strich mit ihren Fingerspitzen über seine.

»Du kaust noch immer deine Fingernägel ab«, sagte sie.

»Gewohnheit«, räumte Andrew ein.

Stella lächelte. »Sie sehen allerdings nicht mehr so schlimm aus wie früher.«

»Ich weiß noch, wie du manchmal versucht hast, sie zu küssen, damit sie wieder heil werden«, sagte er spöttisch.

Spontan hob sie seine Hand an und küsste sanft seine Fingerspitzen. »Ist es jetzt besser?«

»Viel besser.«

Sie sah, dass seine Augen vor Ergriffenheit glänzten, und ließ rasch seine Hand los.

Andrew räusperte sich. »Grüßt du Dad und Esmie bitte lieb von mir?«, fragte er. »Sag ihnen, dass es mir leidtut, dass ich sie nicht besuchen konnte, bevor ich das Pandschab verlasse.«

»Natürlich.«

»Sind sie glücklich, Stella?«, fragte er unvermittelt. »Mit dem neuen Baby?«

»Sehr«, sagte Stella wahrheitsgemäß. »Sie himmeln sie an – und dein Vater hat wieder angefangen zu malen. Dass ist immer ein Zeichen, dass er gut gelaunt ist.«

»Da bin ich froh«, sagte Andrew und lächelte bekümmert. »Ich hoffe, dass ich meine Schwester eines Tages kennenlerne.«

Sie beugte sich zu ihm und küsste ihn sanft auf die Wange. Als sie ihn streifte, spürte sie sein unrasiertes Kinn. Dabei durchlief sie der gleiche Schauer, den sie am Vortag gespürt hatte, als er ihr Haar geküsst hatte. Rasch stand sie auf.

»Lass mich mit dir zurückfahren«, sagte Andrew.

»Nein, das ist für dich die falsche Richtung«, erwiderte Stella, »und du bist mir ja doch nur ein Klotz am Bein.«

Andrew lachte. »Oh, Stella, ich habe es vermisst, von dir aufgezogen zu werden.«

Hastig brach sie auf und strampelte kräftig. Noch länger zu bleiben, würde zu belastend sein, und sie wagte es nicht, noch einmal zurückzuschauen. Sie hatte über neun Jahre darauf gewartet, Andrew wiederzutreffen, und ihre gemeinsame Zeit war quälend kurz gewesen. Sie hatte vergessen, wie sehr er ihr wirklich am Herzen lag. Ihr kamen die Tränen, und eine verwirrende Mischung aus Traurigkeit und Sehnsucht schnürte ihr die Brust zu. Stella schickte ein Stoßgebet zum Himmel, dass sie ihn heil und gesund wiedersehen würde.

Kapitel 49

Eine Woche, nachdem Andrew Rawalpindi verlassen hatte, betrat Stella Winifred Shankleys Zimmer und wusste sofort, dass etwas nicht stimmte. Sie bekam keine Antwort auf ihren morgendlichen Gruß. Die alte Frau lag still, und als Stella sich näherte, rührte sie sich nicht. Aber als sie sich über Winifred beugte, hörte sie sie noch flach atmen.

»Mrs S, geht es Ihnen gut?« Stella strich der Missionarin das dünne weiße Haar aus der Stirn.

Winifred schlug die Augen auf. Ihr Gesichtsausdruck war verwirrt. Sie antwortete nicht, aber ihre Hand tastete unbeholfen nach Stellas und versuchte, sie zu halten. Doch ihre dünnen Finger waren zu schwach. Stella setzte sich auf das Bett, hob Winifreds Hand an ihre Lippen und küsste sie. Winifred lächelte und schloss die Augen. Ihr schnelles, flaches Atmen setzte sich fort. Ein Kloß bildete sich in Stellas Hals; instinktiv wusste sie, dass das Leben ihrer alten Freundin endgültig verging.

»Möchten Sie, dass ich Ihnen vorsinge?«, fragte Stella sanft.

Winifred nickte fast unmerklich. Stella begann, die Lieblingshymne der Missionarin zu singen: »There is a Green Hill Far Away«.

Während sie sang, entspannte sich das Gesicht der alten Frau, und ihre Atmung wurde ruhiger. Stella fragte sich, ob sie Hilfe holen und Jimmy bitten sollte, den Arzt zu rufen, aber als sie versuchte, sich zurückzuziehen, flatterten Winifreds Finger vor Aufregung. Also blieb Stella und sang weiter Hymnen, während sie der Missionarin die Stirn streichelte.

Schlagartig veränderte sich Winifreds Atmung. Sie wurde tief und röchelnd, und sie rang nach Luft, während ein Rasseln aus ihrem Brustkorb ertönte.

Erschrocken unterbrach Stella ihren Gesang. »Mrs S?«

Winifred riss die Augen weit auf. Sie sah, wie Stella sich über sie beugte, und lächelte. »Ehre sei Gott!« Dann schloss sie die Augen wieder.

Stella beugte sich noch tiefer und küsste sie auf die Stirn. »Ehre sei Gott, Mrs S«, flüsterte sie.

Wenige Minuten später hörte Winifred Shankley auf zu atmen.

* * *

Mrs Shankleys Tod gab Stella endgültig den Anstoß, sich zum allgemeinen Dienst beim WAC zu melden. Im Dezember sickerte die Nachricht durch, dass indische und britische Streitkräfte mit den Japanern Gefechte im Arakan führten, einer Küstenregion in Burma in der Nähe von Chittagong in Ostbengalen. Sie wusste es nicht sicher, aber wahrscheinlich war Andrew an den Kämpfen beteiligt. Während sie sich Sorgen um ihn machte, bestärkte die Vermutung sie in ihrer Entschlossenheit, ihren Teil beizutragen.

»Ich verbringe ohnehin schon die meiste Zeit im Freiwilligendienst«, erklärte sie ihrer Mutter. »Und es gibt keinen Grund, warum eine unverheiratete Frau wie ich nicht dorthin gehen sollte, wo sie am meisten gebraucht wird.«

»Was ist mit der nächsten Saison?«, fragte ihre Mutter. »Erwarten die Lomax nicht von dir, im Raj-in-the-Hills zu helfen?«

Bei der Erwähnung der Lomax durchströmte Stella das nun schon vertraute Gefühl der Beklommenheit und Traurigkeit. »Nicht, wenn ich in Vollzeit Freiwilligendienst leiste. Ich habe ihnen geschrieben, um es ihnen zu erklären.«

In mancherlei Hinsicht würde es einfacher sein, nicht nach Gulmarg zurückzukehren und damit konfrontiert zu sein, Belle jeden Tag zu sehen und doch nicht ihre Mutter sein zu können. Vielleicht sollte sie lieber an einem Ort arbeiten, der nichts mit Belle und den Lomax zu tun hatte.

* * *

Danach ging alles ganz schnell. Mitte Dezember teilte man ihr ihren neuen Posten mit. Stella war etwas verblüfft zu erfahren, dass man sie nach Neu-Delhi schickte, um als Sekretärin eines Forstbeamten zu arbeiten, der als Inspektor von Geschützlafetten ans Verteidigungsministerium abgeordnet worden war. Es klang nach einer sehr verantwortungsvollen Stelle, ganz abgesehen davon, dass Delhi über sechshundert Kilometer und eine lange Zugfahrt entfernt lag.

»Er heißt Major Maclagan«, erzählte Stella ihrer Familie, »und hat vor dem Krieg in Lahore gearbeitet, also werden wir uns wenigstens über das Pandschab unterhalten können. Er wird über Weihnachten in Bombay sein, also sind sie einverstanden, dass ich Weihnachten noch hier verbringe und dann vor Jahresende nach Delhi hinunterreise.«

»Was genau heißt es, dass er Geschützlafetten inspiziert?«, fragte Yvonne neugierig.

Stella zuckte die Schultern. »Ich glaube, es hat etwas mit dem Holz zu tun, aus dem sie angefertigt werden. Ich kann mir nicht vorstellen, dass ich mehr wissen muss, als die Namen der Bäume buchstabieren zu können, die dabei zum Einsatz kommen.«

»Na, darin wirst du gut sein«, meinte Jimmy. »Am glücklichsten warst du doch immer inmitten der Bäume und sonstigen Pflanzen von Kaschmir, oder?«

Stella warf ihm einen dankbaren Blick zu. »Aber ich werde euch alle sehr vermissen.«

»Wir werden dich auch vermissen«, sagte Yvonne mit einem traurigen Lächeln. »Aber es ist ja nicht für immer.«

* * *

Am zweiten Weihnachtstag gingen die Dubois nach Lalkutri in die Wohnung von Tante Rose und Onkel Toby zur traditionellen ganztägigen Party der Dixons. Die Dixons begrüßten sie mit gespielter Munterkeit, und Stella ahnte, dass es daran lag, dass sie ihre Sorge um ihren ältesten Sohn Rick zu überspielen versuchten, der angeblich militärischen Nachschub über dem Arakan flog.

»Es heißt, dass die Briten sich im Dschungel festfahren«, sagte Clive, »und dass nur die indische Luftwaffe sie vor der Niederlage bewahrt.«

»Ich weiß nicht, woher du solche Geschichten immer hast«, rief Tante Rose an ihren Schwiegersohn gewandt. »Das ist antibritische Propaganda!«

»Ja«, stimmte Tante Lucinda zu. »Ich habe gehört, dass die japanischen Piloten so kurzsichtig sind, dass sie gleich drei Brillen auf einmal brauchen, um zu sehen. Also werden tüchtige junge Männer wie Rick sie auf jeden Fall besiegen.«

Cousin Sigmund schnaufte ungläubig. »Tante! Das ist Unsinn. Die Japsen haben sich im Luftraum von China bis Burma als tödlich erwiesen.«

»Lasst uns heute nicht streiten«, griff Ada ein. »Auch Stella verlässt uns bald, also seien wir doch einfach froh, dass wir alle hier zusammen sind.«

Stella verbarg ihre Besorgnis angesichts von Clives düsteren Worten – auch sie hatte von einer WAC-Freundin, die im Telegrafenamt arbeitete, Gerüchte gehört, dass der Konflikt im Arakan nicht gut verlief.

Aber es hatte keinen Sinn, darüber nachzugrübeln. Das hier würde ihre letzte Familienfeier auf absehbare Zeit sein, und sie würde sie voll und ganz auskosten. Sie ging zu ihrer Cousine Lucy, um sich mit ihr zu unterhalten. Lucy hoffte, dass Monty bald Urlaub bekommen würde; sie hatte ihren Verlobten seit über anderthalb Jahren nicht gesehen.

»Aber in seinem letzten Brief hat er angedeutet, dass er die Wüste bald hinter sich lässt«, sagte Lucy mit glänzenden Augen. »Ich will nur, dass er lange genug nach Hause kommt, damit wir heiraten können!«

»Ich bin mir sicher, das tut er, wenn er nur irgend kann«, sagte Stella mit einem tröstenden Lächeln.

Stella wurde von Baby June von dem Gespräch abgelenkt. Die Kleine war rot im Gesicht und weinte. Stella stählte sich und ging zu Ada hinüber, um ihr das Kind aus den Armen zu nehmen.

»Sie zahnt«, sagte Ada, »und hält uns die ganze Nacht wach.«

»Eine kleine Nachteule also«, scherzte Stella lächelnd.

Sie legte sich den übellaunigen Säugling in die Armbeuge und drückte den Knöchel ihres kleinen Fingers zwischen Junes heißes Zahnfleisch. June biss mit erstaunlicher Kraft darauf. Stella schnürte sich die Brust zu, als sie sich vorstellte, dass Esmie oder Gabina das Gleiche für Belle tat. Sie ging im Zimmer herum, wiegte June sanft in ihren Armen und flüsterte ihr Reime ins Ohr, während ringsum gelacht und geplaudert wurde.

Nach und nach kam das Wimmern des Babys zum Erliegen, und seine Augenlider wurden schwer. Stella fiel auf, wie lang und schön Junes Wimpern auf ihrer cremefarbenen Haut wirkten. Sie beugte sich vor, küsste Junes heiße Wange und reichte sie dann an Ada zurück.

Die Cousinen tauschten einen langen Blick.

»Du bist die geborene Mutter«, sagte Ada mit einem fragenden Lächeln.

Stella ertappte sich dabei zu erröten. »Ich habe dank meines Neffen reichlich Übung«, antwortete sie.

Im nächsten Moment drückte ihr Sigmund schon ein Getränk in die Hand und fragte nach Andrew.

»Weißt du, dass er hier vorbeigeschaut hat, als er im April durch Pindi gekommen ist?«

»Nein, das wusste ich nicht«, sagte Stella. Ihr Puls beschleunigte sich, als Andrew so unerwartet erwähnt wurde.

»Es war, als wären wir nie getrennt gewesen«, meinte ihr Cousin. »Er war wie immer.«

»Ja«, stimmte Stella zu, »er ist noch so freundlich wie eh und je. Ich habe ihn im November gesehen.«

»Also hat er die Nordwestgrenze verlassen?«

Stella nickte. »Ich glaube, er ist unten in Chittagong – vielleicht im Arakan.«

Sigmund verzog das Gesicht. »Das wollen wir nicht hoffen.« Er musste ihre Besorgnis gespürt haben. »Und selbst wenn Andrew da ist, kann er auf sich aufpassen – das konnte er schon immer.«

»Ja, hoffen wir das«, sagte Stella und schickte ein Gebet zum Himmel, Andrew zu beschützen, wo auch immer er war.

Als es Zeit wurde zu gehen, polterten die Dubois – fröhlich nach all dem guten Essen und dem Alkohol – die Außentreppe zur Straße hinunter, winkten und riefen ihren Dank.

»Fröhliche Weihnachten noch einmal, ihr alle!«, rief Jimmy.

»Viel Glück, Stella!«, wünschte ihr Sigmund.

»Bring einen hübschen Offizier mit zurück!«, neckte Ada sie.

Stella lachte. Ihr schnürte sich vor Ergriffenheit die Kehle zu, als sie ihre Verwandten sah, die sich lächelnd über das Balkongeländer beugten. Sie hatte keine Ahnung, wann sie sie das nächste Mal treffen würde.

»Auf Wiedersehen!«, rief sie zurück.

Als sie nach Hause gingen, umschwebten ein paar Schneeflocken sie, und sie neigten die Köpfe gegen den rauen Nachtwind. Myrtle und Yvonne gingen voran und schoben den schlafenden Charles in seinem Kinderwagen. Stella hakte sich bei Jimmy ein.

»Dad hätte den heutigen Tag genossen«, bemerkte sie melancholisch.

Er lächelte und drückte ihren Arm. »Wo auch immer er jetzt ist, dort hat er bestimmt eine *pukka* Party gegeben.«

Stella lächelte. »Ja, bestimmt.«

Jimmy setzte hinzu: »Du musst dir keine Sorgen um Ma machen – ich passe auf sie auf.«

»Ich weiß.« Sie küsste ihn auf die Wange.

»Warum bekomme ich denn einen Kuss?«

»Weil Pa so stolz auf dich wäre – ich bin es auch.«

»Sei nicht so gefühlsduselig!« Er lachte und küsste sie seinerseits.

Kapitel 50

Neu-Delhi, Januar 1943

Punkt halb acht Uhr morgens kam Major Maclagan schwungvoll in das beengte Büro spaziert, das ihm vom Rüstungsdirektor für seine Zwecke zur Verfügung gestellt worden war. Stella war schon bei der Arbeit, weil sie wusste, welch großen Wert ihr neuer Chef auf Pünktlichkeit legte.

»Morgen, Miss Dubois!«

»Guten Morgen, Major. In der Kanne ist Tee, Sir. Möchten Sie welchen?«

»Ja, ich hätte nichts dagegen«, sagte er und rieb sich die Hände. »Es ist ein kalter Tag.«

Stella nahm ihm seinen Mantel und seine Soldatenmütze ab, hängte beides an den Ständer neben der Tür und ging dann daran, Tee in seine große Lieblingsporzellantasse zu gießen, während ihr Chef sich an die Arbeit machte. Sie kannte niemanden sonst, der so viel Tee trank wie er – literweise –, und er war am glücklichsten, wenn er ihn lauwarm, lange gekocht und mit drei Löffeln Zucker bekam.

Als sie den Tee vor ihn stellte, sagte er: »Ich hoffe, Sie leben sich gut ein?«

»Ja, danke, Major.« Stella lächelte. »Mein Zimmer in der YWCA ist recht gemütlich, und ich kann ohne Probleme zur Arbeit radeln – dank Ihnen, weil Sie das Rad für mich aufgetrieben haben.«

Stella fragte sich, ob sie dem Major manchmal zu viel plapperte – ihre Mutter hatte sie davor gewarnt –, aber er war ein Mann, mit dem man gut reden konnte, solange es nicht bei der Arbeit störte.

Allmählich bekam sie ihre Aufgaben in den Griff: Stundenlang tippte sie seine halb unleserlichen Notizen über Holznachschub ab, verschickte Briefe, sandte Telegramme und achtete darauf, dass er seine Vortragsnotizen hatte, um Ordonanzoffiziere in Sachen Holz auszubilden.

Sie tippte Briefe über Holzqualität und grobe Bretter, die den Bedarf der ständig wachsenden Indian Air Force an Propellern decken sollten. Sie schrieb in Maclagans Namen an Zulieferer: Sägewerke in Kalkutta, Holzhändler in Bombay und Werkstätten in Jabalpur, die Gewehre herstellten. Sie protokollierte Sitzungen über Sperrholzpontons und über die Frage, ob man aus Teakresten Zeltheringe herstellen konnte.

Ihr Chef, ein drahtiger schottischer Veteran des Ersten Weltkriegs mit hagerem Gesicht, rackerte sich unermüdlich für die Streitkräfte ab und erwartete von Stella, das Gleiche zu tun. Sie arbeiteten Zwölf-Stunden-Tage, und er ließ sich durch nichts von seinen Bemühungen ablenken, zu liefern, was gebraucht wurde, von Munitionskisten und flexiblen Lattenrosten bis hin zu Funktürmen und Flugbooten.

Zuerst hatte seine forsche Art Stella abgeschreckt. In ihrer ersten Woche hatte er einem niederrangigen Offizier gegenüber die Fassung verloren, weil dieser in einer Fabrik, die Zeltstangen herstellte, bei einer Inspektion schlampige Arbeit hatte durchgehen lassen.

»Wir können uns keine Schluderei leisten«, hatte er der erschrockenen Stella erklärt. »Wenn das Holz von schlechter Qualität ist oder die Maschinen nicht anständig gewartet werden, dann gehen die Produkte zurück. Auf lange Sicht kostet uns das alle viel mehr. Es ist besser, einen Ersatz wie zum Beispiel Bambus zu finden, statt schlechtes Holz zu akzeptieren.«

Aber bald wurde ihr klar, dass er unter seinem raubeinigen Äußeren ein mitfühlender Mann war, der seine Frau und seine Familie vermisste. Er hatte auf seinem Schreibtisch ein Foto von einer lächelnden Frau stehen, die die Arme um einen schlaksigen Jungen mit ernstem Gesicht und ein grinsendes jüngeres Mädchen mit lockigem Haar gelegt hatte.

»Margo ist im Sommer 39 nach Hause zurückgekehrt«, vertraute er Stella eines Abends an, nachdem sie besonders lange gearbeitet hatten. Er sah erschöpft aus. Der Tag war anstrengender denn je gewesen, weil sie versucht hatten, die North East Railways zu überreden, dem Transport von Bambus nach Kalkutta Priorität einzuräumen. »Sie ist in die Heimat gefahren, um unseren Sohn dort auf eine Schule zu geben, aber als der Krieg ausgebrochen ist, hat sie beschlossen, dort zu bleiben. Sie wollte nicht riskieren, dass die Kinder auf dem Weg zurück hierher einen Torpedotreffer abbekommen.«

Stella war fassungslos. »Sie haben sie seit dreieinhalb Jahren nicht gesehen, Sir?«

Er schüttelte den Kopf. Seine braunen Augen glänzten vor Tränen.

»Das muss sehr schwer für Sie beide sein«, meinte Stella, »und für die Kinder.«

Er brauchte einen Moment, um sich zu fangen. »Manche haben es noch schlechter«, sagte Maclagan. »Wenigstens sind sie alle noch am Leben und in relativer Sicherheit. Sie wohnen in der Nähe von Inverness bei Margos Mutter und sind viel an der frischen Luft.«

Das erinnerte sie an die Lomax, die viel länger von Andrew getrennt gewesen waren. Es hatte von allen seinen Tribut gefordert.

Stella hatte Mitleid. Sie tat das Gleiche wie er und mühte sich im Büro ab, um weniger Zeit zu haben, darüber nachzudenken, was Belle wohl gerade machte. Sie wusste, dass ihr Chef ihr Arbeitsethos zu schätzen wusste. Manchmal entschuldigte er sich dafür, dass er sie so lange im Hauptquartier behielt.

»Haben Sie irgendwo einen jungen Mann, der auf Sie wartet, Miss Dubois?«, fragte er plötzlich.

Stella errötete. »Nein, jetzt nicht mehr. Ich war eine Weile verlobt, aber das ist vorbei …«

»Das tut mir leid«, sagte der Major. »Ist er im Kampf gefallen?«

»Nein, nichts dergleichen. Es hat sich herausgestellt, dass er schon verheiratet war.«

Er stutzte einen Moment lang und starrte sie an. Stella fragte sich, warum um alles in der Welt sie ihm das gesagt hatte. Vielleicht, weil er so bereit gewesen war, sich ihr anzuvertrauen. Er war nicht der zugeknöpfte Militär, für den andere ihn hielten.

»Na ja, ohne so einen Schuft sind Sie besser dran«, antwortete er. »Irgendwo, Miss Dubois, gibt es einen Mann, der Ihrer würdig ist. Wagen Sie es ja nicht, sich mit weniger zu begnügen.«

Er ging schnell zu seinem Schreibtisch und zog aus der großen untersten Schublade eine Flasche mit süßem Sherry. Er goss ein wenig davon in zwei Teetassen und reichte ihr eine. Dabei sagte er: »Das ist Medizin. Trinken Sie.«

Obwohl sie keinen süßen Sherry mochte, war Stella gerührt über seine Besorgnis.

Er hob seine Tasse. »Auf das Wiedersehen mit unseren Lieben!«

»Darauf trinke ich auch«, sagte Stella mit einem dankbaren Lächeln und stieß mit ihm an.

* * *

Von Zeit zu Zeit musste Major Maclagan auf Dienstreise, um Sägemühlen in Kalkutta zu besuchen oder Rüstungsmaterial in der Geschützlafettenfabrik in Jabalpur zu inspizieren. Stella arrangierte nach besten Kräften alles für seine Reisen und Unterkünfte und kümmerte sich in seiner Abwesenheit um Anrufe, Briefe und Telegramme.

»Wenn ich weg bin, haben Sie eine kleine Atempause«, sagte er mit einem Lächeln. »Vielleicht gehen Sie Tennis spielen oder unternehmen etwas mit den anderen Sekretärinnen.«

Aber Stella stellte fest, dass es ihr schwerfiel, sich die Zeit zu vertreiben, wenn er fort war, und sah sich deshalb nach Zusatzaufgaben um. Sie half lieber in der WVS-Kantine aus, als früher als sonst in ihr Quartier zurückzukehren. Dennoch war sie dankbar, dass Maclagan Anfang März an Belles erstem Geburtstag nicht da war. Stella fand den Tag unerträglich schwierig. Sie konnte sich nicht aufs Tippen oder auch nur auf die einfachsten Ablageaufgaben konzentrieren. Sie meldete sich bei einem Beamten mit der Ausrede krank, es gehe ihr nicht gut, und zog sich in die YWCA zurück.

Den Rest des Tages verbrachte sie damit, Blumen auf einen Sonnenhut für Belle zu sticken und über dem einen Foto zu weinen, das sie überall mit hinnahm. Es zeigte ihre Tochter, die an einen Kissenstapel gelehnt im Hotelgarten in Gulmarg saß und mit großen Augen in die Kamera sah. Ihr Mund war etwas verschwommen, weil sie gerade zu einem Lächeln ansetzte.

Stella hatte schon eine Geburtstagskarte mit ein bisschen Geld geschickt, von dem die Lomax Kleidung oder etwas anderes Praktisches für das Mädchen kaufen sollten. Dann, als der Abend sich herabsenkte, beschloss Stella, ihrer Tochter einen Brief zu schreiben, den sie nie abzusenden gedachte, sondern einfach nur verfasste, um den Trennungsschmerz zu lindern.

Meine geliebte Belle,
heute ist Dein erster Geburtstag. Ein Jahr ist vergangen, seit Du wie eine lodernde Flamme in mein Leben getreten bist, die mein Dasein erhellt und mir doch zugleich ein Loch ins Herz gebrannt hat, weil ich wusste, dass ich Dich nicht behalten konnte. Ich frage mich, was Du an diesem besonderen Tag tust. Ich stelle mir vor, dass die Lomax Dich mit Sandwiches und Kuchen verwöhnen. Vielleicht hat Gabina mit Dir in Deinem Kinderwagen einen Spaziergang durchs Dorf unternommen – aber nein, auf den Wegen liegt sicher noch Schnee, also hat Mr Lomax Dich vielleicht auf seine Schultern gesetzt und Dich getragen, um die erste Frühlingsblüte anzuschauen? Ich sehe Dich geradezu vor mir, wie Du wie eine pummelige kleine Göttin hoch oben reitest, Deine Wange rot vor Kälte! Trägst Du die Stricksachen, die ich Dir geschickt habe, oder bist Du schon herausgewachsen?

Ich fühle mich so trostlos, weil ich nicht zusehen kann, wie Du Dich Tag für Tag veränderst. Ich weiß von Esmie, dass Du inzwischen schon auf Dinge zeigst und brabbelst, als würdest Du ein Gespräch führen.

Aber was mich aufrecht hält, ist das Wissen, dass Du von Menschen umsorgt wirst, die Dich fast so sehr lieben, wie ich es tue. Eines Tages werde ich Dich wieder in den Armen halten und Dein weiches Haar küssen – der Tag kann nicht bald genug kommen –, und obwohl Du nie wieder wirklich mein sein wirst, werde ich froh darüber sein, überhaupt eine Rolle bei Deinem Aufwachsen zu spielen. Ich kann genauso wenig aufhören, Dich zu lieben, wie ich aufhören kann zu atmen.

Herzlichen Glückwunsch zum Geburtstag, mein kostbares Mädchen!

Mit aller Liebe der Welt
Deine Dich vergötternde Mummy xxxxxx

* * *

Nachdem der Geburtstag vorbei war, konnte Stella sich wieder leichter auf ihre Aufgaben konzentrieren und war entschlossener denn je, ihr Bestes für den Major zu tun. Die Nachrichten von der Front in Burma waren erschreckend, und nicht zum ersten Mal machte Stella sich Sorgen um Andrew und fragte sich, ob er in die Kämpfe verwickelt war.

»Es wird vieles umorganisiert werden«, sagte Maclagan voraus. »General Slim wird die Verantwortung dafür tragen, die 14th Army wiederaufzubauen – und Gerüchten zufolge wird ein neuer Kommandostab aufgebaut, um alle Streitkräfte im Osten gegen die Japsen zu koordinieren. Die Amerikaner bestehen darauf, dass mehr unternommen wird, um ihnen zu helfen, den chinesischen Widerstand zu unterstützen.«

»Ist das der Grund dafür, dass derzeit so viele Amerikaner durch Delhi kommen?«, fragte Stella.

»Ja, sie sind auf dem Weg nach Kalkutta und zu ihren Luftwaffenstützpunkten in Assam«, sagte der Major.

Im Mai, als die Temperatur stieg und Delhi in der Hitze vor dem Monsun unerträglich zu werden begann, fuhr der

Major zu einer Konferenz in Baroda, um über Bodenerosion – sein Spezialgebiet – zu sprechen. Er kehrte entmutigt zurück, weil seine Vorschläge wenig Begeisterung ausgelöst hatten. Sie wusste, dass seine größte Leidenschaft die Forstarbeit war, die er hatte aufgeben müssen, solange er für die Dauer des Kriegs zur Armee abgeordnet war.

»Vielleicht haben die Leute im Moment nicht die Energie, über den Krieg hinauszudenken«, meinte Stella. »Eines Tages werden sie dankbar für Ihre Ideen sein, Sir.«

Er lebte auf. »Danke, Miss Dubois. Sie sind oft Balsam für meine sinkende Moral. Ich liebe den Optimismus der Jugend.«

Sie ließ einen Krug Limonensaft kommen, und ein paar Minuten lang entspannte sich der Major, während sie ihn mit Geschichten über das Raj Hotel und seine exzentrischen Dauergäste ablenkte. Auch er genoss es, in Erinnerungen an seine frühen Tage im Pandschab zu schwelgen, und Stella wusste, dass seine Liebe zu der Region einer der Gründe dafür gewesen war, dass er sich für eine Sekretärin aus Rawalpindi entschieden hatte: damit sie etwas gemeinsam hatten.

»Ich muss sagen, dass ich Sie um all die Sommer in Gulmarg beneide. So tief bin ich selbst nie in die Berge vorgedrungen«, gestand er. »Aber irgendwann würde ich gern mit Margo dorthin fahren – wenn sie zurückkommt …«

Stella sah, dass Traurigkeit seine Augen umwölkte, und sagte rasch: »Ich bin mir sicher, dass die Lomax Sie herzlich willkommen heißen würden, wenn Sie im Raj-in-the-Hills wohnen würden. Es gibt keinen schöneren Ort auf der Welt.«

Sie empfand solche Sehnsucht danach. Allerdings würde sie ihrem Arbeitgeber nie sagen können, dass der Hauptgrund dafür war, dass sie ihre kleine Tochter jeden Tag ihres Lebens vermisste. Obwohl sie einen Neuanfang in einer mehrere Hundert Kilometer entfernten Stadt gewagt hatte, schien ihre

Sehnsucht im Laufe der Zeit nur noch stärker zu werden, statt sich zu legen.

* * *

Als der Frühling in den Sommer überging und die Tage sogar noch schwüler wurden, ohne dass Erleichterung in Sicht war, bereute Stella allmählich, dass sie keinen Urlaub genommen hatte und in die Berge zurückgekehrt war. Der Monsun setzte mit einem sintflutartigen Wolkenbruch ein, der die sonnenverbrannten Straßen in schlammige Teiche verwandelte. Grün spross aus Gossen und Gräben, Dächer leckten, und Kinder quietschten vor Freude, während sie einander mit Blechschüsseln voller Wasser nass spritzten.

Dann traf ein Brief ein, der Stella dankbar machte, dass sie nicht fortgegangen war, weil er sonst bis zu ihrer Rückkehr ungelesen dagelegen hätte.

»Er ist von Andrew Lomax!« Sie konnte ihre Begeisterung darüber, endlich von ihm zu hören, nicht verbergen.

»Dem jungen Offizier von den Borderers, von dem Sie gesprochen haben?«, fragte Maclagan.

»Ja, von meinem Kindheitsfreund.« Stella riss das einzelne Blatt dünnes Papier aus seinem Umschlag und las es eifrig.

»Geht es ihm gut?«, fragte der Major.

Stella schluckte. Ihr Puls hämmerte vor Erleichterung. »Ja, danke. Er ist in Chota Nagpur in der Dschungelausbildung. Wo genau liegt das?«

»Richtung Westbengalen«, sagte Maclagan. »Umfasst ein großes Gebiet zwischen dort und Bihar. Das wird General Slim sein, der sie für Burma in Form bringt.« Rasch setzte er hinzu: »Nicht, dass man den jungen Lomax unbedingt dorthin schicken wird.«

Stella war gerührt über seinen Versuch, sie zu beruhigen.

Sie las die kurze Nachricht noch einmal, die auf einen Papierfetzen geschrieben war, der aussah, als wäre er hinten aus einem Buch gerissen worden. Der Brief war fröhlich und liebevoll, verriet ihr aber wenig.

> *… habe ich Deinen Brief aus Delhi bekommen, und es bedeutet mir viel, dass Du an mich denkst. Aber es besteht kein Anlass zur Sorge: Ich bin noch an einem Stück und fit wie ein Turnschuh. Hier in Chota Nagpur ist es furchtbar heiß und schwül. Mein armer Freund John Grant (einer der besten Offiziere, mit denen ich je gedient habe) hat Malaria bekommen und ist in die Berge geschafft worden, um sich dort zu erholen. Ich würde meine Eckzähne darum geben, jetzt in Gulmarg zu sein oder im Dal-See zu schwimmen. Ist Delhi auch wie ein Glutofen? Oder vielleicht hat Dir Dein strenger Vorgesetzter ja auch gestattet, in die Berge zu flüchten?*
> *Ich denke oft an unseren gemeinsamen Morgen in Pindi – ich bin zutiefst dankbar, dass ich die Chance hatte, Dich zu sehen, bevor ich in den aktiven Dienst zurückgekehrt bin. Ich weiß, dass ich als Brieffreund immer ein hoffnungsloser Fall war, aber bitte schreib mir trotzdem weiter. Du hast keine Ahnung, wie sehr es meinen Tag aufhellt, einen Brief von Dir zu bekommen.*
> *In Liebe Andrew xx*

Stella betrachtete die letzte Zeile. War das nur ein Abschiedsgruß unter Freunden, oder deutete es auf etwas Stärkeres hin? Was hatten die beiden Küsse zu bedeuten? Sie faltete den Brief schnell zusammen; sie interpretierte mehr in die Dinge hinein, als sie sollte. Andrew war bloß so freundlich, wie es für ihn typisch war. Er war mit einer anderen Frau verlobt und hatte wahrscheinlich nie etwas Romantisches für Stella empfunden.

So lächerlich es ihr auch vorkam, ihr wurde klar, dass die kurze Zeit, die sie ihn in Rawalpindi als erwachsenen Mann erlebt hatte, in ihr tiefe Gefühle geweckt hatte, von denen sie nicht geglaubt hatte, dass sie sie nach Hugh jemals wieder empfinden würde.

»Geht es Ihnen gut, Miss Dubois?«, fragte Maclagan sie neugierig.

Stella steckte den Brief in ihre Tasche. »Ja«, sagte sie etwas atemlos. »Mir geht es gut, danke.«

Sie kehrte rasch an ihre Schreibmaschine zurück und zwang sich, wieder an ihre Arbeit zu denken.

Kapitel 51

Zwei Wochen später kam der Major munterer, als Stella ihn seit einer Weile erlebt hatte, ins Büro.

»Man schickt mich hinauf ins Forest Institute in Dehradun, um ein paar Tests durchzuführen, und ich nutze die Gelegenheit, um gleich einen Blick auf einige der Plantagen zu werfen, wenn ich schon einmal dort bin.«

Schmerzliche Sehnsucht durchzuckte Stella: Dehradun lag am Rande der Ausläufer des Himalaja. »Sehr gut, Sir. Was soll ich tun, während Sie fort sind? Ich könnte etwas Material für die nächste Inspektion in Jabalpur vorbereiten.«

Ein mattes Lächeln erhellte sein hageres Gesicht. »Sie kommen mit. Keine Widerrede! Ich schaffe es beim besten Willen nicht, ohne Sie so viel zu tippen und all die Briefe zu schreiben.«

Stella quietschte vor Entzücken. »Wunderbar! Danke, Sir.«

»Gut«, antwortete er. »Wir brechen in zwei Tagen auf. Stellen Sie fest, ob Sie für uns den Nachtexpress buchen können – das wird etwas weniger strapaziös sein, als tagsüber zu reisen.«

* * *

Drei Tage später stiegen Stella und der Major in einen überfüllten Zug, der in den Norden nach Dehradun fuhr. Aufgrund des Platzmangels mussten sie sich ein Abteil mit zwei Männern mittleren Alters teilen, die eine Uniform trugen, die Stella nicht kannte. Sie standen auf und verbeugten sich höflich. Zu ihrem Erstaunen erwiesen sie sich als Italiener. Maclagan stellte fest, dass die beiden wie er Französisch sprachen, und fand heraus, dass sie Veteranen des italienischen Irredentismus waren.

»Sie haben seit dem Ende des Ersten Weltkriegs in China und im fernen Osten gelebt«, gab Maclagan den Inhalt des Gesprächs für Stella wieder. »Ganz bemerkenswert. Wenn ich sie richtig verstehe, stammen sie aus Triest, das früher zu Österreich-Ungarn gehörte, und sind von zaristischen Russen gefangen genommen worden. Ich glaube, sie waren nie wieder in Italien – aber von Mussolini und seinen Schlägern halten sie ganz gewiss nichts.«

Der kleinere, der eine glänzende Glatze hatte, verzog das Gesicht, als der Name des Diktators fiel, und zog sich die Hand in einer schneidenden Gebärde über die Kehle. Er lachte über Stellas erschrockenen Gesichtsausdruck.

»Was um alles in der Welt machen sie in Indien?«, fragte sie.

»Sie sind beim Freien Frankreich. Sind aus Indochina herausgekommen, wo sie als Straßenbauingenieure gearbeitet haben, und haben ihr Fachwissen angeboten. Jetzt sind sie auf dem Weg ins Armeeausbildungslager in Roorkee. Sie freuen sich sehr über die Nachricht, dass die Alliierten vor Kurzem in Sizilien gelandet sind.«

Der größere Italiener nickte bei den Worten des Majors enthusiastisch. »Kampf um Italien – um Freiheit – er beginnt!«

Stella lächelte die beiden an und reckte den Daumen nach oben. Sie staunte über ihre Geschichte und war zugleich beeindruckt davon, da sie ihr bewusst machte, wie sehr dieser Krieg überall auf der Welt Leben auf den Kopf gestellt hatte.

Sie teilte ihr Picknick aus Dosenkäse, Zwieback und Bananen mit den Männern und machte es sich dann bequem, um zu versuchen, in dem stickigen Abteil zu schlafen.

Sie döste ein, während einer der Italiener leise vor sich hin summte. In den frühen Morgenstunden bekam sie flüchtig mit, dass der Zug ruckelnd anhielt, schlief aber sofort wieder ein. Scheinbar wenige Momente später rüttelte der Major sanft an ihrer Schulter.

»Es ist Zeit, auszusteigen«, sagte er. »Wir sind in Dehradun.«

Stella schaute sich um, aber ihre Reisegefährten waren verschwunden.

»Sie sind in Roorkee ausgestiegen«, sagte Maclagan.

Stella hatte den seltsamen Eindruck, dass sie die ganze Episode mit den reisenden Italienern, die ihre Heimat im Ersten Weltkrieg verlassen hatten und seitdem im Osten umherstreiften, nur geträumt hatte.

* * *

Größe und Lage des Forest Institute beeindruckten Stella sehr. Sie waren keine fünf Kilometer gefahren, hatten aber die lärmenden, geschäftigen Straßen rund um Dehraduns Bahnhof weit hinter sich gelassen und waren in eine Oase aus üppig grünenden Rasenflächen und Bäumen gelangt, die von einem weitläufigen College aus roten Ziegeln und strahlend weißen Säulen dominiert wurde. Einige der Rasenflächen waren aber umgepflügt worden, und man hatte Weizen dort gepflanzt: ein vielsagendes Anzeichen des Kriegs.

»Das sieht ja aus wie der Palast des Vizekönigs in Neu-Delhi!«, rief Stella. »Bis auf die Berge!« Sie schnappte nach Luft, als sie die in der Hitze bläulich schimmernden Ausläufer des Himalaja hinter dem Gebäude aufragen sah.

»Ja«, sagte Maclagan mit betrübtem Blick. »Margo und ich hatten Glück, hier zwei Jahre zu leben, während ich am College unterrichtet habe.« Dann setzte er forscher hinzu: »Kommen Sie, vielleicht wird im Bungalow der Cranstons noch Frühstück serviert.«

Der Major hatte die Unterkunft für diese Reise arrangiert. Er würde beim Collegedirektor wohnen, während sie ein Zimmer im Haushalt eines der Dozenten, eines gewissen Mr Cranston, bekommen sollte. »Ich lasse Sie dann allein, damit Sie sich einrichten können«, sagte Maclagan. »Sie können dann in einer Stunde im Institut zu mir stoßen.«

Mrs Cranston hieß Stella aufgeregt gestikulierend willkommen.

»Freut mich sehr, Sie kennenzulernen, Miss Dubois! Wie war Ihre Reise? Ich wette, in Delhi hat eine Bullenhitze geherrscht.«

Stella erkannte sofort an ihrem Aussehen und ihrem ausgeprägten melodischen Akzent, dass sie Anglo-Inderin war. Das ließ sie voller Zuneigung an ihre Mutter denken.

»Es ist sehr nett von Ihnen, mich aufzunehmen«, antwortete sie.

»Keine Ursache«, sagte Mrs Cranston mit einem freundlichen Lächeln und bat sie ins Esszimmer.

* * *

Die nächsten vier Tage verbrachten sie am College. Maclagan überwachte die Testung langer Sitkafichtenstämme für den Einsatz im Flugzeugbau. Stella beobachtete die Vorgänge in einem riesigen Lagerhaus, in dem sich Bretter stapelten. Es roch nach dem Harz der Nadelbäume. Das sorgte dafür, dass sie sich nach den Bergen sehnte. Sie konnte die zweite Hälfte ihrer

Reise kaum erwarten, die sie in den Norden nach Masuri und darüber hinaus führen würde.

In Dehradun, das nur gut dreihundertfünfzig Meter hoch lag, war es noch immer heiß, und Stella war dankbar, sich in einen der kühlen, holzgetäfelten Räume des College mit ihren hohen Decken zurückziehen zu können, um die Ergebnisse des Majors zu tippen. Überall wimmelte es von uniformierten Männern aus den verschiedenen Zweigen der Streitkräfte; alle Anstrengungen waren auf praktische Lösungen für den unstillbaren Bedarf der Kriegsmaschinerie ausgerichtet.

Stella musterte prüfend die Gesichter aller in Khaki Gekleideten, in der unwahrscheinlichen Hoffnung, dass Andrew unerwartet unter ihnen sein könnte. Ihr fiel kein Grund ein, der ihn ins Forest Institute hätte führen können, aber sie stellte jetzt immer öfter fest, dass er ihr nicht aus dem Kopf ging.

Am Ende der Woche lieh der Major sich ein Auto vom College, und sie brachen mitten in einem heftigen Regenschauer nach Masuri auf. Die Berge waren hinter einem Wolkenschleier verschwunden, aber Stellas Vorfreude ließ nicht nach, als sie das flache, grüne Ackerland um das Institut herum verließen und in die baumbestandenen Berge aufbrachen.

Je höher das Auto gelangte, desto enger wanden sich die Straßen um Haarnadelkurven. Als der Regen nachließ, reckte Stella den Kopf aus dem Fenster und atmete den angenehmen Duft regengetränkter Farne und Kiefernnadeln ein.

»Das erinnert mich an Murree und die Straße nach Kaschmir«, sagte Stella. Dann wurde ihr klar, dass ihr Tränen über die Wangen liefen. Verlegen wischte sie sich das Gesicht mit ihrem Taschentuch ab. »Die kalte Luft lässt mir die Augen tränen.«

Maclagan warf ihr einen verständnisvollen Blick zu. »Es erinnert mich auch an Murree. Für Sie muss es sich anfühlen, als würden Sie nach Hause kommen.«

Plötzlich konnte Stella nicht mehr sprechen. Sie nickte nur und lächelte unter Tränen.

Kapitel 52

Masuri, Juli 1943

Stella wurde von einem Gefühl der Vertrautheit überwältigt, als sie mit ihrem Vorgesetzten durchs Abendlicht die Mall entlanggging, auf der es von Rikschas und Spaziergängern wimmelte. Die roten Blechdächer der Wohnhäuser und Hotels lagen zwischen die Bäume am steilen Berggrat der Hill Station geschmiegt, und die mit Balkonen ausgestatteten Gebäude der zur Pfarrkirche führenden Hauptstraße hätte genauso gut in Murree stehen können.

Als das Licht schwächer wurde, schälten sich die Berge dahinter aus dem Nebel heraus und leuchteten rosafarben. Die Wolkenbänke sanken unter die Stadt und verdeckten das Tal, in dem Dehradun lag.

»Es ist, als würde man über den Wolken leben«, sagte Stella und genoss voller Ehrfurcht die Aussicht. »Geradezu magisch.«

Sie blieben stehen und lehnten sich gegen eines der kunstvollen Geländer, um zuzusehen, wie die Stadt im Schatten versank. Die letzten Sonnenstrahlen trafen sie und ließen ihre Gesichter glühen. Jetzt würde jeden Moment die Dunkelheit anbrechen, und die Luft würde angenehm kühl werden.

»Stella?«

Erschrocken über die Stimme wandte sie sich zur Seite, konnte den Mann aber nicht deutlich erkennen. Er war nur eine verschwommene Silhouette vor dem Sonnenuntergang. Er kam auf sie zu. Ihr Herz schlug gegen ihren Brustkorb.

»Stella, du bist es wirklich!«

Sie schnappte nach Luft. »Andrew? W… was machst du hier?«

Er grinste auf sie herunter. »Dieselbe Frage wollte ich dir gerade stellen.«

Sie wollte ihn in die Arme schließen, fühlte sich aber in Anwesenheit des Majors gehemmt.

»Das hier ist Major Maclagan. Ich bin mit ihm in Sachen Holz unterwegs.« Sie versuchte, ihre Stimme am Zittern zu hindern. »Major, das ist mein Freund Andrew Lomax.«

»Ach ja, der tapfere junge Offizier von den Borderers! Miss Dubois hat mir alles über Sie erzählt.«

Während die Männer sich die Hände schüttelten, sah Andrew Stella leicht fragend an.

»Ich weiß nicht, was Stella Ihnen erzählt hat, aber sie neigt zu Übertreibungen«, scherzte Andrew.

Der Major lachte. »Sagen Sie mir«, sagte er dann, »was führt Sie her?«

»Eine Woche Urlaub«, erklärte Andrew. »Ein Freund von mir erholt sich hier von Malaria und wollte Gesellschaft. Und ich konnte einer Reise in die Berge nicht widerstehen.«

»Es ist doch wirklich ganz wie in Murree, nicht wahr?«, sagte Stella. So nahe bei ihm zu stehen, verschlug ihr den Atem.

Andrews Augen leuchteten.

»Und wo ist Ihr Freund?«, fragte Maclagan.

»Er ist in der Pension«, sagte Andrew. »Er ist fast vollständig genesen – ich habe ihn beim Schachspiel mit einem walisischen Artilleristen zurückgelassen.«

»Vielleicht könnte ich Sie beide morgen Abend zum Essen einladen? Wir sind zahlende Gäste in der St Mary's Lodge, und das Essen ist einfach, aber reichlich.«

»Das wäre sehr freundlich«, sagte Andrew. »Ich nehme für uns beide an.«

Stella war begeistert. Es war wie ein unerwartetes Geschenk. Sie hatten sich so viel zu erzählen, seit sie beide Rawalpindi verlassen hatten. Die Sonne ging unter, und Lichter gingen entlang der Mall an.

»Ich finde, wir sollten zur Lodge zurückgehen«, sagte Maclagan. »Ich möchte früh aufstehen, um die Himalajazeder-Plantagen zu besuchen.«

Stella hoffte, dass Andrew mitgehen würde, aber anscheinend lag seine Pension in der entgegengesetzten Richtung. Frustriert verabschiedete Stella sich und sah ihm nach, als er davonging.

* * *

Obwohl Stella es am nächsten Tag genoss, unter den hoch aufragenden Himalajazedern umherzustreifen, um dem Major zu helfen, Messungen vorzunehmen, konnte sie den Abend und das Wiedersehen mit Andrew kaum erwarten. Sie frisierte ihr Haar besonders ordentlich und legte etwas Lippenstift auf. Dann beschloss sie auf die letzte Minute, sich die Lippen wieder sauber zu reiben. Sie schämte sich dafür, dass sie versuchte, sich für einen Mann attraktiv zu machen, der schon verlobt war.

Die beiden Offiziere trafen pünktlich um sechs ein und bekamen im luftigen Foyer Sherry serviert, bevor man sie in den Gemeinschaftsspeisesaal bat. Andrews Freund John Grant war ein liebenswürdiger, gepflegter Mann mit rotem Haar und einem Schnurrbart. Seine Haut war allerdings von seinem Fieberanfall immer noch blass.

Sie alle teilten sich einen langen Tisch mit den anderen Gästen. Stella, die zwischen dem Major und John Grant saß, hatte kaum Gelegenheit, mit Andrew zu sprechen, der auf der anderen Seite des Majors saß und von der matronenhaften Frau eines Militärarztes mit Beschlag belegt wurde. Stella plauderte mit Grant über Schottland. Er stammte aus einer Armeefamilie und erzählte voller Zuneigung von seinen Eltern und einer älteren Schwester namens Jeanie, die er offensichtlich vermisste.

»Aber die Armee ist auch wie eine Familie«, sagte John mit einem Lächeln. »Es ist erstaunlich, wie schnell man ein enges Verhältnis zu Männern entwickelt, auf die man sich verlassen muss, um am Leben zu bleiben. Lomax ist für mich jetzt wie ein Bruder.«

Danach wurde ihnen im Aufenthaltsraum Tee serviert.

»Wie ich höre, spielen Sie gern Schach, Lieutenant Grant?«, sagte der Major.

»Das Spiel der Könige«, antwortete John mit einem eifrigen Nicken.

Sie zogen sich an einen Ecktisch zurück und bauten die Schachfiguren auf. Dabei setzten sie ihr Gespräch über Himalajazedern und Bergflora fort.

»Überlassen wir sie ihrem Spiel«, meinte Andrew. »Möchtest du auf die Veranda gehen und den Sonnenuntergang ansehen?«

»Liebend gern«, sagte Stella und ging voraus. Ihr Herz hämmerte.

Die Veranda der erhöht gelegenen Lodge bot einen Blick auf die Mall und die Stadt unterhalb davon. Eine Handvoll anderer Gäste war schon dort, also gingen sie an das etwas weiter entfernt gelegene Geländer.

»Heute Abend ist es klarer«, sagte Stella und atmete den Duft von Rosen und Wicken ein, der aus dem winzigen Garten aufstieg, der sich unter ihnen an die Bergflanke klammerte. »Wir werden bis nach Dehradun sehen können.«

Andrew zündete sich eine Zigarette an, lehnte sich ans Geländer und musterte sie prüfend. »Warum hast du eigentlich beschlossen, Pindi zu verlassen?«

Sie warf ihm einen ironischen Blick zu. »Zum Teil war das deine Schuld.«

Seine dunklen Augenbrauen schossen hoch. »Meine Schuld?«

»Als wir uns das letzte Mal begegnet sind, hat mich das zum Nachdenken gebracht. Du warst auf dem Weg in den Kampf, und ich habe immer noch wenig mehr getan, als ein paar Aktenvermerke abzuheften. Ich musste etwas Lohnenderes zur Kriegsanstrengung beitragen – nicht so viel wie du, aber wenigstens etwas.«

»Ich hatte ja keine Ahnung.« Andrew blies Rauch aus. »Ich glaube nicht, dass ich bisher jemals einen anderen Menschen dazu inspiriert habe, etwas zu tun – schon gar nicht dich.«

Stella lachte und stieß ihn an. »Lass dir das nicht zu sehr zu Kopf steigen. Es war nicht der einzige Grund.«

Andrew grinste. »Erzähl mir von Delhi und von deiner Arbeit.«

Stella sprach über ihre Tätigkeit für den Major.

»Jetzt bist du dran«, sagte sie. »Hast du im Arakan gekämpft? Sag mir nur, was du auch sagen darfst, aber behaupte nicht einfach, dass alles schon in Ordnung war, denn ich weiß vom Major, dass es das nicht war.«

Andrew drückte seine Zigarette aus und sah sich um. Er senkte die Stimme. »Es war ein Desaster. Wir waren völlig unvorbereitet auf die Bedingungen – unsere Sappeure haben ihr Bestes getan, Straßen zu bauen und unsere Fahrzeuge in Gang zu bekommen, aber in dem bergigen Dschungel war das hoffnungslos. Und wir hatten keine Nachschublinien – wir wären niedergemacht worden, wenn wir uns nicht zurückgezogen hätten. Das Einzige, was uns gerettet hat, war, dass auch der Feind

Schwierigkeiten hatte, Nachschub anzuliefern. Wir haben eine Atempause bekommen – aber nur auf Zeit.«

»Wie bald wirst du denn dorthin zurückkehren?«, fragte Stella besorgt.

Andrew zuckte die Schultern. »Wir werden jetzt eindeutig für den Dschungelkrieg ausgebildet. Der Feind wird sich die reiche Beute, die Indien darstellt, nicht einfach entgehen lassen. Es könnte schon in der kalten Jahreszeit losgehen.«

Stella versuchte, sich nicht anmerken zu lassen, wie sehr die Vorstellung ihr zusetzte. Sie drehte sich um und beobachtete, wie die Sonne über der Ebene unterging und Dehradun in Goldstaub verschwimmen ließ. Auf der Suche nach einem leichteren Gesprächsthema fragte sie: »Gibt es Neuigkeiten aus Schottland? Ich vermisse es, Tibbys Nachrichten an deinen Vater zu hören.«

Andrew zögerte und sagte dann: »Grandmamma ist im April gestorben.«

Stella legte eine Hand auf seinen Arm. »Andy, das tut mir so leid. Das wusste ich nicht.«

Er nickte. »Sie hat sich eine Erkältung eingefangen, die sich zu einer Lungenentzündung ausgewachsen hat. Anscheinend hat sie nach mir gefragt – wollte, dass ich ihr in den Wintergarten hinabhelfe, damit sie einen Strauß als Verlobungsgeschenk binden kann. Mamma musste sie daran erinnern, dass ich in Indien bin. Danach hat sie nicht mehr versucht, aus dem Bett aufzustehen. Meine Mutter hat gesagt, am Ende sei es ganz friedlich gewesen.«

Andrew sah ihr in die Augen und sagte einen Moment lang nichts.

»Was wird deine Mutter jetzt tun?«, fragte Stella. »Wird sie ganz allein in dem großen Haus bleiben?«

»Sie sagt, sie will es für meine Rückkehr bereithalten«, sagte Andrew und wandte sich ab, um die Aussicht zu genießen. »Für den Fall, dass Felicity und ich unser Eheleben dort beginnen wollen.«

Bei dieser Erinnerung daran, dass Andrew ein Leben in Schottland hatte und sie nie ein Teil davon sein würde, fühlte Stella sich wie ausgehöhlt.

»Natürlich«, murmelte sie. »Das ist sehr zuvorkommend von deiner Mutter.«

»Mamma hasst es, allein zu sein«, sagte Andrew. »Allerdings kann ich mir nicht so recht vorstellen, dass sie unter demselben Dach wie Felicity leben will – und das beruht auf Gegenseitigkeit.«

»Kommen sie nicht gut miteinander aus?«, fragte Stella.

Er verzog bedauernd das Gesicht. »Du kennst ja meine Mutter – sie ist gern die Bienenkönigin, und meine Verlobte lässt alle Anzeichen erkennen, dass sie genauso ist. Allerdings«, setzte Andrew hinzu, »ist Dickie Mason seit Grandmammas Beerdigung häufiger zu Besuch gekommen, und das macht Mamma glücklich. Dafür bin ich dankbar. So fühle ich mich ein bisschen weniger schlecht, dass ich nicht da bin, um sie zu trösten.«

Stella sagte: »Es muss sehr schwierig für dich sein, so lange von zu Hause fort zu sein.«

Er warf ihr einen seltsamen Blick zu. »Ich frage mich allmählich …«

»Lomax!«, unterbrach sie ein Ausruf von John Grant. »Ich brauche einen Drink. Der Major hat mich matt gesetzt, als ich noch kaum einen Zug gemacht hatte.«

Hinter ihm lachte Major Maclagan leise. »Sie sind bestimmt noch etwas benommen von der Malaria, Lieutenant. Das muss ich ausnutzen, solange ich kann.«

Sie machten es sich auf Rattansesseln bequem und bestellten Getränke bei einem Diener.

John sagte: »Der Major hat uns freundlicherweise gefragt, ob wir Lust hätten, ihn morgen nach Chakrata hinauf zu begleiten und ein paar Tage zu bleiben.«

»Wirklich?« Andrew riss überrascht die Augen auf.

Der Major nickte. »Ihr Freund hat so viel Interesse an meiner Arbeit gezeigt, und ich könnte ihn über die Fichten- und Tannenplantagen führen.«

»Das würde mich wirklich interessieren«, sagte John. »Und wir müssen ja erst Ende der Woche nach Chota Nagpur zurückreisen.«

»Wenn du dich stark genug fühlst?«, fragte Andrew.

»Ich fühle mich topfit, Lomax.«

Er warf einen Blick auf Stella. Sie lächelte aufmunternd und wünschte sich, er würde annehmen. Sie hielt den Atem an.

»Dann ja«, stimmte Andrew zu. »Ich kann mir keine angenehmere Art vorstellen, den Rest meines Urlaubs zu verbringen.«

* * *

Das Rasthaus in Chakrata war ein schlichter, weiß getünchter Bungalow mit blauen Holzläden und Blechdach, von dem aus man aber eine atemberaubende Aussicht durch eine Lücke zwischen den Nadelbäumen auf ferne, schneebedeckte Berge hatte. Der Hang vor dem Haus war weiß vor Margeriten.

»Margo und ich sind hier vor dem Krieg Schlitten gefahren«, schwelgte Major Maclagan in Erinnerungen.

Stella sah Andrews sehnsüchtigen Gesichtsausdruck. »Erinnert es dich an Gulmarg?«, fragte sie.

Andrew nickte, und Stella sah Traurigkeit in seinen Augen aufsteigen, bevor er sich von ihr abwandte.

Am Nachmittag hatte der Major örtliche Ponys für sie alle und ein paar Bergbewohner mit Maultieren gemietet. Die Einheimischen sollten ihr Gepäck tragen, ihr Essen kochen und alle Holzproben transportieren, die er aus den Wäldern mitnehmen wollte.

Nach einer kurzen Erkundung im nahen Himalajazedernwald zogen sie sich in den Bungalow zurück und nahmen ein frühes Abendessen aus Reis, Currygeflügel, Dosenbirnen und Früchtekuchen ein, das sie mit einem ortsüblichen Milchgetränk herunterspülten, das *lassi* hieß. Im Lampenlicht setzten sich Maclagan und Grant zu einem Schachspiel und einem Schluck Whisky zusammen, während Andrew nach Hause schrieb. Stella hätte gern noch mehr mit Andrew geredet, wollte ihn aber nicht beim Briefeschreiben stören, und so ging sie ins Bett und schlief unter dem Stimmengemurmel der Männer ein.

* * *

Andrew stand vom Tisch auf und ließ den halb geschriebenen Brief an seine Mutter liegen.

»Ich schnappe nur noch kurz frische Luft, bevor ich mich hinlege«, sagte er zu den Schachspielern.

Die Luft war kühl und roch nach Wald. Die Gipfel wirkten im Mondlicht ätherisch. Der Himalaja – wie hatte er sich doch nach ihm gesehnt! Er war ekstatisch, endlich wieder inmitten der Berge zu sein. Der sanfte Lampenschein, der aus dem getünchten Bungalow fiel, versetzte ihn ins Gulmarg seiner Kindheit zurück. Was für eine glückliche Kindheit es doch gewesen war! In der Klarheit der Berge wurde Andrew bewusst, wie sehr er Indien und seine Familie hier vermisst hatte: seinen Dad, seine Meemee … und Stella.

Er konnte keinen Brief nach Hause abfassen, wenn er sich so fühlte wie jetzt; das Schreiben wäre zu sehr von seiner Freude darüber erfüllt gewesen, wieder in den Ausläufern des Himalaja und in Stellas Gesellschaft zu sein. Ganz gleich, was er geschrieben hätte, diese Gefühle hätte er nicht verheimlichen können, und seine Mutter hätte zweifelsohne den Quell seiner Freude erraten. Sie hätte sich wahrscheinlich aufgeregt und wäre auch eifersüchtig gewesen – vielleicht hätte sie gar Felicity davon erzählt.

Felicity und sein Leben in Schottland erschienen ihm jetzt so weit entfernt, so kalt und dumpf, während die Berge und Wälder Indiens seine Sinne schärften und dafür sorgten, dass er sich lebendig und energiegeladen fühlte – und gefährlich verliebt.

Er sah den Bungalow und die geschlossenen Vorhänge des Zimmers an, in dem Stella schlief. Das Entsetzen und Entzücken darüber, ihr in Masuri begegnet zu sein, als ihr schönes Gesicht vom Sonnenuntergang beleuchtet worden war, hatte ihm klargemacht, wie töricht es von ihm gewesen war, seine Gefühle für sie als knabenhafte Vernarrtheit abzutun. Sie gingen viel tiefer. Ahnte sie überhaupt etwas davon? Und wenn ja, was bedeutete er ihr? Er spürte, dass auch sie seine Gesellschaft genoss – aber sie waren ja auch immer gut miteinander zurechtgekommen, und vielleicht hieß das, dass sie in ihm nie mehr als einen guten Freund sehen würde.

Schuldgefühle lasteten schwer auf ihm. Er musste vorsichtig sein, wenn er nichts Übereiltes tun wollte, das entweder seine Verlobte oder Stella verletzen würde.

Kapitel 53

Die nächsten zwei Tage verbrachten sie damit, durch die Wälder und an Berggraten entlangzureiten, von denen aus sie eine spektakuläre Sicht auf den Himalaja hatten. Stella genoss diese Gelegenheit, wieder zu reiten.

Wann immer sie sich aus dem Schutz des Waldes hervorwagten, war die Sonne intensiv. Sie machten an Flüssen oder Bächen Picknick, zogen ihre Schuhe aus und kühlten ihre Füße im eisigen Wasser. Stella bemerkte, dass Andrew John ermunterte, mit ihr zu plaudern und ihr Anekdoten über ihr Leben bei der Armee zu erzählen. John war ein unterhaltsamer Mann, aber es war Andrews Gesellschaft, auf die sie es abgesehen hatte. Sie sehnte sich danach, ihn für sich allein zu haben, sodass sie sich ungehemmt unterhalten konnten, aber Andrew schien solchen Gelegenheiten aus dem Weg zu gehen. Es frustrierte sie. Dann tadelte sie sich selbst dafür, dass sie solche Gedanken hatte. Bestimmt vermisste er Felicity, und das war genau so, wie es sein sollte.

»Kann man hier irgendwo schwimmen?«, fragte John an ihrem vorletzten Tag. »Mein Freund Lomax mag nichts lieber, als sich in kaltes Wasser zu stürzen.«

»Man kann am Tiger Fall schwimmen«, sagte der Major. »Wir sollten unbedingt dort hin, bevor Sie abreisen.«

Aber am dritten und letzten Tag erwachten sie in dichtem Nebel.

»Man kann ja keinen Zentimeter weit sehen«, sagte Maclagan frustriert. »Es hat keinen Zweck, sich heute weit zu entfernen.«

Stella machte sich daran, die Notizen des Majors zu tippen, während die jungen Männer Schach spielten und gedankenverloren aus dem Fenster sahen. Der Nebel lichtete sich, aber es setzte Regen ein und trommelte auf das Blechdach, sodass es unmöglich war, ein Gespräch zu führen. Als der Regen endlich nachließ, sagte der Major: »Ich will ins Nachbardorf, um mich mit dem Unternehmer zu treffen, der die Baumfällarbeiten erledigt. Möchte jemand mitkommen?«

»Ja, ich«, sagte John, der unbedingt aus dem Haus wollte.

»Wie weit entfernt liegt der Tiger Fall?«, fragte Andrew.

»Zu Pferd eine halbe Stunde«, sagte Maclagan. »Das könnten Sie problemlos schaffen und doch zum Tee wieder zurück sein. Nehmen Sie einen der örtlichen *syces* mit, um Ihnen den Weg zu zeigen.«

»Stella.« Andrew wandte sich ihr zu. »Hast du Lust zu schwimmen?«

Ihr Interesse war geweckt, aber sie sah ihren Chef an. »Brauchen Sie mich hier, Sir?«

»Gehen Sie ruhig«, sagte Maclagan. »Wenn jemand einen freien Nachmittag verdient hat, dann Sie.«

* * *

Stella konnte ihre freudige Erregung kaum im Zaum halten, als sie und Andrew auf Ponys hinter einem einheimischen Bergbewohner aufbrachen, der auf einem Pony ritt, das ihre

Badehandtücher und einen Picknickkorb mit Proviant trug. Nebelschwaden hingen in den Bäumen wie riesige Spinnennetze, und von den Zweigen über ihnen tropfte Wasser auf sie herab und durchtränkte ihre Hemden und *topees*. Aber es war warm, und zu dem Zeitpunkt, als sie die Schlucht erreichten, brach die Sonne durch.

Sie stiegen ab und gingen auf die Stelle zu, auf die der *syce* zeigte. Dort dampften große Felsen im plötzlichen Sonnenschein. Stella sah einen sprudelnden, schäumenden Bach zwischen den Felsen und eine Klippe, die senkrecht darüber aufragte und mit Schlingpflanzen und überhängenden Büschen in leuchtenden Grüntönen bewachsen war. Sie konnten den Wasserfall in der Nähe tosen hören, ihn aber nicht sehen.

Andrew hielt ihr die Hand hin. »Es sieht rutschig aus.«

Stella nahm seine Hand, und sie kletterten über die Felsen. Sie bogen um einen Felsvorsprung. Jäh öffnete sich die Schlucht zu einer geschützten Grotte voller Farne und Blattwerk. Eine Wasserwand strömte von der Klippe herab und donnerte in einen großen Teich voll graugrünem Wasser.

Andrew stieß einen kleinen Freudenschrei aus und zog Stella auf einen sonnenbeschienenen, beigefarbenen Felsvorsprung. Sofort zog er sich bis auf die Unterhose aus und sprang ins Wasser. Als er wieder an die Oberfläche kam, schrie er vor Kälte und schüttelte sich Wasser aus dem Haar.

»Komm schon, Dubois, es ist wunderschön!«

Stella lachte. Schmerzlich durchzuckte sie die Erinnerung daran, wie sie zusammen in Kaschmir geschwommen waren: Sie waren von der *shikara* der Baronin in den Dal-See gesprungen. Schnell zog sie sich aus – sie hatte im Bungalow ihren Badeanzug unter ihrer Kleidung angezogen – und sprang ihm nach.

»Oh, das ist ja eiskalt!«, kreischte sie und planschte herum.

Andrew schwamm auf den Wasserfall zu und tauchte durch die Gischt. Er schnellte aus dem Wasser und verschwand wieder unter der Oberfläche. Stella kletterte hinaus, setzte sich auf den sonnigen Felsvorsprung und sah ihm zu. Obwohl das Wasser ihr bis an die Brust gereicht hatte, ging es Andrew, wenn er sich hinstellte, nur knapp über die Taille. Sie konnte gar nicht anders, als die dunklen Haare auf seiner breiten Brust und um seinen Bauchnabel und seine muskulösen Arme zu bemerken. Er trug etwas um den Hals, das nach einem kleinen Elfenbeinkopf aussah.

Er ertappte sie dabei, ihn anzustarren.

»Ich habe mich gefragt, was du da um den Hals trägst«, sagte sie errötend.

»Das ist Ganesh.« Er betastete den Kopf. »Ein Glücksbringer von Dawan – er hat seinem Vater gehört. Jetzt soll er mich beschützen.«

»Scheint zu funktionieren«, sagte Stella.

Er sah sie schief an und grinste dann. »Warum bist du so schnell wieder aus dem Wasser gestiegen? Früher hast du mich immer aufgezogen, wenn ich nicht lang genug dringeblieben bin.«

»Ich bin in Delhi verweichlicht.«

Er schwamm zu ihr. »Oh, wirklich? Na, dagegen gibt es nur ein Mittel.«

»Welches?«

Ohne Vorwarnung packte er sie um die Taille und zog sie in den Teich.

Stella schnappte nach Luft und hielt sich an ihm fest, um nicht hintenüberzufallen. Sie gerieten beide unter Wasser. Stella kam prustend und hustend wieder an die Oberfläche. Ihre Haare klebten ihr im Gesicht. Andrew lachte. Sie spritzte ihn nass. Er tauchte unter, und sie verfolgte ihn, spritzte ihm Wasser ins Gesicht, wann immer er hochkam und sich umsah.

Sie setzten ihre Wasserschlacht fort, bis sie außer Atem war und keuchte.

»Aufhören«, rief sie.

»Heißt das, dass ich gewonnen habe?«, fragte er, ein breites Lächeln auf seinem sonnengebräunten Gesicht.

»Vielleicht.«

Er beugte sich über sie. »Ich warte schon lange darauf, Stella Dubois eine Niederlage eingestehen zu hören.«

Er wirkte jungenhaft und männlich zugleich, und Stella spürte wieder, wie ihr Herz sich nach ihm sehnte. In dem Moment, als sie einander halb spöttisch, halb voll tiefer Zuneigung ansahen, wurde ihr klar, wie vollkommen sie sich in ihn verliebt hatte. Sie hatte Andrew immer geliebt, aber bis vor Kurzem war sie nicht *verliebt* in ihn gewesen. Die Erkenntnis verschlug ihr den Atem und ließ sie verzweifeln. Sie wandte den Blick ab.

»He, Stella, was ist los? Ich mache doch nur Spaß.«

Sie spürte, dass ihr verräterische Tränen kamen. »Ich weiß …«

Er nahm sie sanft bei den Armen. »Was ist denn?«

Seine zärtliche Berührung war zu viel für sie. »Es tut mir leid. Ich mache mir nur Sorgen, weil du so bald nach Burma gehst. Du bist mir wirklich wichtig, Andy.« Sie begann zu weinen.

Einen Moment lang starrte er sie verwirrt an. Dann zog er sie in seine Arme. »Oh, Stella. Sei nicht traurig.« Er fuhr über ihr Haar.

Sie lehnte sich an ihn, überwältigt davon, seine Haut unter ihrer Wange zu spüren.

Andrew lockerte seinen Griff. »Stella«, sagte er leise, »du bist mir auch wichtig. Das warst du immer.«

Sie sahen einander in die Augen. Andrew strich ihr nasse Haarsträhnen aus dem Gesicht. Als sie seine Finger spürte, durchlief sie eine Welle des Begehrens. Im nächsten Moment beugte er sich zu ihr und umfasste ihr Gesicht, seine Lippen dicht bei ihren. Sie wusste nicht, ob sie den ersten Schritt tat oder er, aber plötzlich küssten sie sich. Es ging ihr durch Mark und Bein, seine festen Lippen zu schmecken und zu spüren. Sofort öffnete sie den Mund weiter und küsste ihn leidenschaftlich.

Sekunden später lösten sie sich voneinander.

»Tut mir leid«, sagte Andrew. »Ich hätte nicht …«

»Nein, mir tut es leid«, sagte Stella verwirrt. »Es war falsch von mir. Ich weiß auch nicht, was ich mir gedacht habe.«

Sie wandte sich ab und begann, aus dem Teich zu klettern. Wie hatte sie nur zulassen können, dass sie ihn geküsst hatte, obwohl sie wusste, dass er mit Felicity verlobt war? Sie benahm sich nicht besser als Hugh, wenn sie sich von ihrem Begehren übermannen ließ. Sie wusste, dass sie sich Andrew, wenn er weitergemacht hätte, willig hingegeben hätte, ohne auch nur einen Gedanken an die Versprechen zu verschwenden, die er Felicity gemacht hatte.

Stella schämte sich vor sich selbst, konnte die Sehnsucht aber nicht leugnen. Eilig sammelte sie ihre Kleider ein und kehrte zur Picknickstelle zurück. Andrew folgte ihr, hielt aber Abstand. Sie kehrten flussabwärts zum *syce* zurück, der auf einer Picknickdecke einen Imbiss für sie vorbereitet hatte. Stella trocknete sich ab und zog ihre Kleidung über ihrem feuchten Badeanzug wieder an.

Sie sagten kaum ein Wort, während sie dasaßen und aßen. Andrew plauderte nur kurz in stockendem Hindustani mit dem Bergbewohner. Sie hielten sich nicht lange auf, sondern stiegen auf ihre Ponys, sobald das Picknick wieder verpackt war.

Andrew suchte nach Worten. »Stella, ich weiß nicht, was gerade eben passiert ist, aber …«

»Mach dir keine Gedanken«, unterbrach sie ihn, überwältigt von Scham. »Es war allein meine Schuld, weil ich so gefühlsduselig geworden bin. Du hast nur versucht, mich zu trösten, das verstehe ich. Bitte denk nicht schlecht von mir – ich würde nie versuchen, mich zwischen dich und Felicity zu drängen. Du wirst es doch niemandem gegenüber erwähnen, nicht wahr?«

Seine blauen Augen wirkten so traurig, dass sie es kaum ertragen konnte, ihn anzusehen. Heute hatte sie etwas zwischen ihnen zerstört, und sie befürchtete, dass es nie wieder so wie früher sein würde.

»Ich werde nichts sagen«, versprach Andrew mit verkniffener Miene.

Stella trieb ihr Pony in den Trab und ritt voran, zurück den Pfad hinauf, während sie versuchte, das Schluchzen zu unterdrücken, das in ihrer Kehle aufstieg.

Kapitel 54

Neu-Delhi, Oktober 1943

Die unablässige, kraftlos machende Hitze und Feuchtigkeit der Monsunsaison gingen zurück, und die Temperatur im Büro wurde unter den Deckenventilatoren wieder erträglich. An den Abenden gab es eine willkommene Brise, wenn Stella in der Dunkelheit eine Stunde nach Sonnenuntergang nach Hause radelte.

Die Stimmung in der Stadt hatte sich gebessert. Früher im Monat war Lord Louis Mountbatten eingetroffen, um seinen Posten als Supreme Allied Commander of South East Asia zu übernehmen – sein Mandat, alle drei Streitkräfte in der Region zu koordinieren. Die Organisation wurde bald nur noch einfach als SEAC bezeichnet, und dass sie ihr Hauptquartier in Neu-Delhi hatte, schien den Offizieren und Beamten neue Energie und Zielstrebigkeit eingeflößt zu haben. Major Maclagan wurde optimistischer.

»Dank der guten Nachricht, dass Italien jetzt aufseiten der Alliierten steht, sieht es so aus, als ob das Blatt sich in Europa wendet«, sagte er. »Und wir bekommen hier draußen endlich die Verstärkung, die wir brauchen.«

Stella wusste, dass er auch erleichtert darüber war, dass seine Familie in Großbritannien jetzt sicherer war, da die Gefahr einer Invasion nicht mehr bestand und die Wahrscheinlichkeit, dass sie bombardiert werden würden, auch zurückging.

Neu-Delhi war voll von militärischem Personal – Inder, Briten, Amerikaner und Afrikaner –, das auf der Durchreise zu Posten weiter östlich war. Die Soldaten drängten sich in den Kantinen und Clubs und zogen dann weiter. Wann immer einige der anderen Sekretärinnen in der YWCA Stella baten, mit ihnen in Clubs tanzen zu gehen, lehnte sie ab und behauptete, sie sei zu müde oder müsse Briefe schreiben. Nach einer Weile hörten sie auf zu fragen.

* * *

Major Maclagan stürzte sich so unermüdlich wie eh und je in seine Aufgaben. Auch Stella war froh darüber, lange Arbeitstage zu haben, denn das lenkte sie davon ab, darüber nachzudenken, dass Belle ohne sie aufwuchs, und verhinderte, dass sie über ihre Gefühle für Andrew nachgrübelte.

Doch wenn die Nacht kam und sie einsame Stunden in ihrem Zimmer verbrachte, konnte sie ihre Gedanken nicht daran hindern, sich Andrew und ihrer kurzen gemeinsamen Zeit in den Bergen zuzuwenden. Die Tage in Masuri und Chakrata, in denen sie ständig zusammen gewesen waren, kamen ihr wie ein Traum vor. Sie war noch nie so glücklich gewesen – aber das alles hatte sich nach dem schicksalhaften Kuss am Tiger Fall geändert.

Stella erinnerte sich immer wieder an das, was geschehen war – so kurz und doch so intensiv und leidenschaftlich. Wer hatte die Initiative ergriffen? Und wer hatte sich zuerst zurückgezogen? Sie war sich nie sicher. Es war, als hätte es sich für sie beide wie eine ganz natürliche Geste angefühlt – als hätten der

Ponyritt und das Schwimmen auf solch einen Moment hingeführt. Sie war überzeugt, Liebe in Andrews Augen gesehen zu haben – die gleiche Liebe, die sich in ihr geregt hatte.

Aber sie hatten sich fast so schnell wieder voneinander gelöst, wie sie zusammengefunden hatten, beide überrascht von der Wildheit des Kusses. Stella errötete immer noch vor Scham, wenn sie daran dachte, dass sie so hemmungslos den Verlobten einer anderen Frau geküsst hatte. Sosehr sie Andrew auch liebte, das hätte sie nicht zulassen dürfen.

Andrew empfand es offensichtlich genauso. Er hatte auf dem Ritt zurück zum Forstbungalow geschwiegen und darauf geachtet, dass sie danach nie wieder allein gewesen waren. Alle folgenden Gespräche hatten in Anwesenheit von John oder dem Major stattgefunden. Am folgenden Morgen hatten sie die grünen Wiesen um Chakrata verlassen und waren nach Masuri zurückgekehrt. Einen Tag später waren Andrew und John mit einem frühen Zug nach Süden aufgebrochen, und sie hatte ihn nicht wiedergesehen.

Zurück im drückend heißen Delhi hatte Stella an Andrew geschrieben.

> *… ich kann Dir gar nicht oft genug sagen, wie leid mir tut, was am Wasserfall geschehen ist. Es hätte nie passieren sollen. Ich habe das Gefühl, dass es alles zwischen uns verdorben hat, und das ist das Letzte, was ich will. Ich hoffe, wir können trotzdem Freunde bleiben. Wenn dieser Krieg vorbei ist – und ich glaube, dass wir ihn eines Tages gewinnen werden –, kannst Du in dem Wissen nach Schottland und zu Felicity zurückkehren, dass Du nichts falsch gemacht hast und dass ich Euch für Eure gemeinsame Zukunft alles Gute wünsche. Bitte verzeih mir*

meinen Moment der Schwäche und denk nicht mehr daran.

Nach einiger Zeit hatte Stella eine Postkarte von Andrew bekommen, die irgendeinen Tempel in Ranchi zeigte. Darauf fand weder der Kuss am Tiger Fall noch ihre Entschuldigung Erwähnung. Andrew schrieb nur, dass John Grant vollständig genesen war und dass das vermutlich der frischen Luft und Bewegung in den Bergen zu verdanken war, die sie beide genossen hatten. Er ließ den Major grüßen und wünschte ihr für ihre Arbeit alles Gute. Er hatte mit »Dein Freund Andrew« unterschrieben.

Diesmal hatte es keine Küsse gegeben, und die Worte klangen so endgültig, dass Stella bezweifelte, dass er ihr noch einmal schreiben würde. Deshalb hatte sie ihm seitdem auch nicht mehr geschrieben. Allerdings hielt sie das nicht davon ab, ständig an ihn zu denken und sich zu fragen, wo er war.

* * *

Der November brach an, und morgens war es nun angenehm kühl, aber die Arbeitsbelastung des Majors stieg immer weiter. SEAC verlangte Klapptische und Packkisten, an denen akuter Mangel herrschte. Die Royal Air Force brauchte leichte Behälter, und Stella schickte eine Fülle von Telegrammen an einen Lieferanten von Weidenkörben aus Kaschmir, der seine Preise erhöhte.

Sitzungen erstreckten sich bis spät in den Abend, um zu klären, welche Abteilung Vorrang dabei hatte, Holzprodukte zu requirieren. Es gab endlose Diskussionen über Zeltstangen, an denen ständig Bedarf bestand, und Versuche, Bambus aus Depots in ganz Indien heranzuschaffen.

Im Dezember unternahm der Major in aller Eile eine Reise nach Kalkutta, um die Übergabe einer Lieferung Masonit-Holzfaserplatten für amphibische Handkarren zu überwachen. Er kehrte schockiert von dem zurück, was er auf den Straßen von Kalkutta gesehen hatte.

»Ich wusste, dass die Reisernte in Bengalen schlecht war«, sagte er mit gequältem Blick, »aber nicht, dass eine richtige Hungersnot herrscht. Überall betteln bis auf die Knochen abgemagerte Leute. So etwas habe ich noch nie gesehen. Schrecklich, absolut schrecklich ...«

Er war mehrere Tage lang niedergeschlagen, und Stella wusste, dass er über das Grauen nachgrübelte, das er mitangesehen hatte. Sie wusste nicht, was sie tun sollte; das Ausmaß des Leids, dessen Zeuge der Major geworden war, überwältigte sie. Niemand sonst in ihrer Unterkunft wollte darüber reden.

Als Weihnachten näher rückte, schickte Stella ein verschwenderisches Paket mit Kleidung für Belle zusammen mit einem Pappbilderbuch und einer Holzmaus zum Nachziehen. Das alles kostete ein kleines Vermögen an Porto, aber für ihre Tochter einzukaufen, verschaffte ihr eine bittersüße Freude.

Sie schickte Karten an die Lomax, an ihre Mutter und ihre Familie in Rawalpindi – und an Andrew. Sie war sich nicht sicher, wann er die Karte bekommen würde. Vielleicht war er schon wieder an der Front im Arakan oder an irgendeiner anderen Stelle der mehrere Hundert Kilometer langen Grenze zwischen Indien und Burma. Aber sie wusste, dass alle Post, die er im aktiven Dienst erhielt, gut für die Moral sein würde.

Als der Major hörte, dass sie am Weihnachtstag allein sein würde, lud er sie ein, mit ihm Mittag zu essen.

»Ich finde es zu dieser Zeit schwierig ohne Margo und die Kinder und möchte eigentlich nicht mit wohlmeinenden Freunden glückliche Familie spielen, also täten Sie mir einen großen Gefallen damit, Miss Dubois.«

Er lud sie in ein chinesisches Restaurant ein, das Cathay, ein völliger Kontrast zum Kantinenessen. Sie lachten beide verlegen über ihre Versuche, mit den Essstäbchen zurechtzukommen.

»Sie vermissen ihn, nicht wahr?« Maclagans Frage erschreckte sie. »Ihren jungen Lomax.«

Stella nippte an ihrem Fruchtsaft und versuchte, es leichthin abzutun. »Er ist leider nicht mein junger Lomax. Schon vergeben.«

»Dennoch«, antwortete er. »Für mich – und für Lieutenant Grant – war offensichtlich, dass er Ihnen tiefe Zuneigung entgegenbringt.«

Stellas Inneres verknotete sich. »Vielleicht früher«, antwortete sie. »Aber nicht so viel wie ich ihm. Und ich glaube nicht, dass er es jetzt noch tut.«

»Warum sagen Sie das?«

Stella errötete. »Ich habe ihn in Verlegenheit gebracht. Auf dem Ausflug zum Tiger Fall bin ich etwas zu gefühlsduselig geworden und habe ihn geküsst. Wir wussten beide, dass es ein Fehler war, sobald es passiert war. Aber was mir am meisten zusetzt, ist, dass ich dadurch unsere Freundschaft verdorben habe. Wir waren immer die besten Freunde, aber jetzt will er mir nicht einmal mehr schreiben – und ich kann es ihm nicht verdenken.«

Stella legte sich die Hände an die brennenden Wangen. »Ich weiß auch nicht, warum ich Ihnen das alles erzähle – nicht sehr professionell von mir.«

Der Major schenkte ihr ein mitfühlendes Lächeln. »Es tut mir leid. Ich hätte gar nicht erst so neugierig nachfragen sollen. Ich sollte Ihnen lieber einen schönen Tag bereiten, statt Sie wegen des jungen Lomax traurig zu machen.«

»Sie machen mich nicht traurig«, sagte Stella und griff wieder nach ihren Essstäbchen. »Es schmeckt köstlich, vielen Dank.«

»Gut«, sagte Maclagan. »Essen Sie, so viel Sie können, aber lassen Sie noch Platz für Nachtisch. Ich kenne genau das richtige Lokal für Jalebi, wenn wir hier fertig sind. Der alte *jalebiwallah* in Chandni Chowk verkauft schon seit Königin Victorias Zeiten die leckersten Sirupsüßigkeiten von Delhi.«

Stella lächelte. »Na, wenn sie besser sind als diejenigen, die Felix im Raj-in-the-Hills zubereitet, bin ich beeindruckt.«

Maclagan lachte leise. »Diesen Felix würde ich gern mal kennenlernen.«

Kapitel 55

Als das neue Jahr näher rückte, fragte Stella sich, wie sie die Festtage am besten überstehen sollte, ohne ständig an die Familienparty im Raj Hotel zu denken. Der Major wurde zu einer Dinnerparty und zu einem Ball im Club eingeladen.

»Gehen Sie mit Ihren Freundinnen aus«, drängte er sie. »Haben Sie ein bisschen Spaß, Miss Dubois. Ich erwarte Sie morgen nicht im Büro.«

Als ihre Bürokollegin sie fragte, ob sie zu einem Büfett bei der Freundin einer Freundin mitkommen wollte, sagte Stella deshalb Ja.

Sie genoss die Party viel mehr, als sie erwartet hatte. Vielleicht war es falsch von ihr gewesen, sich monatelang zu verstecken und Gesellschaft zu meiden. Von Natur aus war sie gesellig und hatte Freude daran, unter Leuten zu sein. Ihre Schuldgefühle wegen Andrew hatten ihrem Selbstbewusstsein einen Schlag versetzt, aber sie war entschlossen, an diesem Silvesterabend Spaß zu haben.

Die Party fand in einer Wohnung in Neu-Delhi statt, die einem Ehepaar namens Mitchell gehörte. Der Alkohol floss in Strömen, und die Atmosphäre wurde übermütig. Ein paar Marineoffiziere organisierten eine Reihe chaotischer Spiele.

Sie wiesen Mrs Mitchell an, Schals und Servietten zu suchen, um den Leuten die Augen zu verbinden, und teilten sie in zwei Gruppen auf.

Während die Gäste vor Lachen kreischten und einander laut anfeuerten, wurden Orangen so schnell wie möglich weitergereicht, ohne die Hände zu Hilfe zu nehmen. Stella wurde von einem Amerikaner gepackt, der die Gelegenheit nutzte, sie mitten auf den Mund zu küssen.

»Die süßeste Frucht, die ich je gekostet habe, Ma'am!«

Sie zog ihre Augenbinde beiseite, grub die Fingernägel in die zerquetschte Orange und ließ ihm den Saft in die Augen spritzen. Lachend taumelte er aus der Reihe. Einer der Seemänner zog sie beiseite.

»Sie haben sich disqualifiziert, Miss. Ihre Strafe ist es, nachher mit mir zu tanzen.«

Stella beobachtete amüsiert, wie das Spiel in Chaos ausartete und mit einem Haufen von Körpern auf dem Boden, aber ohne Gewinner endete.

Beim nächsten Spiel mussten sie versuchen, Eierschalen von einem Weinglas zum anderen zu pusten, ohne dass sie herunterfielen. Das wurde dadurch erschwert, dass Leute ihr Glas wegzogen, um zu trinken.

Am Ende stellte Mr Mitchell sich auf einen Stuhl und verkündete, es sei jetzt elf Uhr, sodass es Zeit würde, dass sie alle tanzen gingen.

* * *

Der Ball fand in einem Club statt, der wohlhabenden Indern und auch Anglo-Inderinnen wie Stella offenstand – jungen Frauen, die als Sekretärinnen arbeiteten und freiwillig zur Kriegsanstrengung beitrugen.

Die Tanzfläche war überfüllt, und die Band spielte so laut, dass Stella rufen musste, damit man sie über die Musik hinweg verstand. Gerald, der Sub-Lieutenant, der sie beim Orangenspiel für disqualifiziert erklärt hatte, nahm ihre Hand und zog sie in einen Quickstepp.

Sie tanzten noch zwei weitere Tänze. Dann bahnte er ihnen einen Weg durch die Menge bis zu einem Tisch und fand einen Sitzplatz für sie.

»Es ist fast Mitternacht«, sagte er. »Ich muss uns Getränke holen, um auf das neue Jahr anzustoßen. Bin gleich wieder da.«

Stella lehnte sich zurück und schöpfte Atem. Sie hatte mehr Spaß, als sie erwartet hatte. Ihr Partner für den Abend schien recht nett zu sein. Bevor er zwangsrekrutiert worden war, hatte Gerald für eine Bank in Dorset gearbeitet, oder vielleicht in Devon – es war zu laut gewesen, um das zu verstehen. Er war auf dem Weg nach Ceylon, um dort an Bord eines neuen Schiffs zu gehen. Das vorherige hatte einen Torpedotreffer abbekommen, und er war aus dem Meer gerettet worden. Er schien entschlossen, die Ausgelassenheit des Abends zu genießen.

»Ich werd' verrückt! Wenn das nicht Stella Dubois ist!«

Eine Frauenstimme sorgte dafür, dass Stella sich auf ihrem Stuhl umdrehte. Zuerst hatte sie keine Ahnung, wer die Frau mit der blonden Dauerwelle und dem leuchtend roten Lippenstift war, aber dann erkannte sie die schrille Lache.

»Moira Jessop?« Stella stand auf, weil sie ihre Anstandsdame von der Reise nach Großbritannien vor über zehn Jahren erkannte.

»Ja, ich bin's!« Moira grinste und streckte die Arme aus. Stella umarmte sie.

»Es ist wunderbar, dich zu sehen«, sagte Stella begeistert. »Blondes Haar steht dir – und die Dauerwelle. Du siehst wie eine Frau von Welt aus.«

Moira tätschelte ihr gut frisiertes Haar und lächelte. »Danke, Süße. Und du bist so hübsch wie eh und je. Ich habe dich immer um deine grünen Katzenaugen beneidet.« Sie ließ sich auf den Stuhl neben Stella fallen und fächelte sich mit einem grellrosafarbenen Fächer Luft zu. »Mit wem bist du hier? Dem Burschen von der Marine, der gerade zur Bar gegangen ist? Der ist ja zum Anbeißen.«

»Wir sind nicht wirklich zusammen hier …«

»Sag schon, was machst du in Delhi?«

»Ich bin beim WAC und arbeite für einen gewissen Major Maclagan«, erklärte Stella. »Er ist für die Holzversorgung der Streitkräfte zuständig.«

»Du lieber Himmel, das klingt ja langweilig!«

»Eigentlich ist es ganz interessant.« Stella lächelte. »Und er ist ein sehr netter Mann, der seine Familie in Großbritannien vermisst.«

Moira zog die Augenbrauen hoch. »Hast du eine Affäre mit dem armen, einsamen Mann?«

»Natürlich nicht!« Stella wurde rot.

Moira prustete vor Lachen. »Oh, Stella, du bist immer noch so niedlich wie früher.« Sie packte Stellas linke Hand. »Und immer noch nicht verheiratet, wie ich sehe.«

»Nein. Und du?«

Moira zog ihren Abendhandschuh aus und wackelte mit einem beringten Finger. »Am Ende habe ich mir doch noch einen geangelt.« Sie grinste. »Ich hätte nie gedacht, dass ich wieder in Indien landen würde, aber mein Mann arbeitet hier – na ja, in Kalkutta, aber wir dachten, es wäre sicherer, wenn ich mit unserem Kleinen nach Delhi ziehe, nur für den Fall, dass die Japsen kommen.«

»Du hast ein Kind?«, fragte Stella. Ihr Herz setzte einen Schlag aus.

»Ja, einen Jungen, Jonathan. Er ist jetzt gut ein Jahr alt. Ich glaube, er wird ein kleiner Satansbraten, genau wie sein Dad.« Sie lachte. »An den erinnerst du dich vielleicht noch.«

Stella sah sie verwirrt an. »An wen? Deinen Mann?«

»Ja, er war auf dem Dampfer *Rajputana*. Ich glaube, damals war er sogar ein bisschen verschossen in dich. Hugh – Hugh Keating. Wir haben uns ausgerechnet in Südafrika wiedergesehen. Ich war als Kindermädchen da draußen und er als Flüchtling aus Singapur. Ist es nicht seltsam, wie das Leben manchmal so spielt?«

Stella war wie vor den Kopf geschlagen. Sie starrte Moira an und konnte nicht fassen, was sie gerade gehört hatte. »Hugh?«, fragte sie atemlos. »Das ist nicht möglich …«

»Ich weiß, dass es weit hergeholt klingt«, sagte Moira, »aber nachdem du von Bord gegangen warst, hatten wir damals auf dem Schiff eine kleine Affäre. Wir haben einander noch eine Weile getroffen, aber dann ist er wieder hier hinausgegangen, und der Kontakt ist abgebrochen. Als wir uns in Kapstadt dann wiedergesehen haben … Na ja, das Knistern war immer noch da.« Sie beugte sich zu Stella und flüsterte: »Ganz unter uns … Wir hatten es etwas eilig. Jonathan ist sechs Monate nach unserer Hochzeit zur Welt gekommen. Aber egal.« Sie lachte. »So etwas interessiert doch niemanden, wenn Krieg herrscht, nicht wahr?«

Stella hatte plötzlich Mühe, Luft zu bekommen, und es war fast, als ob sich der Raum um Moira herum, die vor ihr saß und die Lippen immer noch bewegte, zu drehen begonnen hätte. Hugh konnte unter keinen Umständen mit Moira verheiratet sein. Das ergab keinen Sinn. Einen wilden Moment lang fragte sie sich, ob Moira einen anderen Hugh meinte, aber dann wurde ihr klar, wie lächerlich der Gedanke war. Es gab nur einen Hugh Keating, nur einen Mann, der ihr das Herz gestohlen und sie dann verraten hatte.

Sie fühlte sich klamm, und ihr wurde übel. Sie konnte nicht sprechen.

»Geht es dir gut?«, fragte Moira. »Du hattest wohl ein paar Cocktails zu viel, oder?«

Stella nickte. Die Galle stieg ihr in die Kehle.

»Oh, sieh mal, da kommt er mit den Drinks!«, sagte Moira und winkte. »Hughie, komm her. Du wirst nie erraten, wen ich getroffen habe!«

Stella dachte, sie würde ohnmächtig werden. Leicht hinkend und gefolgt von einem Kellner, der ein Tablett mit Cocktails trug, kam Hugh auf sie zu. Er war tadellos in einen modernen Abendanzug gekleidet. Sein welliges Haar war etwas schütterer als früher, aber sein Gesicht immer noch attraktiv. Sein Lächeln gefror, als er Stella erblickte. Sie starrten einander an.

»Es ist Stella«, sagte Moira. »Erkennst du sie? Stella Dubois vom Dampfer *Rajputana*.«

Er streckte die Hand aus. Irgendwie gelang es Stella, ihm kurz die Hand zu schütteln und ihre Stimme wiederzufinden.

»Hugh, das kommt wirklich unerwartet. Moira hat mir erzählt, dass ihr verheiratet seid und einen Sohn habt. Herzlichen Glückwunsch.«

Ihn zu sehen und mit ihm zu sprechen, war eine Qual, aber es verschaffte ihr einen Hauch von Befriedigung, ihn erröten zu sehen und bei seiner Antwort stammeln zu hören.

»J… ja. D… danke.«

Er setzte sich neben Moira und begann, dem Kellner Anweisungen zu erteilen. »Geben Sie der anderen Memsahib auch einen Cocktail.«

»Für mich keinen, vielen Dank«, sagte Stella kühl. Sein Unbehagen angesichts der Situation verlieh ihr Kraft. »Gerald holt mir schon etwas zu trinken.« Sie musterte ihn. »Also, Hugh, was hast du so gemacht, seit wir uns zuletzt gesehen haben?«

Er wirkte verblüfft über die Frage. »Na ja … Lass mal überlegen. Nach einem Besuch zu Hause in Dublin war ich … äh … 1933 eine Weile in Großbritannien.«

»Um sich mit mir zu treffen«, sagte Moira augenzwinkernd.

Hugh arbeitete sich weiter vor: »Dann bin ich zurück nach Indien gekommen.«

»Nach Quetta?«, fragte Stella.

»Äh … nein …«

»Dorthin konntest du nicht zurück, was, Hughie?« Moira lachte. »Nicht, nachdem der Offizier, dem du Hörner aufgesetzt hattest, dir ins Bein geschossen hatte.« Sie legte eine behandschuhte Hand auf Hughs Arm. »In seinen Junggesellentagen war er ein fürchterlicher Weiberheld – aber ich fand böse Buben ja schon immer unwiderstehlich.«

Stella verbarg ihre Überraschung. Nicht auszudenken, dass er Andrew auf dem Dampfer derart prahlerische Geschichten erzählt hatte! Wenigstens wirkte er jetzt verlegen.

»Oh, also bist du gar nicht mehr bei der Landwirtschaftsbehörde?« Stella heuchelte Erstaunen und genoss es zu sehen, wie er sich wand. Hugh nickte.

»Er arbeitet jetzt für McSween and Watson in Kalkutta«, antwortete Moira für ihn. »Er hat Karriere gemacht. Mittlerweile trägt er die Verantwortung für das Geschäft in ganz Nordindien.«

Stella konnte nicht widerstehen zu fragen: »Also ist Mr Lamont in den Ruhestand getreten?«

Hugh sah sie an. Auf seinem Gesicht zeichnete sich schiere Panik ab.

»Kanntest du Lamont?«, fragte Moira überrascht.

»Eine flüchtige Bekanntschaft«, sagte Stella.

»Na, die Welt ist klein«, meinte Moira. »Aber so ist das in Indien eben.«

»Ja, nicht wahr?« Stella warf Hugh einen verständnisinnigen Blick zu. Sie wandte sich an Moira. »Anscheinend ist es dir gelungen, ihn am Ende doch noch zu zähmen.«

»Ja.« Moira grinste. »Wahrscheinlich, weil ich ihn so gut kannte. Ich wäre nie auf seinen alten Trick hereingefallen, mit dem er sich einer Ehe immer entzogen hat.«

Stella spannte sich an. »Und was für ein Trick war das?«

»Meine Damen …«, versuchte Hugh sie zu unterbrechen.

Moira lachte beschwipst. »So zu tun, als wäre er schon verheiratet.«

»Ach?«

Moira beugte sich zu Stella und sagte mit einem Bühnenflüstern: »Aber ich wusste von seiner Schwester, dass das eine kleine Schwindelei war. Hugh war vorher noch nie verheiratet.« Sie lehnte sich zurück. »Auf alle Fälle sind Hughie und ich doch wie füreinander geschaffen, nicht wahr, Schatz?«

»Ein Traumpaar«, sagte Hugh und wich Stellas Blick aus.

In dem Moment kehrte Gerald, der sich zwei Drinks gesichert hatte, zurück. Sie sah, wie Hugh sich merklich entspannte. Nachdem sie ihn schnell den anderen vorgestellt hatte, kündigte der Bandleader auch schon den Countdown zur Mitternacht an. Sie standen auf und stimmten in den lauten Chor mit ein: »Zehn, neun, acht, sieben, sechs, fünf, vier, drei, zwei, eins! Frohes neues Jahr!«

Stella stürzte den Whisky hinunter, den Gerald ihr gebracht hatte, und nahm dann seine Hand. »Lass uns tanzen.«

»Gute Idee«, stimmte Gerald zu.

Stella zitterte nach dem schockierenden Wiedersehen mit Hugh am ganzen Körper, atmete aber tief durch, als sie sich durch die Menge zur Tanzfläche drängten. Während sie mit dem Seemann Foxtrott tanzte, versuchte sie, alles zu verdauen, was sie gehört hatte.

Moiras Worte ließen ihren Kopf schwirren: *»Ich wäre nie auf seinen alten Trick hereingefallen, mit dem er sich einer Ehe immer entzogen hat … So zu tun, als wäre er schon verheiratet.«* Der Brief, den Hugh ihr aus Singapur geschrieben und in dem er ihr versprochen hatte, zurückzukehren und sie zu heiraten, sobald er sich von seiner Frau in Irland hatte scheiden lassen, war eine doppelte Täuschung gewesen: Nicht genug damit, dass er nie vorgehabt hatte, sie zu heiraten, es hatte auch nie eine andere Ehefrau gegeben.

Stella rechnete aus, dass Hugh zu dem Zeitpunkt, als Belle geboren worden war, schon eine Affäre mit Moira in Südafrika gehabt haben musste. Er wäre nie zu ihr zurückgekehrt. Jonathan war vielleicht schon gezeugt worden, bevor Belle ihren ersten Atemzug getan hatte.

Wie hatte sie sich je in solch einen Mann verlieben können? Er war zweifelsohne charmant, aber auch egozentrisch und manipulierte andere kaltschnäuzig. Er hatte mit ihrer Zuneigung gespielt, sie dann benutzt und weggeworfen.

Stellas Schock verwandelte sich in brennenden Zorn. Plötzlich überkam sie der Drang, zu den Keatings zu marschieren und ihrem Ärger freien Lauf zu lassen. Sie erstickte fast vor Wut.

»Geht es dir gut?«, fragte Gerald. »Du zitterst wie Espenlaub.«

»Macht es dir etwas aus, wenn wir woanders hingehen?«

Er warf ihr einen fragenden Blick zu. »Willst du denn nicht bei deinen Freunden bleiben?«

Stella antwortete offen: »Nein. Ich kann den Mann nicht ausstehen.«

»Dann macht es mir nichts aus«, sagte er mit einem tröstenden Lächeln.

Stella ging schnell zum Tisch zurück und schnappte sich ihre Handtasche und ihre Jacke.

»Du gehst doch nicht schon?«, fragte Moira.

»Doch«, sagte Stella.

»Aber das darfst du nicht! Wir haben so viel zu bereden. Du hast mir noch gar nicht von deinem Leben erzählt. Du musst einfach bleiben …«

»Nun setz Stella nicht so zu«, unterbrach Hugh seine Frau. »Lass sie gehen und ihren Abend mit dem jungen Mann hier genießen.« Und dann zwinkerte er.

Das war zu viel für Stella. »Du brauchst mich hier nicht, um zu erfahren, wie es mir ergangen ist, Moira. Du kannst einfach Hugh fragen.«

»Wie meinst du das?«

»Frag ihn nach meinem Leben im Raj Hotel – er war oft genug dort – und nach der Woche, die er mit mir in Gulmarg verbracht hat, bevor er nach Singapur verschwunden ist.«

Moira sah Hugh verblüfft an. »Hugh?«

Nervös versuchte er, alles mit einem Lachen abzutun. »Ich habe keine Ahnung, was sie meint.«

»Wirklich nicht?«, fragte Stella herausfordernd. »Dann hast du ein sehr schlechtes Gedächtnis. Denn ich erinnere mich nur allzu deutlich daran. Als ich dich das letzte Mal gesehen habe, hattest du mir gerade einen Verlobungsring mit einem Saphir gekauft. Erinnerst du dich daran gar nicht, Hugh?«

Er lächelte nicht mehr. Stella sah Angst in seinem Gesicht, und das ließ sie völlige Verachtung empfinden. Sie war schwer versucht, Moira von Belle zu erzählen, hielt sich aber davon ab. Sie wollte ihre Tochter vor jeder Verbindung zu diesem abscheulichen Mann beschützen.

Stattdessen sagte sie: »Aber du kannst ihn gern haben, Moira. Und ich hoffe, du machst ihm die Hölle heiß, wenn er eine andere Frau auch nur ansieht.«

Dann hakte Stella sich bei Gerald ein und ging schnell zum Eingang. Sie ließ Moira dabei zurück, einem niedergeschlagenen Hugh Vorhaltungen zu machen.

Draußen schenkte Gerald ihr einen bewundernden Blick. »Na, dem hast du aber gezeigt, wo der Hammer hängt.«

Voller Erleichterung und Hochgefühl fragte Stella: »Magst du Jalebi? Ich kenne da ein ganz wunderbares Lokal im alten Basar von Delhi.«

»Ich habe keine Ahnung, was Jalebi ist«, gestand er, »aber ich bin bereit, es zu probieren.«

»Eine Nachspeise; ganz süß«, sagte Stella mit einem Lächeln. »Genau das Richtige, um den Beginn von 1944 zu feiern.«

Kapitel 56

Mayu-Berge, Burma, Januar 1944

Andrew saß rauchend auf einem Klappstuhl, ein Skizzenbuch auf dem Schoß. Er hatte zum ersten Mal, seit er Ebbsmouth verlassen hatte, wieder zu zeichnen begonnen und wünschte sich, mit Dawan darüber sprechen zu können. Seine neuesten Bleistiftskizzen zeigten den Küstenstreifen von Burma, in dem sie seit Dezember auf Patrouille waren. Als Erstes hatte er einen Mann in einem *lungi* gezeichnet, der ein Netzwerk von Pfaden zwischen den Reisfeldern entlanggeradelt war, wobei er einen Schirm gegen die Sonne gehalten hatte, dann ein Fischerboot mit spitz zulaufendem Bug, das ihn an die *shikaras* auf dem Dal-See erinnerte, und schließlich ein Dorf mit strohgedeckten Bambushäusern.

Die Zeichnungen gaben die leuchtenden Farben der smaragdgrünen Reisfelder, khakifarbenen Fischteiche und das durchdringende Blau des Himmels nicht wieder. Dawan hätte sie vermutlich als »Wischiwaschi« bezeichnet, aber in den angespannten Stunden zwischen Patrouillen und Scharmützeln mit dem Feind fesselten sie Andrews Aufmerksamkeit.

Er hatte festgestellt, dass ihn das Zeichnen in den harten Monaten der Ausbildung nach seinem Urlaub in den Bergen im Juli davor bewahrt hatte, den Verstand zu verlieren. Seine Begegnung mit Stella hatte ihn in Aufruhr zurückgelassen, und so war ihm die »Abhärtung«, die ihr Kommandeur befohlen hatte, willkommen gewesen. In der drückenden Hitze und im unbarmherzigen Monsun hatten sie anstrengende Märsche durch den dichten Dschungel unternommen. Sie hatten angeschwollene Flüsse überquert, indem sie sich nackt ausgezogen und ihre Ausrüstung auf dem Kopf getragen hatten, während mitgeschwemmte Steine auf sie eingepeitscht und Kiesel ihnen die Füße aufgeschlitzt hatten. Sie hatten neues Gerät ausprobiert, Maultieren beigebracht, durch Flüsse zu gehen, und sich durchnässte Rationen geteilt, die von Ungeziefer gewimmelt hatten.

Andrews Muskeln hatten geschmerzt, und seine Beine waren wie Eisenstäbe geworden, aber es hatte seine fieberhaften Gedanken zum Erliegen gebracht. Voller Blasen, durchnässt, hungrig, schlammbedeckt und nur mit einer feuchten Plane zum Schlafen hatte Andrew die Erschöpfung willkommen geheißen, die ihn in einen traumlosen Schlaf hatte fallen lassen.

Sie hatten Übungsgefechte gegen westafrikanische Truppen geführt. Diese hatten Andrews Leute geschickt in einen Hinterhalt gelockt und ihre Waffen erbeutet. Aber sie hatten schnell gelernt, wie man im Dschungel lautlos marschierte und Fährten folgte, ohne selbst Abfall zu hinterlassen, der verriet, wo man gewesen war.

Ihr Kommandeur sagte ihnen unverblümt: »In der Vergangenheit sind wir gescheitert, weil unser Feind sich als Meister der Dschungelkriegführung erwiesen hat – er hat uns infiltriert und umzingelt, uns von unserer Befehlskette abgeschnitten. Wir müssen im Dschungel genauso listig sein, und die Royal Air Force und unsere Alliierten werden uns aus der Luft unterstützen.«

Ihr Vorgesetzter zitierte gern den charismatischen Brigadier Wingate, dessen Guerillatruppe, die Chindits, hinter japanischen Linien abgesprungen waren und nun von mutigen Luftwaffensoldaten Nachschub erhielten. »Auf dem Dschungelboden darf es keine Befehlskette geben. Bringt den Nachschub wie der Weihnachtsmann durch den Kamin.«

Bevor sie zur Front abgereist waren, war John zum Captain und Andrew zum First-Lieutenant befördert worden.

* * *

Als er jetzt im Schutze eines von Gebüsch bedeckten Hanges in Birma saß, während das neue Jahr erst ein paar Tage alt war, ertappte Andrew sich dabei, wieder einmal über seine Gefühle für Stella nachzugrübeln.

Ihr Kuss am Tiger Fall hatte ihn elektrisiert. Er hätte ihn fast umgeworfen. Unmittelbar davor hatte sie zu weinen begonnen und ihm gesagt, wie wichtig er ihr war. Er hatte sie umarmt, und ihren wunderbaren Körper an seinen gepresst zu spüren, war eine süße Qual gewesen. Er erinnerte sich, wie er ihr nasse Haarsträhnen aus der Stirn gestrichen und ihr Gesicht berührt hatte – dieses schöne Gesicht, das er schon liebte, solange er zurückdenken konnte. Da hatte er gewusst, dass er sie küssen wollte.

Aber es war Stella gewesen, die ihn geküsst hatte – und das mit einer Leidenschaft, die ihn sowohl schockiert als auch erregt hatte. Es war ein Moment gewesen, von dem er seit Jahren geträumt hatte, doch sobald es passiert war, waren sie beide voreinander zurückgewichen, als hätten sie gewusst, dass sie es nicht hätten tun sollen. Binnen weniger Sekunden hatte er sich geschämt, und sie hatte ihn an seine Verlobte erinnert – sich entschuldigt –, was seine Schuldgefühle Felicity gegenüber nur noch gesteigert hatte.

Gleichzeitig hatte er Stella sagen wollen, was er für sie empfand und dass er wusste, dass er bereuen sollte, was er gerade getan hatte, es aber nicht tat. Sie hatte ihm nicht erlaubt, etwas zu sagen, sondern war geflüchtet. Nichts, was er mit Felicity getan hatte, hatte je solch eine Wirkung auf ihn gehabt wie der kurze Kuss mit Stella.

Auf dem gesamten Rückweg nach Chota Nagpur hatte Andrew sich mit der Frage gequält, was er tun sollte. Hieß das, dass auch Stella ihn wirklich liebte? Ihn begehrte und in ihm mehr sah als nur einen guten Freund? Er war mehrfach kurz davor gewesen, ihr zu schreiben, um seine Gefühle deutlich zu machen, aber sie hatte ihm zuerst geschrieben. Ihre Worte hatten ihn am Boden zerstört. Sie hatte den Kuss bereut und wollte sich nicht zwischen ihn und Felicity drängen.

Das hatte Andrew mit neuerlicher Beschämung seiner Verlobten gegenüber erfüllt, und er hatte seine Gefühle für Stella begraben, indem er stattdessen einen langen Brief an Felicity geschrieben hatte. Es war ihm immer noch peinlich, dass Stella diejenige gewesen war, die ihm ins Gedächtnis gerufen hatte, was zu tun das Richtige war. Wenn der Krieg vorbei war, würde er, sofern er ihn unbeschadet überstand, nach Schottland zurückkehren und sein altes Leben dort wiederaufnehmen.

»Na, was denkst du gerade, Lomax?«, riss John ihn aus seinen gequälten Grübeleien. »Noch drohst du nicht am Galgen zu enden.«

Andrew schenkte ihm ein schiefes Lächeln und drückte seine Zigarette aus. »Ich denke nur gerade, was für ein Idiot ich schon die ganze Zeit bin.«

John warf ihm einen fragenden Blick zu. »Aus einem bestimmten Grund?«

Andrew nahm seinen Buschhut ab und rieb sich die Schläfen. »Was Frauen angeht.«

»Aha«, sagte John und setzte sich neben ihn. »Hat das irgendetwas mit der reizenden Miss Dubois zu tun?«

Andrew warf ihm einen Blick zu. »Woher weißt du das?«

»Weil du schon vor Sehnsucht vergehst, seit wir Masuri verlassen haben, Lomax.« John schlug ihm auf die Schulter. »Und die Weihnachtskarte, die Stella dir geschickt hat, fällt schon auseinander, weil du sie so oft gelesen hast. Außerdem redest du gar nicht mehr von deiner Verlobten in Schottland. Es ist offensichtlich, wen du wirklich liebst.«

»Aber Felicity. Ich fühle mich so schuldig …«

»Wann hat sie dir das letzte Mal geschrieben?«, hakte John nach.

»Im Briefeschreiben war sie nie besonders gut – das sind wir beide nicht. Das ist keine gute Entschuldigung dafür, sie zu enttäuschen.«

John sagte: »Wir stehen kurz vor einer Schlacht. In ein paar Tagen spielt das alles vielleicht ohnehin keine Rolle mehr. Aber wenn ich du wäre, würde ich Stella schreiben und ihr mitteilen, was du wirklich empfindest. Schreib auch der Verlobten.« Seine Miene wurde grimmig. »Schreib ihnen beiden, solange du noch kannst.«

* * *

Bevor die Sonne an dem Abend unterging, schrieb Andrew einen Brief an Stella. Monatelang war er von widerstreitenden Gefühlen hin- und hergerissen gewesen, aber sobald er endlich den Füller aufs Papier setzte, stellte er fest, dass es ihm leichtfiel, niederzuschreiben, was er zu sagen hatte.

Als die Nacht hereinbrach und sie ihr Lager aufschlugen, wachsam, weil mit Angriffen im Schutz der Dunkelheit zu rechnen war, gab Andrew den Brief John.

»Grant«, sagte er, »wenn mir irgendetwas zustößt und ich es nicht schaffe, sorgst du dann bitte dafür, dass Stella das hier bekommt?«

John bedachte ihn mit einem langen, neugierigen Blick. »Willst du ihn nicht auf jeden Fall abschicken?«

Andrew schüttelte den Kopf. »Ich will ihr nichts aufzwingen, das sie nicht will. Wenn ich überlebe, muss ich den Mut aufbringen, es ihr persönlich zu sagen.«

»Natürlich, Lomax.« John nickte, nahm den Brief und verstaute ihn sicher in seinem ledernen Aktenkoffer.

Kapitel 57

Sinzweya (»Admin Box«), Burma, 6. Februar 1944

An diesem Tag kämpften sich die Borderers den Weg über den Ngakyedauk-Pass frei – den »Okeydoke«-Pass, wie die Engländer und Schotten ihn bald getauft hatten –, um nach Sinzweya zu gelangen, wo die in aller Eile verteidigte Kommandozentrale am Ostende des Passes lag. Mit ihrer typischen Schnelligkeit und Heimlichkeit hatten sich die Japaner durch die vordersten Linien der Vorhutdivisionen des XV. Corps geschlichen, sie eingekesselt und das Hauptquartier der 7. Indischen Division in die Flucht geschlagen. Alle waren überrumpelt gewesen.

Nachdem die Alliierten im Januar erfolgreich den kleinen Hafen Maungdaw eingenommen hatten, hatte Andrews Zug von Borderers die unverwüstlich mutigen indischen Sappeure gegen Scharfschützenfeuer verteidigt, während sie den Pass gesprengt und erweitert hatten. Aber plötzlich war der feindliche Angriff, den sie erwartet hatten, von Norden und Westen gekommen – nicht von dort, wo die japanische Armee stand, sondern aus der entgegengesetzten Richtung – und auch auf einem scheinbar unmöglichen Weg über die Mayu-Berge.

Zu Einbruch der Nacht erreichten die schottischen Soldaten Sinzweya, das in den letzten vierundzwanzig Stunden de facto zum Hauptquartier der 7. Division geworden war. Soldaten aus der Umgebung, denen man hastig befohlen hatte, das neue Hauptquartier zu verteidigen, hatten sich den ganzen Tag über hergekämpft. Im verblassenden Licht sah Andrew, dass es sich um eine Lichtung voll kleiner Felder zwischen baumbestandenen Berghängen handelte, die keinen ganzen Kilometer breit war.

Es herrschte Chaos: ein Gewimmel von Soldaten, die im Laufschritt mit voller Ausrüstung anrückten, Geschütze und Munitionskisten schleppten oder Gräben aushoben, während der Feind sporadisch von den umliegenden Hügeln auf sie feuerte. Britische Panzer rollten vom Pass hinter ihnen an. Offiziere brüllten Befehle, während schnell Verbandsstationen in Schützengräben mit provisorischen Bambusabdeckungen errichtet wurden. Munitionsdepots wurden am Fuß eines kleinen Hügels in der Mitte des Tals aufgehäuft.

John Grant teilte ihre Männer bald in aller Dringlichkeit dazu ein, Schützengräben auszuheben. Er umriss die trostlose Lage für Andrew: »Wir sind völlig von der Versorgungsroute an der Küste abgeschnitten, aber wir sollen die ›Admin Box‹ verteidigen, bis Verstärkung eintrifft. Es darf keinen Rückzug geben.«

»Wollen wir hoffen, dass Wingates Weihnachtsmann kommt und Pakete vom Himmel fallen lässt«, sagte Andrew mit Galgenhumor.

In der Nacht, während sie weiter schmale Gräben aushoben, Geschützstellungen einrichteten und Stacheldraht auslegten, griff der Feind den Rand des Lagers an. Im Stockdunkeln hörte Andrew seltsame Tier- und Vogellaute, gefolgt von Salven von Gewehrfeuer. Erst jetzt wurde ihm klar, dass die vermeintlichen Dschungelgeräusche von den Feinden gemacht wurden, die einander Zeichen gaben. Granaten explodierten und beleuchteten kurz den Kampf. Der bittere Gestank von Kordit stieg ihm in die Nasenlöcher, und er knirschte mit den Zähnen, als er die Schreie von Verwundeten in der Nähe hörte. Die ganze Nacht über wechselten sie sich damit ab, die Posten zu bemannen und das Feuer auf die Geräusche im Busch zu eröffnen.

Als der Tag dämmerte, schlichen sich die Angreifer zurück in ihre Unterstände in den umliegenden Hügeln, und ein grausamer Dauerbeschuss setzte ein. Die indische und die britische Artillerie feuerten zurück, und das Geschrei der Dschungeltiere wurde vom Kreischen der Mörser übertönt, während die Berge vom Donnern der Geschütze widerhallten.

Am Himmel über ihnen spielten sich überall Luftgefechte ab. Schwadronen japanischer Zeros kämpften gegen Spitfires und Hurricanes. Erstaunlicherweise flogen während dieser erbitterten Kämpfe die Dakotas des Troop Carrier Command ein und warfen unverzichtbaren Nachschub an Lebensmitteln, Munition und Treibstoff ab. Andrew sah staunend zu, wie die Piloten tief über die Bergkette flogen und dabei fast das Kronendach des Dschungels streiften, um ihre Ladung per Fallschirm abzuwerfen.

Andrew und sein Zug gaben den Männern Feuerdeckung, die zum Nachschub eilten, um ihn zu bergen und zu den zentralen Depots zu tragen. Den ganzen Tag über setzten die Versorgungsflieger ihre mutige Mission fort.

Inmitten von Lärm und Gefahr gelang es den Köchen und Ordonnanzen wundersamerweise, Mahlzeiten aus Reis und Dosenfleisch und einen Mehlpudding mit Pflaumen zuzubereiten, der aus mit zerstoßenem Zwieback und Schokolade vermengtem Früchtekuchen bestand.

Andrew hockte sich neben einen jungen, schnurrbärtigen Risaldar, der geholfen hatte, einige Sepoys zu der Menschenkette zu organisieren, die den abgeworfenen Nachschub geborgen hatte. Er schien im gleichen Alter wie Andrew selbst zu sein.

»Ich erkenne Ihre Rangabzeichen, Risaldar«, sagte Andrew auf Urdu zu ihm. »Sie sind bei den Peshawar Rifles.«

Der indische Offizier nickte. »Ja, Sahib. Meine Familie dient schon seit drei Generationen bei den Rifles.«

Andrew lächelte. »Meine auch.«

Der Risaldar riss überrascht die Augen auf. »Dann ist es mir eine große Ehre, Sie kennenzulernen, Sahib.«

»Wie ist Ihr Name, und woher stammen Sie?«, fragte Andrew.

»Mohammed Ali Khan, Sahib. Ich stamme aus Gardan in der Provinz North West Frontier.«

»Ich war dort an der Grenze stationiert, als ich auf meinen ersten Posten hier draußen geschickt wurde«, sagte Andrew.

»Wollten Sie nicht dem Regiment Ihrer Vorfahren beitreten, Sahib?«, fragte er.

Andrew zögerte. »Nein, ich habe mich entschlossen, zu einem schottischen zu gehen.«

»Und, Sahib, darf ich Sie respektvoll nach Ihrem Namen fragen?«

»Lomax«, antwortete Andrew. »Lieutenant Lomax.«

Ein breites Lächeln erschien auf dem Gesicht des jungen Offiziers. »Lomax! Der Name wird in meiner Familie oft ehrend erwähnt.«

»Wirklich?«

»Ja, Sahib. Mein Großvater Tor Khan hat mit einem Captain Lomax an der Grenze und in Mesopotamien gedient. Vielleicht war das Ihr Großvater? Er hat mit größter Hochachtung von ihm gesprochen.«

Andrews Lächeln verblasste. »Das kann nicht mein Großvater gewesen sein. Damals hatte er sich schon zur Ruhe gesetzt.« Er fühlte die vertraute Anspannung bei dem Gedanken, dass die Karriere seines Vaters in Schande geendet hatte. Der junge Mann sprach wohl kaum von Tom. Warum hatte er es überhaupt riskiert, mit einem Offizier der Peshawar Rifles zu sprechen?

»Dann war Ihr Vater in Mesopotamien?«, beharrte Khan.

Andrew nickte. »Aber ich glaube nicht, dass Ihr Großvater ihn meinen kann. Leider hat mein Vater das Regiment enttäuscht und musste vors Kriegsgericht gestellt werden. Er ist ein guter Mann, aber die Belastung war zu viel für ihn – der Krieg hat auf manche Männer solche Auswirkungen.«

Mohammed Ali Khan sah ihn verwirrt an. »Nein, nein. Captain Thomas Lomax war ein Held. Er hat das Kriegsgericht riskiert, um einem Sepoy das Leben zu retten.«

»Er hat einen Sepoy gerettet?«, vergewisserte Andrew sich verständnislos.

Der Risaldar nickte. »Einen Verwandten von uns. Er hatte den ganzen Krieg hindurch gekämpft. Ein sehr tapferer Mann. Aber er ist verrückt geworden und hat sein Gewehr weggeworfen. Lomax Sahib hat sich geweigert, ein Erschießungskommando antreten zu lassen.«

Andrew starrte ihn an. »Wollen Sie damit sagen, dass mein Vater vors Kriegsgericht gestellt worden ist, weil er sich geweigert hat, einen seiner eigenen Männer hinzurichten?«

»Ja, Sahib. Dank Captain Lomax ist mein Verwandter verschont worden.«

Andrews Brust schnürte sich zu. Warum hatte sein Vater nie davon gesprochen? All die Jahre lang hatte man ihn in dem Glauben gelassen, dass sein Vater – auf die Probe gestellt – schwach und feige gewesen war. Aber hier hatte er einen Paschtunenkrieger vor sich, einen der legendären Männer der Peshawar Rifles, der damit aufgewachsen war, Geschichten über Captain Lomax' Heldenmut zu hören.

Andrew legte dem Offizier eine Hand auf die Schulter. »Danke, dass Sie mir das erzählt haben, Risaldar Khan. Das bedeutet mir sehr viel.«

Khan legte sich eine Hand auf die Brust. »Es ist mir eine große Ehre, Sie kennengelernt zu haben, Lieutenant Lomax.«

»Ganz meinerseits.« Andrew lächelte. »Bitte richten Sie Ihrem Großvater Grüße von meinem Vater aus, wenn Sie ihn das nächste Mal sehen.«

Wenige Minuten später waren sie wieder auf den Beinen und gingen ihren Pflichten nach. Die Begegnung hatte Andrew erschüttert. Die Verunglimpfungen des Charakters seines Vaters hatten all die Jahre lang in ihm nachgewirkt. Zu einem Großteil war er, wie er sich eingestehen musste, von der verbitterten Meinung beeinflusst worden, die seine Mutter von ihrem früheren Ehemann hatte. Aber als Jugendlicher war er verzweifelt darauf bedacht gewesen, ihre Liebe zu gewinnen, und bereit gewesen zu glauben, was sie ihm erzählt hatte.

Doch anscheinend war die Wahrheit, dass sein Vater Mut bewiesen hatte, indem er sich für einen seiner Männer eingesetzt hatte, obwohl sein eigenes Nervenkostüm zerrüttet gewesen war und er gewusst haben musste, dass er eine strenge Strafe zu erwarten hatte. Andrews Bewunderung für seinen Vater wuchs in ungeahnte Höhen, und er schwor sich, dass er bei ihm, wenn er diese Schlacht überlebte, all die vergeudeten Jahre voller Missverständnisse wiedergutmachen würde.

* * *

Am Nachmittag wurde weiterer Nachschub aus der Luft abgeworfen. Andrew und alle Männer waren dankbar dafür. Dann, als das Licht gerade schwächer zu werden begann, gab es am Munitionshügel in der Mitte des Lagers eine gewaltige Explosion. Andrew, der hundertachtzig Meter entfernt war, spürte die Hitze der Detonation und stolperte zurück, während Erde und Metallfragmente herabregneten. Dichter schwarzer Rauch breitete sich aus und saugte ihm den Sauerstoff aus der Lunge. Hustend richtete er sich auf und rannte hin, um zu helfen. Ein Munitionsdepot hatte einen direkten Treffer abbekommen.

Während andere hinzueilten und versuchten, das Feuer zu löschen, befahl Andrew einer Abteilung seiner Männer, mit Bambustragen inmitten der Rauchschwaden auf die Suche nach Verwundeten zu gehen. Die Schreie der Opfer erfüllten die Luft, und der Gestank versengten Fleisches war Übelkeit erregend. Sie rannten hin und her und transportierten die Verwundeten zu den Verbandsstationen.

Zu seinem Entsetzen sah Andrew, dass einer der Verletzten Mohammed Ali Khan war. Seine Hände und die Hälfte seines Gesichts waren verbrannt, und Blut sickerte aus einer Brustwunde. Sofort riss Andrew sich das Hemd vom Leib und drückte es auf die Wunde, um die Blutung zu stillen. Während der Risaldar auf einer Trage weggebracht wurde, lief Andrew nebenher und sprach ihm Mut zu.

»Sie sind in guten Händen, Khan. Machen Sie sich keine Sorgen, wir haben Sie bald wieder zusammengeflickt.«

Der junge Offizier biss tapfer die Zähne zusammen, aber Andrew merkte, dass er Höllenqualen litt. Er hielt den Blick unverwandt auf Andrew gerichtet, während dieser sprach, obwohl seine Augen schon vor Schock und Schmerz glasig wurden.

An der Verbandsstation herrschte das reinste Chaos. Ärzte eilten hierhin und dorthin, um die Verwundeten zu untersuchen, und riefen nach Unterstützung. Sanitäter folgten mit Verbandszeug und Schmerzmitteln. Andrew blieb bei dem Risaldar, bis dieser tiefer in den provisorischen Lazarettunterstand geschafft wurde und außer Sicht geriet.

Als das Licht hinter den Mayu-Bergen verblasste, verstummten die Geschütze, die den ganzen Tag über auf die Admin Box gefeuert hatten. Andrew wusste, dass es nur eine

Atempause auf Zeit war – die nächtlichen Patrouillen, die die Ränder ihres Lagers unsicher machten, würden im Schutze der Dunkelheit die umgebenden Hänge herunterströmen und versuchen, ihre Verteidigung zu durchbrechen.

Andrew zog sich in einen behelfsmäßigen Bambusunterstand unter einem Baum zurück, legte sich halb bekleidet hin und sank erschöpft in den Schlaf.

* * *

Andrew wurde von Corporal Mackenzie wach gerüttelt. »Sir! Tut mir leid, dass ich Sie wecke, Sir, aber Captain Grant bestellt Sie zu sich.«

Durch die Bambuswedel zeigte der Himmel das Grau vor Anbruch der Morgendämmerung. Andrew regte sich, steif und unter Schmerzen, und konnte nicht fassen, dass er so lange ungestört geschlafen hatte.

Er fand Grant in der Nähe des Kasinozelts mit einem Blechbecher voll Tee in der Hand. John reichte ihn Andrew. »Trink einen Schluck.«

»Danke.« Andrew nahm ihn und stürzte den lauwarmen Tee durstig hinunter.

John sagte mit gesenkter Stimme: »Du wirst bald auch offiziell davon hören, aber gestern Abend hat es einen Überfall auf die wichtigste Verbandsstation gegeben.«

»Die nahe am Lagerrand?« Andrew schnappte nach Luft. Dorthin hatten sie die Verwundeten der Explosion im Munitionsdepot gebracht.

»Der Feind ist durchgebrochen und hat das Lazarett zeitweise erobert.« Andrew sah Johns gequälten Gesichtsausdruck, als er eilig fortfuhr: »Sie haben die Patienten mit Bajonetten niedergemetzelt und das medizinische Personal erschossen.«

»Gott im Himmel!«, schrie Andrew.

Johns Gesicht war verzerrt vor unterdrückter Wut, als er nickte. »Eine Handvoll konnten entkommen – die weniger schwer verwundeten. Ich weiß nicht, ob dein Freund, der Risaldar, zu den wenigen gehört, die Glück hatten.«

Andrew schlug die Hände vors Gesicht. »Ich hätte wach bleiben sollen. Ich hätte da sein sollen!«

»Du hättest es nicht verhindern können«, sagte John. »Sie sind überrannt worden. Aber du kannst jetzt beim Begräbnis helfen. Nimm ein paar Männer und melde dich bei Major Swinson. Unter den Verwundeten, die gestern dorthin geschafft worden sind, waren auch einige unserer Jungs.«

* * *

Die grauenvolle Aufgabe, unter erneutem feindlichen Beschuss die massakrierten Patienten zu identifizieren und in hastig ausgehobenen Gräbern in einiger Entfernung von den Schützengräben zu verscharren, nahm den ganzen Vormittag in Anspruch. Drei junge Borderers waren unter den Toten – Männer, deren Familien John würde schreiben müssen, um ihnen die Nachricht zu übermitteln, vor der sie sich sicher schon gefürchtet hatten. Und sie bargen den verstümmelten Leichnam von Mohammed Ali Khan.

Andrew hatte den jungen Risaldar kaum gekannt, sich ihm aber aufgrund ihrer gemeinsamen Familiengeschichte bei den Rifles sofort verbunden gefühlt. Wenn ihre Zufallsbegegnung nicht gewesen wäre, hätte Andrew weiter in Unkenntnis der stillen Tapferkeit seines Vaters gelebt. Mohammed Ali Khan hatte ihm ein kostbares Geschenk gemacht, und er beschloss, dass er dem Großvater des Risaldar, Tor Khan, persönlich schreiben würde, um ihm vom Mut seines Enkels zu erzählen.

* * *

Die Tötung der schutzlosen Ärzte und Patienten hatte große Auswirkungen auf die Moral der Truppen. Angespornt von Empörung und Rachedurst verstärkten sie ihre Bemühungen, die »Box« zu verteidigen und dem Feind so viele Verluste wie möglich zuzufügen.

Tag für Tag standen sie ein unbarmherziges Sperrfeuer aus schweren Geschützen, Maschinengewehren und Mörsern durch, während Flugzeuge sie aus der Luft bombardierten. In der Nähe des Lagerrands kämpften sie mit Gewehren und Handgranaten, während Salven von Kugeln über sie hinwegpfiffen. Die Dschungellichtung und die umgebenden Hänge waren von der Schlacht gezeichnet und verbrannt. Sie sahen aus, als wären Feuer und Heuschrecken über das Land hinweggezogen. Manchmal mussten die Borderers sich der wilden Angriffe auf ihre Stellungen im Kampf Mann gegen Mann erwehren und drängten den Feind mit Bajonetten und Pistolen zurück. Sie erlitten hohe Verluste.

Nachts schlichen sich Soldaten aus der aufständischen Indian National Army, die an der Seite der Japaner kämpften, an den Lagerrand herab und stachelten die Inder innerhalb der »Box« auf, sich gegen ihre britischen Unterdrücker zu wenden und zu desertieren. Keiner von ihnen tat es.

Dann, eine Woche, nachdem sie in der Admin Box Stellung bezogen hatten, in der Nacht des 14. Februar, unternahm die japanische Armee einen Generalangriff. In der Verwirrung aus Dunkelheit und dichtem Rauch durchbrachen die Japaner die Verteidigungslinie aus Geschützen, Stacheldraht und Soldaten. Bis zum Morgen war es ihnen gelungen, einen Hügel am Rand des Lagers in ihre Gewalt zu bringen.

Aber am nächsten Tag nahmen die alliierten Truppen, unterstützt von Panzern der 25th Dragoons, den Hügel unter schweren Verlusten von Menschenleben wieder ein.

Andrew und John wechselten sich damit ab, die Einheit zu kommandieren. Ihr Dasein bestand nur aus grimmigen Kämpfen, hastig hinuntergeschlungenen Mahlzeiten und flüchtigem Schlaf auf dem Boden eines Schützengrabens, wobei sie die Ratten, die um sie herumhuschten, kaum bemerkten. Sie führten kurze Gespräche.

»Wenn die Panzer nicht gewesen wären«, sagte John, »wären wir schon vor Tagen überrannt worden.«

»Und die Abwürfe aus der Luft«, sagte Andrew. »Diese Piloten und ihre Mannschaften haben für das, was sie tun, einen verdammten Orden verdient.«

»Ja«, stimmte John ihm zu. »Das Oberkommando hatte eine geniale Idee, was das betrifft.«

Andrew rieb sich die müden Augen und kratzte sich das bärtige Kinn. Er sah seinen Freund voller Bewunderung an. »Und ich weiß nicht, wie es dir gelingt, dich unter diesen Bedingungen weiter zu rasieren. Du siehst aus wie zum Dinner im Offizierskasino herausgeputzt.«

John lachte und biss noch einmal in trockenen Zwieback. »Ich träume von dem Tag, an dem wir in Delhi gemeinsam im Offizierskasino essen, Lomax. Bis dahin dauert es nicht mehr lange.«

Andrew schenkte ihm ein dankbares Lächeln. Sein Offizierskamerad hatte ein Talent dafür, mit seinen aufmunternden Worten und seinem kühlen Kopf seine Moral zu heben. John Grant ließ sich durch nichts aus der Ruhe bringen, und Andrew tat sein Bestes, seinem Beispiel zu folgen.

* * *

Während die Schlacht um die Admin Box in die dritte Woche ging, begannen sie, Veränderungen zu bemerken. Die Zeros, die ihnen aus der Luft Schaden zugefügt hatten, waren nicht mehr zu sehen, wie sie aus dem blauen Himmel heranrasten; nur ihre eigenen Spitfires und Transportflugzeuge waren noch in Sicht.

Die Angriffe am Boden wurden sporadischer, und die Panzer, die Gegenangriffe gegen die feindlichen Schützengräben fuhren, trafen auf weniger Widerstand.

John gab die neuesten Geheimdienstinformationen an Andrew weiter.

»Sie erhalten keinen Nachschub so wie wir«, sagte er voll grimmiger Befriedigung. »Man vermutet, dass General Tanahashi und seinen Männern die Munition und die Lebensmittel ausgehen. Und mehr noch«, fuhr John fort. Aufregung schwang in seiner Stimme mit. »Verstärkung ist unterwegs.«

So erschöpft und kriegsmüde er auch war, die Nachricht stimmte Andrew froh. Ihm war schwindlig vor Erleichterung. Das war das erste Mal, dass indische und britische Truppen sich gemeinsam gegen die japanischen Streitkräfte behauptet und sie besiegt hatten. Das würde ein schwerer Schlag für den Feind und dessen Plan, in Indien einzufallen, sein.

Als die Freunde sich im Schützengraben aufrichteten, schlug Andrew John auf die Schulter. »Das ist eine verdammt gute Nachricht, Captain Grant, und muss gefeiert werden! Ich gehe kurz den Graben hoch, um meine Schokoladenration gegen ein paar Zigaretten zu tauschen.«

John lachte und klopfte ihm auf den Rücken. Sie setzten sich in Bewegung. Als er erst ein paar Schritte den Schützengraben entlang war, hörte Andrew ein Ächzen hinter sich. Er drehte sich um und sah, wie John ihn überrascht anstarrte. Im nächsten Moment ertönte ein Pfeifen, und eine Mörsergranate explodierte am Rand des Schützengrabens.

Andrew hatte kaum noch Zeit, seinen Freund beiseitezustoßen, bevor er selbst in die Luft geschleudert wurde. Etwas prallte heftig gegen seinen Kopf. Ein unerträgliches Geräusch tönte ihm in den Ohren. Alles wurde dunkel. Einen Sekundenbruchteil lang hatte er die Vision, in den Dal-See einzutauchen. Stella war schon im Wasser und grinste ihn an. *»Ich bin hier bei dir.«* Waren das seine Worte oder Stellas? Dann wusste er nichts mehr.

Kapitel 58

Neu-Delhi, März 1944

Major Maclagan war wieder einmal die ganze Woche auf einer hektischen Jagd nach Zeltpfählen durch Nordindien unterwegs gewesen. Er hatte Sägemühlen besucht und Lieferanten zugesetzt, ihre Produktion zu beschleunigen.

Stella war dankbar für seine Rückkehr, da sie sich jetzt über die neuesten Entwicklungen an der Front in Burma austauschen konnten. Im Februar hatte sie ein Wechselbad der Gefühle erlebt, weil auf schlechte Nachrichten hoffnungsvollere Berichte gefolgt waren.

Geschichten von unglaublichem Mut und Opferbereitschaft sickerten durch. Mit jedem Tag wurde klarer, dass die indischen und britischen Streitkräfte gegen alle Wahrscheinlichkeit durchgehalten hatten und nicht ausgelöscht worden waren. Sie hatten nicht nur die japanischen Brigaden zurückgedrängt, sondern waren sogar zum Angriff übergegangen und hatten Grenzland entlang des Küstenstreifens besetzt.

»Ich frage mich, ob Andrew und Captain Grant dabei sind«, sagte Stella besorgt. »Ich wünschte, ich wüsste es.«

»Keine Nachrichten von seinen Eltern, während ich fort war?«, fragte ihr Chef.

Stella schüttelte den Kopf. Sie hatte seit Februar nichts von ihnen gehört, als Esmie ihr einen freudigen, aber auch bewegten Brief geschickt hatte, um ihr mitzuteilen, dass Andrew ihr am Vorabend der Schlacht geschrieben hatte.

> *Er hat geschrieben, dass es ihm wirklich leidtut, dass er so viel Zeit damit verschwendet hat, wütend auf mich zu sein, und dass ich es nie verdient gehabt hätte, so grausam behandelt zu werden. Er war voller Reue deswegen – der liebe Andy! – und hat mich um Vergebung gebeten. Ich kann Dir gar nicht sagen, wie viele Tränen ich vergossen habe, seit der Brief gekommen ist – Tränen der Erleichterung, aber auch des Kummers. Ich hätte mich stärker bemühen sollen, ihn zurückzugewinnen. Oh, Stella, ich sehne mich nach dem Tag, an dem ich unseren lieben Jungen in die Arme schließen und fest an mich drücken kann. Wir machen uns solche Sorgen um ihn, weil wir wissen, dass er im Arakan ist – das sagt er uns zumindest auf verschlüsselte Art, indem er von seinen »Freunden«, den Moskitos und Blutegeln, schreibt und erwähnt, dass es Fischerboote gibt, die wie* shikaras *aussehen …*

Stella freute sich sehr für Esmie, dass Andrew ihr endlich ein Friedensangebot geschickt hatte. Wie wünschte sie sich doch, sie hätte auch einen Brief von Andrew erhalten, der sie mit liebevollen Worten tröstete. Aber es war keiner gekommen.

Dann kam ihr der Gedanke, wie unfair sie ihm gegenüber war. Offensichtlich war er zu demselben Schluss gekommen wie sie, dass ihr romantischer Kuss am Tiger Fall ein Fehltritt gewesen war – ein Moment des Wahnsinns, der von der verzauberten Umgebung ausgelöst worden war und sich nie wiederholen durfte. Stella hatte sich mit der Tatsache abgefunden, dass Andrew Felicity Douglas gehörte. Ihr größter Wunsch war, dass Andrew den Krieg unbeschadet überstehen und ein langes Leben in Schottland vor sich haben würde.

Maclagan versuchte, sie aufzumuntern. »Miss Dubois, es ist vielleicht eine Plattitüde, dass keine Nachricht eine gute Nachricht ist, aber es ist wahr. Daraus müssen Sie Mut schöpfen.«

* * *

Während der Winter zu Ende ging, stürzte Stella sich weiterhin in lange Arbeitstage, obwohl die Temperatur stieg und der erstickende Staub, der in alles, von den Schreibmaschinentasten bis hin zu ihren Schuhen, drang, ihr zur Last fiel. Sie erhielt einen fröhlichen Brief von Gerald, dem Sub-Lieutenant, den sie zu Silvester kennengelernt hatte. Im Gegenzug schickte sie ihm ein Päckchen mit Jalebi, für das er eine Leidenschaft entwickelt hatte, und hoffte, dass die Süßigkeit nicht zu einem klebrigen Klumpen zusammengeschmolzen sein würde, wenn sie in dem Hafen ankam, in dem er als Nächstes vor Anker gehen würde.

Stella vermied jeglichen Kontakt mit den Keatings und widerstand Moiras Versuchen, sich mit ihr zum Mittagessen zu treffen. Das Einzige, was sie an ihrer Zeit mit Hugh nie bereuen würde, war die Tatsache, dass sie Belle hatte zur Welt bringen können. Obwohl die Trennung von ihrer Tochter eine Tortur war, konnte sie sich ein Leben ohne sie nicht mehr vorstellen. Aus Esmies gelegentlichen Briefen wusste Stella, dass ihr kleines Mädchen gesund und geliebt in den Bergen von Kaschmir aufwuchs.

Als die Hitze in Delhi intensiver wurde, dachte Stella daran, der Stadt und dem bevorstehenden Monsun durch einen kurzen Aufenthalt in den Bergen zu entkommen. Sie würde Maclagan um ein paar Wochen Urlaub bitten. Bisher hatte sie seine Versuche abgewehrt, sie dazu zu bringen, Ferien zu machen. Sie hatte gesagt, sie würde sich erst freinehmen, wenn er selbst es auch täte. Aber sie hatte Belles zweiten Geburtstag verpasst und wollte sie endlich wiedersehen – wenn auch nur auf Zeit – und sich mit eigenen Augen davon überzeugen, dass ihre Tochter glücklich war.

* * *

Am Tag, nachdem ihr Chef ihren Urlaubsantrag bewilligt hatte, kam mit dem Büro-*dak* ein Brief für Stella. Er steckte in einem offiziellen gelbbraunen Umschlag. Neugierig nahm Stella ihn an ihren Schreibtisch mit und schlitzte ihn mit einem Brieföffner auf. Darin befand sich ein weiterer Umschlag. Ihr Herz machte einen Sprung, als sie Andrews Schrift darauf sah. Der Brief war an sie unter der Büroanschrift in Neu-Delhi adressiert. Mit zitternden Fingern zog sie den Brief hervor und las ihn. Verwirrt stellte sie fest, dass er auf den Januar datiert war.

> *Meine liebste Stella,*
> *hier sitze ich nun im Lager und beobachte einen prachtvollen Sonnenuntergang über dem Golf von Bengalen – den zu sehen, ist sogar die Moskitostiche wert. Ich lege eine Skizze bei, auch wenn der Bleistift den Farben nicht gerecht werden kann. Ich habe wieder angefangen zu zeichnen, seit wir uns zuletzt gesehen haben – ich muss sagen, dass es mir hilft, mich in diesen besorgniserregenden Zeiten auf andere Gedanken*

zu bringen, aber es war auch eine Ablenkung davon, mein Herz zu ergründen.

Aber heute Abend hat mein guter Freund Grant mir klargemacht, dass mir die Zeit davonläuft, meine Gefühle zum Ausdruck zu bringen, weil wir bald wieder im Gefecht stehen werden.

Stella, Du gehörst zu meinem Leben, solange ich zurückdenken kann – als gute Freundin, Spielgefährtin, Vertraute, Sportrivalin und Kindermädchen! Nein, Letzteres habe ich nur geschrieben, um Dich aufzuziehen. Ich habe Dich nie als mein Kindermädchen betrachtet, obwohl es meiner Mutter so lieber wäre. Denn Männer verlieben sich nicht in ihre Kindermädchen – und, Stella, ich liebe Dich schon mein Leben lang.

Ich habe nie jemanden so stark geliebt, wie ich Dich liebe – nicht einmal meine Eltern oder, auch wenn ich mich schäme, das zu sagen, meine arme Verlobte.

Damals, als wir zusammen nach Schottland gefahren sind, war es noch die Vernarrtheit eines Knaben, eine Schuljungenliebe. Ich habe Dir tagelang nachgetrauert, nachdem Du abgereist warst, und bin erst wieder richtig glücklich geworden, nachdem ich aufs Internat gegangen war und neue Freundschaften geschlossen hatte.

Aber als ich zum Mann heranwuchs und andere Mädchen kennenlernte, konnte ich gar nicht anders, als sie mit meiner idealen Frau zu vergleichen – und die warst Du, Stella. Ich hätte es Felicity auch in einer Million Jahre nicht gesagt, aber als ich sie zum ersten Mal gesehen habe, hat mich beeindruckt, wie sehr ihr blondes Haar und ihre hübschen Augen mich an Dich erinnert haben. Ich habe mich zu ihr hingezogen gefühlt, weil es ein kleines bisschen so war, als könnte ich einen Blick auf Dich erhaschen. Ich bin nicht stolz darauf, Stella, und ich glaube nicht, dass ich sie deshalb gebeten habe, mich zu heiraten, aber ich möchte, dass Du weißt, dass die einzige Frau, die ich je wirklich gewollt habe, Du bist.

Dich in Indien wiederzusehen, hat meine Gefühle nur bestätigt. Ich kann Dir gar nicht sagen, wie viel mir Dein Kuss am Tiger Fall bedeutet hat. Jedes Mal, wenn ich daran denke, erfüllt mich Verlangen nach Dir, und ich wünschte, ich könnte Dich noch einmal in den Armen halten.

Aber wenn Du das hier jetzt liest, wird es zu dieser ersehnten Umarmung nie kommen. Ich gebe diesen Brief John zur sicheren Aufbewahrung und zum Absenden an Dich nur für den Fall, dass ich die Schlacht, die vor uns liegt, nicht überlebe.

Meine geliebte Stella, ich hätte Dir diese Dinge gern persönlich gesagt – hätte es auch noch getan, wenn ich diesen Krieg überlebt hätte. Aber wenigstens konnte ich meine wahren Gefühle schriftlich festhalten. Ich hoffe, dass es Dir nicht allzu peinlich ist, dass ich mir alles von der Seele geschrieben habe. Ich küsse Dich aus der Ferne, mein Herz.

In Liebe für immer
Dein Andy xxxxx

Stellas Hände zitterten, als sie den Brief noch einmal studierte und die gelungene Skizze eines Fischerboots im Schatten betrachtete. Sie war zu überwältigt, um etwas zu sagen. Selbst in ihren kühnsten Träumen hatte sie nicht damit gerechnet, dass Andrew eine derart tiefe und lang anhaltende Liebe zu ihr empfand. Ihr schmerzte die Brust vor Sehnsucht nach ihm, doch zugleich war sie von einem plötzlichen Gefühl der Betäubung gelähmt. Er konnte doch wohl nicht tot sein? Es war unvorstellbar, dass ein so lebenssprühender Mann wie Andrew nicht mehr irgendwo auf dieser Erde lebte. Hätte sie es nicht schon von den Lomax gehört, wenn so etwas Schreckliches passiert wäre?

Aber der Brief verriet ihr, dass es wahr war. Captain Grant hätte ihn nur abgeschickt, wenn Andrew ums Leben gekommen wäre. Ihr Andy! Wie sollte sie das ertragen?

Stella krümmte sich, hielt sich den Bauch, als hätte man ihr die Eingeweide herausgerissen, und schrie laut auf.

»Meine liebe Miss Dubois!« Maclagan kam besorgt von seinem Schreibtisch zu ihr geeilt. »Was ist denn nur geschehen?«

Obwohl sie kaum Luft bekam, gelang es Stella, hervorzustoßen: »Er ist v… von Andrew. Er ist t… tot …!«

Sie streckte die Arme nach dem Major aus, barg ihren Kopf an seiner Schulter und weinte hemmungslos.

Kapitel 59

Der einzige Gedanke, der Stella davor bewahrte, völlig unter ihrer Trauer zusammenzubrechen, war der, dass sie nach Kaschmir musste. Wie an einen Strohhalm klammerte sie sich an die Vorstellung, bei Belle und den Lomax zu sein.

Major Maclagan arrangierte schnell alles für ihre Reise.

»Natürlich müssen Sie zu Andrews Eltern fahren«, ermunterte er sie. »Sie werden auch bei Ihnen sein wollen, da bin ich mir sicher.«

Er bestand darauf, sie bis Srinagar zu begleiten. »Ich buche den Zug nach Jammu, und dort mieten wir ein Auto. Mir gefällt es nicht, Sie in solcher Verzweiflung allein reisen zu lassen, Miss Dubois. Und um die Packkisten und Körbe kann ich mich auch weiter bemühen, wenn ich in der Hauptstadt von Kaschmir bin.«

Stella war ihm zutiefst dankbar für die Sorge um sie, die er an den Tag legte. Sie fand keine Worte, um die Dunkelheit zu beschreiben, die sich über sie herabgesenkt hatte, seit Andrews Brief gekommen war. Sogar die Trauer, die sie um ihren Vater empfunden hatte, kam dem heftigen Schmerz, den sie jetzt erlebte, nicht einmal ansatzweise nahe.

Sie schickte den Lomax ein Telegramm, um ihnen mitzuteilen, dass sie kommen würde. Am nächsten Tag stiegen sie und der Major in einen überfüllten Zug nach Norden.

* * *

Später erinnerte sie sich kaum an die Zugreise, nur daran, dass es stickig und heiß war und der Major sein Bestes tat, sie zum Essen und Trinken zu überreden.

»Wir können doch nicht zulassen, dass Sie dehydriert und krank ankommen, Miss Dubois.«

Ihr war der Appetit vergangen, aber sie trank den Tee, den er ihr anbot. Während der Zug weiterratterte, konnte sie sich nur darauf konzentrieren, dass sie Belle – ihr saphiräugiges Kind – wiedersehen würde, von dem sie nun schon fast zwei Jahre lang getrennt war. Wie Belle wohl jetzt aussah? Würde sie Stella schmerzlich an Hugh erinnern, oder würde eine Ähnlichkeit zu ihr, Stella, bestehen? Die Vorstellung, dass Belle sie überhaupt nicht erkennen würde, brach ihr das Herz; sie würde eine Fremde sein, die zu Besuch kam. Esmie würde sie wahrscheinlich als Tante Stella vorstellen. Aber mit dem Leid konnte sie fertigwerden, solange sie ihre Tochter sehen, mit ihr sprechen und sie berühren konnte. Das war der einzige Grund dafür, dass sie noch den Willen hatte, weiterzumachen, obwohl sie sich fühlte, als wäre ein Teil von ihr mit Andrew gestorben.

Sie erreichten die Stadt Jammu im Morgengrauen. Ein pfirsichfarbener Dunstschleier lag über dem Fluss Tawi und der Ebene und verhüllte die umliegenden Berge. Zu dem Zeitpunkt, als der Major erfolgreich um einen Mietwagen verhandelt hatte und sie den geschäftigen Bahnhof verließen, lichtete sich der Nebel allmählich. Stella saß wie betäubt auf dem Beifahrersitz und sah zu dem hinter ihnen zurückbleibenden rosafarbenen

Fort und den glänzenden Kuppeln der Tempel und Moscheen hinüber.

Bald führte die Straße sie hinauf in die Berge; ihre Kurven und Biegungen ließen Stella übel werden, sodass sie die Augen schloss und zu schlafen versuchte. Sie wurde davon geweckt, dass das Auto ruckartig anhielt. Ringsum ragten eisige weiße Bergketten hoch vor einem azurblauen Himmel auf.

Stella schnappte nach Luft. »Sind wir in Kaschmir?«

»Ja.« Maclagan lächelte. »Sie haben stundenlang geschlafen. Ich wollte nicht anhalten.«

»Es tut mir so leid«, sagte Stella. »Sie müssen erschöpft sein.«

»Ich bin froh, wenn ich mir gleich ein wenig die Beine vertreten kann«, sagte er trocken.

Sobald Stella aus dem Auto stieg, schlug ihr die kühle Frische der Luft entgegen. Dicke Schneeklumpen lagen noch am Straßenrand, aber ringsum hörte sie das Schmelzen des Eises und das Plätschern der Bäche.

Sie waren am Rand eines Orts auf einem kleinen Plateau, umgeben von frischen, grünen Feldern und Obstgärten. Der Anblick der Apfel- und Kirschblüten, die wie Wolken die Zweige umhüllten, verschlug Stella den Atem.

»Es ist so schön!«, murmelte sie. »Wo sind wir?«

»Der Ort heißt Islamabad. Angeblich hat hier irgendein Gouverneur der Moguln einmal einen Garten anlegen lassen.«

Stella atmete tief ein. Sie hatte vergessen, wie bezaubernd Kaschmir sein konnte. Wenn irgendeine Gegend ihr gebrochenes Herz trösten konnte, dann diese hier: der Balsam der süß duftenden Luft, die Aprilblüten und die Ehrfurcht gebietenden, zerklüfteten Gipfel des Himalaja.

* * *

Am späten Nachmittag fuhren sie die gerade Landstraße durch das Kaschmirtal mit seiner langen Pappelallee entlang und erreichten den Zollposten am Rand von Srinagar. Eine halbe Stunde später parkte der Major vor dem eleganten Nedous Hotel, wo er ihnen Zimmer für die Nacht gebucht hatte.

Stella konnte es nicht abwarten, nach Gulmarg zu gelangen, aber ihr war klar, dass es bald dunkel werden würde und die Fahrt dorthin noch zwei Stunden dauerte. Sie hatte Maclagan gegenüber darauf bestanden, dass sie am folgenden Tag allein ihren Weg fortsetzen würde und er nicht noch mehr Anstrengungen unternehmen sollte, sie dorthin zu bringen.

»Ich kann auf dem Lieferwagen eines Händlers mitfahren«, hatte sie gesagt. »Es wird reichlich Verkehr herrschen, da die Betriebe sich auf die Saison vorbereiten.«

Was sie ihm nicht gesagt hatte, war, dass die Straße nach den winterlichen Schneefällen vielleicht noch gar nicht vollständig befahrbar war. Erst in einem Monat würde das Hotel für die heiße Jahreszeit eröffnen. Die Baronin würde jetzt noch nicht auf ihrem Hausboot sein, obwohl es in der Stadt schon von militärischem Personal im Urlaub wimmelte. Beim Anblick der Männer in Uniform brach eine neue Welle der Trauer um Andrew über Stella herein. Sie konnte sich kaum vorstellen, was für eine tiefe Verzweiflung Tom und Esmie empfinden mussten. Mochte Gott verhüten, dass dieser Verlust Selbstmordgedanken in Tom wecken würde.

Sie unternahm einen Spaziergang, um sich den Dal-See anzusehen, während die schwächer werdende Sonne hinter den Bergen unterging und ihr goldenes Licht sich auf die spiegelglatte Oberfläche ergoss. Am anderen Seeufer spiegelten sich die leuchtend grünen Bäume der ehemaligen Mogulgärten perfekt im Wasser. Eine mit Viehfutter beladene *shikara* glitt vorbei.

Stellas Augen brannten vor Tränen, als sie sich daran erinnerte, wie sie hier vor langer Zeit mit Andrew geschwommen war. Sie hatten sich von der *shikara* der Baronin ins kalte Wasser gleiten lassen. Eines Tages würde sie Belle schwimmen beibringen und sie mit an den See nehmen.

Plötzlich tröstete die Umgebung Stella. Es war, als könnte sie Andrews Gegenwart spüren und als würde er ihr gut zureden, stark zu sein.

»Andy …!« Tränenblind hauchte sie seinen Namen.

Sie würde dafür sorgen, dass ihr kleines Mädchen mit der gleichen Lebenslust und Liebe zu dieser Gegend aufwuchs wie Andy. So schmerzlich der Gedanke auch war, spendete er ihr doch zugleich Trost. Sie kehrte um und zügelte ihre Ungeduld, wieder mit ihrer Tochter vereint zu sein.

* * *

Im Hotel war der Major mit einem anderen Forstbeamten ins Gespräch bekommen, der am folgenden Morgen nach Gulmarg hinauffahren wollte.

»Er nimmt Sie gern mit«, sagte Maclagan. »Und es würde mich beruhigen zu wissen, dass Sie die Reise nicht auf einem unzuverlässigen Karren oder Laster unternehmen.«

»Das ist sehr freundlich.« Stella nahm bereitwillig an.

Sie schlief wenig. Schon vor der Morgendämmerung war sie auf den Beinen und hatte alles gepackt. Ihr kamen die Tränen, als sie sich von dem Major verabschiedete.

»Sie waren so gut zu mir, Sir. Ohne Sie hätte ich die letzten paar Tage nicht überstanden.«

Er tätschelte ihr die Hand. »Keine Ursache. Nehmen Sie sich so viel Zeit mit den Lomax, wie Sie brauchen«, sagte er mit Nachdruck. »Ich komme allein schon irgendwie zurecht. Viel Glück, Miss Dubois.«

»Danke«, sagte Stella mit belegter Stimme.

Eine halbe Stunde später winkte sie zum Abschied und verließ Srinagar im Auto des Forstbeamten.

* * *

Einen Großteil der Fahrt verbrachte Stella schweigend. Sie starrte aus dem Fenster auf die spektakulären Berglandschaften, während das Auto auf der gewundenen Straße nach Gulmarg durch eisige Schlaglöcher holperte.

Je näher sie dem Urlaubsort in den Bergen kamen, desto schneller schlug ihr Herz. Als die Ansammlung von Chalets und Hotels in Sicht kam, verschwamm Stella vor neuen Tränen alles vor Augen. Der zurückweichende Schnee und die vereinzelten Frühlingsblumen auf der *marg* erinnerten sie deutlich an die Wochen, die sie hier verbracht hatte, nachdem sie Belle zur Welt gebracht hatte.

Stella dankte dem Forstbeamten und verabschiedete sich am unteren Ende der Siedlung von ihm, wo er sich mit einem Kollegen traf. Froh, dass sie trotz der Hitze in Delhi solide Wanderschuhe eingepackt hatte, schwang sie sich ihre Stofftasche über die Schulter und stapfte die durchweichten Pfade hinauf durchs Dorf.

Bald sah sie das Raj-in-the-Hills. Stella blieb stehen und rang keuchend nach Atem. Alles hier war ihr lieb und vertraut: das grüne, geriffelte Dach und die breite Veranda, die noch mit Läden verschlossen war und auf die Sommergäste wartete. Die Rasenflächen und Felsen lösten sich inmitten einer Fülle von Bergblumen allmählich aus dem Schnee. Stella musste an John Grant denken, den sie ermuntert hatte, Gulmarg zu besuchen. Wenn sie sich stärker fühlte, würde sie ihm schreiben, um ihm dafür zu danken, dass er Andrews Brief weitergeleitet hatte, und ihm zu sagen, wie sehr sie dieses Schreiben bis ans Ende ihrer Tage in Ehren halten würde.

Es schien niemand da zu sein, und so ging Stella an der Seite des Hotels vorbei zum Anbau. Toms Atelier schien verrammelt zu sein – die Tür war verriegelt, die Fensterläden waren geschlossen –, aber das war kein Wunder. Würde er je wieder malen, nachdem er seinen geliebten Sohn verloren hatte? Als sie um die Ecke bog, sah sie auf der Veranda des Anbaus eine Bewegung.

Ein kleines Kind, das eine hellblaue Strickjacke und einen Schottenrock trug, schob am oberen Ende der Stufe ein Holzspielzeug vor sich her. Stellas Herz setzte einen Schlag aus. Es war die Spielzeugmaus, die sie als Weihnachtsgeschenk geschickt hatte. Mit rasendem Puls ging Stella weiter. Als sie die Stufen erreichte, sah das Kleinkind auf und unterbrach sein Spiel. Das Mädchen musterte Stella mit großen blauen Augen voller Neugier. Die Ähnlichkeit zu Hughs Augen verschlug Stella den Atem. Aber dann verflog der Eindruck, und sie sah, dass das Mädchen die gleiche Gesichtsform wie sie mit dem zarten Kinn und den Lippen mit Amorbogen hatte. Stellas Kehle war so zugeschnürt, dass sie nicht sprechen konnte. Sie stand stocksteif da und schluckte schwer.

»Hallo, Lady«, sagte das Mädchen unerwartet.

Stella schluckte ein Schluchzen hinunter. »Hallo. Du musst Belle sein.«

»Ich Belle«, stimmte das Mädchen zu.

Sofort erschien eine Frau von der schattigen Veranda und packte Belle an der Hand, um zu verhindern, dass sie die Stufen hinunterpurzelte. Es war Gabina. Überrascht schnappte sie nach Luft. »Stella!«

Stella stieg die Stufen hinauf. »Hallo, Gabina. Habt ihr mein Telegramm bekommen?«

»Nein«, antwortete die *ayah*. »Aber bitte komm, komm! Lomax Memsahib wird sich ja so freuen, dich zu sehen. Es ist zu lange her, Stella!«

Sie umarmten sich. Belle klammerte sich an Gabinas Salwar Kamiz und starrte zu Stella hoch.

»Wer?«, fragte sie.

Gabina und Stella tauschten einen Blick. Schnell sagte Gabina: »Das ist deine Tante Stella.«

»Tante S'ella«, wiederholte das Mädchen.

Stella hockte sich hin, lächelte und ließ den Anblick ihrer Tochter nach all der Zeit auf sich wirken. Sie bemerkte, dass ihre Haare jetzt ein helleres Braun hatten und wellig waren, genau wie Myrtles. Stella berührte ihre Jacke sacht mit einem Finger.

»Die hier habe ich dir zu Weihnachten geschickt. Sie steht dir. Und ich bin froh zu sehen, dass deine Holzmaus dir gefällt.«

Belle erinnerte sich plötzlich, dass sie gespielt hatte, und beeilte sich, die dicke Schnur des Spielzeugs aufzuheben. Sie zog es über die Veranda, wo es gegen die Möbel prallte und umfiel. Stella half schnell mit, es wieder aufzurichten.

»Wie macht die Maus?«, fragte Stella. »Pieps, pieps!«

Belle schenkte ihr ein entzücktes Lächeln. »Pieps, pieps«, machte sie es gleich nach.

Sie lachten und machten Mäusegeräusche. Stella musste dem Drang widerstehen, das Mädchen in eine Umarmung zu ziehen; sie wollte Belle keinen Schreck einjagen. Sie konnte kaum glauben, dass sie hier bei ihr war.

Eine Stimme ließ sie zusammenzucken. »Stella? Bist du es wirklich?« Als sie aufstand, sah sie Esmie in der Tür stehen. »Wie wunderbar!«, rief Esmie und breitete die Arme aus.

Stella stolperte auf sie zu und war plötzlich den Tränen nah. »Esmie, ich musste einfach kommen!«

Esmie zog sie voller Wärme in eine Umarmung. Stella brach in Tränen aus.

Esmie streichelte ihr die Haare. »Ich bin so froh, dass du gekommen bist.«

Stella stand da, klammerte sich an die ältere Frau und schluchzte an ihrer Schulter.

Esmie sagte sanft: »Es ist sicher sehr ergreifend, Belle wiederzusehen?«

Stella unternahm größte Anstrengungen, aufzuhören zu weinen. Sie löste sich von Esmie und tastete unbeholfen nach einem Taschentuch. Als sie sich umschaute, sah sie, dass Belle sich zu Gabina zurückgezogen hatte und sie misstrauisch beobachtete.

»Ja, das ist es«, sagte Stella offen. »Ich habe sie sehr vermisst. Aber das ist nicht der Grund dafür, dass ich gekommen bin. Ich habe ein Telegramm geschickt. Gabina hat gesagt, ihr hättet es nicht bekommen.«

»Nein«, sagte Esmie. »Wann hast du es geschickt?«

»Vor drei Tagen.«

»Ach so. Im Augenblick ist alles nicht so zuverlässig – im Krieg gibt es andere Prioritäten.«

Mit bleischwerem Herzen sagte Stella: »Sobald ich von Andrew gehört hatte, wusste ich, dass ich hier bei euch sein muss.«

Esmie war verblüfft. »Also hast du es schon gehört?«, fragte sie.

Stella nickte. Wieder kamen ihr die Tränen. »Ich … ich habe einen Brief bekommen … von Andrew.«

Esmie führte sie zu einem Stuhl. »Es ist eine schreckliche Zeit, nicht wahr?«

Stella putzte sich die Nase. »Wie geht es Mr Lomax? Er muss am Boden zerstört sein.«

Esmie setzte sich neben sie. »Er konnte es nicht ertragen, hier zu warten. Er ist zu Andrew gefahren.«

Für Stella war es eine quälende Vorstellung, dass Tom, halb wahnsinnig vor Schmerz, davongeeilt war, um Andrews Grab zu suchen. Wie grausam, dass er seinen einzigen Sohn an den

Krieg verloren hatte, nachdem seine einzige Tochter schon kurz nach der Geburt gestorben war.

»Das Leben ist so unfair!«, schrie Stella. »Ich kann nicht fassen, wie stark du bist.«

Esmie schenkte ihr ein verwirrtes Lächeln. »Ich weiß, dass es sehr besorgniserregend ist, aber wenigstens haben wir ihn noch. Es besteht Hoffnung.«

Verständnislos begegnete Stella ihrem Blick. »Du meinst, wir haben Mr Lomax noch?«

Esmie runzelte die Stirn. »Nein, ich meine, dass wir Andrew noch haben.«

Stella fühlte sich schwach. »Das verstehe ich nicht. Andrew ist t… tot. Ich habe seinen Brief bekommen, den er Captain Grant gegeben hat, damit er ihn abschickt, wenn er nicht überlebt …«

Esmie sah perplex drein und packte dann ihre Hand. »Nein! Er ist nicht tot. Captain Grant ist derjenige, der gestorben ist. Es muss eine Verwechslung mit dem Brief gegeben haben.«

»Nicht tot?«, flüsterte Stella. »Andrew ist nicht tot?«

»Oh, Stella! Kein Wunder, dass du in solch einem Zustand bist.« Sie drückte ihre Hand. »Andrew ist in der Schlacht verwundet worden, aber er ist noch am Leben. Man hat ihn ins Lazarett in Kumilla in der Nähe von Kalkutta gebracht, und dorthin ist Tom gefahren.«

Stella taumelte zum Verandageländer. Sie beugte sich darüber und übergab sich in den halb gefrorenen Rosenbusch darunter. In ihrem Kopf drehte sich alles, und ihre Knie gaben unter dem Schock nach. Sie umklammerte das Geländer, um sich daran zu hindern, zusammenzubrechen. Einen Moment später spürte sie Esmies Hände, die sie stützten.

»Ist ja gut, mein armes Lämmchen«, sagte sie. »Es tut mir so leid, dass du unter diesem Missverständnis leiden musstest. Ich habe damit gewartet, dir zu schreiben, bis ich bessere

Nachrichten von Tom hatte. Aber Andy ist noch am Leben und wird sich – so Gott will – erholen. Dann holt Tom ihn nach Hause. Wir müssen das Beste hoffen. Nicht weinen, Stella.«

Stella schluchzte vor Erleichterung auf. Genau in dem Moment spürte sie, wie jemand sanft ihr bestrumpftes Bein tätschelte. Sie schaute nach unten und sah, dass Belle mit ernsten Augen zu ihr aufsah.

»Nicht weinen, S'ella«, wiederholte Belle. »Nicht weinen.«

* * *

Später, nachdem Esmie frischen Tee und Toast bestellt hatte, setzten sie sich ins Wohnzimmer des Anbaus, während Gabina mit Belle einen kurzen Spaziergang unternahm. Esmie erzählte Stella alles, was sie wusste.

»Laut Andrews Vorgesetztem, Major Swinson, ist der arme Captain Grant von einem Scharfschützen erschossen und Andrew bei einem Mörserangriff verwundet worden – genau in dem Moment, als sie dachten, die Schlacht sei vorbei. Dein Brief von Andrew muss abgeschickt worden sein, als jemand die Habseligkeiten des Captains durchgesehen hat, aber Andrew war ja nicht da, um das zu verhindern. Zu dem Zeitpunkt ist er schon aus dem Arakan ins Krankenhaus ausgeflogen worden.«

»Wie schlecht geht es ihm?«, fragte Stella ängstlich.

»Er hat Kopfverletzungen erlitten und auf einem Auge die Sehkraft verloren.« Esmie sprach ruhig, aber Stella sah ihrem verhärmten Gesicht an, dass die Sorge ihren Tribut gefordert hatte. »Sie hoffen, dass der Verlust der Sehkraft nur temporär ist, aber ein Fieberanfall in Kumilla hat ihn zusätzlich geschwächt. Deshalb hatte Tom auch das Gefühl, bei ihm sein zu müssen. Sein letztes Telegramm klang schon viel hoffnungsvoller.«

Esmie zog es aus der Tasche und zeigte es Stella.

»Fieber vorbei und Andrew stärker STOP Verletzungen heilen aber Sorge um Sehkraft STOP Humor intakt.«

Stella reichte es mit einem nervösen Lächeln zurück.

»Wir müssen darum beten, dass er seine Sehkraft zurückgewinnt«, sagte Esmie mit gequälter Miene. »Ich bin nur dankbar, dass Tom bei ihm ist.«

Stella zitterte immer noch von dem Schock, erfahren zu haben, dass Andrew noch lebte, und vom Tod seines Freundes John gehört zu haben.

»Der liebe Captain Grant«, sagte Stella. »Er war so ein netter Mann. Andrew wird sehr unter seinem Tod leiden.«

»Du hast ihn in Masuri kennengelernt, nicht wahr?«, fragte Esmie. »Ich erinnere mich, dass du ihn in einem Brief erwähnt hast – allerdings hast du uns nie viel darüber erzählt. Ich war so neidisch, dass du Andrew getroffen hast.«

Stella warf ihr einen schuldbewussten Blick zu. »Ja. Es tut mir leid. Damals … na ja, ist es mit Andrew nicht gut gelaufen.«

»Oje. Was ist passiert?«

Stella begann, sich Esmie gegenüber alles von der Seele zu reden. Es gab keine bessere Zuhörerin. Sie erzählte ihr in allen Einzelheiten von den wenigen intensiven Tagen in Masuri und Chakrata.

»Ich dachte, ich hätte alles ruiniert, indem ich ihn am Tiger Fall geküsst habe«, gestand sie. »Ich habe mich schrecklich gefühlt, weil ich es getan hatte, aber die Wahrheit ist, dass ich mich voll und ganz in ihn verliebt hatte. Danach sind wir nicht in Kontakt geblieben. Ich hatte mich damit abgefunden, dass er sich für Felicity entschieden hatte. Aber dann kam sein Brief.«

Stella zitterte. »Es war eine Liebeserklärung – er schrieb, dass er mich immer geliebt hätte. Oh, Esmie, es war ein ganz wunderbarer Brief, aber er hat mich in Stücke zerschmettert, weil ich dachte, Andrew wäre tot! Ich war in der Hölle, weil ich gedacht habe, ich würde ihn nie wiedersehen oder die Gelegenheit haben, ihm mitzuteilen, dass ich das Gleiche empfinde.«

Esmie legte ihre Hände auf Stellas. »Aber er ist nicht tot, und du wirst die Chance haben, es ihm zu sagen – wenn du wirklich so empfindest.«

»Ja!« Stellas Kehle war zugeschnürt. Sie wischte sich die Augen. »Und dennoch …«

»Was?«, fragte Esmie. »Sag es mir.«

»Er hat diesen Brief im Januar geschrieben und hatte nie vor, ihn abzuschicken«, sagte Stella. »Ich bezweifle nicht, dass er aus tiefstem Herzen kommt, aber es sollte nur eine Botschaft von jenseits des Grabes sein.«

»Was willst du damit sagen?«

»Dass er inzwischen vielleicht anders empfindet. Obwohl er mich liebt, ist ihm vielleicht auch Felicity wichtig – wichtig genug, um das Gefühl zu haben, dass er sein Versprechen einlösen muss, sie zu heiraten. Und ich würde Andrew nicht im Weg stehen wollen, wenn er immer noch nach Schottland und zu seiner Verlobten zurückwill.«

Esmie seufzte. »Ich weiß nicht, was Andrew denkt – das wissen wir beide nicht. Aber wir werden es gemeinsam durchstehen. Alles, was ich jetzt will, ist, ihn sicher nach Hause zu holen.«

Stella lächelte und drückte ihr die Hand. »Das will ich auch.«

Genau in dem Moment kehrte Gabina mit Belle zurück. Das kleine Mädchen kam hereingerannt, die Wangen vom Herumtoben gerötet, und streckte Esmie einen Wildblumenstrauß hin.

»Meemee, Blumen!«

Esmie schnappte entzückt nach Luft. »Danke, Lämmchen. Sie sind wunderhübsch. Darf ich Stella ein paar abgeben? Sie liebt Blumen auch.«

Das Mädchen sah Stella an, musterte sie prüfend und nickte dann. Belle griff nach dem Strauß, riss ein paar Gänseblümchen die Köpfe ab und hielt sie Stella hin. »Die sind für dich.«

»Danke, Belle.« Sie konnte nicht widerstehen, die Wange ihrer Tochter zu berühren. Die Haut war weich und warm, genau so, wie sie sie in Erinnerung gehabt hatte.

Das Mädchen drehte sich um und hüpfte zurück zu Gabina. Stella sah Esmie an.

»Sie nennt dich Meemee«, sagte sie leise.

Esmie nickte. »Ich fand es nicht richtig, dass sie mich Mummy oder Mamma nennt. Tom und ich waren uns einig, dass ich ihre Meemee sein sollte.«

Stella lächelte. »Genau wie für Andrew.«

»Ja, genauso.« Esmie erwiderte ihr Lächeln.

Kapitel 60

Um ihren aufgewühlten Verstand beschäftigt zu halten, stürzten Esmie und Stella sich mit voller Kraft auf die Vorbereitung des Hotels für die Saison. Stella schrieb an Major Maclagan und teilte ihm die wunderbare Neuigkeit mit, dass Andrew überlebt hatte. Gleichzeitig bat sie ihn um Erlaubnis, bis nach Andrews Rückkehr nach Gulmarg bleiben zu dürfen. Während sie auf seine Antwort wartete, machte sie sich an die unzähligen Aufgaben, die sie so gut kannte. Eine Woche später kam ein Brief vom Major, der sich über ihre Nachricht freute und ihr schrieb, dass sie so lange bleiben sollte, wie es nötig war; er würde sich bis dahin eine Vertretungssekretärin suchen.

Während Stella schlaflose Nächte verbrachte, in denen sie sich um Andrew sorgte und sich fragte, ob sie womöglich eine gemeinsame Zukunft hatten – sie wagte zu hoffen, dass es so war –, spendete es ihr großen Trost, bei Belle zu sein. Jeden Tag lernte sie ihre Tochter besser kennen und genoss es, mit ihr zu spielen. Die ersten paar Tage über war das Mädchen ihr gegenüber ein bisschen schüchtern, hielt sich an Gabina oder Esmie und sah Stella nur neugierig an.

Aber bald rannte sie auf Stella zu, wann immer sie sie erspähte, und rief: »Tante S'ella! Komm!«

Stella war entzückt über die aufgeregten Rufe und die Art, wie das kleine Mädchen sie an die Hand nahm, um ihr eine Schnecke an der Gartenmauer zu zeigen oder sie mitzuziehen, um mit der Holzmaus zu spielen.

Als Belle ihr das erste Mal auf den Schoß kletterte und sich entspannt an sie kuschelte, dachte Stella, dass ihr Herz vor Freude zerspringen würde. Sie sang ihr Kinderlieder vor, und sie spielten gemeinsam Klatschspiele. Sie wollte nicht über die Gegenwart hinausblicken oder daran denken, dass sie ohne ihre Tochter nach Delhi würde zurückkehren müssen. Während der Schnee immer weiter zurückwich und auf den *margs* überall Blumen erblühten, beschloss sie, das Geschenk der Zeit mit Belle an diesem himmlischen Ort auszukosten.

Mitte Mai hörte Esmie von Tom. Andrew wurde aus dem Lazarett entlassen und in den Urlaub geschickt. Wenn alles nach Plan verlief, würden sie Ende der Woche wieder in Gulmarg sein.

* * *

An dem Freitag hatte Stella den Eindruck, dass Gulmarg sich für Andrews Rückkehr in voller Schönheit herausputzte. War er schon in Srinagar? Was empfand er? Das würde seine erste Rückkehr nach Kaschmir sein, seit er als Dreizehnjähriger fortgegangen war – es würde für ihn ein sehr ergreifender Moment sein.

Oder eilten seine Gedanken schon nach Schottland in sein Leben nach dem Krieg? Sie hatte keine Ahnung, ob Andrews Verletzungen ihn daran hindern würden, in der Armee zu bleiben. Sie wusste, wie wichtig ihm seine militärische Karriere war, und machte sich Sorgen, was es für ihn bedeuten würde, darauf verzichten zu müssen. Stella verdrängte die belastenden

Gedanken; die Hauptsache war, dass er in Sicherheit und am Leben war und zu seiner Familie zurückkehrte.

Stella sah Belles lebensvolles Gesicht an, während das Mädchen vor sich hin plapperte und Schmetterlingen nachjagte. Wie sehr sie doch hoffte, dass Andrew das Kind als Teil seiner Familie akzeptieren würde!

Stella fand das Warten unerträglich. Mit Belle zu spielen, hielt ihren Verstand wenigstens halb beschäftigt, aber nachdem die Kleine ihren Tee bekommen und Gabina sie mitgenommen hatte, um sie vor dem Schlafengehen zu baden, waren noch zwei Stunden Tageslicht übrig, ohne dass jemand aus Srinagar gekommen wäre.

»Wenn es dir nichts ausmacht, unternehme ich, glaube ich, einen Abendspaziergang«, sagte sie zu Esmie.

Jedes Mal, wenn sie sich auszumalen versuchte, wie das Wiedersehen mit Andrew verlaufen würde, kam ihr der Gedanke, dass, wenn sie schon nervös war, Esmie doppelt so aufgeregt sein musste. Stella fand es das Beste, wenn Esmie Andrew bei seiner Rückkehr allein wiedersah.

»Du gehst doch nicht weit weg, oder?«, fragte Esmie ängstlich. »Und nicht in den Wald. Oben bei den Hütten der Gujar ist vor ein paar Tagen ein Bär gesehen worden.«

Stella lächelte über ihre Besorgnis. »Ich verspreche, nicht in den Wald zu gehen. Ich drehe nur eine Runde um den Golfplatz und durchs Dorf. Sehe mir den Sonnenuntergang an.«

Nachdem sie ziellos durch die Siedlung spaziert war, kehrte Stella, immer noch rastlos, um und brach zur hoch gelegenen *marg* auf. Dort würde es erst nach Einbruch der Dunkelheit gefährlich werden, und sie würde den Sonnenuntergang von dieser Stelle aus am besten sehen können.

Als sie die offene Wiese erreichte, ließ sie sich gegen einen Baumstamm sinken, um Atem zu schöpfen. Das Licht über den

Bergen wurde mild; Vögel riefen in den umliegenden Bäumen. Stella schloss die Augen und entspannte sich. Sie döste ein.

* * *

Plötzlich war Stella hellwach. Irgendein Geräusch hatte sie aufgestört. Erschrocken sah sie sich um. Sie war im Schatten, und die Luft war kalt. Der Sonnenuntergang war jetzt ein feuriges Orange über den schneebedeckten Gipfeln. Bis zur Dunkelheit konnten es nur noch wenige Minuten sein.

Sie hörte es noch einmal. Jemand rief ihren Namen. Es klang nach Tom. Stella kam eilig auf die Beine und spähte den Hang hinab. In der Abenddämmerung stieg eine hochgewachsene Gestalt langsam den gewundenen Pfad hinter dem Hotel empor.

Der Mann blieb stehen und rief noch einmal: »Stella!«

Sie bekam Herzklopfen. »Andrew?«, rief sie zurück.

Der Mann winkte.

Stella begann, bergab zu rennen, rutschte aus und fand im feuchter werdenden Gras kaum Halt. Wenige Augenblicke später stand sie außer Atem vor Andrew. Seine Stirn und eines seiner Augen waren verbunden. Er streckte die Arme aus.

»Oh, Andrew!«, rief sie und umarmte ihn fest. Er zuckte zusammen, und sie löste sich von ihm. »Entschuldige. Hat dir das wehgetan?«

»Ich kann es aushalten«, sagte er mit einer Grimasse.

»Wie geht es dir?« Stella fiel nichts ein, was sie hätte sagen können, das angesichts dessen, was er durchlitten hatte, angemessen gewesen wäre.

»Allmählich besser«, sagte er.

Sie spürte eine gewisse Reserviertheit bei ihm; sie wussten beide nicht genau, wie die Dinge zwischen ihnen standen.

»Dein armes Auge.« Sie streckte sanft die Hand aus und berührte seinen Verband. »Allerdings siehst du mit dieser Augenklappe wie ein richtiger Pirat aus.« Sobald sie es gesagt hatte, bereute sie die Bemerkung auch schon. Sie klang so taktlos. »Es tut mir leid. Ich will mich nicht über deine Verletzungen lustig machen.«

Er lächelte. »Das muss es nicht. Nach all den ernsten Gesichtern und Bemerkungen ist es erfrischend. Die Leute meinen es gut, aber …«

Sein Atem ging schwer.

»Oje«, sagte Stella. »Nun habe ich dich gezwungen, herauszukommen und mich zu suchen, obwohl du dich ausruhen solltest. Bringen wir dich zurück.«

»Stella«, sagte er, »können wir uns kurz irgendwo hinsetzen?«

»Natürlich.«

Er hatte plötzlich so ernst geklungen, und als sie den Hang hinab zum oberen Ende des Hotelgartens gingen, war sie zutiefst besorgt.

Andrew setzte sich auf eine Bank und seufzte. Stella fragte sich, ob auch er an das letzte Mal dachte, als sie zusammen dort gesessen hatten – unmittelbar bevor sie die folgenschwere Reise nach Schottland unternommen hatten, als er ihr seine Probleme anvertraut hatte. Wieder wartete sie atemlos darauf, dass er ihr sagen würde, was er auf dem Herzen hatte. Sie beobachtete, wie die letzten Sonnenstrahlen seine Züge erhellten. Er hatte abgenommen. Sein Gesicht war dünner und von neuen Falten durchzogen, die von Schmerzen zeugten.

Leise sagte sie: »Es tut mir so leid, dass du John Grant verloren hast. Er war ein feiner Kerl.«

Er nickte, und sie sah ihn schwer schlucken.

Nach einem Augenblick wandte er sich um und sah sie unverwandt an. »Ich weiß von Esmie, dass du meinen Brief bekommen hast. Er war in Johns Aktentasche und hätte gar nicht abgeschickt werden sollen.«

Stellas Inneres verkrampfte sich. »Das weiß ich, Andrew. Und ich weiß, dass der Brief dir jetzt peinlich sein muss. Ich werde dich nicht darauf festnageln. Felicity ist diejenige, der du …«

»Stella«, unterbrach Andrew sie. »Ich bereue nichts, was ich in dem Brief geschrieben habe. Ich bedaure nur, dass du es nicht von mir persönlich gehört hast – und dass du den Kummer erleiden musstest zu glauben, ich wäre tot.«

Stella sagte heftig: »Oh, Andrew, es war viel mehr als Kummer. Ich dachte, meine Welt wäre untergegangen, als dieser Brief gekommen ist. Es war so ein wunderbarer Brief – ich hatte keine Ahnung, dass deine Empfindungen so stark waren, und ich war verzweifelt, weil ich dachte, ich würde dir nie sagen können …«

»Mir was sagen können?« Andrew nahm ihre Hand.

Tränen standen in ihren Augen. »Dass ich dich so sehr liebe, wie du sagst, dass du mich liebst.«

Andrew drückte ihre Hand fester. »Und empfindest du noch immer so? Ich nämlich schon.«

»Ja, Andy«, sagte sie.

Er zog sie an sich, und sie fielen sich in die Arme. Sie lehnte ihren Kopf an seine Brust, und eine ganze Weile hielten sie einander einfach nur fest. Ein Teil von Stella wollte, dass dieser Moment nie zu Ende ging, aber zugleich hatte sie den Eindruck, hier und jetzt in Erfahrung bringen zu müssen, was die Zukunft für sie bereithielt.

Sie lehnte sich zurück. »Aber, Andrew, was ist mit Felicity? Ich will nicht, dass du dein Versprechen ihr gegenüber wegen meiner Gefühle für dich brichst.«

»Das werde ich auch nicht«, sagte er.

Stella spannte sich an und machte sich auf das Schlimmste gefasst. »Oh, ich verstehe …«

»Ich habe von Mamma einen Brief bekommen, während ich im Lazarett war. Darin hat sie mir zwei Neuigkeiten mitgeteilt. Eine davon war, dass Felicity vor über einem Monat einen Colonel bei den Scots Guards geheiratet hat.«

Stella sah ihn mit offenem Mund an. »Das kann doch nicht wahr sein!«

Andrew lächelte wieder. »Ich hätte wissen sollen, dass sie nicht die Geduld aufbringen würde, auf mich zu warten. Bei Flis-Tish gilt immer ›aus den Augen – aus dem Sinn‹.«

»Das tut mir leid«, sagte Stella, schockiert darüber, dass Felicity es Lydia überlassen hatte, Andrew die Nachricht beizubringen.

»Mir nicht«, sagte er. »Als ich den Brief an dich geschrieben habe, habe ich zugleich einen an Felicity geschrieben und unsere Verlobung gelöst. Du siehst also, sie hatte jedes Recht zu tun, was sie getan hat. Allerdings habe ich den Verdacht, dass der Colonel ihr ohnehin schon seit Monaten den Hof gemacht hatte.«

Stella sah ihn an und berührte sanft sein Gesicht. »Ich freue mich für sie – und für uns.«

Andrew sah sie innig an. »Willst du mich heiraten, Stella?«

Eine Welle des Glücksgefühls stieg in Stella auf. »Oh, Andy, ja«, stieß sie hervor. »Ja, hundertmal ja!«

Sie streckten die Arme nacheinander aus und küssten sich leidenschaftlich. Stella empfand die gleiche Erregung, die sie am Tiger Fall durchlaufen hatte, aber diesmal wichen sie nicht schuldbewusst voreinander zurück. Sie liebten einander gleichermaßen, und Andrews Kuss zeigte ihr, dass auch ihr Begehren auf Gegenseitigkeit beruhte. Als sie sich aus der Umarmung lösten, waren sie beide außer Atem und lächelten dann.

Ohne ganz glauben zu können, was geschah, schmiegte Stella sich an seine Brust. »Was war die andere Neuigkeit von deiner Mutter?«

»Noch eine Hochzeit. Das Heiraten scheint in der Luft zu liegen.«

»Wer denn?«, fragte sie. »Kenne ich die Leute?«

»Ja, es ist Mamma. Dickie hat ihr endlich einen Antrag gemacht.«

»Wirklich?«, rief Stella.

»Ja, sie klingt sehr glücklich darüber. Hat sich entschuldigt, dass sie damit nicht bis zu meiner Heimkehr gewartet hat, aber sie meinte, in ihrem Alter wollten sie so schnell wie möglich zur Tat schreiten.«

»Und freust du dich?«, wollte Stella wissen.

»Sehr«, gestand Andrew. »Dann habe ich ein weniger schlechtes Gewissen, weil ich nicht umgehend nach Schottland zurückkehre.«

Stella musterte ihn. »Wo möchtest du denn in Zukunft leben?«

»*Wir*, Stella«, erwiderte er. »Wo möchten wir leben. Ich habe mit Dad alles durchgesprochen. Wahrscheinlich bin ich noch eine Weile nicht gesund genug, um zur Brigade zurückzukehren. Aber wenn – *sobald* – dieser Krieg gewonnen ist, will ich sein, wo auch immer du am glücklichsten bist. Ich werde nicht bei der Armee bleiben. Ich will, dass wir nie wieder voneinander getrennt sind. Ich will nur bei dir sein, Stella, und an deiner Seite leben und arbeiten. Vielleicht im Raj in Pindi – oder hier in Gulmarg. Ich weiß, dass dieser Ort uns beiden sehr viel bedeutet.«

Stella kamen bei seinen zärtlichen Worten die Tränen. »Ja, das tut er.«

Der Gedanke überwältigte sie. Nicht genug damit, dass sie an dem Ort leben würden, den sie am meisten liebten, und Tom und Esmie helfen konnten – es hieß auch, dass sie nie wieder von Belle getrennt sein würde. Wieder belastete sie die Angst wegen ihres Geheimnisses. Es war eine erstickende Bürde. Andrew hatte es verdient, die Wahrheit zu erfahren. Aber sie hatte Angst, es ihm zu erzählen, da sie fürchtete, er könnte schlecht von ihr denken, weil sie ihr Kind weggegeben hatte.

»Andy.« Sie zögerte. »Es gibt da etwas, das ich dir sagen muss. Vielleicht denkst du danach anders über mich. Aber ich kann keine Geheimnisse vor dir haben.« Noch vor einer Minute hatte sie das Gefühl gehabt, dass ihr Glück nie enden würde, aber jetzt musste sie allen Mut zusammennehmen, um die Worte auszusprechen, die dieses Glück zerstören konnten. »Weißt du, es geht um Belle … Sie ist nicht die, für die du sie hältst …«

»Stella«, fiel er ihr ins Wort. »Ich weiß über Belle Bescheid.«

Stella war verblüfft. »Wie denn das?«

»Dad hat es mir erzählt.«

Stella schlug sich eine Hand vor den Mund und unterdrückte einen Aufschrei. »Dann weißt du, wer die leiblichen Eltern sind?«, stieß sie heiser hervor.

»Ja.«

»Du musst mich für dermaßen feige halten«, flüsterte Stella, »weil ich meine Tochter weggegeben und deinen Vater und Esmie überredet habe, sie aufzunehmen.«

Andrew nahm ihr Kinn und drehte ihr Gesicht zu ihm. »Stella, sieh mich an. Du bist alles andere als feige. Dieser widerliche Keating hat dich in eine unmögliche Situation gebracht. Ich mache dir keine Vorwürfe für das, was du getan hast.«

»Danke«, sagte Stella und zitterte vor Erleichterung.

Er wischte ihr mit dem Daumen die Tränen ab und küsste sie.

»Ich habe bei Belle hereingeschaut, als sie geschlafen hat«, sagte er in zärtlichem Ton. »Sie ist ganz unverkennbar deine Tochter.«

Stella lächelte unter Tränen. »Findest du?«

»Ja«, sagte er. »Sie ist schön. Und wenn ich ehrlich bin, macht dieses Wissen es auch mir leichter.«

»Was?«

»Sie zu lieben. Ich verstehe jetzt, warum mein Vater und Meemee mir nicht früher von ihr erzählen konnten. Ich muss mich nicht daran gewöhnen, dass sie meine Schwester ist – aber ich könnte mich an sie als Tochter gewöhnen.«

Stella schnappte nach Luft. »Was sagst du da?«

»Dass Belle, sobald wir verheiratet sind, als unser Kind bei uns leben kann.«

Stella klammerte sich an ihn. »Du wärst bereit, das für mich zu tun? Das Kind eines anderen Mannes anzunehmen – und dann auch noch Hughs?«

»Natürlich«, sagte Andrew mit Nachdruck. »Belle ist deine Tochter – sie war nie Hughs Kind und wird es auch nie sein.«

Stella unterdrückte ein Schluchzen. »Was ist mit deinem Vater und Esmie?«

»Sie werden uns nicht im Weg stehen«, sagte er. »Sie werden in der Nähe sein und wollen nur das Beste für Belle – und für uns.«

Stella umfasste sein Gesicht und küsste ihn zärtlich auf die Lippen.

»Ich hätte nicht gedacht, dass ich dich noch mehr lieben kann, als ich es ohnehin schon tue.« Sie lächelte.

Andrew erwiderte ihr Lächeln, und dann küsste er sie wieder mit solcher Wärme, dass sie eines wusste: Was auch immer die Zukunft brachte, sie würden sich ihr gemeinsam stellen – immer.

Epilog

Peshawar, November 1945

Die strahlende Herbstsonne fiel durch die sich gelb färbenden Blätter der Bäume auf dem britischen Friedhof. Hinter den Ziegelmauern der stillen Umfriedung ragten die schroffen Berge um den Khaiberpass wie Wächter in Habachtstellung auf. Als sie den Pfad entlanggingen, sah Stella frische Soldatengräber mit leuchtend weißen Steinen und schickte ein stummes Gebet für die trauernden Familien zum Himmel.

Andrew drückte ihre Hand. Er schien immer zu wissen, was sie dachte; er hatte großes Einfühlungsvermögen. Sie waren jetzt seit über einem Jahr verheiratet, und der Krieg war seit fast drei Monaten vorbei. Jeden Tag sprach sie ein Dankgebet dafür, dass Andrew verschont worden war.

Er war als Invalide aus der Armee ausgeschieden, weil er nur noch auf einem Auge sehen konnte, und sie planten ihre Zukunft zwischen den beiden Raj Hotels. Aber das Raj-in-the-Hills war jetzt für die kalte Jahreszeit geschlossen, und die ganze Familie Lomax würde bald über den Winter eine Reise nach Schottland unternehmen. Während Stella sich darauf freute, Tibby wiederzusehen, war sie wegen des Treffens mit

Lydia etwas nervös, die alles andere als begeistert war, Stella als Schwiegertochter bekommen zu haben. Aber die Begegnung würde sie mit Andrew an ihrer Seite schon durchstehen.

Tom und Esmie hatten beschlossen, vor der Seereise diese Pilgerfahrt nach Peshawar zu unternehmen. Obwohl die Grenzstadt – halb alter Handelsposten der Paschtunen an der Straße nach Afghanistan, halb britische Garnisonssiedlung – nicht weit von Rawalpindi entfernt lag, war Stella noch nie dort gewesen.

Belle riss sich von Andrews anderer Hand los und hüpfte voran, um Tom und Esmie einzuholen.

»Warte auf mich, Meemee!«

Stella wandte sich Andrew zu. »Geht es dir gut?«

Er nickte. »Ja. Ich will es tun.«

Sie reckte sich und küsste ihn auf die Lippen. »Ich liebe dich sehr.«

Er erwiderte ihren Blick liebevoll. Sie hatte sich längst daran gewöhnt, dass er über dem blinden Auge eine Augenklappe trug, die für sie einen Teil seines Charmes ausmachte. Alles an ihm machte sie glücklich.

Sie schlossen zu den anderen auf. Belle rannte rastlos hin und her, sprang auf die niedrige Ziegelumrandung einer Grabstätte und wieder herunter.

Stella ging zu ihrer Tochter und flüsterte: »Warum pflückst du nicht ein paar Wildblumen für Granddad Tom, um ihn aufzumuntern?«

»Ist Granddad Tom traurig?«, fragte sie. Ein Stirnrunzeln trat auf ihr süßes Gesicht.

»Ein bisschen.«

»Warum ist er traurig, Mummy?«

»Weil er hergekommen ist, um Abschied von seiner kleinen Tochter Amelia zu nehmen«, erklärte Stella. »Sie ist vor langer Zeit gestorben und hier begraben.«

»Wie dein Hund Frisky in Gulmarg begraben ist?«, fragte Belle.

»Ja, genau.«

Belle sauste davon. »Bin gleich wieder da!«

Stella tauschte einen amüsierten Blick mit Andrew. Mit dreieinhalb hielt die energiegeladene Belle sie alle den ganzen Tag auf Trab und unterhielt sie mit ihrem Geplapper und ihren Beobachtungen.

Sie gesellten sich zu Tom und Esmie, die in stiller Kontemplation vor zwei Gräbern standen: eines gehörte Toms erster Frau Mary, das zweite ihrer als Säugling gestorbenen Tochter.

Stella las die Inschrift auf dem ersten Grabstein:

In liebendem Angedenken an Mary Maxwell Lomax, innig geliebte Frau von Captain T. Lomax von den Peshawar Rifles, geboren am 2. Januar 1888, gestorben am 5. Januar 1913. Errichtet von ihrem trauernden Ehemann.

»Doch o um den Druck der verschwundenen Hand, Den Laut eines Mundes nun stumm!«

Mitleid durchzuckte Stella, als sie sah, dass Tom Mühe hatte, nicht zu weinen. Aber es war das zweite Grab, das ihr das Herz zerriss.

Zum Gedenken an Amelia Mary, neugeborene Tochter von Captain T. Lomax. Geboren am 5. Januar 1913, lebte vier Tage lang.

»Auch mein Leib wird sicher wohnen. Geborgen in Jesu Armen. Denn ihrer ist das Himmelreich.«

Als sie die untröstlichen, liebevollen Worte las, verstand Stella zum ersten Mal, was für eine Last Tom schon so lange getragen haben musste – Trauer, die er in sich hineingefressen hatte, ohne darüber zu sprechen. Nur Esmie hatte geduldig und liebevoll über viele Jahre Toms Zurückhaltung durchbrechen und ihm zeigen können, dass er um seine verlorene Frau und sein Kind trauern durfte, ja, es ihnen sogar schuldete, ihre Existenz nicht zu verleugnen und ihrem kurzen Leben die letzte Ehre zu erweisen.

Esmie reichte Tom einen Strauß weißer Chrysanthemen. Er legte sie auf Marys Grab und ging in die Hocke, um den Stein zu berühren. Dort ließ er seine Hand einen Augenblick lang ruhen. Als er sich aufrichtete, legte Esmie die Arme um ihren Mann und drückte ihn tröstend an sich.

Stella wandte sich an Andrew. »Bist du bereit?«

Er nickte und umklammerte den zweiten Strauß, den Esmie ihm gerade gereicht hatte, fester. Andrew ging zum Grab des Babys und sprach mit klarer Stimme.

»Amelia, heute treffe ich dich zum ersten Mal. Alles, was ich über dich weiß, ist, dass du vier Tage lang darum gekämpft hast, am Leben zu bleiben. Wir wissen nicht, wie du ausgesehen hast. Vielleicht haben du und ich einander geähnelt. Ich wünschte, ich hätte dich kennengelernt – meine große Schwester.«

Er räusperte sich und sah kurz zu Stella, die ihm aufmunternd zunickte.

»Aber was ich sehr wohl weiß«, fuhr er fort, »ist, dass du innig geliebt wurdest. Dein Dad – *unser* Dad – hat nie aufgehört, dich zu lieben, und wird es auch nie tun. Denn wir Lomax sind denen gegenüber loyal, die wir lieben.« Er wandte sich an seinen Vater. »Lass uns die Blumen gemeinsam ablegen, Dad.«

Tom trat auf ihn zu, und Schulter an Schulter beugten sie sich vor und legten die Blumen vor Amelias Grabstein. Als sie sich wieder aufrichteten, sagte Tom mit belegter Stimme: »Danke, Andy.«

Unvermittelt zog Tom Andrew in eine kräftige Umarmung und begann zu weinen.

Stella tauschte einen ergriffenen Blick mit Esmie und ging zu ihr, um ihr die Hand zu halten.

Genau in dem Augenblick kam Belle zurückgesaust und schwenkte einen unordentlichen Strauß Unkraut.

»Guck mal, Granddad, das habe ich für dich gepflückt!«

Tom ließ Andrew los und wischte sich schnell die Augen mit den Handballen ab. Er nahm die Gräser, die Belle ihm hinstreckte.

»Danke, Belle. Das ist der schönste Blumenstrauß, den ich je bekommen habe.«

Belle sah ihn ungläubig an und lachte. »Das sind doch keine Blumen. Das ist Gras.«

Tom lächelte. »Na, dann ist es das schönste Gras, das ich je bekommen habe.«

Belle nickte und schien damit zufrieden zu sein. Sie hüpfte zu Stella und schob ihre Hand in die ihrer Mutter.

»Mummy, können wir jetzt gehen?«

Stella lächelte ihre Tochter an, beugte sich über sie und küsste sie auf den Kopf.

»Ja, mein Schatz.«

Belle streckte den Arm aus, damit Andrew ihre andere Hand nahm. »Komm, Daddy, wir können gehen.«

Stellas Herz ging vor so inniger Liebe zu den beiden über, dass sie nicht sprechen konnte. Sie und Andrew lächelten einander über den Kopf des Mädchens hinweg an. Dann schwangen sie ihre Tochter zwischen sich in die Luft und machten sich auf den Weg zum Friedhofstor und in den strahlenden Sonnenschein.

Glossar

ayah	Amme oder Kindermädchen
box-wallah	Geschäftsmann
burra	groß, am wichtigsten
chaprassi	Bote
chota hazri	Frühstück
chota peg	kleines alkoholisches Getränk, Absacker
chowkidar	Wachmann, Türhüter, Portier
churidar	eng anliegende Hose
dak	Post
kurta	Hemd, Tunika
mali	Gärtner
marg	Wiese, Weide
memsahib	höflicher Titel oder Anrede für eine Frau
mofusil	ländliches Gebiet
nimbu pani	Zitronen- oder Limonengetränk
sahib	höflicher Titel oder Anrede für einen Mann

sepoy	indischer Soldat
shikar	Jagd
shikara	kleines offenes Boot auf dem Dal-See in Kaschmir
syce	Knecht, Stalljunge
tonga	zweirädrige Pferdekutsche
topee	Sonnenhut, Tropenhelm

Danksagung

Bei den Recherchen für diesen Roman (wie auch für *The Emerald Affair*) hat mir Ali Khans wunderbares Geschichtsbuch über Rawalpindi sehr geholfen: *Rawul Pindee, The Raj Years*. Ich hoffe, dass es mir eines Tages möglich sein wird, Ali und Ayesha persönlich kennenzulernen.

Ich möchte meine riesengroße Dankbarkeit allen gegenüber zum Ausdruck bringen, die in diesen noch nie dagewesenen und schwierigen Zeiten einer weltweiten Pandemie meinetwegen so hart gearbeitet haben. Vielen Dank wie immer meiner unübertroffenen Lektorin Sammia Hamer und dem Strukturlektor Mike Jones für seine ungemein große Sorgfalt und seine Beratung beim Entstehungsprozess dieses Romans. Ich weiß beides sehr zu schätzen. Vielen Dank auch an Jill Sawyer für ihr meisterliches Fingerspitzengefühl in der Korrektoratsphase.

Folge der Autorin auf Amazon

Wenn dir dieses Buch gefallen hat, folge Janet MacLeod Trotter auf Amazon. Dann erhältst du eine Benachrichtigung, wenn die Autorin ihr nächstes Buch veröffentlicht. Um der Autorin zu folgen, gehe bitte folgendermaßen vor:

Desktop:

1) Suche auf Amazon.de oder in der Amazon App nach dem Namen der Autorin.
2) Klicke auf den Namen der Autorin, um auf die Autorenseite zu gelangen.
3) Klicke auf den »Folgen«-Button.

Smartphone und Tablet:

1) Suche auf Amazon.de oder in der Amazon App nach dem Namen der Autorin.
2) Klicke auf einen Titel der Autorin.
3) Klicke auf den Namen der Autorin, um auf die Autorenseite zu gelangen.
4) Klicke auf den »Folgen«-Button.

Kindle eReader und Kindle App:

Wenn du dieses Buch auf einem Kindle eReader oder in der Kindle App liest, wird dir automatisch angeboten, der Autorin zu folgen, nachdem du die letzte Seite des Buches gelesen hast.

Printed in Poland
by Amazon Fulfillment
Poland Sp. z o.o., Wrocław

19308703R00350